Arena Klassiker

Karl Friedrich May
wurde 1842 in Ernstthal geboren
und starb 1912 in Radebeul.
Er gilt als einer der produktivsten Autoren von
Abenteuerromanen und ist mit 100 Millionen Büchern
der meistgelesene Schriftsteller deutscher Sprache.
Bekannt wurde er vor allem durch seine Reiseerzählungen
und die Geschichten um den Indianer Winnetou.
Zahlreiche seiner Werke wurden verfilmt
und auch als Hörspiel umgesetzt.

Karl May

Der Ölprinz

Winnetous größte Abenteuer

Arena

1. Auflage 2014
Lizenzausgabe für den Arena Verlag GmbH, Würzburg,
mit Genehmigung des Karl-May-Verlags, Bamberg

Erschienen innerhalb der Reihe „Karl May's Gesammelte Werke",
Band 37; herausgegeben von Lothar und Bernhard Schmid

Einbandillustration: Carl Lindeberg
Gesamtherstellung: Westermann Druck Zwickau GmbH
ISBN 978-3-401-60087-1

www.arena-verlag.de

INHALT

1. Die Wetten

Wer auf dem gewöhnlichen Weg von Paso del Norte über den Colorado River nach Kalifornien hinüber wollte, der kam, bevor er Tucson, die Hauptstadt von Arizona, erreichte, wohl auch nach der alten Mission San Xavier del Bac, die ungefähr neun Meilen südlich von Tucson im Tal des Rio Santa Cruz liegt. Sie wurde im Jahre 1668 gegründet und ist ein so prächtiges Bauwerk, dass es den Wanderer mit Staunen erfüllt, einen so glänzenden Zeugen der Zivilisation mitten in der Wildnis von Arizona anzutreffen.

An jeder Ecke des Gebäudes erhebt sich ein hoher Glockenturm, die Front ist mit fantastischen Ornamenten reich verziert. Die Hauptkapelle trägt eine große Kuppel und über den Mauern sind wuchtige Simskränze und geschmackvolle Verzierungen angebracht. Das Bauwerk könnte sich in jeder großen Stadt sehen lassen.

Die Mission ist zum Teil von einem Dorf umgeben, in dem zu der Zeit, in der unsere Erzählung spielt, Papago-Indianer in einer Stärke von vielleicht dreihundert Seelen wohnten. Diese Papagos waren und sind noch heute ein friedfertiger und arbeitsamer Stamm, dessen Angehörige ihr Gebiet durch künstliche Bewässerungsanlagen wunderbar ergiebig gemacht haben und mit Weizen, Korn, Granaten, Kürbissen und anderen Früchten fleißig bebauen.

Leider litten diese Indianer viel unter dem weißen Gesindel, das sich Arizona zum Tummelplatz auserkoren hatte. Dieses ringsum von Gebirgen und Wüsten eingeschlossene Gebiet besaß so gut wie gar keine Verwaltung; der Arm der Gerechtigkeit konnte nur schwer oder gar nicht über die Grenzen hineinreichen und so fluteten Hunderte und Aberhunderte, die Recht und Gesetz verachteten, aus Mexiko und den Vereinigten Staaten herein, um hier ein Leben zu führen, dessen Grundlage in der rohesten Gewalttätigkeit bestand.

Zwar lag in der Hauptstadt Militär, das die Aufgabe hatte, für die öffentliche Sicherheit zu sorgen; aber es waren nur zwei Kompanien, also viel zu wenig für einen so weiten Bereich von etwa 300.000 Quadratkilometern, und dazu standen die Verhältnisse so, dass diese Helden froh waren, wenn sie selbst von dem Gesindel in Ruhe gelassen wurden. Hilfe war von ihnen wohl kaum zu erwarten. Das wussten die außerhalb des Gesetzes stehenden Banden nur zu gut und zeigten darum eine Frechheit, die ihresgleichen suchte. Sie wagten sich, zu Gruppen versammelt, bis in die unmittelbare Nähe von Tucson heran und niemand getraute sich ohne Waffe auch nur eine Viertelstunde weit von der Stadt hinweg. Ein amerikanischer Reisender schildert die damaligen Zustände in folgender Weise: „Die verzweifeltsten Schurken von Mexiko, Texas, Kalifornien und den anderen Staaten fanden in Arizona sichere Zuflucht vor dem Strafrichter. Mörder und Diebe, Gurgelabschneider und Spieler bildeten die Masse der Bevölkerung. Alle Welt musste bewaffnet sein und blutige Szenen bildeten das tägliche Vorkommnis. Von einer Regierung war nicht die Rede, noch weniger von Gesetzes- oder Militärschutz. Die Beschäftigung der Besatzung von Tucson bestand darin, dass sie sich betrank und alles gewähren ließ. So war Arizona vielleicht der einzige unter der schützenden Ägide einer zivilisierten Regierung stehende Punkt des Landes, wo jedermann die Justiz in seinem Interesse handhabte."

Da traten drüben in San Francisco rechtlich denkende, mutige Männer zusammen, um einen ‚Sicherheitsausschuss' zu bilden, der zwar zunächst seine Tätigkeit über Kalifornien erstrecken sollte, schließlich aber sein kräftiges Walten auch im benachbarten Arizona merken ließ. Kühne Gestalten tauchten bald hier und bald dort, bald einzeln und bald in Trupps vereinigt, im Land auf, um es von den Verbrechern zu säubern, und nie verschwanden sie wieder, ohne die deutlichsten Spuren davon zurückzulassen, dass sie Gericht gehalten hatten. –

Bei den Papagos von San Xavier del Bac hatte sich ein Irländer niedergelassen, der wohl auch aus keinem ehrbaren Grund nach Arizona gekommen war. Er hatte da einen Laden eröffnet und behauptete, alle möglichen Gegenstände zu verkaufen. In Wirklichkeit aber konnte man bei ihm weiter fast nichts bekommen als einen Schnaps, für dessen Herstellung und Verkauf er die Bezeichnung eines Giftmischers verdiente. Sein Ruf war ein solcher, dass ehrliche Leute nicht mit ihm verkehrten.

Es war ein wunderbar schöner Apriltag, als er an einem der rohen Tische saß, die vor seiner aus Luftziegeln errichteten Hütte standen. Er schien bei schlechter Laune zu sein, denn er klopfte mit dem leeren Schnapsglas auf die Platte des Tisches, und als nicht sofort jemand erschien, rief er, sich nach der offenen Tür wendend, zornig: „Holla, alte Hexe! Hast du keine Ohren? Brandy will ich haben, Brandy! Mach schnell, sonst helfe ich nach!“

Da trat eine alte Negerin mit einer Flasche aus der Hütte und füllte ihm das Glas. Er leerte es in einem Zug, ließ sich wieder eingießen, und während sie dies tat, sagte er: „Den ganzen Tag kein einziger Gast zu sehen! Die roten Halunken wollen das Trinken nicht lernen. Wenn dann auch kein Fremder kommt, kann ich mich hersetzen und mir Löcher in den eigenen Magen brennen!“

„Nicht allein sitzen“, begütigte die Alte. „Gäste kommen.“

„Woher weißt du das?“, fragte er.

„Hab' sehen.“

„Wo?“

„Auf dem Weg von Tubac her.“

„O wirklich, wer ist's?“

„Nicht wissen. Alte Augen nicht erkennen. Es Reiter sein, viele Reiter.“

Auf diese Worte hin stand der Irländer auf und eilte um die Ecke der Hütte, von wo aus er den Weg nach Tubac überblicken konnte. Dann kam er schnell zurück und rief der Alten zu: „Es sind die Finders, verstanden, die Finders, und zwar alle zwölf! Die verstehen zu trinken, da blüht der Weizen. Schnell hinein, wir müssen Flaschen füllen!“

Beide verschwanden in der Hütte. Nach einigen Minuten kamen zwölf Reiter in das Dorf, hielten vor der Hütte an und sprangen von den Pferden, die sie dann frei laufen ließen. Es waren wilde Gestalten von verwegenem Aussehen und sehr gut bewaffnet. Einige trugen mexikanische Kleidung. Die anderen stammten aus den Staaten. Das sah man ihnen deutlich an. Eins aber hatten sie alle gemein: Es gab keinen Einzigen unter ihnen, der ein Vertrauen erweckendes Aussehen besaß.

Sie lärmten und schrien roh durcheinander. Einer von ihnen trat in die geöffnete Tür, zog seinen Revolver, gab einen Schuss in das Innere der Hütte ab und rief dann hinein: „Hallo, Paddy! Bist du daheim oder nicht, alter Giftmischer? Komm heraus mit deiner Schwefelsäure! Wir haben Durst!“

Paddy ist bekanntlich die scherzhafte Bezeichnung für den Irländer. Der Wirt erschien mit einer vollen Flasche unter jedem Arm und zwölf Gläsern in den Händen. Während er die Gläser auf zwei Tische setzte und sie dann füllte, antwortete er: „Bin schon da, Mesch'schurs. Wart schon angemeldet, meine Schwarze hat euch kommen sehen. Hier, trinkt und seid gebenedeit in meinem Haus!“

„Behalte die Benediktion für dich, alter Spitzbube, außer sie soll als Vorbereitung zum Tod gelten! Wer dein Zeug trinkt, begeht einen Selbstmord.“

„Nur zu, Mr. Buttler! Werde Euch mit einer weiteren Flasche wieder auferwecken. Haben einander seit Wochen nicht gesehen. Wie ist's inzwischen ergangen? Gute Geschäfte gemacht?“

„Gute?“, antwortete Buttler mit einer wegwerfenden Handbewegung, während er den Inhalt seines Glases hinunterstürzte, worin ihm seine Kameraden folgten. „Jämmerlich ist's gegangen, armselig wie noch nie. Haben nicht ein einziges Geschäft gemacht, das der Rede wert gewesen wäre."

„Aber warum? Ihr werdet doch die Finders genannt und nennt euch selbst auch so. Habt ihr die Augen nicht offen gehalten? Ich glaubte, heute eine gute Sache mit euch abschließen zu können."

„Das heißt, du wolltest uns den erwarteten Raub abkaufen und uns dabei wieder betrügen, wie du es ja immer tust. Diesmal gibt es nichts, wirklich nichts. Den Roten ist nichts mehr abzunehmen, und wenn man einem Weißen begegnet, so ist er selbst einer, der in anderer Leute Taschen greifen muss. Dazu kommt der Sicherheitsausschuss, den der und jener holen möge! Was haben sich diese Halunken in unser Geschäft zu mischen? Was kümmert es sie, wenn wir da ernten, wo wir nicht, aber auch sie nicht gesät haben. Wahrlich, man muss jetzt darauf vorbereitet sein, aus jedem Strauch, an dem man vorüberkommt, die Läufe einiger Doppelgewehre hervorblicken zu sehen! Aber Aug' um Aug', Zahn um Zahn! Wir haben uns vorgenommen, jeden ohne Gnade und Barmherzigkeit aufzuhängen, der den Verdacht in uns erweckt, zu diesem Sicherheitsausschuss zu gehören. Hast du vielleicht dergleichen Burschen bei dir bemerkt, Paddy?"

„Hm!", brummte der Wirt. „Traut Ihr mir zu, allwissend zu sein? Kann man es einem Menschen an der Nase ansehen, ob er ein Schnüffler ist oder, wie Ihr, ein ehrlicher Strauchdieb?"

„Aber Paddy! Ein Vorstehhund ist von einem Bluthund leicht zu unterscheiden, auch wenn beide Menschen sind. Ich geb' dir mein Wort, dass ich jedem Menschen auf fünfzig Schritt Entfernung ansehe, ob er zu diesem Ausschuss gehört. Doch jetzt einstweilen von etwas anderem! Wir haben Hunger. Hast du Fleisch?"

„Nicht so viel, wie man auf die Zungenspitze bringen kann."

„Eier?"
„Kein einziges. Lauft stundenweit herum und ihr werdet weder ein Schlachttier noch eine Henne finden. Daran sind euresgleichen schuld, die überall aufgeräumt haben."
„Aber Brot?"
„Nur Maisfladen, und auch diese müssen erst gebacken werden."
„So mag deine Negerin backen. Für frisches Fleisch werden wir selbst Sorge tragen."
„Ihr? Ich habe euch doch schon gesagt, dass nichts zu finden ist."
„*Pshaw!* Wir haben es schon gefunden."
„Was?"
„Einen Ochsen."
„Wohl gar! Unmöglich! Wo denn?"
„Unterwegs, da hinten im Tal des Rio Santa Cruz. Das heißt, dieser Ochse gehört zu einem Wagenzug, dem wir begegnet oder vielmehr an dem wir vorübergeritten sind."
„Ein Wagenzug? Vielleicht Einwanderer?"
„Ja! Vier Wagen, jeder mit vier Ochsen bespannt."
„Wie viel Menschen?"
„Weiß ich nicht genau. Es waren neben den Ochsenlenkern noch einige Reiter bei den Wagen. Wie viel Personen im Innern saßen, konnte ich nicht sehen."
„Aber gesprochen habt ihr doch mit ihnen?"
„Ja. Sie wollen über den Colorado hinüber und werden heute Nacht hier Rast halten."
„Hier? Hm! Hoffentlich geschieht nichts, was unseren guten Ort in Verruf bringen könnte, Sir!" Der Wirt machte bei diesen Worten eine nicht misszuverstehende Gebärde.
„Keine Sorge!", antwortete Buttler. „Wir wissen unsere Freunde zu schonen. Freilich, der Wagenzug muss unser werden, aber erst wenn er sich jenseits Tucson befindet. Hier werden wir uns bloß einen Ochsen holen, weil wir Fleisch brauchen."

„Mit der Absicht etwa, ihn zu bezahlen? Es wird diesen Leuten nicht einfallen, ein Zugtier zu verkaufen."

„Unsinn! Was fällt dir ein, Paddy? Wir nehmen wohl, aber wir bezahlen nie. Das weißt du ja. Wenn wir bei dir einkehren, ist es freilich anders. Du bist unser Hehler und dich bezahlen wir nicht bloß, sondern wir lassen uns sogar von dir betrügen. Übrigens werden uns diese Leute nicht viel Widerstand leisten. Es gibt da vier Ochsentreiber, die wir kaum rechnen, zwei Knaben zu Pferd und einen Scout[1], den sich die Auswanderer gemietet haben. Dieser Mann allein ist zu fürchten, doch wir zwölf werden mit ihm fertig werden. Er bekommt die erste Kugel. Wer in den Wagen saß, weiß ich nicht, wie bereits gesagt. Aber wer so weichlich ist, sich unter die Plane zu stecken, von dem haben wir keine ernste Gegenwehr zu erwarten. Dann ritt noch so eine Gestalt hinterdrein, von der ich wahrlich nicht zu sagen vermag, ob sie ein Mann oder ein Weib ist, obgleich sie ein Gewehr umhängen hatte und unter dem Mantel sogar einen Säbel zu tragen schien. Ich sprach auch dieses Gespenst an, bekam aber eine kurze Antwort, die ich nicht verstand. Wenn ich mich nicht irre, war es Deutsch."

„Welch ein Blödsinn! Wer hier einen Säbel trägt, der ist verrückt und bestimmt nicht zu fürchten. Ihr werdet also diesen Zug überfallen?"

„Gewiss."

„Dann hoffe ich, dass ihr mich bei diesem Geschäft beteiligt."

„Selbstverständlich. Die Bedingungen sollst du sofort hören."

Da jetzt die alte Negerin aus der Hütte trat, um die Gäste zu bedienen, steckten die beiden die Köpfe zusammen, um ihr Gespräch leise fortzusetzen. Die anderen elf hatten darauf wenig geachtet und sich miteinander in überlauter

[1] Pfadfinder

Weise unterhalten, wobei sie dem Brandy so fleißig zusprachen, dass die leer gewordenen Flaschen bald mit vollen vertauscht werden mussten.

Die Indianer des Ortes, die inzwischen ihren Beschäftigungen nachzugehen hatten, machten ziemliche Umwege, um nicht an der Schnapsbude vorüberzukommen. Sie fürchteten sich vor den lärmenden Weißen, mit denen sie wohl schon früher üble Erfahrungen gemacht hatten.

Der Irländer hatte die zwölf Reiter mit dem Namen ‚the Finders' bezeichnet. So wurde eine überall gefürchtete Gesellschaft von Freibeutern genannt, die sich seit längerer Zeit im südlichen Arizona berüchtigt gemacht hatte. Sie tauchte bald hier, bald dort, oft geteilt und an verschiedenen Orten zugleich auf und entwickelte, da ihre Mitglieder sehr gut beritten waren, eine Schnelligkeit, dass es noch niemand, selbst den Sicherheitsmännern nicht, gelungen war, einem von ihnen beizukommen. Finder ist gleichbedeutend mit dem gleich lautenden deutschen Wort Finder, war hier aber wohl mit ‚die Findigen' zu übersetzen, weil dieser Bande nicht leicht eine Beute zu entgehen vermochte.

Plötzlich aber verstummte der Lärm vor der Schenkhütte und aller Augen richteten sich verwundert auf drei neue Ankömmlinge. Das Aussehen dieser drei Männer berechtigte allerdings einen jeden, der sie zum ersten Mal sah, erstaunt zu sein. Sie waren von ihren Tieren abgesprungen und gingen nach einem leerstehenden Tisch, scheinbar ohne die Finders zu beachten.

Der vorderste von ihnen war ein kleines, drolliges Kerlchen. Unter der wehmütig herabhängenden Krempe eines Filzhutes, dessen Farbe, Alter und Gestalt selbst dem schärfsten Denker ein nicht geringes Kopfzerbrechen verursacht haben würde, blickte zwischen einem Wald von verworrenen, schwarzgrauen Barthaaren eine Nase hervor, die von fast erschreckendem Größenverhältnis war und jeder beliebigen Sonnenuhr als Schattenwerfer hätte dienen können. Infolge des gewaltigen Bartwuchses waren außer diesem so verschwenderisch ausgestatteten Riechorgan von den anderen Gesichtsteilen nur zwei kleine, kluge Augen zu bemerken, die mit einer außerordentlichen Beweglichkeit begabt zu sein schienen und mit dem Ausdruck schalkhafter List die ‚Gifthütte' des Irländers überflogen, während ihr versteckter Blick in Wahrheit den zwölf Finders galt.

Kopf und Hals des Kleinen ruhten auf einem Körper, der bis auf die Knie herab völlig unsichtbar blieb, weil er in einem alten, bockledernen Jagdrock steckte, der augenscheinlich für eine bedeutend längere Person angefertigt worden war, aus Fleck auf Fleck und Flick auf Flick bestand und dem Männchen das Aussehen eines Kindes gab, das zum Vergnügen einmal in den Schlafrock des Großvaters geschlüpft ist. Aus dieser mehr als zulänglichen Umhüllung guckten zwei dürre, sichelkrumme Beinchen hervor, die in ausgefransten Leggins[1] steckten. Diese Leggins waren so hoch betagt, dass sie das Männchen schon vor Jahrzehnten ausgewachsen haben musste. Dabei gestatteten sie einen umfassenden Blick auf ein Paar Indianerstiefel, in denen zur Not der Besitzer in voller Person hätte Platz finden können. Die Füße hatten jene außerordentliche Größe, von der man in Deutschland zu sagen pflegt: „Mit fünf Schritten über die Rheinbrücke hinüber." In der Hand trug dieser Mann eine Flinte, die das Aussehen eines alten Prügels hatte, der im Wald abgeschnitten war. Die Waffen, die wahrscheinlich in seinem Gürtel steckten, konnte man nicht sehen, weil der Jagdrock sie verdeckte.

Und sein Pferd? Es war kein Pferd, sondern ein Maultier, aber augenscheinlich so alt, dass seine Eltern kurz nach der Sintflut gelebt haben mussten. Die langen Ohren, die sich wie Windmühlenflügel drehten, waren kahl; eine Mähne hatte es wohl schon längst nicht mehr; der Schwanz

[1] Beinkleider, Ledergamaschen

bestand aus einem nackten Stummel, an dem sich zehn oder zwölf Härchen langweilten, und dazu war das Tier zum Erschrecken dürr. Aber seine Augen waren hell wie bei einem jungen Füllen und von einer Lebhaftigkeit, die dem Kenner sofort Achtung einzuflößen vermochte.

Der zweite von den drei Männern war eine nicht weniger seltsame Erscheinung. Unendlich lang und entsetzlich fleischlos und ausgetrocknet hing seine knochige Gestalt weit vornüber, sodass es schien, als starrten seine Augen nur immer auf seine beiden Füße, die an zwei Beinen gewachsen waren, deren Längsausdehnung einem Angst und Bange machen konnte. Über seine festen, kernigen Jagdschuhe hatte er ein Paar lederne Gamaschen geschnallt, die noch ein gutes Stück den Oberschenkel bedeckten. Der Leib steckte in einem eng anliegenden Jagdhemd, umspannt von einem Gürtel, an dem neben Messer und Revolver verschiedene kleine Lederbeutel hingen. Um die breiten, eckigen Schultern zog sich eine wollene Decke, deren Fäden die ausgedehnteste Erlaubnis hatten, nach allen Himmelsgegenden auseinander zu laufen, und auf dem kurzgeschorenen Kopf saß ein Ding, nicht Tuch, nicht Mütze und auch nicht Hut, dessen Bezeichnung geradezu eine Sache der reinsten Unmöglichkeit war. Auf seiner Schulter hing eine alte, lange Rifle, die von weitem eher einem an einem Stock befestigten Wasserschlauch, nur nicht einem Gewehr glich.

Der Dritte und Letzte war fast ebenso lang und dürr wie der Zweite. Er hatte ein großes dunkles Tuch turbanartig um den Kopf gewunden und trug eine rote Husarenjacke, die sich auf irgendeine unerklärliche Weise nach dem fernen Westen verirrt hatte, eine lange Leinenhose und darüber Wasserstiefel, an die zwei riesige Sporen geschnallt waren. In seinem Gürtel steckten zwei Revolver und ein Messer vom besten Kingfieldstahl. Sein Gewehr war eine jener doppelläufigen Kentuckybüchsen, die in der Hand des Kenners nie versagen und nie das Ziel verfehlen. Wollte man im Gesicht dieses Mannes nach irgendeiner Eigentümlichkeit suchen, so fiel der breite Mund auf. Die beiden Mundwinkel schienen eine ganz bedeutende Zuneigung für die Ohrläppchen zu besitzen und näherten sich ihnen auf die zutraulichste Weise. Dabei besaß das Antlitz den Ausdruck der ehrlichen Treuherzigkeit. Sein Besitzer war jedenfalls ein aufrichtiger Mann, in dem kein Falsch gefunden werden konnte.

Die beiden Letztgenannten ritten auf Pferden, die wohl schon viele Anstrengungen hinter sich hatten, aber noch weit mehr aushalten konnten.

Als die drei sich niedergesetzt hatten und der Wirt zu ihnen trat und nach ihren Wünschen fragte, erkundigte sich der Kleine: „Was gibt's bei Euch zu trinken?"

„Brandy, Sir", antwortete der Irländer.

„Gebt drei Gläser, wenn Ihr weiter nichts habt!"

„Was soll es sonst hier geben? Oder wollt Ihr vielleicht Sekt trinken? Ihr seht nicht so aus, als ob Ihr bezahlen könntet."

„Leider, leider, ja", nickte das Männchen mit bescheidenem Lächeln, „Ihr im Gegenteil seht mir ganz danach aus, als ob Ihr so einige hunderttausend Flaschen hier liegen hättet, vom Allerfeinsten, wenn ich mich nicht irre."

Der Wirt entfernte sich, brachte das Verlangte und setzte sich dann wieder zu den zwölfen hin. Der Kleine setzte das Glas an die Lippen, kostete den Brandy, spuckte ihn aus und schüttete den Inhalt seines Glases auf die Erde. Seine beiden Gefährten taten dasselbe und der mit der Husarenjacke zog seinen Mund noch breiter, als er so schon war, und meinte: „Pfui, Kuckuck! Ich glaube gar, dieser irische Spitzbube will uns mit seinem Brandy ermorden! Meinst du nicht auch, Sam Hawkens?"

„Yes", antwortete der Kleine. „Wird ihm aber nicht gelingen. Wir drei vertragen schon so ein Gift, zumal wir es nicht trinken. Aber wie kommst du dazu, ihn einen irischen Spitzbuben zu nennen?"

„Wie ich dazu komme? *Well!* Wer den nicht sofort beim ersten Blick für einen Irländer hält, der ist ein Dummkopf, wie er im Buche steht."

„Sehr richtig! Aber dass du es ihm sofort angesehen hast, das wundert mich grad darum außerordentlich, hihihihi!"

Dieses „Hihihihi" war ein ganz eigenartiges, man möchte sagen, nach innen gerichtetes Lachen, wobei des Kleinen Äuglein lustig funkelten. Man hörte, dass es ein Gewohnheitslachen war.

„Willst du damit etwa sagen", fragte der andere, „dass ich sonst ein Dummkopf bin?"

„Sonst? Warum bloß sonst? Nein, immer, immer bist du einer, Will Parker! Ich habe dir nun schon fünfzehn Jahre lang gesagt, dass du ein Greenhorn[1] bist, ein Greenhorn, wie mir noch keines vorgekommen ist. Wirst du es mir nun endlich einmal glauben?"

„Nein", erklärte der andere, ohne sich durch dieses beleidigende Wort nur im Geringsten aus der Fassung bringen zu lassen. „Nach fünfzehn Jahren im Wildwest ist man kein Greenhorn mehr."

„Durchschnittlich, ja! Aber wer selbst in diesen fünfzehn Jahren nichts gelernt hat, der ist noch immer eins und wird's auch immer bleiben, wenn ich mich nicht irre. Und eben, dass du dies nicht einsiehst, das ist der sicherste Beweis, dass du noch jetzt ein Greenhorn bist. Was hältst du von den zwölf Gentlemen dort, die uns so neugierig beliebäugeln?"

„Viel Gutes nicht. Siehst du, wie sie lachen? Das gilt dir, alter Sam."

„Mir? Wieso?"

„Weil jeder, der dich sieht, über dich lachen muss."

„Freut mich, Will Parker, freut mich ungemein. Das

[1] Greenhorn ist in Wildwest ein Mensch, der noch grün (green), also neu und unerfahren ist und seine Fühlhörner (horn) erst behutsam ausstrecken muss, um klug und erfahren zu werden, also ein Neuling.

gehört nämlich auch zu den vielen Vorzügen, die ich vor dir besitze. Wer ein Auge auf dich wirft, möchte weinen, bitterlich weinen. Bist eben ein trauriger Kerl, ein ganz trauriger, hihihihi!"

Sam Hawkens und Will Parker schienen in einer immer währenden lustigen Fehde miteinander zu leben. Keiner nahm dem anderen etwas übel.

Der Dritte hatte bis jetzt geschwiegen; nun zog er behaglich seine herabgerutschten Gamaschen in die Höhe, streckte die langen Beine weit von sich und sagte, indem sich ein derb ironisches Lächeln über sein hageres Gesicht ausbreitete:

„Wissen nicht, was sie aus uns machen sollen, diese Gentlemen. Stecken die Köpfe zusammen und werden doch nicht klug aus uns. Feine Gesellschaft das! Nicht, Sam Hawkens?"

„Ja", nickte der Gefragte. „Lass sie sich die Köpfe zerbrechen, Dick Stone! Desto besser wissen wir, was wir von ihnen zu halten haben! Spitzbuben! Was, alter Dick?"

„*Yes*. Ahnt mir sehr, dass wir ein Wörtchen mit ihnen werden sprechen müssen."

„Mir auch. Und nicht nur ahnen! Halte es sogar für sicher, dass wir ihnen unsere Fäuste auf die Nasen setzen werden. Es sind genau die zwölf, auf deren Spur wir trafen."

„Und die dann dem Wagenzug folgten, um ihn heimlich zu beobachten."

„Ja, und dann ritt der eine hin und fragte die Leute aus. Kommt mir verdächtig vor, sehr verdächtig! Sag mal, Will, hast du vielleicht einmal von den Finders gehört?"

„Gehört?", antwortete Parker. „Dir ist wohl dein Gedächtnis abhanden gekommen, altes Coon[1]? Hast ja selbst wiederholt von ihnen gesprochen!"

„*Well*, weiß das ganz genau. Fragte nur, um zu erfahren,

[1] Abkürzung für Racoon = Waschbär

ob du als Greenhorn endlich einmal gelernt hast, aufzupassen, wenn erfahrene Leute mit dir reden. Du weißt also noch, wie viel Finders es geben soll?“

„Zwölf.“

„Und wie viel Personen siehst du hier sitzen, geliebter Will?“

„Dreizehn“, lachte Parker vergnügt.

„Zieh den Wirt ab, Dummkopf!“

„Wie hätte ich das zu machen? Wird er es ruhig hinnehmen, dass ich ihn abziehe?“

„Bist und bleibst ein Greenhorn durch und durch! Hätte gar nichts dagegen, wenn du selbst abzögest! Hast noch nicht einmal gelernt, einen Irländer abzuziehen. Darum will ich deinem schwachen Verstand zu Hilfe kommen und dir sagen, dass ohne ihn zwölf Personen dort sitzen. Begreifst du das, lieber Will?“

„*Yes*, lieber Sam. Kenne dich genau und wusste also, dass du ihn selbst gerne abziehen möchtest. Darum habe ich mich verstellt und so getan, als ob ich im Abziehen ebenso wenig leiste wie du. Also zwölf sind's! Gar nicht übel gerechnet, mein Sohn. Hoffentlich gibst du dir fernerhin die gleiche Mühe wie jetzt. Zwölf, hm! Das ist freilich auffällig!“

„Auffällig? Findest du das wirklich? Dann hat das Greenhorn doch endlich mal eine Spur von Nachdenken verraten! Nun sag aber auch, wieso denn auffällig?“

„Sie sind zwölf und die Finders sollen auch zwölf sein“, antwortete Parker mit unerschütterlicher Ruhe.

„Folglich? – Fahre weiter!“

„Folglich ist anzunehmen, dass sie vielleicht die Finders sind.“

„So ist es, geehrter Will. Hab' sie sehr im Verdacht! Der Anführer soll Buttler heißen. Werden erfahren, ob ein Esquire dieses Namens bei ihnen ist.“

„Werden es dir gleich sagen!“

„Keine Sorge! Sind neugierig auf uns, diese Gentlemen.

Sehe es ihnen an den Nasenspitzen an, dass bald einer von ihnen kommen wird, um uns auszuhorchen. Bin neugierig, wie sie das anstellen werden."

„Höflich jedenfalls nicht", meinte Dick Stone. „Werden sie nicht allzu fein ablaufen lassen."

„Warum?", fragte Sam Hawkens. „Meinst wohl, dass wir grob werden sollen?"

„Sogar sehr!"

„Fällt mir nicht ein! Wir drei werden zusammen ‚the leaf of trefoil'[1] genannt. Ist ein Ehrenname. Dürfen ihm keine Schande machen. Sam, Dick und Will sind bekannt als drei Gentlemen, die dadurch berühmt sind, dass sie durch List und Höflichkeit mehr zu erreichen pflegen als durch Grobheit und Gewalt. So soll es auch hier sein! So und nicht anders."

„*Well!* Aber dann werden diese Burschen glauben, dass wir uns vor ihnen fürchten!"

„Mögen sie, mögen sie immerhin, alter Dick. Wenn sie es täten, würden sie sehr bald einsehen, dass sie sich geirrt haben, und zwar sehr, hihihihi! Das Kleeblatt und sich fürchten! Kann darauf schwören, dass wir mit ihnen zusammengeraten. Wollen den Wagenzug überfallen, was wir nicht dulden werden."

„Willst du sie unschädlich machen, wenn sie die Finders sind?"

„Ja."

„Wird kaum ohne Kampf abgehen!"

„Meinst du? *Pshaw!* Dieses alte Coon" – dabei deutete Sam mit Behagen auf sich selbst – „hat zuweilen Gedanken, die besser sind als Messerstiche und Flintenschüsse. Mache gern einen Spaß, und ist dabei ein Vorteil über die Gegner zu erringen, so ist es umso besser. Mag nicht gern Blut vergießen. Man kann seiner Feinde Herr werden, auch ohne sie umzubringen und auszulöschen[2]."

[1] ‚Das Kleeblatt' [2] Trapperausdruck für töten

„Also List?“, fiel Parker ein.

„Yes.“

„Welche?“

„Weiß ich noch nicht! Wird sich aber im betreffenden Augenblick ergeben. Müssen uns zunächst verstellen, uns auslachen lassen, müssen recht unerfahren tun.“

„Wie Greenhörner?“

„Ja, wie Greenhörner, was freilich bei dir, Will Parker, keiner Verstellung bedarf, da du wirklich eins bist. Seht, wie sie über meine Mary, über mein Maultier lachen!“

„Ist aber auch keine Schönheit, Sam!“

„Schönheit? Unsinn! Ein hässliches Vieh ist sie, ein großartig hässliches Vieh. Aber ich vertausche sie dennoch nicht gegen tausend edle Rosse. Ist klug, erfahren und verständig wie – wie – wie, na, wie Sam Hawkens selber und hat mir hundertmal das Leben gerettet. Hab' sie aber auch nie im Stich gelassen und würde mein Leben wagen, wenn sie sich in Gefahr befände. Meine Mary ist eben meine Mary: einzig, unübertrefflich und mit keinem anderen Viehzeug zu vergleichen.“

„Grad wie deine Liddy“, warf Dick Stone ein.

„Ja, die Liddy erst“, nickte Sam Hawkens, wobei seine kleinen Äuglein funkelten und er mit der Hand liebkosend über sein altes sonderbares Gewehr strich. „Die Liddy ist mir ebenso lieb wie die Mary. Sie hat auch noch nicht ein einziges Mal versagt. Wie oft hat Freiheit und Leben von ihr abgehangen und stets hat sie ihre Schuldigkeit getan. Freilich hat sie auch ihre Mucken, ihre großen Mucken, und wer sie nicht kennt, dessen Kürbis schwimmt gegen das Wasser[1]. Ich aber kenne sie, ich habe sie studiert wie der Arzt die Karfunkelbeule. Ich weiß genau, welche Vorzüge und welche Schwächen sie besitzt und an welcher Stelle ich sie streicheln und liebkosen muss, um sie bei guter Laune zu halten. Ich gebe sie nicht aus der

[1] Trapperausdruck für Misserfolg haben

Hand, bis ich sterbe, und wenn ich einmal tot bin und ihr seid dabei, so tut mir den Gefallen und gebt mir meine Liddy mit unter den Rasen, mit dem ihr mich bedeckt. Kein anderer, der sie nicht kennt und lieb hat, soll sie jemals in die Hände bekommen. Die Mary, die Liddy, Dick Stone und Will Parker, das sind die vier, die mir ans Herz gewachsen sind. Außer denen mag ich nichts und besitze ich nichts auf der ganzen weiten Welt."

Ein feuchter Schimmer verdrängte das vorher so helle Funkeln seiner Augen, doch strich er mit den beiden Händen schnell darüber und sagte in wieder munterem Ton: „Seht, da steht einer von den zwölfen auf, derjenige, der mit dem Wirt so heimlich gemunkelt hat. Höchstwahrscheinlich kommt er her, um uns zu äffen. *Well*, die Komödie kann beginnen. Aber verderbt sie mir nicht etwa!"

Man darf sich nicht darüber wundern oder es gar belächeln, dass Sam Hawkens seinem Maultier und seinem Gewehr solche Kosenamen gab und von ihnen in so zärtlicher Weise sprach. Die Westmänner vom alten Schrot und Korn – leider ist diese Sorte bis auf wenige, die man zählen kann, jetzt ausgestorben – waren ganz andere Menschen als das Gesindel, das nach ihnen kam. Unter dem Ausdruck Gesindel sind hier nicht etwa nur verkommene Menschen gemeint. Wenn ein Millionär, ein Bankier, ein Offizier, ein Advokat, meinetwegen auch der Präsident der Vereinigten Staaten selbst nach dem Westen geht, ausgerüstet mit den jetzigen massenmörderischen Waffen, ängstlich behütet und bewacht von einer zahlreichen Begleitung, damit ihn ja keine Mücke in die Hühneraugen beißt, und von seinem sicheren Standort aus das Wild zu Hunderten niederknallt, ohne das Fleisch gegen den Hunger zu gebrauchen, so wird dieser hohe und vornehme Herr von dem wirklichen Westmann eben zum ‚Rabble', zum Gesindel, gerechnet. Früher traf man auf Mustangherden von fünftausend Stück. Da kamen die Bisons gewallt wie ein Meer, zwanzig- und dreißigtausend und noch mehr.

Wo sind diese ungeheuren Massen hin? Verschwunden! So weit die Savannen reichen, ist kein einziger Mustang mehr zu sehen. Ausgerottet, vernichtet! Im Nationalpark droben ‚hegt' oder ‚schont' man jetzt einige Büffel. Hier und da kann man in irgendeinem zoologischen Garten noch einen einzelnen sehen. Aber in der Prärie, die sie früher zu Millionen bevölkerten, sind sie ausgestorben. Der Indianer verhungert körperlich und moralisch und einen wirklichen, echten Westmann sieht man nur noch in Bilderbüchern. Daran ist das schuld, was der Trapper ‚Gesindel' nennt. Man sage ja nicht, dass der Grund in dem Vorrücken der Zivilisation liege. Die Zivilisation hat nicht die Aufgabe der Ausrottung, der Vernichtung. Wie oft taten sich, als die Pazifikbahnen entstanden, Gesellschaften von hundert und mehr ‚Gentlemen' zusammen, um einen ‚Jagdausflug' zu unternehmen. Sie dampften nach dem Westen, ließen in der Prärie halten und schossen aus den sicheren Wagenabteilen heraus auf die vorüberziehenden Büffelherden. Dann fuhren sie weiter, ließen die Tierleichen zum Verfaulen liegen und rühmten sich, Präriejäger zu sein und ein glänzendes und köstliches Vergnügen gehabt zu haben. Dazu waren auf ein wirklich getötetes Tier zehn und noch mehr angeschossene, verwundete zu rechnen, die sich mühsam und schmerzvoll weiterschleppten, um dann elend zu verenden. Der Indianer sah von fern mit ohnmächtigem Grimm zu, in welcher Weise man ihm seine Nahrung raubte, ihn zum Hunger trieb, und konnte nichts dagegen tun. Beschwerte er sich, so wurde er ausgelacht. Wehrte er sich, so wurde er niedergemacht wie die Büffel, die er für sein Eigentum hielt und deshalb geschont hatte.

Ganz anders der wirkliche Westmann, der echte Jäger. Dieser schoss nicht mehr, als er brauchte. Er holte sich das Fleisch unter Gefahr seines Lebens. Er wagte sich mit seinem Pferd mitten in die Büffelherde hinein. Er kämpfte mit dem Mustang, den er sich fangen und zähmen wollte. Er trat selbst dem grauen Bären kühn entgegen. Sein

Leben war ein unaufhörlicher, aber ritterlicher Kampf mit feindlichen Verhältnissen, feindlichen Tieren und feindlichen – Menschen. Dabei musste er sich auf sich selbst, auf sein Pferd und auf sein Gewehr verlassen können, wenn er nicht ‚ausgelöscht' werden wollte. Das Pferd war daher sein Freund, die Büchse seine Freundin. So mancher Jäger hat oft das Leben für sein Pferd gewagt. Und mit welcher Liebe hing er an seinem Gewehr, jenem toten, seelenlosen Gegenstand, dem seine dankbare Phantasie dennoch eine Seele verlieh. Er hungerte und dürstete, um vor allen Dingen sein Pferd fressen und saufen zu lassen, und sah erst auf sein Gewehr, ehe er an sich dachte. Er gab beiden Dingen Namen wie menschlichen Personen und sprach mit ihnen wie mit Menschen, wenn er einsam im Gras der Prärie oder im Moos des Urwalds lagerte. Zu dieser Art von Westmännern gehörte Sam Hawkens. Die Rauheit seines wilden Lebens hatte sein Herz nicht verdorben. Er war trotzdem ein gemütvolles, aber dabei außerordentlich schlaues Kind geblieben.

Was er erwartet hatte, das geschah: Buttler war aufgestanden, kam herbei, pflanzte sich gebieterisch vor dem Tisch, an dem die drei saßen, auf und sagte, ohne sie zu grüßen, höhnisch: „Wie prächtig ihr Euch ausnehmt, Leute! Ihr scheint höchst sonderbare, höchst lächerliche Drillinge zu sein!"

„*Yes*", bestätigte Sam sehr ernsthaft und sehr bescheiden.

Dieses Eingeständnis klang so komisch, dass Buttler laut auflachte und, während seine Gefährten in das Gelächter einstimmten, fortfuhr: „Wer seid ihr denn eigentlich?"

„Ich bin der Erste", antwortete Sam.

„Ich bin der Zweite", fügte Dick Stone hinzu.

„Und ich der Dritte", stimmte Will Parker ein.

„Der Erste, der Zweite, der Dritte? Was denn?", fragte Buttler.

„Na, Drilling natürlich!", antwortete Sam mit treuherzigem Gesichtsausdruck.

Ein zweites allgemeines Gelächter folgte diesen Worten. Buttler war geschlagen. Darum fuhr er den Kleinen unwillig an: „Macht keine dummen Witze! Ich bin gewohnt, dass man ernsthaft mit mir verkehrt! Dass ihr nicht Drillinge sein könnt, sieht man ja. Ich will eure Namen wissen. Heraus damit also!"

„Ich heiße Grinell", antwortete Sam kleinlaut.

„Und ich Berry", gestand Dick furchtsam.

„Und ich White", stieß Will ängstlich hervor.

„Grinell, Berry und White", meinte Buttler. „Hm. Nun sagt mir auch, was ihr seid!"

„Fallensteller", erklärte Sam Hawkens.

„Fallensteller?", lachte der Frager. „Ihr seht mir ganz und gar nicht so aus, als ob ihr jemals einen Biber oder ein Racoon gefangen hättet!"

„Haben wir auch noch nicht", gab der kleine Sam bescheiden zu.

„Ah, habt noch nicht! Wollt also erst?"

„*Yes.*"

„Gut, sehr gut! Wo kommt ihr denn her?"

„Von Castroville, Texas."

„Was habt ihr dort getrieben?"

„Hatten einen Kleiderladen zu dreien."

„So so! Ist wohl schlecht gegangen?"

„*Yes*. Haben ein wenig Bankrott gemacht. Hatten zu viel ausgeborgt, Kredit gegeben, aber keinen bekommen."

„Richtig, richtig! Also Kleiderhändler, vielleicht gar Schneider. Drei Schneider, die aus Ungeschick in die Pleite gefallen sind und nun den klugen Gedanken gefasst haben, sich als Trapper wieder aufzuhelfen! Hört ihr es?"

Diese Frage war an seine Genossen gerichtet, die dem Gespräch mit spöttischem Behagen zuhörten. Sie ließen ein drittes schallendes Gelächter hören. Sam Hawkens aber rief scheinbar zornig: „Ungeschick? Da irrt Ihr Euch gewaltig, Sir! Wir wussten wohl, woran wir waren. Aus der Pleite musste natürlich für uns etwas abfallen, sonst hätten wir sie nicht gemacht."

Er zog seinen bockledernen Jagdrock vorn auf, klopfte auf seinen breiten Gürtel, dass es metallisch klang, und fügte stolz hinzu: „Hier sitzen die Moneten, Sir!"

Das Gesicht Buttlers nahm den Ausdruck eines Raubvogels an, der nach Beute ausspäht, und in möglichst unbefangenem Ton fragte er: „Ihr habt Moneten? Dann seid ihr freilich klüger gewesen, als ihr ausseht. Wie viel hat euch denn der Bankrott eingebracht?"

„Über zweitausend Dollar."

„Die tragt ihr bei euch?"

„*Yes.*"

„Auf der Reise, in dieser unsicheren Gegend!"

„*Pshaw!* Wir haben Waffen."

„Die würden euch verteufelt wenig nützen. Wenn zum Beispiel die Finders kämen, die würden euch drei Schneider ausbeuteln, ehe ihr nur Zeit fändet, die Augen aufzumachen. Warum habt ihr das viele Geld nicht lieber einer Bank anvertraut?"

„Werden es noch tun. Droben in Prescott."

„Da hinauf wollt ihr?"

„*Yes.*"

„Als Fallensteller?"

„*Yes.*"

„Habt ihr denn Fallen?"

„Nein."

„Woher wollt ihr sie denn nehmen?"

„In Prescott kaufen."

„Himmel! Seid ihr Menschen! Was gedenkt ihr denn da oben zu fangen?"

„Biber und – und – und..." Er stockte verlegen.

„Und – und – was denn weiter?", drang Buttler in den Kleinen.

„Grizzlybären."

Da ertönte von den anderen Tischen ein wahrhaft homerisches Gelächter herüber. Buttler lachte auch, dass ihm die Tränen in die Augen traten und der Atem versagte, und rief, als er sich einigermaßen beruhigt hatte: „Grizzlybären wollt ihr fangen? Grizzlybären, von denen einer neun Fuß hoch wird und wohl auch neun Zentner wiegt! In Fallen fangen?“

„Warum nicht?“, knurrte Sam verdrießlich. „Wenn nur die Fallen groß und stark genug sind!“

„Es gibt aber keine Grizzlybärenfallen und wird auch keine geben!“

„So lassen wir uns in Prescott von einem Schmied einige machen.“

„Wie denn? In welcher Bauart?“

„Das werden wir ihm schon sagen.“

„Ihr drei Schneider? Halt ein, Kleiner, Dicker, halt ein, sonst ersticke ich!“

Buttler lachte wieder aus vollem Hals und konnte erst nach einer Weile fortfahren: „Und selbst wenn ihr einen Witz gemacht und es in Wahrheit auf Biber abgesehen hättet, so müsste man sich doch schon darüber halb totlachen, dass ihr, um Biber zu fangen, hinauf nach Prescott wollt.“

„Deshalb nach Prescott? Nein! Dort wollen wir nur die Fallen kaufen. Dann reiten wir nach dem Quellgebiet des Rio Verde.“

„Worin es fast kein Wasser gibt. Wo sollen da die Biber herkommen?“

„Das lasst nur unsere Sorge sein, Sir! Hab' ein Buch gelesen, wo alles drin steht, auch das von den Bibern.“

„Schön, schön, vortrefflich! Wenn ihr so klug seid, euch nach einem Buch zu richten, so lässt sich nichts weiter sagen. Ich wünsche euch so viel Biber und Bären, wie ihr wollt. Aber ihr werdet auch noch anderes finden.“

„Was?“

„Wilde Indianer, die euch Tag und Nacht umschleichen, um euch zu überfallen.“

„Da wehren wir uns.“

„Mit euren Waffen etwa?“

„*Yes.*“

„Zum Beispiel hier mit Eurer Flinte?“

„*Yes.*“

„Alle Wetter, werdet Ihr da ungeheure Heldentaten verrichten. Zeigt doch einmal das Schießholz her! Das müssen wir uns unbedingt besehen.“

Er nahm Sam Hawkens das Gewehr aus der Hand und ging damit zu seinen Genossen hinüber, die es unter den kräftigsten Bemerkungen betrachteten. Auch Dick Stone musste seine lange Rifle zeigen, die den nämlichen spöttischen Beifall fand. Dann sagte Buttler, indem er die Gewehre zurückgab: „*All right.* Ich will nur um euretwillen hoffen, dass ihr mit euren Gewehren jetzt ebenso umzugehen versteht wie früher mit euren Nähnadeln.“

„Keine Sorge!“, meinte Sam zuversichtlich. „Was wir treffen wollen, das treffen wir.“

„Wirklich?“

„Wirklich!“

„Wettschießen, wettschießen!“, flüsterten diejenigen, die Buttler am nächsten saßen, diesem zu.

Im Westen, wo fast jeder Mann ein guter Schütze ist, lässt niemand die Gelegenheit zu einem Wettschießen vorübergehen. Die Schützen messen sich gern miteinander. Der Ruhm des Siegers spricht sich weit herum und es werden dabei oft bedeutende Summen auf das Spiel gesetzt. Hier nun gab es nicht nur eine Gelegenheit zu einem Wett-, sondern sogar zu einem spaßhaften Schießen. Die drei Schneider hatten wohl nicht gelernt, mit Gewehren umzugehen, und da die ihren nichts taugten, so gab es jedenfalls allerlei zu lachen, wenn man sie dazu brachte, ihre vermeintliche Kunst zu zeigen. Darum sagte Buttler, um Sam anzustacheln, in zweifelndem Ton: „Ja, mit der Nähnadel den Ärmel eines Rockes treffen, das kann sogar ein Blinder. Aber schießen, schießen das ist doch etwas ganz anderes. Habt Ihr denn schon einmal geschossen, Mr. Grinell?“

„*Yes*", antwortete der Kleine.
„Wonach?"
„Nach Sperlingen."
„Mit diesem Gewehr?"
„Nein, mit dem Blasrohr."
„Mit dem Blasrohr!", lachte Buttler laut auf. „Und da denkt Ihr, dass Ihr auch mit dem Gewehr ein guter Schütze seid?"
„Warum nicht? Zielen ist doch zielen!"
„So? Wie weit könnt Ihr denn treffen?"
„Doch jedenfalls so weit, wie die Kugel läuft."
„Sagen wir zweihundert Schritte?"
„*Well.*"
„Ungefähr so weit entfernt steht die zweite Hütte da drüben. Glaubt Ihr, sie zu treffen?"
„Die Hütte?", meinte Sam beleidigt. „Die trifft ein Blinder, grade wie mit der Nadel den Rockärmel."
„So wollt Ihr wohl sagen, dass das Ziel kleiner sein soll?"
„*Yes.*"
„Wie groß ungefähr?"
„Wie meine Hand."
„Und das glaubt Ihr zu treffen mit Eurem Schießzeug hier?"
„*Yes.*"
„Unsinn! Dieser Lauf muss ja gleich beim ersten Schuss zerplatzen, und wenn er das nicht tut, so ist er so krumm gezogen, dass Eure Kugeln um jede Hausecke biegen, nie aber geradeaus fliegen werden."
„Versucht es doch einmal!"
„Wollen wir wetten? Ihr habt ja Geld dazu. Wie viel setzt Ihr?"
„So viel wie Ihr."
„Einen Dollar?"
„Einverstanden."
„Also gilt die Wette. Aber wir wollen nicht nach jener Hütte schießen, weil der Besitzer es wohl nicht dulden würde, sondern ich..."

„Schießt nach der meinigen!“, unterbrach ihn der Wirt. „Ich klebe an die hintere Front ein Papier, so groß wie meine Hand. Das mag die Scheibe sein!“

Dieser Vorschlag wurde angenommen. Man begab sich nach der hinteren Seite. Das Papier wurde angeklebt und dann zählte Buttler zweihundert Schritte ab. Er setzte einen Dollar und Sam gab den seinigen. Darauf loste man, wer zuerst schießen solle. Das Los fiel auf Buttler. Er stellte sich in der abgemessenen Entfernung auf, zielte nur ganz kurz, drückte ab und traf das Papier.

Nun war die Reihe an Sam. Er machte die krummen Beinchen möglichst weit auseinander, legte seine Liddy an, bog sich weit, weit nach vorn und zielte eine lange, lange Zeit. In dieser Stellung sah er aus wie ein Fotograf, der sich unter die Hülle seines Apparates beugt, um ihn nach seinem Objekt einzustellen. Alle lachten. Da endlich krachte der Schuss und Sam flog zur Seite, das Gewehr fallen lassend und mit der Hand die rechte Wange haltend. Das Gelächter wurde zum Gejohle.

„Hat Euch die Flinte gestoßen, wohl gar einen Hieb gegeben?“, fragte Buttler teilnahmsvoll.

„*Yes*, sogar eine Ohrfeige war's!“, erwiderte der Kleine wehmütig.

„Das Ding haut also. Es scheint Euch selbst gefährlicher zu sein als anderen Leuten. Wollen sehen, ob Ihr getroffen habt.“

Auf dem Papier war keine Spur von der Kugel Sams zu bemerken. Man suchte lange Zeit, bis endlich einer, der abseits stand, unter dröhnendem Lachen den anderen zurief: „Kommt her zu mir! Da steckt sie, da, in dem Fass. Der Schnaps läuft aus dem Loch!“

Jedenfalls zur Beförderung bestimmt, stand an der Seite des Hauses, vielleicht zehn Schritte davon entfernt, ein volles Branntweinfass. In dieses Fass war die Kugel geflogen und man sah den Inhalt in einem fingerdicken Strahl aus dem frischen Schussloch strömen. Das jetzt entstehende Gelächter wollte kein Ende nehmen. Der Wirt aber fluchte und verlangte Entschädigung. Als Sam ihm diese zusagte, beruhigte er sich und trieb mit dem Hammer einen hölzernen Pflock in das Loch, um es zu schließen.

„Also nicht einmal das Haus habt Ihr getroffen!“, rief Buttler dem ganz verdutzt dreinschauenden Kleinen zu. „Ich habe Euch ja gesagt, dass Eure Kugeln um alle Ecken biegen werden. Der Dollar ist mein. Wollt Ihr noch einen wagen, Mr. Grinell?“

„*Yes*“, antwortete Sam.

Mit dem zweiten Schuss traf er wenigstens das Haus, aber ganz unten an der Ecke, während das Ziel oben in der Mitte der Mauer sich befand. So gab er noch vier oder fünf Schüsse ab, ohne dem Papier näherzukommen, und verlor noch ebenso viele Dollars. Darüber wurde er zornig und rief aus: „Es ist nur, weil es bloß um einen Dollar geht. Ich glaube, wenn es mehr gälte, könnte ich besser zielen.“

„Mir recht“, lachte Buttler. „Wie viel wollt Ihr setzen?“

„So viel wie Ihr.“

„Sagen wir zwanzig?“

„*Yes.*“

Sam verlor auch diese zwanzig, verlor sie aber, weil er wieder genau in dasselbe Eck traf. Buttler strich das Geld ein und sagte: „Noch einmal gefällig, Mr. Grinell?“ Dabei zwinkerte er seinen Leuten heimlich und vergnügt mit den Augen zu.

„*Yes*“, antwortete Sam. „Es muss doch einmal werden.“

„Denke es auch. Wie hoch?“

„Wie Ihr wollt.“

„Fünfzig Dollar.“

„*Yes.*“

„Oder sagen wir lieber hundert?“

„Das ist zu viel. Ich bin zwar überzeugt, dass ich jetzt endlich treffen werde, aber es tut mir Leid, Euch eine solche Summe abzunehmen. Mr. – wie heißt Ihr denn eigentlich, Sir?“

„Buttler", antwortete der Gefragte allzu schnell und unvorsichtig. Wahrscheinlich hätte er einen anderen Namen genannt, wenn er nicht durch Sams Frage so plötzlich überrumpelt worden wäre.

„Schön, Mr. Buttler", fuhr er fort. „Also nicht hundert. Es ist zu viel."

„Nonsens! Was ich gesagt habe, das halte ich. Es fragt sich nur, ob Ihr Mut habt."

„Mut? Den hat ein Schneider immer."

„Also hundert?"

„Yes."

Buttler war so sicher, das Ziel zu treffen, während Sam natürlich danebenschießen würde, dass er diesmal noch kürzer zielte als vorher. Oder regte ihn die Höhe der Summe auf, kurz und gut, seine Kugel kam neben, zwar hart, aber doch neben dem Papier in die Mauer zu sitzen. Das raubte ihm aber nicht die gute Laune, denn sein Gegner traf jedenfalls nicht so nahe an das Ziel. Im schlimmsten Fall konnte es zum Stechen kommen und da war ihm der Sieg dann sicher.

Jetzt zielte Sam, aber wohin? Nach der Mauerecke, wohin er bisher stets getroffen hatte und wo von ihm außer dem ersten Schuss Kugel auf Kugel saß.

„Was fällt Euch ein, Mr. Grinell", rief Buttler erstaunt, „Ihr zielt ja nach der Ecke!"

„Versteht sich ganz von selbst", antwortete der Kleine getrost.

„Warum denn aber?"

„Habe erst jetzt mein Gewehr begriffen."

„Wieso?"

„Scheint seinen eigenen Willen, seine Launen zu haben. Ziele ich nach dem Papier da oben in der Mitte, so geht die Kugel da hinunter in die Ecke. Ziele ich aber nach der Ecke, so müsste sie wohl hinauf nach dem Papier fliegen."

„Das ist Verrücktheit!"

„Nicht von mir, sondern von der Flinte. Passt mal auf!"

Er drückte ab und die Kugel saß – ganz genau in der Mitte des Zieles.

„Seht Ihr nun, dass ich Recht hatte!", lachte der Kleine. „Gewonnen! Gebt die hundert Dollar heraus, Mr. Buttler!"

Die Summen waren noch nicht gesetzt worden. Buttler zögerte, der Aufforderung Folge zu leisten. Es kam ihm der Gedanke, die Zahlung zu verweigern. Dann aber hatte er einen Einfall, den er für besser hielt. Er zog also die Goldstücke aus seiner Tasche, gab sie Sam und sagte: „Hören wir auf?"

„Wie Ihr wollt."

„Oder setzen wir noch einmal?"

„Meinetwegen!"

„Aber nicht hundert, sondern zweihundert!"

„Gut! Mein Kamerad Mr. Berry mag den Schiedsrichter spielen und das Geld verwahren, und wir nehmen ein neues Papier mit einem Punkt genau in der Mitte. Wessen Kugel diesem Punkt am nächsten sitzt, der hat gewonnen."

„Einverstanden", erklärte Buttler. „Aber wir schießen nicht auf zwei-, sondern auf dreihundert Schritt Entfernung."

„Da treffe ich nichts!"

„Ist auch nicht nötig. Vorwärts, Mr. Grinell, zweihundert Dollar heraus!"

Sam gab Dick Stone das Geld. Buttler schien nicht mehr so viel zu besitzen, denn er ging zu mehreren seiner Gefährten, um sich von ihnen aushelfen zu lassen. Als er die Summe beisammen hatte, gab er sie auch an Dick, der sehr wohl wusste, weshalb ihn Sam als Schiedsrichter vorgeschlagen hatte. Nachdem ein neues Papier angeklebt worden war, zählte man dreihundert Schritte ab und Buttler machte sich zum Schuss bereit.

„Ziele besser als vorhin!", rief ihm einer seiner Männer zu.

„Schweig!", antwortete er zornig. „Ein Schneider sticht mich nicht aus!"

„Vorhin aber doch!"

„War nur Zufall, weiter nichts."

Er zielte dieses Mal doch viel länger und sorgfältiger als vorher. Sein Schuss traf das Papier, wenn auch nicht dessen Mittelpunkt.

„Prachtschuss, Hauptschuss, trefflicher Schuss!", lobten ihn seine Gefährten.

Nun kam wieder Sam an die Reihe. Er legte an und der Schuss krachte. Ein mehrstimmiger Ruf des Schreckens oder des Ärgers folgte. Er hatte genau den Mittelpunkt getroffen. Dick Stone eilte zu ihm, hielt ihm das Geld hin und murmelte: „Nimm rasch, alter Sam, sonst bekommst du es nicht!"

„*Well.* Würden es mir später aber doch noch geben müssen." Er steckte es ein und schritt dann der Hütte zu.

„Ein unbegreifliches, ein verdammtes Glück ist das!", rief ihm Buttler zornig entgegen. „So ein Zufall ist noch gar nicht da gewesen!"

„Bei mir allerdings noch nicht", gestand Sam ein, und zwar der Wahrheit gemäß, denn er war ein so vortrefflicher Schütze, dass es keines Zufalls bedurfte. Buttler aber nahm diese Worte in anderem Sinn und sagte: „So gebt das Geld wieder heraus!"

„Herausgeben? Warum?"

„Weil Ihr soeben zugegeben habt, dass das Ziel nicht von Euch, sondern vom Zufall getroffen worden ist."

„Schön! Aber der Zufall hat sich meiner Hand und meiner Flinte bedient; er hat das Ziel getroffen, also die Wette gewonnen. Ihm gehört das Geld und ich werde es ihm geben, sobald ich ihm wieder begegne."

„Das soll wohl ein Witz sein, Sir?", fragte Buttler drohend und zugleich bildeten seine Leute einen engen Kreis um ihn und Sam.

Der Kleine zeigte nicht die mindeste Besorgnis, sondern entgegnete ruhig: „Sir, Schneider pflegen keine Witze zu machen, wenn es sich um Geld handelt. Wollen wir weiter schießen?"

„Nein. Ich habe mit Euch, aber nicht mit Eurem Zufall wetten wollen. Ist der Euch immer so günstig?“

Er gab seinen Gefährten einen verstohlenen Wink, auf Feindseligkeiten zu verzichten. Sam bemerkte ihn aber doch und antwortete schmunzelnd: „Stets, nämlich wenn es sich der Mühe lohnt. Eines lumpigen Dollars wegen aber nicht, da geht meine Kugel lieber in die Ecke.“

Gerade wollten sie um diese Ecke biegen, um nach der Vorderseite des Hauses zurückzukehren, als ihnen jemand entgegenkam. Dieser Jemand war – Sam Hawkens' Maultier, dessen Kopf neugierig nach seinem Herrn auszublicken schien. Buttler, der vorangegangen war, stieß mit dem Tier fast zusammen.

„Hässliches Vieh!“, rief er aus, der Mary einen Fausthieb gegen den Kopf gebend. „Ist ein wahres, richtiges Schneiderpferd! Einem anderen könnte es im ganzen Leben nicht einfallen, sich auf eine solche Bestie zu setzen!“

„Sehr richtig!“, stimmte Sam bei. „Nur fragt es sich, warum?“

„Wieso? Wie meint Ihr das? Wollt Ihr etwa sagen, dass man Euren Ziegenbock nicht reiten könne?“

„Das nicht, Sir. Ich wollte nur sagen, dass ihn nur ein sehr guter Reiter besteigen kann.“

Er brachte das Wort in einem so eigenartigen Ton vor, dass Buttler rasch fragte: „Meint Ihr etwa, dass ich kein guter Reiter bin, dass ich mit Eurer Bestie nicht fortkäme?“

„Weiß nicht, Sir, obgleich zu erwarten steht, dass sie Euch binnen einer Minute abwerfen würde.“

„Mich? Den besten Reiter zwischen Frisco und New Orleans? Ihr seid verrückt!“

Sam maß ihn mit einem neugierigen Blick vom Kopf bis zu den Füßen herab und fragte dann ungläubig: „Ihr der beste Reiter? Das glaube ich nicht. Ihr seid nicht zum Reiten gebaut. Dazu sind Eure Beine zu lang.“

„Nicht zum Reiten gebaut!“, lachte Buttler auf. „Was will

ein Schneider vom Reiten verstehen! Als Ihr vorhin hier ankamt, hocktet Ihr auf Eurem Viehzeug wie ein Affe auf dem Kamel. Und da wollt Ihr vom Reiten sprechen? Lasst Euch nicht auslachen! Euer Maultier nehme ich so zwischen die Schenkel, dass es binnen fünf Minuten zusammenbricht!"

„Oder Euch binnen einer Minute herunterwirft! Wollen wir wetten?"

„Ich setze zehn Dollar!", rief Buttler, der nicht mehr genügend Geld besaß, um wieder in der früheren Höhe zu wetten.

„Ich auch!"

„Gut, fertig, zehn Dollar heraus!"

Sam zog das Geld hervor und gab es wiederum Dick Stone.

Buttler borgte es sich von seinen Gefährten und gab es dann auch an Dick. Lieber hätte er es einem seiner Leute anvertraut, wollte aber keinen Verdacht erwecken.

„Eine schauderhafte Wette!", sagte der Wirt zu ihm. „Um zehn Dollar zu gewinnen, auf ein solches Scheusal steigen! Diesmal aber werdet Ihr sicher gewinnen."

Buttler nahm die alte Mary beim Zügel und führte sie von der Ecke fort nach dem freien Platz vor dem Hause. „Also binnen einer Minute herunter!", rief er Hawkens zu. „Sitze ich dann noch darauf, habe ich gewonnen."

„Darf ich mit dem Tier reden?", fragte Sam.

„Warum nicht? Redet mit ihm, pfeift mit ihm oder singt mit ihm, ganz wie Ihr wollt!"

Es hatten sich zwei Gruppen gebildet: hier Sam mit Dick und Will, dort der Wirt mit den Leuten Buttlers. Dieser stieg auf. Das Maultier ließ es sich ruhig gefallen und stand still und unbeweglich, als ob es aus Holz geschnitzt sei. Da sagte Sam: „Bocke ihn ab, meine gute Bucking-Mary!"

Augenblicklich machte das Maultier einen runden, hohen Katzenbuckel, ging mit allen vieren in die Luft, streckte sich dann aus und kam mit dem Reiter zu gleicher Zeit wieder auf dem Erdboden an. Das heißt, Buttler saß nicht mehr im Sattel, sondern neben der Mary unten auf dem Boden. Seine Leute schrien überrascht auf. Er sprang empor und rief ergrimmt: „Dieses Vieh ist des Teufels! Erst steht es fromm wie ein Lamm und dann geht es ganz plötzlich wie ein Ballon in die Luft! Ich weiß nicht, ob ich richtig verstanden habe. Sagtet Ihr dem Tier nicht, dass es mich abbocken solle?"

„*Yes*", nickte Sam und strich seinen Gewinn ein.

„Sir, das verbitte ich mir!"

„*Pshaw!* Ihr habt gesagt, dass ich mit ihm reden kann, wie ich will."

„Aber nicht zu meinem Schaden!"

„Es war zu Eurem Nutzen. Ihr braucht ja nur zu hören, was ich sage, so wisst Ihr, was das Tier tun wird und wie Ihr Euch dagegen zu verhalten habt, wenn Ihr ein so guter Reiter seid, wie Ihr vorhin sagtet."

„*Well*, so werde ich das nächste Mal sicher gewinnen. Ich lasse mich nicht wieder herabbocken. Setzt Ihr noch einmal zehn Dollar?"

„Gern."

Buttler borgte sich nochmals das Geld, gab es Dick und sagte zu Sam, indem er wieder aufstieg: „Nun sagt dem Racker doch wieder, was er tun soll!"

Sam lachte kurz und lustig auf und rief dem Maultier zu: „Streif ihn ab, meine liebe Striping-Mary!"

Die Mary setzte sich augenblicklich in Galopp, wogegen keine Bemühung Buttlers etwas half, schlug einen Bogen nach der unteren Hausecke zu und rannte nun so eng an der Mauer entlang, dass das rechte Bein Buttlers an der Ecke hängen blieb und er, wenn er es sich nicht arg zerschinden oder gar brechen lassen wollte, aus dem Sattel musste. Er wurde ‚abgestreift' und kam wieder auf die Erde zu sitzen.

„Alle neunundneunzigtausend Teufel!", schrie er wütend, indem er sich erhob und sein Knie befühlte. „Diese Bestie ist ein wahres Höllenvieh. Ich war natürlich auf das Abbocken gefasst."

„Und ich riet der Mary, Euch diesmal abzustreifen", schmunzelte Sam. „Es war ausgemacht, dass ich mit dem Maultier sprechen, pfeifen oder auch singen kann, ganz wie es mir beliebt. Daran halte ich fest. Das Geld ist mein."

Er strich es ein. Buttler hinkte zum Wirt hin und sagte halblaut zu ihm: „Gib mir zwanzig Dollar! Meine Leute haben nichts mehr."

„Wollt Ihr wieder wetten?", fragte der Irländer.

„Natürlich!"

„Ihr werdet abermals verlieren! Von wem bekomme ich dann mein Geld?"

„Von mir, Halunke, von mir!"

„Aber wann?"

„Bis morgen früh."

„Morgen früh? Wenn er Euch alles abgenommen hat?"

„Dummkopf! Das ist nur geborgt. Meine Leute würden wohl nicht so ruhig zusehen, wenn sie nicht wüssten, dass ich morgen früh mein Geld wiederhabe und noch viel mehr dazu."

„Ah, die zweitausend Dollar dieser Schneider?"

„*Yes.*"

„Nehmt Euch in Acht, Sir! Dieser Kerl ist doch nicht ganz so dumm, wie wir gedacht haben."

„*Pshaw!* Alles Zufall!"

„Mit dem Schießen, ja, aber das mit dem Maultier wohl nicht."

„Auch das! Das Tier ist ein altes, ausgemustertes Zirkusvieh, das er für einige Dollar gekauft hat. Es kann diese beiden Kunststücke, das ist alles. Also her mit dem Geld! Ich muss einstweilen wenigstens die letzten zweimal zehn Dollar wieder haben."

Als ihm der Wirt das Geld aus dem Hause geholt hatte, rief er Sam Hawkens zu: „Wettet Ihr nochmal mit?"

„Ja, doch nun zum letzten Mal."

„Einverstanden. Aber um zwanzig Dollar!"
„*Yes.*"
„Da ist das Geld. Dazu gebe ich die heiligste Versicherung, dass mich Euer Scheusal jetzt nicht herunterbringt. Es kann machen, was es will."
Er stieg auf, nahm Mary kurz in die Zügel und fest zwischen die Schenkel und horchte zu Sam hin, was dieser befehlen würde, ob abbocken oder abstreifen. Der Kleine aber gebot keins von beiden, sondern rief: „Wälze ihn ab, meine liebe Rolling-Mary!"
Das Maultier warf sich augenblicklich nieder und rollte sich wie eine Walze auf dem Boden hin. Wenn Buttler sich nicht alle Glieder zerquetschen oder gar zerbrechen lassen wollte, musste er die Zügel fahren lassen und die Füße aus den Steigbügeln nehmen. Kaum fühlte die Mary, dass sie ihn los war, so sprang sie auf, trabte zu ihrem Herrn hin, stieß ein triumphierendes Geschrei aus und rieb ihr Maul an seiner Schulter.
Buttler erhob sich langsam vom Boden, befühlte und betastete sich oben und unten, hinten und vorn und machte ein ganz unbeschreiblich dummes Gesicht. Er war wütend über den mehrfachen Reinfall, den er erlitten hatte, und wollte sich dies doch nicht merken lassen. Dazu schmerzten ihn alle seine Knochen und Muskeln, denn er hatte unter der Mary wie unter einer Drehrolle gelegen.
„Beliebt es Euch vielleicht, noch einmal zu wetten?", rief ihm Sam Hawkens zu.
„Geht zum Satan mit Eurer schändlichen Bestie!", grollte der Gefragte, indem er sich niedersetzte.
„Habe mit dem Satan keine Geschäfte, Mr. Buttler. Ich werde also dahin gehen, wohin es mir gefällt."
„Nach Prescott?"
„*Yes.*"
„Schon heute?"
„Nein. Werden heute hier in San Xavier del Bac bleiben."
„Habt Ihr Euch schon nach einem Obdach umgesehen?"

„Nein. Ist nicht nötig. Werden im Freien schlafen."
„Habt Ihr zu essen?"
„Noch nicht. Dachten, hier was zu bekommen."
„Damit steht es schlimm. Es ist nichts mehr zu haben. Ihr könnt Euch also nur dann satt essen, wenn Ihr unsere Gäste sein wollt. Nehmt Ihr meine Einladung an?"
„Tue es hiermit, Sir. Wann werdet Ihr speisen?"
„Wenn das Fleisch angekommen ist. Werde Euch benachrichtigen."
Damit waren die Wetten beendet und die beiden Gruppen hielten sich nun jede wieder für sich.

2. Durchkreuzte Pläne

„Hast ein feines Geschäft gemacht!“, sagte Dick Stone zu Sam. „Hätte gerne mitgeholfen!“

„War nicht nötig, wenn ich mich nicht irre. Halten uns wahrhaftig für Schneider, hihihihi! Und Buttler heißt der Kerl!“

„Sind also die zwölf Finders. Schlechte Gesellschaft das zum Abendessen!“

„Hätte nicht notwendig gehabt, ihre Einladung anzunehmen; haben ja in unseren Satteltaschen noch Vorrat für einen ganzen Tag, was ganz gut bis Tucson reicht. Hege aber meine gute Absicht dabei. Will sie nämlich festnehmen.“

„Festnehmen? Wie?“

„Wird sich finden.“

„Hätten lieber fortreiten sollen. Ist hier ein sehr gefährliches Pflaster für uns. Die Finders werden dir den Gewinn natürlich wieder abnehmen wollen!“

„Versteht sich. Soll ihnen aber schwer werden. Fürchte mich nicht vor ihnen, besonders da ich gesehen habe, wie leicht sie sich nasführen lassen. Uns für Schneider zu halten, uns, das Kleeblatt!“

„Bist ein Pfiffkopf, alter Sam!“

„Bin ganz zufrieden mit meinem Kopf, wenn er auch schon ein bisschen schadhaft ist! Besaß einst auch mein eigenes Haar mitsamt der Haut, an die es gewachsen war. Habe es von Kindesbeinen an ehrlich und mit vollem Recht getragen und kein Advokat hat es gewagt, es mir streitig zu machen, bis so ein oder zwei Dutzend Pawnees um mich waren und mir das Fell bei lebendigem Leib vom Kopf schnitten und rissen. Bin dann nach Tekama gegangen und habe mir eine neue Haut gekauft. Nannte es Perücke und kostete mich drei dicke Bündel Biberfelle, wenn ich mich nicht irre. Schadet aber nichts, denn das neue Fell ist zuweilen praktischer als das alte, besonders im Sommer. Kann es abnehmen, wenn mich schwitzt, und es waschen und kämmen, ohne mich auf dem Kopf zu kratzen. Und wenn abermals ein Roter meinen Skalp verlangen sollte, so kann ich ihm diesen verehren, ohne dass es ihm vorher Mühe und mir Schmerzen macht, hihihihi."

„Und wie albern", fiel Will Parker ein, „dass sie wirklich glaubten, wir wollten droben am Rio Verde Biber oder sogar graue Bären fangen!"

„War gar nicht so albern, wie du denkst", erklärte Sam. „Haben ja sehr deutlich gesehen, dass du ein Greenhorn bist, und einem Greenhorn ist eben alles zuzutrauen, auch dass er auf einem Heuboden Seehunde und Walfische fangen will. Sprachen davon, dass sie Fleisch erwarten. Woher nur? Ob etwa von Tucson? Ist kaum zu glauben. Werden es stehlen wollen – *behold*, da kommen sie gezogen. Werden sie also nun wohl kennen lernen."

Er deutete nach vorn, wo auf dem freien Platz ein großer, langer, mit vier Ochsen bespannter Blahewagen[1] erschien, dem noch drei andere folgten. Ein sehr gut bewaffneter Reiter trabte voran, das war Master Poller, der Scout. Neben den Wagen ritten zwei Knaben oder Jünglinge, welche ebenfalls Messer, Revolver und Doppelbüchsen trugen. Die Ochsentreiber gingen zu Fuß. In zweien der Wagen waren Insassen. Man sah sie neugierig unter der Blahe hervorblicken.

Der Scout hatte wohl die Absicht gehabt, hier halten zu lassen, aber als er die Gesellschaft vor der Schnapsschenke erblickte, verdüsterte sich sein Gesicht und er ritt weiter. Die Wagen folgten ihm.

„Verdammt!", sagte einer der Finders mit unterdrückter Stimme zu dem Wirt. „Da scheint aus dem Braten heute Abend nichts zu werden. Wer weiß, wie weit von hier sie nun halten werden."

„Werden nicht weit kommen. Man sah, dass die Ochsen müde waren. Habt Ihr das Gesicht des Scout bemerkt?"

[1] Blahe = grobe Leinwand, Wagendecke

„Nein."
„Es verfinsterte sich, als er Euch erblickte. Es ist in ihm Verdacht gegen Euch entstanden, weil Ihr ihn zu weit ausgefragt habt. Er hätte wohl hier Lager gemacht und ist nur Euretwegen wieder fortgeritten. Aber wohl nur bis ans Ende des Ortes, wo es Gras für die Rinder gibt."
„Werde einmal nachsehen."
„Tut das nicht. Wenn er Euch sieht, wächst sein Misstrauen."
„Das ist richtig", bestätigte Buttler. „Wir müssen warten, bis es dunkel geworden ist. Dann gehe ich selbst mit einigen von euch ihnen nach. Sie werden ihre Ochsen frei grasen lassen. Wir führen einen davon fort und schlachten ihn."
„Und werdet entdeckt!", warf der Wirt ein.
„Was nennst du entdeckt? Wenn jemand kommt, so sitzen wir bei dir und essen gebratenes Rind. Das ist alles. Der fehlende Ochse aber liegt geschlachtet weit draußen vor dem Dorf. Wer will beweisen, dass wir die Täter sind?"
„Wir essen grade das Stück Fleisch, das an dem toten Ochsen fehlt!"
„Das ist kein Beweis, denn wir haben es soeben von einem unbekannten Roten gekauft. Und will man uns trotzdem noch weiter belästigen, so haben wir Gewehre und Messer, uns jeden Lästigen vom Halse zu schaffen."
„Die drei Schneider da drüben essen mit?"
„Ja. Weißt du, Paddy, was für einen Gedanken ich habe? Wir machen sie betrunken!"
„Um sie dann...?"
„Ja, um sie dann – ganz so, wie du meinst."
„Bei mir im Haus?"
„Ja, drin in der Stube. Hier im Freien wäre es unmöglich. Man könnte versteckte Zeugen haben."
„Aber es ist für mich höchst gefährlich, eine solche Tat in meinem Hause, in meiner Wirtsstube geschehen zu..."
„Schweig! Du bekommst von dem, was wir bei den Kerls

finden, dreihundert Dollar. Das ist genug für die kleine Belästigung – bist du einverstanden?“

„Ja, denn ich sehe, es geht wohl nicht anders. Aber ich befürchte, dass sich die Kerls schwer berauschen lassen werden.“

„Leicht, sehr leicht im Gegenteil. Hast du nicht gesehen, dass sie deinen Schnaps wegschütteten?“

„So etwas sieht jeder Wirt!“

„Daraus folgt doch, dass sie keine Schnapstrinker sind und deshalb nichts vertragen. Nach einigen Gläsern werden sie toll und voll betrunken sein.“

„Ich schließe daraus, dass sie keine Schnapstrinker sind und also keinen trinken werden. Wie wollt ihr sie da betrunken machen?“

„Hm, auch das wäre möglich. Hast du denn gar nichts anderes als nur Schnaps?“

Der Wirt machte ein Gesicht, das pfiffig sein sollte, und antwortete: „Für gute Freunde und wenn es ehrlich bezahlt wird, habe ich irgendwo im Haus ein Fässchen sehr hitzigen Kalientewein aus Kalifornien liegen...“

„Kalientewein? Alle Wetter, den musst du schaffen!“, fiel Buttler ein. „Ein einziger Liter davon wirft die drei Schneider um und für uns wird dieser Kaliente eine wahre Wonne sein. So einen feinen Tropfen bekommt man selten. Wie viel soll er kosten?“

„Vierzig Liter sechzig Dollar.“

„Etwas teuer, aber einverstanden. Du bekommst also dreihundertsechzig Dollar von dem, was uns die nächste Nacht einbringt.“

„Warum wollt Ihr solche Umwege mit diesen Schneidern machen, Sir? Sie einladen, mit ihnen essen, sie unterhalten, dann berauschen und so weiter? Gibt es denn keinen kürzeren und besseren Weg?“

„Das sehr wohl. Aber Paddy, ich will dir sagen: Es liegt in dem Benehmen dieser drei Männer so ein Etwas, was mich nicht so ganz an die Schneider glauben lässt. Ich habe es mir überlegt. Die Schüsse, die der Kleine getan hat, sind Meisterschüsse gewesen, sogar die ersten Fehlschüsse. Wir sahen ihn nach dem Papier zielen und doch hat er mit einer blitzschnellen Bewegung des Gewehrs, die wir gar nicht bemerkt haben, genau Kugel auf Kugel in die Ecke geschickt. Schau hin, wie sie da sitzen! Sie sahen nicht ein einziges Mal her, o bewahre. Aber ich sage dir, dass sie trotzdem alles so genau wissen, als ob sie ihre Augen immer während hierher richteten. Ich kenne diese maskierten Späherblicke. Und ihre Haltung! Als ob sie jeden Augenblick bereit wären, ihre Revolver abzudrücken. Überfallen, überrumpeln lassen die sich nicht so leicht, wenigstens nicht, ohne dass sie blitzschnell mit ihren Messern und Kugeln bei der Hand sind."

„Aber zwölf oder gar dreizehn gegen drei! Da muss der Ausgang doch wohl sicher sein!"

„Allerdings. Aber von den zwölf, also von uns, werden dabei sicher einige verwundet oder gar getötet. Betäubung durch einen tüchtigen Rausch ist da das sicherste und ungefährlichste..."

Buttler hielt mitten in der Rede inne, deutete nach dem freien Platz hinüber und fuhr fort: „Da kommt die sonderbare Gestalt, die hinter dem Wagen herritt. Sie ist zurückgeblieben, sieht den Zug nicht mehr und weiß nun augenscheinlich nicht, wohin sie sich wenden soll."

Der Ausdruck ‚sonderbare Gestalt' war durchaus zutreffend und sagte eher zu wenig als zu viel. Während sie langsam nähergeritten kam, machte sie in kurzen, fast genau abgemessenen Zeiträumen die regelmäßigsten Pendelbewegungen auf dem Pferd, jetzt mit den Beinen weit nach hinten und den Kopf vornübergesunken, dann rasch damit nach hinten und mit den Beinen nach vorn. Der Körper war in einen langen, weiten Regenmantel und der Kopf in ein großes Wiener Umschlagtuch gehüllt, dessen Zipfel bis auf den Rücken des Pferdes herunterfiel. An den Füßen trug die Figur Zugstiefel. Über die eine Schulter hing eine Flinte und unter dem grauen Mantel schien ein Säbel zu stecken. Das Gesicht, das aus dem Tuch hervorblickte, war bartlos, voll und rot, sodass man, besonders bei dieser Art sich zu kleiden, jetzt wirklich nicht zu sagen vermochte, ob ein Mann oder eine Frau da auf dem langsamen, hageren Klepper saß. Und das Alter des rätselhaften Wesens? War diese Frau ein männlicher Mensch, so mochte er fünfunddreißig Jahre zählen. War dieser Mann aber eine Frau, so stand sie sicher im Anfang der vierzig. Jetzt war sie bei den Tischen angekommen, hielt das Pferd an und grüßte in hohem Fistelton: „Guten Tag, meine Herren! Haben Sie vielleicht vier Ochsenwagen gesehen?"

Bisher war nur Englisch gesprochen worden. Dieser Damenherr oder diese Herrendame aber bediente sich der deutschen Sprache, deren die Gefragten nicht mächtig waren, weshalb auch keine Antwort erfolgte. Als die Frage in der Tonlage des eingestrichenen d wiederholt wurde, stand Sam Hawkens auf, trat zu dem Pferd hin und antwortete deutsch: „Sprechen Sie nicht Englisch?"

„Nein, nur Deutsch."

„Darf ich erfahren, wer Sie sind?"

Da bekam er eine kleine Terz höher, also im eingestrichenen f zu hören: „Ich bin der Herr Kantor emeritus Matthäus Aurelius Hampel aus Klotzsche bei Dresden."

„Klotzsche bei Dresden? Da sind Sie wohl Sachse?"

„Ja, ein geborener, jetzt aber emeritiert."

„Ich bin auch ein Deutscher, wenigstens der Abstammung nach. Treibe mich schon lange in Amerika herum. Sie gehören wohl zu den vier Wagen, Herr Kantor?"

„Ja. Ich bitte aber sehr, recht vollständig zu sein. Sagen Sie also lieber, Herr Kantor emeritus! Dann weiß gleich jedermann, dass ich aus dem Orgel- und Kirchendienst geschieden bin, um meine hervorragenden Befähigungen nun ganz allein der harmonischen Göttin der Musik zu widmen."

Die Äuglein Sams leuchteten lustig auf, doch meinte er

ernst: „Gut, Herr Kantor emeritus, Ihre Wagen sind längst hier vorüber und werden, wie ich vermute, draußen vor dem Dorf angehalten haben."

„Wie viele Takte habe ich da noch weiterzureiten?"

„Takte?"

„Hm – Schritte wollte ich wohl sagen."

„Das weiß ich ebenso wenig wie Sie, weil ich mich gleichfalls zum ersten Mal hier befinde. Erlauben Sie, dass ich Sie führe?"

„Sehr gern, mein werter Herr. Ich bin die Melodie und Sie bilden die Begleitung. Wenn wir unterwegs keine langen Viertelpausen und Fermaten machen, werden wir wohl mit dem Finale bei den Wagen angekommen sein."

Sam warf seine Liddy über die Schulter, pfiff seiner Mary, die ihm wie ein Hund folgte, nahm das Pferd des seltsamen Menschen beim Zügel und schritt der Richtung nach, die die Wagen eingehalten hatten. Dabei setzte er das Gespräch fort.

„Also Sie komponieren, Herr Kantor emeritus?"

„Ja, bei Tag und Nacht."

„Was?"

„Eine große Oper für drei Theaterabende in zwölf Akten, für jeden Abend vier Akte. Wissen Sie, so ein Werk wie der ‚Ring des Nibelungen' von Richard Wagner, diesmal aber nicht von ihm, sondern von mir, dem Herrn Kantor emeritus Matthäus Aurelius Hampel aus Klotzsche bei Dresden."

„Können Sie das denn nicht daheim komponieren? Was treibt Sie denn da nach Amerika, noch dazu nach Arizona, dem gefährlichsten Teil des Wilden Westens?"

„Wer mich treibt? Der Geist, die Muse, wer denn anders? Der begnadete Musensohn muss den Eingebungen der Göttin folgen."

„Das verstehe ich nicht. Ich folge keiner Göttin, sondern meinem Verstand."

„Weil Sie kein Begnadeter sind. Mit Verstand komponiert man keine Oper, sondern mit Generalbass und Kontrapunkt, wenn nämlich ein passendes Libretto[1] vorhanden ist. Und dieser Text, der ist eben die Spannfeder, die mich hinübergeschwippt hat nach Amerika."

„Wieso, Herr Kantor?"

„Bitte wiederholt recht sehr: Kantor emeritus! Es ist wirklich nur der Vollständigkeit halber. Man könnte denken, dass ich noch immer zu Klotzsche bei Dresden die Orgel spielen muss, während ich doch schon seit zwei Jahren einen Nachfolger habe. Meine Oper ist nämlich im Kopf vollständig fertig, aber es fehlt mir der passende Text dazu. Ich brauche eine kräftige, eine gigantische, eine zyklopische Handlung, denn meine Oper soll eine Heldenoper werden. So habe ich mich also selbst nach Helden umsehen müssen, habe aber leider keine recht geeigneten gefunden, denn ich will neue, originale Helden, die noch nicht für die Bühne verwendet sind. Da lebt nun in der Nähe von Dresden zuweilen mein Freund und Gönner Hobble-Frank, und der..."

„Der Hobble-Frank lebt dort? Den kennen Sie?", fiel Sam schnell und überrascht ein.

„Ja, Sie auch?"

„Sehr gut sogar, sehr gut! Weiter, weiter!"

„Und der hat mich auf solche Helden, wie ich sie brauche, aufmerksam gemacht."

„Was Sie nicht sagen, Herr Kantor!"

„Ich ersuche Sie nun schon zum dritten- oder gar zum vierten Mal: Herr Kantor emeritus! Es ist wahrhaftig nur der Vollständigkeit wegen. Man könnte sonst denken, ich maße mir ein Amt an, das ich nun schon seit zwei Jahren nicht mehr bekleide. Also der Hobble-Frank hat mich auf solche für eine Oper geeignete Helden aufmerksam gemacht, zunächst natürlich auf sich selbst und sodann in zweiter Linie auf andere Männer, mit denen er früher hier

[1] Libretto = Text von Opern, Operetten usw.

im Wilden Westen ganz außerordentliche Taten verrichtet hat und wahrscheinlich jetzt wieder zusammengetroffen ist."

„Wer sind diese Leute?"

„Ein Apatschenhäuptling, der Winnetou[1] heißt, zwei weiße Präriejäger, namens Old Shatterhand[2] und Old Firehand[3], und viele andere. Kennen Sie vielleicht auch diese drei?"

„Will es meinen, hihihihi! Ich sage Ihnen, dass Sie von mir so viel über diese Männer hören können, dass Sie zwanzig Opern davon zu komponieren im Stande sind. Die Musik dazu müssen Sie sich freilich selbst machen."

„Natürlich, natürlich! Der Hobble-Frank hat mir alle Abenteuer erzählt, die er mit den Herren erlebte. Kann ich von Ihnen noch weitere Taten vernehmen, so ist mir das lieb, weil dadurch mein Stoff reicher wird."

„Sie sollen mehr erfahren, als Sie brauchen. Aber sagten Sie nicht soeben, dass der Hobble-Frank jetzt wieder mit den anderen zusammengetroffen ist?"

„Ja, so sagte ich. Ich vermute es allerdings nur, wenn ich es auch nicht bestimmt behaupten kann. Ich war nämlich einige Tage lang nicht daheim gewesen. Als ich nach Haus kam, fand ich einige Zeilen von ihm vor, durch die er mich aufforderte, schleunigst zu ihm zu kommen, falls es noch meine Absicht sei, mit ihm nach Amerika zu gehen, um die Helden für meine Oper persönlich kennen zu lernen. Ich suchte ihn natürlich sofort auf, kam jedoch zu spät, denn die Villa ‚Bärenfett', die er bewohnt, war verschlossen – alles zu, kein Mensch da, und vom Nachbarn konnte ich nur erfahren, der Hobble-Frank müsse für längere Zeit verreist sein. Ich habe als ganz selbstverständlich angenommen, dass er nach Amerika ist, und ich bin ihm einfach nachgereist."

[1] ‚Brennendes Wasser [2] Sprich: Schätterhänd (= Schmetterhand)

[3] Sprich: Faierhänd (= Feuerhand)

„Warum aber gerade in dieses wilde Arizona hinein? Haben Sie denn Grund, zu glauben, dass er sich in dieser Gegend befindet?“

„Ja, denn er sprach öfters mit mir über Arizona und Nevada und erwähnte dabei, dass er sofort dorthin aufbrechen werde, sobald er erfahre, dass einer seiner früheren Gefährten sich dorthin wenden wolle. Er steht nämlich mit ihnen im Briefwechsel. Da er nun so plötzlich und ohne auf mich zu warten abgereist ist, vermute ich, dass er von einem seiner Freunde eine solche Nachricht empfangen hat.“

„Und daraufhin, nur daraufhin haben Sie diese weite Reise gemacht?“

„Warum nicht? Land ist Land, gleichviel, ob es Sachsen oder Arizona heißt. Warum soll man sich in dem einen schwerer begegnen als in dem anderen?“

„Welche Frage! Erstens handelt es sich darum, dass Arizona und Nevada viel größer sind als Sachsen und dann kommen auch die Verhältnisse in Betracht. Haben Sie eine Ahnung davon, wie viele und welche Indianerstämme hier wohnen?“

„Die gehen mich doch nichts an!“

„Kennen Sie die Unwegsamkeit des Landes, die wilden Schluchten und Cañons, die Öde der Bergwelt, die Trostlosigkeit der Wüsten, besonders derjenigen, die zwischen Kalifornien, Nevada und Arizona liegt?“

„Geht mich auch nichts an!“

„Verstehen Sie die Sprache der Indianer, der hiesigen Weißen?“

„Brauche ich nicht! Meine Sprache ist die Musik.“

„Aber der Indianer wird ganz und gar nicht musikalisch mit Ihnen sprechen und verfahren! Wie es scheint, wissen Sie gar nicht, welchen Gefahren Sie sich aussetzen, wenn Sie den Hobble-Frank aufsuchen wollen.“

„Gefahren? Ich habe Ihnen bereits gesagt, wie ich darüber denke. Ein Jünger der Kunst, ein Sohn der Musen hat keine Gefahren zu fürchten. Er steht so hoch über dem gewöhnlichen Leben wie die Violine über dem Rumpelbass. Er lebt und atmet den Äther himmlischer Akkorde und hat mit irdischen Dissonanzen nichts zu schaffen."

„*Well!* So lassen Sie sich einmal von einem Indsman den Skalp über die Ohren ziehen, und sagen Sie mir dann, welche himmlischen Akkorde Sie dabei vernommen haben! Hier zu Lande gibt es nur eine Musik und das ist diese hier." Er schlug bei diesen Worten mit der Hand an sein Gewehr und fuhr dann fort: „Dieses musikalische Instrument gibt die Töne an, nach denen in Arizona und Nevada getanzt wird, und..."

„Getanzt? Pfui", unterbrach ihn der Kantor. „Wer hat vom Tanzen gesprochen oder wer wird überhaupt davon sprechen? Ein Künstler niemals! Das Tanzen ist eine hastige und immer währende Veränderung des festen Standpunktes, durch die man in unästhetischen Schweiß gerät."

„Dann will ich wünschen, dass Sie hier nicht in die Lage kommen, ganz gegen Ihren künstlerischen Willen den Schwerpunkt und mit ihm noch einiges andere, vielleicht gar das Leben zu verlieren. Leider steht schon jetzt zu befürchten, dass Sie sehr bald gezwungen sein werden, einen Hopser zu tanzen, wobei es wohl kaum ohne Schweiß abgehen wird."

„Ich? Fällt mir nicht ein! Wer wollte oder könnte mich zwingen?"

„Die Herren, die da hinter uns vor der Schnapsschenke saßen. Ich werde Ihnen das später erklären."

„Warum nicht jetzt?"

„Weil ich es den anderen auch noch sagen muss und weil wir jetzt da angekommen sind, wohin wir wollten, wenn ich mich nicht irre."

Sie hatten das Dorf verlassen und befanden sich nun auf der Straße, die nach der Hauptstadt führt. Während dieses ganzen Wegs hatte der Kantor seine eigentümlichen Pendelbewegungen auf dem Pferd fortgesetzt. Bald den

Oberkörper nach vorn, bald nach hinten biegend, hatte er die Beine und Füße mit den Bügeln in die entgegengesetzte Richtung geschoben, was dem kleinen Sam Hawkens, wie sein lustiges Augenblinzeln zeigte, nicht wenig Spaß zu machen schien. Jetzt sahen sie die vier großen schweren Auswandererwagen vor sich stehen.

Die Insassen waren ausgestiegen und hatten die Ochsen ausgespannt, die das kärglich sprossende Gras abweideten.

Die Wagen waren eng nebeneinander aufgefahren, mit den Deichseln alle nach einer Seite gerichtet, ein großer Fehler in jener Gegend, wo es der Indianer und des herumstrolchenden weißen Gesindels wegen stets geraten ist, eine so genannte Wagenburg zu bilden. Die Insassen waren ausgestiegen und bewegten sich geschäftig auf dem Platz umher. Zwei Frauen suchten nach dornigem Akaziengestrüpp, dem einzigen Holz, das es hier zu einem Feuer gab. Zwei andere trugen Töpfe, in denen das Essen gekocht werden sollte. Einige Kinder halfen dabei. Zwei Männer schafften in Eimern Wasser herbei, ein dritter untersuchte die Wagenräder. Diese drei waren noch ziemlich jung. Ein vierter, der gewiss die fünfzig überschritten hatte, aber noch bei vollen Manneskräften und sehr breit und stark gebaut war, stand inmitten dieses Treibens, um es zu bewachen und von Zeit zu Zeit mit heller Stimme einen kurzen Befehl auszusprechen. Er schien also der Anführer dieser Auswanderer zu sein. Als er die beiden Ankömmlinge bemerkte, rief er: „Wo bleiben Sie denn nun wieder einmal, Herr Kantor?! Man ist in steter Sorge um Sie und...“

„Bitte, bitte, Herr Schmidt“, unterbrach ihn der Angeredete, „Herr Kantor emeritus, wie ich Ihnen schon hundertmal gesagt habe. Es ist wahrhaftig nur der Vollständigkeit wegen und weil ich mir kein Amt anmaßen darf, das ich nicht mehr innehabe.“

Dabei hielt er sein Pferd an und stieg herunter, aber wie! Er nahm erst das rechte Bein empor, um links herunterzukommen. Das schien ihm aber zu gefährlich zu sein, darum zog er nun den linken Fuß aus dem Bügel, um zu versuchen, rechts auf die Erde zu kommen, was für ihn aber wahrscheinlich ebenso bedenklich war. Darum stemmte er beide Hände auf den Sattelknopf, lüpfte sich hoch und schob sich nach hinten, sodass er auf die Kruppe des Pferdes zu sitzen kam. Von da aus verlor er sich langsam immer weiter rückwärts und rutschte endlich beim Schwanz herunter. Das Tier war lammfromm und ermüdet und ließ dieses seltsame und lächerliche Verfahren ruhig über sich ergehen. Die Auswanderer hatten diesem ‚Abrutsch' schon oft beigewohnt, weshalb er auf sie keinen Eindruck mehr machte. Dem guten Sam Hawkens aber war so etwas noch nicht vorgekommen und so musste er sich große Mühe geben, nicht laut aufzulachen.

„Ach was, Emeritus!", entgegnete Schmidt in kräftiger Weise. „Für uns sind Sie noch immer der Herr Kantor. Haben Sie sich emeritieren lassen, so ist das Ihre Sache, aber kein Grund für uns, dieses ewige Fremdwort immer wiederzukauen. Warum bleiben Sie denn ständig zurück? Man muss nur stets auf Sie aufpassen!"

„Piano, piano, lieber Schmidt! Ich höre Sie sehr gut, auch wenn Sie nicht so schreien. Mir kam ein musikalischer Gedanke. Ich glaube nämlich, dass man bei einer Ouvertüre, wenn das Cello im Orchester fehlt, dessen Stimme auch der dritten Trompete übergeben kann. Nicht?"

„Übergeben Sie sie meinetwegen der großen Paukentrommel! Ich weiß wohl, dass ein Wagen geschmiert werden muss, wenn er gut laufen soll, aber nicht, was in einer Ouvertüre trompetet werden muss. Was haben Sie uns denn da für einen Hanswurst mitgebracht?"

Bei diesen Worten deutete er auf Sam Hawkens. Der Kantor antwortete, ohne ihm das kräftige und wohl auch beleidigende Wort zu verweisen: „Dieser Herr ist – ist – heißt – hm, das weiß ich selbst noch nicht. Ich traf ihn im Dorf und fragte ihn nach Ihnen. Da war er so freundlich, mich zu Ihnen zu führen. Hauptsache, dass auch er ein Sachse ist."

„Ein Sachse?", fragte Schmidt im Ton des Erstaunens, indem er Sam vom Kopf bis zu den Füßen herunter betrachtete. „Das ist doch gar nicht möglich! Wenn bei uns in Sachsen jemand in solcher Kleidung herumliefe, würde er auf der Stelle festgenommen!"

„Aber wir sind glücklicherweise jetzt nicht in Sachsen", warf Hawkens mit verbindlichem Lächeln ein. „Darum werde ich meine Freiheit wahrscheinlich behalten, wenn ich mich nicht irre. Ihr werdet hier noch ganz andere Anzüge zu sehen bekommen, als der meinige ist. Es gibt im Wilden Westen nicht alle zwanzig Schritte zehn Kleiderläden. Darf ich vielleicht erfahren, wohin ihr wollt, meine Herren?"

„Ihr?", meinte Schmidt in abweisendem Ton. „Wir sind gewohnt, Sie genannt zu werden, und möchten, ehe wir Ihnen Auskunft geben, zunächst wissen, wer Sie sind und was Sie treiben."

„*Well*, das können Sie wissen. Ich heiße Falke, bin der Abstammung nach ein Sachse, lebe als Westmann und gebe jedem die Ehre, die ihm gebührt. Ob Ihr mir meine Frage nun auch beantworten wollt, das steht in Eurem Belieben."

„Ihr und Euer? Herr Falke, ich habe Ihnen schon gesagt, dass wir gewohnt sind..."

„Schon gut, schon gut!", unterbrach ihn der Kleine. „Und ich habe auch bereits gesagt, dass ich einem jeden die Ehre gebe, die ihm gebührt. Wer mich als einen Hanswurst betrachtet, der wird von mir nicht für voll genommen."

„Alle Donner! Meinen Sie damit etwa mich?", brauste der Alte auf, indem er drohend einen Schritt nähertrat.

„Ja" antwortete der Kleine, indem er ihm furchtlos und freundlich in die Augen sah.

„Da machen Sie ja gleich, dass Sie fortkommen, falls Sie wünschen, dass Ihre Knochen beieinander bleiben sollen!"

„Das werde ich tun. Aber als Ihr Landsmann halte ich es für meine Pflicht, Sie vor den zwölf Reitern zu warnen, die heute an Ihnen vorübergekommen sind."

„Ist nicht nötig. Wir sind selbst so klug, zu wissen, woran wir sind. Die Kerls haben uns gleich nicht gefallen und, als sie uns ausfragen wollten, keine Auskunft erhalten. Sie sehen also, dass Ihre guten Lehren bei uns überflüssig sind."

Er drehte sich um, zum Zeichen, dass er mit Sam Hawkens nichts mehr zu tun haben wollte. Dieser machte eine Bewegung, sich zu entfernen, blieb aber doch, angetrieben von seinem guten Herzen, wieder stehen und sagte: „Master Schmidt, noch ein Wort!"

„Was?", fragte der Alte barsch.

„Wenn Ihr wirklich keine guten Lehren braucht, so will ich sie gerne für mich behalten. Gestattet mir nur noch das eine zu fragen: Stehen Eure Wagen nur einstweilen so beieinander wie jetzt?"

„Warum diese Frage?"

„Weil dies die allerbequemste Weise ist, bestohlen oder gar überfallen zu werden. Hätte ich hier etwas zu gebieten, so würde mit den vier Wagen ein Viereck gebildet, innerhalb dessen alle Menschen und Ochsen – hihihihi – Menschen und Ochsen während der ganzen Nacht zu bleiben hätten. Dabei müsste von der Dunkelheit bis zum frühen Morgen ein Posten sorgsam Wache halten."

„Warum?"

„Weil Ihr Euch in Arizona befindet und nicht daheim in der Dresdener oder Leipziger Kreisdirektion."

„Wo wir sind, das wissen wir genau. Um das zu erfahren, brauchen wir keinen Hanswurst zu fragen. Macht Euch also fort von hier, sonst schaffe ich Euch Spannfedern in die Beine!"

„*Well*, gehe schon, wenn ich mich nicht irre. Habe es gut gemeint mit Euch. Aber jetzt verlässt der Hanswurst das Affentheater!"

Er drehte sich scharf um und entfernte sich nach dem Dorf zu. Schmidt fuhr den Kantor unmutig an: „Da hatten Sie uns aber einen sauberen Kerl gebracht. Sah aus wie ein Harlekin und war dabei doch grob wie Bohnenstroh. Für solche Landsmänner muss ich danken."

„Aber mir gegenüber war er sehr zuvorkommend und freundlich", wagte der Emeritus einzuwerfen. „Das war wohl die Folge davon, dass ich ihn hübsch dolce angesprochen habe, wie wir Musikkünstler uns auszudrücken pflegen, während Sie ihm sehr sforzando über den Mund gefahren sind."

„Weil er wie ein Landstreicher dahergelaufen kam und..."

Schmidt war von einem lauten Ausruf unterbrochen worden. Die beiden jungen Männer, die die Wagen zu Pferd begleitet und von denen die Finders gesprochen hatten, waren am Fluss gewesen, um ihre verstaubten Pferde zu waschen. Jetzt kamen sie zurückgeritten. Der eine von ihnen hatte ein aufgewecktes Gesicht vom Schnitt und der hellen Farbe des Europäers, obgleich die Haut infolge der Sonnenglut beträchtlich gebräunt war. Er mochte wohl achtzehn Jahre zählen und war eher breit als hoch. Die kühn geformten Züge des anderen waren echt indianisch. Jedoch standen seine Backenknochen nicht sehr weit hervor. Die Farbe seines Gesichts war ein mattes Bronze, wovon das helle Grau seiner scharfen Augen ebenso wie das Mittelblond seines Haares lebhaft abstach. Seine Gestalt war schlanker, doch nicht weniger kräftig als die seines Begleiters, mit dem er jedenfalls im gleichen Alter stand. Beide waren nach europäischer Art gekleidet und, wie es schien, vortrefflich bewaffnet. Ebenso saßen beide sehr gut zu Pferde, besonders der Grauäugige, der mit seinem Tier wie zusammengegossen schien. Er hatte, als er sich dem Lager näherte und Sam Hawkens schnell fortgehen sah, den Ruf ausgestoßen, durch den Schmidt unterbrochen worden war.

„Was gibt's? Was wollen Sie?", fragte dieser den Heranreitenden.

Der junge Mann trieb sein Pferd schnell näher und antwortete, vor Schmidt anhaltend, in deutscher Sprache, doch mit fremder Betonung: „Wer war der kleine Mann, der soeben fortging?"

„Warum?"

„Weil er mir bekannt vorkam. Ich habe ihn nicht genau gesehen, aber sein Gang fällt mir auf. Hatte er einen Bart?"

„Ja, einen wahren Urwald!"

„Das stimmt! Die Augen?"

„Sehr klein."

„Die Nase?"

„Fürchterlich."

„Stimmt auch! Hat er vielleicht seinen Namen genannt?"

„Ja."

„Sam Hawkens etwa?"

„Nein. Er heißt Falke und ist ein Deutscher."

„Sonderbar, aber doch erklärlich! Falke heißt englisch hawk. Viele Deutsche nehmen, wenn sie herüberkommen, englische Namen an. Warum sollte ein Westmann, der Falke heißt, sich nicht Hawkens nennen? Dass Sam Hawkens ein Deutscher ist, wusste ich allerdings nicht. Aber diese Gestalt und dieser eigentümliche, schleichende Gang! Jeder gute Westmann hat das Anschleichen gelernt, aber so pflegt nur Sam Hawkens zu schleichen. Doch halt, noch eine Frage: Hat dieser Mann wärend des Gesprächs vielleicht einmal gelacht?"

„Ja."

„Wie?"

„Ausgesucht höhnisch, als er von Menschen und von Ochsen sprach."

„Ich meine, mit welchem Vokal, mit welchem Laut er lachte. Man lacht mit a und mit i, sogar mit e oder mit o."

„Es war mit i und mehr ein Kichern als ein Lachen."

„Wirklich, wirklich?", fragte der Jüngling lebhaft. „Dann ist er es doch gewesen! Sam Hawkens hat ein ganz eigentümliches Hihihihi, wie man es von keinem anderen hört.

Man vernimmt es sehr oft von ihm. Es klingt so listig und dabei stillvergnügt. Er schluckt es halb in sich hinein."

„Alles richtig! Aber Sie werden sich täuschen: Der Kerl war ein Stromer, aber kein Westmann!" –

Der Kleine war nach der Schenke zurückgekehrt und hatte sich wieder zu Dick und Will gesetzt. Um doch etwas zu verzehren, ließen sie sich je noch einen Whisky geben, den sie mit Wasser verdünnt tranken. Die Finders lachten darüber, ließen die drei aber sonst in Ruhe.

Als es dunkel geworden war, brannte der Irländer eine Laterne an, die aufgehängt wurde und den Platz vor dem Haus notdürftig erleuchtete. Nach einiger Zeit stand Buttler vom Tisch auf, gab dreien seiner Gefährten einen Wink und entfernte sich mit ihnen.

„Das hat irgendeinen Zweck", sagte Will Parker leise. „Wohin mögen sie wollen?"

„Kannst du dir das nicht denken?", fragte ihn Sam.

„Nein. Ich bin nicht allwissend."

„Ich auch nicht. Aber wer kein solches Greenhorn wie Will Parker ist, der muss wissen, was sie wollen."

„Nun, was, altes gescheites Coon?"

„Fleisch."

„Woher?"

„Von den Auswanderern. Die Finders haben Gier auf frisches Fleisch und da draußen bei den Wagen gibt es sechzehn Ochsen. Weißt du nun, woran du bist, mein kluger Will?"

„Ah, die Ochsen, richtig, richtig!", nickte der Gefragte. „Es ist diesen Gentlemen wirklich zuzutrauen, dass sie einen Ochsen stehlen, was viel leichter ist, als in einen Wagen zu steigen, um einen harten Schinken herauszuholen. Man legt sich auf die Erde, schleicht sich an das Tier und treibt es langsam und vorsichtig vom Lager fort, bis man es sicher hat."

„So ist es! Ja, so wird's gemacht, hihihihi! Scheinst in

früherer Zeit ein feiner Ochsendieb gewesen zu sein, wenn ich mich nicht irre."

„Schweig, altes Coon! Mir sollten diese Leute Leid tun, wenn sie ein Zugtier einbüßten. Ist dir deine Vermutung erst jetzt gekommen?"

„Nein, schon gleich als Buttler vom Fleisch sprach."

„Und bist bei den Auswanderern gewesen und hast sie nicht gewarnt?"

„Wer sagt dir denn, dass ich dies nicht getan habe? Aber man nannte mich einen Hanswurst, dessen guten Rat niemand braucht. Sam Hawkens ein Hanswurst, hihihihi! Hat mir ungeheuren Spaß gemacht. Bin zwar nicht ganz salonmäßig gekleidet, aber dieser Kantor emeritus sieht doch noch weit eher wie ein Bajazzo aus als ich, wenn ich mich nicht irre."

„Du lachst. Denkst du denn auch daran, dass wir zum Essen eingeladen sind?"

„Natürlich denke ich daran! Fühle ja einen Hunger wie ein Präriewolf, dem die Sonne zwei Wochen lang in den leeren Magen geschienen hat."

„Willst also der Einladung folgen und gestohlenes Fleisch mitessen?"

„*Yes*, sogar sehr!"

„Sam, es wird mir schwer, das zu glauben, da du eine so grundehrliche alte Haut bist. Doch tu, was du willst. Ich mache nicht mit. Gestohlene Ware isst Will Parker nicht!"

„Sam Hawkens auch nicht, außer er weiß, dass sie hinterher bezahlt wird."

„Ach, du meinst...?"

„Ja", nickte der Kleine. „Bin ein Hanswurst genannt worden und musste mich mit meinem Rat abweisen lassen, werde also nichts verhindern. Strafe muss sein, besonders wenn sie zur Lehre und zur Besserung dient, wie mir scheint. Werde auch mit dem größten Vergnügen mitessen, dann aber dafür sorgen, dass die Bestohlenen voll entschädigt werden."

„Wenn es so ist, esse ich auch mit. Müssen uns aber dabei sehr in Acht nehmen. Sollte mich wundern, wenn uns die Finders ungerupft von dannen lassen wollten."

„Werden ihre eigenen Federn lassen müssen. Pass nur auf!"

Buttler mochte mit seinen Gefährten vielleicht drei Viertelstunden fortgewesen sein, als sie zurückkehrten. Sie brachten eine Rindslende mit, die in das Haus geschafft wurde, um dort gebraten zu werden. Bis sie gar war, wurden noch mehrere Flaschen Whisky geleert. Als die Negerin endlich meldete, dass der Braten fertig sei, kam Buttler zu dem ‚Kleeblatt' herüber, um dieses aufzufordern, sich mit in das Innere des Hauses zu begeben.

„Können wir das, was Ihr uns geben wollt, nicht lieber herausbekommen?", fragte Sam.

„Nein", lautete die Antwort. „Wer unser Gast sein will, muss bei uns sitzen. Übrigens wisst ihr vielleicht, dass der Wein nur in Gesellschaft mundet."

„Wein? Woher soll der hier kommen?", tat Sam erstaunt.

„Ja, woher! Nicht wahr, das wundert euch? Ich sage euch, ihr seid bei echten Gentlemen zu Gast geladen. Wir haben gesehen, dass ihr keinen Whisky mögt, und haben euch zuliebe und euch zu Ehren den Wirt überredet, uns das einzige Fässchen abzulassen, das er noch im Haus hat. Es ist ein Wein, wie ihr wohl noch keinen gekostet habt. Also kommt, Mesch'schurs[1]!"

Er wendete sich nach der Tür, hinter der seine Leute schon verschwunden waren. Dadurch gewann Sam Hawkens Gelegenheit, seinen Gefährten zuzuraunen: „Wollen uns betrunken machen und dann ausrauben. Denken, wir können nichts vertragen, weil wir den Giftschnaps des Iren verschmähen. Hihihihi, sollen sich täuschen, wenn ich mich nicht irre! Sam Hawkens trinkt wie ein Spundloch. Wir tun, als könnten wir nichts vertragen, Boys, trinken sie aber dennoch alle unter den Tisch."

[1] eigentlich Messieurs (franz., engl. Aussprache: Mesch'schurs) = Meine Herren

Sie traten in das Haus. Rechts lag die Küche mit einem dürftigen Herd, auf dem ein Feuer brannte; darüber hatte die Negerin das Fleisch gebraten. Links standen zwei lange Tafeln, die aus ungehobelten Pfählen und Brettern bestanden, daran je zwei Bänke. Es war also für alle Anwesenden Platz zum Sitzen vorhanden. Das Weinfass lag in der Ecke auf einem Klotz. Der Ire füllte daraus zwei Krüge, aus denen getrunken wurde. Gläser gab es nicht.

Die Finders hatten sich vorgenommen, wenig zu trinken, bis ihre drei Gäste vollständig berauscht seien. Sie ließen also die Krüge fast ununterbrochen kreisen und taten so, als ob sie tüchtig tränken, nahmen aber nur kleine Schlucke.

Der Wein war aber wirklich hervorragend, er schmeckte ihnen. Und so kam es, dass ihre Schlucke immer größer wurden.

Auch der Braten war vorzüglich. Man sprach ihm tüchtig zu und war mit ihm schon fast auf die Neige gelangt, als eine Unterbrechung des Mahls eintrat. Es erschien nämlich Poller, der Scout, unter der Tür, hinter ihm der alte Schmidt und dann auch die drei anderen Männer. Sie hatten ihre Gewehre bei sich, während die der Schmausenden weggelegt worden waren. Als sie die Vorgänge in dem Raum überblickt hatten, trat Poller einige Schritte näher und sagte: „Good evening, Mylords! Erlaubt ihr uns vielleicht, euch gesegnete Mahlzeit zu wünschen?“

„Warum nicht?“, antwortete Buttler. „Würden euch gern einladen, mitzutun. Haben aber schon beinahe aufgegessen.“

„Tut uns Leid. Man sieht keine Knochen? Mir scheint, es ist wohl gar Lende, die ihr euch geleistet habt?“

„*Yes*, eine feine Büffellende.“

„Laufen hier noch Büffel herum? Es wird wohl vielmehr ein zahmes Rind gewesen sein?“

„Auch möglich. Haben es aber als Büffellende gekauft.“

„Wo denn, wenn ich fragen darf?“

„In Rhodes Rancho im Tal des Rio Santa Cruz, als wir dort vorübergekommen sind."

„Das muss doch einen tüchtigen Pack gegeben haben und wir haben keinen bei euch bemerkt, als ihr an uns vorbeirittet."

„Weil jeder sein Stück bei sich trug, wenn Ihr nichts dagegen habt, Sir" hohnlächelte Buttler.

„*Well*, Master. Wie aber kommt es denn, dass uns ein Ochse fehlt?"

„Fehlt euch ein Ochse? Ah, wie viele seid ihr denn gewesen?"

Die Finders belohnten diesen groben Witz mit einem schallenden Gelächter. Poller ließ sich dadurch nicht irremachen und fuhr fort: „Ja, ein Zugochse ist uns abhanden gekommen. Habt ihr vielleicht eine Ahnung, Gentlemen, wohin er ist?"

„Woher sollten wir das wissen? Sucht ihn doch!"

„Das taten wir bereits und haben ihn auch gefunden."

„So seid froh, Sir, und lasst uns mit diesem eurem Ochsen in Ruhe! Wir haben mit dem Vieh nichts zu schaffen."

„Wahrscheinlich doch! Die Sache ist nämlich die, dass er fortgelockt und mit einem kunstgerechten Stich zwischen die Wirbel lautlos getötet wurde. Das ist ganz die Art und Weise der Rinderdiebe, ihre Beute gleich in der Nähe abzuschlachten."

„*Well*. So denkt ihr also, der Ochse sei euch gestohlen worden?"

„Das denken wir nicht nur, sondern wir sind fest überzeugt davon."

„So jagt den Dieben nach! Vielleicht erwischt ihr sie. Das ist der einzige und beste Rat, den ich euch geben kann."

„Wir haben ihn bereits befolgt. Sonderbarerweise nämlich fehlt an dem erstochenen Ochsen gerade nur die Lende!"

„Das finde ich nicht sonderbar, sondern ganz erklärlich.

Die Diebe haben wohl gewusst, dass die Lende das beste und schmackhafteste Stück eines Rindes ist."

„*Well*, sie sind also gleicher Ansicht wie ihr gewesen. Ich sehe nämlich, dass euer Braten gerade auch Lende war."

Da stand Buttler von der Bank auf und fragte drohend: „Was soll das heißen, Sir? Bringt Ihr etwa unseren Braten mit der Lende des gestohlenen Rindes zusammen?"

„Ja, das tue ich allerdings und ich hoffe, dass Ihr nichts dagegen habt."

Im Nu hatte Buttler sein Gewehr in der Hand, auch seine Gefährten sprangen auf und ergriffen ihre Gewehre.

„Mann", rief er dem Führer zu, „wisst Ihr, was Ihr wagt? Seht diese zwölf Gewehre auf Euch gerichtet und wiederholt Eure Anschuldigung!"

„Fällt mir nicht ein! Ich habe meine Pflicht getan und bin nun fertig. Ich bin Scout der Männer, die da hinter mir stehen. Sie sind Deutsche und können nicht englisch sprechen. Was ich sagte, habe ich in ihrem Namen gesagt und kann nun gehen. Denn ich bin nicht ihr Ochsenhirte. Was hier noch zu tun ist, mögen sie selber erledigen."

Er drehte sich um und ging fort. Dieser Mann hatte von seinem Standpunkt aus ganz Recht. Er war ein Mietling und tat nur das, wofür er bezahlt wurde. Er hatte eigentlich schon zu viel getan, indem er sich eines gestohlenen Rindes wegen vor die drohenden Läufe dieser gefährlichen Leute wagte. Buttler und seine Finders setzten sich wieder. Die Deutschen hatten wahrscheinlich gemeint, der Scout werde diese Angelegenheit zu Ende führen, denn sie standen, als er sich entfernt hatte, zunächst ratlos da, bis dem alten Schmidt ein Auskunftsmittel in den Sinn kam. Er wendete sich nämlich an Sam Hawkens, der mit seinen beiden Freunden ruhig weitergegessen und scheinbar auf sonst nichts geachtet hatte:

„Herr Falke, haben Sie gehört, was unser Führer gesagt hat?"

„So ziemlich", antwortete der Kleine und schob ein Stück Fleisch in den Mund.

„Wir haben es nicht verstanden. Hielt er diese Leute für die Diebe?"

„Ja."

„Und was war die Folge?"

„Die Folge? Hm, die Folge war, dass er dann fortging."

„Alle Teufel! Soll ich mir etwa meinen Ochsen stehlen lassen?"

„Sollen? Sie haben sich ihn bereits stehlen lassen, wenn ich mich nicht irre, hihihihi."

Bei diesem lustigen Lachen, auf das er schon besonders aufmerksam gemacht worden war, horchte Schmidt auf. Dann fuhr er fort: „So helfen Sie mir doch, damit ich zu meinem Recht komme! Sie sind ein Deutscher, also ein Landsmann von uns, und müssen sich unser annehmen."

„Ich muss? Was könnt Ihr von der Hilfe eines Hanswurstes erwarten? Hättet Ihr meinen Rat befolgt, eine Wagenburg gebildet und Euer Vieh bewacht, so wäre Euch der Ochse nicht gestohlen worden. Ich kann nichts für Euch tun, gar nichts."

„Aber hier sitzen, mit den Spitzbuben gemeinschaftliche Sachen machen und von dem gestohlenen Braten essen, das können Sie wohl, nicht?"

„Ja, das kann ich, denn ich bin von ihnen zum Mitessen eingeladen worden, wenn ich mich nicht irre."

Da stieß der Deutsche den Kolben seines Gewehrs wütend auf den Fußboden und rief: „Dann danke ich für die Landsmannschaft und werde mir selber helfen!"

„Wie wollt Ihr das anfangen?"

„Ich zwinge diese Schufte, mich zu bezahlen! Wir sind vier Personen und haben unsere Gewehre!"

„Und hier stehen zwölf verwegene Männer Euch gegenüber, die ebenso gute Gewehre besitzen. Begeht keine Dummheit! Der Ochse ist dadurch, dass Ihr Euch in eine Lebensgefahr begebt, nicht wieder lebendig zu machen."

„Das weiß ich auch. Aber wo bleibt das Geld, das er mich kostet?"

„Diese Leute haben kein Geld, und selbst wenn sie welches besäßen, könntet Ihr es ihnen durch Gewalt nicht wieder abzwingen."

„Soll ich etwa List anwenden?"

„Dazu seid Ihr nicht der Mann. Ein Bär ist kein Fuchs und ein Tollpatsch kein Pfiffikus, hihihihi."

Schon wollte Schmidt wegen des Tollpatsches eine grobe Antwort geben, als das Kichern ihn von diesem Vorhaben abbrachte. Er fragte rasch: „Heißen Sie wirklich Falke?"

„Ja, wenn ich mich nicht irre, hihihihi."

„Sie gleichen aber einem anderen Westmann."

„Welchem Westmann?"

„Schi-So hat mir seinen Namen gesagt. Ich habe ihn aber wieder vergessen."

„Schi-So?", fragte Sam überrascht. „Wer ist das?"

„Ein junger Begleiter von uns, der Sohn eines Navajohäuptlings, der Nitsas-Ini heißt."

Da machte Sam eine Bewegung der Freude und rief aus: „Nitsas-Ini? Sein Sohn bei Euch? Kommt er aus Deutschland zurück?"

„Ja, Er ist mit uns herübergefahren."

„Ausgezeichnet, ausgezeichnet! Da es so steht, sollen Sie mich nicht umsonst um meinen Beistand gebeten haben. Kehren Sie ruhig in Ihr Lager zurück! Sie werden Ihren Ochsen ersetzt bekommen."

Hatte er vorher Ihr zu Schmidt gesagt, so begann er nun, ihn Sie zu nennen. Die Nachricht, die er soeben empfangen hatte, musste ihn also umgestimmt haben.

„Das sagen Sie wohl nur, um mich loszuwerden?", fragte Schmidt misstrauisch.

„Nein. Ich gebe Ihnen mein Wort, dass Sie volle Entschädigung erhalten werden und vielleicht noch mehr als das. Wie viel hat der Ochse gekostet?"

„Hundertdreißig Dollar."

„Die erhalten Sie. Ich sage es Ihnen und daher ist es wahr, wenn ich mich nicht irre, hihihihi."

„So sind Sie wohl der Westmann, den Schi-So meint?“

„Jedenfalls bin ich es, denn ich habe Schi-So früher oft gesehen, wenn ich als Gast bei dem Stamm seines Vaters weilte. Sagen Sie ihm, dass ich schon bald hinaus in das Lager kommen werde, um ihn zu begrüßen. Wo befand er sich denn, als ich abends draußen war?“

„Er war nach dem Fluss geritten.“

„Und Ihr Scout, den ich auch nicht sah?“

„Der war fort, um vielleicht einen wilden Truthahn zu schießen. Ich werde ihm eine Predigt darüber halten, dass er uns hier so schmachvoll verlassen hat.“

„Das wird Ihnen keinen Nutzen bringen. Aber gehen Sie jetzt! Ihr längeres Bleiben hat nur den Erfolg, diese Leute hier noch mehr gegen Sie aufzubringen.“

„So will ich gehen und werde ein andermal gescheiter sein, wenn mir jemand einen guten Rat erteilt.“

„Ein löblicher Vorsatz!“, nickte Sam Hawkens. „Es ist nun einmal unklug, im Wilden Westen einen Menschen nach dem Anzug einzuschätzen, den er auf dem Leibe trägt!“

Als Schmidt mit seinen drei Männern das Haus verlassen hatte, fragte Buttler den Kleinen: „Wir haben kein Wort verstanden. Was meinte denn der Kerl?“

„Er verlangte Schadenersatz.“

„Und was habt Ihr geantwortet?“

„Ihn fortgeschickt“, sagte Sam harmlos.

Der Finder fühlte sich befriedigt und meinte: „Es war sein Glück, dass er Euch gehorcht hat. Wir sind nicht gewohnt, mit solchen Burschen viel Federlesens zu machen. Jetzt aber setzt Euch wieder nieder! Wir wollen zeigen, dass diese Dummköpfe uns die Laune nicht verdorben haben.“

Das Schmausen begann von neuem. Das Essen währte aber nicht lange mehr, desto eifriger begann dann das Trinken. Als das Fass halb geleert war, gab sich Sam den Anschein, als beginne der Wein eine berauschende Wirkung auf ihn zu äußern, und Dick und Will folgten seinem Beispiel. Das freute die Finders außerordentlich. Sie glaubten, dass es nur noch kurze Zeit bedürfen werde, ihre Opfer einzuschläfern, und sprachen nun den Krügen noch mehr als vorher zu. So verging Viertelstunde auf Viertelstunde. Sam tat, als ob er nur noch mit Mühe die Augen offen zu halten vermöge. Den Finders aber begannen die ihren aus wirklicher Betrunkenheit zuzufallen. Sie hatten schon vorher zu viel Schnaps zu sich genommen.

Der Erste, den das Trinken vollständig übermannte, war der Irländer. Er setzte sich am Herd nieder, schlief ein, nickte tiefer und immer tiefer und sank dann endlich ohne aufzuwachen, zu Boden, so lang er war.

Sam hatte dem Anführer fleißig zugetrunken und Buttler bekam einen solchen Rausch, dass er den Kopf in die Hände und die Ellenbogen auf den Tisch stemmen musste. Er merkte, dass ihn der Wein übermannen wollte, und mochte sich vor seinen Leuten keine Blöße geben. Darum blinzelte er ihnen verstohlen, wie er meinte, zu. Sie sollten denken, er verstelle sich bloß. Die natürliche Folge davon war, dass sie glaubten, sich denselben Anschein geben zu sollen. Auch sie stellten sich berauscht und so trat in der erst so lauten Gesellschaft bald die größte Ruhe ein.

Da stand Hawkens auf, um die Krüge neu zu füllen. Solange noch ein Tropfen in dem Fass war, weckte er bald den einen, bald den anderen, um ihn zum Trinken zu nötigen.

Endlich war das Fass leer und die Finders schliefen alle einen tiefen Schlaf. Sam machte die Probe, indem er einige von ihnen weckte. Sie lallten, ohne recht zur Besinnung zu gelangen, unverständliches Zeug und sanken wieder zusammen. Einer von ihnen stierte mit leblosen Augen vor sich hin und fragte: „Sind sie nun endlich betrunken, Buttler?“

„Ja, ganz und gar“, antwortete Sam.

„Dann hinaus mit ihnen und das Messer zwischen die Rippen. Wir teilen das Geld und scharren sie ein.“

Und als Sam nichts dazu sagte, fuhr er mit lallender Zunge fort: „Was redest du nicht? Willst du sie etwa laufen lassen? Das geht nicht. Ihr Tod ist beschlossen. Soll ich – mit – meinem – Messer – anfangen?“

„Ja“, sagte Hawkens.

„Dann – nehme ich – den kleinen – Di – Di – Dicken und...“ Er griff mit der Hand nach dem Gürtel, um sein Messer zu ziehen. Dabei stand er auf, konnte sich aber nicht halten und glitt zu Boden, wo er ohne Besinnung liegen blieb.

„Da haben wir es gehört“, flüsterte Dick Stone. „Ermordet sollen wir werden, ausgeraubt und verscharrt. Du hattest mit deiner Vermutung das Richtige getroffen, alter Sam. Was tun wir nun?“

„Wir fesseln Sie. Riemen und Schnüre wird es wohl im Haus geben.“

Ja, es gab deren genug und bald hatten die drei nicht nur die Finders, sondern auch den Wirt und die alte Negerin, die ebenfalls schwer betrunken war, an Händen und Füßen gefesselt. Nun ließ Sam seine beiden Gefährten als Wächter zurück und ging nach dem Lagerplatz der deutschen Auswanderer. Als er sich diesem näherte, hörte er eine jugendliche Stimme rufen: „Who is there? I shoot – wer ist da? Ich schieße!“

„Sam Hawkens ist's“, antwortete er.

„Schon? Das ist prächtig! Kommt herein, Sir. Steigt über diese Wagendeichsel!“

„Bin zu klein dazu. Will lieber drunterwegkriechen.“

Sam bemerkte, dass man inzwischen mit den Wagen ein Viereck gebildet und die Tiere hineingetrieben hatte. Sein Rat war also befolgt worden, doch leider erst dann, als man durch Schaden klug geworden war. Der Wächter, der die Wache gehabt und ihn angerufen hatte, streckte ihm die Hand zum Gruß entgegen. Es war Schi-So, der Sohn des Indianerhäuptlings. Er hatte im reinsten Englisch gesprochen. Jetzt fragte ihn Sam: „Hoffentlich sprechen Sie auch deutsch, junger Freund, nachdem Sie sechs Jahre in Deutschland gewesen sind?"

„Ziemlich gut."

„So lassen Sie uns die Schläfer wecken und deutsch mit ihnen sprechen! Doch horch! Wer kommt da?"

Sie horchten in die Nacht hinaus. Man hörte Pferdegetrappel vom Dorf her. „Ein Reiter ist's, ein einzelner", flüsterte Schi-So. „Wer mag das sein?"

„Es ist kein Reiter", erwiderte Sam. „Das höre ich am Hufschlag. Es ist meine alte, gute Mary, die mir nachgelaufen kommt. Sie kennen sie von früher her?"

„Ja, ich kenne sie. Aber bitte, sagen Sie nicht Sie, sondern du zu mir! Ich bin Indianer und will einer bleiben und den Gewohnheiten meines Stammes nicht untreu werden."

„Recht so, mein Junge! Bist also drüben nicht stolz geworden? Da wird der alte Sam dich lieb behalten. Hast mir viel zu erzählen, doch ist es jetzt nicht die Zeit dazu; müssen es für später aufheben."

Das Maultier kam bis an die Wagendeichsel heran, wo Sam noch immer stand, und rieb den Kopf an seiner Schulter. Durch das laute Sprechen waren die Schläfer wach geworden. Sie kamen herbei, um zu fragen, wer gekommen sei. Sie konnten Sam nicht sehen, weil das Feuer verloschen war. Schmidt empfing ihn jetzt ganz anders als beim ersten Mal und erteilte die Weisung, dass das Feuer wieder angebrannt werden solle. Als es den Platz beleuchtete, stellte ihm Schi-So die Anwesenden vor. Die drei jüngeren, aber auch verheirateten Auswanderer hießen Strauch, Ebersbach und Uhlmann. Schi-Sos junger Freund wurde Adolf Wolf genannt. Mehr wollte Sam zunächst nicht wissen. Die Frauen und Kinder, unter denen keine kleinen waren, kamen auch herbei. Der Scout konnte selbstverständlich nicht fern bleiben und so waren alle beisammen, als Hawkens in seiner eigenartigen Weise von seinem heutigen Zusammentreffen mit den Finders zu erzählen begann. Außer dem jungen Indianer hatte bisher keiner der Anwesenden den listigen Sam Hawkens gekannt. Als sie nun hörten, in welcher Weise er die Wetten gewonnen, die Finders in den Schlaf getrunken und dann sich ihrer Personen versichert hatte, erkannten sie trotz der Einfachheit und Bescheidenheit seiner Darstellung, dass dieses kleine, sonderbare Männchen keineswegs ein gewöhnlicher Westläufer sei. Das fühlte auch der alte Schmidt. Darum streckte er ihm, als die Erzählung zu Ende war, die Hand entgegen und sagte in entschuldigendem Ton: „Ich sehe ein, dass ich Sie um Verzeihung bitten muss. Ich habe Sie verkannt. Hoffentlich tragen Sie es mir nicht nach?"

„Werde mich hüten!", lachte der Kleine. „Habe an mir selbst genug zu tragen und werde mich also nicht auch noch mit anderer Leute Fehler schleppen. Der Hanswurst ist vergeben und soll auch vergessen sein, wenn ich mich nicht irre, hihihihi."

„Sie behaupten also, dass diese zwölf Personen die Finders sind?"

„Ja."

„Und dass Sie mit Stone und Parker ermordet werden sollten?"

„Ja."

„So liegen Gründe genug vor, sie alle um den Hals oder wenigstens in das Zuchthaus zu bringen. Wir werden sie also während dieser Nacht bewachen und morgen der Behörde übergeben."

„Nein, das werden wir nicht."

„Was denn sonst?"

„Sie laufen lassen."

„Laufen lassen? Solche Verbrecher, denen Sie soeben erst mit heiler Haut entgangen sind? Haben Sie ein Gehirn im Kopf?"

„Vielleicht steckt's drin. In den Stiefeln wenigstens habe ich es nicht, Master Schmidt. Man merkt es wohl, dass Sie noch fremd im Lande sind. Welche Behörde meinen Sie?

Wo gibt es eine? Und wenn, hat sie auch die nötige Gewalt? Kann ich beweisen, was ich behaupte?"

„Ich denke doch!"

„Nein. Ich halte diese Männer für die Finders, weil sie ihrer zwölf sind und einer von ihnen Buttler heißt. Ist das vor dem Richter ein Beweis? Ich behaupte, dass man uns ermorden wollte, denn ein Betrunkener hat es geschwatzt. Ich sage Ihnen, dass Sie überfallen werden sollen, denn ich vermute es. Was wird der Richter dazu meinen? Und wenn er die Anzeige wirklich annimmt und die Finders einsperrt, so haben wir davon nichts als Aufenthalt und eine Menge Scherereien, dass wir himmelblau vor Ärger werden."

„Nun wohl! Bilden wir selbst ein Gericht! Wir verurteilen die Spitzbuben zum Tod und geben jedem von ihnen eine Kugel."

„Soll mich Gott behüten. Ich bin kein Mörder. Nur in Verteidigung meines Lebens vergieße ich notgedrungen Menschenblut."

„Also wollen Sie die Schurken wirklich laufen lassen?"

„Ja."

„Und sie sollen keine Strafe bekommen?"

„Doch! Gerade deshalb, weil sie bestraft werden sollen, will ich sie laufen lassen."

„Das ist widersinnig!"

„Nicht doch, Master Schmidt. Die Sache hat den besten Sinn, den es geben kann, wenn ich mich nicht irre. Es gehört nur ein wenig Grütze im Kopf dazu, um das zu begreifen. Haben Sie welche drin, hihihihi?"

„Herr, Sie werden beleidigend!", brauste Schmidt auf, der sich trotz seines Versprechens wieder nicht zügeln konnte.

„Beleidigend? Nein. Spreche nur stets so, wie mit mir geredet wird. Haben mich vorhin auch gefragt, ob ich ein Gehirn im Kopfe habe. Werde Ihnen erklären, dass kein Widersinn in meinem Plan steckt. Wir haben jetzt gegen die Bande nur Vermutungen. Müssen also nach Beweisen fischen. Lassen wir die Kerls jetzt laufen, so überfallen sie Ihren Wagenzug und wir nehmen sie beim Schopf. Dann haben wir den Beweis, der ihnen an den Kragen gehen wird, wenn ich mich nicht irre."

„Wie? Überfallen sollen wir uns lassen? Da begeben wir uns aber doch in eine Gefahr, in der wir umkommen können!"

„Denke darüber anders! Kommt ganz darauf an, wo man das Pferd aufzäumt, ob beim Kopf oder beim Schwanz. Verlassen Sie sich nur auf mich! Sam Hawkens, dieses alte Coon, wird schon eine List ausfindig machen, worin die Finders stecken bleiben. Werde noch weiter darüber sprechen. Muss mich auch noch mit Dick Stone und Will Parker bereden. Die Hauptsache ist jetzt zunächst die Erfüllung meines Versprechens: Schadenersatz für den gestohlenen und getöteten Ochsen. Wollen Sie ihn sich jetzt holen?"

„Wenn ich ihn bekommen kann, sofort. Nur fragt es sich, ob die Finders die ganze Summe bezahlen werden."

„Warum sollten sie nicht?"

„Weil sie nur die Lende genommen und wir das andere selbst verzehrt haben."

„Bleibt sich gleich. Der Ochse ist tot und muss bezahlt werden. Also kommen Sie jetzt, sich den Ersatz zu holen! Aber hüten Sie sich dabei, mich Sam Hawkens zu nennen! Ich habe meine guten Gründe, diese Menschen meinen Jägernamen noch nicht wissen zu lassen."

„Wer von uns soll nach dem Dorf gehen?"

„Nur Sie allein, Master Schmidt. Mehr brauchen wir nicht. Die anderen mögen hier bleiben, sich zum Aufbruch rüsten und die Ochsen an die Wagen spannen, damit Ihr Zug nach unserer Rückkehr sofort nach Tucson aufbrechen kann."

„Jetzt schon, noch während der Nacht? Wir müssen doch ausruhen und wollten erst am Morgen fort."

„Das wird nun nicht möglich sein. Wie die Verhältnisse

jetzt liegen, müssen Sie auf die fernere Nachtruhe verzichten."

Da ertönte von dort, wo die Frauen sich befanden, eine tiefe, kräftige Bassstimme in echt sächsischer Mundart: „Hörn Se, daraus wird nischt! Der Mensch will seine ordentliche Ruhe haben und das Vieh ooch. Es wird also hier geblieben!"

Sam blickte die Sprecherin verwundert an. Einen Einspruch von weiblicher Seite, und noch dazu in diesem Ton, hatte er nicht erwartet. Sie war eine starkknochige Gestalt von männlichem, selbstbewusstem Aussehen. Hätte das Feuer heller gebrannt oder wäre es Tag gewesen, so würde der Kleine bemerkt haben, dass sich unter ihrer scharf gebauten Nase eine dunkle Linie hinzog, die man beim besten Willen doch nicht anders als einen Schnurrbart nennen konnte.

„Ja, gucken Sie nur immer her!", fuhr sie fort, als sie den befremdeten Blick des Westmanns auf sich gerichtet sah. „Es wird nich andersch. Bei Tage wird gefahren und bei Nacht geschlafen. Da könnte jeder kommen und unsere Ordnung über den Haufen werfen!"

„Aber mein Vorschlag zielt nur auf Ihre Sicherheit, auf Ihren Vorteil hin, liebe Frau", antwortete Sam.

„Das machen Se mir nich weis!", entgegnete sie wegwerfend. „Een ordentlicher Mensch treibt sich nich so mitten in der Nacht und bei solcher Finsterheet in Amerika herum. Ja, wenn's daheeme wär, da ließ ich mers gefallen. Aber in fremden Erdteilen wartet man hübsch ruhig, bis es Tag geworden ist. Verschtehen Se mich?"

„Freilich verstehe ich Sie, liebe Frau. Aber ich denke..."

„Liebe Frau?", unterbrach sie ihn. „Ich bin gar nich Ihre liebe Frau! Wissen Se, wer ich eegentlich bin und wie ich heeße?"

„Natürlich sind Sie die Gattin eines dieser vier Gentlemen."

„Gentlemen! Reden Se doch deutsch, wenn Se eene deutsche Frau vor sich haben! Ich bin Frau Eberschbach, geborene Morgenschtern und verwitwete Leiermüllern. Der da" – dabei deutete sie auf einen der drei jüngeren Auswanderer – „is mein gegenwärtiger Gemahl und Ehemann, Herr Schmiedemeester Ebersbach: So wird's nämlich geschrieben, gesprochen aber Eberschbach. Und dass Sie's gleich von vorn' rein wissen, er tanzt nich etwa so, wie Sie pfeifen, sondern er hat sich nach mir zu richten, weil ich elf Jahre älter bin und also mehr Verschtand und Erfahrung haben muss als er. Ich bleibe hier und er folglich ooch. Bei nachtschlafender Zeit wird nich in der Welt herumgefahren."

Da keiner der Auswanderer eine Entgegnung aussprach, so ließ Sam Hawkens seine lebhaften Äuglein lustig im Kreis herumgehen und meinte dann: „Wenn die Herren gewohnt sind, dieser gebieterischen Lady zu gehorchen, so kann ich nur bitten, wenigstens diesmal eine Ausnahme zu machen."

Er wollte weiter sprechen. Sie aber fiel ihm schnell in die Rede: „I, was Se nich sagen! Eene Ausnahme! Als ob ich mer das gefallen ließe! Da kennen Se mich schlecht! Was gucken Se mich denn so an? Se brauchen keen solches Gesicht zu machen. Wissen Se, ich bin's, nach der man sich hier zu richten hat, ich; verstehn Se mich? Wer hat denn die ganzen Kosten bezahlt? Für die Überfahrt und nachher ooch für den Landweg bis hierher? Und wer wird noch weiter herborgen müssen? Ich! Ich bin's Kapital! Jetzt wissen Se alles und nu woll' mer wieder schlafen gehn!"

Wieder sagte keiner der Männer ein Wort dagegen, selbst Schmidt nicht, der doch der Anführer zu sein schien und vor Abend gegen Sam so kräftig aufgetreten war. Darum stand der kleine Jäger vom Feuer, wo er gesessen hat, auf und sprach in gleichgültigem Ton:

„Ganz wie Sie wollen. Sagen wir also gute Nacht, wenn ich mich nicht irre. Es ist das letzte Mal, dass Sie es tun, denn ich bin überzeugt, dass der heutige Schlaf Ihr letzter ist, hihihihi!"

Er wandte sich zum Gehen. Da stand die Frau auch schnell auf, hielt ihn am Arm fest und fragte: „Unser letzter Schlaf?" Wie meenen Se das, Sie kleenes Männchen, Sie?"

Sie war allerdings, als sie so neben ihm stand, um einen Kopf länger als er. Er entgegnete freundlich: „Ich meine, dass Sie morgen früh nicht wieder aufwachen werden."

„Warum denn nicht?"

„Weil Sie tot sein werden."

„Tot? Das fällt mir gar nicht ein! Frau Rosalie Eberschbach schtirbt noch lange nich!"

„Glauben Sie, dass die zwölf Vagabunden, mit denen Sie es zu tun haben, gesonnen sein werden, sich nach Frau Rosalie Ebersbach zu richten?"

„Die können uns nischt tun; die sind gefangen und gebunden, wie Sie uns erzählt haben."

„Sie werden sich aber frei machen und über Sie herfallen, sobald ich mich mit meinen beiden Kameraden aus der Schenke entfernt habe."

„Sie wollen sich entfernen, wollen fort? Es ist doch eegentlich Ihre Pflicht, diese Gefangenen zu bewachen, bis wir uns in Sicherheet befinden! Was soll ich denn von Ihnen denken, wenn Se uns im Stich lassen und von hier verschwinden wie Butter an der Sonne!"

„Denken Sie, was Sie wollen!"

„Schöne Rede das, sehr schöne Rede! Haben Se noch nich gehört, dass Männer gegen Damen uffmerksam zu sein und sie zu beschützen haben? Und Frau Rosalie Eberschbach is eene Dame, verschtanden!"

„Ganz richtig! Aber wer sich unter meinen Schutz begibt, der hat sich nach mir zu richten. Auch verstanden? Sie sollen überfallen werden. Geschieht das hier, nachdem Sie sich wieder schlafen gelegt haben, so sind Sie verloren. Geschieht es nicht, so können wir den Finders nichts beweisen und sie bleiben straflos. Um den Beweis ihrer Schurkerei zu führen, müssen wir nach Tucson aufbrechen, wo ich den Kommandanten bitten will, uns ein Fähnlein Soldaten zur Hilfe zu geben. Deshalb müssen wir schon am Morgen in Tucson sein, um die Falle, die wir den Finders stellen wollen, fertig zu haben, bevor die Bande sie bemerkt. Können Sie das begreifen, Frau Ebersbach, geborene Leiermüller?"

„Warum haben Se das nich gleich gesagt?", fragte sie in ganz anderem Ton. „Übrigens bin ich als Leiermüllern verwitwet, nich aber geboren. Wenn Se so vernünftig mit mir reden wie eben itzt, bin ich ooch vernünftig. Ich bin ooch nich uff de Kopp gefallen. Das können Se sich merken. Also wollen wir die Ochsen anspannen und uns zum Weiterfahren fertig machen. Aber dass nur Schmidt mit Ihnen gehen soll, daraus wird nischt. Ich will mer diese Kerls ooch ansehen. Warten Se een bisschen. Ich will mer eene Flinte holen."

Sie ging zu ihrem Wagen, wo sich das Gewehr befand.

Als sie damit zurückkehrte, wurde sie von ihrem Mann gebeten: „Bleib da, Rosalie! Das ist nichts für Frauen. Ich werde an deiner Stelle mitgehen."

„Du?", antwortete sie. „Du wärst der Kerl dazu! Schpiel dich nur nich etwa als Mann und Helden uff. Du weeßt, dass ich das een für alle Mal nich leeden kann. Du bleibst also und wartest, bis ich wiederkomme!"

Sie wendete sich zu Sam, der leise vor sich hinkichernd mit ihr und Schmidt nach dem Dorf ging. Als sie die Schenke erreichten, waren die Finders infolge der drückenden Fesseln aus ihrem betäubenden Rausch erwacht und Buttler sprach eben zornig auf Stone und Parker ein.

„Was will der Mann?", fragte Sam Hawkens die beiden Freunde.

„Was soll er wollen", meinte Stone. „Wundert sich natürlich darüber, dass wir sie haben und nicht sie uns. Fragt, ob dies der Dank dafür sei, dass wir mit ihnen essen und trinken durften."

„Ja", rief Buttler grimmig, indem er an seinen Banden

zerrte und sich bemühte, wenigstens den Oberkörper aufzurichten, „was ficht euch an, uns im Schlaf zu überfallen und jetzt in dieser Weise zu behandeln? Wir haben euch gastlich aufgenommen, euch nicht beleidigt, nicht das Mindeste getan und dafür…“

„Nicht das Mindeste getan?“, unterbrach ihn Sam. „Glaube wohl, dass euch das mächtig ärgert. – Übrigens wozu die vielen Worte! Wir kennen eure Absichten, denen wir zum Opfer fallen sollten, und zum Dank dafür gedenken wir, euch dem Richter auszuliefern.“

Da lachte Buttler höhnisch und fragte: „Und wer wird euch ohne Beweise glauben?“

„Ihr habt euch in eurem Rausch verplappert und eure Schurkerei gestanden!“

„Und selbst wenn es so wäre, wird kein Richter auf das Wort eines Schwertrunkenen hören. Eure Beweise stehen auf schwachen Füßen, Sir.“

„Sehen freilich selbst ein, dass eine Anzeige nichts nützt“, nickte Sam. „Würden so viel Zeit mit euch und dem Richter verlieren, dass wir allerdings lieber davon absehen.“

„Das ist der beste Gedanke, den ihr haben könnt. Nun hoffe ich aber auch, dass ihr uns die Fesseln abnehmt.“

„Nicht so stürmisch, Sir! Haben vorher noch ein Wort mit euch zu reden.“

„So macht schnell! Was wollt ihr noch?“

„Bezahlung für den Ochsen, den ihr erstochen habt.“

„Was geht euch der Ochse an!“

„Sehr viel. Haben uns nämlich diesen Auswanderern angeschlossen. Wollen auch hinauf in die Berge, um Bären und Biber in Fallen zu fangen, geradeso wie wir. Sind also Gefährten geworden und haben nun die Pflicht, dafür zu sorgen, dass sie ihren Verlust ersetzt erhalten.“

„Wir geben nichts!“, rief Buttler.

„Schadet nichts! Was ihr uns nicht gebt, das nehmen wir uns. Wie hoch wird wohl der Wert des Ochsen sein, Master Buttler?“

„Das ist uns gleich. Wir haben kein Geld mehr. Ihr wisst ja, dass ihr uns durch die Wetten alles abgenommen habt."

„Habt euch aber wenig darüber geärgert, weil ihr es uns wieder rauben wolltet. Rechnen wir hundertfünfzig Dollar. Nicht?"

„Meinetwegen hunderttausend. Wir können nicht bezahlen."

„Mit Geld freilich nicht. Ist auch nicht nötig. Werdet wohl nicht ganz und gar leere Taschen haben."

„Zounds! Wollt ihr uns etwa die Taschen ausräumen? Das wäre Raub!"

„Schadet nichts. Freut uns, euch einmal ins Handwerk pfuschen zu können."

„Wir sind keine Räuber, und wenn ihr euch an unserem Eigentum vergreift, werden wir euch anzeigen!"

„Sollte uns nur lieb sein. Möchte gern wissen, was der Richter sagt, wenn er euch zu sehen bekommt. Also vorwärts, Dick und Will! Wollen einmal ihre Taschen untersuchen."

Die beiden Genannten machten sich mit dem größten Vergnügen ans Werk. Die Finders sträubten sich dagegen, so viel sie konnten, doch ohne Erfolg. Ihre Taschen wurden alle geleert. Es fanden sich darin viele Gegenstände, besonders einige wertvolle Uhren, von denen man getrost behaupten konnte, dass sie gestohlen oder geraubt worden waren. Sam nahm die Uhren, zeigte sie Schmidt und fragte ihn: „Die Burschen besitzen kein bares Geld. Würden Sie diese Uhren an Zahlungs Statt nehmen?"

„Wenn sie keine Münze haben, ja", antwortete der Gefragte. „Doch möchte ich nichts dadurch einbüßen! Ich müsste nämlich die Uhren verkaufen und kein Händler zahlt dafür den wirklichen Wert."

„Haben Sie keine Sorge. Sie büßen keinen Pfennig ein. Diese Uhren haben gewiss den vierfachen Wert Ihres Ochsen. Darauf können Sie sich verlassen."

„Aber mein Gewissen, Herr! Wenn diese Gegenstände nun gestohlen sind!"

„Das sind sie wahrscheinlich."
„So gehören sie dem Bestohlenen, nicht mir."
„Richtig. Aber diese Leute würden die Uhren niemals wiederbekommen. Wahrscheinlich sind sie ermordet, und selbst, wenn das nicht wäre, dürfen Sie ohne Bedenken zugreifen. Wer soll die Eigentümer suchen und feststellen. Er herrschen hier eben ganz andere Verhältnisse als drüben in der deutschen Heimat."
„Aber man hat doch, wenn die rechtmäßigen Eigentümer nicht ausfindig gemacht werden können, die Pflicht, solche gestohlenen Gegenstände der Behörde zu übergeben!"
„Das gilt bei uns in der Heimat! Hier im Wilden Westen ist Selbsthilfe geboten, wenn man Schurken gegenüber sein Recht durchsetzen will. Stecken Sie die Uhren also getrost ein, und falls Sie damit ein Unrecht zu begehen glauben, werde ich die Verantwortung auf mein Gewissen nehmen."
„Wenn es so ist, so würde das geradezu Dummheit von mir sein, wenn ich mich ferner weigern wollte."
Er schob die Uhren also in die Tasche. Als Buttler dies sah, rief er aus: „Was soll das heißen? Was will dieser Mensch mit unseren Uhren? Das soll..."
„Schweig, Schurke!", schnitt ihm Sam die Rede ab.
„Er betrachtet sie als Bezahlung für den getöteten Ochsen und ihr könnt froh sein, wenn das die ganze Strafe ist. Übrigens sind wir gar nicht gewillt, uns der Rechenschaft zu entziehen. Wir fahren von hier nach Tucson und werden morgen Abend hinter diesem Ort unser Lager aufschlagen. Ihr könnt uns folgen und uns mit Polizei aufsuchen, der wir gern Rede stehen wollen."
„Ja, ja, das werden wir tun, gewiss werden wir das tun! Und nun nehmt uns die Fesseln ab, nachdem ihr jetzt wohl endlich mit uns fertig seid!"
„Dass wir Narren wären! Geben wir euch frei, so würdet ihr uns schon heute im Lager aufsuchen anstatt morgen.

Ihr bleibt also so liegen, wie ihr seid. Wenn es Tag geworden ist, wird wohl jemand kommen, der euch frei macht.“

„So empfangt den Lohn dafür später in der Hölle!“

„Danke, Sir! Und damit ihr nicht etwa einen von uns unberechneten Schaden anrichten könnt, werden wir euch jetzt eure Munition nehmen. Ihr könnt sie euch morgen mit den Uhren wiederholen. Es wird euch bis dahin alles ehrlich aufgehoben werden.“

Hawkens, Stone und Parker entluden die Gewehre und nahmen alle vorhandenen Patronen oder Kugeln und das Pulver an sich, worüber die Finders in hellen Zorn gerieten.

Frau Ebersbach war während der ganzen Szene stille Zuschauerin gewesen. Sie verstand nicht, was gesprochen wurde, konnte sich aber dennoch alles leicht erklären. Und noch einen anderen stummen Zuschauer gab es – Mary, das Maultier Sams, das seinem Herrn auch jetzt wieder gefolgt war, mit dem Vorderleib im Haus stand und alle Bewegungen seines Herrn mit großer Aufmerksamkeit verfolgte.

Als man mit den Finders zu Ende war, wurde die Tür der Schenke von außen zugemacht und mit einem schweren Stein angedrückt. Dann marschierten die fünf Personen nach dem Lager. Mary trabte gemütlich hinterdrein. Sie war gewohnt, ihrem Herrn wie ein treuer Hund auf Schritt und Tritt zu folgen.

3. Aufbruch nach Tucson

Während der Abwesenheit Sams, Schmidts und der Frau Rosalie Ebersbach waren im Lager alle Vorbereitungen getroffen worden, sodass man jetzt sofort aufbrechen konnte. Der Scout ritt voran, mit ihm die beiden Jünglinge. Dann folgten die Wagen, von Dick Stone und Will Parker geleitet, während Sam Hawkens mit dem Kantor den Schluss bildete. Sam hatte sich mit Absicht diesen Begleiter auserwählt, da er glaubte, von ihm am besten etwas über die Verhältnisse der kleinen, bunt zusammengewürfelten Schar erfahren zu können. Eigenartig mussten diese Verhältnisse sein. Das sagte er sich nach dem, was er bis jetzt davon gesehen und erfahren hatte. Der musikalische Kantor, die gewichtige Frau Rosalie Ebersbach, der Sohn des Indianerhäuptlings, der aus Deutschland kam, und der junge Deutsche, der ein Freund des Roten zu sein und nicht zu den anderen zu gehören schien, das waren wahrhaft absonderliche Personen und Verhältnisse. Der Kantor kam der Wissbegierde des Kleinen entgegen, denn kurze Zeit, nachdem die Wagen sich in Bewegung gesetzt hatten, begann er selbst das Gespräch mit der Frage: „Unsere Frau Rosalie war mit bei diesen Finders. Denen wird sie aber ihre Meinung gesagt haben, denn sie weiß ihre Zunge zu gebrauchen, wenn sie will. Sie hat doch jedenfalls mit ihnen gesprochen?“

„Kein Wort.“

„Das sollte mich wundern. Ich habe im Gegenteil geglaubt, sie würde fortissimo mit ihnen verfahren.“

„Spricht sie denn Englisch?“

„Nur wenige Worte, die sie unterwegs aufgeschnappt hat.“

„Wie können Sie da denken, sie könne mit diesen Leuten reden, die nur Englisch oder Spanisch verstehen! Zehn oder zwölf zufällig aufgeschnappte Ausdrücke reichen zu einer langen Strafpredigt nicht aus. Übrigens hatte es den

Anschein, als ob ihr, als sie diese wilden Gestalten sah, der Mut zu einer solchen Rede entschwunden sei."

„Der Mut? Das glauben Sie ja nicht! Frau Rosalie fürchtet sich vor keinem Menschen, mag er noch so verwegen aussehen. Sie hat Haare auf den Zähnen und ist gewohnt, dass man ihr den Willen tut."

„Das habe ich freilich bemerkt. Sie alle hielten ja den Mund, als sie mir widersprach."

„Ja, das muss man tun, wenn man nicht ein tüchtiges Graupelwetter auf sich laden will. Dabei ist sie seelengut. Widerspruch verträgt sie freilich nicht."

„Das ist ein großer Fehler, wenn ich mich nicht irre. Wenn man eine Sache nicht versteht, muss man eine Lehre annehmen."

„Oh", meinte der Kantor, „diese Frau Rosalie versteht vieles und alles!"

„Unsinn! Von den hiesigen Verhältnissen kann sie gar nichts wissen. Und wenn sich solche Auftritte wie die heutigen wiederholen, muss sie gegenwärtig sein, die ganze Gesellschaft einmal in Schaden oder gar Gefahr zu bringen."

„Das dürfen Sie nicht glauben. Selbst wenn sie etwas nicht kennt und versteht, findet sie sich außerordentlich schnell hinein. Sie haben ja auch gesehen, dass sie dann einer Ansicht mit Ihnen war."

„Auch Sie scheinen ja eine große Achtung vor ihr zu haben, Herr Kantor."

„Herr Kantor emeritus, wenn ich bitten darf! Es ist ja nur der Vollständigkeit wegen, weil ich meinen Abschied genommen habe und also nicht mehr im Amt bin. Ja, ich habe Achtung vor ihr und sie verdient dies auch. Sie ist eine tüchtige und musikalisch gebildete Frau."

„Aha, musikalisch gebildet, hihihihi! Komponiert sie etwa auch?"

„Nein, aber sie spielt Ziehharmonika."

„Alle Wetter! Ziehharmonika! Ja, wenn sie Ziehharmonika spielt, so muss man Achtung vor ihr haben, hihihihi!"

„Frau Rosalie hat sich manchen schönen Taler damit verdient."

„Etwa bei einer herumziehenden Damenkapelle?"

„Nein, sie hat zum Tanz aufgespielt."

„Zum Tanz? Ich denke, Sie halten den Tanz für etwas Unfeines?"

„Das tue ich auch. Hier lagen die Verhältnisse anders. Frau Rosalie ist nämlich eine geborene Morgenstern..."

„Das weiß ich, sie hat es mir gesagt."

„Und heiratete in die Leiermühle bei Heimberg..."

„Verwitwete Leiermüllerin", nickte Sam Hawkens lächelnd.

„Zur Mühle gehörte eine Schankgerechtigkeit mit kleinem Tanzsaal. Das Geschäft war vorher schlecht gegangen, bis sie sich seiner annahm. Frau Rosalie kaufte sich eine Ziehharmonika, lernte spielen und zog damit die tanzlustige Jugend der ganzen Umgegend an sich. Da sie selbst zum Tanz aufspielte, brauchte sie keinen Musikanten zu bezahlen und nahm ein schönes Stück Geld für sich ein, da die Runde für jede Person zwei Pfennige kostete. Billiger machte sie es nicht, denn wen die Musen geadelt haben, der hat die Pflicht, seinen Wert aufrechtzuerhalten. Aber es wurde nicht nur getanzt, sondern auch gegessen und getrunken. Das Geschäft hob sich, und als der alte Leiermüller starb, hinterließ er eine Witwe, die auf einem vollen Geldsack saß. Frau Rosalie war die reichste Frau im Dorf, verkaufte dann später die Mühle zu einem hohen Preis und wurde hierauf die Frau unseres Schmiedemeisters."

„Der ihr ebenso folgsam ist wie Sie alle!"

„Warum sollte er nicht?"

„Wie aber und aus welchem Grund kommt sie jetzt nach Amerika?"

„Diesen vortrefflichen Gedanken habe ich ihr eingegeben."

„Sie? Hm! Die Frau konnte in der Heimat bleiben. Sie hatte ja doch keine Not daheim."

„So meinen Sie, dass man nur aus Not auswandern soll?"
„Nein, aber ein Zwang, ein innerer oder äußerer Zwang, ist doch meist die Ursache."
„War es auch hier, nämlich ein Drang, ein Stringendo nach der Neuen Welt, wo es besser sein sollte. Denn die Schmiede ging schlecht. Der Frau gefiel es nicht mehr daheim. Als sie nun hörte, was der Hobble-Frank mir alles erzählt hatte und dass ich meine Helden hier in Amerika suchen wollte, da war sie ganz Feuer und Flamme und wollte mit."
„Wie kamen Sie denn zu ihr, die in Heimberg wohnt, während Sie aus Klotzsche sind? Liegen diese beiden Orte nahe beisammen?"
„Nein. Heimberg liegt oben im Gebirge, Klotzsche dagegen nahe bei Dresden. Aber ich stamme selbst aus Heimberg, stand stets mit meinem Heimatort in regem Briefwechsel und war auch oft dort. Trotz alledem wäre ihr der Gedanke, nach Amerika zu gehen, nicht mit solcher Gewalt gekommen, wenn die Wolfsche Angelegenheit nicht gewesen wäre."
„Welche Angelegenheit?"
„Das wissen Sie noch nicht?"
„Nein."
„Wolf, der Heimberger Förster, hat einen kinderlosen Bruder in Amerika, der hier viel Wald, große Herden und, ich glaube, auch Silbergruben besitzt. Dieser Bruder hat den Förster gebeten, ihm seinen Sohn hinüberzuschicken, weil er ihn zu seinem Nachfolger und Alleinerben machen will, wenn ihm der junge Mann gefällt. Der Förster fragte seinen Sohn, der die Tharandter Forstakademie besuchte, und der Sohn hatte sogleich Lust, nach bestandenem Examen dem Ruf zu folgen. Dem Vater konnte es nur recht sein, denn er hatte eine zahlreiche Familie und ein geringes Gehalt. Da ist Schmalhans Küchenmeister und die Opfer, die das Studium des Ältesten gekostet hat, sind ihm schwer geworden. Es war unmöglich, die anderen Söhne auch et-

was lernen zu lassen, obwohl sie sehr begabt sind. So hat denn Adolf zwar die Heimat und die Eltern verlassen, sagte sich aber, dass er als Nachfolger des reichen Oheims seinen Geschwistern schneller und besser emporhelfen könne."

„Diese Gesinnung ist freilich ehrenwert. Und nun ist der Försterssohn sicher hier unter euch?"

„Ja. Da vorn reitet er."

„Der ist's? Dieser junge Mann? Der kann doch unmöglich die Forstakademie schon vollständig durchlaufen haben?"

„Doch, und zwar hat er sie mit sehr guten Zeugnissen verlassen. Er wird, da sein Onkel große Waldungen besitzt, seine Kenntnisse gut verwerten können. Allerdings gab es für ihn auch noch einen anderen Grund, sich so schnell und willig für Amerika zu entscheiden, und dieser Grund kann mit dem indianischen Wort Schi-So bezeichnet werden."

„Das ist doch der Name des Häuptlingssohnes?"

„Allerdings. Sie sind, wie ich gehört habe, ein Bekannter dieses Häuptlings. Wissen Sie vielleicht, weshalb er seinen Sohn nach Deutschland geschickt hat?"

„Ja."

„Das ist mir lieb. Können Sie es mir einmal prima vista vorgeigen oder ist vielleicht ein Geheimnis dabei?"

„Es gibt keinen Grund, die Sache geheim zu halten. Es ehrt vielmehr den Häuptling als einen weitblickenden und fortschrittlichen Mann. Als er noch jung war, überfiel ein feindlicher Stamm einen Auswandererzug. Es wurde alles niedergemetzelt und nur ein Mädchen wurde verschont und mitgenommen, eine Deutsche. Der Häuptling rettete sie und brachte sie zu seinem Stamm. Sie sollte sich dort zunächst von ihrem Unglück und Leid erholen und dann wollte er sie nach der nächsten weißen Ansiedlung bringen. Sie wurde gut behandelt. Ihre Verwandten waren ermordet. Sie hatte nirgends Bekannte. Die Ansiedlung, wohin sie gebracht werden sollte, war ihr fremd. Es gefiel ihr bei den Navajos und sie gewann den Häuptling Nitsas-Ini[1], der sie gerettet hatte, lieb – kurz: Sie blieb und wurde seine Frau."

„Ist das die Möglichkeit!", rief der Kantor aus. „Ein roter Mensch mit einer weißen Frau!"

„Warum sagen Sie das so abfällig?", meinte Sam. „Ich sage Ihnen, dass Gott der Vater und Schöpfer aller Menschen ist. Die Farbe der Haut macht keinen Unterschied. Vor Gott sind alle Menschen gleich; ihm ist jeder einzelne lieb, ob rot oder schwarz, ob gelb oder weiß. Ich habe Indianer kennen gelernt, vor denen sich tausend und hunderttausend Weiße schämen müssten. Nitsas-Ini ist ein solcher. Seine weiße Frau war zwar ein einfaches Mädchen gewesen, das aber alle roten Frauen und Mädchen des ganzen Stammes überragte. Sie wurde daher das Vorbild aller Squaws. Es trat ein anderer Ton ein. Es bildeten sich andere Lebensformen bei den Navajos. Ihr Mann, der Häuptling, war ihr erster und eifrigster Schüler und hatte später nichts dagegen, dass sie mit den Kindern, die sie ihm schenkte, deutsch sprach, sie unterrichtete und ihnen Bücher kaufte. Da lernte sie Winnetou, den großen Apatschen, kennen und mit ihm kam Old Shatterhand, der Freund und Beschützer aller gut gesinnten roten Männer. Sie sahen mit Freuden, was die weiße Squaw geleistet, welchen Segen sie gestiftet hatte. Beide blieben längere Zeit bei dem Stamm und kehrten oft zu ihm zurück, um dem Werk Festigkeit und Ausbau zu geben. Nie hat dieser Stamm wieder Krieg geführt, sondern nur, wenn er sich verteidigen musste, zu den Waffen gegriffen. Seine Angehörigen wurden Freunde der Weißen. Der ‚Große Donner' war einsichtig genug, im Laufe der weiteren Entwicklung zu erkennen, dass er für die Zukunft nicht die nötigen Kenntnisse besitze und dass sein Nachfolger viel mehr lernen

[1] ‚Großer Donner'

müsse, als er selbst gelernt hatte. Er fasste daher, beeinflusst durch seine kluge weiße Frau, den Entschluss, seinen Erstgeborenen in eine Schule der Weißen zu schicken. Old Shatterhand kam und stimmte lebhaft bei. Er war ein Deutscher und die Squaw eine Landsmännin von ihm, und beide brachten den Häuptling dahin, den Sohn nach Deutschland zu senden, um ihn dort einer Erziehungsanstalt anzuvertrauen."

„Ich weiß, ich weiß", fiel der Kantor ein. „Ich kenne diese Anstalt. Es ist die gleiche, auf der auch Adolf Wolf für die Tharandter Akademie vorgebildet worden ist. Weshalb hat denn eigentlich Schi-So gerade das Forstwesen erlernen müssen?"

„Der großen Wälder wegen, die seinem Stamm gehören. Er soll als späterer Häuptling die nötigen Kenntnisse besitzen, die Reichtümer, die in diesen Forsten stecken, nicht nur zu erhalten, sondern womöglich noch zu vermehren. Man weiß, dass die Vereinigten Staaten eine schlechte Forstwirtschaft haben; vor den daraus folgenden großen Schäden soll Schi-So einst seinen Stamm bewahren. Doch weiter! Sie wollten mir doch wohl sagen, welchen Einfluss diese beiden jungen Forstakademiker auf die frühere Leiermüllerin ausgeübt haben, Herr Kantor?"

Der Musikus verzog verzweifelt das Gesicht.

„Ja! Aber zunächst haben Sie doch endlich die Güte, darauf zu achten, dass ich nicht mehr im Amt bin und dass Sie also der Vollständigkeit wegen Herr Kantor emeritus zu sagen haben. Ich darf mich nicht mit Federn schmücken, die ich längst abgelegt habe, und das immer während Weglassen dieses höchst notwendigen Wortes erregt in mir den sehr begründeten Verdacht, dass Sie mich noch immer im Amt stehend glauben und an meiner musikalischen Begabung zweifeln, die mich allein veranlasst hat, mich emeritieren zu lassen! Also Schi-So und Wolf kamen nämlich von Tharandt häufig nach Heimberg herauf und kehrten in der Leiermühle, später auch in der

Schmiede ein, als die Müllerin den Schmied geheiratet hatte. Sie waren sonach mit beiden gut bekannt. Gerade als mich der Hobble-Frank beredet hatte, nach Amerika zu gehen und seine Helden aufzusuchen, kam der Brief des Onkels und auch die Nachricht, dass Schi-So zu seinem Stamm zurückkehren werde. Dieser Onkel war ungeheuer reich und wohnte, wie man bald erfahren hatte, in der Nähe der Navajos. Das ging rasch im Dorf herum, das meist blutarme Einwohner hat. Da fiel es mir denn nicht schwer, einige von ihnen zu veranlassen, auszuwandern und mit mir hinüberzuziehen!"

„Also haben Sie sozusagen diese armen Leute verführt!", meinte Sam vorwurfsvoll.

„Verführt? Was für ein Ausdruck! Ich will diese Leute zum Glück führen. Ich bin überzeugt, dass der Onkel Wolfs sie sehr gut aufnehmen wird. Und Geld, um Land zu kaufen oder ein Geschäft anzufangen, ist auch vorhanden."

„Ich denke, diese drei sind arm!"

„Ja, Schmidts, Strauchs und Uhlmann sind arm. Aber Eberbachs sind, wie Sie gehört haben, wohlhabend und Frau Rosalie hat ihnen das nötige Geld vorgeschossen. Sie ersehen daraus, was für eine brave Frau sie ist. Sie konnte recht wohl im Vaterland bleiben und hat sich nur aus Teilnahme für diese drei, aus Freundschaft für mich und in Folge ihres Dranges nach der Fremde entschlossen, mitzugehen. Besonders entzückt war sie darüber, dass in Amerika die Damen so außerordentlich geachtet und berücksichtigt werden."

„Ach so", lächelte Sam vergnügt, „und Frau Rosalie Ebersbach, geborene Morgenstern, verwitwete Leiermüllerin, ist eben auch eine Dame! Das erklärt mir freilich das vorher Unerklärliche. Sie haben also alle die Absicht, sich bei dem Oheim Wolfs anzusiedeln?"

„Die Siedler wollen ihn fragen. Lehnt er ab, so ziehen sie weiter."

„Und Sie? Was beginnen denn Sie?"

„Ich? Ich suche Old Shatterhand, Old Firehand und Winnetou auf. Dabei werde ich auch den Hobble-Frank finden.“

„Sie scheinen, wie bereits gesagt, sich das recht leicht vorzustellen und doch können Sie jahrelang im Westen herumreiten, ohne auch nur einen dieser Männer zu treffen.“

„So muss man nach ihnen fragen, sich erkundigen!“

„Denken Sie, es sei hier geradeso wie in einem deutschen Dorf oder Städtchen, wo man sich einfach nach dem Herrn Müller, Meier oder Schulze erkundigt? Die Gesuchten können leicht zehnmal ganz nahe an Ihnen vorüberreiten oder in sehr geringer Entfernung von Ihnen lagern, ohne dass Sie es ahnen.“

„Oho! Ich ahne es. Darauf können Sie sich verlassen. Einem Tonkünstler ist nichts zu schwer. Wer von den Musen ausgezeichnet und bevorzugt wird, bei dem sammeln sich alle Töne zu Akkorden. So werden auch die gesuchten Männer sich um mich zusammenfinden wie wohlgeschulte Musiker um ihren Dirigenten.“

„Will es Ihnen wünschen! Jetzt aber sollten Sie sich in einen der Wagen legen, um zu schlafen.“

„Schlafen? Warum?“

„Weil wir morgen Abend wahrscheinlich nicht schlafen können. Wir müssen wachen, da die Finders uns überfallen wollen.“

„Sie sind davon wirklich überzeugt, Herr Hawkens?“

„Ja. Irgendjemand, der am frühen Morgen nach der Schenke kommt oder dort vorübergeht, wird ihr Rufen hören und sie befreien. Dann setzen sie sich auf die Pferde, um uns nachzureiten.“

„Nach Tucson?“

„Fällt ihnen nicht ein. In dieser Stadt lassen sie sich ganz gewiss nicht sehen. Sie werden Tucson umreiten und dann unseren Wagengleisen folgen, bis sie bemerken, dass wir Lager gemacht haben. Um nichts zu versäumen, habe ich ihnen die Munition genommen. Doch sind sie gewiss so klug, sich in San Xavier del Bac mit neuem Schießbedarf zu versorgen, was ihnen freilich nicht leicht werden wird, da dort wohl nicht viel zu haben ist. Also folgen Sie meinem Rat und steigen Sie in einen Wagen!“

„Danke! Ich schlafe nicht.“

„Warum denn nicht?“

„Weil einem gerade während eines nächtlichen Ritts die schönsten musikalischen Gedanken kommen. Ich mache da Studien für meine Oper. Vielleicht lasse ich gleich im ersten Akt einen solchen Ochsenwagenzug über die Bühne gehen, was beim Schein einer kleinen Mondsichel einen ganz besonderen Eindruck machen muss, zumal die Instrumente dabei das Knallen der Peitschen, das Brüllen der Ochsen und das Knarren der Räder nachzuahmen haben.“

„Möchte dabei sein!“, sagte Sam ernsthaft. „Muss ein außerordentlicher Kunstgenuss sein! Also machen Sie Ihre Studien und bleiben Sie meinetwegen wach. Aber warum werfen Sie sich denn immer während bald nach vorn und bald nach hinten? Das muss Sie doch ungeheuer ermüden!“

„Allerdings. Aber es ist leider nicht zu umgehen.“

„Nicht zu umgehen? Unbegreiflich! Wieso denn? Es strengt natürlich auch das Pferd an und macht es untauglich.“

„Kann nicht anders, bester Herr Sam. Ich komponiere immerfort, selbst jetzt, während ich mit Ihnen spreche. Indem mir nun die Melodien durch das Gehirn erklingen, muss ich sie nach ihrer Taktart prüfen. Dazu gehört eigentlich ein Taktmesser. Da ich diesen aber unmöglich durch den Wilden Westen mit mir schleppen kann, so habe ich einen weit bequemeren Taktmesser erfunden. Ich schwinge mich einfach in regelmäßigen Abständen im Sattel hin und her. Freilich wird das Pferd dadurch zuweilen irre, denkt, ich will herunter, und hält im Laufen an. Doch das tut nichts! Sobald ich die Komposition dann fertig habe, treibe ich es wieder an.“

„Aber dadurch bleiben Sie doch jedenfalls oft zurück!"
„Das kommt freilich vor."
„Das kann aber höchst gefährlich für Sie werden, Sie unvorsichtiger Mann! Wenn Sie zurückbleiben, können Sie leicht von rotem oder weißem Gesindel überfallen werden."
„Mich überfällt kein Gesindel. Ich bin gefeit dagegen!"
„Unsinn!"
„Sprechen Sie nicht von Unsinn, lieber Herr Sam. Ich weiß schon, was ich sage. Als Komponist einer großen Heldenoper und Selbstdichter des dazugehörigen Textbuches stehe ich unter dem ganz besonderen Schutz der Musen. Diese werden sich hüten, mich zu hohen musikalischen Gedanken zu begeistern und dann überfallen und töten zu lassen, wodurch diese Gedanken für immer der Welt verloren gehen würden. Das wäre ja dieselbe Dummheit, als wenn der Schuster mir zwei neue Stiefel machte und sie, wenn er sie fertig hat, in den Ofen steckte, um sie zu vernichten. Oder meinen Sie, die Musen seien weniger klug als ein gescheiter Schuster?"
„Kann das nicht sagen. Habe noch keines von diesen Frauenzimmern gesehen oder gesprochen. Aber ich kann nicht während der ganzen Nacht hier bei Ihnen sein und auch keinem anderen zumuten, stets nur auf Sie aufzupassen. Da Sie nun auf keinen Fall zurückbleiben dürfen, weil wir Feinde hinter uns haben, so werde ich Sie oder vielmehr Ihren Gaul hier an den hintersten Wagen binden."
„Sie halten dies für tunlich?"
„Sehr! Das Pferd kann dann nicht stehen bleiben, sondern muss trotz Ihrer Schwingungen ununterbrochen weiterlaufen. Dabei sind Sie stets allein und können Ihren musikalischen Schöpfungen ungestört nachhängen."
„Richtig, sehr richtig! Dieser Gedanke ist gut! Ich bin Ihnen außerordentlich dankbar dafür und werde Ihnen bei der ersten Aufführung meiner Oper gern eine Freikarte zur Verfügung stellen. Oder wünschen Sie zwei?"

„Ich werde darüber nachdenken, Herr Kantor, falls ich zufällig…“

„Bitte, bitte, Herr Kantor emeritus! Ich kann es Ihnen zuschwören, dass es nur der Vollständigkeit wegen ist.“

„Weiß, weiß! Und ich versichere Ihnen, dass es bei mir nur aus Vergesslichkeit geschah.“

Sam zog einen Riemen aus der Satteltasche und band den Gaul des Kantors hinten an den Wagen. So war für den guten, ununterbrochenen Fortgang sowohl des Pferdes als auch der Oper gesorgt und der geniale Komponist brauchte nicht dauernd beaufsichtigt zu werden.

In langsamem Ochsenschritt ging die Fahrt die ganze Nacht hindurch vor sich und so kam es, dass die Reisenden erst zwei Stunden nach Tagesanbruch die Stadt vor sich liegen sahen, obgleich die Entfernung zwischen San Xavier del Bac und Tucson kurz ist.

Der Anblick dieser Hauptstadt war wenig erfreulich. Obgleich es noch früh am Tage war, strahlte die Sonne doch schon mit einer fast unerträglichen Glut auf die kahlen Schlammhütten und Mauertrümmer herab. Äußerst hässliche Kojotenhunde bellten und heulten dem Zug entgegen und ausgedörrte, in bunte Fetzen gehüllte Menschengestalten lungerten vor den Türen und an den Ecken herum und verzerrten grinsend ihre sonnverbrannten Gesichter, als der letzte Wagen an ihnen vorüberknarrte und sie den Herrn Emeritus auf dem angebundenen Pferd erblickten. Er nickte ihnen, ohne ihr Lachen übel zu nehmen, freundlich zu. Mochten sie seine Lage für lächerlich halten, ihm war es lieb, dass er sein Pferd nicht mehr zu lenken brauchte.

Auf Sams Anweisung wurde auf einem vollständig kahlen Platz angehalten, wo sich bald eine Menge von kläffenden Hunden, schreienden Kindern und neugierigen Tagedieben einfanden, die die Wagen umlungerten und ihre Aufmerksamkeit besonders auf das ‚Kleeblatt‘ und den Kantor richteten.

Da die deutschen Auswanderer während ihrer Reise nur wenig Englisch gelernt und sich vom Spanischen nur einige Brocken angeeignet hatten, übernahm es Sam Hawkens, sich zu erkundigen, ob man hier Futter für das Vieh und Wasser für alle bekommen könne. Ja, Heu und Wasser waren zu haben, aber beides in schlechtem Zustand und zu hohen Preisen, und zehn, zwanzig und noch mehr Faulenzer waren bereit, es herbeizuholen, um sich durch diese Arbeit, die eigentlich keine Arbeit war, einige Centavos zu verdienen.

Darauf begab sich der Kleine zum Stadtkommandanten, um ihm sein Anliegen vorzutragen. Er vernahm, dass der Gesuchte mit zahlreicher Begleitung nach Prescott gereist und fast die ganze Besatzung nach der Gegend des Guadalupe aufgebrochen sei, um die dort hausenden aufrührerischen Mimbrenjos zu züchtigen. Er wurde zu einem Kapitän geführt, dem Stellvertreter des Kommandanten. Dieser Mann saß bei seiner Morgenschokolade und las in einer alten Zeitungsnummer, die hier in Tucson aber als neu galt. Als er den Eintretenden erblickte, zeigte sein Gesicht zunächst den Ausdruck der Überraschung. Dann erheiterte es sich mehr und mehr. Endlich lachte er laut auf, erhob sich von seinem Stuhl und sagte: „Mensch, wer seid Ihr? Was wollt Ihr? So ein Jackpudding[1] ist mir noch niemals vorgekommen!“

„Mir auch nicht!“, antwortete Sam mit einer Handbewegung, die ahnen ließ, dass er den Offizier meinte.

„Was wollt Ihr damit sagen?“, fuhr ihn der Offizier an. „Wollt Ihr mich etwa beleidigen?“

„Ist es eine Beleidigung, wenn ich Euch beistimme?“, fragte Sam ernst und ruhig.

„Ach so! Dann lobe ich Eure edle Selbsterkenntnis. Ich wiederhole Euch, dass ich noch keinem solchen Harlekin begegnet bin, wie Ihr zu sein scheint. Ihr kommt wohl,

[1] Hanswurst

um die Erlaubnis zu erbitten, hier eine lustige Vorstellung geben zu dürfen?"

„Ja, das ist's", lachte Sam. „Ihr habt's erraten, Sir, und sollt mir dabei helfen, wenn ich mich nicht irre."

„Helfen? Ich? Haltet Ihr den Stellvertreter des Kommandanten, einen Offizier der Vereinigten Staaten für einen ebensolchen Possenreißer, wie Ihr seid?"

Sam ließ sein bekanntes Kichern hören, blieb aber die Antwort schuldig. Gleichmütig zog er einen Stuhl heran und setzte sich darauf. Der Offizier wollte wütend aufbrausen, doch Hawkens kam ihm mit der freundlichen Frage zuvor: „Habt Ihr vielleicht einmal etwas von dem bekannten ‚Leaf of trefoil' gehört, Kapitän?"

„Kleeblatt? Welches ‚Kleeblatt' meint Ihr da?"

„Die drei Präriejäger, wenn ich mich nicht irre."

„Ja, dieses Kleeblatt kenne ich. Es besteht aus Dick Stone, Will Parker und Sam Hawkens, von dem man sich erzählt, dass..."

„Schön, Sir, schön!", unterbrach ihn der Westmann. „Habt also von diesen dreien gehört. Freut mich, freut mich sehr! Werden da bald mit unserer lustigen Vorstellung im Reinen sein und dabei erfahren, wer den Bajazzo macht. Wisst Ihr vielleicht auch, dass Sam Hawkens im letzten Krieg Scout gewesen ist?"

„Ja, unter General Grant. Er hat es dabei infolge seiner hervorragenden Dienste, durch seine List und Kühnheit bis zum Kapitän gebracht. Aber was hat das mit Euch zu tun?"

„Viel, sehr viel, Sir. Jedenfalls mehr als mit Euch, denn ich schätze, dass Ihr damals noch gar nicht in der Uniform gesteckt habt. Das ‚Kleeblatt' befindet sich nämlich gegenwärtig hier."

„Hier? In Tucson?"

„*Yes*, Sir. Und Sam Hawkens, der verdiente Kapitän der Vereinigten Staaten, ist Euch sogar noch näher. Er sitzt in diesem Augenblick hier in Eurer Stube."

„Hier? In meinem Zimmer?“, rief der Stellvertreter betroffen und indem seine Augen sich erweiterten. „Dann – dann – dann wärt ja Ihr – Ihr, Ihr dieser Hawkens?“

„*Yes*, bin ich auch, wenn ich mich nicht irre, hihihi!“

„*Thunderstorm!* Ihr wärt Sam Hawkens? Ihr?“

„Denke es. Warum sollte ich es nicht sein?“

„Weil – weil – weil“, stotterte der Kapitän verlegen, „weil Ihr keineswegs danach ausseht. Ein Offizier kann sich doch unmöglich in solche Kleider stecken!“

„Wüsste nicht, warum er es nicht tun sollte! Es ist nun einmal mein Geschmack, der Geschmack von Sam Hawkens, mich so zu kleiden, und wer mich deshalb für geschmacklos halten sollte, der mag es tun. Ich habe nichts dagegen, so lange er schweigt. Wenn er es aber wagt, es mir ins Gesicht zu sagen, so muss er sich mit dem Gewehr an der Wange mir gegenüberstellen, um zu erfahren, wessen Kugel genau das Herz des anderen trifft!“

Das wurde in einem Ton gesprochen, der trotz der allerdings lächerlichen Gestalt Sams auf den Offizier sichtlich Eindruck machte. Mit einer abwehrenden Handbewegung antwortete er: „Ist gar nicht nötig, Sir, ist nicht nötig! Warum sollen Gentlemen, die Kameraden sind, sich ohne alle Veranlassung gegenseitig niederschießen!“

„Hm! Da Ihr erkannt habt, dass der vermeintliche Hanswurst ein Gentleman und Euer Kamerad ist, so nehmt hier meine Hand. Wollen in Frieden über die lustige Aufführung sprechen, an der Ihr Euch beteiligen sollt.“

Sie schüttelten sich die Hände. Dann erzählte Sam von seinem gestrigen Zusammentreffen mit den zwölf Reitern, die er für die Finders hielt.

Der Kapitän hörte aufmerksam zu. Sein Gesicht nahm, je länger desto mehr, den Ausdruck großer Spannung an, und als der Kleine geendet hatte, sprang er erregt auf und rief: „Wenn Ihr Euch bloß nicht irrt, Hawkens! Wenn es wirklich die Finders wären! Welch ein Fang!“

Sam blinzelte ihn mit seinen kleinen Äuglein an und

fragte. „Meint Ihr, dass Sam Hawkens so dumm ist, nicht zu wissen, was er behauptet? Sie sind es, sage ich Euch, sie sind es!“

„Aber warum seid Ihr da von San Xavier del Bac fortgeritten, ohne sie mitzunehmen? Sie waren doch gefesselt und befanden sich in Eurer Gewalt!“

„Konnte ich da schon beweisen, dass sie Diebe, Räuber, Mörder, dass sie wirklich die Finders sind? Dieser Beweis muss erst erbracht werden, indem ich ihnen Gelegenheit gebe, uns zu überfallen. Wenn wir sie dabei ergreifen, sind sie ohne weiteres überführt.“

„Ergreifen! Ihr wollt Euch also überfallen lassen?“

„Natürlich! Oder meint Ihr, dass ich nur davon träumen soll?“

„Das ist Scherz. Mir aber ist es ernst. Ich könnte mich meinen Vorgesetzten nicht besser empfehlen, als wenn wir gerade jetzt, da ich den Kommandanten vertrete, diese berüchtigte Bande in die Hand bekämen. Aber wenn Ihr warten wollt, bis sie über Euch herfallen, begebt Ihr Euch in die größte Gefahr!“

„Wenn wir uns hinstellen, ja. Aber Sam Hawkens wird mit allen seinen Leuten schon längst verschwunden sein.“

„Dann ist doch von einem Überfall keine Rede!“

„Warum nicht? Die Wagen werden überfallen, und wenn wir auch nicht mehr dort sind, so bleibt die Tat doch ein Verbrechen, auf dem hierzulande die Todesstrafe steht.“

„*Well!* Aber wie wollt Ihr sie dabei ergreifen, ohne dass es zum Kampf kommt und Ihr Euch in die Gefahr begebt, Euer Leben zu verlieren?“

„Das wird sich finden, wird sich ganz gewiss finden, Sir, wenn Ihr uns dabei unterstützen wollt. Setzt Euch nur aufs Pferd und begleitet uns mit einem Trupp Eurer Soldaten!“

„Ich wäre ganz glücklich, wenn ich das tun dürfte. Aber es ist mir nicht gestattet, meinen Posten hier zu verlassen. Und da ich so wenig Leute hier habe, könnte ich höchstens nur einen Leutnant mit zwanzig Mann entbehren.“

„Das genügt vollständig, Sir."
„Gut, dann soll's geschehen. Doch muss ich unbedingt vorher wissen, wie Ihr Euch die Sache denkt. Seid Ihr denn wirklich so sicher, dass die Finders Euch unbedingt folgen?"
„Dass sie kommen, ist so sicher wie mein alter Filzhut hier, hihihi! Sie werden freilich nicht wagen, sich in Tucson sehen zu lassen, sondern die Stadt umreiten. Es ist aber möglich, dass sie einen einzelnen von ihnen als Kundschafter in die Stadt senden. Darum darf jetzt niemand als nur wir beide, höchstens noch der Leutnant, erfahren, was wir vorhaben. Also die Finders werden einen Bogen um die Stadt schlagen, bis sie wieder auf unsere Wagenspur treffen, und ihr folgen, bis sie bemerken, dass und wo wir für die nächste Nacht Lager machen. Sie bleiben natürlich zurück und ruhen, bis es dunkel geworden ist. Hierauf kann und wird der Überfall stattfinden, wenn ich mich nicht irre."
„Nun, und ihr? Ihr wollt doch nicht bei den Wagen bleiben, wie Ihr vorhin sagtet?"
„Werden uns hüten, hihihi! Kennt Ihr die Stelle, wo die Guadalupestraße mit dem Weg, der von Babasaqui heraufkommt, zusammenstößt? Und wird diese Stelle auch dem Leutnant, den Ihr uns mitgeben wollt, bekannt sein?"
„Wir sind beide mehrmals dort gewesen."
„*Well*, ist mir lieb. Dort werden wir lagern, dort gibt es Wasser, was für unsere Zugtiere die Hauptsache ist. Ihr schickt den Leutnant mit seinen Leuten im Voraus dorthin. Aber er muss sich seitwärts halten, damit die Finders nicht etwa seine Spur entdecken und misstrauisch werden. Wir folgen später und treffen mit ihm dort zusammen. Sobald es zu dunkeln beginnt, zünden wir ein großes, helles Feuer an, damit die Finders uns leicht bemerken können. Dann lassen wir die Wagen stehen und machen uns beiseite, um die Kerls, sobald sie sich heimlich nähern, gleich mit Fäusten zu packen, niederzureißen und gefangen zu nehmen."

Der Kapitän ging eine Weile schweigend, aber mit raschen Schritten im Zimmer hin und her. Dann blieb er vor Sam stehen und sagte: „Wie Ihr das sagt, klingt es so glatt, so leicht, als ob es nur so und gar nicht anders kommen könne. Die Finders werden den Überfall aber jedenfalls nicht unternehmen, ohne vorher einen Kundschafter nach eurem Lager gesandt zu haben."

„Das werden sie allerdings und sollen sie auch."

„Aber dann sieht der Späher doch, dass ihr euch nicht im Lager befindet."

„Nein, das sieht er nicht, denn wir werden es nicht eher verlassen, als bis er da gewesen ist."

„Dazu müsstet ihr über sein Kommen und Gehen unterrichtet sein!"

„Das werden wir auch sein, Sir. Ihr scheint Sam Hawkens für dümmer zu halten, als er ist hihihihi! Den Finders traut Ihr zu, dass sie einen Kundschafter voraussenden. Können wir denn nicht auch dasselbe tun? Ich sage Euch, Sir, dass ich diese Kerls viel eher belauschen werde als sie uns."

Der Offizier schüttelte zweifelnd den Kopf und entgegnete: „Das dürfte wohl unmöglich sein. Ihr müsstet sie schon am Tag beschleichen. Und diese Leute am hellen lichten Tag belauschen, hier, wo es keine Wälder gibt, in denen man sich verstecken kann, das dürfte selbst Euch wohl kaum gelingen. Ihr wisst ja auch nicht einmal, wo sie stecken!"

„Meint Ihr? Sam Hawkens soll nicht wissen, wo sich diese Gentlemen verstecken werden, hihihihi! Das ist geradeso, als wenn mein Kopf nicht wissen sollte, dass er unter seinem Hut steckt! Habt keine Sorge und sagt mir rund heraus, ob Ihr Euch mit dieser Sache befassen wollt oder nicht! Wir werden auch allein mit diesen Schurken fertig. Nur müssten wir sie in diesem Falle unsere Kugeln schmecken lassen. Da ich aber kein Blut vergießen möchte, habe ich mich an Euch gewendet. Wenn Ihr mir zwanzig Mann zur Verfügung stellt, können wir mit den Fäusten fertig bringen, was sonst nur mit Hilfe von Pulver und Blei zu erreichen wäre."

„Gut", meinte der Kapitän, „ich bin einverstanden, möchte aber vorher auch die Meinung des Leutnants hören."

„So lasst den Mann kommen, Sir! Denke, dass er dem Stock, den ich schwimmen lassen will[1], keine andere Richtung geben wird."

Der Kapitän holte den Leutnant selbst herbei und es erfolgte eine Unterredung, an deren Schluss es bei Sams Vorschlag blieb. Als noch einige nebensächliche Dinge besprochen waren, entfernte sich Sam, sehr zufrieden über das Ergebnis der Verhandlung mit seinem Herrn ‚Kameraden'.

[1] Trapperausdruck für etwas beabsichtigen

4. Der Überfall

Als Sam Hawkens bei den Wagen ankam, stand die ganze Bevölkerung von Tucson neugierig dort herum, gerade so wie in Deutschland die Müßiggänger nach einem Zigeunerlager laufen, um sich dessen Treiben anzusehen. Die Siedler saßen, ohne die Zuschauerschaft zu beachten, beim Frühstück und Sam setzte sich mit nieder, um an dem einfachen Essen teilzunehmen und zu berichten, welches Ergebnis seine Unterredung mit dem Kapitän hatte.

Später kamen einige der Neugierigen näher, um sich mit den Reisenden zu unterhalten, wobei sie jedoch nur beim Kantor etwas Erfolg hatten, da er allein sich eine größere Anzahl englischer Brocken angeeignet hatte. Unter diesen Leuten befand sich ein junger Mann, der sich schließlich an den Scout machte und ihn unter vier Augen in ein Gespräch verwickelte. Sam beobachtete ihn; er bemerkte, dass der Fremde eine militärische Haltung besaß und während des Gespräches besonders forschend zu ihm, Dick und Will herüberblickte. Darum stand der Kleine auf und näherte sich den beiden. Als er hinkam, hörte er deutlich, dass der Scout auf eine an ihn gerichtete Frage antwortete: „Ja, es ist das ‚Kleeblatt'. Ich kann es versichern, obgleich ich es erst auch nicht glauben wollte."

Da nahm Sam den Fremden beim Arm und sagte in einem sehr bestimmten Ton: „Master, Ihr seid Soldat, nicht? Ihr gehört zur hiesigen Garnison?"

Man sah dem Mann an, dass ihn diese Frage in Verlegenheit brachte. Er stotterte etwas Unverständliches. Sam aber fuhr fort: „Ich weiß, wer Euch geschickt hat. Der Kapitän kennt mich nicht persönlich und muss doch infolge seiner Zusicherung, die er mir gegeben hat, wissen, ob ich wirklich Sam Hawkens bin. Darum habt Ihr die Uniform ausziehen und in dieser Kleidung zu uns gehen müssen, um genaue Erkundigungen einzuziehen. Gesteht, dass es so ist!"

„Ja, Sir, Ihr täuscht Euch nicht“, lautete die Antwort. „Da ich nun weiß, dass Ihr zu dem ‚Kleeblatt‘ gehört, darf ich es gestehen.“

„So meldet dem Kapitän, was Ihr gehört habt. Sprecht aber ja mit keinem anderen davon!“

„Kein Wort sage ich, Sir. Ich weiß, worum es sich handelt. Ich bin Unteroffizier und gehöre zu jenen zwanzig Leuten, die mit dem Leutnant reiten sollen. In einer halben Stunde brechen wir bereits auf.“

Der Mann grüßte höflich und entfernte sich und nun wendete sich Sam an den Scout: „Sagt mir doch einmal, Master Poller, wie Ihr dazu kommt, Auskunft über uns zu erteilen!“

„Er fragte mich!“, antwortete der andere kurz.

„So! Also wenn Euch jemand fragt, so gebt Ihr ohne weiteres Auskunft?“

„Ihr wollt mir doch nicht etwa den Mund verbieten?“

„Ja, das will ich allerdings! Ihr wisst, dass niemand erfahren soll, dass wir das Kleeblatt sind, und doch habt Ihr es diesem Frager sofort auf die Nase gehängt. Ihr wollt ein Scout, ein Westmann sein und habt noch nicht einmal das Abc der Vorsicht inne. Ich möchte mich Eurer Führung nicht anvertrauen.“

„Das habt Ihr auch nicht nötig. Bevor Ihr zu uns kamt, ging alles nach meiner Weisung und nach meinem Willen. Nun aber tut Ihr, als ob Ihr unser Gebieter wärt. Ich bin von diesen Leuten angeworben und führe sie...“

„...ins Verderben!“, fiel ihm Sam in die Rede. „Ihr habt sie zu beschützen. Tut Ihr das? Ohne unser Kommen würden sie heute Abend beraubt und ermordet werden!“

„Pshaw! Ich habe meine Augen auch offen. Lasst Euch sagen, Master Hawkens, dass ich die mir Anvertrauten bis Phoenix am Salt River führen soll. Bis dorthin bin ich Herr des Zuges. Wollt Ihr mit, so habt Ihr Euch mir zu fügen. Später dann könnt Ihr befehlen, so viel Ihr wollt! Basta!“

Da klopfte ihm Sam auf die Achsel und sagte mit seinem freundlichsten Lächeln, hinter dem sich aber harter Wille verbarg: „Nicht basta, noch lange nicht! Ich weiß, wohin diese Leute wollen. Es ist nicht nötig, dass sie über Phoenix ziehen. Es gibt einen kürzeren Weg, den Ihr freilich nicht zu kennen scheint. Ihr bleibt bis morgen früh noch bei uns, dann könnt Ihr gehen, wohin es Euch beliebt."

„Mir recht, wenn ich nur meinen Lohn bis Phoenix bekomme!"

„Den werdet Ihr erhalten und dann führe ich diese Leute, ohne Lohn von ihnen zu verlangen. Sie werden dann nicht wieder durch die Schwatzhaftigkeit ihres Scouts in Gefahr geraten."

Der Scout setzte sich mürrisch auf eine Wagendeichsel. Sam wendete sich von ihm ab und seinen Gefährten zu.

„Hast einen Fehler gemacht, altes Coon", meinte Will Parker. „Kann dich nicht begreifen."

„Fehler gemacht? Welchen?", fragte der Kleine.

„Warum soll dieser Poller noch bis morgen bei uns bleiben? Hättest ihn gleich fortschicken sollen."

„Das also soll der Fehler sein! Will Parker, das Greenhorn, will Sam Hawkens gute Lehren erteilen! Siehst du denn nicht ein, verehrter Will, dass ich ihn heute noch nicht fortschicken darf?"

„Nein, das sehe ich nicht ein."

„Oh, lieber Will, wie traurig steht's mit dir! Wirst niemals ein Westmann werden. Wie schäme ich mich, einen solchen Lehrjungen zu haben, der nichts begreifen kann! Du aber kannst dich glücklich schätzen, dass ich dein Meister bin, denn ohne mich und Dick Stone wärst du längst schon ausgelöscht worden. Weißt du, was dieser so genannte Scout machen würde, wenn ich ihn schon heute davonjagte? Er würde aus Rache zu den Finders gehen und ihnen unser Vorhaben verraten."

„*Yes*", gab Parker offen zu. „Du hast wirklich Recht, alter Sam. Es ist eine wahre Sünde und Schande mit mir, dass keine deiner guten Lehren und Ermahnungen wie ein Tintenklecks an mir haften bleibt. Ich begreife gar nicht, wie du es nur so mit mir aushalten kannst."

„Das ist kein Wunder, da du überhaupt nichts begreifen kannst. Der Grund liegt darin, dass ich für dich fühle und empfinde wie eine nachsichtige Mutter, die gerade das Kind, das ihr die meisten Sorgen macht, am innigsten liebt. Hihihihi!"

Später sah man die zwanzig Soldaten vorüberreiten. Der Wagenzug aber blieb noch längere Zeit am Platz und setzte sich erst um die Mittagszeit wieder in Bewegung.

Man hatte bis zu dem Ort, an dem über Nacht gelagert werden sollte, ungefähr neun englische Meilen zurückzulegen und musste also selbst bei dem langsamen Ochsenschritt noch vor Abend dort ankommen. Die Gegend, durch die der Zug sich bewegte, war eine mit Kies bedeckte Einöde, in der nur hier und da ein hagerer Kaktus oder ein elender Mesquitestrauch zu sehen war. Was trocken davon war, wurde mitgenommen, um abends ein großes Feuer unterhalten zu können. Überhaupt besteht die ganze zwischen Tucson und dem Gila liegende Strecke aus solchem kiesigen Wüstenland, wo es Wasser für das Vieh nur in einigen Tümpeln gibt und für die Menschen zwei oder drei Brunnen, die die frühere Überlandpostgesellschaft graben ließ und die noch heute bestehen. Man nennt diese Gegend die Neunzigmeilenwüste. Jedenfalls findet sich außerdem auch noch an anderen Orten Wasser, doch halten die wilden Indianer derartige Quellen verborgen, indem sie die Löcher mit Häuten bedecken, auf die sie Kies und Sand streuen, geradeso wie es die Nomaden der Sahara mit ihren geheimen Brunnen tun.

Sam Hawkens leitete den Wagenzug. Der Scout ritt nicht mehr voran, sondern hinterdrein. Die Blicke, die er von Zeit zu Zeit auf den Kleinen warf, waren feindselig. Offenbar sann er auf Rache.

Als am Nachmittag nur noch zwei englische Meilen bis

zum Ziel zurückzulegen waren, achtete Sam noch sorgfältiger auf den Weg und auf die Umgebung. Von einem gebahnten ‚Weg' war allerdings keine Rede. Aber wer diese Gegend durchquerte, der hielt, ob zu Pferde oder zu Wagen, die gleiche Richtung ein, und so kommt es, dass man dort mit starker Übertreibung sogar von Straßen spricht, die die einzelnen Orte verbinden.

Die zwei letzten Meilen führten über wellenförmiges Land, das aussah, als ob eine Schar von Riesen große Körbe voll Sand, Kies und Steingetrümmer hier nebeneinander ausgeschüttet hätte. Darum kamen die Wagen nur sehr langsam vorwärts. Einer dieser Riesen hatte seinen Korb sicher mit großen, mannshohen Felsenstücken gefüllt und sie so hingeworfen, dass sie wie eine Brustwehr neben- und übereinander lagen. Wer sich dahinter versteckte, konnte weit sehen, ohne selbst gesehen zu werden.

Sam deutete auf diese Felsen und rief seinen beiden Freunden zu: „Das ist der Ort, wo die Finders sich verstecken werden. Oder willst du vielleicht wetten, Will Parker, dass ich Unrecht habe?"

„Fällt mir nicht ein, altes Coon", antwortete der Genannte. „So klein mein Gehirn nach deiner Meinung auch ist, es hat doch diese Felsen sofort als mutmaßliches Versteck der Bande angesprochen. Schau, da drüben links gibt es noch ähnlich hohe Steine. Vielleicht reiten die Kerls dort hinüber."

„Nein, denn hier siehst du einige hundert Grashalme, die sie ihren Pferden gönnen werden. Dort drüben wird sich aber auch jemand befinden. Kannst du dir denken, wer das sein wird?"

„Doch, alter Sam! Du selbst! Du wirst dich dort verstecken, um ihre Ankunft zu beobachten und sie dann zu belauschen."

Da schlug Sam seine Hände über dem Kopf zusammen und rief in gut gespielter Verwunderung: „Ist so etwas möglich! Dieses Greenhorn hat auf einmal einen Gedanken, einen wirklichen Gedanken, und zwar einen ganz richtigen! Entweder geht die Welt bald unter oder bei diesem alten Will Parker ist der Knoten endlich doch gerissen. Ja, edler Will, ich werde, wenn ich unseren Lagerplatz gesehen habe, nach dort drüben zurückkehren und auf die Finders warten."

„Nimmst du mich mit?"

„Darf es nicht wagen, Will. Gehören geschickte und erfahrene Leute zu so etwas. Musst erst noch länger in die Schule gehen."

Nachdem man noch einige niedrige Bodenerhebungen überwunden hatte, wurde das Land wieder eben und eine gute Viertelstunde später verwandelte sich der unfruchtbare Kies in eine Erde, die eine Gruppe von Mesquite- und Ocochillabüschen trug. Hier gab es sogar Wasser. Es war da nämlich einer jener Brunnen der früheren Überlandpost. Der Lagerplatz war erreicht. Man hielt an.

Zunächst erquickten sich die Menschen an dem Wasser. Dann wurden die Pferde und die Ochsen getränkt, die alsdann den Versuch machten, sich aus dem stacheligen Gebüsch die wenigen grünen Blätter zu holen. Die Wagen waren, wie Sam gestern geraten hatte, im Viereck aufgefahren. Sorgfältig spähte man nach den Soldaten aus. Sie waren nicht zu sehen. Sam nickte befriedigt vor sich hin und sagte: „Ist kein übler Kopf, dieser Leutnant. Hat nicht eher hier erscheinen wollen, als bis wir angekommen sind. Wird sich aber nun bald sehen lassen."

Als ob die Worte von dem Betreffenden gehört worden seien, tauchte jetzt im Norden ein einzelner Reiter auf, der rasch näher kam. Es war der Leutnant. Als er das Lager erreichte, gab er Sam Hawkens die Hand und sagte: „Wir befinden uns schon seit Stunden in der Nähe, mieden indes diese Stelle, weil leicht jemand hierher ans Wasser kommen und uns dann den Finders verraten könnte. Nun aber müssen unsere Pferde saufen. Dürfen wir her?"

„Ja, Sir", antwortete der Kleine. „Aber wenn es dunkel

werden will, müsst ihr wieder fort. Es werden Späher kommen, die euch nicht sehen dürfen. Wir werden euch rechtzeitig zurückholen."

„Einverstanden! Wo aber werden sich denn die Finders aufhalten, um auf die rechte Zeit für den Überfall zu warten?"

Sam deutete nach Südosten zurück, wo man die vorhin erwähnten Felsen von hier aus gerade noch sehen konnte. „Dort hinter jenen Steinen, Sir! Da die Finders wahrscheinlich schon am Tage dort ankommen werden, dürfen sie nicht weiter, weil wir sie sonst bemerken würden."

„Aber werden sie nicht mich und meine Reiter sehen?"

„Nein. Ich habe gestern bei ihnen gesessen und weiß, dass keiner von ihnen ein Fernrohr besitzt. Ein Auge aber, und wenn es noch so scharf ist, kann in dieser Weite nur die großen Wagen und später, wenn es dunkel geworden ist, das Feuer erkennen. Ihr könnt also Eure Leute getrost bringen."

Der Offizier ritt fort und kehrte bald darauf mit seinen zwanzig Leuten zurück, die sich nur so weit entfernt vom Lager befunden hatten, dass sie von hier aus eben gerade nicht mehr gesehen werden konnten. Es wurde bestimmt, wie weit sich die Truppen bei der Dämmerung zurückziehen sollten. Dann schickte sich Sam an, seinen Spähergang anzutreten. Er musste gehen, da er sich als Reiter nicht so gut und leicht verbergen konnte. Er trat also zu seinem Maultier, gab ihm einen leichten Klaps und sagte: „Leg dich nieder, alte Mary, und warte, bis ich wiederkomme!"

Das Tier verstand ihn genau, legte sich nieder und rührte sich nicht mehr von der Stelle. Dann wendete sich Sam an Parker: „Wie steht es, lieber Will? Wolltest du nicht mitgenommen werden?"

„Lauf nur allein", war die Antwort. „Kannst ein Greenhorn, wie ich bin, doch nicht brauchen."

„Muss dich aber doch mitnehmen, wenn du etwas lernen sollst."

„*Well*, ich gehe mit, doch nicht des Lernens halber, sondern damit du nicht ohne Hilfe bist, wenn die Finders dich erwischen und skalpieren wollen.“

„Mögen es immer tun! Können meine Haut bekommen. Werde mir eine andere, schönere kaufen.“

Hawkens und Parker verließen das Lager. Südöstlich lagen die Steine, hinter denen sich, wie Sam annahm, die Finders verbergen würden. Mehr nach Süden sah man die Felsen, bei denen sich Sam verstecken wollte. Dorthin nahmen sie ihren Weg, doch nicht in gerader Richtung, sondern in einem Bogen nach West, um, falls die Finders schon angekommen sein sollten, nicht von ihnen entdeckt zu werden. Selbstverständlich hatte Sam, ehe er sich aus dem Lager entfernte, für alle möglichen Fälle die nötigen Anweisungen zurückgelassen.

Als die beiden ihr Ziel erreichten, stand die Sonne schon nahe am Horizont. In einer halben Stunde musste die in jenen Gegenden sehr kurze Dämmerung eintreten. Drüben bei den anderen Felsen befand sich noch kein Mensch. Die Späher richteten ihre Blicke also dahin, wo die Erwarteten herkommen mussten. Niemand war zu sehen.

„Ob sie überhaupt kommen werden?“, fragte Parker. „Wir sind nur von einer Vermutung ausgegangen.“

„Was du Vermutung nennst, ist für mich Gewissheit, wenn ich mich nicht irre“, entgegnete Sam.

„Die Lust kann ihnen vergangen sein; haben ihnen nicht übel mitgespielt.“

„Desto kräftiger wird ihr Durst nach Rache sein. Schau! Bewegt sich nicht etwas dort zwischen den beiden vorletzten Bodenwellen?“

Parker strengte seine Augen an und rief dann hastig: „Reiter! Sie sind's!“

„Ja, sie sind's. Sie kommen aus der Einsenkung hervor. Man kann sie noch nicht zählen, aber mehr als zwölf sind es nicht.“

„Und wohl auch nicht weniger. Sie sind's gewiss. Alter Sam, du hast Recht gehabt!“

„Habe immer Recht, lieber Will, immer, und das ist gar nicht schwer. Weißt du, wie man es machen muss, um niemals Unrecht zu haben?“

„Nun, wie?“

„Man darf nicht eher etwas sagen, als bis man gewiss weiß, dass es richtig ist.“

„Schau, Sam, die Reiter halten! Sie besprechen sich. Sie werden doch nicht herüber zu uns wollen!“

„Fällt ihnen nicht ein! Jetzt setzen sie sich wieder in Bewegung. Sie weichen rechts von unserer Fährte ab. Sie kennen diese Gegend und wissen, dass sie dort hinauf zu den Felsen müssen, wenn sie unser Lager sehen wollen.“

„Du meinst, sie nehmen als sicher an, dass wir dort am Wasser lagern?“

„Natürlich! Kein Mensch wird, wenn er Wasser haben kann, in die Wüste gehen. Welch eine Frage wieder! Will Parker, was werde ich noch an dir erleben müssen! Jeder vernünftige Mensch lagert dort, wo es Wasser gibt. Schau, sie reiten hinauf und ich hatte wieder Recht: Sie kommen nicht hierher.“

Man sah, dass die Finders nach jener anderen Felsengruppe ritten. Je näher sie kamen, desto vorsichtiger bewegten sie sich, indem sie jede Deckung ausnützten, um vom Wasser aus nicht gesehen zu werden. Sie stiegen schließlich von den Pferden und führten die Tiere hinter sich her, weil sie hoch zu Pferde mehr in die Augen fallen mussten. Endlich hatten sie die Felsen erreicht und lugten hinter ihnen hervor. Man sah ihren Bewegungen an, dass sie den Wagenzug erblickt hatten. Die Pferde wurden etwas rückwärts angepflockt, und dann nahmen die Reiter die verschiedensten Stellungen ein, in denen sie das Lager bequem beobachten konnten.

„Sie sind's“, nickte Sam. „Zwölf! Man kann sie jetzt zählen.“

„Gehen wir hinüber?“, fragte Will.

„Ja, sobald es dunkel geworden ist.“

Bis dahin brauchten die zwei nicht lange zu warten. Die Sonne hatte schon den Horizont berührt, sie verschwand. Der immer tiefer werdende Schatten der Dämmerung kam von Osten herbei und draußen am Wasser leuchtete nun ein hohes, helles Feuer auf. Man konnte die Finders schon nicht mehr erkennen.

„Komm“, forderte Sam seinen Gefährten auf. „Wir wollen keine Zeit verlieren.“

Sie verließen ihr Versteck und schritten dem Lager ihrer Gegner zu. Je näher sie kamen, desto leiser, zuletzt vollständig unhörbar, wurden ihre Schritte. Dass Sam Hawkens mit seinen Riesenstiefeln so geräuschlos auftrat wie ein Sperling im Gras, das war geradezu unbegreiflich. Und Will Parker benahm sich mit einem Geschick, das bewies, dass er kein Greenhorn war, wenn er von Sam auch oft so genannt wurde.

Als sie an den Fuß der kleinen Anhöhe gelangten, gab Sam seinem Begleiter das Gewehr und flüsterte ihm zu: „Bleib hier zurück und halte meine Liddy! Ich will allein hinauf.“

„*Well.* Aber wenn du in Gefahr gerätst, komme ich nach.“

„*Pshaw*, wüsste nicht, welche Gefahr das sein könnte! Spitze die Ohren, Will, damit du nicht etwa ertappt wirst!“

„Von wem?“

„Von dem Kundschafter, den sie nun bald fortschicken werden. Es ist zwar nicht wahrscheinlich, aber doch möglich, dass er hier vorüberkommt.“

Sam legte sich auf den Boden nieder und kroch weiter. Es war jetzt die Zeit zum Anschleichen, weil so kurz nach der Dämmerung die wenigen Sterne, die zu sehen waren, noch matt schimmerten. Bekanntlich wächst der Glanz der Sterne von der Dämmerung an.

Wie bereits bemerkt, bestand die Bodenwelle, in der die Felsstücke lagen, aus lauter Geröll, das dem, der im Anschleichen keine große Gewandtheit besaß, unter den Füßen und Händen fortrollen musste. Sam aber schob sich unhörbar Zoll um Zoll vorwärts, ohne dass ein Steinchen aus seiner Lage geriet. So erreichte er die Höhe und hielt an. Seine scharfen, an die Dunkelheit gewöhnten Augen sahen die Gegner vor sich. Er hätte sie auch bemerkt, wenn er sie nicht gesehen hätte, denn sie sprachen nicht gerade sehr leise miteinander. Er wagte es, sich ihnen noch mehr zu nähern, und hielt endlich bei einem großen Steinbrocken an, hinter dem er sich niederkauerte. Zwei oder drei der Finders standen aufgerichtet an den Felsen, um über sie hinweg das ferne Lagerfeuer zu beobachten. Die Übrigen hatten es sich bequem gemacht. Sie saßen auf der Erde. Zwei waren es, die miteinander sprachen, Buttler und ein anderer. Eben als Sam es sich hinter seinem Stein bequem gemacht hatte, hörte er den anderen sagen: „Hätten wir nur mehr Munition bekommen können! Wir müssen außerordentlich sparsam sein."

„Nur einstweilen", beruhigte ihn Buttler. „Wir werden uns alles wieder nehmen und noch weit mehr dazu. – Poston!", rief er einem der Männer zu. „Jetzt ist's Zeit, dunkel genug. Mache dich fort! Aber lass dich ja nicht erwischen oder auch nur hören oder sehen, sonst hast du es mit mir zu tun!"

„Werde mich hüten, mich sehen zu lassen", antwortete der Angeredete. „Es ist nicht zum ersten Mal, dass ich lauschen gehe."

„Darum eben schicke ich dich und keinen anderen. Du brauchst dich nicht in Gefahr zu begeben, brauchst nichts zu wagen und dich ihnen nicht allzu weit zu nähern. Das wäre unnötig."

„Aber ich möchte doch gern wissen, was sie reden!"

„Das ist von keinem Nutzen für uns. Ich will nur wissen, ob sie allein am Wasser sind oder ob sich noch andere dort befinden."

„Aber wenn ich sie reden hören könnte, würde ich erfahren, ob sie vielleicht Verdacht hegen!"

„Verdacht? Woher soll der ihnen kommen?"

„Sie können sich doch denken, dass wir ihnen folgen."
„Dazu sind sie zu dumm. Die Deutschen sind gar nicht zu rechnen und der Scout schien nicht der Mann zu sein, der sein Leben wagt, um andere zu beschützen. Also blieben nur die drei Schufte, die gestern trotz ihrer Dummheit ein solches Glück gegen uns gehabt haben. Ihr Verstand reicht sicher nicht so weit, zu vermuten, dass wir ihnen nachgeritten sind. Am Rio Verde in Fallen Bären und Biber zu fangen! Hat man jemals von einer solchen Verrücktheit gehört? Also geh, Poston, und spute dich! In einer halben Stunde kannst du wieder hier sein."
Der Späher entfernte sich, und der erste Sprecher nahm nun wieder das Wort: „Wann soll der Überfall erfolgen, Buttler? Heute Abend noch oder morgen Früh?"
„Morgen erst? So lange kann ich nicht warten. Ich brenne vor Begierde, ihnen und vor allem dem kleinen, dicken Kerl die Rechnung heimzuzahlen. Nein, heute Abend noch."
„Wenn sie schlafen und das Feuer ausgegangen ist?"
„Nein. Wir werden sie mit einer einzigen Salve niederschießen. Dazu gehört Licht."
„Aber das Feuer ist groß und leuchtet so weit, dass sie uns sehen müssen, wenn wir kommen."
„Dadurch, dass sie einen solchen Höllenbrand angefacht haben, beweisen sie, dass sie nicht den geringsten Verdacht hegen. Es ist freilich unangenehm, dass die Riesenflamme gar so weit leuchtet. Wir müssen also warten, bis sie niedrig brennt. Dann aber wird keinen Augenblick länger gezögert. Auf den Kleinen darf mir dabei niemand schießen, denn er soll von meiner Kugel sterben."
Er erging sich weiter in zornigen Ausdrücken und kräftigen Redensarten über das gestrige Erlebnis. Sam hörte gelassen zu. Er hoffte, noch allerlei Wichtiges zu hören. Darum blieb er wohl noch eine gute Viertelstunde liegen, sah sich aber getäuscht und verließ endlich sein Versteck ebenso leise und vorsichtig, wie er gekommen war. Als er

unten bei Will Parker anlangte, gab ihm dieser sein Gewehr zurück und sagte: „Hier hast du deine Liddy. Gab es etwas zu hören?“

„Wenig. Nur dass der Überfall dann geschehen soll, wenn unser Feuer nicht mehr so hell brennt wie vorher. Wir müssen uns darauf einrichten. Hast du den Kundschafter gesehen?“

„Ja. Er ging ziemlich nahe an mir vorüber, hat mich aber nicht bemerkt.“

„So komm! Wir müssen zu den Unsrigen.“

Sie entfernten sich, erst mit gedämpften Schritten, dann mit weniger Vorsicht, denn sie schritten nicht gerade auf das Lager zu, sondern machten einen Umweg, um nicht auf den zurückkehrenden Späher zu treffen. Sie hatten noch nicht ganz die Hälfte des Weges zurückgelegt, da hörten sie einen lauten englischen Ausruf, dem ein zweiter deutscher folgte.

„*Tempest!*“, rief die erste Stimme.

„Herrjemine!“, schrie die zweite. „Wer fällt denn da über mich weg?“

„Das ist der Kantor!“, raunte Sam seinem Kameraden zu. „Der Mann macht mir da wohl eine Dummheit. Komm schnell näher, aber leise, damit man nicht vorzeitig auf uns aufmerksam wird!“

Sie huschten der Gegend zu, aus der die Stimmen erklangen. Als sie nahe genug gekommen waren, blieben sie stehen und lauschten.

„Wer seid Ihr, habe ich gefragt!“, sagte der englisch Sprechende.

„Ich ersticke!“, wurde ihm deutsch geantwortet.

Ja, es war die Stimme des Emeritus. Sie klang so, als hätte ihn jemand an der Kehle.

„Den Namen will ich wissen!“, klang es wieder englisch.

„Dort vom Lager.“

„Ich verstehe Euch nicht. Redet doch englisch!“

„Ich komponiere!“

„Gehört Ihr zu den Leuten, die dort am Feuer sitzen?"
„Eine Heldenoper, die drei ganze Abende füllen soll!"
„Mensch, wenn Ihr nicht verständlich redet, kommt Ihr nicht los! Also Antwort! Wer seid Ihr?"
„Zwölf Akte, auf jeden Abend vier."
„Den Namen, den Namen!"
„Ich suche den Hobble-Frank!"
„Ah, endlich! Frank heißt Ihr! Was treibt Ihr denn hier, so allein und nächtlicherweile?"
„Aus Klotzsche bei Dresden bin ich. Lasst mich doch los – oh, oh, endlich! Gott sei Dank!"
Die Stimme klang freier. Der Kantor hatte sich losgerissen und eilte fort. Man hörte seine Schritte.
„Nun ist er doch fort!", stieß der andere zornig hervor. „Soll ich – nein, ich muss zurück."
Er verfolgte den Fliehenden nicht, sondern nahm seinen Weg mit schnellen Schritten zu den Finders.
„Es ist der Kundschafter", flüsterte Sam. „Das ist eine ärgerliche Geschichte. Kann uns alles verderben. Ich laufe wieder hinüber zu den Finders, was der Mann dort meldet. Bleib hier stehen! Ich muss eher dort sein als er."
Er rannte fort. Will Parker wartete. Es verging wohl eine halbe Stunde, ehe Sam zurückkehrte. Als er kam, meldete er: „Es ist besser abgelaufen, als ich dachte. Die Begegnung konnte dem Kantor das Leben kosten oder, wenn wir ihm beisprangen, wenigstens unseren Plan zu Schanden machen."
„Für wen halten die Finders diesen Unglücksemeritus?", erkundigte sich Parker.
„Es ist gar nicht von ihm gesprochen worden. Dieser pfiffige Kundschafter hat die Begegnung gar nicht erwähnt."
„Unbegreiflich! Sie ist doch so wichtig, dass er sie unbedingt melden musste!"
„Er hat sie wahrscheinlich aus Angst vor Vorwürfen verschwiegen. Ehe er ging, drohte ihm Buttler, sich ja nicht

sehen zu lassen; nun ist er gar über jemand weggefallen. Wenn er das sagt, hat er nichts Gutes zu erwarten. Darum zog er es vor, lieber zu schweigen. Das kann uns nur lieb sein. Komm jetzt zum Lager!"

Sie gingen weiter, hatten aber erst wenige Schritte getan, als sie schon wieder stehen blieben, da sie ein Geräusch vor sich hörten. Als es näher kam, erkannten sie, dass es Hufschläge waren.

„Ein galoppierendes Pferd, das gerade auf uns zusprengt!", sagte Parker.

„Ja, so ist es", stimmte Sam bei. „Was ist das nun wieder, wenn ich mich nicht irre! Schnell zur Seite!"

Das Pferd war rasch nähergekommen. Sie wichen gerade noch zur rechten Zeit aus. Als es vorüberschoss, sahen sie trotz der Dunkelheit, dass zwei Gestalten auf demselben saßen. Die eine von ihnen stöhnte laut.

„War das einer von uns, Sam?", fragte Parker.

„Weiß nicht. Waren überhaupt zwei, altes Greenhorn."

„Sie schienen miteinander zu kämpfen. Der eine saß richtig im Sattel, der andere kniete hinter ihm und hatte ihn beim Hals."

„So genau habe ich es nicht unterscheiden können. Hast du dich auch nicht etwa geirrt?"

„Nein. Ich stand näher als du und konnte es deutlich sehen. Einer von ihnen gehörte wohl zu uns. Wer aber mag der Zweite sein?"

Nun, beide gehörten zur Gesellschaft der Auswanderer. Es hatte sich nämlich mittlerweile Folgendes ereignet:

Frau Rosalie war mit Poller, dem Scout, in Streit geraten, in dessen Verlauf sie schließlich zornig ausrief: „Denken Se nich etwa, dass wir Ihre Untertanen und Schklaven sind! Ich, Frau Rosalie Eberschbach, geborene Morgenschtern und verwitwete Leiermüllern, habe hier gerade so viel zu befehlen wie Sie. Verschtehn Se mich! Sie zeigen uns den Weg und kriegen Ihr Geld dervor. So ist die Sache. Und morgen gehn Se ab! Der Herr Sam Hawkens wird uns weiter führen. Der versteht seine Sache besser als Sie und macht's noch derzu ganz umsonst."

„Besser als ich?", fragte zornig der Scout. „Darüber haben Sie als Fremde und Frau gar kein Urteil. Weiber haben überhaupt zu schweigen!"

„Zu schweigen? I, was Se nich sagen! Schweigen sollen wir Damen? Hören Se, da sind Se uff dem Holzweg! Wozu haben wir denn den Mund bekommen? Schweigen lieber Sie, denn alles, was Se sagen, is falsch und verrückt! Wir werden froh sein, wenn Se morgen fort sein werden. Uff Ihre lockere Amtsführung als Wegweiser und Schkaut dürfen Se sich wahrhaftig nicht viel einbilden!"

„Ich kann dieses Amt ja schon heute niederlegen!"

„So? Das is uns lieb. Das is uns Recht. Das wird oogenblicklich angenommen. Also treten Se ab! Sie sind hiermit aus Amt und Schtand und Brot entlassen!"

„Nicht eher, als bis ich meine Bezahlung bekommen habe!"

„Die sollen Se haben, oogenblicklich haben. Wegen den paar Pfennigen lassen wir uns nich beim Land- und Kreisgericht verklagen. Julius, haste Geld bei der Hand?"

Julius hieß ihr Mann, der neben ihr stand. Er bejahte ihre Frage.

„So bezahl den Mann. Mir kommt er nich wieder ins Haus. Dem will ich's zeigen, ob wir Damen schweigen müssen oder nich! Ich bin nur deshalb mit nach Amerika gegangen, weil da die Damen fein behandelt werden, un gleich dieser erste Jängki, der mir in den Weg gekommen is, will mir die Sprachwerkzeuge verbieten! Das muss eenen ja aus allen seinen sieben Himmeln reißen. Also zahl ihn aus, und dann hau du ju du[1]!"

Der Scout erhielt wirklich seinen Lohn so ausbezahlt, als ob er mit bis nach Phoenix am Salt River geritten wäre. Er schob das Geld mit pfiffigem Lächeln in die Tasche.

[1] How do you do? = Wie geht es Ihnen?

Jedenfalls hatte er den Streit nur deshalb vom Zaun gebrochen, um das Geld zu bekommen und sich noch während der Abwesenheit Sams entfernen zu können. Er sattelte sein Pferd, nahm sein Gewehr und stieg auf. Da trat Dick Stone zu ihm, ergriff die Zügel des Pferdes und fragte: „Wollt Ihr mir wohl sagen, Sir, was es zu bedeuten hat, dass Ihr da Euren Gaul so plötzlich zwischen die Beine nehmt? Wie es scheint, wollt Ihr fort?“

„*Yes*. Habt Ihr etwas dagegen?“, antwortete Poller spitzig. „Danach werde ich nicht fragen.“

„Oho! Dick Stone ist ganz der Mann, nach dessen Wort man fragt. Wir sollen überfallen werden. Da heißt es, entweder hie Freund oder hie Feind. Wenn Ihr gerade jetzt fort wollt, so kennen wir den Grund!“

„Kennt Ihr ihn? Ah, wirklich?“, höhnte der Scout. „Wollt Ihr vielleicht die Güte haben, ihn mir zu sagen?“

„Ja, Ihr wollt zu den Finders, um sie zu warnen.“

„Ich glaube, Ihr seid närrisch geworden, Master! Will Euch sagen, wohin ich will. Ich bin von diesen Deutschen entlassen worden und kann nicht länger bei ihnen bleiben; meine Ehre verbietet mir das. Darum will ich hinaus zu den Soldaten, um bei ihnen bis zum Tagesanbruch zu bleiben. So, das ist meine Absicht und nun lasst mich fort!“

Dick Stone ließ sich, durch diese Lüge für einen Augenblick getäuscht, die Zügel aus der Hand zerren. Der Scout gab seinem Pferd einen Hieb und ritt davon, in der Richtung, wohin sich der Leutnant mit seinen zwanzig Mann zurückgezogen hatte. Aber schon eine Sekunde später war Dick Stone sich wieder im Klaren. Er sprang nach der Stelle, wo sein Gewehr lag, und rief: „Der Schuft hat mich belogen. Er will uns doch verraten. Ich schicke ihm eine Kugel nach.“

Da schnellte Schi-So zu ihm und sagte: „Schießt nicht, Sir! Es ist dunkel. Die Kugel würde fehlgehen. Ich bringe Euch den Mann zurück.“ Nach diesen Worten schoss der Jüngling fort, in die dunkle Nacht hinaus.

„Ihn zurückbringen? Dieser Knabe?“, fragte Dick. „Sollte ihm schwer fallen. Ich muss ihm selbst nachreiten.“

Er wollte zu seinem Pferd. Da ergriff ihn Adolf Wolf am Arm und bat: „Bleibt hier! Er holt ihn wirklich.“

„Ist unmöglich!“

„Er holt ihn! Ihr könnt es glauben. Schi-So bringt, obgleich er noch so jung ist, noch ganz andere Dinge fertig.“

Der bestimmte Ton und die überzeugende Miene Wolfs blieben nicht ohne Wirkung.

„Hm“, brummte Dick, „würde wohl zu nichts führen, wenn ich ihm nachritte. Kann ja nicht sehen, wohin er ist. Will er wirklich zu den Finders, so wird er wahrscheinlich auf Sam und Will stoßen, die ihn nicht vorüberlassen werden. Bleibe also hier. Aber eine verteufelte Geschichte ist es doch, wenn er entkommt. Was wird Sam dazu sagen!“

Dieser sagte gar nichts, sondern er stand in diesem Augenblick neben Parker und horchte mit ihm nach der Richtung, in der das Pferd verschwunden war. Man hörte es noch deutlich schnauben, aber keine Huftritte mehr. Doch nach einiger Zeit waren sie wieder zu vernehmen. Sie kamen zurück, näher und näher und viel langsamer als vorher.

„Sonderbar!“, brummte Sam. „Die beiden Reiter kommen zurück, und zwar im Schritt. Wir legen uns nieder, weil wir dann besser sehen können, wer es ist.“

Sie duckten sich auf den Boden. Jetzt erschien das Pferd. Es saß nur ein Reiter darauf. Er zog einen dunklen Gegenstand hinter sich her.

„Schi-So!“, rief Sam. „Ihr seid es? Wie kommt Ihr hierher?“

Der Gefragte hielt das Pferd an und antwortete: „Sagt du zu mir, Sir! Ich habe Euch schon einmal darum gebeten. Der Scout ließ sich sein Geld geben und ritt gegen unseren Willen fort. Er wollte uns den Finders verraten. Da sprang ich ihm nach, ereilte ihn und schwang mich hinter ihm aufs Pferd. Als ich ihn mit dem Revolverkolben betäubt hatte, hielt ich das Tier an und warf ihn herunter. Nun zieht das Pferd ihn an meinem Lasso hinter sich her."

„Tausend Donner! Nacheilen, aufs Pferd springen, betäuben, herunterwerfen! Du bist ja der reine Old Shatterhand! Braver Bursche! Werde es deinem Vater erzählen. Du hast den Verräter vielleicht gar erschlagen?"

„Nein, er ist nur betäubt."

„Alle Wetter! Und das alles so ruhig, ohne einen Schuss oder sonstigen Lärm, wenn ich mich nicht irre!"

Der Jüngling antwortete einfach und bescheiden: „Lärm durfte doch nicht sein, weil die Feinde sich in der Nähe befinden."

„All right. Hast deine Sache so brav gemacht, dass jedes Lob überflüssig ist. Komm jetzt mit nach dem Lager! Wir wollen uns beeilen, mit den Finders fertig zu werden!"

Es ging wieder dem Feuer entgegen. Dem Scout kehrte infolge der Schmerzen, die das Nachschleifen verursachte, die Besinnung zurück. Er begann zu wimmern, doch wurde nicht darauf geachtet, bis das Lager erreicht war. Dort raffte er sich langsam auf. Der Lasso war ihm um die Hände gebunden, unter den Armen hindurchgeschlungen und dann am Sattel befestigt worden. Es lässt sich leicht denken, wie er empfangen wurde. Er starrte finster vor sich nieder und beantwortete kein an ihn gerichtetes Wort. Ebenso schweigsam verhielt sich Schi-So zu dem Lob, das ihm von allen Seiten gebracht wurde. Er ging still davon, konnte es aber doch nicht verhindern, dass Frau Rosalie ihn beim Arm ergriff und fragte: „Herr Schi-So, haben Se vielleicht eenmal die Geschichte von der verzauberten Prinzessin gelesen?"

„Welche?", antwortete er. „Es gibt viele solche Geschichten."

„Ich meene nämlich diejenige Prinzessin, die in eenen Kirchturmknopf hineingezaubert war."

„Die kenne ich nicht."

„Der Kirchturm war hundertundelf Ellen hoch. Darum musste derjenige, der die Prinzessin erlösen wollte, hundertundelf Heldentaten verrichten, uff jede Elle eene. Viele tausend Jahre hat das arme Wurm im Knopf geschteckt, ohne dass es jemand nur bis zur dritten oder vierten Heldentat gebracht hat, bis endlich een junger Rittersmann aus Schleswig-Holschteen kam und alle hundertelf Heldentaten, eene nach der andern, mit dem Schwert um das Leben brachte. Da schprang der Kirchturmknopf uff und entzwee und die erlöste Prinzessin trat holdselig heraus, reichte dem Erretter die rechte Hand und führte ihn hinunter in die Sakristei."

„So!", lächelte Schi-So. „Und die Nutzanwendung dieser ebenso schönen wie rührenden Geschichte?"

„Nutzanwendung? Was meenen Sie damit? Was soll das heeßen? Wenden Se den Nutzen wenigstens nich zu Ihrem Schaden an! Ich habe Ihnen von diesem Turmknopf erzählt, weil ich sehe, dass Sie ooch so een tapferer Schleswig-Holschteener sind. Gibt es bei den Indianern ooch verzauberte Prinzessinnen?"

„Nein."

„Jammerschade! Ich gloob, Sie brächten's ooch bis hundertundelf. Rechnen Sie uff meine Hochachtung und uff meine Dankbarkeet!"

Sie wollte noch weiter sprechen, wurde aber von jemand fortgeschoben, der sich zwischen sie und den Indianer drängte. Es war der Kantor, der, Schi-Sos Hand ergreifend, sagte: „Teurer Freund und junger Mann, Sie wissen, dass ich im Begriff stehe, eine große Heldenoper zu komponieren?"

„Ja. Sie haben uns das schon oft genug gesagt."

„Und dass diese Oper zwölf Akte haben wird?"

„Ich glaube allerdings, dass es zwölf waren, von denen Sie sprachen."

„Schön! In welchem Akt wollen Sie erscheinen?"

„Warum ich?"

„Weil Sie ein Held sind, wie ich ihn für meine Oper brauche. Sie werden auftreten, indem Sie den Verräter zu Pferd am Lasso über die Bühne schleppen. Also bitte, in welchem Akt?“

Über das ernste Gesicht des Indianers glitt ein fröhliches Lächeln, als er antwortete: „Sagen wir: im neunten.“

„Schön! Und wollen Sie ihn in Dur oder Moll über die Bühne schleppen?“

„In Moll.“

„Gut. Da werde ich c-Moll wählen, denn das hat den Dominantsextakkord von G und ist im ersten Grad mit dem herrlichen Es-Dur verwandt. Und als Taktart wählen wir nicht Dreiviertel- oder Sechsachtel-, sondern den Viervierteltakt, weil das Pferd, auf dem Sie auf der Bühne erscheinen werden, vier Beine hat. Sie sehen, dass alles stimmen wird. Ich werde mir das alles gleich aufschreiben.“

Er zog sein Merkbuch aus der Tasche. Da erklang hinter ihm eine Stimme: „Ich habe Ihnen auch etwas aufzuschreiben, Herr Kantor.“

Er drehte sich um und sah Sam vor sich stehen. Höflich erwiderte er: „Bitte, bitte, Kantor emeritus! Es ist nur der Vollständigkeit halber. Da ich nicht mehr im Amt bin...“

„...treiben Sie sich draußen vor dem Lager herum!“, unterbrach ihn Sam. „Wer hat Sie denn geheißen, das Lager zu verlassen?“

„Geheißen? Die Kunstbegeisterung trieb mich hinaus, erst lento, dann vivace und endlich gar allegrissimo. Sie wissen, wenn die Muse befiehlt, muss ihr Jünger gehorchen.“

„Da bitte ich Sie, Ihrer Muse den Abschied zu geben, denn sie meint es nicht gut mit Ihnen.“

„Dass ich nicht wüsste, werter Herr. Ich brauchte für meine Oper einen Doppeltriller. Da ich ihn nicht hier am Lager finden konnte, verließ ich es, um mir draußen in der Einsamkeit einen auszusinnen.“

„Da setzten Sie sich auf die Erde nieder?“

„Ja."
„Und warteten, ob der Triller kommen würde? Aber statt seiner kam ein fremder Mann, der Sie nicht sah, und stolperte über Sie weg!"
„Oh, er stolperte nicht nur, sondern er stürzte wirklich hin, lang über mich hinweg. Im nächsten Augenblick hatte er mich beim Genick, gerade so, wie man eine Violine beim Hals fasst."
„Dann gab es ein Duett!"
„Eigentlich nicht. Wir sprachen nur ein wenig miteinander."
„Sie deutsch, er englisch und keiner verstand den anderen!"
„Das war kein Wunder. Wer mich verstehen will, darf mir doch nicht den Hals zusammenpressen. Das konnte er sich denken! Übrigens benutzte ich die Gelegenheit, als er mich einmal lockerließ, ihn zu verlassen."
„Wohl auch allegro oder allegrissimo?"
„Es war schon mehr con fretta, denn ich hatte ihn im Verdacht, mich abermals packen zu wollen."
„Das wollte er allerdings, und noch viel mehr als das! Wissen Sie, wer er war?"
„Nein. Es gab im Lauf der kurzen Unterredung keine Gelegenheit, uns einander vorzustellen."
„Das glaube ich wohl. Es war überhaupt nicht auf solche Höflichkeiten, sondern auf Ihr Leben abgesehen. Der Mann, der über Sie wegtrillerte, gehörte zu den Finders, die uns überfallen und ermorden wollen."
„Sollte man das glauben! Sie werden sich irren. Ich hatte schon wiederholt das Vergnügen, Ihnen zu erklären, dass es für den Sohn der Musen keine Gefahr gibt außer der, dass seine Werke nicht anerkannt werden."
„Also, wenn ein Mörder geradezu über Sie wegstolpert und Sie bei der Gurgel fasst, um Sie zu erdrosseln, so ist das keine Gefahr für Sie?"
„Nein. Sie haben ja den Beweis, lieber Herr. Er hat mich

gehen lassen und ist auch selbst gegangen. Über mir schwebt eben ein Genius, der über mich wacht und mich vor jedem Unglück bewahrt."

„Wenn dieser Glaube Sie glücklich macht, so mögen Sie ihn meinetwegen behalten, bis Sie einmal erschossen, erschlagen, erstochen oder skalpiert werden. Ihre sehnsüchtige Erwartung eines Trillers hat aber auch uns in Gefahr gebracht. Wir werden in Zukunft nicht nur Ihr Pferd anbinden, sondern auch Sie selbst!"

„Herr, dagegen muss ich mich auflehnen! Das Genie kennt keine Bande, und wenn man es dennoch schnürt, zerreißt es alle Fesseln. Wie wollen Sie die Töne einer Trompete unterdrücken, wenn sie einmal am Mund sitzt?"

„Indem ich sie einfach vom Mund wegnehme, wenn ich mich nicht irre. Für jetzt verlange ich, dass Sie sich unbedingt ruhig verhalten und da bleiben, wohin ich Sie stelle. Es hängt unser aller Leben davon ab, dass niemand einen Fehler macht."

„Wenn dies der Fall ist, werde ich Ihren Anordnungen folgen. Sie können sich darauf verlassen. Sollte es aber doch zum Kampf kommen und jemand dabei sterben, so bin ich gern erbötig, für ihn schnell eine Missa pro defunctis auf beliebigen Text zu komponieren. Ich werde augenblicklich über ein schönes und ergreifendes Thema dazu nachdenken."

Das Feuer war bis jetzt noch immer hochgeschürt worden. Nun sollte das Lager verlassen werden. Sam bestimmte, dass nur er, Stone, Parker und die Soldaten sich bei der Überrumpelung der Finders zu beteiligen hätten; die anderen sollten der Gefahr nicht ausgesetzt werden. Schmidt, Strauch, Ebersbach und Uhlmann waren damit einverstanden. Frau Rosalie aber erklärte beherzt: „Was, ich soll die Hände in den Schoß legen, wenn andere für mich ihr Leben wagen? Das kann ich nich zugeben, ganz gewiss nich. Wenn keene Flinte für mich übrig ist, da nehme ich eene Hacke oder Schaufel, und wehe dem Urian, der mir zu nahe kommt! In dem Herrn Emeritus seiner Heldenoper müssen doch ooch Damen ufftreten und ich will die erschte sein, die erscheint. Also sagt mir nur den Ort, wo ich mich hinzuschtellen hab'! Ich werde meine Sache machen. Ausreißen tu' ich sicher nich!"

Es kostete nicht wenig Mühe, ihr begreiflich zu machen, dass ihre Beteiligung schaden könne, und sie ergab sich nur ungern darein, dem Kampf fern zu bleiben. Die vier deutschen Auswanderer zogen mit ihren Frauen, Kindern und Zugtieren nach der Stelle, wo die Soldaten warteten. Der Kantor war natürlich auch dabei und Sam schärfte ihnen ein, ja streng auf ihn Acht zu geben, damit er nicht wieder auf die ‚Triller-Suche' gehe. Die Pferde und der gefangene Scout wurden ebenfalls dorthin in Sicherheit gebracht. Eigentlich sollten auch Schi-So und Adolf Wolf, da sie noch sehr jung waren, von der Beteiligung am Kampf ausgeschlossen werden. Aber der Indianer erklärte so bestimmt, das sei eine große Beleidigung für ihn, dass Sam ihm seinen Wunsch erfüllte und infolgedessen auch Adolf nicht mehr zurückweisen konnte. Nun schlichen sich die Soldaten herbei, deren Pferde von den Auswanderern in Obhut genommen worden waren. Sam Hawkens gab ihnen die nötigen Verhaltungsmaßregeln und sagte dann zum Offizier: „Werde mich jetzt nochmals um das Lager schleichen, um zu sehen, ob die Luft rein ist."

Gerade als er sich entfernen wollte, näherte sich ihm Schi-So bescheiden und bat um die Erlaubnis, mitgehen zu dürfen. Sam schloss die listigen, kleinen Äuglein flüchtig und zwinkerte dann dem jungen Mann wohlwollend und bejahend zu. Gleich darauf huschten beide nach verschiedenen Richtungen davon. Schi-So hielt genau die gerade Linie ein, die nach dem Aufenthaltsort der Finders führte. Nach ungefähr zehn Minuten setzte er sich einige Schritte abseits nieder. Um ihn her herrschte tiefe Stille. Hinter ihm brannte das Lagerfeuer immer niedriger, bis es nur noch schwach glimmte. Das war der Zeitpunkt, wo die Finders aufbrechen wollten. Und wirklich, bald hörte Schi-So etwas wie ein leisen Wehen von der betreffenden Seite her: Es war das kaum wahrnehmbare Geräusch schleichender Schritte. Er richtete sich halb auf und lauschte noch angestrengter. Seine guten Ohren sagten ihm, dass die Nahenden in einer Entfernung von zwanzig bis dreißig Schritten an ihm vorüberkommen würden. Darum huschte er schnell noch etwas seitwärts und legte sich dann platt auf die Erde nieder.

Und da kamen sie, leise und langsam, einen dichten Trupp bildend, nicht einer hinter dem anderen, wie Indianer oder erfahrene Westmänner gegangen wären. Sie huschten vorüber, und Schi-So erhob sich, um ihnen auf dem Fuß zu folgen.

So ging es weiter und weiter, sie voran und er wie ein Schatten hinter ihnen her. Als die Finders bis fast in unmittelbare Nähe des Lagers gekommen waren, hielten sie an. Wenn der Häuptlingssohn sie jetzt sprechen hören wollte, so musste er verwegen sein. Er legte sich also wieder auf die Erde nieder und kroch so nahe zu ihnen hin, dass er die Füße des nächsten mit der Hand zu erreichen vermocht hätte. Dieses kühne Unternehmen wurde belohnt, denn er hörte Buttler sprechen, zwar leise, aber doch so, dass er die Worte noch leidlich verstehen konnte: „Das Feuer glimmt nur noch schwach und ich denke, dass sie schlafen. Dennoch werden wir noch einige Zeit warten, bevor wir über sie herfallen. Sicher ist sicher. Aber umzingeln müssen wir sie schon jetzt. Wenn wir einer vom anderen dreißig Schritte Abstand halten, reicht unsere Zahl aus, einen Kreis um die Wagen zu bilden. Ist das geschehen, so wartet ihr, bis ich euch das Zeichen gebe."

„Welches Zeichen?", wurde gefragt.

„Ich ahme mit einem Grashalm das Zirpen eines Heimchens nach. Auf dieses Zeichen kriecht jeder von euch auf die Wagenburg zu. Sobald ich vor den Wagen angekommen bin, zirpe ich zum zweiten Mal und warte ein wenig, um euch Zeit zu lassen, auch dort anzulangen. Wenn ich dann zum dritten Mal zirpe, ist das für euch der Befehl, unter den Wagen und Deichseln und zwischen den Rädern hindurchzukriechen und den Kerlen eure Messer zu geben. Schüsse wollen wir möglichst vermeiden."

„Was geschieht mit den Weibern und Kindern?"

„Sie werden ausgelöscht. Es darf niemand leben bleiben, der uns später verraten könnte. Die Beute teilen wir und die Wagen und die Leichen werden verbrannt. Also vorwärts jetzt! Die eine Hälfte von euch geht nach rechts und die andere nach links. Ich bleibe hier. Nehmt euch aber in Acht und vermeidet jedes Geräusch!"

Da fragte einer noch: „Wenn wir nun auf einen Wächter treffen? Vielleicht haben sie einen ausgestellt."

„Das glaube ich nicht. Aber wenn es dennoch wäre, so wird er eben erstochen. Der Messerstoß muss gut sitzen und ihn auf der Stelle töten. Also, ans Werk jetzt und passt auf mein Zirpen auf!"

Die Finders entfernten sich nach zwei Seiten, um die Wagen zu umzingeln. Buttler aber blieb stehen. Schi-So überlegte einen Augenblick. Sollte er jetzt schnell fort, um Sam Hawkens Meldung zu machen? Nein. Er hatte den Anführer so schön vor sich. Wenn er ihn unschädlich machte, waren die übrigen leichter zu bewältigen. Er wartete also eine Minute, richtete sich dann hinter Buttler auf und versetzte ihm einen so kräftigen Hieb mit dem Revolver, dass der Getroffene lautlos zusammenbrach. Hierauf schleifte er den Betäubten vorsichtig beiseite. Er wusste genau die Stelle, wohin Sam Hawkens die Soldaten nebst Dick und Will beschieden hatte. Als er dort anlangte, war Sam bereits von seinem Rundgang zurück. Der kleine Jäger bückte sich nieder, um den von Schi-So nachgeschleiften Gegenstand zu betrachten, und meinte erstaunt: „Ein Mensch! Wie kommst du dazu? Ist er tot?"

„Nein, sondern nur betäubt", antwortete Schi-So.

„Wer ist es?"

„Buttler. Ich habe ihn überrumpelt!"

„Zounds! Da hast du einen großen Fehler begangen und meinen ganzen schönen Plan zunichte gemacht! Erzähle schnell, wie das gekommen ist!"

Schi-So kam dieser Aufforderung in kurzen Worten nach. Als er geendet hatte, sagte Sam in einem ganz anderen Ton: „Alle Wetter! Ja, wenn es so steht, dann kann ich dich nicht tadeln; ich muss dich vielmehr loben. Nun werde ich an Buttlers Stelle diesen Finders etwas vorzirpen, was sie in unsere Hände bringen wird. Bindet den Kerl und gebt ihm einen Knebel in den Mund, damit er nicht etwa laut werden kann, wenn er erwacht!"

Die Soldaten beeilten sich, dem Befehl Folge zu leisten. Während dies geschah, fragte der Leutnant: „Also Ihr wollt an Buttlers Stelle das Zeichen geben, Sir? Wie wollt Ihr dieses Zirpen nachahmen?"

„Sehr einfach, mit Hilfe eines Grashalmes. Man legt die beiden Hände so zusammen, dass sie eine hohle Faust bilden, wobei die Daumen nebeneinander zu liegen kommen. Klemmt man nun zwischen die Daumen einen Halm, zieht ihn straff und bläst dagegen, so entsteht ein Ton, der dem Zirpen eines Heimchens gleicht. Und nun wollen wir uns geräuschlos hinter die Finders machen, je zwei von uns hinter einen von ihnen. Sobald ich zirpe, werden die Burschen vorwärts schleichen und Ihr hinter ihnen her. Wenn ich dann das dritte Zeichen gebe und sie unter den Wagen hindurchkriechen wollen, werft ihr euch auf sie und schlagt sie mit den Gewehrkolben nieder!"

„Aber ich meine", entgegnete der Leutnant, „ein Schuss oder ein Stich wäre besser! Diese Halunken haben ihr Leben schon längst verwirkt!"

„Gewiss! Doch bin ich weder ihr Richter noch ihr Henker."

„Aber Sir, was meint Ihr, wird mit den Burschen in Tucson geschehen?"

„Man wird ihnen Stricke um die Hälse binden und sie daran in die Höhe ziehen."

„Das ist richtig. Man wird sie hängen. Da ist es doch höchst gleichgültig, ob sie hier oder dort hingerichtet werden!"

„Mag sein. Aber ihr bedenkt nicht, dass dort das Gesetz waltet, während sie hier noch nicht verurteilt sind. Nein, nein, wir fangen sie lebendig. Was dann in der Hauptstadt mit ihnen geschieht, das ist eure Sache."

„Hm, so will ich mich fügen, obwohl ich glaube, dass diese Schurken eine solche Rücksicht wirklich nicht verdienen."

So wurde denn zur Tat geschritten. Stone, Parker und der Leutnant übernahmen die Führung. Die Soldaten entfernten sich, um paarweise die Finders einzuschließen. Adolf Wolf blieb bei Buttler zurück, um ihn zu bewachen. Schi-So musste Sam Hawkens nach der Stelle führen, wo er Buttler überwältigt hatte. Diese beiden bildeten also ein Glied im Ring der Finders, während die Soldaten um diesen Ring ihrerseits wieder einen Kreis geschlossen hatten.

Als Sam sich sagte, dass diese Umschließung vollendet sei, klemmte er einen Grashalm zwischen die Daumen und ließ das verabredete Zirpen hören. Hierauf schlich er allein voran und gab nahe an den Wagen das zweite Zeichen, worauf er eine Weile wartete. Da kam es zu beiden Seiten leise herangekrochen. Lang ausgestreckt im Gras liegend sah Sam die Finders wie Schlangen näherkriechen.

Der Kreis hatte sich so verengt, dass man von einem Glied aus das andere erkennen konnte.

„Buttler, ich bin da", flüsterte es von rechts herüber.

„Es geht alles gut", raunte der andere links. „Verliere doch nicht die Zeit! Gib das Zeichen!"

Sam schaute zurück. Seine scharfen Augen sahen Dick Stone mit einem Soldaten hinter dem ersten Sprecher liegen. Hinter dem zweiten warteten auch bereits zwei Soldaten. Da zirpte er zum dritten Mal und warf sich dann nach links auf den Finder. Auch der Häuptlingssohn sprang vor, nach rechts hin, doch hatte Dick Stone den betreffenden Finder schon fest beim Kragen.

Man hörte Kolbenschläge und einige unterdrückte Schreie. Dann war es rundum still.

„Hallo", rief Sam mit lauter Stimme, „ist alles gut gegangen?"

„Alles", antwortete Will Parker auf der anderen Seite. „Wir haben sie."

„So bringt sie hierher und brennt das Feuer wieder an, damit wir, wie es die Höflichkeit erfordert, ihnen unsere Gesichter zeigen können!"

Einige Minuten später lagen die gefangenen und gefesselten Finders innerhalb der Wagenburg. Um sie herum saßen Sam, Dick, Will, der Leutnant und Adolf Wolf, während die Soldaten fortgegangen waren, um die Auswanderer und die Pferde zu holen. Einige davon waren unter Schi-Sos Führung nach dem Lager der Finders aufgebrochen, um auch deren Pferde herbeizuschaffen. Das Feuer loderte hell und hoch auf, sodass das ganze Lager erleuchtet war.

Die Finders lagen nebeneinander, und zwar jetzt mit offenen Augen. Es war keiner von ihnen erschlagen worden. Sie hatten ihre Besinnung wieder. Sie sahen und hörten also alles, was um sie her vorging. Keiner von ihnen schien Lust zu haben, ein Wort zu sprechen, doch konnte man ihre Gefühle leicht aus den wütenden Blicken erraten, die sie um sich warfen. Es hatte bisher noch niemand eine Frage an sie gerichtet, denn Sam Hawkens wollte damit bis zur Rückkehr der Auswanderer warten. Da hörte man von weitem eine jubilierende weibliche Stimme rufen: *„We have got them, we have got them!"*

Die Ruferin kam näher, erreichte das Lager, kroch unter einer Deichsel hindurch, schoss auf Sam los und schrie ihn an: *„We have got them, we have got them!* Heeßt das nich: Wir haben se, wir haben se, Herr Hawkens?" Es war die liebe Frau Rosalie Ebersbach, geborene Morgenstern, verwitwete Leiermüller. Sie war allen anderen vorausgeeilt.

„Ja", antwortete Sam. „So heißen diese englischen Worte ins Deutsche übersetzt."

„Also, *we have got them, we have got them,* wir haben sie! Gott sei Dank! Was für eine Angst habe ich um Sie ausgestanden und was für eine Sorge habe ich gehabt! Ich wäre beinahe ausgerissen und wieder hergekommen, um mit kämpfen, fechten und schtreiten zu helfen. Da kamen aber die Soldaten und sagten: ‚*We have got them!*' Was das in unserer Mutterschprache zu bedeuten hat, das weeß ich ungefähr und bin offs schleunigste fortgerannt, um sie ooch mit zu haben!"

Ihr Blick fiel auf die Gefesselten.

„Aber, was ist denn das? Die leben ja noch! Ich dachte, es wären nur ihre toten Leichen zu erblicken. Das will mir nich in den Kopp. Is das vielleicht mit Fleiß geschehen?"

„Allerdings."

„Na, da is Ostern heuer off eenen Donnerschtag gefallen, anschtatt off eenen Sonntag, wie sich's von Rechts wegen ganz von selbst verschteht! Wissen Sie denn nich, Herr Hawkens, dass uns diese Herren Raubmörder haben um unser Leben bringen wollen?"

„Das weiß ich allerdings."

„Und Sie haben sie dennoch nicht erschossen? Das is eene Edelmütigkeet, der ich unmöglich meine Billigung zu erteilen vermag. Wer umbringt, muss wieder umgebracht werden; Ooge um Ooge, Backzahn um Backzahn! So schteht es in der Bibel und in allen Gesetzbüchern geschrieben!"

„Sind Sie denn wirklich ermordet worden, Frau Ebersbach?"

„Nee. Wie können Sie nur so fragen! Wenn ich umgebracht wäre, so schtände ich jetzt doch als Gespenst vor Ihnen, und ich hoffe, dass Sie mich nich für so etwas halten."

„Gewiss nicht, Frau Ebersbach. Also Auge um Auge, Zahn um Zahn. Sie sind nicht umgebracht worden. Darum haben wir die Finders auch nicht umgebracht."

„Aber sie wollten uns doch ermorden! Das ist doch ganz dasselbe, als ob sie uns wirklich ermordet hätten!"

„Und ich wollte sie dafür erschießen lassen. Das ist also ganz genauso, als ob sie wirklich erschossen worden wären."

Sie sah ihn verblüfft an, schlug sich gegen die Stirn und bekannte offenherzig: „Was für eene dumme Rosalie ich da gewesen bin! Lass mich da mit meinen eegenen Worten schlagen! Das is mir jetzt zum erschten Mal in meinem Leben vorgekommen, denn wer es in den Redensarten und Spitzfindigkeiten mit mir offnehmen will, der muss sehr schpät zu Bette gehen und morgens früh halb drei wieder munter sein. Aber sagen Sie mir doch wenigstens, was nun mit dieser Rasselbande geschehen soll! Da Sie so schonungsvoll mit den Halunken verfahren sind, so möchte ich mir mit gutem Grunde die Frage erlooben, ob sie vielleicht gar eene Belohnung, eene Prämie oder so eene goldene Medallche bekommen sollen!"

„Was wir zu tun beabsichtigen, das werden Sie bald erfahren."

„Das hoffe ich. Bedenken Sie, dass ich zu den Persönlichkeeten gehöre, off die es abgesehen war. Wenn der Überfall gelungen wäre, so läge ich jetzt als ermordete und abgeschiedene Leiche off dem Schlachtfeld und das Morgenrot täte mir zum frühen Tode leuchten. Das erfordert Schtrafe. Verschtehen Sie mich?"

„Die Strafe wird nicht ausbleiben, Frau Ebersbach. Darauf können Sie sich verlassen. Damit soll aber nicht gesagt sein, dass wir die Schuldigen umbringen müssen. Wir sind keine Mörder und Sie sind eine Dame. Sie gehören zum zarten Geschlecht, das in Liebe und Güte die Welt beherrscht. Ich bin übezeugt, dass auch in Ihrem Herzen die Milde wohnt, ohne die selbst die schönste Frau ein hässliches Wesen ist."

Der spaßhafte kleine Jäger hatte sich, indem er in dieser Weise sprach, nicht verrechnet. Frau Rosalie warf sich in die Brust und antwortete: „Die Milde wohnt? Natürlich wohnt sie da! Ich habe noch een Herz, und was für eens.

Es schmilzt wie Butter an der Sonne. Ich gehöre ooch zu dem schönen, zarten Geschlecht, von dem Sie reden, und will mit meiner Güte die Welt beherrschen. Es kommt zwar vor, dass der Mensch verkannt wird, und es hat schon oft Oogenblicke gegeben, wo meine Milde und Güte nicht tief genug erforscht worden is, aber hier bei dieser Gelegenheit will ich öffentlich beweisen, dass mein schwaches Geschlecht schtark in der Verzeihung is. Sie sollen sich nich in mir geirrt haben, Herr Hawkens. Ich mag nischt von eener Beschtrafung dieser Mörderbande wissen. Lassen Sie sie loofen!"

Sie hätte vielleicht noch länger gesprochen; da aber kamen die Soldaten mit ihren Pferden, um sich draußen vor den Wagen zu lagern, und mit ihnen die Auswanderer, die den gefangenen Scout mitbrachten.

Nun ging es zunächst an ein reges Fragen und Antworten, das nicht eher aufhörte, als bis die Deutschen alles, was während ihrer Abwesenheit geschehen war, erfahren hatten. Auch der Kantor hörte aufmerksam zu, doch saß er nicht still wie die anderen am Feuer, sondern er befand sich in fortwährender Bewegung. Er machte sich mit den Gefesselten zu schaffen, deren Lage ihm nicht zu passen schien. Er schob und zerrte bald an dem einen, bald an dem anderen herum, zerrte und schob wieder und immer wieder, sodass Sam ihn endlich fragte: „Was tun Sie denn da? Liegen diese Leute nicht richtig, Herr Kantor?"

Der Gefragte drehte sich zu ihm und antwortete in wichtigem Ton: „Kantor emeritus, wenn ich bitten darf, Herr Hawkens! Es ist das nur der Vollständigkeit halber und damit keine Verwechslung vorkommt. Ja, Sie haben es erraten: Die Gefangenen müssen ganz anders liegen."

„Warum?"

„Ihre Gruppierung gibt nicht die richtige Gesamtwirkung. Es scheint Ihnen entweder noch nicht bekannt oder schon wieder entfallen zu sein, womit ich umgehe?"

Ohne augenblicklich an die sonderbare Schwärmerei des

Kantors zu denken, fragte Sam unvorsichtig: „Was könnte das sein?"

„Nichts anderes als meine Oper. Ich gehe damit um, eine große Heldenoper von zwölf Akten zu komponieren, und reise nur deshalb in dieser Gegend, um mir dazu den Stoff zu suchen. Eine Szene dieser Oper, eine ganz vortreffliche Szene, habe ich hier gefunden, nämlich den ‚Chor der Mörder'. Sie liegen am Boden und singen ein doppeltes Sextett. Dazu ist aber eine ganz andere Gruppierung notwendig, als die Sie ihnen gegeben haben. Ich studiere diese jetzt und werde sie mir aufzeichnen, sobald ich sie gefunden habe. Sie dürfen versichert sein, dass ich mich in Acht nehme, den Leuten dabei nicht wehe zu tun!"

„Was das betrifft, so fassen Sie nur immer herzhaft zu! Kerls, wie diese sind, braucht man nicht mit seidenen Handschuhen anzugreifen!"

Daraufhin fuhr der Heldenkomponist in seiner Beschäftigung fort, und zwar so eifrig und nachhaltig, dass Buttler endlich sein bisheriges Schweigen brach und zornig zu Sam hinüberrief: „Sir, was hat nur dieser Mann fortwährend mit uns zu schaffen? Sorgt endlich dafür, dass er uns in Ruhe lässt! Wir sind keine Spielpuppen, an denen man nach Belieben zerren und ziehen kann!"

Sam hielt es nicht der Mühe wert, zu antworten, darum fuhr Buttler nach einer Weile fort: „Ich muss überhaupt fragen, mit welchem Recht ihr uns überfallen und niedergeschlagen habt! Wir sind als friedliche Reisende gekommen und haben euer Feuer gesehen. Da wir nicht wussten, wer daran lagerte, schlichen wir uns, wie sich das von selbst versteht, heimlich heran, um uns zu unterrichten. Dabei sind wir heimtückisch niedergeschlagen worden. Wir verlangen, sofort freigelassen zu werden!"

„Verlangt das immerhin. Ich habe nichts dagegen, wenn ich mich nicht irre. Frei werdet ihr sein oder vielmehr hängen, nämlich morgen in Tucson, an einem schönen starken Galgen, hihihihi."

„Wenn Ihr Witze machen wollt, so macht bessere, als dieser ist! Es ist kein Spaß, sich an ehrlichen Leuten zu vergreifen, das wird euch schon noch beigebracht werden. Vielleicht seid Ihr es selber, der an den Galgen in Tucson gehängt wird!"

Da erhob sich Sam vom Feuer, trat zu ihm hin und sagte spöttisch: „Um mit diesen albernen Redensarten zu Ende zu kommen, wollen wir uns gegenseitig mal gebührend vorstellen! Ich heiße Sam Hawkens. Versteht ihr mich? Da sitzen Dick Stone und Will Parker. Man pflegt uns das ‚Kleeblatt' zu nennen. Abermals verstanden? Meint ihr, dass ihr die Kerls dazu seid, solchen Westmännern etwas weiszumachen?"

Buttler war vor Schreck bleich geworden und brachte keine Antwort über die Lippen.

Sam Hawkens fuhr fort: „Ich selbst habe euch dort bei den Steinen belauscht und jedes Wort gehört. Ihr seid die Finders. Das habe ich übrigens schon in San Xavier gewusst."

Da stieß Buttler erschrocken hervor: *„Heavens!* Die Finders! Welch ein Gedanke, uns mit diesen zu verwechseln! Wer hat Euch das weisgemacht, Sir?"

„Ihr selbst. Ich habe gute Ohren."

„Oh, auch die schärfsten Ohren können sich irren und etwas falsch verstehen!"

„Meint Ihr? War es vielleicht auch falsch verstanden, was Ihr vorhin von den Frauen und Kindern gesagt habt?"

„Ich weiß nichts davon."

„Dass sie auch ausgelöscht werden sollten, um euch nicht etwa später verraten zu können?"

„Habe keine Ahnung davon!"

„Auch nicht davon, dass ihr die Beute teilen und die Wagen dann verbrennen wolltet?"

„Nein."

„So besitzt ihr ein außerordentlich schwaches Gedächtnis, dem man aber in Tucson nachhelfen wird."

Da ergriff auch der Offizier, und zwar zum ersten Mal, das Wort, indem er Sam aufforderte: „Verschwendet Eure Worte nicht an diesen Menschen, Sir! Er mag leugnen, wie er will, es wird ihm doch nichts nützen. Es ist erwiesen, dass sie die Finders sind, und so werden sie morgen baumeln."

„Wird dazu nicht unser Zeugnis nötig sein?", erkundigte sich Dick Stone.

„Nein. Ihr gedenkt, mit den Wagen weiterzufahren. Ich will euch nicht aufhalten oder gar wieder nach Tucson zurückschleppen. Ihr habt mir gesagt, was zu sagen war. Das genügt, da ich vor Gericht als Zeuge auftreten werde. Beweise haben wir mehr als genug und so ist kein Zweifel mehr darüber möglich, dass unsere Gegend endlich von dieser Bande, der wir so lange vergeblich nachgestellt haben, gesäubert wird. Ich versichere euch, dass sie alle hängen werden."

Damit war diese Auseinandersetzung beendet. Man stellte die nötigen Wachen aus und legte sich dann schlafen. Einer der Soldaten hatte bei den Gefangenen zu sitzen, um sie nicht aus den Augen zu lassen.

Der gefesselte Scout war zu den Finders gelegt und ganz zufälligerweise neben Buttler zu liegen gekommen. Diese beiden hatten bisher kein Wort miteinander gewechselt, obgleich es für sie gar nicht schwer war, heimlich miteinander zu sprechen. Später, als alles schlief und der Scout bemerkte, dass der Wächter anscheinend nur darauf achtete, dass keiner der Gefangenen sich von den Banden befreite, stieß er Buttler mit den Ellenbogen an und flüsterte ihm zu: „Schlaft Ihr, Sir?"

„Nein", lautete die Antwort. „Wer soll unter solchen Umständen schlafen können?"

„So dreht Euch zu mir herum! Ich habe mit Euch zu reden."

Buttler folgte dieser Aufforderung und erkundigte sich sodann: „Ihr wart doch der Scout dieser Halunken. Wie kommt es, dass man Euch Euren Lohn in dieser Weise ausgezahlt hat?“

„Weil man mich in dem Verdacht hatte, gemeinschaftliche Sache mit Euch machen zu wollen.“

„Das war aber doch nicht wahr?“

„Erst allerdings nicht. Die Absicht kam mir später. Ich heiße Poller, Sir, und möchte, dass Ihr Vertrauen zu mir habt. Es steht hundert gegen eins zu wetten, dass Ihr verloren seid. Ich aber möchte Euch gern retten.“

„Ist das Euer Ernst?“

„Ja. Ich schwöre es Euch zu. Diese Kerls haben mich schwer beleidigt und ich bin nicht der Mann, dies ungerächt hingehen zu lassen. Allein kann ich nichts machen. Wenn Ihr mir aber helfen wollt, so sollen sie sicher und gewiss ihre Strafe haben.“

„Helfen? Hier kann niemand helfen, weder Ihr mir noch ich Euch.“

„Denkt das nicht! Ich bin überzeugt, dass sie mich morgen freigeben. Man wird euch auf die Pferde binden und nach Tucson schleppen. Ich werde euch folgen.“

„Bin Euch dankbar, Sir! Kann mir aber nichts nützen. Es wird mir unmöglich sein, fortzukommen.“

„Pshaw! Habe da einen guten Gedanken. Steht Ihr etwa so fest zu Euren Leuten, dass Ihr nicht frei sein wollt ohne sie?“

„Unsinn! Jeder ist sich selbst der Nächste. Wenn ich nur mich rette, so mögen sie immerhin baumeln!“

„Well, dann sind wir einig. Sagt ihnen, dass sie sich während des Ritts so stellen sollen, als ob die Kolbenhiebe schlimme Nachwehen haben. Taumelt auf den Pferden hin und her. Stellt euch so schwach wie möglich! Es sollte mich wundern, wenn dieser Leutnant nicht einmal halten ließe, damit ihr euch erholen könnt. Dabei muss man euch die Fesseln von den Füßen nehmen. Dann könnt Ihr Euch, selbst wenn die Hände zusammengebunden bleiben, rasch des schnellsten Pferdes bemächtigen und davonreiten, natürlich zurück, wo ich Euch erwarte. Man wird über-

rascht sein und Euch nicht gleich folgen. Dadurch bekommt Ihr Vorsprung. Kommt uns dann später einer nahe, so habe ich meine gute Büchse und schieße ihn vom Pferd herunter."

Buttler antwortete nicht gleich. Er überlegte und sagte erst nach einer längeren Weile: „Euer Vorschlag ist der einzige, der helfen kann; ich werde ihn befolgen. Komme ich wirklich frei, dann dreimal wehe diesem ‚Kleeblatt' und allen diesen Deutschen! Wir wollen zusammenhalten, Master Poller."

Hiermit war das heimlich geführte Gespräch, von dem der Wächter nichts bemerkt hatte, beendet. Buttler fühlte sich einigermaßen beruhigt und schlief sogar ein.

Kaum graute der Morgen, so stand man vom Lager auf. Erst wurde von den Vorräten, die die Soldaten mitgebracht hatten, ein kurzes Frühstück gehalten. Dann erklärte der Leutnant, mit seinen Gefangenen aufbrechen zu wollen. Er ließ sie auf ihre Pferde binden, die gefesselten Hände nach vorn, damit sie die Zügel zu führen vermochten. Während dies geschah, rief der Scout Sam Hawkens an: „Und was soll mit mir geschehen? Soll ich etwa als Gefangener hier gefesselt liegen bleiben?"

„Nein", antwortete Sam. „Wollte Euch bloß für diese Nacht sicherstellen. Nun es Tag geworden ist, könnt Ihr reiten, wohin Ihr wollt."

„*Well*, so gebt mich frei!"

„Nur keine Überstürzung, mein sehr verehrter Master Poller! Nehme an, dass Ihr Euch an uns rächen wollt und uns vielleicht zu diesem Zweck folgen werdet; werde Euch also dadurch unschädlich machen, dass ich Eure Waffen zurückbehalte."

„Ich erhebe Einspruch! Das wäre Diebstahl, Raub!"

„*Pshaw!* Nennt es, wie Ihr wollt. Es wird durchaus nicht anders."

Poller wurde von seinen Banden befreit, setzte sich wetternd und schimpfend auf sein Pferd und ritt westwärts davon, um später unbemerkt in die Richtung nach Tucson umzulenken. Dann nahm der Leutnant Abschied und machte sich mit seinen Soldaten und Gefangenen ostwärts auf den Weg. Nun, da die vielen Menschen fort waren und man wieder an den Einzelnen denken konnte, bemerkte Sam Hawkens, dass der Kantor fehlte. Schon sollten Boten nach ihm ausgesandt werden, da sah man ihn kommen, langsam und mit seltsamen Gebärden, von Westen her. Als er das Lager erreichte, fuhr Sam ihn heftig an: „Wo laufen Sie schon wieder herum? Was haben Sie da draußen zu suchen?“

„Einen Triumphmarsch“, antwortete der Musikenthusiast, der ziemlich erhitzt aussah.

„Triumphmarsch? Sind Sie toll?“

„Toll? Wie kommen Sie zu einer so beleidigenden Frage, werter Herr? Wir haben ja gesiegt. Wir haben die Feinde gefangen und darum bin ich fortgegangen, um in der Einsamkeit das Motiv zu einem Sieges- und Einzugsmarsch zu finden.“

„Dummheit! Sie sollen sich nicht so da draußen herumtreiben. Das ist ein Fehler, den ich nicht dulde!“

„Fehler? Erlauben Sie gütigst! Ein Jünger der Kunst begeht keinen Fehler, den hat vielmehr der Scout begangen.“

„Der Scout? Wieso?“

„Ich war eben im schönsten Komponieren, da kam er auf mich zugeritten und nahm mir alle meine Waffen ab. Nur den Säbel hier hat er mir gelassen, er könne ihn nicht brauchen.“

„Donnerwetter!“, fuhr da Sam Hawkens auf. „Dachte es mir doch! Schicke den Burschen ohne Waffen fort und Sie laufen eigens hinaus ins Weite, um ihm dafür Ihre zu überlassen!“

„Überlassen! Ist mir nicht eingefallen. Genommen hat er sie mir und mir als Bezahlung zwei – zwei – ich darf es gar nicht sagen, gegeben!“

„Sagen Sie es nur! Ich muss es wissen.“

„Deutsch bring ich es nicht heraus. Lateinisch wird es Colaphus genannt.“

„Colaphus ist eine Ohrfeige. Also zwei Ohrfeigen haben Sie von ihm bekommen?“

„Ja, und was für welche! Fortissimo!"

„Das war die beste Tat, die dieser Mensch in seinem Leben begangen hat."

„Bitte, bitte, wertester Herr Hawkens! Ein Komponist und ein Musenjünger, dem man zwei so gewaltige Maulschellen gibt, der..."

„Der hat sie redlich verdient!", fiel Sam ihm ins Wort. „Werde Sie nunmehr schärfer im Auge behalten als bisher. Machen Sie sich zum Aufbruch fertig. Wir fahren weiter!"

Eine Stunde später setzt sich der Wagenzug in Bewegung. Voran ritt Sam Hawkens, der an die Stelle des Scouts getreten war. –

Buttler war fest entschlossen, den Rat Pollers zu befolgen. Er sah sonst keinen anderen Weg, der zur Rettung führen konnte.

Also Erschöpfung heucheln! Er hatte dies gleich nach seinem Erwachen seinen Leuten mitgeteilt, sie aber gewarnt, damit nicht etwa zu früh zu beginnen, da das Verdacht erregt hätte. Als ungefähr die Hälfte des Wegs zurückgelegt worden war, fuhr er sich mit seinen gefesselten Händen nach dem Kopf und stöhnte dabei. Der Leutnant erkundigte sich nach der Ursache und erhielt zur Antwort, dass der gestrige Kolbenhieb das Gehirn erschüttert haben müsse. Buttler stellte sich schwächer und schwächer; schließlich begann er im Sattel zu wanken, sodass er rechts und links je einen Soldaten bekam, die ihn stützen mussten. Als eine ähnliche Schwäche sich dann auch noch bei einigen anderen Gefangenen zeigte, wurde der Offizier besorgt und gab den Befehl, zu halten und abzusitzen. Die Soldaten stiegen zuerst ab, um dann den Finders die Riemen, mit denen sie an die Pferde befestigt waren, von den Beinen zu nehmen. Buttler war der Erste, mit dem dies geschah. Er wurde vom Pferd gehoben und sank sofort auf die Erde nieder. Infolge seiner großen Schwäche glaubte man, für ihn keine besondere Aufmerksamkeit nötig zu haben, und wendete sich seinen Leuten zu. Das beabsichtigte Buttler. Er hatte gesehen, dass das Pferd des Leutnants das beste von allen war; es stand ledig, denn der Leutnant war natürlich auch abgestiegen. Während die Kavalleristen also auf Buttler nicht achteten, sprang er plötzlich auf, schnellte zu dem Pferd hin, warf sich trotz seiner zusammengebundenen Hände in den Sattel, ergriff die Zügel und jagte davon – westwärts, weil er dort von dem Scout erwartet wurde.

Das war so schnell geschehen und die Überraschung lähmte die Soldaten so, dass der Flüchtling einen ganz bedeutenden Vorsprung erreicht hatte, bis endlich hinter ihm der erste Schrei des Zornes erscholl.

„Schießen, schießen! Schießt ihn aus dem Sattel! Aber trefft nicht etwa das Pferd!", rief der Offizier.

Alle eilten nach den Pferden, an deren Sätteln die Gewehre hingen. Darüber verging viel Zeit, und da das Pferd nicht getroffen werden sollte, war das Zielen schwer. Endlich krachten einige Schüsse. Aber zu hoch gezielt, die Kugeln gingen über den Flüchtling weg; dann befand er sich bald außerhalb des Schussbereichs.

Inzwischen hatten die anderen Gefangenen die Verwirrung benützt, teils davonzulaufen, teils auf ihren Pferden, von denen sie noch nicht gestiegen waren, davonzureiten. Das gab ein wütendes Geschrei und heilloses Durcheinander. Die Soldaten mussten sich zerstreuen, um jedem einzelnen Entrinnenden nachzujagen, und so gab es nur vier oder fünf, die sich hinter Buttler hermachten – allerdings vergeblich. Sein Vorsprung war zu groß und sein Pferd zu schnell. Sie verloren ihn aus den Augen und kehrten schimpfend wieder um. Er aber jagte unaufhaltsam weiter, bis er vor sich einen Reiter erblickte. Es war der Scout, sein neuer Verbündeter, der ihn froh bewillkommnete. Beide suchten zunächst ein sicheres Versteck auf und folgten dann am nächsten Morgen, um sich zu rächen, den Spuren des Wagenzugs, der ihnen nur eine Tagesreise voraus war.

5. Forners Rancho

Am kleinen Rio San Carlos, einem Nebenfluss des Rio Gila, stand ein Rancho[1], der nach seinem damaligen Besitzer Forners Rancho genannt wurde. Diesem Amerikaner gehörte eine große Strecke Weidelandes, zur Feldwirtschaft war jedoch nur der am Fluss gelegene Teil geeignet. Das Haus war nicht groß, aber stark aus Steinen gebaut und von einer ebenso starken, doppelt mannshohen Mauer umgeben, die in regelmäßigen Zwischenräumen von schmalen Schießscharten unterbrochen wurde, hier in dieser abgelegenen und gefährlichen Gegend eine sehr notwendige Einrichtung. Der Hof, den diese Mauer umschloss, war so groß, dass Forner im Falle einer Feindseligkeit vonseiten der Indianer seinen ganzen Viehbestand hineinzutreiben vermochte.

Es war jetzt die beste Jahreszeit. Die Steppe trug dichtes, grünes Gras, an dem sich zahlreiche Rinder und Schafe gütlich taten, auch einige Dutzend Pferde weideten im Freien, von mehreren Knechten bewacht, die, ihres friedlichen Amtes waltend, miteinander Karten spielten. Das breite, gegen den Fluss gerichtete Mauertor stand weit offen. Eben jetzt erschien der Ranchero[2] darunter, eine echte, sehnige und kräftige Hinterwäldlergestalt. Er überflog mit scharfem Blick die weidenden Herden und beschattete dann seine Augen mit der Hand, um besser in die Ferne spähen zu können. Da nahm sein Gesicht den Ausdruck der Spannung an. Er drehte sich um und rief über den Hof hinüber: „Hallo, Boy, stell die Brandyflasche bereit! Es kommt einer, der ihr auf den Boden sehen wird."

„Wer?", fragte der, dem dieser Ruf gegolten hatte, nämlich der Sohn des Ranchero, vom Fenster des Hauses her.

„Der Ölprinz."

[1] Rancho (spanisch) = Bauerngehöft, Viehwirtschaft, Farm

[2] Ranchero (spanisch) = Viehzüchter, Farmer

„Kommt er allein?"

„Nein. Es sind zwei Reiter mit einem Packpferd bei ihm."

„*Well.* Wenn sie auch so trinken wie er, kann ich lieber gleich mehrere Flaschen herausstellen."

Vor dem Haus lagen zehn oder zwölf Steinquader, die so geordnet waren, dass der größte, mittelste, den Tisch bildete, während die anderen, kleineren, als Sitze dienten.

Der Sohn kam bald heraus und stellte drei volle Schnapsflaschen nebst einigen Gläsern auf diesen Tisch. Dann schritt er über den Hof, um den Ankömmlingen an der Seite des Vaters entgegenzusehen.

Diese hatten das jenseitige Ufer des Flüsschens erreicht und trieben ihre Pferde in das flache Wasser.

„Ist's möglich!", meinte da Forner erstaunt. „Aber wahrscheinlich irre ich mich. Wüsste wirklich nicht, was diesen Mann aus dem sicheren Arkansas in diese unsichere Gegend führen könnte!"

„Wen?", fragte der Sohn.

„Master Duncan aus Brownsville."

„Etwa der Bankier, mit dem du damals zu tun hattest?"

„Ja. Und wahrhaftig, er ist's. Ich irre mich nicht! Bin neugierig zu erfahren, was er im wilden Arizona zu suchen hat."

Die Reiter hatten das diesseitige Ufer erreicht und hielten nun im Trab auf den Rancho zu. Der vorderste von ihnen rief schon von weitem: „*Good morning*, Master Forner! Habt Ihr einen kräftigen Schluck übrig für drei Gentlemen, die vor Durst fast von den Pferden fallen?"

Der Sprecher war ein langer, hagerer und sehr gut bewaffneter Mann, dessen scharf geschnittenes Gesicht von der Sonne stark gebräunt und von Wind und Wetter gegerbt worden war. Er trug einen für diese Gegend geradezu vornehmen Anzug, der aber nicht zu ihm zu passen schien.

Der zweite Reiter war ein ältlicher Herr von behäbigem Aussehen. Der schnelle Morgenritt schien ihn angestrengt zu haben, er schwitzte. An seinem Sattel hing ein schönes Jagdgewehr. Ob er noch andere Waffen – etwa in den Taschen – bei sich hatte, sah man nicht, da er keinen Gürtel trug. Deutlicher bemerkte man, dass ihm der Wilde Westen fremd oder doch wenigstens nicht anheimelnd war. Er schien sich ungefähr in der gleichen Lage wie eine Landratte auf hoher See zu befinden.

Der dritte Ankömmling war ein junger, blonder und kräftiger Mann, der zwar nicht wie ein erfahrener Westmann auf dem Pferd saß, aber doch ein guter Reiter zu sein schien. Er hatte ein offenes, freundliches Gesicht, das leicht gebräunt war. Seine Waffen bestanden aus einem Gewehr, einem Bowiemesser und zwei Revolvern.

„Mehr als einen Schluck!“, entgegnete Forner. „*Welcome*, Mesch'schurs! Steigt ab und lasst es euch bei mir gefallen!“

Der behäbig aussehende Herr hielt sein Pferd an, musterte den Ranchero kurz und sagte dann: „Mir ist's, als ob wir uns schon gesehen hätten, Sir. Forners Rancho! Also heißt Ihr Forner. Seid Ihr vielleicht bei mir in Brownsville gewesen? Ich heiße Duncan und dieser junge Mann hier an meiner Seite ist Mr. Baumgarten, mein Buchhalter.“

Forner verbeugte sich gegen beide und antwortete: „Freilich haben wir uns bereits gesehen, Sir. Ich hatte meine Ersparnisse bei Euch stehen und holte sie mir, ehe ich nach Arizona ging. Nur war es keine so hohe Summe, dass Euch meine Person hätte auffallen und im Gedächtnis bleiben müssen. Also kommt herein! Mein Brandy ist so gut wie sonst irgendeiner und einen Imbiss könnt Ihr auch haben, wenn Ihr keine großen Ansprüche stellt. Wie lange gedenkt Ihr hier zu bleiben, Master Grinley?“

„Bis die heißeste Mittagszeit vorüber ist“, antwortete der, welcher ‚Ölprinz‘ genannt worden war.

Die Pferde wurden abgesattelt und durften auf die Weide gehen. Die Reiter nahmen auf den erwähnten Steinen Platz. Grinley goss sich sofort ein Glas voll Brandy ein und leerte es in einem Zug. Schon nach kurzer Zeit hatte er der Flasche auf den Boden gesehen. Der Bankier mischte den Branntwein mit Wasser, während Baumgarten nur Wasser trank. Die beiden Forners, Vater und Sohn, hatten sich in das Haus zurückgezogen, um von ihren einfachen Vorräten den Gästen ein Essen zu bereiten.

Von allen diesen Leuten konnte keiner sehen, dass jetzt abermals zwei Reiter über den Fluss kamen und sich dem Rancho näherten. Sie hatten jedenfalls einen weiten Ritt hinter sich und ihre Pferde waren sehr ermüdet. Diese beiden Männer waren – Buttler, der Anführer der zwölf Finders, und Poller, der entlassene Scout der deutschen Auswanderer. Während sie sich dem Tor näherten, fragte Poller: „Seid Ihr wirklich überzeugt, dass der Ranchero Euch nicht kennt? Ihr habt ihn mir als einen ehrlichen Kerl beschrieben und ich fürchte, dass der Name Buttler bei ihm Anstoß erregen würde."

„Er hat mich nie gesehen", erwiderte der Gefragte. „Nur mein Bruder war oft bei ihm."

„Der aber natürlich auch Buttler heißt!"

„Allerdings, doch hat er sich hier stets Grinley genannt."

„Das war klug. Aber Brüder pflegen sich oft ähnlich zu sehen. Wahrscheinlich ist dies bei euch der Fall?"

„Nein. Wir sind Stiefbrüder und stammen von verschiedenen Müttern."

„Wisst Ihr, wo er sich jetzt befindet?"

„Nein. Als wir uns trennten, ging ich südwärts, um die Gesellschaft der Finders zu gründen. Er aber war unentschlossen, wohin er sich wenden sollte. Wer weiß, wo wir uns einmal wiedertreffen, wenn wir überhaupt in diesem Leben – alle Wetter, dort sitzt er ja!"

Die beiden waren in diesem Augenblick unter dem Tor angekommen und sahen die drei Fremden im Hof sitzen. Buttler erkannte den ‚Ölprinzen' sofort und hielt erstaunt sein Pferd an. Grinleys Blick richtete sich zu gleicher Zeit nach dem Tor. Er erkannte Buttler und hatte trotz seiner Überraschung die Geistesgegenwart, die Hand schnell auf den Mund zu legen, eine nicht misszuverstehende Aufforderung zum Schweigen.

„Ja, er ist es", fuhr Buttler fort, indem er sein Pferd wieder in Bewegung setzte und in den Hof ritt. „Saht Ihr das Zeichen, das er mir gab? Wir dürfen ihn nicht kennen."

Sie stiegen von ihren Pferden, ließen sie laufen und näherten sich den Steinen, gerade als die beiden Forners aus dem Haus kamen, um ihren Gästen Fleisch und Brot zu bringen. Buttler und der Scout grüßten und fragten, ob es erlaubt sei, sich mit niederzusetzen. Es wurde ihnen nicht versagt und sie aßen und tranken mit, ohne dass man sie nach Namen oder Reiseziel fragte.

Die beiden Brüder, die sich nicht kennen durften, waren selbstverständlich bestrebt, sich gegeneinander auszusprechen. Dies musste aber heimlich geschehen. Darum stand Grinley nach dem Essen auf und sagte, er wolle hinter das Haus gehen und sich dort im Schatten niederlegen, um ein wenig auszuruhen. Buttler folgte ihm nach einiger Zeit so unauffällig und unbefangen wie möglich. Die anderen blieben sitzen.

Und wieder kamen zwei Reiter, aber nicht jenseits des Flusses, sondern am diesseitigen Ufer entlang. Sie waren sehr gut beritten. Fast hätte man sie von weitem für Old Shatterhand, den berühmten Präriejäger, und für Winnetou, den ebenso berühmten Häuptling der Apatschen, halten können. Aber sie waren beide zu klein dazu, der eine dick und der andere schmächtig.

Der Schmächtige trug ausgefranste lederne Leggins und ein ebensolches Jagdhemd, dazu lange Stiefel, deren Schäfte er über die Knie emporgezogen hatte. Auf seinem Kopf saß ein breitkrempiger Filzhut. In dem aus einzelnen Riemen geflochtenen Gürtel steckten zwei Revolver und ein Bowiemesser. Von der linken Schulter nach der rechten Hüfte hing ein Lasso und am Hals an einer seidenen Schnur eine indianische Friedenspfeife. Quer über dem Rücken hatte er zwei Gewehre, ein langes und ein kurzes.

Genauso pflegte sich Old Shatterhand zu kleiden. Auch er besaß zwei Gewehre, den gefürchteten fünfundzwanzigschüssigen Henrystutzen und den langen, schweren Bärentöter.

Während dieser kleine hagere Mann bemüht zu sein schien, ein Ebenbild von Old Shatterhand zu liefern, war der andere bemüht gewesen, Winnetou nachzuahmen. Er trug ein weiß gegerbtes, mit roter indianischer Stickerei verziertes Jagdhemd. Die Leggins waren an den Nähten mit Haaren besetzt; ob dies aber Skalphaare waren, das ließ sich sehr bezweifeln. Die Füße steckten in perlengestickten Mokassins, die mit Stachelschweinsborsten geschmückt waren. Am Hals trug er gleichfalls eine Friedenspfeife und dazu ein Ledersäckchen, das einen indianischen Medizinbeutel vorstellen sollte. Um die dicken Hüften schlang sich ein breiter Gürtel, der aus einer Saltillodecke bestand. Aus diesem schauten die Griffe eines Messers und zweier Revolver hervor. Sein Kopf war unbedeckt. Er hatte die Haare lang wachsen lassen und sie in einen hohen Schopf geordnet. Quer über dem Rücken hing ihm ein doppelläufiges Gewehr, dessen Holzteile mit silbernen Nägeln beschlagen waren – eine Nachahmung der berühmten Silberbüchse des Apatschenhäuptlings Winnetou.

Wer Old Shatterhand und Winnetou kannte und hier diese beiden Männlein sah, der hätte sich sicher eines Lächelns nicht erwehren können. Das glattrasierte, gutmütige und etwas naseweise Gesicht des Hageren im Vergleich zu den mannhaften, gebieterischen Zügen Old Shatterhands und die blühend roten, runden Backen, die treuherzigen Augen und freundlich lächelnden Lippen des Dicken als Ebenbild des ernsten, bronzenen Gesichtes des Apatschen!

Und doch waren diese beiden nicht Leute, über die man lacht. Ja, sie besaßen gewisse auffällige Eigentümlichkeiten, aber sie waren Ehrenmänner durch und durch und hatten mancher Gefahr tapfer und unerschrocken ins Auge geschaut. Mit einem Wort: Der Dicke war der als ‚Tante

Droll‘ bekannte Westmann und der Hagere sein Freund und Vetter Hobble-Frank.

Ihre Verehrung für Old Shatterhand und Winnetou war so groß, dass sie sich wie diese beiden gekleidet hatten, was ihnen freilich ein ungewöhnliches Aussehen gab. Ihre Anzüge waren neu und hatten jedenfalls teures Geld gekostet und beim Kauf ihrer Pferde waren sie auch nicht sparsamer gewesen.

Sie hatten ebenfalls den Rancho zum Ziel und ritten jetzt durch das Tor. Als sie auf dem Hof erschienen, erregten sie einiges Aufsehen, das seinen Grund in dem Gegensatz hatte, der zwischen ihrer kriegerischen Ausrüstung und ihrem gutmütigen Aussehen bestand. Sie machten nicht viel Federlesens, stiegen von ihren Pferden, grüßten kurz und setzten sich auf zwei noch leere Steine, ohne zu fragen, ob dies den anderen angenehm sei oder nicht.

Forner musterte die beiden Ankömmlinge mit neugierigen Augen. Er war ein erfahrener Mann und wusste dennoch nicht, was er aus ihnen machen sollte. Er konnte eine Art Neugier nicht verwinden und erkundigte sich: „Wollen die Gentlemen vielleicht auch etwas genießen?“

„Jetzt nicht“, antwortete Droll.

„Also später. Wie lange gedenkt ihr hier zu bleiben?“

„Das kommt auf die hiesigen Verhältnisse an, wenn es nötig ist.“

„Da kann ich euch sagen, dass ihr bei mir sicher seid.“

„Anderswo auch!“

„Meint ihr? So wisst ihr wohl noch gar nicht, dass die Navajos ihre Kriegsbeile ausgegraben haben?“

„Wir wissen's.“

„Und dass auch die Moquis und Nijoras sich im hellen Aufstand befinden?“

„Auch das.“

„Und dennoch fühlt ihr euch sicher?“

„Warum sollen wir uns unsicher fühlen, wenn es nötig ist?“

Es ist eigentümlich und eine alte Erfahrung, dass es selten einen Westmann gibt, der sich nicht irgendeine stehende Redensart angewöhnt hat. Sam Hawkens z. B. bediente sich häufig der Worte „wenn ich mich nicht irre". Droll hatte sich den Ausdruck „wenn es nötig ist" angewöhnt. Da diese Redensarten bei jeder Gelegenheit angewandt werden, wirken sie oft lächerlich und sagen wohl gar das Gegenteil von dem, was ausgedrückt werden soll. So auch jetzt und hier.

Darum sah Forner den kleinen Dicken erstaunt an, fuhr aber doch ernsthaft fort: „Kennt Ihr denn diese Völkerschaften, Sir?"

„Ein wenig."

„Das reicht nicht aus. Man muss Freund mit ihnen sein und selbst dann ist es noch möglich, dass man den Skalp verliert, wenn sie den Kampf gegen die Weißen beschlossen haben. Wenn euch euer Weg etwa nach Norden führt, so warne ich euch. Es ist dort keineswegs geheuer. Ihr scheint zwar gut ausgerüstet zu sein, aber wie ich an euren Anzügen sehe, kommt ihr geradewegs aus dem Osten und aus euren Gesichtern kann man auch nicht den unerschrockenen Westmann sofort herauslesen."

„So? Das ist sehr aufrichtig. Ihr beurteilt die Leute also nach ihren Gesichtern, wenn es nötig ist?"

„Ja."

„Das gewöhnt Euch so bald wie möglich ab! Man schießt und sticht mit der Büchse und dem Messer, nicht aber mit dem Gesicht. Verstanden? Es kann einer sehr kriegerische und grimmige Gesichtszüge besitzen und dabei doch ein Hasenfuß sein."

„Das will ich nicht bestreiten. Aber ihr – hm. Darf ich nicht vielleicht erfahren, was ihr seid, Mesch'schurs?"

„Warum denn nicht? Wir sind – na ja, wir sind eigentlich das, was man Rentner nennt."

„O weh! Da seid ihr wohl zu eurem Vergnügen nach dem Westen gekommen?"

„Zu unserem Herzeleid natürlich nicht!"
„Wenn das so ist, Sir, da kehrt sofort wieder um, sonst werdet ihr hier ausgelöscht, wie man ein Licht auslöscht. Aus der Art und Weise, wie ihr redet, höre ich, dass ihr keine Ahnung von den Gefahren habt, die in dieser Gegend auf euch warten, Master – Master – wie ist doch Euer Name?"
Droll griff gemächlich in die Tasche, brachte eine Karte hervor und überreichte sie ihm. Der Ranchero machte ein Gesicht, als ob er sich die größte Mühe geben müsse, das Lachen zu verbeißen, und las laut: „Sebastian Melchior Droll."
Der Hobble-Frank hatte ebenfalls in die Tasche gelangt und ihm eine Karte gegeben. Forner las: „Heliogabalus Morpheus Edeward Franke."
Er hielt einen Augenblick inne und brach dann lachend aus: „Aber Gents[1], was sind das für sonderbare Namen und was seid ihr doch für sonderbare Menschen! Meint ihr etwa, dass die aufrührerischen Indianer vor diesen Namen ausreißen werden? Ich sage euch, dass..."
Er musste innehalten, denn Duncan, der Bankier, fiel ihm in die Rede: „Bitte, Master Forner, redet nichts, was diese Gentlemen beleidigen könnte! Ich habe zwar nicht die Ehre, sie persönlich zu kennen, aber ich weiß, dass sie achtenswerte Leute sind." Und sich an den Hobble-Frank wendend, fuhr er fort: „Sir, Euer Name ist so ungewöhnlich, dass ich ihn mir gemerkt habe. Ich bin der Bankier Duncan aus Brownsville in Arkansas. Wurden nicht vor einigen Jahren Gelder für Euch bei mir aufbewahrt?"
„Ja, Sir, das ist richtig", nickte Frank. „Ich vertraute sie einem guten Freunde an, der sie für mich bei Euch einzahlte, weil Ihr mir von Old Firehand empfohlen ward. Später konnte ich das Geld nicht selbst erheben, sondern ließ es mir nach New York schicken."

[1] Abkürzung für Gentlemen

„Das stimmt, das stimmt!“, fiel Duncan ein. „Old Firehand, ja, ja! Ihr hattet damals droben am Silbersee eine große Menge Gold und Silber gefunden. Ist's nicht so, Sir?“

„Ja“, lachte Frank vergnügt. „Es waren so einige Fingerhüte voll.“

Da sprang Forner von seinem Sitz auf und rief: „Ist das wahr? Ist das möglich? Ihr seid mit da oben am Silbersee gewesen?“

„Gewiss. Und hier mein Vetter war auch dabei.“

„Wirklich, wirklich? Damals waren ja alle Zeitungen voll von der abenteuerlichen Geschichte. Old Firehand, Old Shatterhand und Winnetou sind dabei gewesen, ferner der dicke Jemmy, der lange Davy, der Hobble-Frank, die Tante Droll und viele andere! So kennt Ihr also diese Leute, Sir?“

„Natürlich kenne ich sie. Hier sitzt die Tante Droll, da neben mir, wenn Ihr es gütigst erlaubt.“

Er deutete bei diesen Worten auf seinen Gefährten, dieser zeigte auf ihn und erklärte: „Und hier habt Ihr unseren Hobble-Frank, wenn es nötig ist. Meint Ihr nun immer noch, dass wir Leute sind, die den Wilden Westen noch nicht kennen?“

„Unglaublich, geradezu unglaublich! Aber es kann nicht sein! Die Tante Droll ist nie anders zu sehen als in einem ganz sonderbaren Anzug, worin man sie für eine Lady hält. Und der Hobble-Frank trägt bekanntlich einen blauen Frack mit blanken Knöpfen und auf dem Kopf einen großen Federhut!“

„Muss das immer sein? Darf man sich nicht auch einmal anders kleiden? Als Freunde und Gefährten von Old Shatterhand und Winnetou beliebt es uns jetzt eben, uns genau wie diese beiden Männer zu kleiden. Wenn Ihr uns nicht glaubt, so ist das Eure Sache. Wir haben nichts dagegen.“

„Ich glaube es, Sir, ich glaube es! Ich habe ja gehört, dass man es der Tante Droll und dem Hobble-Frank gar nicht ansehen soll, was für prächtige Kerle sie sind, und das stimmt ja hier vollständig. Wie freue ich mich, euch zu sehen, Mesch'schurs. Jetzt müsst ihr erzählen. Ich bin ganz begierig, aus eurem eigenen Mund zu erfahren, was sich alles damals ereignet hat und wie jenes großartige Placer[1] entdeckt worden ist."

Da wehrte der Bankier ab: „Langsam, langsam, Sir! Das könnt Ihr noch jederzeit hören. Es gibt vorher noch Wichtigeres, wenigstens für mich." Er hatte das zu Forner gesagt. Dann fügte er hinzu, sich an Droll und Frank wendend: „Ich stehe nämlich vor einem ähnlichen Ereignis. Ich befinde mich auf dem Wege, viele Millionen zu verdienen."

„Wisst Ihr auch einen Placer, Sir?", fragte Droll.

„Ja. Aber nicht Gold, sondern Petroleum soll dort zu finden sein."

„Auch nicht übel, Sir. Petroleum ist flüssiges Gold. Wo soll denn dieses Placer zu suchen sein?"

„Das ist noch Geheimnis. Master Grinley hat es entdeckt. Er besitzt aber nicht die Mittel, es auszubeuten. Dazu gehört viel Geld und das habe ich. Er hat mir das Placer angeboten und ich bin bereit, es ihm abzukaufen. Bei solchen Geschäften muss man sich mit eigenen Augen vom Stand der Dinge überzeugen. Darum habe ich mich mit meinem Buchhalter, Mr. Baumgarten hier, aufgemacht, um mich von Mr. Grinley nach der betreffenden Stelle führen zu lassen. Wenn sich seine Beschreibung als richtig erweist, kaufe ich ihm den Platz auf der Stelle ab."

„Also, wo er Euch hinführen wird, das wisst Ihr nicht?"

„Genau allerdings nicht. Es ist ja ganz begreiflich, dass er den Ort bis zum letzten Augenblick geheim halten will. Wenn es sich um Millionen handelt, kann man nicht bedächtig genug sein."

„Ganz richtig. Hoffentlich ist er es nicht allein, der vor-

[1] Fundort (Gold- oder Silberlager)

sichtig handelt, denn Ihr habt noch viel mehr Grund, wenigstens ebenso vorsichtig zu sein. Aber so ungefähr müsst Ihr doch wissen, in welcher Gegend das Öl zu finden ist?"

„Das weiß ich allerdings."

„Nun, wo? Wenn Ihr es mir nämlich sagen wollt."

„Euch sage ich es gern, denn ich möchte wissen, was ihr davon haltet. Es ist am Chelly-Arm des Rio San Juan."

Das volle, rote Gesicht Drolls zog sich in die Länge. Er sah nachdenklich vor sich nieder und sagte: „Am Chelly-Arm des Rio San Juan? Da – soll – Pe – tro – le – um zu finden – sein? Im ganzen Leben nicht!"

„Was? Wie? Warum?", rief der Bankier. „Ihr glaubt es nicht? Kennt Ihr denn die Gegend?"

„Nein."

„So könnt Ihr doch auch nicht in dieser Weise absprechend urteilen."

„Warum nicht? Man braucht nicht dort gewesen zu sein, um dennoch zu wissen, dass es dort kein Öl geben kann."

„Da widerspreche ich. Mr. Grinley war dort und hat Öl gefunden. Ihr aber seid nicht dort gewesen, Sir."

„Hm! Ich war auch noch nicht in Ägypten und am Nordpol. Aber wenn mir jemand sagte, er habe im Nil Buttermilch fließen und am Pol Palmen wachsen sehen, so glaube ich es nicht."

„Ihr zieht die Sache in das Lächerliche. Um hier ein so schnelles und bestimmtes Urteil zu fällen, müsstet Ihr Geologe sein. Seid Ihr das?"

„Nein. Aber ich besitze meinen gesunden Menschenverstand und habe ihn geübt."

Da nahm sich Forner der Sache an, indem er der Tante Droll erklärte: „Ihr tut Mr. Grinley unrecht, Sir. Jedermann hier weiß, dass er Petroleum gefunden hat. Es ist ihm schon mancher heimlich nachgegangen, um ihm sein Geheimnis abzulauschen und den Ort zu entdecken, doch stets vergeblich."

„Natürlich vergeblich, weil es diesen Ort überhaupt nicht gibt!“

„Es gibt ihn, sage ich Euch! Mr. Grinley wird hier von jedermann der Ölprinz genannt.“

„Das beweist gar nichts.“

„Aber er hat mir verschiedene Male Proben des Öls gezeigt!“

„Auch das ist kein Beweis. Petroleum kann jeder zeigen. Es ist einfach unglaublich, dass es da oben Erdöl geben soll. Nehmt Euch in Acht, Mr. Duncan! Denkt daran, dass es vor nicht gar zu langer Zeit Schwindler gab, die Geldleute in so genannte Gold- oder sogar auch Diamantfelder lockten. Dann stellte es sich heraus, dass es dort weder Metalle noch Edelsteine gab!“

„Sir, wollt Ihr Mr. Grinley verdächtigen?“

„Fällt mir nicht ein. Die Sache geht mich gar nichts an. Aber Ihr habt mich nach meiner Meinung gefragt und ich habe sie Euch mitgeteilt.“

„Gut! Darf ich vielleicht auch erfahren, was Mr. Frank davon denkt?“

„Ganz dasselbe, was Droll denkt“, antwortete der Hobble-Frank. „Und wenn Ihr uns nicht beistimmen wollt, so wartet hier einige Tage. Dann werden zwei Personen kommen, auf deren Urteil Ihr Euch verlassen könnt.“

„Wer wird das sein?“

„Old Shatterhand und Winnetou.“

„Was?“, fragte Forner, freudig überrascht. „Diese beiden Männer wollen hierher kommen? Woher wisst Ihr das?“

„Von Old Shatterhand“, sagte Frank. „Er schickt mir zuweilen einen Brief und vor acht Wochen schrieb er mir, dass er sich mit Winnetou verabredet habe, um die jetzige Zeit mit ihm auf Forners Rancho am Rio San Carlos zusammenzutreffen.“

„Und Ihr meint, dass sie wirklich kommen werden?“

„Ganz bestimmt.“

„Es können Störungen eintreten!“

„Ja. Aber dann wartet hier einer auf den anderen. Sobald ich den Brief gelesen hatte, entschloss ich mich sofort, sie hier zu überraschen. Mein Vetter Droll war gleich dabei, und dass wir aus Sachsen herübergekommen sind, das muss Euch beweisen, dass wir unbedingt an unser Zusammentreffen hier mit Old Shatterhand und Winnetou glauben.“

„Aus Deutschland? Aus Sachsen?“, fiel da Baumgarten, der Buchhalter, rasch ein. „So seid Ihr wohl ein Deutscher, Sir?“

„Ja. Wisst Ihr das noch nicht?“

„Nein. Umso mehr aber bin ich nun erfreut, in Euch einen Landsmann begrüßen zu können. Hier meine Hand, Sir. Erlaubt mir gefälligst, Eure zu drücken!“

Da reichte ihm der Hobble-Frank die Rechte und rief erfreut in seinem heimatlichen Dialekt: „Da nehmen Sie se hin mit allen Fingern, die daran gehören! Sie ooch ä Deutscher? Wenn mersch nich erleben tät, so tät mersch gar nich glooben! In welcher heimatlichen Gegend sind denn eegentlich Sie aus der jenseitigen Ewigkeet in die diesseitige Zeitlichkeit hineingeschprungen?“

„In Hamburg.“

„In Hamburg? I der Tausend. Eenige Stunden oberhalb der geografischen Schtelle, wo meine liebe Elbe ihre Verlobung mit der Nordsee feiert. Mir sin also beede mit Elbwasser getooft, und wenn ich wieder of meinem ‚Bärenfett‘ sitze, kann ich Ihnen mit den Wellen meine Grüße franko zufließen lassen.“

„Bärenfett?“, fragte Baumgarten verwundert.

„Jawohl, jawohl! Bärenfett heeßt nämlich die Villa, die ich mir im scheenen Heimatland gebaut habe. Wenn Sie mal nach Sachsen kommen, müssen Sie mich da besuchen, denn dort finden Sie alle Andenken und Erinnerungen von meinen ein- und auswärtigen Erlebnissen.“

Baumgarten besann sich, dass ihm der Hobble-Frank als

ein recht sonderbares Menschenkind geschildert worden war. Jetzt hatte er ihn in Lebensgröße vor sich und gab sich der nun in einem ununterbrochenen Strom fließenden Unterhaltung mit großem Vergnügen hin. Dieselbe gewann dadurch noch an Lebhaftigkeit, dass sich Droll in seiner Altenburger Mundart auch daran beteiligte.

Unterdessen stand Poller, der entlassene Scout, von seinem Platz auf und tat, als wolle er nach seinem Pferd sehen. Er machte sich eine Weile bei dem Tier zu schaffen und verschwand dann hinter dem Haus, wo die beiden Brüder Buttler nebeneinander im Gras lagen und sich höchst wichtige Dinge mitzuteilen hatten. Da sich der eine von ihnen hier auf dem Rancho unter dem Namen Grinley eingeführt hatte, soll er weiter so genannt werden. Die Gebrüder Buttler hatten früher zusammen mit anderen gleich gesinnten Menschen an den Grenzen zwischen Kalifornien, Nevada und Arizona eine lange Reihe unerhörter Taten begangen, dass sich schließlich notgedrungenerweise eine Gesellschaft von Regulatoren gebildet hatte, um diesem Unwesen, gegen das sich das Gesetz als machtlos erwies, auf eigene Faust ein Ende zu machen. Dies war gelungen. Man hatte die meisten Mitglieder der Bande gelyncht. Nur wenige waren entkommen, unter ihnen gerade die beiden schlimmsten, die Buttlers. Sie hatten sich, wie bereits erwähnt, getrennt. Der eine war nach dem Süden gegangen, um die Gesellschaft der Finders zu gründen, und der andere hatte sich lange Zeit planlos in Utah, Colorado und New Mexico herumgetrieben, bis er auf einen niederträchtigen Gedanken verfallen war, dessen Ausführung er zurzeit betrieb.

Als Grinley seinem Bruder das Hauptsächlichste darüber mitgeteilt hatte, warf dieser einen bewundernden Blick auf ihn und sagte: „Du warst stets der Pfiffigere von uns beiden und ich gestehe dir aufrichtig, dass mir auch dein jetziger Plan ungeheuer zusagt. Meinst du, dass dieser Bankier Duncan wirklich darauf hereinfallen wird?“

„Unbedingt. Er ist geradezu begeistert für das Unternehmen, das mir mit einem Schlag wenigstens hunderttausend Dollar einbringen wird."

„So viel setzt er daran!", rief der andere aus.

„Still! Nicht so laut! Hier haben zuweilen die Grashalme Ohren. Bedenke, dass er überzeugt ist, mit leichter Mühe und in kürzester Zeit Millionen verdienen zu können! Was sind da lumpige hunderttausend Dollar, womit ich mich ein für alle Mal abfinden lasse!"

„Aber wann zahlt er sie? Er muss ja sofort hinter den Betrug kommen."

„Sofort hat er zu zahlen, sofort! Ich weiß, dass er die Anweisungen schon in der Tasche trägt. Sie sind nur noch zu unterschreiben und das wird er sicher tun, sobald das Öl ihn in den zu erwartenden Taumel versetzt."

„So wundert mich nur eins, nämlich, dass er keinen wirklichen Sachverständigen mitgenommen hat. Der Buchhalter, der ihn begleitet, ist in dieser Beziehung doch wohl eine Null."

„Ja, das habe ich aber auch geschickt anfangen müssen. Je mehr Begleiter, desto mehr Bieter. Ich soll auf ihn allein angewiesen sein und keine andere Gelegenheit zum Verkauf finden. Nähme er einen Ingenieur mit, so könnte dieser leicht auf eigene Faust heimlich mit mir verhandeln. Diesen Gedanken glaubt er selbst gefasst zu haben, und doch bin ich es, der ihm diese Idee eingegeben hat. Den Buchhalter braucht er, um sofort nach allen Seiten hin seine Anordnungen erlassen zu können. Ich habe ihn mir gefallen lassen, weil er dumm und unerfahren im Wilden Westen ist. Wir brauchen ihn nicht zu fürchten. Er wäre der Allerletzte, auf den Gedanken zu kommen, dass die Petroleumquelle Schwindel ist."

„Bist du überzeugt, dass dein Ölvorrat hinreichend ist?", fragte Buttler seinen Bruder weiter.

„Er reicht, du kannst dir aber denken, welche Mühe es mich gekostet hat, die Fässer so weit her einzeln hinaufzuschaffen. Kein Mensch durfte etwas ahnen und unterwegs musste ich jede Begegnung vermeiden. Ich habe mich damit ein halbes Jahr geschunden und alles allein machen müssen, denn einen Vertrauten außer dir konnte ich nicht gebrauchen und du warst nicht da."

„Hättest du denn auch das, was nun noch zu tun ist, ohne fremde Hilfe fertig gebracht?"

„Es hätte gehen müssen, wäre aber schwer gewesen. Du musst bedenken, dass ich der Scout des Bankiers bin und mich nicht von ihm entfernen darf, besonders auch deshalb nicht, weil er sonst Verdacht schöpfen könnte. Und doch hätte ich das tun müssen, um das Öl ins Wasser zu bringen. Es sind vierzig Fässer, eine wahre Heidenarbeit für einen einzelnen Menschen, der womöglich nicht einmal Zeit dazu hat! Umso mehr freue ich mich, dich getroffen zu haben, denn ich denke doch, dass du mir helfen wirst?"

„Mit dem größten Vergnügen. Natürlich setze ich voraus, dass es nicht umsonst geschehen soll."

„Selbstverständlich. Zwar möchte ich von den hunderttausend Dollars nichts abgeben, denn ich habe sie redlich verdient und du hast nun weiter nichts zu tun, als die Fässer zu öffnen. Ich werde also mehr verlangen, dieser Betrag ist dein. Verstehst du?"

„Und wenn er nicht mehr gibt?"

„Er gibt mehr. Ich versichere es dir. Und sollte ich mich darin täuschen, so kennst du mich und weißt, dass wir leicht einig werden. Du wirst aber heute noch aufbrechen müssen, denn wenn du länger bleibst, kann leicht etwas geschehen, was Duncan und seinen Buchhalter auf den Gedanken bringt, dass wir uns kennen."

„Ich müsste auch ohnedies fort, da noch am Nachmittag die Auswanderer mit ihrem ‚Kleeblatt' ankommen und die dürfen mich nicht sehen."

„Ahnen sie, dass du sie verfolgst?"

„Nein, wenigstens glaube ich es nicht, denn sie können

nicht erfahren haben, dass ich entkommen bin. Es hat uns große Anstrengung gekostet, sie heute zu überholen. Dieser schlaue Sam Hawkens hat ihnen einen kürzeren Weg gezeigt und hat obendrein, um rascher reisen zu können, auf Bells Farm die langsamen Ochsen mit den schnelleren Maultieren vertauscht und ebenda die Wagen und alles überflüssige Gerät verkauft. Nun reiten alle."

„Du weißt bestimmt, dass sie heute hier ankommen?"

„Ja. Ich habe sie gestern Abend in ihrem Lager belauscht. Poller hat es auch gehört."

„Ah, dieser Poller! Ist er dir nicht im Weg?"

„Jetzt noch nicht."

„Mir aber desto mehr. Kannst du ihn nicht loswerden?"

„Schwerlich. Er würde mich aus Rache an das ‚Kleeblatt' verraten und gewiss auch Aufklärung über dich erteilen."

„Er kennt mich doch nicht!"

„O doch, denn als ich dich sitzen sah, habe ich ihm gesagt, dass du mein Bruder bist. Während wir uns jetzt hier befinden, wird sicher von eurer Petroleumquelle gesprochen. Er denkt sich natürlich das Richtige und würde, wenn ich ihn verließe, an dir zum Verräter werden."

„Das ist dumm. Du hättest ihm nichts sagen sollen."

„Es ist nun einmal geschehen und lässt sich nicht ändern. Überdies kann er mir behilflich sein und mir da droben am Gloomy-Water[1] meine Arbeit sehr erleichtern."

„Willst du ihn einweihen?"

„Nur zum Teil."

„Dennoch wird er mit uns teilen wollen!"

„Mag sein. Er bekommt jedoch nichts. Sobald ich ihn nicht mehr brauche, schaffe ich ihn beiseite."

„*Well*, das lasse ich gelten. Er mag uns jetzt helfen und dann bekommt er eine Kugel oder mag im Petroleum ersaufen. Wann brecht ihr hier auf?"

„Das kann sofort geschehen."

[1] Düsteres Wasser

„Schön! So könnt ihr heute Abend schon weit von hier sein."

„Da täuschst du dich. Es fällt mir gar nicht ein, die deutschen Auswanderer aus den Augen zu lassen."

„Auf sie wirst du nun, da du mir helfen willst, verzichten müssen."

„Keineswegs. Es ist einer dabei, Ebersbach heißt er, der viel bares Geld bei sich hat, und außerdem besitzen sie noch allerlei, was unsereiner gut gebrauchen und verwerten kann. Dazu kommt die Rache, die ich an ihnen nehmen will und die ich unmöglich aufgeben kann."

„Ist mir außerordentlich unlieb. Passt ganz und gar nicht in meinen Plan."

„Warum nicht? Ihr Weg führt sie in der Nähe des Gloomy-Water vorüber. Du brauchst dich ihnen also nur anzuschließen. Das Übrige ist dann meine Sache."

So weit waren sie in ihrem Gespräch gelangt, als sie Poller kommen sahen. Er trat ganz zu ihnen heran und sagte in wichtigem Ton: „Ich muss euch stören, denn da vorn gehen wichtige Dinge vor."

„Sind sie wirklich so wichtig, dass Ihr uns deshalb unterbrechen müsst?", fragte Buttler unwillig.

„Ja. Nämlich Old Shatterhand und Winnetou kommen hierher."

„Alle Wetter!", fuhr Grinley auf. „Was haben die hier zu suchen!"

„Was geht es dich an, dass sie kommen?", meinte Buttler, jetzt wieder ruhig. „Dir kann es ja ganz gleichgültig sein, wo sie stecken. Woher wisst Ihr denn, Poller, dass sie kommen?"

„Eben als ihr euch entfernt hattet, kamen zwei Fremde, die hier auf Winnetou und Old Shatterhand warten wollen. Jetzt sitzen sie da und kauderwelschen mit dem Buchhalter des Bankiers in deutscher Sprache."

„Woher wisst Ihr denn", fragte Grinley, „dass es ein Buchhalter mit seinem Bankier ist?"

„Duncan hat es selbst gesagt."

„Dass doch...! Hat er vielleicht gar noch mehr von uns erzählt?"

„Ihr meint von dem Petroleum? Ja, das hat er erzählt."

„Das ist fatal, außerordentlich fatal!", rief Grinley aus, indem er eifrig aufsprang. „Ich muss zu ihnen, um Weiteres zu verhüten. Ihr sagt, dass sie deutsch sprechen. Sind denn die Fremden Deutsche?"

„Ja. Der eine wird Tante Droll und der andere Hobble-Frank genannt."

„Was Ihr sagt! Da gehören sie ja zu der Gesellschaft, die da oben am Silbersee in kurzer Zeit so reich geworden ist!"

„Ja, sie sprachen davon. Diese beiden Kerls scheinen sehr viel Geld bei sich zu haben."

„Und was sagten sie zu meiner Petroleumquelle?"

„Sie glaubten nicht daran und haben den Bankier gewarnt. Sie halten es für Schwindel."

„Donner und Bomben! Habe ich es nicht sofort gesagt, als ich hörte, dass Old Shatterhand und Winnetou kommen wollen! Sie sind noch nicht einmal da und schon beginnt der Teufel sein Spiel! Da können wir uns nur fest in den Sattel setzen. Was sagt der Bankier zu der Warnung?"

„Er schien das Vertrauen nicht zu verlieren. Aber sie rieten ihm, hier auf Winnetou und Old Shatterhand zu warten und sich bei ihnen zu erkundigen."

„Das fehlte noch! Ging er vielleicht darauf ein?"

„Das nicht. Aber er ist sehr nachdenklich geworden."

„Da muss ich zu ihm, um ihm die Grillen auszureden. Vorher aber muss ich mit euch schnell klar werden, denn ihr müsst fort. Also hört, was ich euch sage!"

Sie sprachen noch eine kleine Weile leise und hastig miteinander. Es schienen Versprechungen und Beteuerungen abgegeben zu werden, denn sie gaben einander mehrmals die Hände. Dann gingen Buttler und Poller miteinander vors Haus, wo sie dem Ranchero erklärten, dass sie aufbrechen müssten. Sie wollten das, was sie verzehrt hatten, bezahlen, aber er nahm nichts, da sein Rancho kein Wirtshaus sei. Hierauf ritten sie fort, ohne dass jemand etwas über ihre Namen und Absichten erfahren hatte. Sie waren nicht einmal danach gefragt worden.

Kurze Zeit darauf kam Grinley herbeigeschlendert. Er tat, als habe er sich nun ausgeruht, und setzte sich wieder an seinen Platz, wobei er Frank und Droll höflich grüßte und ihnen ein möglichst offenes und ehrliches Gesicht zeigte, um ihr Vertrauen zu erwecken. Der Bankier konnte sich jedoch nicht halten. Er machte seinem Herzen Luft: „Master Grinley, hier sitzen zwei gute Bekannte von Winnetou und Old Shatterhand, nämlich Mr. Droll und Mr. Hobble-Frank, die nicht an Eure Petroleumquelle glauben wollen. Was sagt Ihr dazu?"

„Was ich dazu sage?", antwortete der Gefragte gleichmütig. „Ich sage, dass ich ihnen das gar nicht übel nehme. In Sachen, wo es sich um so große Summen handelt, muss man vorsichtig sein. Ich habe ja selbst auch nicht eher daran geglaubt, als bis meine Ölproben von mehreren Sachverständigen untersucht worden waren. Wenn es den Herren Spaß macht, mögen sie mit uns reiten, um sich zu überzeugen, was für eine Menge Öl der Platz enthält."

„Sie wollen hier auf Winnetou und Old Shatterhand warten."

„Dagegen habe ich nichts. Aber da ich mein Placer weder an Winnetou noch an Old Shatterhand verkaufen will, so bin nicht ich es, der auf diese beiden zu warten hat."

„Aber wenn ich nun warten möchte?"

„So fällt es mir nicht ein, Euch zu hindern. Ich zwinge keinen Menschen, mit mir zu gehen. Wenn ich hinüber nach Frisco reite, finde ich Geldgeber genug, die sofort dabei sind und mich nicht unterwegs im Stich lassen. Wer mir nicht glaubt, der mag fortbleiben!"

Er goss ein volles Glas Brandy hinunter und ging dann zu seinem Pferd.

„Da habt ihr es", meinte der Bankier. „Sein Verhalten

muss euch vollständig überzeugen, dass er seiner Sache sicher ist."

„Das ist er allerdings", meinte die Tante Droll. „Aber ob diese Sache gerecht oder ungerecht ist, wird sich erst später herausstellen."

„Ich habe ihn beleidigt und er wird nicht hier warten. Es versteht sich ganz von selbst, dass ich ihn nicht allein fortlassen kann, sondern mit ihm gehen muss, denn ich mag auf das große Geschäft nicht verzichten. Ihr werdet doch wohl zugeben, dass euer Misstrauen noch gar nichts beweist."

„Für Euch wahrscheinlich nicht. Wir hielten es für unsere Pflicht, Euch zur Vorsicht zu mahnen. Wir haben gesagt, dass da oben, wohin Ihr wollt, kein Petroleum zu finden ist. Damit soll freilich nicht behauptet werden, dass Euer Grinley unbedingt ein Betrüger ist, denn er kann sich ja selbst irren. Doch will ich Euch freimütig gestehen, dass mir sein Gesicht nicht gefällt. Was mich betrifft, so würde ich es mir zehnmal überlegen, ehe ich ihm mein Vertrauen schenkte."

„Ich danke Euch für Eure Aufrichtigkeit, bin aber nicht der Meinung, dass man einen Menschen für sein Gesicht verantwortlich machen kann, denn er hat es sich nicht selbst gegeben."

„Da irrt Ihr Euch, Sir. Allerdings, das Gesicht wird dem Kind von der Natur gegeben, dann aber durch die Erziehung und andere Eindrücke verändert, woran auch die Seele von innen heraus teilnimmt. Ich werde keinem Menschen trauen, der mich nicht aufrichtig und gerade ansehen kann, und das ist bei diesem Master Grinley der Fall. Ich will Euch nur zur Vorsicht mahnen."

„Was das betrifft, Sir, so würde ich auch ohne diese Mahnung nicht leichtsinnig handeln. Ich bin Geschäftsmann und pflege scharf zu überlegen. Hier, wo es sich um hohe Summen dreht, werde ich mich hundertmal bedenken, ehe ich nur zehn Worte sage. Und überdies sind wir ja zwei gegen einen, denn Mr. Baumgarten ist treu und erprobt."

„Hm, Grinley kann da oben Helfershelfer haben, die auf euch warten. Auch müsst ihr bedenken, dass die Roten, durch deren Gebiet ihr kommt, gerade jetzt im Aufstand begriffen zu sein scheinen. Und selbst, wenn das nicht wäre, so gewährt euch der Umstand, dass ihr zwei gegen einen seid, nicht die mindeste Sicherheit. Er schießt euch plötzlich nieder oder er nimmt euch im Schlaf fest, um euch Geld oder sonst etwas abzupressen. Darum habe ich euch vorgeschlagen, hier zu bleiben, bis Old Shatterhand und Winnetou kommen, auf deren Urteil ihr euch verlassen könntet."

Duncan blickte eine ganze Weile nachdenklich und still vor sich nieder, dann aber sagte er: „Leider ist es mir nicht möglich, auf sie zu warten. Wenn ich darauf bestehe, hier zu bleiben, reitet der Ölprinz sicher ohne mich fort."

„Davon bin ich auch überzeugt und ich kenne auch den Grund: Er scheut die Begegnung mit Winnetou und Old Shatterhand. Jedenfalls habe ich meine Schuldigkeit getan und ihr müsst nun selbst wissen, wofür ihr euch entscheidet."

„Das ist schwer, sehr schwer, zumal diese Entscheidung so rasch getroffen werden muss. Ich habe bis zu dieser Stunde das vollste Vertrauen zu Grinley gehabt. Jetzt ist es beinahe erschüttert. Was soll ich tun? Verzichten? Die größte Dummheit, die es gäbe, wenn die Sache ehrlich wäre! Mr. Baumgarten, Ihr steht mir hier am nächsten, was ratet Ihr mir?"

Der junge Deutsche war dem Gespräch mit Aufmerksamkeit gefolgt, ohne sich daran zu beteiligen. Jetzt, da er aufgefordert wurde, zu sprechen, antwortete er: „Die Sache ist so wichtig, dass ich keine Verantwortung auf mich nehmen kann. Aber was ich an Eurer Stelle tun würde, Sir, das kann ich Euch sagen. Ich würde diese beiden Gentlemen hier, Mr. Droll und Mr. Frank, bitten, uns zu begleiten. Das sind zwei Männer, die Haare auf den Zähnen haben und an deren Seite wir jeder Gefahr trotzen können."

„Das ist freilich eine gute Lösung! Aber würdet ihr wirklich mit uns reiten, meine Herren?"

„Hm", sagte Hobble-Frank, „eigentlich ganz gern, schon weil Mr. Baumgarten ein Deutscher ist, und wir Deutsche halten in der ganzen Welt zusammen. Aber Ihr wisst es ja, warum wir hier bleiben müssen."

„Müssen?", fiel Baumgarten ein. „Das wohl nicht. Winnetou und Old Shatterhand können uns ja nachkommen oder, wenn sie das nicht wollen, hier warten, bis ihr zurückkehrt. Bedenkt, dass Old Shatterhand und Winnetou freie Herren ihrer Zeit sind."

„Das geben wir zu. In dieser Beziehung sind wir Westläufer nicht nur Freiherren, sondern Grafen und Fürsten. Übrigens sind wir überzeugt, dass unsere berühmten Freunde gern auf uns warten. Was meinst du denn dazu, Vetter Droll?"

„Wir reiten mit", antwortete der Gefragte kurz entschlossen. „Old Shatterhand kommt sicher nach und der Apatsche auch. Ich brenne darauf, diesem Ölprinzen ein wenig auf die Finger zu sehen, und da er nicht warten will, so bleibt uns nichts übrig, als mitzugehen. Es gibt hier zwei Gründe, die so wichtig sind, dass wir ihnen folgen müssen: Es handelt sich um ein Millionengeschäft und Mr. Baumgarten ist ein Deutscher, der ein Recht auf unsere Hilfe hat."

„Ich danke euch!", sagte Baumgarten, indem er Frank und Droll die Hände drückte. „Ich will nun auch offen sein und gestehen, dass ich dem Ölprinzen kein volles Vertrauen entgegengebracht habe. Gerade darum bat ich Mr. Duncan, mich mitzunehmen. Ich habe Grinley unterwegs stets beobachtet und scharf im Auge behalten, habe aber nichts entdeckt, was mein Misstrauen vergrößert hätte. Jedoch nun, da ich solche Leute, wie ihr seid, bei uns weiß, ist mir für die Folge überhaupt nicht mehr bange. Schlagt ein! Wir wollen gute Kameraden sein!“

Er reichte den beiden abermals die Hände und der Bankier folgte hocherfreut diesem Beispiel. Der Ranchero war herbeigekommen, hatte den letzten Teil des Gesprächs mit angehört und sagte nun: „So ist's recht, Mesch'schurs! Haltet zusammen! Ich denke nicht, dass ihr das wegen des Ölprinzen nötig haben werdet, denn ich kann nichts Böses über ihn sagen. Aber der Indianer wegen gebe ich euch diesen Rat. Die Nijoras und Navajos haben ihre Kriegsbeile ausgegraben und selbst den Moquis, die sonst außerordentlich friedlich sind, soll heute nicht mehr zu trauen sein. Ihr werdet also nicht hier bleiben. Was soll ich Winnetou und Old Shatterhand sagen, wenn sie kommen?“

„Dass sie hier auf uns warten oder, noch weit besser, uns nach dem Chellyfluss sofort folgen sollen“, antwortete Droll. „Ich muss Euch aber sehr bitten, dem Ölprinzen hiervon nichts mitzuteilen!“

„Das verspreche ich Euch gern. Er soll kein Wort erfahren. Wo er nur stecken mag? Will doch einmal nach ihm sehen.“

Forner ging hinaus vor das Tor, wohin Grinley schon vorhin gegangen war, und sah sich nach ihm um. Da erblickte er eine Gruppe von Reitern, die sich von Süden her dem Rancho näherte.

6. Ein rätselhaftes Ungeheuer

Die Reiter waren noch fern. Man konnte feststellen, dass sie auch Lasttiere bei sich hatten. Bald darauf aber erkannte Forner, dass die Gesellschaft nicht nur aus Männern bestand. Es waren auch Frauen und Kinder dabei. Einige Reiter hatten Pferde, die übrigen saßen auf Maultieren.

Voran ritt ein kleiner Kerl, der in einem großen und viel zu weiten bockledernen Jagdrock steckte. Von dem Gesicht waren wegen eines außerordentlich starken Bartes nur zwei kleine, listig blickende Äuglein und eine Nase zu sehen, die fast eine erschreckende Ausdehnung besaß. Dieses Männchen war Sam Hawkens, der mit seinen beiden Gefährten Dick Stone und Will Parker die Leitung des Auswandererzugs übernommen hatte. Er ließ sein altes Maultier, die ‚Mary', aus dem langsamen Marschschritt in Galopp fallen, hielt sie vor Forner und grüßte: *„Good day*, Sir! Nicht wahr, die Niederlassung wird Forners Rancho genannt?"

„Ay, Master, das ist so", antwortete der Farmer, indem er erst den Kleinen und dann die nachfolgenden Reiter musterte. „Ihr scheint Auswanderer zu sein, Master?"

„Yes, wenn Ihr nämlich nichts dagegen habt."

„Ist mir recht, falls ihr nur ehrliche Kerls seid. Wo kommt ihr her?"

„Ein wenig von Tucson herauf, wenn ich mich nicht irre."

„Da habt ihr einen bösen Weg gehabt, zumal Kinder bei euch sind. Und wo wollt ihr hin?"

„Gegen den Oberlauf des Colorado zu. Ist der Ranchero daheim?"

„Yes, wie Ihr seht. Ich bin es selbst."

„So sagt, ob wir bis morgen früh bei Euch rasten dürfen?"

„Soll mir recht sein. Denn ich hoffe, dass ich es nicht zu bereuen brauche, wenn ich euch diese Erlaubnis gebe."

„Werden Euch nicht fressen, darauf könnt Ihr Euch verlassen. Und was wir vielleicht von Euch entnehmen, das werden wir gern bezahlen, wenn ich mich nicht irre."

Er stieg ab. Der Ölprinz hatte erst fern gestanden, war aber näher gekommen und hatte alles gehört. Er wusste nun, dass er die Auswanderer vor sich hatte, von denen ihm sein Bruder und der ungetreue Scout erzählt hatten. Die sonst noch im Hof befindlichen Personen kamen auch an das Tor, und zwar gerade in dem Augenblick, als die Gesellschaft dort anlangte, um abzusteigen. Das ging aber nicht so glatt, wie man erwartet hatte. Der Maulesel, auf dem Frau Rosalie saß, schien seinen Kopf für sich zu haben. Er wollte sie nicht absitzen lassen, sondern weiterlaufen. Der Hobble-Frank trat als stets zuvorkommendes Kerlchen herbei, um ihr behilflich zu sein, und das empörte den Maulesel so sehr, dass er mit allen vier Beinen zugleich in die Luft ging und die Reiterin abwarf. Die Frau hätte sicher einen schweren Fall getan, wenn Frank nicht so gewandt gewesen wäre, sie aufzufangen.

Aber anstatt ihm dafür dankbar zu sein, riss sie sich von ihm los, gab ihm einen kräftigen Rippenstoß und fuhr ihn zornig an: *„Sheep's-head!"* – was so viel wie Schafskopf bedeutet.

„Sheep's-nose – Schafsnase!", antwortete er in seiner wohl bekannten Zungenfertigkeit.

„Clown – Grobian!", fuhr sie wütend fort, indem sie ihm die geballte Rechte entgegenstreckte.

„Stupid girl – dumme Liese!", lachte er und wendete sich von ihr ab.

Sie hielt ihn für einen Amerikaner und hatte sich also derjenigen englischen Kampfeswörter bedient, die ihr bekannt waren. Das *stupid girl* aber brachte sie in solche Aufregung, dass sie seinen Arm fasste und ihn deutsch andonnerte, weil ihr englischer Sprachschatz nun nicht weiterreichte: „Sie Esel, großartiger, Sie! Wie können Sie eine Dame schimpfen! Wissen Sie, wer ich bin? Ich bin Frau Rosalie Eberschbach, geborene Morgenschtern und verwitwete Leiermüllerin. Ich werde Sie beim Gerichtsamt anzeigen! Erscht machen Sie mir meinen Esel irre, nachher quetschen Sie Ihre Arme um meine Hüfte und endlich werfen Sie mir Schimpfwörter ins Gesicht, die een anschtändiger Mensch gar nich kennen darf. Das muss gerochen werden! Verschtehn Se mich?"

Sie blickte ihn höchst herausfordernd an und stemmte kampfeslustig beide Hände in die Hüften. Der Hobble-Frank trat vor Überraschung einen Schritt zurück und fragte in deutscher Sprache: „Wie war das? Ihr Name is Rosalie Eberschbach?"

„Ja", antwortete sie, indem sie ihm diesen Schritt folgte.

„Geborene Morgenschtern?", fuhr er fort, indem er sich zwei Schritte zurückzog.

„Natürlich! Oder hab'n Sie vielleicht etwas dagegen?", erwiderte sie, indem sie ihm um zwei Schritte hinterherkam.

„Verwitwete Leiermüllerin?"

„Na, freilich!", nickte sie.

„Aber da sind Sie doch wohl eene Deutsche?"

„Und was für eene! Sagen Se nur noch een falsches Wort, so werden Se mich kennen lernen! Ich bin gewöhnt, dass man liebenswürdig mit mir verkehrt. Verschtehn Se mich?"

„Und ich bin doch zuvorkommend gegen Sie gewesen!"

„Zuvorkommend? I, was Se nich sagen! Is es etwa zuvorkommend von Ihnen, sich an meinem Esel zu vergreifen?"

„Ich wollte ihn nur halten, weil er Ihnen nicht gehorchte."

„Nich gehorchte? Da hört aber geradezu alles und Verschiedenes uff! Mir gehorcht jeder Esel, das können Se sich merken! Und nachher haben Se mich in Ihren Armen halb zerdrückt. Der Atem ging mir aus und das Feuer is mir förmlich aus den Ogen herausgefahren. Das muss ich mir schtreng verbitten. Mit eener Dame muss man hübsch sachte und behutsam verfahren. Wir sind das schönere und ooch das sanftere Geschlecht und wollen zart behandelt sein. Wer aber wie een Packträger zugreift und…“

Sie hielt inne, denn sie wurde unterbrochen. Es erscholl hinter ihr ein Ausruf, der sie verstummen ließ, ein Ausruf der Verwunderung und des Entzückens: „Herrjemine! Das ist doch wohl der berühmte Hobble-Frank!“

Frank drehte sich schnell um und rief, als er den Sprecher sah, mit ebenso großem Erstaunen: „Unser Kantor Hampel! Is das denn die Möglichkeet! Schteigen Sie ab und schweben Sie in meine Arme!“

Der ehrenwerte Opernschöpfer war, wie gewöhnlich, zurückgeblieben und erst jetzt beim Tor angekommen. Er hielt warnend den Finger empor und antwortete: „Kantor emeritus, wenn ich bitten darf, Herr Frank! Sie wissen ja, es ist nur der Vollständigkeit halber und um etwaige Verwechslungen zu vermeiden. Es könnte leicht einen zweiten Kantor Matthäus Aurelius Hampel geben, der noch nicht emeritiert worden ist. Und sodann möchte ich Sie, ehe ich absteige, auf noch einen anderen Punkt aufmerksam machen.“

„Uff welchen denn? Ich bin sehr begierig darauf, mein sehr verehrter und lieber Kantor.“

„Sehen Sie, da ist es schon wieder! Sie sagen bloß Kantor, während ich Sie höflicherweise Herr Frank tituliere. Ein Jünger der Kunst darf sich nichts vergeben und darum muss ich Sie bitten, bei mir zukünftig den ‚Herrn‘ nicht wegzulassen. Das ist nicht etwa Stolz von mir, sondern nur der Vollständigkeit wegen, wie Sie wohl wissen werden.“

Der Kantor kletterte sehr vorsichtig vom Pferd und umarmte Frank mit majestätischen Bewegungen. Dieser meinte lachend: „Wir befinden uns hier merschtenteels im Wilden Westen, wo so eene Vollschtändigkeet eegentlich gar nich nötig is. Aber wenn es Ihnen Schpaß und Vergnügen macht, da werde ich künftig ‚Herr Kantor‘ sagen.“

„Herr Kantor emeritus, bitte!“

„Gut, schön! Aber sagen Sie mir jetzt zu allererscht, wo und wie Sie da so hergeschneit kommen. Sie können sich darauf verlassen, dass ich een Reservoir mit Ihnen hier nicht für möglich gehalten hätte.“

„Revoir, auf Deutsch: Wiedersehen, wollen Sie wohl sagen! Sie mussten doch auf ein solches Zusammentreffen mit mir gefasst sein. Sie kennen doch meine Absicht, eine Oper zu komponieren?“

„Ja, Sie haben davon gesprochen, eene Oper von drei oder vier Actricen.“

„Zwölf! Und nicht Actricen, sondern Akte! Es soll eine Heldenoper werden, und da Sie mir von den Helden des Westens erzählt haben, so wollte ich mit Ihnen nach dem Westen reisen, um mir Stoff für diese Oper zu sammeln. Sie sind aber leider fortgegangen, ohne mich zu benachrichtigen, und da ich ungefähr wusste, wohin Sie sind, so bin ich nachgekommen.“

„Welche Unvorsichtigkeet! Meenen Sie etwa, dass man sich hier so leicht und schnell treffen kann wie derheeme uff dem Haus- oder Oberboden, Sie rasender Uhland?“

„Roland, wollen Sie wohl sagen“, fiel ihm der Kantor in die Rede.

Da zog Frank die Stirn in Falten und sagte tadelnd: „Hören Sie, Herr Kantor, Sie haben mir nun schon zum dritten Mal widersprochen. Das kann und darf ich aber unmöglich dulden. Die erschten beeden Male habe ich's unbeschtraft hingehen lassen. Jetzt ist es aus! Ihre Widersprüche sind Beleidigung für mich, wegen denen ich mich eegentlich mit Ihnen duellisieren müsste, wenn ich nich so een guter Freund von Ihnen wäre. Also reden Sie mir nich mehr rein, wenn ich in Zukunft wieder etwas sage. Es könnte das unsere gegenseitige Symphonie auseinanderpartizipieren, was mir um Ihretwillen Leid tun täte. Jetzt aber geschtatte ich mir, Ihnen hier meinen Freund und Vetter vorzuschtellen, wofür ich hoffe, dass Sie mich dafür mit Ihren Begleitern ergebenst bekannt machen werden."

Der gutmütige Kantor erfüllte, ohne sich verletzt zu fühlen, den Wunsch seines gelehrten Freundes und nannte ihm die Namen aller derer, die mit ihm gekommen waren. Da gab es viel zu erzählen und tausend Fragen zu beantworten. Aber zunächst war es notwendig, das Lager zu errichten und für die Tiere zu sorgen. Alles andere musste aufgeschoben werden.

Als man damit beschäftigt war, sah der Ölprinz eine Weile zu. Er hatte versprechen müssen, sich der Auswanderer zu bemächtigen und sie seinem Bruder und Poller nachzubringen. Darum nahm er einen Augenblick wahr, wo Sam Hawkens abseits von den anderen stand, grüßte ihn höflich und sagte: „Ich habe gehört, Sir, dass Ihr Sam Hawkens, der berühmte Westmann, seid. Hat man Euch vielleicht meinen Namen genannt?"

„Nein", antwortete der Kleine, auch in höflichem Ton. Der Ölprinz war ein Stiefbruder Buttlers und diesem durchaus nicht ähnlich. Darum konnte Sam nicht ahnen, dass er einen so nahen Verwandten des Räubers vor sich hatte.

„Ich heiße Grinley", fuhr der andere fort. „Man nennt mich in dieser Gegend den Ölprinzen, weil ich eine Stelle weiß, wo eine außerordentlich ergiebige Ölquelle zu Tage tritt."

„Eine Ölquelle?", fragte Sam lebhaft. „Dann seid Ihr sehr glücklich gewesen und könnt ein steinreicher Mann werden. Wollt Ihr die Ausbeutung der Quelle in eigene Hand nehmen?"

„Nein. Dazu bin ich zu arm. Ich habe einen Käufer gefunden. Er sitzt drinnen im Hof. Mr. Duncan, ein Bankier aus Brownsville in Arkansas."

„So lasst Euch nicht übers Ohr hauen und verlangt so viel wie möglich! Ihr wollt mit ihm zu der Quelle reiten?"

„Ja!"

„Ist es weit von hier?"

„Nicht sehr.“

„*Well*, der Ort ist natürlich Euer Geheimnis und ich will Euch nicht näher darum fragen. Aber Ihr habt mich angeredet und ich schließe daraus, dass Ihr irgendeinen Grund habt, Euch mir zu nähern?“

„Das ist richtig, Sir. Man sagte vorhin, dass Ihr nach dem Colorado wollt?“

„Allerdings.“

„Meine Petroleumquelle liegt am Chellyfluss und ich habe von hier aus denselben Weg wie Ihr.“

„Freilich wohl. Aber warum sagt Ihr das mir?“

„Weil ich Euch bitten wolltc, mich cuch anschließen zu dürfen.“

„Mit Eurem Bankier?“

„Ja, und mit seinem Buchhalter.“

Sam betrachtete den Ölprinzen vom Kopf bis zu den Füßen herab und antwortete dann: „Hm, man kann hier in der Wahl seiner Begleiter nicht vorsichtig genug sein, wie Ihr wohl wissen werdet.“

„Ich weiß es. Aber sagt mir doch, Sir, ob ich wie ein Mensch aussehe, dem man kein Vertrauen schenken darf?“

„Das will ich nicht behaupten, wenn ich mich nicht irre. Aber warum wollt Ihr mit uns reiten? Einen Fundort von Petroleum hält man doch geheim und darum ist es auffällig, dass Ihr Euch uns anschließen wollt, wenn ich mich nicht irre.“

„Was das betrifft, so bin ich überzeugt, dass ein Sam Hawkens mich nicht betrügen wird.“

„*Well.* Damit habt Ihr den Nagel auf den Kopf getroffen. Durch mich und meine Kameraden werdet Ihr sicher keinen einzigen Tropfen Öl verlieren.“

„Ich habe noch einen anderen Grund, sogar zwei. Die Roten sind unruhig geworden und da fühle ich mich bei euch sicherer, als wenn ich mit meinen beiden unerfahrenen Leuten allein reiten müsste. Das werdet Ihr wohl begreifen?“

„Sehr gut, wenn ich mich nicht irre."

„Und sodann hat mich Mr. Droll in große Verlegenheit gebracht. Wir haben ihm aufrichtig mitgeteilt, was wir droben am Chelly wollen, und er hat mir diese Offenheit damit vergolten, dass er den Bankier misstrauisch gemacht hat. Er glaubt nicht, dass am Chelly Petroleum zu finden ist."

„Hm, das kann ich ihm nicht verdenken. Ich muss Euch sagen, Sir, dass ich auch nicht daran glaube."

„So haltet auch Ihr mich für einen Schwindler?"

„Nein. Ich nehme an, dass Ihr einfach getäuscht worden seid."

„Es konnte mich niemand täuschen, denn ich selbst habe das Placer entdeckt."

„So habt Ihr Euch einfach selbst getäuscht und irgendeine Flüssigkeit für Petroleum gehalten."

„Aber ich habe das gefundene Erdöl doch nachprüfen lassen!"

„So! Und wie ist das Gutachten ausgefallen?"

„Zu meiner vollsten Zufriedenheit."

„Das kann ich nicht begreifen. Dann ist ein Wunder geschehen und ich gestehe Euch, dass es mich verlangt, dieses sonderbare Petroleum zu sehen."

„Das könnt Ihr, Sir. Wenn Ihr uns die Erlaubnis gebt, uns Euch anzuschließen, werdet Ihr es zu sehen bekommen."

„Ihr würdet mich zum Placer führen?"

„Ja."

„*Well.* Sollte mich wirklich freuen. Also Mr. Droll hat auch nicht an das Öl geglaubt und Mr. Frank wohl auch nicht?"

„Beide nicht."

„Und Ihr ärgert Euch natürlich darüber?"

„Darüber eigentlich nicht, sondern vielmehr darüber, dass sie den Bankier misstrauisch gemacht haben. Sie konnten meinetwegen zehnmal oder hundertmal zweifeln. Aber ihm ihren Unglauben aufzureden, das hätten sie nicht tun sollen. Sie konnten mir dadurch leicht das Geschäft verderben."

„Ist Mr. Duncan denn wirklich auf einmal bedenklich geworden?"

„Ja. Und eben aus diesem Grund habe ich Euch gebeten, mich mitzunehmen. Sie wissen sich dann unter Eurem Schutz und werden nicht länger argwöhnen, ich könnte irgendetwas gegen sie unternehmen. Wollt Ihr mir den Gefallen tun, Sir?"

„Gern, möchte aber vorher meine Gefährten darüber fragen."

„Ist das nötig, Sir? Sehe ich so wenig vertrauenserweckend aus?"

„So schlimm ist es nicht. Ich halte Euch für einen Menschen, den man erst kennen lernen und prüfen muss, um ihn richtig beurteilen zu können. Darum wollte ich mich erst mit Dick Stone und Will Parker beraten."

„Alle Teufel, Sir! Eure Aufrichtigkeit ist nicht gerade eine Höflichkeit gegen mich!"

„Aber sie ist doch besser, als wenn ich Euch in das Gesicht freundlich, hinterrücks aber mit Misstrauen behandelte. Und damit Ihr seht, dass es nicht gar so schlimm gemeint ist, will ich meine Gefährten nicht erst fragen, ob sie Euch mitnehmen wollen, sondern Euch meine Zustimmung gleich jetzt erteilen."

„Danke, Sir. Und wann reitet Ihr von hier fort?"

„Morgen früh, wenn ich mich nicht irre. Wann wolltet denn Ihr weiter?"

„Heute schon. Aber ich werde Mr. Duncan und Mr. Baumgarten zu bestimmen suchen, bis morgen zu warten."

„Tut das, Sir. Unsere Tiere sind ermüdet und die Frauen und Kinder ebenso, weil sie das Reiten nicht gewohnt sind. Ich will hoffen, dass ich meine Zustimmung nicht zu bereuen haben werde."

„Keine Sorge, Sir. Bin ein ehrlicher Kerl und glaube, dass auch dadurch bewiesen zu haben, dass ich trotz der Gefahr, die ich dabei laufen könnte, bereit bin, Euch das Placer zu zeigen. Ein anderer würde das wohl schwerlich tun."

„Ja. Ich wenigstens würde mich sehr hüten, mein Geheimnis außer dem Käufer noch anderen Leuten zu verraten. Also wir sind einig, Sir. Morgen früh wird aufgebrochen."

Sam wendete sich von ihm ab. Der Ölprinz begab sich in den Hof, indem er einen Fluch ausstieß und dann zornig vor sich hinmurmelte: *„Damned fellow!* Das sollst du mir büßen! Mir so etwas in das Gesicht zu sagen! Ich soll erst beobachtet und geprüft werden, bevor man mich für einen ehrlichen Menschen halten kann! Der Blitz soll dir dafür in die Glieder fahren! Jetzt freut es mich, dass mein Bruder diese Halunken haben will. Hatte erst wenig Lust, mich mit diesen abzugeben. Nach dieser Beleidigung aber wird es mir eine Wonne sein, sie ihm zuzuführen."

Die Pferde, Maultiere und Maulesel waren jetzt entsattelt und weideten im frischen Gras oder taten sich im Wasser des Flusses gütlich. Mit Hilfe von Stangen und Decken wurden im Hof Zelte aufgestellt, da so viele Personen nicht im Innern des Rancho Platz finden konnten. Dann entwickelten die Frauen eine rege Tätigkeit, bald war der Hof vom Duft gebratenen Fleischs und neu gebackener Maisfladen erfüllt. Zu dem Schmaus, der nun begann, wurden der Hobble-Frank und auch die Tante Droll eingeladen. Die anderen mochten für sich selbst sorgen.

Frank lachte still in sich hinein, als er bemerkte, wie besorgt Frau Rosalie Ebersbach, geborene Morgenstern und verwitwete Leiermüller, um ihn war. Sie legte ihm die besten Bissen vor. Er musste fast mehr essen, als er vermochte, und als er schließlich nicht mehr konnte und nachdrücklich dankte, weil sie ihm noch einen dampfenden Maiskuchen aufzwingen wollte, bat sie ihn: „Nehmen Sie doch nur das noch, Herr Hobble-Frank! Ich gebe es Ihnen gern. Verschtehen Se mich?“

„O ja“, lachte er. „Ich habe ja schon vorhin gesehen, dass Sie mir gern was geben. Beinahe hätte ich sogar Ohrfeigen bekommen.“

„Weil ich nicht wusste, wer Sie eigentlich sind. Wenn ich Sie für den berühmten Hobble-Frank gehalten hätte, wäre das Missverständnis gar nicht vorgefallen.“

„Aber eenem anderen gegenüber wären Sie demnach grob gewesen?“

„Verschteht sich ganz von selbst. So een Betragen is eene Beleidigung und beleidigen lasse ich mich eenmal nich, denn ich bin nicht nur eene gebildete, sondern ooch eene tapfere Frau und weeß genau, wie man sich zu verhalten hat, wenn man als Dame nich mit der erforderlichen Weechherzigkeit behandelt wird.“

„Aber ich wiederhole Ihnen, dass von eener Unzartheet oder gar Beleidigung gar keene Rede war. Ich wollte Ihnen eene ritterliche Offmerksamkeit erweisen, weil Ihr Maulesel störrisch war. Mir haben Sie fälschlicherweise die Vorwürfe gemacht, während der Esel es gewesen ist, der sich nicht als Gentleman gegen Sie betragen hat.“

„Was brauchten Sie ihn aber anzugreifen? Sie hatten doch nicht die allerkleenste Ursache dazu. Ich wäre schon alleene mit ihm fertig geworden. Ich verschtehe es schon, mit Eseln umzugehen, von welcher Sorte sie nur immer sein mögen. Sie werden mich schon noch kennen lernen. Ich fürchte mich vor keenem Esel und vor keenem Maultier, vor keenem roten Indianer und ooch vor keenem weißen Bleichgesicht. Der Herr Kantor emeritus hat uns so viel Liebes und Schönes von Ihnen erzählt, dass ich Sie lieb gewonnen habe und bereit bin, Ihnen in aller Not und Gefahr hilfreich beizuschpringen. Sie können sich droff verlassen: Ich gehe für Sie durchs Feuer, wenn es sein muss. Da, nehmen Sie noch dieses Schtückchen Rindfleesch. Es ist das Beste, was ich für Sie habe.“

„Danke, danke!“, wehrte er ab. „Ich kann nich mehr, wirklich nich mehr. Ich bin geschtoppt voll und könnte mir, wenn ich noch mehr äße, leicht eene Indigestikulation zuziehen.“

„Indigestion, wollen Sie wohl sagen, Herr Frank“, fiel der Kantor ihm in die Rede. Da aber fuhr ihn der Kleine zornig an: „Schweigen Sie, Sie konfuser Emeritechnikus! Was verschtehen denn Sie von griechischen und arabischen Wörterbüchern! Sie können zwar Orgel schpielen und vielleicht ooch Opern komprimieren, im Übrigen müssen Sie ganz schtille sein, zumal eenem Präriejäger und Gelehrten gegenüber, wie ich eener bin. Wenn ich mich mit Ihnen in gelehrten Schtreit einlassen wollte, würden Sie doch allemal kleene beigeben müssen!“

„Das möchte ich denn doch bezweifeln“, wendete der Kantor ein.

„Wie? Was? Das wollen Sie nich zugeben? Soll ich's Ihnen beweisen? Nun, was haben Sie denn an meiner Indigestikulation auszusetzen, mein lieber, süßer, gelehrter Herr Kantor emeritus Matthäus Aurelius Hampel aus Klotzsche bei Dräsden?“

„Es muss Indigestion heißen.“

„So, so! Was soll denn dieses schöne Wort bedeuten?“

„Unverdaulichkeit. Indigestibel heißt unverdaulich.“

„Das gloobe ich Ihnen sofort und von ganzem Herzen, denn Sie selber sind im höchsten Grade indigestibel. Ich wenigstens kann Ihr fortwährendes Besserwissen gar nicht verdauen. Was haben Sie nun aber gegen das Wort, dass ich gebraucht habe, nämlich Indigestikulation?“

„Dass es kein richtiges Wort, sondern der reine Unsinn ist.“

„Ach so, hm, hm! Und was heeßt denn wohl Gestikulation?“

„Die Gebärdensprache, die Sprache durch Bewegung der Hand oder anderer Körperteile.“

„Schön, sehr schön! Jetzt habe ich Sie, wohin ich Sie

haben wollte. Jetzt sind Sie gefangen wie Kleopatra von Karl Martell in der Schlacht an der Beresina! Also Gestikulation is Gebärden- oder Bewegungssprache und indi bedeutet innerlich, sich off den Magen beziehend, denn Sie haben selber gesagt, dass indigestibel unverdaulich heißt. Also wenn ich mich des geistreichen Ausdruckes Indigestikulation bediene, so habe ich zu viel gegessen und will durch die Blume andeuten, dass mein Magen sich in schtürmische Windungen versetzt, um mich durch die Gebärden- und Bewegungsschprache daroff offmerksam zu machen, dass ich Messer, Gabel und Löffel nun beiseite legen soll. Sie aber scheinen für solche zarten Andeutungen Ihres Magens keen Verschtändnis zu besitzen, sonst hätten Sie meine Indigestikulation nich angezweifelt. Is Ihnen vielleicht die Fabel von dem Frosch und dem Ochsen bekannt?"

„Ja."

„Nu, wie war die denn?"

„Der Frosch sah einen Ochsen, wollte sich so groß machen, wie dieser war, blies sich auf und – – zerplatzte dabei."

„Und die Lehre, die man aus dieser Fabel zu ziehen hat?"

„Der Kleine soll sich nicht groß dünken, sonst kommt er zu Schaden."

„Schön, sehr schön! Ausgezeichnet sogar!", stimmte Frank begeistert bei. „Nehmen Sie sich diese Lehre zu Herzen, Herr Kantor emeritus! Diese Fabel passt außerordentlich gut off uns beede, nämlich off Sie und mich."

„Wieso?"

Das schlaue Lächeln, womit der Kantor dieses Fragewort aussprach, ließ erraten, dass er beabsichtigte, den Hobble-Frank in eine Falle zu locken. Auch die anderen blickten mit großer Spannung zu dem erregten Kleinen hinüber. Frank war zu begeistert, um etwas zu merken. Er antwortete auf das „Wieso?" des Emeritus, ohne sich zu überlegen, was er sagte: „Weil Sie geistig unbedeutend sind, während ich eene Größe bin. Wenn Sie sich mit mir vergleichen wollen, so müssen Sie unbedingt zerplatzen, denn Sie sind in Bezug off Kenntnisse, Fertigkeeten und Wissenschaften der kleene Frosch, während ich in allen diesen Dingen der große Och...“

Frank hielt mitten im Wort inne. Sein Gesicht wurde länger. Er erkannte plötzlich, an welcher Leimrute er klebte.

„...der große Ochse bin“, ergänzte der Kantor den unterbrochenen Satz. „Ich will Ihnen da nicht widersprechen.“

Sogleich brach ein allgemeines Gelächter aus, das gar nicht enden wollte. Frank schrie zornig dazwischen, was aber zur Folge hatte, dass das Lachen immer stärker und immer wieder von neuem ausbrach. Da sprang er ergrimmt auf und brüllte, was er nur brüllen konnte: „Haltet die Mäuler, ihr Schreihälse, ihr! Wenn ihr nich off der Schtelle stille seid, reite ich fort und lasse euch hier sitzen!“

Aber man beachtete diese Drohung nicht. Das Gelächter schwoll im Gegenteil von neuem an, und selbst sein Freund und Vetter Droll lachte, dass ihm der Bauch wackelte. Das brachte den Ergrimmten vollends außer sich, er schüttelte die geballten Fäuste wütend gegen die Lachenden und rief mit überschnappender Stimme: „Nu gut! Ihr wollt nicht hören, da sollt ihr fühlen! Ich schüttle den Schtaub von meinen Schtiefeln und gehe meiner Wege. Ich wasche meine Hände in kindlicher Unschuld und lasse die Seefe bei euch zurück!“

Er rannte davon, während ein homerisches Gelächter hinter ihm her erscholl.

Ein einziger hatte nicht in das Lachen eingestimmt, nämlich Schi-So, der Häuptlingssohn. Der angeborene Indianerernst ließ ihn zurückhaltend sein. Er verstand ja auch Deutsch und hatte gehört, in welch drolliger Weise Frank in sein eigenes Netz gelaufen war. Er fühlte sich auch belustigt, doch fand seine Heiterkeit ihren Ausdruck nur in einem Lächeln, das um seine Lippen spielte.

Nach kurzer Zeit erhob er sich und ging zum Tor, um sich nach dem zornigen Kleinen umzusehen. Bereits nach wenigen Augenblicken kehrte er zurück und meldete: „Er macht wirklich Ernst und sattelt draußen sein Pferd. Soll ich ihn bitten, zurückzukommen?"

„Nee", antwortete Droll in seiner Altenburger Mundart. „Er will uns nur in Verlegenheit bringe. Ich kenne meine Pappenheimer. Dem fällt es epper gar nich ein, fortzureite und mich hier sitze zu lasse."

Dennoch kehrte Schi-So an das Tor zurück. Kaum war er dort angekommen, so ließ er einen Pfiff hören und rief, als sie nach ihm hinblickten: „Er steigt auf. Es scheint ihm Ernst zu sein."

Nun rannten alle hin. Da kamen sie gerade recht, um zu sehen, dass der ergrimmte Hobble wirklich im Sattel saß und, sein Pferd nach dem Fluss lenkend, fortritt. Droll rief ihm nach: „Frank, Vetter, wo willste hin? Es war ja gar nicht so gemeent!"

Der Hobble drehte sein Pferd herum und antwortete: „Meent's, wie ihr wollt. Der Präriejäger und Privatgelehrte Heliogabalus Morpheus Edeward Franke lässt sich nich auslachen."

„Mer habe ja nich über dich, sondern über den Kantor gelacht", log Droll.

„Das machste mir nich weis. Ihr habt über den Ochsen gelacht, den ich gar nich mal vollschtändig ausgeschprochen habe. Er kam nur halb heraus. Die hintere Hälfte is mir im Munde schtecken geblieben. Is das etwa lächerlich?"

„Lächerlich nich, aber höchst gefährlich, eenen halben Ochsen im Maul zu habe. Das macht dir wahrhaftig keener von uns nach. Unsere Achtung schteigt. Also komm nur wieder her, altes Haus!"

„Fällt mir nich im Traum ein, besonders da du sogar jetzt wieder über den Ochsen lachst. Oh, Vetter Droll, was muss ich alles von dir erleben und erleiden. Das hätte ich nicht gedacht! Aber Schtrafe muss sein. Der Hobble-Frank wird verschwinden!"

„Unsinn! Komm nur her und sei nich albern!"

„Albern? Dieses Wort schtößt dem Fass vollends den Boden raus! Der Hobble-Frank und albern!"

Er wendete wieder um, gab seinem Pferd die Sporen, jagte nach dem Fluss und ritt in diesen hinein.

„Frank, Frank, kehr um, kehr doch um!", schrie Droll ihm lachend nach. „Du kannst doch deine Tante nich verlasse!"

Aber der zürnende Achilles ritt weiter, über das Flüsschen hinüber und dann in das weite Feld hinein.

„Das tut mir außerordentlich Leid", gestand der betrübte Kantor. „Er ist etwas streitsüchtig, besonders in Beziehung auf die Wissenschaft, aber sonst ein seelenguter Mann. Ich hatte mich so sehr darauf gefreut, ihn zu treffen, und nun haben wir ihn eingebüßt!"

„Für höchstens eenige Stunde nur", antwortete Tante Droll.

„Meinen Sie wirklich?"

„Ja! Ich kenne ihn. Wenn man ihm nich Recht gibt, so schmollt er gern, wird aber gleich wieder gut. Ich weeß, dass er ohne mich nich lebe kann, und verlasse tut er mich doch sicher nich. Er wird seinen Zorn hinaus ins Feld reite, ihn dort liegelasse und nachher zu uns zurückkomme. Darauf könne Sie sich verlasse. Dann dürfe Sie freilich nich off ihn rede. Sie müsse so tun, als ob gar nischt geschehe wäre und als ob Sie ihn gar nich sehe täte. Überhaupt dürfe Sie ihn, wenn er mal zu schtreite beginnt, nich durch Widerspruch zornig mache. Er bildet sich nu eenmal ein, alle mögliche Gelehrsamkeet zu besitze. Das macht keenem eenen Schaden. Darum lasse Sie ihn off seinem Schteckenpferd sitze, wenn er es reite will!"

Auch der Bankier hatte mit seinem Buchhalter den Vorfall beobachtet. Da er nicht Deutsch verstand, musste Baumgarten ihm die Sache erklären. Er lachte nachträglich auf das Herzlichste und war neugierig, ob die Voraussage Drolls sich erfüllen und Frank wiederkommen werde. Während diese beiden noch miteinander sprachen, trat Sam Hawkens zu ihnen und fragte: „Ihr wollt nach dem Chellyfluss, Mr. Duncan? Unser Weg führt uns dort vorüber und morgen früh reiten wir von hier fort. Euer Ölprinz hat die Absicht, sich uns anzuschließen, und ich bin darauf eingegangen. Wisst Ihr schon davon?"

„Nein. Er hat mir noch nichts gesagt. Was denkt Ihr von dem Ölfund?"

„Dass sich der Ölprinz in der Flüssigkeit geirrt hat, wenn es nicht etwas noch Schlimmeres ist. Ich kann Euch nur zur Vorsicht mahnen."

„Also genauso, wie Mr. Droll mir sagte. Jedenfalls gewährt Ihr mir durch Euren Vorschlag einen Schutz, den ich vielleicht sehr nötig habe. Ich werde mich Euch also anschließen, Sir, und sage Euch für die Erlaubnis einstweilen meinen Dank!"

So war die Sache zur allseitigen Zufriedenheit abgemacht und Duncan, Baumgarten und der Ölprinz, die sich bisher mehr für sich gehalten hatten, gesellten sich zu den Auswanderern und den Westmännern. Man setzte sich zusammen. Es wurde viel erzählt, sodass man bald miteinander bekannter wurde. Darüber verging der Nachmittag, der Abend brach herein und man brannte im Hof ein Feuer an, um daran das Fleisch, das der Ranchero lieferte, zu braten. Nach dem Essen sollte Kaffee gekocht werden. Die dazugehörigen Gefäße hatte man mit, brauchte sie also nicht von Forner zu borgen. Frau Rosalie und eine der anderen Frauen nahmen einen Kessel und gingen damit nach dem Fluss, um Wasser zu holen. Nach einigen Minuten kamen sie in großer Aufregung und ohne den Kessel zurück. Ihre Gesichter drückten das größte Entsetzen aus.

„Was ist denn mit Ihnen?", fragte der Kantor. „Wo haben Sie den Kessel? Wie sehen Sie denn aus?"

Die andere Frau konnte vor Schreck nicht reden; Frau Rosalie antwortete, aber nur unter allen Anzeichen des Schrecks: „Wie ich aussehe? Wohl schlecht, was?"

„Ganz leichenblass. Ist Ihnen vielleicht etwas Unliebsames begegnet?"

„Begegnet? Und ob! Herjesses, was wir gesehen haben!"

„Was denn?"

„Was? Ja, das weeß ich nich, da fragen Sie mich zu viel."

Da meinte ihr Mann: „Sei doch nich so dumm! Du musst doch wissen, waste gesehen hast!"

Da stemmte sie die Fäuste in die Hüften und fuhr ihn zornig an: „Weeßt du es vielleicht?"

„Ich? Nee", antwortete er verblüfft.

„Na also! Da schweigste ooch schtille, verschtehste mich! Ich weeß schon, wo ich meine Oogen hab'. Aber so een grausiges Geschöpf, wie wir gesehen haben, is mir in meinem ganzen Leben noch nich vorgekommen."

„Es war een Geist, een Flussgeschpenst", erklärte die andere Frau, indem sie sich schüttelte.

„Unsinn!", antwortete Frau Rosalie. „Geister gibt es nich und an Geschpenster gloobe ich erscht recht nich."

„So war es een Wassernix!"

„Ooch nich. Sei doch nich so abergläubisch! Nixe gibt es nur in den Kindermärchen."

„Was denkste denn, was es da gewesen sein mag?"

„Ja, da fragste mich zu viel. Een Geist also warsch nich, denn es gibt keenen. Een Mensch is es ooch nich gewesen, also warsch een Vieh, aber was für eens!"

Hier ergriff wieder der Kantor das Wort: „Wenn es ein Tier gewesen ist, so werden wir die Gattung, die Art und den Namen bald herausbekommen. Ich bin ja Zoologe, nämlich vom Unterricht in der Schule her. Beantworten Sie mir meine Fragen! War es ein Wirbeltier?"

„Von eenem Wirbel hab' ich nischt bemerkt. Dazu ist es zu dunkel gewesen."

„Welche Größe hatte es denn?"

„Als es im Wasser saß, konnte ich das nicht gut sehen. Aber als es offschprang, war es meiner Seele so groß wie een Mensch."

„Also war es unbedingt ein Wirbeltier, wahrscheinlich ein Säugetier?"

„Das kann ich nich sagen."

„Gehen wir die einzelnen Klassen durch. War es ein Affe?"

„Nee, denn es hatte keene Haare."

„So, so, hm, hm! Vielleicht ein Fisch?"

„Nee, gar nich, denn een Fisch hat doch keene Arme und Beene."

„Die hatte es aber?"

„Ja."

„Sonderbar, höchst sonderbar! Arme und Beine haben nur die Menschen und die Affen; ein Affe aber war es nicht, wie Sie behaupten. Also scheint es ein Mensch gewesen zu sein."

„Gott bewahre, een Mensch war es nich. Een Mensch hat eene ganz andere Stimme."

„Hatte es denn eine?"

„Na und was für eene!"

„Können Sie mir diese unmenschliche Stimme nicht einmal vormachen?"

„Ich will's versuchen", meinte sie, holte tief Atem und brüllte dann: „Uhuahuahuahuaauauauahh!"

Bei diesem entsetzlichen Gebrüll sprangen alle Anwesenden auf.

„Herrgott, was muss das für ein Ungeheuer gewesen sein – ein Löwe – Tiger – Panther!", so rief es durcheinander.

„Still, ihr Leute!", gebot der Kantor. „Regen Sie sich nicht auf! Ich werde an der Hand der Wissenschaft die Sache bald aufklären. Das Tier hatte kein Fell, war also kein Säugetier. Ein Fisch kann es auch nicht gewesen sein, weil es eine Stimme hatte. Da wir von den wirbellosen Tieren ganz absehen müssen, so bleiben uns nur noch die Amphibien, besonders die Frösche und die Kröten."

Da rief die andere Frau schnell: „Ja, ja, das is richtig. Es war eene Kröte!"

„Nee, es war een Frosch!", behauptete Frau Rosalie ebenso schnell.

„Nee, eene Kröte! So wie dieses Vieh kann nur eene Kröte im Wasser sitzen."

„Se hoppte aber doch in die Höhe!"

„Kröten hoppen ooch!"

„Aber nich so wie die Frösche, und Kröten halten sich ooch merschtenteels off der Erde off, aber nich im Wasser. Verschtehste mich! Es war een Frosch!"

„Aber ein so großer Frosch!", zweifelte der Kantor, indem er bedenklich den Kopf schüttelte. „Sie sagten doch gerade, dass er so groß wie ein Mensch gewesen sei?"

„Ja, so groß war er, off Ehre!"

„Hm, hm! Der größte Frosch, den es hier in Amerika gibt, ist der Ochsenfrosch. Aber der ist doch nicht so groß wie ein Mensch!"

„Ochsenfrosch? Gibt es da welche? Da ist es ganz gewiss eener gewesen."

„Unmöglich, denn ein solcher Frosch erreicht niemals eine solche Größe."

„Warum denn nich? Es gibt überall Riesen und Zwerge, also wird es wohl auch unter den Fröschen solche geben. Es ist also een Ochsenfroschriese oder een Riesenochsenfrosch oder een Ochsenriesenfrosch oder een Froschochsenriese oder een Riesenfroschochse oder een Froschriesenochse..."

„Halt, halt, halt!", wehrte der Kantor schaudernd ab. „Was werden Sie noch alles aus diesem Frosch machen! In meinem Lehrbuch der Naturgeschichte war ein solcher Ochsenfroschriese nicht verzeichnet. Aber ich will nicht streiten. Ich lebe mehr der Kunst als der Zoologie und will nicht behaupten, dass es solche Ungeheuer nicht geben kann. Sie meinen also wirklich, dass es ein riesiger Ochsenfrosch gewesen ist, Frau Ebersbach?"

„Ja, off Ehr und off Seligkeet! Ich kann's beschwören, denn wie das Vieh so mit allen vier Beenen in die Höhe schprang, kann es nischt anderes als nur een Frosch gewesen sein."

„Was tat das Tier denn vor dem Springen? Saß oder schwamm es?"

„Es saß, wie een Frosch sitzt! Den hintern Teil sah mer nich und von der vorderen Hälfte guckten nur die obern Beene, een bissel vom Leib und der Kopp aus dem Wasser. Und nu besinne ich mich ooch ganz genau off das breete Froschmaul und off die Glotzoogen, mit denen er uns entgegenstarrte, Herr Kantor."

„Bitte, Kantor emeritus, der Vollständigkeit halber! Wir stehen trotz der Beschreibung, die Sie uns liefern, vor einem Rätsel und ich schlage vor, wir gehen nach dem Fluss, um uns zu überzeugen."

„Meenen Sie, dass er noch dort sitzt?"

„Ja. Frösche sind keine Zug-, sondern Standtiere. Dieser Frosch ist hier geboren oder vielmehr gelaicht worden und wird diese Gegend also nie verlassen. Da es aber ein so großes Biest ist, sollten wir die Gewehre mitnehmen. Das Tier könnte beißen."

Der Wirt musste einige Laternen herbeischaffen und dann verließen alle ohne Ausnahme den Hof, um nach dem Fluss zu gehen.

Als der Zug der Neugierigen in der Nähe des Flusses ankam, saß da der Hobble-Frank neben seinem weidenden Pferd im Gras. Er erhob sich erstaunt, als er die vielen Menschen erblickte, und fragte in deutscher Sprache: „Was habt ihr denn da vor, ihr Leute? Das is ja die reene Wallfahrt, die da herangeschlängelt kommt!"

„Ah, Sie sind wieder da, Herr Frank!", rief der Emeritus. „Das ist mir sehr lieb. Vielleicht können Sie uns Auskunft geben. Wie lange befinden Sie sich wieder hier?"

„Seit vielleicht eener Schtunde."

„Haben Sie beobachtet, was an dieser Stelle vorgegangen ist?"

„Natürlich! Ich habe ja meine Oogen und ooch meine Ohren und so eenem Präriejäger, wie ich bin, kann niemals nischt entgehen."
„Haben Sie die beiden Frauen gesehen, die hier Wasser holen wollten?"
„Ja."
„Und auch das Tier?"
„Welches Tier?"
„Das im Wasser gesessen hat?"
„Im Wasser gesessen? Ich habe keens bemerkt. Was für een Vieh soll es denn gewesen sein?"
„Ein Ochsenfrosch!"
„Nee, von eenem Ochsenfrosch ist mir wirklich nischt ins Bewusstsein gekommen."
„Waren Sie denn wirklich in der Nähe, als die Damen hier waren?"
„Was das betrifft, so war ich ihnen sogar sehr nahe."
Da schob sich Frau Rosalie zu ihm hin und sagte: „Sie habe ich allerdings nich gesehen, Herr Hobble-Frank, desto deutlicher aber den Ochsenfrosch. Wenn Sie so sehr in unserer Nähe gewesen sein wollen, so müssen Sie ihn unbedingt gesehen haben! Er war ja groß genug!"
„Wie denn ungefähr?"
„Grad wie een ausgewachsener Mensch."
„Oho! So groß wird im ganzen Leben keen Frosch, Frau Eberschbach, selbst wenn es een Ochsenfrosch wäre. Ich habe genug solche Viecher gesehen; sie werden etwas größer als eene tüchtige Männerhand, größer nich. Ihren Namen haben sie nich etwa daher, dass sie die Größe eines Ochsen besitzen, sondern von ihrer lieblichen Schtimme. Sie schreien nämlich ganz ähnlich, wie ein Ochse brüllt."
„Das schtimmt, das schtimmt! Wir haben das Biest schreien hören."
„Das hätt' ich doch ooch hören müssen!"
„Das denke ich ooch. Wo haben Sie denn nur Ihre Oh-

ren und Ihre Oogen gehabt, dass Sie das Vieh nich gehört und nich gesehen haben?“

„Das weeß ich wirklich nich. Zeigen Sie mir doch ergebenst mal die Schtelle, wo der Frosch gebrüllt hat!“

„Er brüllte erscht dann, als er offschprang.“

„Hörn Se mal, Frau Eberschbach, das will mir ungloob-lich erscheinen. Een Frosch brüllt nich im Springen, sondern quakt bloß, wenn er sitzt.“

„Nee, der hier schrie in dem Oogenblick, als er aus dem Wasser in die Höhe fuhr. Kommen Sie! Ich will Ihnen die Schtelle zeigen.“

Frau Ebersbach führte den ungläubigen Frank vollends an das Ufer hinab, deutete auf einen Punkt, in dessen Nähe der leere Kessel lag, dann in das Wasser hinein und erklärte dabei: „Hier schtanden wir, um Wasser für den Kaffee zu schöpfen. Da sehen Sie zum Beweis ooch den Kessel liegen, den wir vor Platzangst weggeworfen haben. Und da im Wasser saß der Ochsenfrosch.“

Da machte der Hobble-Frank ein langes Gesicht, das aber mehr und mehr einen lustigen Ausdruck annahm, und fragte: „Sie haben also genau gesehen, dass es een Ochsenfrosch gewesen ist?“

„Na, ehrlich geschtanden haben wir erscht nich so recht gewusst, in welche Klasse von Insekten das Biest gehören mag. Aber unser Herr Kantor hat die Zowolie schtudiert und mit seiner Hilfe is es herausgedüftelt worden, dass es ooch een Ochsenfrosch gewesen ist.“

„Ausgezeechnet, ausgezeechnet! Das macht mir gewaltigen Schpaß, meine Damen und meine Herren! Und warum kommen Sie denn jetzt mit Laternen und Fackeln nach dem Fluss gezogen?“

„Um den Ochsenfrosch zu suchen und zu fangen“, antwortete Fau Rosalie. „Sobald er beißen will, wird er erschossen. Wir haben die Flinten mit, wie Sie sehen.“

Da schlug Frank ein helles Gelächter an, durch das Frau Rosalie sich so beleidigt fühlte, dass sie sagte: „Feixen Se nich so! Es is keen Schpaß, so bei nachtschlafender Zeit, wenn es dunkel wird...“

„...den berühmten und gelehrten Hobble-Frank für eenen Ochsenfrosch zu halten!“, ergänzte der Kleine.

Da trat sie einen Schritt zurück, funkelte ihn mit ihren Augen an und fragte: „Sie, Sie sind der Ochsenfrosch gewesen?“

„Ja, ich!“, lachte er. „Ich war hinaus in die Landschaft geritten und kehrte, als es dunkel geworden war, wieder um. Es war den ganzen Tag über so heeß gewesen und der Ritt hatte mich noch mehr erhitzt. Als ich hier dann wieder durch das Flüsschen ritt, kühlte mich das Wasser so hübsch ab und es fiel mir ein, dass ich een Bad hatte nehmen wollen. Ich stieg also vom Pferd, zog mich aus und ging ins Wasser.“

Als Frank hier eine Pause machte, schlug Frau Rosalie die Hände zusammen und rief ahnungsvoll aus: „Herrjemerschneh, was werd' ich da zu hören bekommen! Sie sind ins Wasser geschtiegen?“

„Ja. Ich schwamm hin und her, plätscherte mich tüchtig aus und wollte eben wieder offs Trockene heraus, als ich zwee weibliche Personen erblickte, die nach dem Fluss gekommen waren und, ohne dass ich sie wegen der Finsternis bemerkt hatte, sich schon ganz nahe befanden. Ich hockte mich rasch nieder, denn ich gloobte, dass sie vorübergehen würden. Aber sie kamen grad nach derjenigen Schtelle, wo der Hase im Pfeffer und der Frank im Wasser lag. Da blieben sie schtehen und sahen mich an.“

„Das is freilich wahr“, fiel Frau Rosalie ein. „Wir sahen was Helles im dunklen Wasser und wussten erscht gar nich, was wir daraus machen sollten. Aber off alle Fälle war es ein lebendiges Wesen, was uns fürchterlich anglotzte.“

„Bitte sehr, Frau Eberschbach! Angeglotzt habe ich Sie nich! Ich habe Sie sogar ängstlich angeblickt, weil ich hoffte, dass Sie sich in zart fühlender Sittsamkeit entfernen würden. Aber dies war nich der Fall. Darum entschloss ich mich zu eener strategischen Revolution: Ich schprang in die Höhe, klatschte die Hände zusammen und brüllte, was ich konnte."

Frau Ebersbach schien über diese Mitteilung tief gekränkt und im Begriff zu sein, ihm noch schärfer als bisher antworten zu wollen. Da ergriff Droll das Wort: „Es is een Irrtum gewese, meine verehrte Herrschafte, een Irrtum, der keenen Menschen in Schaden bringe kann. Darum wolle mer uns nich weiter schtreite und zanke, sondern lieber demjenigen Ehre erweise, dem Ehre zu erweise is. Unser Hobble-Frank, der Rieseochsefrosch, soll lebe hoch, hoch und dreimal hoch!"

Als alle lachend in das Hoch eingestimmt hatten, fuhr er fort: „Dort liegt der Kessel. Schöpft ihn voll, damit wir endlich zu unserem Kaffee kommen. Dann schtelle wir uns in Reih und Glied, um unseren Ochsefrosch im Triumph heeme zu schaffe!"

So geschah es. Hobble-Frank mochte sich noch so sehr sträuben. Er wurde dem Schmied Ebersbach, dem Längsten der Auswanderer, wie ein Kind auf die Schultern gesetzt und dann kehrte der Zug im Gleichschritt in den Hof zurück, wo man sich um das Feuer setzte und die unterbrochene Bereitung des Kaffees wieder aufnahm.

Das Ziel für morgen war ein einsames Pueblo, das am südlichen Abhang der Mogollonberge lag. Um es noch vor Abend zu erreichen, musste man zeitig aufbrechen und durfte unterwegs nicht öfters und allzu lange rasten. Dennoch ging man heute nicht zeitig schlafen. Es gab ja gar viel zu erzählen.

Auch der Ölprinz beteiligte sich lebhaft an der Unterhaltung. Das wurde dadurch möglich, dass man sich dem Bankier zuliebe viel des Englischen bediente. So konnte auch Grinley teilnehmen. Er gab sich sichtlich Mühe, Wohlwollen zu gewinnen, was ihm bei den deutschen Auswanderern auch leidlich zu gelingen schien, obgleich diese nicht viel von der englischen Unterhaltung verstanden. Auch der Bankier schien in seinem Misstrauen wieder wankend zu werden.

Die Zeit verging schnell, sodass alle verwundert waren, als Will Parker endlich daran erinnerte, dass Mitternacht bereits vorüber sei.

Es gab jetzt nur vier, höchstens fünf Stunden Ruhe. Deshalb legte man sich nun nieder. Wenige Minuten später schliefen alle. Wachtposten brauchte man nicht auszustellen, weil die Knechte des Ranchero draußen wachten.

7. Im Pueblo

Als am anderen Morgen der Tag kaum graute, hatte Forner schon für Kaffee und frisches, in Fladenform gebackenes Maisbrot gesorgt, sodass sich die Gesellschaft wegen des Frühstücks nicht zu bemühen und keine Zeit zu verlieren brauchte. Die Tiere wurden tüchtig getränkt, weil bis zum Abend voraussichtlich kein Wasser zu finden war. Der Ranchero bekam Bezahlung für das, was er geliefert hatte. Seinen Knechten wurde ein Trinkgeld gegeben. Dann brach man auf.

Sam Hawkens hatte dafür gesorgt, dass die Frauen auf ihren Tieren gute Sitze hatten: Das Reiten strengte sie also nicht mehr an als die Männer. Die Kinder waren in Körben untergebracht, deren zwei je ein Maultier trug, einen rechts, einen links vom Packsattel. Diese Körbe waren mit Stroh ausgepolstert und so kam es, dass die Reiter ihre Tiere ausgreifen lassen konnten und der Ritt ziemlich schnell vor sich ging.

Je weiter man sich von dem Fluss entfernte, desto unfruchtbarer wurde das Land. Wo es in jenen Gegenden Feuchtigkeit gibt oder gar fließendes Wasser, da bringt die Erde einen üppigen Pflanzenwuchs hervor, wo aber der belebende Tropfen fehlt, ist nichts als trostlose Wüste.

Am Vormittag war die Wärme noch nicht allzu beschwerlich. Je höher aber die Sonne stieg, desto größer wurde die Hitze, die von dem trockenen, felsigen Boden und den nackten, kahlen Steinwänden der Berge zurückgestrahlt wurde, sodass sie für die deutschen Auswanderer, die eine solche Glut nicht gewöhnt waren, kaum auszuhalten war.

Bis einige Stunden nach Mittag ging es durch flache Talmulden oder über weite Ebenen, die nicht eine Spur eines Grashalmes zeigten. Dann gab es Höhen, die aber dem Auge keine Erquickung boten, da die hier so geizige Natur ihnen keinen einzigen Baum, nicht einmal einen Strauch geschenkt hatte. Nur an verborgenen Stellen, auf die die Sonne nicht von früh bis zum Abend zu brennen vermochte, wo es also wenigstens für einige Stunden Schatten gab, ließ sich ein einsamer, fantastisch gestalteter Kaktus sehen, dessen fahles Grau dem Besucher jedoch auch keinen erfreulichen Anblick bot.

Zur Zeit der größten Tageshitze wurde an einer steilen Bergwand gerastet. Es gab da einigen Schatten. Aber die gegenüberliegende Wand warf die Wärme so quälend auf die Ruhenden zurück, dass sie lieber wieder aufsaßen, weil der flotte Ritt wenigstens etwas kühlende Luftbewegung brachte.

Endlich – die Sonne neigte sich schon sehr dem Westen zu – schien die Hitze abzunehmen, und zwar überraschend schnell. Sam Hawkens prüfte den Himmel und machte ein leicht bedenkliches Gesicht.

„Warum schaut Ihr so nach oben?", fragte ihn der Hobble-Frank. „Es scheint mir, als ob Euch der Himmel nicht gefiele?"

„Könnt Recht haben", entgegnete der Gefragte. „Die Luft kühlt sich so plötzlich ab."

„Wohl gar Gewitter?"

„Möchte es fast befürchten. Und Ihr wisst ja wohl, wie die Gewitter in dieser Gegend aufzutreten pflegen. Es gibt Jahre, wo hier nicht ein Tropfen Regen fällt. Ja, es hat Zeiten gegeben, wo es hier zwei und gar drei Jahre lang nicht geregnet hat. Wenn dann aber einmal ein Wetter kommt, ist es meist fürchterlich. Wollen machen, dass wir das Pueblo erreichen."

„Wie weit ist's noch dahin?"

„In einer halben Stunde sind wir dort."

„Da hat's ja keene Gefahr. Es schteht noch nich een Wölkchen am Himmel. Es können also noch Schtunden vergehen, ehe es da oben schwarz und finster wird."

„Irrt Euch nicht, Master Frank. Seht nur meine Mary an, wie eilig sie es hat, wie sie die Nüstern aufbläht und mit den Ohren und mit dem Schwanz wedelt! Die weiß ganz genau, dass etwas im Anzug ist."

Es war wirklich so. Das alte Maultier hastete förmlich vorwärts und zeigte eine auffallende Unruhe. Und doch war eigentlich gar nichts Bedrohliches zu bemerken. Als Frank seinem Vetter Droll die Befürchtung Sams mitteilte, antwortete dieser: „Habe mir ooch schon sowas gedacht. Sieh nur, wie gelb es draußen rund off dem Gesichtskreis liegt! Das wird höher und höher schteige, und wenn es den Scheitelpunkt erreicht hat, bricht das Wetter los. Gut, dass wir bald unter Dach und Fach komme!"

„Sam Hawkens sprach von einem Pueblo. Dort sind wir ja besser untergebracht als in einem Zelt."

Damit hatte Hobble-Frank Recht. Ein Pueblo ist ein eigenartiger Steinbau. Das Wort Pueblo ist ein spanisches und bedeutet ‚bewohnter Ort', bezeichnet also sowohl ein einzelnes Haus als auch ein Dorf, eine Ortschaft. Diejenigen Indianer, die Pueblos bewohnen, werden Puebloindianer oder kurzweg Pueblos genannt. Zu ihnen gehören die Tanos, Taos, Tchuas, Jemes, Queres, Acoma, Hopis, Zunis und Moquis, im weiteren Sinn auch noch die Pimas, Maricopas und Papagos am Rio Gila und südlich davon.

Ein Pueblo ist entweder aus Stein oder aus Adobes[1] oder aus beiden gebaut. Gewöhnlich liegt das Gebäude an einem Felsen, der als Rückwand dient, und etwaige Felstrümmer sind mit in den Mauerbau einbezogen. Das Gebäude steigt stets stufenartig an, sodass jedes vorhergehende, tiefere Stockwerk vor dem nachfolgenden, höheren vortritt, und alle sind mit einem flachen Dach versehen. Das Erdgeschoss also trägt auf seinem platten Dach das erste Gestock, das um einige Meter zurückgebaut ist. Dadurch bleibt vor dem ersten Stock ein freier Raum, worin sich ein Loch befindet, das zum Erdgeschoss hinunterführt. Der zweite Stock liegt auf dem ersten, aber auch wieder zurück und hat vor sich das vordere platte Dach des ersten Geschosses. In der Erdgeschossmauer befindet sich keine Tür;

[1] Luftziegeln

es hat überhaupt kein Geschoss eine eigentliche Tür, sondern nur ein Loch im Dach, durch das man hinabsteigt. Treppen gibt es nicht, sondern nur Leitern, die von Stock zu Stock außen anliegen und weggenommen werden können. Wer also in das Erdgeschoss will, muss zum ersten Stock hinauf und dann durch das Loch im platten Dach hinuntersteigen. Die immer weiter zurückliegenden höheren Stockwerke bilden gleichsam eine Reihe gewaltiger Stufen. Man kann sich davon ungefähr ein Bild machen, wenn man sich hier bei uns einen Weinberg betrachtet, der sich etagenweise nach rückwärts in die Höhe hebt.

Zu dieser Bauart wurden die sesshaften und arbeitsamen Ureinwohner durch räuberisch herumstreifende wilde Horden gezwungen. So ein Pueblo bildet, so einfach sein Bau ist, eine Festung, die mit den Angriffsmitteln jener Zeit unmöglich eingenommen werden konnte. Man brauchte nur die Leiter wegzunehmen, so konnte der Feind nicht herauf. Und brachte er Leitern mit, so musste er jedes vorhergehende Stockwerk erobern, ehe er seinen Angriff auf das nachfolgende höhere richten konnte.

Diese Puebloindianer sind meist sehr friedlich gesinnt und stehen unter staatlicher Aufsicht. Es gibt aber auch einsame Pueblobauten in abgelegenen Gegenden. Deren Bewohner betrachten sich als frei und sind genauso gefährlich wie die ungezügelt herumziehenden Stämme. Zu dieser Art gehörte das Pueblo, das sich unsere Reiter heute zum Ziel genommen hatten. Seine Bewohner waren wilde Nijoraindianer, deren Häuptling Ka Maku genannt wurde. Ka heißt drei, und Maku ist die Mehrzahl von Finger; Ka Maku bedeutet also ‚Drei Finger'. Er trug diesen Kriegs- und Ehrennamen, weil er an der linken Hand im Kampf zwei Finger verloren hatte, also nur noch drei besaß. Er war als ein tapferer, aber habsüchtiger Krieger bekannt, auf dessen Wort und Freundschaft man sich in gewöhnlichen Zeiten vielleicht verlassen konnte. Jetzt jedoch, wo verschiedene Stämme ihre Kriegsbeile ausgegraben hatten, war es jedenfalls gewagt, ihm rückhaltloses Vertrauen zu schenken.

Sein Pueblo lag einsam im Glanz der nun fast untergehenden Sonne. Es hatte außer dem Erdgeschoss fünf Stockwerke, die sich mit ihrem Rücken an die senkrechte Wand des Berges lehnten. Zusammengesetzt waren die unteren Stockwerke aus gewaltigen Felsstücken, die durch Adobesteine verbunden waren; die oberen Geschosse bestanden ausschließlich aus Luftziegeln. Der Bau war gewiss mehr als ein halbes Jahrtausend alt und noch zeigte sich nicht der kleinste Riss darin.

Man sah Frauen und Kinder auf den Plattformen sitzen, alle beschäftigt und ernsten Gesichts, wie es so Art der Roten ist. Ein aufmerksamer Beobachter hätte wohl bemerken können, dass diese Frauen, ja auch die Kinder, oft und geflissentlich nach Süden blickten, als ob sie von dorther ein wichtiges Ereignis erwarteten. Ein Mann oder gar ein Krieger war jetzt nicht zu sehen.

Da stiegen aus dem Loch der dritten Plattform drei Personen, ein Roter und zwei Weiße, hervor, die auf dieser Plattform stehen blieben und ihre Aufmerksamkeit gleichfalls nach Süden richteten. Der Rote war Ka Maku, der Häuptling, eine lange sehnige Gestalt mit der Adlerfeder im Schopf. Sein Gesicht war nicht bemalt, ein Zeichen, dass sein Pueblo im Frieden lag. Deshalb steckte auch nur das Skalpmesser in seinem Gürtel. Die beiden Weißen neben ihm waren Buttler, der Anführer der zwölf Finders, und Poller, sein Gefährte, der ungetreue Scout der deutschen Einwanderer. Als sich in der Richtung, wohin sie blickten, nichts sehen ließ, sagte Buttler: „Noch nicht! Aber sie kommen jedenfalls noch vor Anbruch des Abends."

„Ja, sie werden sich beeilen", stimmte der Häuptling bei. „Es sind kluge Männer bei ihnen, denen nicht entgehen wird, dass ein Wetter naht. Deshalb werden sie ihren Ritt beschleunigen, um hier zu sein, bevor es hereinbricht."

„Du wirst also Wort halten? Ich darf mich auf dich verlassen?", fuhr Buttler fort.

„Du bist seit langer Zeit mein Bruder und ich werde ehrlich gegen dich sein. Doch hoffe ich, dass ich mich auch auf dich verlassen kann und den Lohn erhalte, den du mir versprochen hast."

„Ich habe dir meine Hand darauf gegeben, das ist so gut wie ein Schwur. Sorge nur dafür, dass ich bald und ungesehen mit dem Ölprinzen sprechen kann!"

„Ich werde ihn zu dir führen. Das Wetter hilft uns sehr. Die Bleichgesichter werden nicht im Freien bleiben wollen, sondern in das Pueblo steigen, um nicht nass zu werden, da kann ich sie gefangen nehmen, ohne dass es zum Kampf kommt."

„Diejenigen aber, die ich dir bezeichnet habe, musst du von ihnen trennen, damit sie später glauben, der Ölprinz habe sie gerettet."

„Es wird geschehen, wie du gesagt hast. Uff! Da draußen kommen Reiter. Sie werden es sein. Versteckt euch schnell!"

Die beiden stiegen eiligst nach dem oberen Stock empor, worin sie verschwanden. Der Häuptling aber blieb stehen und beobachtete die Nahenden mit scharfem Auge.

Es war ein Zug von Reitern und Packpferden. An der Spitze ritten drei Männer nebeneinander, nämlich Sam Hawkens, die Tante Droll und der Hobble-Frank. Sie hielten am Fuß des Pueblo an. Die Leiter, die zum Besteigen des Erdgeschosses diente, war aufgezogen. Auf den verschiedenen Plattformen ließen sich außer den Frauen und Kindern nur einige Männer sehen. Das machte den Eindruck, als seien die Krieger abwesend. Der Häuptling erwartete in stolzer, unbeweglicher Haltung die Ansprache der Fremden. Sam Hawkens rief in dem dort gebräuchlichen Gemisch aus Englisch, Spanisch und indianischen Wortbrocken zu ihm hinauf: „Bist du Ka Maku, der Häuptling dieses Pueblo?"

„Ja", antwortete er kurz.

„Wir wollen hier rasten. Können wir Wasser für uns und unsere Pferde bekommen?"

„Nein."

Diese Abweisung war Berechnung. Es lag im Plan des Häuptlings, die Weißen festzuhalten. Er musste ihnen also Wasser gewähren. Aber sie sollten nicht ahnen, dass er sich nur gar zu gern mit ihnen befassen wollte.

„Warum nicht?", fragte Sam.

„Das wenige Wasser, das wir haben, reicht kaum für uns und unsere Tiere."

„Ich sehe aber doch weder eure Krieger noch eure Pferde. Wo befinden sie sich?"

„Auf der Jagd, sie werden aber bald zurückkehren."

„Dann müsst ihr Wasser übrig haben. Warum verweigerst du es uns?"

„Ich kenne euch nicht."

„Siehst du nicht, dass Frauen und Kinder bei uns sind? Wir sind friedliche Leute. Wir müssen trinken. Wenn du uns kein Wasser gibst, werden wir es uns suchen."

„Ihr werdet es nicht finden."

Der Häuptling wendete sich ab und tat so, als wolle er nichts mehr von ihnen wissen. Das war dem braven Hobble-Frank zu viel, er sagte zornig zu seinem Vetter Droll: „Was denkt denn der Kerl eegentlich, wer und was wir sind? Wenn mir's einfällt, so gebe ich ihm eene Kugel durch den Kopp, nachher wird er schon höflicher werden. Wir sind auserlesene Leute, die Haare auf den Zähnen haben, und lassen uns nich wie Vagabunden von der hohen Pforte weisen. Ich schlage vor, een ernstes Wörtchen mit diesem Mann zu schprechen. Oder nich?"

„Ja", antwortete die Tante in ihrer heimatlichen Mundart, „es is nich sehr angenehm, Dorscht zu habe und keen Wasser zu bekomme. Aber finde wer'n mersch jedenfalls. Mer dürfe bloß suche."

Die Reiter stiegen ab, um nach einem Quell zu forschen. Feuchtigkeit war genug da, denn es wuchs Gras in der Nähe des Pueblo und gar nicht fern davon gab es mehrere kleine Gärten mit Mais, Melonen und anderen Gewächsen, deren Gedeihen fleißiges Begießen voraussetzte. Aber das Wasser wollte sich trotzdem nicht entdecken lassen, sodass Frank schließlich unmutig ausrief: „Dummköpfe sind wir, weiter nischt! Wenn Old Shatterhand oder Winnetou mit ihrer anwesenden Gegenwart hier vorhanden wären, hätten sie das Wasser längst gefunden. Ja, ich gloobe sogar, dass sie es riechen täten."

„Dieser berühmten Krieger bedarf es nicht", meinte da Schi-So, der Häuptlingssohn, der den bisherigen Bemühungen leise lächelnd zugesehen hatte. „Man muss nachdenken, anstatt zu suchen."

„So? Na, da denke doch mal nach!"

„Das habe ich schon getan", antwortete dieser.

„Wirklich? So habe doch die Gewogenheit, uns das Ergebnis deiner geistigen Anschtrengung mitzuteilen!"

„Dieses Pueblo ist eine Festung, die ohne Wasser nicht bestehen kann. Am notwendigsten ist es im Fall einer Belagerung, wenn die Verteidiger den Bau nicht verlassen können. Zieht man diesen Umstand in Erwägung, so lässt sich leicht denken, wo der Brunnen zu finden ist."

„Ah, du meenst vielleicht im Innern des Pueblo? Aber wo denn da?"

„Jedenfalls nicht in einem der oberen Stockwerke", lächelte der junge Indianer.

„Nee, ooch ich hab' noch keen Wasserwerk off eener Kirchturmspitze gesehen. Der Brunnen wird unten zu suchen sein."

„Wo er schon vor Jahrhunderten, als man das Pueblo erbaute, angelegt wurde."

„Richtig! Das ist so klar wie Schtiefelwichse. Höre, mein lieber, jugendlicher Freund, du scheinst gar nich so dumm zu sein, wie du aussiehst. Wenn du dich so weiter fortentwickelst, is es teilweise möglich, dass aus dir vielleicht was werden kann. Also da im Erdgeschoss hätten wir zu suchen. Aber wie kommen wir hinein? Een Eingangstor is nich vorhanden, ebenso wenig sind gerade oder gewendelte

Treppen zu sehen und die gewohnheetsmäßige Leiter haben sie außergewöhnlich emporgezogen. Aber wenn wir eene ägyptische Pyramide bilden, indem immer eener off die Achseln des anderen schteigt, so können mehrere von uns hinauf offs Dach und von da inwendig hinunter ins Parterre gelangen, wo das Aqua destillanterium zu finden is."

Da bemerkte Sam Hawkens: „Das hieße den Zugang erzwingen, was wir möglichst vermeiden wollen, wenn ich mich nicht irre. Wie es scheint, können wir das umgehen. Der Häuptling kommt herab. Ich denke, dass er mit uns reden will."

Wirklich kam Ka Maku jetzt bis auf die erste Plattform herabgestiegen. Er trat an deren Rand vor und fragte: „Haben die Bleichgesichter das Wasser gefunden?"

„Erlaube uns, hinauf zu dir zu kommen, dann werden wir es finden", antwortete Sam, der Kleine. „Es fließt im Pueblo."

„Du hast es erraten. Ich würde euch davon geben, aber es ist so selten, dass..."

„Wir werden es dir bezahlen", unterbrach ihn Sam.

„Das ist gut! Doch weiß mein Bruder vielleicht, dass mehrere Stämme der Roten ihre Kriegsbeile gegen die Weißen ausgegraben haben! Darf man da den Bleichgesichtern trauen?"

„Von uns hast du nichts zu fürchten. Vielleicht hast du schon einmal von uns gehört. Diese beiden Krieger, welche hier neben mir stehen, und ich werden das ‚Kleeblatt' genannt; da hinter mir steht..."

„Das Kleeblatt?", fiel ihm der Häuptling schnell in die Rede. „Da kenne ich eure Namen. Ihr heißt Hawkens, Stone und Parker?"

„Ja."

„Warum habt ihr mir das nicht gleich gesagt? Das ‚Kleeblatt' ist stets freundlich zu uns roten Männern gewesen. Ihr seid unsere Brüder und wir heißen euch willkommen. Ihr sollt Wasser haben, umsonst und so viel, wie ihr braucht. Unsere Frauen sollen es euch hinausreichen."

Auf einen Ruf von ihm kamen die Squaws auf die unterste Plattform herabgestiegen und holten aus dem innen im Erdgeschoss befindlichen Brunnen in großen, tönernen Krügen Wasser, das die Reisenden sich leicht herunterlangen konnten, weil einige Leitern angelegt worden waren. Das Ganze machte einen so friedlichen Eindruck, dass weder Sam Hawkens, der doch sonst so klug war, noch einer seiner Gefährten auf den Gedanken kam, dass die Freundlichkeit des Häuptlings nur Verstellung sei.

Während sich die Menschen erquickten und dann die durstigen Pferde getränkt wurden, hatte sich die Farbe des Himmels in sehr bedrohlicher Weise verändert. Er war erst hellrot, dann dunkelrot und schließlich violett geworden und dieses Violett ging nun in ein düsteres Schwarz über, ohne dass eigentliche Wolken vorhanden waren.

„Das sieht böse aus", meinte Dick Stone zu Hawkens. „Was sagst du dazu, Sam? Das scheint ein Hurrikan oder ein Tornado zu werden."

„Glaube es nicht", erwiderte der Gefragte, indem er mit einem langen Blick den Himmel prüfte. „Ja, Sturm wird es geben, einen tüchtigen Sturm, aber viel, sehr viel Wasser dazu. Es wäre am besten, wenn wir unter Dach und Fach kommen könnten und unsere Pferde auch, sonst gehen sie uns durch."

Und sich an den Häuptling wendend, der noch immer auf der Plattform stand, fragte er diesen: „Was sagt mein roter Bruder zu diesen bedenklichen Wetteranzeichen? Was wird daraus werden?"

„Ein großer Sturm mit einem heftigen Regen, dass in kurzer Zeit hier alles überschwemmt sein wird."

„Denke das auch, habe aber keine Lust, zu schwimmen und unsere Sachen durch den Regen verderben zu lassen. Können wir nicht im Pueblo aufgenommen werden?"

„Meine weißen Brüder mögen mit ihren Frauen und Kindern zu uns heraufsteigen. Es soll sie kein Tropfen Regen treffen."

„Und unsere Tiere? Gibt es nicht einen Platz für sie, wo sie uns nicht entfliehen können?“

„Da links um die Ecke des Pueblo ist ein Korral, wohin ihr sie einsperren könnt.“

„Gut, das werden wir tun. Indessen können die Frauen zu euch emporsteigen.“

Es wurden noch einige Leitern herabgelassen, woran die deutschen Frauen und Kinder nach der dritten Plattform und von dort durch das erwähnte Loch in das Innere des zweiten Stockwerks niederstiegen. Zu gleicher Zeit kamen mehrere indianische Squaws und halb erwachsene Knaben herunter, die das Gepäck, das man den Pferden und Maultieren abgenommen hatte, nach der ersten Plattform trugen und von da durch das Deckenloch in das Erdgeschoss schafften.

Seitlich vom Pueblo war durch ziemlich hohe Mauern ein offener, viereckiger Platz eingeschlossen, den Ka Maku als Korral bezeichnet hatte. Hierher wurden die Pferde geschafft. Als sie sich in Sicherheit befanden, verschloss man den Eingang durch Stangen. Als man damit gerade fertig war, flammte mit einem Mal ein Blitz auf, als stände der ganze Himmel in Flammen, und es krachte ein Donnerschlag, unter dem die Erde zu zittern schien. Zu gleicher Zeit begann es zu regnen, dass man kaum einige Schritte weit zu sehen vermochte, und es brach urplötzlich ein so gewaltiger Sturm los, dass man sich an der Mauer festhalten musste, um nicht niedergeworfen zu werden. Die Männer eilten zu den Leitern.

Der Bankier und sein deutscher Buchhalter waren nicht so erfahren, gewandt und schnell wie die anderen und darum die Letzten an den Leitern. Alles drängte in höchster Eile hinauf nach der Plattform und nach dem dritten Loch, durch das man mittels einer Leiter in das zweite Stockwerk niederstieg. Da immer nur eine Person hinabsteigen konnte, ging das nicht so schnell, wie es der niederstürzende Regen wünschen ließ. Jeder dachte nur an sich und drängte vorwärts. So kam es, dass keinem die fünf oder sechs Indianer auffielen, die plötzlich bei dem Häuptling standen, der das Hinabklettern leitete.

Der Deckel, durch den das Eingangsloch verschlossen werden konnte, lag daneben. In der Nähe waren einige große, mehr als zentnerschwere Steine zu sehen, was auch niemandem auffiel. Der Bankier und Baumgarten waren, wie schon erwähnt, die beiden Letzten. Eben als der Bankier seinen Fuß auf die oberste Leitersprosse setzen wollte, rief ihm der Häuptling zu: „Halt, zurück! Ihr dürft nicht da hinein!"

„Warum nicht?", fragte Duncan.

„Das werdet ihr gleich erfahren."

Er warf sich mit seinen Indianern auf die beiden, die, ehe sie sich nur besinnen und an Widerstand denken konnten, niedergerissen und gefesselt wurden. Die Hilferufe, die sie ausstießen, wurden von dem Toben des Sturmes und dem Krachen des Donners verschlungen. Fast zur gleichen Zeit zog der Häuptling die Leiter aus dem Loch und warf den Deckel zu, worauf seine Leute die schweren Steine darauf wälzten. Die Überrumpelten konnten nicht herauf. Der Hauptteil der Weißen, Männer, Frauen und Kinder, war gefangen.

Nun wurden der Bankier und Baumgarten draußen von der dritten zur zweiten und weiter auf die erste Plattform geschafft und mittels Lassos in das Erdgeschoss hinabgelassen. Dann wurde auch hier der Eingang mit dem falltürähnlichen Deckel verschlossen. Hierauf schickte der Häuptling einen seiner Männer fort. Der Mann verließ mit Hilfe der untersten Leiter das Pueblo und rannte dann trotz Blitz und Donner, Sturm und Regen längs der Felsen hin, an die sich das Bauwerk schmiegte, bog um eine Ecke und kam nach vielleicht zehn Minuten an einen Platz, wo, wie es schien, die Trümmer einer zusammengestürzten Steinwand einen Wirrwarr bildeten, der sich sehr gut zum Versteck eignete. Hierher hatten sich die Krieger des

Pueblo mit ihren Pferden zurückgezogen, um die Weißen glauben zu machen, dass sie auf der Jagd seien. Diesen Leuten meldete der Bote, dass der Streich geglückt sei und sie zum Pueblo zurückkehren könnten.

Ja, er war geglückt, und zwar viel leichter, besser und schneller, als der Häuptling vorher gedacht hatte. Zu diesem unerwarteten Gelingen hatte freilich das plötzlich hereinbrechende Wetter am meisten beigetragen, kaum weniger aber auch die Unvorsichtigkeit der Weißen.

Erst waren, wie schon erzählt, die Frauen und Kinder von der dritten Plattform in das zweite Stockwerk hinabgestiegen. Hier sahen sie sich in einem ungefähr drei Meter hohen, fensterlosen Raum. Außer dem Loch oben in der Decke, durch das sie herabgestiegen waren, war nicht die kleinste Maueröffnung vorhanden. Das Stockwerk wurde von vier Querwänden in fünf Räume geteilt, deren mittelster der größte war. Darin befanden sie sich. In einer Nische brannte ein kleines Tonlämpchen, dessen matter Schein nur wenige Schritte weit drang.

Frau Rosalie sah sich kopfschüttelnd um. Als sie in dem ganzen Raum außer der Leiter und der Lampe nicht den geringsten Gegenstand entdeckte, sagte sie entrüstet: „Na, so was habe ich ooch noch nich gesehen und erlebt! Schteckt man denn seine Gäste in so een Loch, wo es keen Kanapee und keenen eenzigen Schtuhl nich gibt! Das is ja grad wie in eenem Keller! Wo setzt man sich hin? Wo hängt man seine Sachen off? Wo macht man das Feuer? Wo kocht man den Kaffee? Keen Fenster is zu sehen, und keen Ofen is da! Das muss ich mir wirklich sehr verbitten! Wir sind Damen, und Damen schteckt man nicht in – Dunner Sachsen!", unterbrach sie sich erschrocken, als sie den ersten Donnerschlag hörte, der bis in diesen Raum herabklang. „Ich gloobe gar, das hat eingeschlagen! Nich?"

„Ja, das war een Schlag, und was für eener!", antwortete Frau Strauch. „Ich guckte grad in das Loch hinauf und habe es deutlich blitzen sehen."

„Na, dann stellt euch nur gleich alle mit'nander dort in die hinterschte Ecke! Die Männer schprachen unterwegs davon, dass die Gewitter hier ganz andersch offtreten als bei uns derheeme. Wenn so een irrsinniger amerikanischer Blitz durch das Loch herunterkommt, sind wir bei lebendigem Leibe off der Schtelle mausetot. Da ist es freilich gut, dass es hier keen Heu, keen Schtroh und überhaupt keene brennbaren Sachen gibt. Verschteht ihr mich? Hört ihr's, wie der Regen da oben auftrappst? Du meine Güte, unsere guten Männer werden durchweecht bis off die Haut! Nachher gibt's Erkältung, Schnupfen, Leib- und Magenschmerzen. Wer hat die Angst? Natürlich wir Weiber, wir Frauen, wir Damen, wie sich ganz von selbst verschteht! Wenn sie nur bald kämen!"

Ihr Wunsch wurde augenblicklich erfüllt, denn soeben kam der Erste herabgestiegen, Hobble-Frank, dem nach und nach die anderen folgten. Unten angekommen, schüttelte er die Nässe möglichst von sich ab, sah sich um und sagte enttäuscht: „Was is denn das für een niederträchtiges Loch hier unten? Das soll doch nich etwa eene Wohnung sein? Wenn diese roten Gentlemen keenen bessern Aufenthaltsort für uns haben, werde ich ihnen nächstens eenen königlich sächsischen Baumeester herüberschicken. Der mag ihnen zeigen, was für een Unterschied is zwischen meiner Villa ‚Bärenfett' an der Elbe und dieser scheußlichen Behausung unter der Erde. Wo setzt man sich denn da eegentlich hin, wenn man müde is und een Mittagsschlummerchen veranschtalten will?"

„Überallhin, Herr Franke", antwortete Frau Rosalie. „Platz is genug."

„Wie? Was sagen Sie?", fragte der Hobble-Frank gereizt. „Überallhin? Warum setzen denn Sie sich nich? Wohl weil es Ihnen nich passt? Und was Ihnen nich gefällt, das ist wohl für mich gut genug?"

„Still, Master Frank!", forderte ihn Sam auf. „Es ist hier nicht der Ort und die Zeit zu solchen Häkeleien. Wir haben Besseres zu tun."

„So? Was denn?“

„Vor allen Dingen müssen wir die Friedenspfeife rauchen, wenn ich mich nicht irre.“

„Mit diesen Indianern?“

„Ja, mit dem Häuptling wenigstens. Du weißt doch jedenfalls, dass man eines Roten erst dann sicher ist, wenn man das Kalumet mit ihm geraucht hat.“

„Das weeß ich wohl. Aber da hätten wir doch draußen roochen sollen!“

„Es gab ja keine Zeit dazu.“

„Die hätten wir uns trotz des schlechten Wetters nehmen sollen. Jetzt schtecken wir in diesem Keller, und wenn die Roten es nicht offrichtig mit uns meenen, so is es grad so gut, als ob – alle tausend Deixel! Siehste, da geht die Geschichte schon los! Da ziehen sie die Leiter in die Höhe. Haltet sie fest, haltet sie fest!“

Er eilte hin und sprang mit ausgestreckten Armen in die Höhe, um die Leiter noch zu ergreifen, kam aber zu spät. Sie verschwand oben durch die Öffnung.

„Da habt ihr die Bescherung!“, rief er zornig. „Jetzt schtecken wir in der Patsche, grad wie Pythagoras im Fass!“

„Das war wohl Diogenes“, verbesserte der Kantor.

„Schweigen Se!“, fuhr ihn Frank an. „Was verschtehen Sie von diesen Männern? Diogenes is der Zwerg beim Heidelberger Fass. Wollen Se denn immer mit mir schtreiten?“

„Ruhe!“, gebot Sam. „Die Sache mit der Leiter kommt mir nun auch einigermaßen bedenklich vor. Warum hat man sie hinaufgezogen? Hat man sie vielleicht schnell für ein anderes Stockwerk gebraucht? Das wäre bei diesem Wetter ja wohl leicht möglich. Lasst einmal sehen, ob wir alle beisammen sind!“

Es stellte sich heraus, dass der Bankier und sein Buchhalter fehlten. Darum meinte Sam Hawkens befriedigt: „Da bin ich beruhigt. Die gehören zu uns und müssen also auch noch zu uns herab. Die Leiter ist in der Tat anderwärts gebraucht worden, wenn ich mich nicht irre.“

„Aber warum hat man da obe zugemacht und den Deckel offs Loch gelegt?“, warf Droll ein.

„Das fragst du noch?“, antwortete Frank. „Ich schäme mich wahrhaftig, dass du mein Vetter und Verwandter bist! Jeder vernünftige Mensch macht, wenn es regnet, die Klappe zu. Hier regnet es nicht bloß, sondern es gießt wie aus Badewannen. Darum ist der Deckel zugemacht worden, um unsere allerwertesten Köppe zu schonen. Kannst du das begreifen?“

„Ja, lieber Freund und Vetter Heliogabalus Morpheus und Edeward Franke, weil du's so deutlich zu mache verschtehst, habe ich's verschtande.“

„Ja, das könnte der Grund sein“, stimmte Sam bei.

„Bis der Häuptling herunterkommt, wollen wir uns einmal mit Hilfe dieser Lampe unsere heutige Wohnung ansehen.“

Sie waren von dieser ‚Wohnung‘ keineswegs erbaut. Die Räume waren vollständig leer. Es gab keinen Sitz, keine Decke, keine Spur von Stroh, Heu oder Laub, woraus man auch nur für einen einzigen Menschen ein Lager hätte bereiten können. Das zog die Stimmung der durchnässten Leute tief herab. Doch Sam verlor seinen Gleichmut noch immer nicht, sondern sagte, als sie wieder in den mittleren Raum zurückgekehrt waren: „Das wird bald anders werden. Lasst nur erst den Häuptling kommen! Dann werden wir alles erhalten, was wir brauchen.“

Schi-So, der junge Indianer, hatte sich an der Besichtigung der Räumlichkeiten nicht mehr beteiligt. Er saß, mit dem Rücken an die Mauer gelehnt, am Boden und blickte ernst vor sich hin. Jetzt, als er Sams tröstliche Worte hörte, brach er sein bisheriges Schweigen und sagte: „Sam Hawkens irrt sich. Es wird nicht bald anders werden. Wir sind gefangen.“

„Gefangen? Alle Wetter! Woraus schließt du das?“

„Ich weiß, woran ich bin. Als wir oben einstiegen, sah ich zwei Leitern, die an dem nächsten Stockwerk lehnten.

Wenn man schnell eine brauchte, warum hat man da nicht eine von denen genommen, die doch bequemer zu haben waren als die unsrige?"
„Ich habe diese beiden Leitern auch gesehen."
„Und noch eins", fuhr der Jüngling fort. „Wo ist Grinley, der sich den Namen eines Ölprinzen gibt?"
„Alle Wetter, ja, das ist richtig!", rief Sam betroffen aus.
„Warum fehlen gerade die beiden, die er wahrscheinlich betrügen will? Er weiß, dass wir es nicht zum Betrug kommen lassen werden. Deshalb will er sie von uns trennen und hat sich zu diesem Zweck an den Häuptling gewendet."
„Wie und wann denn?"
„Denkt an die beiden Weißen, die vor uns auf Forners Rancho waren! Er hat mit ihnen gesprochen. Ich habe erfahren, dass er sogar mit dem einen längere Zeit hinter dem Haus gesteckt hat."
„Wenn das so ist, ergibt sich ein Zusammenhang, der mich bedenklich macht. Aber wie kann man es wagen, so viele Leute, wie wir es sind, gefangen zu nehmen, auch sind wir bewaffnet und können ausbrechen."
„Wo?"
„Indem wir den Deckel öffnen."
„Versucht das doch! Er geht gewiss nicht auf."
„Dann durch die Außenmauer."
„Die besteht aus Steinen und einem Mörtel, der noch härter ist als Stein."
„Durch die Decke."
„Versucht es einmal, mit euren Messern hindurchzukommen!"
„Aber ich habe außer dem Häuptling nur Weiber und Kinder gesehen!"
„Die Krieger hatten sich versteckt. Sie sollen sich auf der Jagd befinden. Welch ein Wild gibt es zu dieser Jahreszeit und in dieser öden Gegend zu jagen? Ihr wisst, dass mehrere Indianerstämme das Kriegsbeil ausgegraben ha-

ben. Wenn diese sich auf dem Kriegspfad befinden und zu jeder Zeit an jedem Ort erscheinen können, werden da andere so unvorsichtig sein, ihr festes Lager zu verlassen, indem sie auf die Jagd gehen? Und seit wann gehen die Puebloindianer in solchen Massen auf die Jagd? Leben sie nicht vielmehr von den Erträgnissen, die sie in ihren Gärten ziehen? Sam Hawkens kann mir glauben, dass wir gefangen sind."

„So wollen wir uns überzeugen und vor allen Dingen versuchen, ob der Deckel da oben zu öffnen ist."

Dick Stone und Will Parker mussten zusammentreten. Sam stieg auf ihre Schultern, sodass er den Deckel erreichen konnte, und stemmte sich mit aller Kraft dagegen. Vergebens. Er war nicht zu bewegen.

„Es ist richtig; man hat uns eingeschlossen", zürnte er, indem er wieder niederstieg. „Aber wir werden diesen Schuften zeigen, dass sie sich verrechnet haben."

„Inwiefern?", fragte Stone.

„Wir graben uns durch, entweder durch die Mauer oder durch die Decke. Wollen zunächst die Mauer untersuchen."

Bei dem Schein des Lämpchens wurden erst verschiedene Mauerstellen in Augenschein genommen. Es zeigte sich, dass die Außenmauer, wie Schi-So bereits gesagt hatte, in ihrer ganzen Länge aus dicken Steinen bestand, die durch einen Mörtel verbunden waren, den kein Messer zu entfernen vermochte. Und andere, kräftigere Werkzeuge gab es nicht.

Nun blieb nur noch die Decke, durch die vielleicht ein Ausgang erzwungen werden konnte. An der Untersuchung beteiligten sich alle Männer, indem je einer zwei anderen auf die Schulter stieg, um zu versuchen, mit dem Messer ein Loch zu bohren. Man fand, dass die Deckenunterlage aus einem eisenfesten Holz bestand, Knüppel an Knüppel nebeneinander. Das Holz war seit Jahrhunderten nicht von der Feuchtigkeit angegriffen worden und setzte den Messern einen unbesiegbaren Widerstand entgegen, sodass man nicht einmal in Erfahrung bringen konnte, woraus die oberen Schichten bestanden.

Die Frauen hatten diesen Bemühungen mit banger Erwartung zugesehen. Als die sich als nutzlos erwiesen und die Versuche eingestellt wurden, rief Frau Rosalie zornig aus: „Sollte man denn denken, dass es überhaupt so schlechte Menschen wie diese indianische Rasselbande geben kann! Wenn ich die Spitzbuben jetzt hier hätte, Herr meines Lebens, wie wollte ich ihnen die Wahrheet sagen! Aber da sieht man wieder mal, was dabei rauskommt, wenn man sich off die Männer verlässt! Die sollen unsere natürlichen Beschützer sein. Aber anschtatt offzupassen und uns zu beschützen, führen sie uns geradezu ins blaue Unglück 'nein!"

„Sei doch schtille!", bat ihr Mann. „Du beleidigst ja die Herren mit deiner ewigen Zankerei."

„Was? Wie? Ewig?", fragte sie erbost. „Seit wann habe ich denn geredet und geschprochen? Seit höchstens drei oder vier Sekunden. Und das nennst du ewig! Wer Recht hat, der braucht seine Zunge nich schtille schtehn zu lassen. Wir sind so dumm gewesen, uns einschperren zu lassen. Ich bin nich schuld daran. Aber fragen will ich doch, was wir nun zu erwarten haben und was mit uns geschehen wird."

„Das fragen Sie noch?", schaltete sich der Hobble-Frank ein, indem es pfiffig um seine Mundwinkel zuckte. „Es is doch ganz selbstverständlich, dass wir zuerst gefesselt werden."

„Etwa ooch wir Damen?"

„Natürlich! Dann bindet man uns an den Marterpfahl..."

„Uns Damen ooch?"

„Selbstverständlich! Und nachher werden wir schön langsam ermordet..."

„Die Damen ooch?"

„Allemal! Und wenn wir dann tot sind, werden wir schkalpiert."

„Dunner Sachsen! Doch nich etwa wir Damen ooch?"

„Freilich ooch! Die Roten pflegen die Weiber sogar lebendig zu schkalpieren. Sie warten gar nich, bis sie tot sind, wissen Sie, weil die Damen schöneres und längeres Haar haben, was dem Schkalp eenen viel größeren Wert verleiht..."

„Danke ergebenst für diese Schmeichelei!", fiel Frau Rosalie dem Hobble-Frank in die Rede.

„Bitte sehr!", antwortete er. „Und sodann weil die Schkalphaut sich bei eener toten Leiche nich so gut losziehen lässt wie bei eener lebendigen."

„Is das wahr oder wollen Sie mir bloß Angst machen, Herr Frank?"

„Es is die volle, reene Wahrheet, off die Sie sich ganz ergebenst verlassen können."

„So sind diese Roten ja die echten und richtigen Mordbarbaren! Aber ich lasse mich weder tot noch lebendig schkalpieren. Meine Haut bekommen sie nich, um keenen Preis. Ich wehre mich. Ich verteidige meine Haare vom ersten bis zum letzten Oogenblick. Ich bin Frau Rosalie Eberschbach, geborene Morgenschtern und verwitwete Leiermüllern, und mich sollen se kennen lernen!"

Bei der anderen Gruppe von Gefangenen, nämlich bei dem Bankier und seinem Buchhalter, ging es weniger lebhaft her. Sie lagen miteinander im Erdgeschoss. Dort brannte keine Lampe; es war finster. Die dortige Feuchtigkeit der Luft und ein zeitweiliges Gurgeln ließen vermuten, dass sie sich in der Nähe der Wasserquelle befanden. Die Mauern waren hier unten so stark, dass das Toben des Unwetters fast gar nicht vernommen wurde. Als man sie an Lassos niedergelassen und der Deckel sich über ihnen geschlossen hatte, horchten die beiden erst eine kleine Weile. Es blieb rund um sie her still und nichts verriet die Anwesenheit eines anderen Menschen. Darum ergriff der Bankier das Wort: „Seid Ihr ohnmächtig, Mr. Baumgarten, oder hört Ihr mich?"

„Ich höre Euch, Sir. Es ist allerdings zum Ohnmächtigwerden. Was haben wir den Indianern getan, dass sie uns in dieser Weise behandeln?"

„Hm, das frage ich mich auch. Warum nehmen sie gerade uns zwei gefangen und nicht auch die anderen?"

„Was das betrifft, so vermute ich, dass diese es nicht besser haben werden als wir."

„Ihr meint, dass sie auch gefangen sind?"

„Ja."

„Habt Ihr einen Grund dazu?"

„Mehrere. Einer davon ist mir vor allem maßgebend: Die Roten können uns nicht gefangen nehmen, ohne unsere Gefährten festzuhalten, da diese uns sonst jedenfalls befreien würden."

„Das ist richtig, aber zugleich auch traurig für uns, denn wir müssen die Hoffnung, befreit zu werden, aufgeben."

„Fällt mir nicht ein! Ich hoffe bis zum letzten Augenblick. Mir erscheint es keineswegs ausgeschlossen, dass wir trotz allem auf unsere Gefährten rechnen können. Sie sind wahrscheinlich eingeschlossen wie wir, aber nicht gefesselt. Sie haben ihre Waffen bei sich. Nehmen Sie dazu, was für Kerls sie sind! Dieser Hobble-Frank ist zwar ein ganz wunderliches Kerlchen, aber gewiss ein unerschrockener, mutiger Mensch und ein tüchtiger Westmann. Von Hawkens, Parker, Stone und Droll lässt sich ganz dasselbe sagen, und was die Übrigen betrifft, so gibt es außer diesem unzuverlässigen Kantor gewiss keinen, der die Hände furchtsam in den Schoß legen wird."

„*Well*, denke das auch. Aber warum hat man sich unser bemächtigt? Vielleicht eines Lösegeldes halber?"

„Schwerlich. So etwas wäre die Art weißer Banditen, aber nicht die der Indianer. Ich vermute, das Verhalten der Roten ist eine Folge der Streitigkeiten zwischen ihnen und den Weißen."

„*The devil!* Dann hätten wir nichts zu hoffen, denn dann wären wir sozusagen Kriegsgefangene und es wird uns wohl an den Kragen gehen! Schöne Aussicht! Am Marterpfahl zu braten und skalpiert zu werden!“

„So weit sind wir noch nicht! Wollen zunächst einmal versuchen, ob wir aus den Fesseln kommen können.“

Sie gaben sich alle Mühe; sie strengten ihre Kräfte bis auf das äußerste an, doch ohne jeden Erfolg; die Riemen waren zu fest. Sie einander aufzuknoten, daran dachten sie nicht, und doch hätten sie, selbst mit gefesselten Händen, wenigstens einen Versuch dazu machen können.

Sie lagen nun still nebeneinander und warteten – eine lange, lange Zeit, wie ihnen dünkte. Der Deckel wurde entfernt. Sie erblickten den blauen Sternenhimmel. Das Unwetter hatte sich also verzogen und es war Abend geworden. Sie sahen, dass die Leiter herabgelassen wurde und der Häuptling daran niederstieg. Er bückte sich nach ihnen und betastete sie mit seinen Händen. Als er sich überzeugt hatte, dass sie noch gefesselt waren und still gelegen hatten, sagte er: „Die weißen Hunde sind dümmer als die heulenden Kojoten. Sie kommen in die Wohnung der roten Krieger, ohne zu bedenken, dass jetzt das Messer zwischen uns und ihnen ausgegraben ist. Sie haben uns unser Land, unsere heiligen Orte genommen und uns vertrieben; sie verfolgen und betrügen uns fort und fort. Sie kamen erst einzeln und schwellen zu Millionen an. Wir aber waren Millionen und müssen verschwinden wie die Mustangs und Bisons auf der Savanne. Doch wir sterben nicht, ohne uns zu rächen. Das Kriegsbeil ist ausgegraben und alle Bleichgesichter, die in unsere Hände fallen, sind verloren. Morgen früh, sobald der Tag graut, werden die Marterpfähle errichtet und euer Schmerzgeheul wird laut in die Lüfte schallen! So wird es geschehen, denn Ka Maku, der Häuptling, hat es gesagt!“

Nach diesen Worten stieg er wieder empor, zog die Leiter nach und legte den Deckel auf die Öffnung.

Seine Drohung war den beiden durch Mark und Bein gegangen. Die beiden wussten nicht, dass er Spiegelfechterei trieb und ihnen ihr Schicksal nur deshalb in so düsterer Farbe malte, damit sie später ihrem vermeintlichen Retter umso dankbarer sein möchten.

Der Besuch des Häuptlings drückte den Bankier vollständig nieder und auch Baumgarten war bei weitem nicht mehr so zuversichtlich wie vorher. Schon morgen früh am Marterpfahl!

Sie teilten sich ihre Befürchtungen mit. Sie zermarterten sich das Gehirn, um einen Ausweg zu finden. Sie begannen wieder, an ihren Fesseln zu zerren, sodass die Riemen ihnen in das Fleisch schnitten. Alles ohne den geringsten Erfolg.

Da – es waren wohl einige Stunden vergangen – hörten sie wieder ein Geräusch. Sie blickten nach oben. Der Deckel wurde weggeschoben und ein Kopf erschien über der Öffnung.

„Pst, pst, Mr. Duncan, seid Ihr da unten?", hörten sie in unterdrücktem Ton fragen.

„Ja, ja!", antwortete der Genannte, vor Freude laut, weil er Hoffnung schöpfte.

„Leise, leise! Wenn man uns hört, bin ich verloren. Ist vielleicht Mr. Baumgarten bei Euch?"

„Ja, ich bin auch hier", antwortete der Deutsche.

„Endlich, endlich finde ich euch! Ich habe euch unter tausend Todesgefahren gesucht, um euch zu retten. Habt ihr euch gewehrt? Seid ihr etwa verwundet?"

Es klang eine fast liebevolle Besorgnis aus diesen Worten.

„Nein, wir sind gesund und unbeschädigt", erklärte Duncan.

„So wartet eine kleine Weile. Ich will sehen, ob es mir gelingt, eine Leiter herbeizuschaffen."

Der Kopf verschwand aus der Öffnung.

„Gott sei Dank! Wir werden entkommen!", sagte der Bankier mit einem tiefen Seufzer der Erleichterung. „Das war Grinley, unser Ölprinz. Nicht?"

„Ja", antwortete der Buchhalter. „Ich habe ihn an der Stimme erkannt, obgleich er nur flüstern durfte."

„Er holt uns heraus. Er wagt sein Leben, um uns zu befreien. Ist das nicht brav von ihm?“

„Sehr brav!“

„Da sieht man wieder einmal, wie selbst scharfsinnige Leute sich in einem Menschen irren können! Man wollte ihn zum Betrüger stempeln. Jetzt können wir die beste Überzeugung haben, dass er unser volles Vertrauen verdient. Ich werde gewiss nicht wieder an ihm zweifeln.“

Hierauf erschien der Ölprinz wieder an der Luke. Er ließ eine Leiter herab und forderte die beiden mit leiser Stimme auf: „Es ist mir gelungen, kommt herauf!“

„Wir können nicht, denn wir sind gefesselt“, entgegnete Duncan.

„Das ist schlimm. So muss ich zu euch hinunter und dabei vergeht kostbare Zeit.“

Er kam zu ihnen herabgeklettert, betastete ihre Fesseln und schnitt sie durch. Sie standen auf und dehnten ihre Glieder, um das stockende Blut wieder in Umlauf zu bringen. Duncan reichte dem vermeintlichen Retter die Hand und flüsterte: „Das werde ich Euch nie vergessen, Sir! Aber sagt mir doch einmal, wie es Euch gelungen ist, hier...“

„Pst, still!“, fiel ihm der Ölprinz in die Rede. „Davon später. Jetzt gilt es, schnell fortzukommen, da jeden Augenblick jemand nach euch sehen kann. Dann sind wir verloren. Kommt also schnell herauf! Aber richtet euch oben nicht etwa auf. Sonst werdet ihr sofort gesehen. Wir müssen uns kriechend entfernen.“

Er stieg hinauf und sie folgten ihm. Oben legten sie sich platt auf das Dach nieder.

„Schaut hinauf!“, flüsterte er ihnen zu. „Seht ihr die Wächter?“

Sie sahen im hellen Sternenschein Indianer auf den oberen Plattformen. In ihrer Unerfahrenheit fiel es ihnen nicht auf, dass gerade hier unten, wo ein Posten doch am notwendigsten gewesen wäre, keiner stand. Und noch viel weniger kamen sie auf den Gedanken, dass sie von den

Wächtern da oben recht gut gesehen werden konnten. Der Ölprinz ließ das Loch offen und die Leiter darin stecken und raunte ihnen zu: „Folgt mir leise bis zum Rand, wo ich eine zweite Leiter angelegt habe. Wenn wir erst unten sind, haben wir nichts mehr zu fürchten."

Sie krochen nach der Kante der ersten Plattform und gewahrten dort die Leiter. Auch das fiel ihnen nicht auf. Nun stiegen sie einer nach dem anderen hinunter und befanden sich bald außerhalb des Pueblo.

„Endlich!", sagte der Ölprinz. „Es ist gelungen. Nun schnell fort von hier!"

„Noch nicht, Mr. Grinley", meinte der gewissenhafte Buchhalter. „Unsere Gefährten sind doch jedenfalls auch gefangen? Wollen wir sie stecken lassen? Wir haben die Pflicht, ihnen..."

„Unsinn!", fiel ihm der andere in die Rede. „Was fällt Euch ein! Der Häuptling hat gelogen. Seine Krieger sind nicht auf der Jagd, sondern hier. Was können wir drei gegen sechzig bis siebzig wohlbewaffnete Indianer tun? Wir würden ins sichere Verderben rennen. Seid froh, dass ich Euch herausgeholt habe!"

„Das mag richtig sein, aber es tut mir doch Leid um meine Kameraden."

„Die werden schon selbst für sich sorgen. Es sind ja tüchtige Kerle dabei, die gewiss einen Ausweg finden werden."

„Das beruhigt mich. Aber wie kommen wir fort? Man wird uns wahrscheinlich verfolgen. Ja, wenn wir unsere Pferde und Waffen hätten. Auch unser Gepäck wird uns fehlen."

„Es ist alles da. Ich habe alles gerettet!"

„Was? Wie? Das ist ja ganz unmöglich!"

„Oh, ein mutiger Mann macht seinen Freunden zuliebe selbst das Unmögliche möglich. Ich allein freilich hätte es nicht fertig gebracht. Ich habe Hilfe und Unterstützung gefunden."

„Bei wem?"

„Bei zwei wackeren Gentlemen, zu denen ich euch führen werde. Kommt also rasch. Wir dürfen keinen Augenblick mehr hier verweilen."

Grinley führte die beiden an der Außenmauer des Pueblo hin und dann nach dem Trümmergewirr, wo vorher die Indianer gesteckt hatten. Dort trafen sie auf Buttler und Poller und fanden bei ihnen nicht nur ihre Pferde und Waffen, sondern auch ihr gesamtes sonstiges Eigentum. Darüber waren sie denn doch erstaunt. Ihre Fragen wies der Ölprinz mit den Worten zurück: „Jetzt müssen wir augenblicklich fort, denn man wird, wie ihr selbst ganz richtig vermutet, uns verfolgen und da ist es notwendig, einen möglichst großen Vorsprung zu gewinnen. Unterwegs sollt ihr erfahren, wie sich alles zugetragen hat."

Er hatte sich eine glaubhafte Erzählung zurechtgelegt und war überzeugt, dass diese die gewünschte Aufnahme finden werde. Sie stiegen auf und jagten im Galopp von dannen. Der Bankier war von Dank gegen seine Retter erfüllt, ihn kümmerten die Zurückgelassenen nicht. Baumgarten aber konnte sich des Gedankens doch nicht erwehren, dass es eigentlich ihre Pflicht gewesen wäre, die Befreiung ihrer Gefährten wenigstens zu versuchen.

Die Zurückgebliebenen befanden sich in einer unangenehmen Lage. Man war zuerst der Überzeugung gewesen, dass die Eingangsklappe wieder geöffnet werde, damit der Bankier und sein Buchhalter noch nachkommen könnten. Als man dann längere Zeit, ja stundenlang gewartet hatte, ohne dass der Deckel geöffnet wurde, war es allen klar, dass sie Gefangene der Indianer waren. Die erfahrenen Westmänner trugen das allerdings mit altgewohnter Selbstbeherrschung. Umso aufgeregter aber zeigten sich die anderen, die deutschen Auswanderer. Ein einziger von ihnen bewahrte seine Fassung, nämlich der Kantor, dem es gar nicht einfiel zu glauben, dass sein künstlerisches Dichten und Trachten hier einen gewalttätigen Abschluss finden könne. Wie sich leicht denken lässt, führte Frau

Rosalie das erste Wort. Sie schimpfte ganz gewaltig, zunächst auf die Indianer, dann aber auch auf Sam Hawkens und seine Gefährten, denen sie die Schuld gab, dass sie überrumpelt werden konnten.

„Wer hätte das diesem alten, roten Indianerbürgermeester angesehen!", zürnte Frau Rosalie. „Der Mann war so freundlich wie schöne gelbe Margarine. Er tat so schön, dass ich gloobte, er werde mich zu eenem Walzer auffordern. Und jetzt schtellt sich's raus, dass das alles Falschheet, Betrug und Hinterlistigkeet gewesen ist. Off was hat er es denn eegentlich abgesehen? Off unsere Sachen und off unser Geld? Sagen Sie mir doch das, Herr Hawkens! Reden Sie doch! Schprechen Sie doch! Schtehen Sie doch nich da wie een chinesischer Ölgötze, der keen Wort von sich geben kann!"

„Natürlich hat man es auf unser Eigentum abgesehen", antwortete Sam.

„Natürlich? Das finde ich gar nich so natürlich wie Sie. Mein Eegentum is eben mein Eegentum, an dem mir keen andrer Mensch herumzufispern hat. Wer die Hand nach meinen rechtmäßigen und gesetzlichen Habseligkeeten ausschtreckt, der is een Schpitzbube, verschtehn Se mich! Und da gibt's in Sachsen gewisse Paragrafen, die von der Polizei schtreng gehandhabt werden. Wer maust, der wird eingeschperrt!"

„Das ist sehr richtig. Aber leider befinden wir uns nicht in Sachsen."

„Nich in Sachsen? I, was Se nich sagen! Ich bin noch lange keene Amerikanerin. Ich befinde mich zwar gegenwärtig off der Auswanderung, aber meine gute, sächsische Staatsangehörigkeit habe ich trotzdem noch nich offgegeben. Ich bin immer noch eene Landestochter des schönen Sachsenlandes an der Elbe. Die Sachsen haben in mehr als zwanzig Schlachten gesiegt und werden mich ooch hier herauszuhauen wissen. Ich lass' mich nich berauben und dann ohne eenen Pfennig in der Tasche fortjagen."

Sam warf einen seiner eigentümlich funkelnden Blicke auf die erregte Frau und meinte: „Sie machen sich eine falsche Vorstellung, Frau Ebersbach. Man wird Sie nicht ausrauben und dann fortjagen."

„Nich? Was denn?"

„Wenn der Indianer raubt, so tötet er auch. Nimmt er uns das Eigentum, so nimmt er uns auch das Leben, damit wir uns nicht später rächen können."

„Herr, meine Seel! Na, da hört aber nu grad alles off! Und das haben Sie gewusst und uns trotzdem hierher geführt? Herr Hawkens, nehmen Sie es mir ja nich übel, aber Sie sind een Ungeheuer, een Molch, een Drache, wie es keenen zweeten geben kann!"

„Entschuldigen Sie! Konnte ich wissen, was die Indianer vorhatten! Diese Pueblos sind als freundlich und zuverlässig bekannt. Es war beinahe unmöglich, zu denken, dass sie uns eine solche Falle stellen würden."

„Mussten Sie denn hineinschpringen? Wir konnten draußen bleiben."

„Bei dem Wetter?!"

„Ach was, Wetter! Ich lasse mir doch lieber zehn Wasserbottiche in den Zopf regnen als mich ausrauben und umbringen. Das können Sie sich doch so von ohngefähr selbst denken. Du lieber Himmel! Ermordet werden! Wer hätte das gedacht! Ich bin ausgewandert, um noch eene ganze Reihe von Jahren amerikanisch leben zu bleiben, und kaum habe ich meine Füße in dieses Land gesetzt, so tritt mir auch schon der leibhaftige Tod entgegen. Ich möchte denjenigen sehen, der das aushalten kann!"

Da trat der Kantor zu ihr heran, legte ihr die Hand auf den Arm und sagte beruhigend: „Regen Sie sich nicht unnütz auf, meine liebe Frau Ebersbach. Solange ich bei Ihnen bin, sind Sie sicher vor jeder Gefahr. Ich schütze Sie!"

„Sie? – Mich?", fragte sie, indem sie ihren Blick ungläubig an seiner Gestalt hinabgleiten ließ.

„Ja, ich Sie! Sie stehen unter meinem Schutz. Um meiner großen Oper willen werden es die Musen zu machen wissen, dass ich gesund und froh nach Hause zurückkehre, denn sonst würde der Welt ein unersetzliches Kunstwerk verloren gehen. Es wird mir während meiner amerikanischen Reise kein Haar meines Hauptes gekrümmt werden. Folglich ist auch jeder, der sich bei mir befindet, vor jedem Unfall sicher."

„Schön! Wenn Sie so sicher sind, dass uns nischt widerfahren kann, so haben Sie doch mal die Gewogenheet, uns aus der Patsche, in der wir schtecken, herauszuschaffen!"

Da kratzte der Kantor sich hinter dem Ohr und antwortete brummend: „Sie scheinen mich falsch verstanden zu haben, meine Allerliebste. Man darf ein Tonstück, das mit Lento bezeichnet ist, nicht allegro vivace spielen. Wenn ich gesagt habe, dass Ihnen in meiner Gegenwart kein Unglück geschehen kann, so meine ich damit keineswegs, dass ich es bin, der die Pforten unserer gegenwärtigen Gefangenschaft öffnen kann. Dazu sind andere Leute da. Ich brauche Ihnen nur Herrn Franke zu nennen, der schon viele große Taten ausgeführt hat und uns auf keinen Fall sitzen lassen wird. Habe ich da nicht Recht?"

Er richtete diese letztere Frage freundlich an den Hobble-Frank. Der fühlte sich geschmeichelt und entgegnete in seiner bekannten Art: „Ja, Sie haben richtig gesprochen, vollschtändig richtig, Herr Kantor emeriticus, und das Vertrauen, womit Sie mich beehren, soll nich betrogen werden. Und wenn alle Schtränge reißen sollten, ich mache euch frei!"

„Wie denn?", fragte Sam.

„Du gloobst's wohl etwa nich? Während ihr euch hier ganz nutzlos herumgeschtritten habt, bin ihr mit mir zu Rate gegangen und habe den Weg entdeckt, der uns ins Freie führen wird."

„So bin ich neugierig, ihn kennen zu lernen", meinte Sam.

„Ihr habt an der Mauer herumgepocht und an der Decke herumgeschtochen und eure Messer konnten nich in die Schteene dringen. Ich aber mach' eene Wette mit, dass es hier Löcher gibt, in denen wir die Hebel der Befreiung ansetzen müssen!"

„Löcher? Wo denn?"

„Wo? Ja, das müssen wir erst feststellen."

„So sind wir ebenso klug wie vorher."

„Schweig schtille! Eure Oogen sind mit Blindheet geschlagen und alle eure Nasen nich drei Pfennige wert. Der Deckel da oben is zu und außer ihm scheint es keene Öffnung zu geben. Wenn das wahr wäre, so müsste man hier erschticken, weil die Lebensluft infolge des mangelnden Sauerschtoffs alle würde. Nu seht euch aber mal die Lampe an, wie schön sie brennt, und schtrengt dazu die Riechwerkzeuge an, ob ooch nur eene Schpur von schlechter Luft vorhanden is! Ich bin überzeugt, dass die Luft immer wieder erneuert wird. Es müssen also unten oder oben Löcher sein, hier ebenso wie in meiner Villa ‚Bärenfett' an der Elbe. Es gibt eenen immer währenden Luftzug hier, den wir entdecken müssen. Und wisst ihr denn, wie man dieser Entdeckung am besten nachgehen kann?"

„Mit dem Licht, meinst du wohl?", fragte Sam.

„Ja, mit der Lampe. Man merkt, dass es bei euch Zeiten gibt, wo ihr nich ganz off den Kopp gefallen seid! Nehmt also mal die Lampe und haltet sie unten am Fußboden längs der Mauer und oben an der Decke hin! Da werdet ihr die Schtellen finden, wo die gute Luft von außen hereinkommt und die schlechte Luft hinausgeht."

„Master Frank, dieser Gedanke ist wirklich nicht übel!", rief Sam Hawkens. „Eure Beobachtung ist richtig, wir haben hier eine vollständig reine Luft; es muss also ein Luftzug vorhanden sein. Wir werden suchen."

„Na, siehste also, alte Flöte, dass der Organist seine Sache verschteht! Wenn ich nich wäre, so – horch!"

Er hielt in seiner Rede inne und die anderen lauschten auch nach oben, wo jetzt ein Geräusch vernehmbar wurde. Das Wetter war vorüber. Es donnerte nicht mehr und so hörte man ziemlich deutlich, was auf dem platten Dach geschah: Es wurden schwere Steine weggewälzt und man öffnete den Deckel, aber nur um eine schmale Lücke. Dann ließ sich die Stimme des Häuptlings vernehmen: „Die weißen Männer mögen hören, was ich ihnen sage! Sie werden jetzt wissen, dass sie meine Gefangenen sind. Es ist Krieg zwischen uns und den Bleichgesichtern und so sollte ich sie eigentlich töten. Aber ich will gnädig sein und ihnen das Leben schenken, wenn sie freiwillig alles abgeben, was sie bei sich haben. Ihr Anführer mag mir antworten!"

Mit der Bezeichnung Anführer war Sam Hawkens gemeint. Dieser antwortete: „Du sollst alles haben, was du wünschest. Lass uns hinauf, so geben wir es ab!"

„Mein Bruder ist listig wie eine Schlange. Wenn ich euch heraufließe, so würdet ihr nichts abgeben, sondern euch wehren."

„So komm herab und hol dir, was du verlangst!"

„Dann würdet ihr mich unten behalten. Die Bleichgesichter mögen zunächst ihre Waffen zusammentun und mit den Riemen, die ich hinabwerfe, zusammenbinden. Wir werden dann unsere Lassos hinablassen und die Bündel emporziehen. Sam Hawkens mag sagen, ob ihr damit einverstanden seid!"

„Wird Ka Maku, der Häuptling, sein Wort halten und uns auch freilassen, wenn wir ihm alles abgegeben haben?"

„Ja."

„Ja? Hihihihi! Halte uns doch nicht für so dumm, wie du selber bist, und mach dich schleunigst von da oben weg, sonst gebe ich dir eine Kugel in den Kopf! Wir wissen genau, woran wir mit euch sind, ihr Lügner und Verräter. Ihr werdet nicht so viel von uns bekommen, wie man vom Fingernagel schneidet."

„So müsst ihr sterben!"

„Warte es ab! Der Tod drohte uns auch dann, wenn wir euch alles geben. Ihr habt euch verrechnet. Wir haben

Gewehre und werden euch zwingen, uns ohne Lösegeld ziehen zu lassen."

„Sam Hawkens irrt sich. Eure Waffen bringen euch keinen Nutzen, denn es wird gar nicht zum Kampf kommen. Ihr seid eingesperrt und könnt nicht heraus. Wir werden euch nicht angreifen und ihr braucht euch nicht zu verteidigen. Aber ihr habt kein Wasser und nichts zu essen. Wir werden warten, bis ihr verschmachtet seid, und dann ohne Kampf erhalten, was wir wollen. Howgh!"

Der Deckel wurde wieder zugeklappt und dann hörte man unten, dass die Steine auf ihn gewälzt wurden.

„Dummheit!", brummte Dick Stone. „Du hättest es besser machen sollen! Gar nicht antworten, sondern dem verräterischen Halunken eine Kugel geben."

„Glaubst du etwa, alter Dick, das hätte uns etwas genützt? Unsere Lage wäre im Gegenteil dadurch nur verschlimmert worden. Nein, wenn es nicht notwendig ist, vergieße ich kein Blut. Wollen lieber versuchen, uns durch List zu befreien!"

„So gilt es, den Rat Franks zu befolgen. Aber wir müssen uns damit beeilen, denn die Lampe wird nicht mehr lange brennen, dann sitzen wir im Finstern."

Es stellte sich heraus, dass der Hobble-Frank Recht hatte. In der Außenmauer waren Löcher angebracht, um den Eintritt der frischen Luft zu ermöglichen, und bald entdeckte man auch in der Decke kleine Öffnungen, wo die schlechte Luft entweichen konnte. Diese Öffnungen führten schräg durch das Mauerwerk, damit der hindurchfallende Schein des Tageslichts sie nicht verriet. Sie hatten einen Durchmesser von nur wenigen Zentimetern.

„Jetzt ist uns wahrscheinlich geholfen", meinte Will Parker. „Die Löcher bieten uns Punkte, wo die Messerklingen greifen werden. Es fragt sich nur, wo wir hinaus wollen. Durch die Mauer?"

„Die ist zu dick", sagte Sam. „Da müssen wir zu lange arbeiten."

„Also durch die Decke?“

„Ja. Freilich wird das dadurch schwierig, dass derjenige, der arbeitet, auf den Schultern zweier anderer stehen oder sitzen muss. Aber wenn wir erst einmal ein Holz entfernt haben, dann wird es desto schneller gehen. Leider haben wir nur noch höchstens für eine halbe Stunde Licht, dann sitzen wir im Finstern. Suchen wir uns die passendste Stelle aus!“

Die war bald gefunden. Sam und Droll wollten zuerst arbeiten. Sam stellte sich auf Stone und Parker, Droll auf die beiden Deutschen Ebersbach und Strauch. Später, wenn sie ermüdet waren, sollten sie abgelöst werden. Als sie ihre Arbeit in Angriff genommen hatten, machte Schi-So die Bemerkung: „Das Licht reicht nicht. Vielleicht ist es später nötiger als jetzt. Warum es jetzt zu Ende brennen lassen?“

Er hatte Recht, darum wurde es ausgelöscht. Nun war es völlig dunkel im Raum. Man hörte das leise Bohren und Knirschen der Messer und das Atmen der beiden Arbeitenden. Sie strengten sich so an, dass sie schon nach einer Viertelstunde abgelöst werden mussten. Von Schlaf war keine Rede. Man bohrte und schnitt und kratzte die ganze Nacht hindurch. Dann war so viel Holz aus der Decke geschnitten, dass ein Loch entstand, durch das ein Mann kriechen konnte. Nun galt es, dieses Loch durch die oberste Schicht der Decke nach oben fortzusetzen. Diese Schicht bestand aus festgeschlagenem Lehm, der fast zu Stein erhärtet war. Da kam man äußerst langsam voran und es war Mittag geworden, als das Geräusch, das die Messer verursachten, durch seinen Klang verriet, dass die oberste Schicht nun bald durchbrochen werde.

„Macht jetzt leise, so leise wie möglich“, gebot Sam Hawkens, „sonst hören sie euch oben.“

Kaum hatte er diese Worte gesprochen, da fiel draußen über den Arbeitenden ein Schuss und einige Augenblicke später rief Dick Stone, der neben Schi-So arbeitete:

„*Dash it all!* Ich bin verwundet.“

„Wo denn?“, fragte Sam.

„Am Oberarm. Die Halunken schießen auf uns."
„Durch die Decke? Da haben sie also das Geräusch eurer Messer gehört. Ist's bös mit der Wunde?"
„Glaube nicht. Wahrscheinlich ein Streifschuss. Der Knochen ist unverletzt. Aber ich fühle das Blut rinnen."
„So kommt schnell herab! Sie könnten wieder schießen und euch in die Köpfe treffen. Wollen deinen Arm untersuchen."
Jetzt war es gut, dass man die Lampe nicht ganz ausgebrannt hatte. Kaum war der Platz unter dem Loch frei geworden, da drangen noch zwei oder drei Schüsse durch die Decke. Man hörte die Kugeln unten in den Boden schlagen. Sam Hawkens stieß ein überlautes Gebrüll aus.
„Was schreist du?", fragte ihn Parker besorgt. „Bist du getroffen worden?"
„Nein. Will bloß wissen, wo die Halunken stehen."
Oben ertönte ein Freudengeheul. Die Indianer hatten die Stimme Sams gehört und glaubten, ihn getroffen zu haben.
„Sehr gut!", lachte Sam. „Die Kerls liegen oder kauern gerade über unserem Loch und horchen. Wollen ihnen auch einige Kugeln geben! Frank und Will, kommt! In unseren drei Doppelgewehren stecken sechs Kugeln. Jeder zwei Schüsse schnell hintereinander! Eins – zwei – drei!"
Die Schüsse krachten und sofort erhob sich draußen über den Gefangenen ein Wut- und Schmerzensgeheul.
„*Well!* Ausgezeichnet! Hihihihi!", lachte Sam. „Wir scheinen einige getroffen zu haben. Glaube nicht, dass die sich wieder hersetzen, um zu lauschen."
„Aber ich stelle mich auch nicht wieder in das Loch, um auf mich schießen zu lassen!", murrte Stone.
„Wird kein Mensch verlangen", erwiderte Sam. „Zeig deinen Arm."
Die Lampe war wieder angebrannt worden. Bei ihrem Schein erkannte man, dass Dicks Arm nur eine kleine

Streifwunde aufwies, die leicht verbunden werden konnte. Als dies geschehen war, ließ sich der Hobble-Frank hören: „Wir hätten nich durch die Decke, sondern hier unten durch die Mauer graben sollen. Off der Decke schtehen die Indianer und hören uns. Brechen wir aber durch die Mauer, so kann uns keen Mensch hören."

„Aber die Arbeit ist viel schwerer", warf Sam ein.

„Lieber eene schwere Arbeit, wobei man nich das Leben wagt, als eene leichte, bei der man erschossen wird!"

Man stimmte ihm bei. Die in der Außenmauer befindlichen Luftlöcher waren so groß, dass man zwei Flintenläufe nebeneinander in eins derselben stecken und sie als Hebel benutzen konnte. Auf diese Weise gelang es, allerdings erst nach stundenlanger Anstrengung, das Gefüge der Steine so zu lockern, dass man nun mit den Messern fortfahren konnte.

Darüber verging der Nachmittag. Es war Abend geworden, als endlich der erste Stein aus der Mauer fiel. Der erste! Und wie viele waren noch zu entfernen! Und wie stand es mit den Gefangenen! Sie hatten hier Rast machen und sich erholen wollen. Aber es war nach ihrer Ankunft nur Zeit zum Trinken, nicht zum Essen gewesen. Nun waren sie schon über einen Tag gefangen, ohne etwas genossen zu haben. Der Hunger und der Durst stellten sich ein. Das hatte bei den Erwachsenen jetzt noch nicht viel zu sagen, aber die Kinder verlangten nach Speise und Trank und konnten nicht leicht beruhigt werden.

Indem immer je zwei und zwei sich ablösten, wurde die ganze Nacht hindurch an dem Loch gearbeitet. Es ging äußerst langsam vorwärts, weil die Mauer so stark und der Mörtel beinahe noch fester als die Steine war. Endlich fiel wieder ein Stein nach außen. Der Schein des anbrechenden Morgens dämmerte herein. Nun ging es rascher. Noch eine halbe Stunde und das Loch war so weit, dass ein Mann hinauskriechen konnte.

„Gewonnen!", jubelte Frau Rosalie. „Dieses Loch is zwar

keen bequemer Durchgang für eene anschtändige Dame, aber wenn es sich um die Freiheit handelt, krieche ich sogar durch eene Feueresse, wobei man sich doch später wieder abwaschen kann. Jetzt vorwärts, meine Herren! Wer macht voran? Die Höflichkeit erfordert natürlich, dass wir Damen zu allererscht gerettet werden. Darum mache ich den Vorschlag, dass ich den Anfang mache."

Sie bückte sich schon, um den Kopf in das Loch zu stecken. Aber der Hobble-Frank zog sie zurück und sagte: „Sind Sie denn nich gescheit, Madame Eberschbach? Was fällt Ihnen denn ein? Das is nischt für Weiber. Hier müssen die Herren der Schöpfung den Anfang machen."

„Wer?", fragte sie. „Die Herren der Schöpfung? Zu denen rechnen Sie sich wohl ooch mit?"

„Natürlich!"

„Na, da tut mir aber die ganze Schöpfung leed. Und haben Sie etwa nich gehört, dass man gegen Damen zuvorkommend sein soll?"

„Aber ich verschtehe Sie nich, meine liebste, ergebenste Frau Eberschbach! Wenn ich vor Ihnen hinauskriechen will, so ist das doch zuvorkommend!"

„Ja, wenn Sie das in dieser Weise meenen, da wenden Sie das Wort ganz falsch an. Sie sollen zuvorkommend sein, indem Sie mich zuvorkommend sein lassen. Können Sie das denn nich begreifen?"

„Sogar sehr gut. Aber ich setze den Fall, die Indianer haben die Schteene fallen hören, die wir hinausgeschtoßen haben. Dann schtehen sie gewiss Wache. Wenn nun der Erschte kommt, der hinaus will, so geben sie ihm sicher eene Kugel, ganz gleich, ob er mit den Füßen oder mit dem Koppe zuerscht das Morgenlicht erblickt. Wenn Sie nun noch voran wollen, so habe ich nischt dagegen."

„Da danke ich freilich. Da danke ich sehr! Ich bin eene Dame und als solche nich verpflichtet, für die Herren der Schöpfung Kugelfang abzugeben."

Sie trat schnell zurück. Aber Frank erhielt auch nicht

die Erlaubnis, der Erste zu sein, sondern Sam Hawkens nahm dieses gefährliche Vorrecht für sich in Anspruch. Er stülpte zuerst seinen Hut über das Gewehr und hielt ihn vorsichtig ein wenig aus der Öffnung hinaus. Draußen blieb es ruhig. Dann kroch Sam Hawkens selbst, mit dem Kopf voran, langsam vorwärts. Als seine Augen die Mündung des Lochs erreicht hatten, fuhr er schnell zurück, kam wieder herein und meldete: „Wahrhaftig, es sitzen mehrere Wächter unten auf der Plattform. Unser Loch ist also entdeckt worden."

„Haben sie dich gesehen?", fragte Dick Stone.

„Nein."

„Wie sind sie bewaffnet?"

„Mit Gewehren."

„So schießen sie auf alle Fälle. Sie stehen unten auf der Plattform, auf die wir springen müssen, und von uns kann immer nur einer hinaus. Wahrscheinlich wird das Loch nicht nur von unten, sondern auch von oben aus bewacht. Wollen einmal sehen."

Dick nahm seine lange Rifle, stülpte seine unbeschreibliche Kopfbedeckung auf die Mündung und schob den Lauf langsam so in das Loch, dass es draußen aussehen musste, als ob ein Menschenkopf in der Öffnung erscheine. Draußen ertönte ein Ruf und zugleich fielen mehrere Schüsse. Er zog das Gewehr wieder herein, untersuchte die Kopfbedeckung genau und sagte: „Zwei Kugeln sind hindurch, eine von unten und eine von oben. Was sagst du dazu, alter Sam?"

Es dauerte eine ganze Weile, bis der Gefragte antwortete. Sie warteten alle mit großer Spannung auf seine Rede, dann endlich sagte er ziemlich niedergeschlagen: „Es sind auch Wächter über uns, die über die Kante der Plattform hinausblicken und das Loch beobachten. Über uns Wächter und unter uns Wächter. Das ist schlimm, sehr schlimm!"

„Wir schießen sie weg!", meinte der Hobble-Frank wohlgemut.

„Versuch es doch! Könnt Ihr diejenigen, die auf unserem Dach sitzen, wegschießen?“

„Nee. Daran hatte ich freilich nicht gedacht; aber desto leichter diejenigen, die draußen unter uns schtehen.“

„Wie wollt Ihr das anfangen?“

„Na, ich brauch’ doch bloß das Gewehr off sie zu richten und loszudrücken!“

„Das ist leichter gesagt als getan. Das Loch ist so eng, dass Ihr nur dann auf sie zielen könnt, wenn Ihr das ganze Gewehr, die beiden Hände und den Kopf draußen habt. Aber ehe Ihr Euch in die recht gefährliche Lage gebracht habt, habt Ihr einige Kugeln im Kopf.“

„Wetter! Das ist richtig! Nu haben wir das schöne Loch und können doch nich ’naus!“

„Leider, leider! Haben uns umsonst geplagt. Können weder durch die Decke noch durch die Mauer.“

„Dunner Sachsen! Is das wahr?“, fragte Frau Rosalie. „Gibt es denn keenen anderen Ausweg? Etwa hier durch den Fußboden?“

„Nein, denn es wird unter uns ebenfalls aufgepasst.“

„Na, da schtehen die Ochsen ja gerade so am Berg wie vorher! Und das will sich Herren der Schöpfung nennen! Wenn ich een Mann wäre, ich wüsste gewiss, was ich täte!“

„Nun, was?“

„Ja, das weiß ich eben nicht, weil ich keen Mann, sondern eene Dame bin. Die Herren sind da, um uns zu schützen. Verschtehn Sie mich? Nu tun Sie doch Ihre Pflicht! Ich hab’s ganz und gar nich nötig, mir den Kopp darüber zu zerbrechen, wie Sie mich aus dieser Gefangenschaft retten wollen. Aber ’raus muss ich unbedingt und so fordre ich Sie off, Ihre paar Sinne anzuschtrengen, um zu ermitteln, off welche Weise Sie mich retten können und sich dazu!“

Es trat eine lange Pause ein. Jeder und jede dachte nach, ob es denn keinen Weg der Rettung gebe. Aber es erhob niemand die Stimme, um einen solchen zu verkünden. So verging eine lange Zeit in trübem, peinlichem Schweigen. Da endlich hörte man Schi-So sagen: „Das Denken und Grübeln bringt keinen Nutzen. Wir können nicht hinaus, denn wir müssten einzeln hinauskriechen und würden weggeschossen. Dennoch aber denke ich, dass wir gerettet werden."

„Wie? Wodurch? Auf welche Weise?", erklang es um ihn her.

„Old Shatterhand und Winnetou wollen sich auf Forners Rancho treffen. Forner wird ihnen von uns erzählen und es ist wahrscheinlich, dass die beiden Männer unserer Spur folgen. Sie werden also nach dem Pueblo kommen."

„Ja", erklärte Sam mit einem tiefen Seufzer, „das ist die einzige Hoffnung, die wir noch haben können. Sie werden kommen. Darauf möchte ich schwören. Und wenn wir es bis dahin aushalten, werden wir gerettet werden."

„Aber das sind doch nur zwee Menschen. Was können die gegen so viele Indianer ausrichten?", warf Frau Rosalie ein.

„Schweigen Sie untertänigst!", wurde sie von dem Hobble-Frank aufgefordert. „Was verschtehen Sie von diesen beeden Helden, die meine Freunde und Gönner sind! Wenn sie nur erscht unsere Schpur haben, nachher brauchen wir uns nich zu sorgen. Sie holen uns heraus, und nich uns alleene."

„Wen denn noch?"

„Ooch den Bankier, wenn er noch lebt."

„Der wird wohl nich mehr lebe", meinte Droll, „er nich und sein Buchhalter nich. Auf diese beiden war es wohl ganz besonders abgesehe, sonst hätte man sie nich von uns getrennt."

Er hatte Recht, jedoch in anderer Art. Auf sie war es allerdings ganz besonders abgesehen, doch nicht so, dass es jetzt schon ihr Leben galt.

8. Die Befreiung

Der Bankier und sein Buchhalter waren entkommen und mit dem Ölprinzen, Buttler und Poller nach Norden geritten, ohne anzuhalten, bis sie um die Mittagszeit in den Mogollonbergen den ersten Wald erreichten, der ihnen Schatten, Kühlung und Wasser bot. Da stiegen sie ab und setzten sich an einem Bach nieder, um zu rasten und auch ihren Pferden Erholung zu gönnen. Hier war es, wo der Ölprinz sein Märchen erzählte, womit er dem Bankier die Ereignisse des vergangenen Abends zu erklären versuchte, was ihm auch vollständig gelang. Duncan hielt ihn jetzt wieder für einen Ehrenmann und freute sich auch darüber, in Buttler und Poller so brave und ehrenwerte Gefährten gefunden zu haben.

Als sie sich ausgeruht hatten, saßen sie wieder auf und ritten weiter, bis sie gegen Abend eine Stelle fanden, die sich sehr gut zum Lagerplatz für die Nacht eignete. Es gab da Wasser und genug dürres Holz, um die ganze Nacht ein Feuer zu unterhalten. Dass der Ölprinz, Buttler und Poller reichlich mit Nahrungsmitteln versehen waren, die sie nur vom Pueblo mitgenommen haben konnten, das fiel weder Duncan noch Baumgarten auf. Als Poller das Feuer anbrannte, meinte Buttler im Ton leiser Besorgnis: „Wir befinden uns in der Nähe des Gebiets der Nijoraindianer. Wäre es nicht vielleicht besser, auf das Feuer zu verzichten, das uns verraten kann?"

„Es hat keine Gefahr", erklärte der Ölprinz. „Ich stehe mit den Nijoras auf gutem Fuß."

„Aber sie haben das Kriegsbeil ausgegraben!"

„Tut nichts. Mir sind sie selbst auf dem Kriegszug nicht gefährlich."

„Mag sein. Aber sie wohnen nördlich von hier und verschiedene den Nijoras feindliche Stämme der Apatschen südlich. Wir befinden uns also auf der Grenze zwischen den beiden Gegnern und solche Grenzgebiete sind stets gefährlich, weil da etwaige Feindseligkeiten zuerst beginnen und zum Austrag gebracht werden. Da gibt es immer einzelne Herumtreiber, die weder Feind noch Freund schonen, wenn sie nur ihre Rechnung dabei finden."

„Und ich sage dir, du kannst sicher sein, dass sich in dieser ganzen Gegend außer uns kein Mensch befindet. Und gerade diese Stelle liegt tief versteckt. Ich bin, sooft ich auch hier war, noch niemals einem Menschen begegnet und habe auch nie die leiseste Spur eines solchen gefunden. Wir sind hier im weiten Umkreis ganz allein und können ruhig unser Feuer brennen lassen."

Er war überzeugt, Recht zu haben, und hatte doch nicht Recht, denn es gab nordwärts von ihnen zwei Reiter, die, ohne dass sie einander sahen, das gleiche Ziel zu verfolgen schienen, nämlich die Stelle, wo der Ölprinz mit seinen Begleitern lagerte.

Diese beiden Reiter waren vielleicht drei englische Meilen von diesem Lagerplatz und nur eine voneinander entfernt und hielten einer wie der andere nach Süden zu.

Der eine war ein Weißer. Er ritt einen prächtigen Rapphengst mit roten Nüstern und jenem Haarwirbel in der langen Mähne, der bei den Indianern als sicheres Kennzeichen vorzüglicher Eigenschaften eines Pferdes gilt. Sattel und Riemenzeug waren von feiner indianischer Arbeit. Der Mann selbst war nicht sehr hoch und nicht sehr breit von Gestalt, aber seine Sehnen schienen von Stahl und seine Muskeln von Eisen zu sein. Ein dunkelblonder Vollbart umrahmte sein sonnverbranntes, ernstes Gesicht. Er trug ausgefranste Leggins und ein an den Nähten ausgefranstes Jagdhemd, lange Stiefel, die er bis über die Knie emporgezogen hatte, und einen breitkrempigen Filzhut, in dessen Schnur rundum die Ohrenspitzen des grauen Bären befestigt waren. In dem breiten, aus einzelnen Riemen geflochtenen Ledergürtel, der mit Patronen gefüllt war, steckten zwei Revolver und ein Bowiemesser. Von der linken Schulter nach der rechten Hüfte trug er einen aus mehrfachen Riemen geflochtenen Lasso und um den Hals an einer starken Seidenschnur eine mit Kolibribälgen verzierte Friedenspfeife, in deren Kopf indianische Zeichen eingegraben waren. In der Rechten hielt er ein kurzläufiges Gewehr, dessen Schloss von ganz eigenartiger Anordnung zu sein schien – es war ein fünfundzwanzigschüssiger Henrystutzen –, und über seinem Rücken hing ein doppelläufiger Bärentöter von allerschwerstem Kaliber, wie es heutigentags keinen mehr gibt.

Der echte Präriejäger hält nichts auf Glanz und Sauberkeit. Je mitgenommener er aussieht, desto größer die Ehre, denn desto mehr hat er mitgemacht. Er betrachtet einen jeden, der etwas auf sein Äußeres hält, mit überlegener Geringschätzung. Der allergrößte Gräuel aber ist ihm ein blank geputztes Gewehr. Nach seiner Überzeugung hat kein Westläufer die nötige Zeit, sich mit Gewehrreinigen abzugeben. Nun aber sah an diesem Mann alles so sauber aus, als sei er erst gestern von St. Louis nach dem Westen aufgebrochen. Seine Gewehre schienen vor kaum einer Stunde aus der Hand des Büchsenmachers hervorgegangen zu sein. Seine Stiefel waren makellos eingefettet und seine Sporen ohne eine Spur von Rost. Sein Anzug war sauber und ungeflickt, und wahrhaftig, er hatte nicht nur sein Gesicht, sondern auch die Hände rein gewaschen! Es war nicht schwer, in ihm einen Sonntagsjäger zu vermuten.

Und wirklich war dieser Westmann von Leuten, die ihn nicht kannten, seines sauberen Äußeren wegen sehr oft für einen Sonntagsjäger gehalten worden. Sobald sie aber seinen Namen hörten, sahen sie ein, welch ein grundfalsches Urteil sie gefällt hatten, denn er war kein anderer als Old Shatterhand, der berühmte, verwegene Jäger, der unerschütterliche Freund der roten Rasse und zugleich der unerbittlichste Feind aller Bösewichter, deren es jenseits des Mississippi eine Menge gab und noch heute gibt.

Old Shatterhand war sein Kriegsname, abgeleitet von dem englischen Worte shatter, zerschmettern. Er vergoss nämlich nur dann Blut eines Feindes, wenn es unbedingt nötig war, und selbst dann tötete er seinen Gegner nicht, sondern verwundete ihn nur. Im Handgemenge pflegte er, dem man eine solche Körperkraft kaum ansah, den Gegner mit einem einzigen Hieb gegen die Schläfe niederzuschmettern. Daher der Name, der ihm von den weißen und roten Jägern gegeben war.

Sein prächtiger Rapphengst war Hatatitla[1], ein Geschenk seines Blutsbruders Winnetou.

Der andere Reiter, der eine englische Meile westlich von dem ersten ritt, war ein Indianer. Das Pferd, auf dem er saß, glich genau dem Old Shatterhands.

Es gibt Menschen, die gleich auf den ersten Blick, noch ehe sie gesprochen haben, einen tiefen, unauslöschlichen Eindruck auf uns machen. Ein solcher Mensch war dieser Indianer.

Er trug ein weiß gegerbtes, mit roter indianischer Stickerei verziertes Jagdhemd. Die Leggins waren aus demselben Stoff gefertigt. Kein Fleck, keine noch so geringe Unsauberkeit war an Hemd oder Hose zu bemerken. Seine kleinen Füße steckten in perlenbestickten Mokassins, die mit Stachelschweinsborsten geschmückt waren. Um den Hals trug er einen kostbaren Medizinbeutel, die kunstvoll geschnitzte Friedenspfeife und eine dreifache Kette von den Krallen des grauen Bären, des gefürchtetsten Raubtiers des Felsengebirges. Um seine Hüfte schlang sich ein breiter Gürtel, der aus einer kostbaren Saltillodecke bestand. Aus ihm schauten, wiederum so wie bei Old Shatterhand, die Griffe zweier Revolver und eines Skalpmessers hervor. Den Kopf trug er unbedeckt. Sein langes, dichtes, blauschwarzes Haar war in einen hohen, helmartigen Schopf geordnet und mit einer Klapperschlangenhaut durchflochten. Keine Adlerfeder zierte die Haartracht und doch sah jeder gleich beim ersten Blick, dass dieser

[1] Blitz (Apatschisch)

rote Krieger ein hervorragender Häuptling war. Der Schnitt seines schönen, männlich-ernsten Angesichts konnte römisch genannt werden. Die Backenknochen standen kaum merklich vor, die Lippen des bartlosen Gesichts waren voll und doch fein geschwungen und die Hautfarbe zeigte ein mattes Hellbraun mit einem leisen Bronzehauch. Quer über dem Sattel hatte er ein Gewehr vor sich liegen, dessen Holzteile dicht mit silbernen Nägeln beschlagen waren.

Wäre ihm ein Westmann begegnet, der ihn noch nie gesehen hatte, er hätte ihn sofort an diesem Gewehr erkannt, das der Gegenstand des Gesprächs an Tausenden von Lagerfeuern war. Es gab im Westen drei Gewehre, an deren Berühmtheit kein viertes reichte: Das waren Old Shatterhands Henrystutzen, sein Bärentöter und Winnetous Silberbüchse. Dieser rote Reiter war also Winnetou, der Häuptling der Apatschen, der treueste und aufopferndste Freund seiner Freunde und zugleich der gefürchtetste Gegner aller seiner Feinde.

Er ritt nicht nach unserer Weise, sondern er hing vornüber auf seinem Iltschi[1], dem Bruder Hatatitlas, als ob er das Reiten gar nicht verstehe. Sein Blick schien müde und unausgesetzt träumerisch am Boden zu haften. Aber wer ihn kannte, der wusste, dass seine Sinne von einer unvergleichlichen Schärfe waren und dass seinem Auge nicht die geringste Kleinigkeit entging.

Da plötzlich richtete er sich auf. Ebenso schnell hatte er seine Silberbüchse angelegt. Der Schuss krachte, es war ein kurzer, scharfer Knall. Winnetou lenkte sein Pferd nach einem Baum, ritt dicht an den Stamm heran, stieg mit den Füßen auf den Sattel, langte in eine Höhlung in der Nähe des untersten Astes und zog den Gegenstand hervor, nach dem er geschossen hatte. Es war ein Tier von der Größe eines mittleren Hundes mit gelblich-grauem Pelz, dessen Haare schwarze Spitzen hatten. Der Schwanz war

[1] Wind (Apatschisch)

halb so lang wie der Körper. Dieses Tier war ein Waschbär oder Schupp, bei den Amerikanern Coati oder Racoon genannt, für jeden Jäger ein willkommener Braten.

Kaum hatte Winnetou die Beute in der Hand, so ertönte östlich von ihm ein zweiter Schuss, der einen tiefen, eigentümlich schweren Klang hatte.

„Uff!“, murmelte der Indianer überrascht vor sich hin. „Akaya Selkhi-Lata!“

Dieser Ausruf in der Apatschensprache heißt: „Dort ist Old Shatterhand!“ Und sonderbar, auch Old Shatterhand hatte scheinbar gleichgültig und in sich versunken seinen Weg verfolgt, als der Schuss des Apatschen fiel. Sofort hielt er sein Pferd an und sagte: „Das war die Stimme der Silberbüchse!“

Er hatte diese Worte in deutscher Sprache gesagt, ein Zeichen, dass er ein Deutscher war. Schnell nahm er seinen Bärentöter vor und gab den Schuss ab, woran Winnetou augenblicklich seinen Freund erkannte.

Dem Europäer und auch jedem anderen, der den Wilden Westen nie betreten hat, scheint dies unmöglich zu sein. Aber der erfahrene und geübte Westmann kennt die Stimme jedes ihm bekannten Gewehres. Seine Sinne sind geschärft, weil von ihrer Feinheit sein Leben abhängt. Wer sich diese Sinnesschärfe nicht anzueignen vermag, der geht hier unter. Wie verschieden ist die menschliche Stimme! Man hört einen Bekannten unter Tausenden heraus. Und wie ist es zum Beispiel mit dem Hundegebell? Erkennst du deinen Phylax, Cäsar oder Nero nicht sofort an der Stimme? So ist es auch mit den Gewehren. Ein jedes hat seine eigene Stimme; das weiß und hört freilich nur der, der ein Ohr dafür hat.

Als die beiden Schüsse, an denen die Freunde einander erkannten, gefallen waren, verließen sie ihre bisherige Richtung und ritten aufeinander zu. Old Shatterhand westlich und Winnetou östlich. Um den anderen genau zu finden, schoss jeder noch einmal. Dann trafen sie auf einer kleinen Lichtung zusammen, sprangen von den Pferden und umarmten einander.

„Wie freut sich meine Seele, meinen guten, weißen Bruder Scharlih schon heute zu treffen!“, sagte Winnetou. „Wir wollten uns erst übermorgen auf Forners Rancho finden. Mein Herz sehnte sich seit langer Zeit nach dir und meine Gedanken eilten dir viele Tagesreisen weit entgegen.“

„Auch ich bin ganz glücklich, den besten und edelsten meiner Freunde bei mir zu haben“, erwiderte Old Shatterhand. „Ich habe an dich mit Sehnsucht gedacht. Du hast mir gefehlt, seit ich von dir schied, und meine Seele ist nun still, da ich dich vor mir sehe. Wie ist es meinem Bruder während dieser langen Zeit ergangen?“

„Die Sonne steigt und fällt nieder. Die Tage kommen und gehen. Das Gras wächst und verdorrt, Winnetou aber ist derselbe geblieben. Hat mein weißer Bruder viel erlebt, seit ich ihn zum letzten Mal sah?“

„Viel! Nicht jeder Tag ist schön und unter den Blumen der Prärie gibt es manche giftige. So war es auch mit meinem Erleben in der Heimat. Ich musste gegen Neid und Gehässigkeit kämpfen, gegen Gift, Hohn und Schadenfreude. Aber Geist und Seele sind stark geblieben. Mein Gottvertrauen und meine Menschenliebe sind nicht ins Wanken gekommen. Ich bin immer noch der, der ich war. Wenn wir am Lagerfeuer sitzen, werden wir uns erzählen, was wir erlebt haben. Weiß mein Bruder in der Nähe einen Platz, wo es sich gut ruhen lässt?“

„Ja. Wenn wir noch eine Stunde reiten, kommen wir über ein kleines Wasser, in das sich ein Seitenquell ergießt. Da, wo dieser Quell entspringt, ist der Ort von allen Seiten mit Gebüsch umgeben, durch das kein Auge dringen kann. Dort dürfen wir ein Feuer anzünden, um den Waschbär zu braten, den ich soeben geschossen habe. Mein Bruder mag mit mir kommen!“

Sie ritten weiter unter den hohen, lichten Bäumen des Waldes hin. Es war ziemlich düster, denn die Sonne hatte sich schon dem Horizont weit zugeneigt.

Als etwa eine Stunde vergangen war, erreichten sie das

Wasser, den kleinen, schmalen Bach, von dem Winnetou gesprochen hatte. Sie ritten hinüber und – hielten sofort ihre Pferde an, denn sie erblickten im Gras einen Streifen, eine Fährte, die von links her kam und nach rechts am Wasser weiterführte. Beide stiegen ab, um die Spur zu betrachten und zu lesen, und beide richteten sich nach wenigen Augenblicken zu gleicher Zeit wieder auf.

„Fünf Reiter", sagte Old Shatterhand, „mit ziemlich müden Pferden."

„Erst vor einigen Minuten hier vorübergekommen", ergänzte Winnetou. „Werden nicht weit von hier Lager machen."

„Wir müssen sehen, wer sie sind. Mein Bruder wird wissen, dass der Tomahawk des Krieges ausgegraben ist. Da muss man vorsichtig sein."

Sie schritten nach einem dichten Gebüsch in der Nähe, führten die Pferde hinein, um sie einstweilen zu verbergen, banden sie an und legten ihnen die Hände auf die Nüstern. Das war für die indianisch erzogenen Tiere das Zeichen, sich ruhig zu verhalten und ihre Herren nicht etwa durch lautes Schnauben zu verraten. Dann kehrten die beiden Männer zu dem Wasser zurück und folgten der Spur mit langsamen, unhörbaren Schritten. Sie waren beide Meister im Anschleichen und benutzten jeden Baum, jeden Strauch, jede Biegung des Bachs als Deckung.

Kaum waren sie fünf Minuten gegangen, da blieb Winnetou stehen und sog die Luft durch die Nase ein. Old Shatterhand tat desgleichen und spürte Rauch.

„Sie befinden sich ganz in der Nähe und haben ein Feuer", flüsterte er Winnetou zu. „Es müssen Weiße sein, denn ein Roter würde nicht die Unvorsichtigkeit begehen, einen Lagerplatz zu wählen, der nach der Windrichtung offen ist."

Der Apatsche nickte und huschte weiter. Der Bach wand sich jetzt zwischen Bäumen hin, unter denen ziemlich hohe Büsche standen. Das gab eine herrliche Deckung für die beiden Jäger. Bald sahen sie das Feuer. Es brannte hart am Wasser und die Flamme schlug wohl mehrere Fuß hoch. Das war eine Unvorsichtigkeit, die ein richtiger Westmann nie begangen hätte.

Der Boden des Waldes bestand hier aus weichem Moos, sodass die Schritte auch ungeübterer Leute als Winnetou und Old Shatterhand nicht zu hören waren. Vier Bäume, hinter denen das Feuer loderte, standen eng beisammen und zwischen ihren Stämmen gab es Buschwerk; das bildete einen Schirm, der die beiden Lauscher gut verbergen konnte. Sie krochen vorsichtig heran und legten sich lang auf den Boden nieder, mit den Köpfen hart an den Büschen, durch deren blattlose Unterteile sie hindurchblicken konnten. Da sahen sie die fünf Männer ganz nahe vor sich. Das Feuer brannte ungefähr vier Schritte von den Bäumen entfernt. Diesseits saßen der Ölprinz und Buttler, sein Bruder, mit dem Rücken an die Stämme gelehnt, jenseits der Bankier und Baumgarten, sein Buchhalter; rechts davon war Poller beschäftigt, dürres Holz klein zu brechen und in die Flammen zu werfen. Sie mussten sich sehr sicher fühlen, denn sie hielten es nicht für nötig, leise zu sprechen. Vielmehr redeten sie so laut, dass man ihre Worte gewiss auf wenigstens zwanzig Schritte deutlich verstehen konnte, ein Umstand, der den beiden Lauschern nur lieb war.

„Ja, Mr. Duncan“, sagte der Ölprinz, „ich versichere Euch, dass das Geschäft, das Ihr machen werdet, glänzend, ja großartig sein wird. Das Erdöl schwimmt dort gewiss einen Finger dick auf dem Wasser, es muss unterirdisch in großen Massen vorhanden sein. Wenn dies nicht der Fall gewesen wäre, so hätte ich es gar nicht entdeckt, denn der Ort liegt so versteckt und weltverlassen, dass ich wette, es ist noch nie der Fuß eines Menschen hingekommen, und es würde ihn auch in Jahrzehnten keiner betreten, obgleich der Chelly-Arm schon oft von Jägern und wohl noch mehr von Indianern besucht worden ist. Wie gesagt, auch ich wäre an dieser Stelle vorübergegangen, wenn mich nicht der Ölgeruch aufmerksam gemacht hätte."

„War der Geruch wirklich so stark?", fragte der Bankier.

„Sollte es meinen! Ich war wohl fast eine halbe Meile von der Stelle entfernt und doch spürte meine Nase das Petroleum. Ihr könnt Euch also denken, in welchen Massen es dort vorhanden sein muss. Ich bin überzeugt, dass der Bohrer gar nicht tief in die Erde zu dringen braucht, um auf das unterirdische Öllager zu treffen. *Heigh-day*, muss das einen Sprudel geben, wenn es dann emporsteigt! Wollen wir wetten, Sir, dass es wenigstens hundert Fuß[1] in die Höhe steigt?"

„Ich wette nie", erklärte Duncan mit erzwungener Ruhe, wobei das Funkeln seiner Augen bewies, dass seine Begierde heftig erregt worden war. „Aber ich will hoffen, dass alles wirklich so ist, wie Ihr sagt."

„Kann es anders sein, Sir? Kann ich Euch belügen, da Ihr doch dann, wenn wir an Ort und Stelle kommen, den Betrug sofort erkennen würdet? Ich habe noch keinen einzigen Dollar von Euch verlangt, sondern Ihr bezahlt mich erst dann, wenn Ihr Euch überzeugt habt, dass ich Euch nicht täusche und dass der Handel ehrlich ist."

„Ja, Ihr seid da so verfahren, dass ich Euch für einen ehrlichen Mann halten muss. Das will ich gern zugeben."

„Dazu kommt, dass Ihr mich nicht in bar, sondern in Anweisungen auf San Francisco bezahlen werdet."

Ein aufmerksamer Beobachter hätte wohl bemerkt, dass der Ölprinz bei dieser Frage einen Ausdruck der Spannung auf seinem Gesicht nicht ganz zu unterdrücken vermochte. Sein Blick war mit schlecht verhehlter Begierde auf den Bankier gerichtet.

Duncan beachtete weder den bösen Blick noch den Gefühlsausdruck des Fragenden und antwortete sorglos: „Gewiss! Ich bin mit einigen Federn versehen und habe

[1] Fuß, engl. = 30,48 cm

auch ein Fläschchen Tinte bei mir. Wundere mich allerdings darüber, dass es diesem Häuptling Ka Maku gestern im Pueblo nicht eingefallen ist, uns die Taschen auszuleeren. Ich kann mir das wirklich nicht erklären."

„Oh, die Erklärung dafür ist doch so einfach wie nur möglich. Die Roten waren mit der Gefangennahme so beschäftigt, dass sie zum Plündern zunächst gar keine Zeit fanden. Das sollte später geschehen."

„Meint Ihr, dass sie es auch auf unser Leben abgesehen hatten?"

„Natürlich! Ihr wärt auf alle Fälle beim Anbruch des Morgens an den Marterpfahl gebunden worden."

„Dann haben wir beide euch dreien sehr viel zu verdanken und es tut mir nur um unsere armen Gefährten Leid. Wahrscheinlich lebt in diesem Augenblick kein einziger von ihnen mehr."

„Ja", fügte Baumgarten hinzu, „ich mache mir die bittersten Vorwürfe, dass wir fortgeritten sind und nur an uns gedacht haben. Es war unbedingt unsere Pflicht, alles zu versuchen, auch sie zu retten."

„Das sagt ihr nur, weil ihr euch jetzt in Sicherheit befindet", fiel der Ölprinz ein. „Ich aber gebe euch die Versicherung, dass die Rettung der anderen einfach unmöglich gewesen wäre. Ich bin hier im Wilden Westen erfahren und ihr könnt mir daher jedes Wort glauben. Wir brauchen uns nicht den geringsten Vorwurf zu machen. Ja, ich behaupte im Gegenteil, dass unsere Flucht den Gefährten nützlicher gewesen ist, als wenn wir ihre Rettung versucht und dabei unser Leben eingebüßt hätten."

„Wieso?"

„Weil sie dadurch Zeit gewonnen haben. Die Roten sind, sobald sie heute früh unser Entkommen entdeckten, sicher sofort aufgebrochen, um uns zu verfolgen. Sie haben also keine Zeit, ihre Gefangenen schon heute zu martern und zu töten. Ich rechne einen Tag, dass sie uns folgen, und einen Tag, dass sie zurückkehren. Das gibt eine Frist von zwei Tagen und man weiß, was in zwei Tagen alles geschehen kann, zumal, wenn es sich um so tüchtige, erfahrene und kühne Leute handelt wie dort im Pueblo!“

„Hm“, brummte der Bankier, „was Ihr da sagt, scheint Hand und Fuß zu haben. Der Hobble-Frank und die Tante Droll sind zwar seltsame Käuze, aber gewiss keine Leute, die sich gemächlich niederstechen lassen, und nun gar diese drei Jäger, die sich das ‚Kleeblatt‘ nennen, die haben noch viel weniger den Eindruck auf mich gemacht, als ob sie mit sich scherzen ließen.“

„Ihr meint Sam Hawkens?“, fragte Buttler.

„Ja, ihn, Dick Stone und Will Parker. Das sind Westmänner, wie sie im Buche stehen. Ihr habt sie nicht gesehen, Mr. Buttler und Mr. Poller, und ich habe euch noch nicht erzählt, wie sie mit den deutschen Auswanderern zusammengetroffen sind. Das müsst ihr hören, um zu wissen, was für tüchtige Männer sie sind.“

„Wart Ihr dabei, Sir?“, fragte Poller.

„Nein, aber während des Ritts von Forners Rancho nach dem Pueblo wurde es berichtet. Daher weiß ich es.“

„Ja“, antwortete Buttler mit einem erzwungenen Lächeln. „Besonders scheint dieser Hawkens ein außerordentlich listiger Bursche zu sein. Aber sagtet Ihr nicht, dass wir von den Roten verfolgt werden, Sir?“

„Allerdings“, bestätigte der Ölprinz.

„Wenn die Roten uns nun aufstöbern? Wenn sie unser Feuer sehen, das so schön hell und offen brennt?“

„Das werden sie wohl bleiben lassen. Sie holen uns nicht ein.“

„Irrt Ihr Euch da nicht, Sir?“, fragte Duncan. „Ich kenne den Wilden Westen nicht, aber ich habe viel von ihm gehört und noch mehr über ihn gelesen. Diese Indianer sind schreckliche Leute, die einem Menschen, den sie haben wollen, monatelang auf den Fersen bleiben, bis sie ihn erwischen.“

„Das wird hier nicht geschehen. Bedenkt doch, wann

wir vom Pueblo fortgeritten sind und dass sie erst nach Tagesanbruch sich auf die Verfolgung gemacht haben können! Wir besitzen also einen Vorsprung, den sie gar nicht einholen können."

„Warum nicht? Sie brauchen nur weiterzureiten, während wir hier sitzen, und sind so noch vor Mitternacht an dieser Stelle."

Da stieß der Ölprinz ein schallendes Gelächter aus und rief: „Ihr behauptetet vorhin, vom Wilden Westen nichts zu verstehen, und habt da allerdings sehr Recht gehabt, Sir. Ihr versteht ganz und gar nichts. Ihr behauptet, dass die Roten uns während der Nacht folgen können?"

„Ja. Wenigstens wenn sie klug sind, werden sie es tun, um den Vorsprung, den wir haben, schnellstens auszugleichen."

„Wie sollen sie das anfangen? Wissen sie denn, wo wir uns befinden?"

„Das nicht. Aber sie brauchen doch nur auf unserer Spur zu bleiben, um uns zu finden."

„Kann man Spuren etwa riechen, Sir, oder diese des Nachts sehen?"

„Na, das nun freilich nicht."

„Können die Roten also jetzt, da es dunkel geworden ist, unserer Fährte folgen?"

„Nein."

„Also müssen sie anhalten und warten, bis es wieder Tag geworden ist. Wie also wollen sie unseren Vorsprung einholen, zumal morgen früh unsere Fährte nicht mehr zu erkennen ist? Nein, Sir, wir haben nichts, auch gar nichts zu fürchten und werden glücklich nach dem Gloomy-water kommen und dort unser Geschäft zum Abschluss bringen."

„Gloomy-water? Das ist doch der Ort, wo Ihr das Petroleum entdeckt habt? Woher hat er diesen Namen? Ihr sagtet doch, es sei wohl noch kein Mensch dorthin gekommen."

„Das habe ich allerdings gesagt und das ist auch meine innerste Überzeugung."

„Aber Ihr habt mir doch erzählt, dass der Ort keinen Namen hat. Wenn er jedoch ‚Gloomy-water' heißt, muss ihn doch jemand, der dort war, so genannt haben?"

Diese Schlussfolgerung brachte den Ölprinzen in Verlegenheit. Trotz seiner Verschlagenheit fiel ihm nicht sogleich eine Ausrede ein. Er füllte die kurze Pause, die dadurch eintrat, durch ein halblautes Lachen aus, das überlegen klingen sollte. Zum Glück für ihn sprang hier sein Stiefbruder Buttler in die Bresche: „Mr. Duncan, Ihr glaubt jedenfalls, eine recht geistreiche Bemerkung gemacht zu haben. Nicht?"

„Geistreich?", wiederholte der Gefragte. „Nein, das denke ich keineswegs, aber sachlich war sie jedenfalls. Der Ort hat einen Namen, also muss unbedingt schon vor Mr. Grinley jemand dort gewesen sein. Warum hat der Betreffende nicht auch vom Petroleum erzählt, das er doch unbedingt entdeckt haben muss? Ihr seht also, es gibt hier gewisse Widersprüche, denen ich meine Aufmerksamkeit unbedingt schenken muss."

„Na, diese Widersprüche sind wirklich leicht zu lösen! Der Jemand, von dem Ihr redet, ist eben doch jedenfalls hier unser Mr. Grinley, der Ölprinz, gewesen."

„Ah!", stieß jetzt der Bankier verwundert hervor.

„Ja, er ist es gewesen und er hat dem Ort den Namen Gloomy-water gegeben, weil..."

„...weil", fiel der Ölprinz schnell ein, „die Örtlichkeit so düster und das Wasser fast schwarz ist."

Er warf Buttler einen dankbaren Blick zu, den dieser mit einem leisen missbilligenden Kopfschütteln beantwortete. Weder dieser Blick noch dieses Kopfschütteln wurde von Duncan oder Baumgarten bemerkt. Der Ölprinz aber schien die Lust, das Gespräch fortzusetzen, verloren zu haben. Er stand auf und entfernte sich mit der Bemerkung, dass er noch Holz für das Feuer sammeln wolle.

Nun war es Zeit für Old Shatterhand und Winnetou, sich zurückzuziehen, weil sie sonst von Grinley entdeckt werden konnten. Zum Glück für sie entfernte er sich bachaufwärts, ohne einen Blick nach der Seite zu werfen, wo die Lauscher lagen.

Er hatte mit dem Rücken nach ihnen gesessen und die Baumstämme und Sträucher hatten sich zwischen ihm und ihnen befunden. Aus diesem Grund hatten sie sein Gesicht nicht sehen können. Aber als er jetzt aufstand, um fortzugehen, musste er eine Wendung machen, wobei sie seine Züge deutlich erkannten. Sie krochen zurück, in den Wald hinein, bis der Schein des Feuers sie nicht mehr treffen konnte. Dann richteten sie sich auf und kehrten nach der Stelle zurück, wo sie ihre Pferde versteckt hatten. Ohne ein Wort über das Erlauschte zu verlieren, zog Winnetou sein Pferd aus dem Gebüsch heraus und schritt, das Tier am Zügel hinter sich herziehend, in den Wald hinein. Old Shatterhand folgte ihm mit seinem Pferd.

Da, wo die Pferde gesteckt hatten, gab es Gras für sie und auch Wasser, zwei Dinge, die unbedingt nötig waren. Man hätte dort also recht gut lagern können, ohne befürchten zu müssen, während der Nacht von dem Ölprinzen und seinen Leuten entdeckt zu werden. Aber es war die Möglichkeit doch nicht ausgeschlossen, dass am nächsten Morgen zufällig einer von ihnen nach dieser Stelle kam, wo er sie sehen oder, falls sie schon fort waren, ihre Lagerspuren entdecken musste. Darum gingen sie fort. Die Spuren, die sie bis jetzt gemacht hatten, konnten am nächsten Morgen gewiss nicht mehr erkannt werden, weil das Gras sich bis dahin wieder aufgerichtet haben musste.

Da sie aber unbedingt Wasser und Weide für ihre Tiere brauchten, kehrten sie wieder zu dem Bach zurück, allerdings an einer sehr entfernten Stelle. Der Weg dorthin wurde in einem Bogen durch den Wald zurückgelegt, weil hier das weiche Moos die Huf- und Fußeindrücke am Morgen nicht mehr sehen ließ.

Es gehörten die an die Dunkelheit gewöhnten Augen Winnetous und Old Shatterhands dazu, um ohne anzustoßen oder gar zu fallen durch das Gehölz zu kommen. Sie aber bewegten sich mit einer Sicherheit, als ob es heller Tag wäre, wohl eine Viertelstunde lang zwischen den Bäumen hin und bogen dann nach rechts ab, um den Bach wieder zu gewinnen. Genau an der Stelle, wo sie ihn erreichten, floss ein kleines Wässerchen hinein. Sie überschritten den Bach und folgten diesem schmalen Wasser aufwärts, bis sie die Quelle erreichten, von der Winnetou gesprochen hatte und wo er hatte lagern wollen. Wie ausgeprägt musste der Ortssinn des Häuptlings sein, um trotz der Dunkelheit und mitten im wilden Wald diese Quelle zu finden!

Sie nahmen nun ihren Pferden die Sättel ab und ließen sie dann frei grasen. Das durften sie, weil die beiden Rappen treu wie Hunde waren, dem leisesten Ruf gehorchten und sich nie von ihren Herren entfernten. Erst jetzt fiel das erste Wort, als Winnetou fragte: „Hat mein Bruder einen Imbiss bei sich?"

„Ein Stück trockenes Fleisch", antwortete Old Shatterhand. „Ich sorgte nicht für mehr, weil ich morgen auf Ka Makus Pueblo vorsprechen wollte."

„Mein Bruder mag sein Fleisch aufheben! Wir werden das Coon braten, das ich geschossen habe."

Nach diesen Worten entfernte sich der Apatsche. Old Shatterhand fragte nicht, wohin er wolle. Er wusste, dass Winnetou jetzt die Umgebung der Quelle umkreisen würde, um sich zu überzeugen, dass der Platz sicher sei. Er kehrte nach vielleicht zehn Minuten zurück und brachte einen Arm voll trockenen Holzes mit, ein Beweis, dass kein feindliches Wesen in der Nähe war. Selbst das scharfe Ohr Old Shatterhands hatte das Abbrechen und Knacken dieses Holzes nicht gehört, wieder ein Zeichen von der unvergleichlichen Geschicklichkeit des Apatschen.

Bald brannte ein Feuer, aber klein, nach indianischer Weise. Die beiden Männer ließen sich daran nieder, um den Waschbären aus seiner Decke zu schlagen[1]. Nach kurzer Zeit verbreitete das bratende Fleisch jenen feinen Duft, den es in keiner Küche, sondern nur am Lagerfeuer gibt. Es wurde gegessen, langsam und mit Genuss, ohne dass ein Wort dabei fiel. Als beide satt waren, brieten sie die Überreste des Fleisches für den morgigen Tag und nun erst hielt Winnetou es an der Zeit, sich hören zu lassen: „Wie viele Riemen hat mein Bruder bei sich?"

„Vielleicht zwanzig Stück", antwortete Old Shatterhand, der genau wusste, warum der Apatsche nach Riemen fragte. Mit Riemen ist ein Westmann überhaupt stets gut versehen.

„Ich habe ebenso viele", erklärte der Häuptling. „Dennoch werden wir das Fell dieses Waschbären in Streifen schneiden, weil wir morgen vielleicht Riemen brauchen."

„Für Ka Makus Krieger", nickte Old Shatterhand. „Dieser Häuptling ist uns zwar nie feindlich begegnet, aber es steht zu erwarten, dass wir ihn morgen zwingen müssen, das zu tun, was wir wollen."

„Mein Bruder hat Recht. Kennt er die Männer, die wir belauscht haben?"

„Nur einen habe ich schon einmal gesehen, den, der Grinley und Ölprinz genannt wurde. Ich entsinne mich, ihn bei einer Bande Buschklepper gesehen zu haben."

„Auch ohne das zu wissen, habe ich mir gesagt, dass er ein gefährlicher Mensch ist. Mein Bruder ist mit mir am Chellyfluss, von dem sie sprachen, gewesen. Er mag mir sagen, ob es dort Erdöl geben kann!"

„Keinen Tropfen!"

„Und hat dieser Grinley das Gloomy-water entdeckt und ihm den Namen gegeben?"

„Nein. Ich bin mit dir ja schon vor Jahren an diesem kleinen See gewesen und schon damals hatte er seinen Namen. Der ‚Ölprinz' hat einen großen Schwindel und

[1] abhäuten (Jägersprache)

jedenfalls noch viel Schlimmeres mit den beiden Männern vor."

„Einen Doppelmord!"

„Ja. Zwei von den fünf Männern, die wir sahen, sollen betrogen und dann ermordet werden. Sie sollen eine Petroleumquelle vorfinden, diese Entdeckung bezahlen und dann – verschwinden."

„Wir müssen sie retten!"

„Gewiss. Doch eilt das nicht so sehr wie die Befreiung der Gefangenen Ka Makus. Die beiden Opfer des Ölprinzen mögen erst erkennen, dass sie getäuscht wurden."

„Mein Bruder Scharlih ist entschlossen, unseren ursprünglichen Plan aufzugeben?"

„Ja. Wir wollten uns auf Forners Rancho treffen und haben uns schon hier getroffen. Wir wollten von da aus nach der Sonora hinüber, um die dortigen Stämme der Apatschen zu besuchen. Das können wir später tun. Jetzt gilt es, dic Gefangenen aus dem Pueblo zu holen und dann diesen beiden Bleichgesichtern das Leben zu retten. Aber was sagt mein Bruder dazu, dass unter jenen Gefangenen Freunde von uns sind?"

„Uff! Wie kommt der Hobble-Frank hierher?"

„Ich schreibe ihm zuweilen und dabei erwähnte ich, dass und wann und wo ich beabsichtige, mit dir zusammenzutreffen. Da ist in dem kleinen Kerl das Westfieber erwacht und hat ihn herübergetrieben. Droll hat ihn natürlich gern begleitet."

„Und Hawkens, Stone und Parker sind auch dabei! Uff!"

Dies war ein Ausruf der Verwunderung und Missbilligung zugleich. Der Grund dieser Missbilligung wurde sofort von Old Shatterhand deutlich angegeben: „Dass sich so erfahrene Leute fangen lassen. Es ist kaum glaublich! Sie müssen doch unbedingt gehört haben, dass sich einiger roter Stämme eine gefährliche kriegerische Bewegung bemächtigt hat, und da ist doppelte Vorsicht geboten. Sie durften das Pueblo nicht betreten, ohne vorher mit dem

Häuptling die Pfeife des Friedens zu rauchen. Nur das Unwetter von gestern kann an dieser Unterlassung schuldig sein."

„Richtig! Das Wetter hat sie wahrscheinlich in das Pueblo getrieben, ohne dass sie Zeit fanden, sich vorher der Freundschaft des Häuptlings zu versichern. Ka Maku ist den Weißen übrigens sonst freundlich gesinnt."

„Wir werden den Grund seiner jetzigen Feindschaft morgen erfahren. Ferner gebe ich meinem Bruder Winnetou etwas Wichtiges zu bedenken: Unser Hobble-Frank ist mit seinem Freund Droll nach Forners Rancho gekommen, um dort mit uns zusammenzutreffen. Er kennt uns genau und hat also gewusst, dass wir pünktlich dort ankommen würden. Warum hat er nicht auf uns gewartet? Warum hat er sich diesen Auswanderern angeschlossen?"

„Ölprinz!"

Winnetou sagte nur dieses eine Wort und bewies damit, wie klar er die Sachlage durchschaute.

„Ganz recht. Der Hobble-Frank und Tante Droll haben auf dem Rancho von dem vermeintlichen Ölfund gehört und nicht daran geglaubt, sondern Verdacht geschöpft. Das haben sie natürlich auch Sam Hawkens und seinen beiden Freunden gesagt und das ‚Kleeblatt' hat sich mit ihnen verbündet. Der Ölprinz hat dies gemerkt und sich ihrer dadurch entledigt, dass er Ka Maku auf irgendeine Weise veranlasste, den ganzen Zug gefangen zu nehmen und dann aber die betreffenden zwei entkommen zu lassen."

„Mein Bruder Old Shatterhand spricht meine eigenen Gedanken aus. Wann werden wir zur Befreiung der Gefangenen von hier aufbrechen?"

„Morgen früh. Reiten wir jetzt schon fort, so kämen wir am Tag beim Pueblo an und würden leicht entdeckt. Was wir vorhaben, kann nur des Nachts ausgeführt werden. Wenn wir morgen früh von hier fortreiten, kommen wir zeitig genug dort an."

Winnetou stimmte bei. „Wir werden abends in der Nähe des Pueblos sein. Löschen wir jetzt das Feuer aus!"

Während Old Shatterhand die Flamme mit Wasser aus der Quelle löschte, machte Winnetou noch einmal die Runde, um sich zu überzeugen, ob sie ohne Besorgnis schlafen könnten. Dann streckten sie sich nebeneinander zur nächtlichen Ruhe im weichen Gras aus. Sie hielten es nicht für nötig, abwechselnd zu wachen. Sie konnten sich auf ihr gutes Gehör und auf ihre Pferde verlassen, die gewohnt waren, jede Annäherung von Menschen oder Tieren durch Schnauben zu verraten.

Als die beiden Männer am anderen Morgen früh erwachten, ließen sie vor allen Dingen die Pferde tüchtig trinken, weil vorauszusehen war, dass die Tiere wohl länger als einen Tag kein Wasser bekommen würden. Am Pueblo konnten sie nicht getränkt werden, da dessen Bewohner jetzt als Gegner zu betrachten waren. Hierauf verzehrten die beiden Freunde einen Teil des gestern Abend übrig gebliebenen Fleisches, sattelten die Pferde und ritten mutig dem Tag entgegen, dessen Abend für sie ereignisreich zu werden versprach.

Von ihrem Lagerplatz bis zum Pueblo war es ein guter Tagesritt. Sie brauchten ihre vortrefflichen Pferde gar nicht anzustrengen, um schon lange vor Abend an Ort und Stelle zu sein. Sie folgten während des ganzen Vormittags der Fährte des Ölprinzen und seiner Begleiter rückwärts und machten erst um die Mittagszeit Halt, um ihre Pferde verschnaufen zu lassen. Bis dahin war nur davon die Rede gewesen, was sie seit ihrer letzten Trennung erlebt hatten. Über ihr heutiges Vorhaben wurde nichts geredet. Jetzt aber, während sie ruhten, sagte Winnetou: „Mein Bruder sieht, dass wir uns nicht getäuscht haben: Ka Maku hat mit dem Ölprinzen im Bund gestanden."

„Jawohl", nickte Old Shatterhand. „Sonst hätte der Häuptling die Flüchtlinge verfolgt, und wir wären ihm entweder begegnet oder mindestens auf seine Fährte gestoßen."

Dann ging es weiter, bis sie am Nachmittag so weit gekommen waren, dass sie bis zum Pueblo nur noch eine Stunde zu reiten hatten. Nun galt es, vorsichtig zu sein, da sie sich nicht sehen lassen durften. Sie stiegen also abermals ab, um noch einige Zeit verstreichen zu lassen. Sie wollten sich ja dem Pueblo erst kurz vor Abend nähern.

Die Gegend, in der sie sich befanden, war eben und sandig. Diese Ebene zog sich als immer schmaler werdende, unfruchtbare Zunge in die Mogollenberge hinein. Hier und da sah man einen einzelnen Felsblock liegen. Sie hatten sich hinter einen solchen Block gesetzt. Im Süden lag das Pueblo. Wer von dorther kam, konnte sie und auch ihre Pferde nicht sehen.

Sie hatten noch nicht lange dagesessen, so deutete Winnetou nach rechts hinüber und rief überrascht aus: „Teshi, tlao tchate!"

Diese drei Worte der Apatschensprache bedeuten: „Schau, viele Rehe" oder „schau, ein Rudel Rehe!" Es waren aber nicht Rehe, sondern eine Art der amerikanischen Antilope, die in Arizona äußerst selten vorkommt. Daher die Überraschung des Apatschenhäuptlings. Wie gern hätten er und Old Shatterhand die Jagd auf diese schnellfüßigen Tiere aufgenommen, die einen sehr zarten Braten geben. Aber die Aufgabe, die sie heute zu lösen hatten, verbot es ihnen.

Das schöne Wild zog in zierlichen Sprüngen dem Wind entgegen, südwärts, wo es bald verschwand. Wird es gejagt, so pflegt es mit dem Wind davonzugehen, um den Verfolgern nicht nur aus den Augen, sondern auch aus der Witterung zu kommen.

„Herrliches Wildbret!", sagte Old Shatterhand. „Kommt uns hier aber recht ungelegen."

Er prüfte die Luft, die aus Süden wehte.

„Kann uns leicht die Feinde herbeiführen", nickte Winnetou. „Das Rudel zieht gerade nach dem Pueblo hin. Wenn es von dort gesehen wird, können wir bald rote Jäger hier haben, da die Luft von dorther weht."

Sie nahmen nun die südliche Richtung noch schärfer als bisher ins Auge. Es verging eine halbe Stunde und noch mehr, und nichts geschah. Die Antilopen schienen also nicht bemerkt worden zu sein. Da aber tauchten dort, wohin die Augen der beiden Freunde gerichtet waren, mehrere kleine Punkte auf, die sich schnell vergrößerten.

„Uff! Sie kommen!", sagte Winnetou. „Nun werden wir entdeckt!"

„Vielleicht doch nicht", meinte Old Shatterhand. „Reiten die roten Jäger nicht geteilt, sondern in einem Trupp vorüber, so kommen sie nur an einer Seite vorbei und wir können uns auf die andere hinübermachen. Wollen sehen!"

Sie standen auf und nahmen ihre Pferde kurz bei den Zügeln.

Ja, die Antilopen kamen zurück und hinter ihnen erschienen vier Reiter, die ihre Pferde zur äußersten Anstrengung antrieben.

„Nur vicr!", sagtc Winnctou. „Wärc doch dcr Häuptling dabei!"

Schnell zog Old Shatterhand sein Fernrohr aus der Tasche und richtete es auf die Reiter. „Er ist dabei", meldete er. „Er reitet das schnellste Pferd und ist der vorderste."

„Das ist gut!", rief der Apatsche, indem seine Augen leuchteten. „Fangen wir ihn?"

„Ja. Und natürlich nicht ihn allein, sondern die drei anderen auch."

„Uff!"

Damit sprang Winnetou in den Sattel und nahm seine Silberbüchse zur Hand. In demselben Augenblick saß auch Old Shatterhand schon auf seinem Pferd und hielt den Henrystutzen bereit. Da kam auch schon das flüchtige Wild herangeflogen und jagte in der Entfernung von vielleicht tausend Schritten vorüber. Die vier Indianer waren noch zurück. Man hörte ihre scharfen Schreie, mit denen sie ihre Pferde antrieben.

„Jetzt!", rief Winnetou.

Zugleich mit diesem Wort schoss er hinter dem Felsen hervor. Old Shatterhand dicht neben ihm, den Indianern schräg entgegen. Die Roten stutzten, als sie so plötzlich zwei Reiter erblickten, die ihnen den Weg verlegten.

„Halt!", rief ihnen Old Shatterhand zu, indem er ebenso wie der Apatsche seinen Rappen zügelte. „Wo will Ka Maku mit seinen Kriegern hin?"

Es wurde den Indianern schwer, ihre Pferde im schnellsten Lauf anzuhalten. Der Häuptling schrie zornig: „Was haltet ihr uns auf! Nun ist das Fleisch für uns verloren!"

„Ihr hättet es überhaupt nicht bekommen. Jagt man denn die flüchtige Gazelle wie einen langsamen Präriewolf? Wisst ihr nicht, dass man sie einschließen muss, sodass sie trotz ihrer Flüchtigkeit keinen Ausweg findet?"

Erst jetzt war es den vier Roten gelungen, ihre aufgeregten Pferde zur Ruhe zu bringen, und nun konnten sie die beiden Störenfriede genauer betrachten.

„Uff!", rief da der Häuptling aus. „Old Shatterhand, der große, weiße Jäger, und Winnetou, der berühmte Häuptling der Apatschen!"

„Ja, wir sind es!", erwiderte Old Shatterhand. „Steig ab mit deinen Leuten und folge uns dorthin in den Schatten des Felsens, hinter dem wir ruhten, als wir euch kommen sahen."

„Warum sollen wir denn dorthin gehen?", fragte Ka Maku.

„Wir haben mit euch zu sprechen."

„Kann das nicht auch hier geschehen?"

„Die Sonne scheint uns noch zu warm. Dort aber gibt es Schatten."

„Wollen meine beiden berühmten Brüder nicht mit mir nach dem Pueblo kommen, wo sie mir alles ebenso gut sagen können, was sie mir hier mitzuteilen haben?"

„Ja, wir werden mit dir nach dem Pueblo reiten. Vorher aber sollst du die ‚Pfeife des Friedens' mit uns rauchen."

„Ist das nötig? Ich habe sie doch schon längst mit euch geraucht."

„Damals war Frieden in dieser Gegend. Jetzt ist das Schlachtbeil ausgegraben. Darum trauen wir nur dem, der bereit ist, das Kalumet[1] mit uns zu teilen. Wer sich hingegen weigert, den betrachten wir als unseren Feind. Also entscheidet euch, aber schnell!"

Er spielte dabei mit dem Henrystutzen in einer Weise, die dem Häuptling Angst einflößte. Er kannte dieses Gewehr, das die Roten für ein Zaubergewehr hielten, und wusste, was es zu bedeuten hatte, wenn Old Shatterhand es so viel sagend in den Händen hielt. Darum erklärte er, freilich nicht gerade sehr freudig: „Meine berühmten Brüder wünschen es, so werden wir ihnen den Willen tun."

Ka Maku wäre am liebsten fortgeritten, wusste aber, dass er dies nicht wagen durfte. Sein Pferd war nicht so schnell wie die Kugeln Old Shatterhands und Winnetous. Er hatte zwar auch eine Flinte, seine drei Begleiter ebenso, aber den Gewehren dieser beiden Jäger gegenüber zählten diese Schießeisen nicht. Er stieg also vom Pferd, und seine Leute folgten diesem Beispiel. Man schritt, indem jeder sein Pferd führte, nach dem Felsen, wo man sich niedersetzte. Hierauf nestelte Ka Maku seine Friedenspfeife von der Schnur los und sagte: „Mein Tabaksbeutel ist leer. Vielleicht besitzen meine großen Brüder Kinnikinnik[2], um das Kalumet zu füllen?"

„Wir haben Tabak, so viel wir brauchen", antwortete Old Shatterhand. „Aber ehe wir mit dir die Friedenspfeife rauchen und dann nach dem Pueblo gehen, um deine Gäste zu sein, möchte ich wissen, was für Krieger wir dort vorfinden werden."

„Die meinigen."

„Keine anderen?"

[1] Kalumet = ‚Röhre'. Damit wird die Pfeife des nordamerikanischen Indianers bezeichnet. Das Kalumet durfte bei keiner feierlichen Gelegenheit, insbesondere bei keiner Friedens- und Bündnisverhandlung fehlen

[2] Kinnikinnik = Gemisch. Dieser indianische Mischtabak wurde hergestellt aus Ahorn- und Weidenrinde, Sumachblättern und anderen Blättern und Rinden.

„Nein."

„Es wurde mir gesagt, dass du fremde Krieger bei dir beherbergst. Es ist Unfrieden ausgebrochen zwischen einigen Stämmen und zwischen den roten Männern und den Bleichgesichtern. Ka Maku wird begreifen, dass es da gilt, vorsichtig zu sein."

„Meine Brüder werden keine fremden Krieger bei uns finden."

„Und doch führte eine große Spur von Forners Rancho nach eurem Pueblo, wo sie aufhörte. Von euch weg ist sie dann zu einer kleinen Fährte von fünf Männern geworden."

Ka Maku erschrak, ließ sich aber nichts merken und versicherte eifrig: „Da müssen sich meine Brüder irren. Ich weiß nichts von einer solchen Spur."

„Der Häuptling der Apatschen und Old Shatterhand irren sich niemals, wenn es sich um eine Fährte handelt. Sie zählten nicht nur die Eindrücke der Tiere und der Menschen ganz genau, sondern sie kennen auch die Namen der Letzteren."

„So wissen meine berühmten Brüder mehr als ich."

„Hättest du nie von Grinley, dem Ölprinzen, gehört?"

„Nie."

„Das ist eine Lüge!"

Da griff der Häuptling nach dem Messer in seinem Gürtel und rief zornig aus: „Will Old Shatterhand einen tapferen Häuptling beleidigen? Mein Messer würde ihm die Antwort geben!"

Der weiße Jäger zuckte leicht die Schultern und antwortete: „Warum begeht Ka Maku den großen Fehler, mir zu drohen? Er kennt mich doch und weiß also sehr genau, dass er meine Kugel im Kopf hätte, ehe die Spitze seines Messers mich erreichte."

Während dieser Worte hatte Old Shatterhand mit einem schnellen Griff seine beiden Revolver gezogen und hielt Ka Maku die Mündungen entgegen. Und schon hatte auch Winnetou seine beiden Drehpistolen in den Händen und bedrohte damit die drei anderen Roten, während Old Shatterhand in ruhigem Ton weitersprach: „Ihr kennt diese kleinen Gewehre hier in meinen Händen, in denen zweimal sechs Schüsse stecken. Mein Bruder Winnetou wird euch jetzt eure Messer und Gewehre wegnehmen. Wer sich dagegen wehrt, ja, wer nur eine kleine Bewegung des Widerstands macht, erhält sofort eine Kugel. Ich habe es gesagt und es gilt. Howgh!"

Sein Auge senkte sich mit gebieterischem Blick in das des Häuptlings, der es nicht wagte, sich zu regen, als der Apatsche ihm und den Seinen Messer und Gewehre wegnahm. Nachdem das geschehen war, fuhr Old Shatterhand fort: „Die roten Männer sehen, dass sie sich in unserer Gewalt befinden. Nur das Eingeständnis der Wahrheit kann sie retten. Ka Maku mag meine Fragen beantworten: Warum hat er einige Gefangene mit dem Ölprinzen vorsätzlich entfliehen lassen?"

„Es sind keine Gefangene bei uns gewesen", zischte der Häuptling grimmig.

„Und auch jetzt befinden sich keine im Pueblo?"

„Nein."

„Ka Maku scheint zu denken, Winnetou und Shatterhand seien junge, unerfahrene Burschen, die sich täuschen lassen. Wir wissen, dass sich Sam Hawkens, Dick Stone und Will Parker bei euch befinden."

Das zuckende Auge des Häuptlings verriet seinen Schreck. Doch antwortete er nicht.

„Auch noch zwei andere weiße Krieger, Frank und Droll genannt, stecken bei euch und ebenso weiße Männer nebst ihren Frauen und Kindern. Will Ka Maku das eingestehen?"

„Kein Mensch ist da, kein einziger", lautete die Antwort. „Bin ich ein elender, räudiger Hund, dass ich so mit mir sprechen lassen muss?"

„*Pshaw!* Ich werde noch ganz anders mit dir sprechen!

Werden die drei anderen roten Krieger vielleicht zugeben, was ihr Häuptling unklugerweise leugnet?"

Diese Frage war an die Begleiter Ka Makus gerichtet.

„Er hat die Wahrheit gesagt", antwortete einer von ihnen. „Es gibt keinen Gefangenen bei uns."

„Ganz wie ihr wollt. Wir werden nach dem Pueblo reiten, um nachzuforschen, und damit ihr uns nicht hindern könnt, werden wir euch binden. Winnetou wird mit Ka Maku den Anfang machen."

Der Apatsche zog seine Riemen aus der Tasche. Da sprang Ka Maku auf und schrie wütend: „Mich fesseln? Das soll..."

Er kam nicht weiter, denn er erhielt von Old Shatterhand, der ebenso rasch aufgeschnellt war, einen solchen Fausthieb gegen die Schläfe, dass er augenblicklich zusammenbrach und besinnungslos liegen blieb. Das war der Hieb, dem der berühmte Westmann seinen Namen verdankte. Drohend wendete er sich zu den anderen dreien: „Da seht ihr, was es nützt, uns zu widerstehen! Soll ich euch ebenso an die Köpfe schlagen?"

Diese Drohung machte einen solchen Eindruck auf die drei Indianer, dass sie sich fesseln ließen, ohne zu widerstreben. Dann wurde auch Ka Maku an Händen und Füßen gebunden. Dieser rasche und leichte Sieg war auch zum Teil darauf zurückzuführen, dass es sich hier um Puebloindianer handelte, die sesshaft waren und einen guten Teil ihrer ursprünglichen Wehrhaftigkeit verloren hatten. Hätten sie zu einem herumschweifenden, wilden Stamm gehört, so wäre ihr Verhalten wahrscheinlich anders gewesen.

Um ihre Pferde am Entlaufen zu hindern, wurden sie mit den langen Zügeln an die Erde gepflockt. Dann musste dafür gesorgt werden, dass die Gefangenen nicht im Stande waren, sich von der Stelle zu bewegen oder gar sich trotz der gefesselten Hände gegenseitig Hilfe zu leisten. Darum wurden die Gewehre der vier Indianer tief in den

Sand gegraben, weit voneinander entfernt und dann an jedem einer von ihnen so festgebunden, dass er unmöglich loskommen konnte.

Während dies geschah, kehrte dem Häuptling die Besinnung zurück. Als er sah, in welch hilfloser Lage er sich befand, knirschte er mit den Zähnen. Old Shatterhand hörte es und sagte: „Ka Maku trägt selbst die Schuld, dass er in dieser Weise behandelt wird. Ich ersuche ihn noch einmal, die Wahrheit zu gestehen. Wenn er mir verspricht, die Gefangenen herauszugeben und alles, was ihnen gehört, soll er losgebunden werden."

Der Angeredete spuckte aus und antwortete nicht, für Old Shatterhand eine Beleidigung, die ihm nur ein mitleidiges Lächeln entlockte. Nachdem noch einmal sorgfältig nachgesehen worden war, dass es den Gefangenen unmöglich war, durch eigene Anstrengung loszukommen, bestiegen die beiden Freunde ihre Pferde und ritten fort, dem Pueblo entgegen.

Ka Maku warf ihnen hasserfüllte Blicke nach. Er hoffte, bald wieder frei zu sein. Denn wenn er und seine drei Begleiter nicht bald ins Pueblo zurückkehrten, würde man dort Boten aussenden, die die Vermissten suchen und finden würden.

Darin täuschte sich Ka Maku freilich. Es fiel seinen Leuten gar nicht ein, nach ihm und seinen drei Gefährten zu suchen. Ihr Ausbleiben beunruhigte niemanden. Die Verfolgung der windesschnellen Antilope kann den Jäger weit fortführen, und bricht darüber die Nacht herein, so kann er leicht Gründe haben, die Heimkehr auf den nächsten Morgen zu verschieben.

Da das Pueblo an der Südseite des Felsenberges lag, konnte es nur von dieser Seite her beobachtet werden, und weil Old Shatterhand und Winnetou von Norden, also aus der entgegengesetzten Richtung kamen, mussten sie einen Bogen reiten, wenn sie ihren Zweck erreichen wollten. Dabei waren sie zur allergrößten Vorsicht gezwungen, da zu jedem Augenblick ein feindlicher Indianer auftauchen konnte.

Eben war die Sonne hinter dem Horizont verschwunden, als sie den Berg und an seinem steilen Hang das Pueblo liegen sahen. Sie näherten sich ihm nicht ganz bis auf Augensichtweite. Dann hielten sie ihre Pferde an und Old Shatterhand zog sein Fernrohr hervor. Nachdem er einige Zeit hindurchgeblickt hatte, gab er es Winnetou. Dieser setzte es nach einer kurzen Weile ab und sagte: „Die Gefangenen haben die Hände gerührt. Hat mein Bruder das Loch gesehen, das sich in der Mauer des zweiten Stockwerkes befindet?"

„Ja", antwortete Old Shatterhand. „Sie haben die Außenwand durchgebrochen, können aber nicht heraus, weil das Loch bewacht wird. Vielleicht haben sie auch versucht, durch die Decke zu gelangen."

„Das kann ihnen ebenso wenig gelingen, denn auch da stehen die Wächter."

„Jedenfalls werden, wenn es dunkel ist, Feuer angebrannt. Das ist uns außerordentlich hinderlich. Wollen aber zunächst zufrieden sein, dass wir jetzt das Loch gesehen haben, denn nun wissen wir, in welchem Stockwerk die Gefangenen stecken. Unten ist eine Leiter angelehnt, jedenfalls für den Häuptling, wenn er zurückkehrt. Es wäre prächtig, wenn sie nicht emporgezogen würde!"

Sie stiegen ab und lagerten sich, um die Dunkelheit zu erwarten. Als sie hereingebrochen war, sahen sie auf dem Pueblo einige Feuer aufflammen. Nun pflockten sie ihre Pferde an und schritten langsam dem Orte zu, wo es heute ein wahres Meisterstück auszuführen galt. Diese beiden Männer wollten es, ob durch List oder Gewalt, mit der ganzen zahlreichen Besatzung des Pueblos aufnehmen.

Eigentlich war es für dieses kühne Unternehmen noch zu früh. Einige Stunden später würde sich die Mehrzahl der Indianer zur Ruhe gelegt haben. Dann hätte man nur einige Wachen zu überwältigen gehabt. Aber es gab verschiedene triftige Gründe, die Ausführung des Vorhabens trotzdem nicht aufzuschieben. Erstens war zu bedenken, dass doch immerhin ein Umstand eintreten konnte, durch den der gefangene Häuptling mit seinen Begleitern befreit wurde. Es konnte einer seiner Leute unterwegs sein und sie finden. Kam Ka Maku los und in das Pueblo, so war die Befreiung der darin eingeschlossenen Gefangenen fast unmöglich. Zweitens konnte man nicht wissen, in welcher Lage sich diese Personen befanden und was ihnen drohte; eine Verzögerung konnte ihnen leicht verhängnisvoll werden. Und drittens war es doch wahrscheinlich, dass die Roten auf die Rückkehr ihres Häuptlings warteten und sein längeres Fortbleiben auffällig finden würden. In diesem Fall schickte man wohl Boten nach ihm aus. Das gab dann einen Zustand der Aufregung, der allgemeinen Wachsamkeit, der das Gelingen der Pläne Old Shatterhands und Winnetous vereiteln musste. Darum war es besser, schon jetzt ans Werk zu gehen.

Als sich die beiden dem Pueblo weit genug genähert hatten, sagte Winnetou: „Mein Bruder mag sich rechts wenden, ich gehe links. In der Mitte, da, wo die Leiter liegt, treffen wir wieder zusammen."

Old Shatterhand verstand ihn. Sie wollten erst den Platz vor dem Pueblo absuchen, ob er vielleicht bewacht war oder ob sich überhaupt jemand von den Roten außerhalb der Niederlassung befand. Old Shatterhand folgte der Aufforderung seines Freundes und fand nichts, was ihm hätte auffallen können. Als er mit ihm zusammentraf, zeigte es sich, dass die Leiter, die sie hatten liegen sehen, inzwischen hinaufgezogen war.

„Uff!", sagte der Apatsche leise. „Sie ist fort."

„Ja", nickte Old Shatterhand. „Uns aber soll das nicht abhalten, die unterste Plattform zu erreichen. Vor allen Dingen aber müssen wir wissen, wie die Feinde sich verteilt haben und wo sie sich befinden."

„Es brennen zwei Wachtfeuer."

„Richtig. Eines ist auf der Plattform, unter der die Gefangenen stecken, und eines auf der darunter liegenden, um das Loch zu erleuchten, durch das sie sich retten wollten. Dort stehen Posten, die ich gezählt habe: oben drei und unten drei. Wo aber sind die anderen Indianer?"

„Im Innern der Stockwerke. Hat mein Bruder nicht gesehen, dass dort Licht ist?"

„Ja. Die Eingangslöcher stehen offen und der Lichtschein schimmert von innen heraus. Danach zu urteilen, würden die Roten mit ihren Squaws und Kindern die oberen Stockwerke bewohnen, während die beiden unteren unbewohnt sind und wahrscheinlich zur Aufnahme der Vorräte dienen."

„Es ist richtig, was mein Bruder gesagt hat. Ich war vor einigen Jahren hier und habe mir das Innere des Pueblo angesehen."

„Hm! Die damalige Anordnung kann verändert worden sein. Wir müssen vorsichtig verfahren. Es ist heute ein schöner Abend und wir dürfen getrost annehmen, dass sich nicht alle Indianer in den Wohnungen befinden. Wahrscheinlich liegen auch welche, ohne dass wir sie sehen, auf den platten Dächern im Freien."

„Wollen wir uns dadurch abhalten lassen?"

„Nein."

„So stell dich an die Mauer, damit ich auf deine Schultern steigen kann."

Old Shatterhand folgte dieser Aufforderung und der Apatsche schwang sich ihm auf die Achseln. Als er von da aus die Kante der untersten Plattform mit den Händen nicht erreichen konnte, flüsterte er dem Gefährten zu: „Strecke die beiden Arme hoch. Ich muss dir auf die Hände steigen!"

Old Shatterhand hielt den Häuptling mit solcher Leichtigkeit empor, als sei Winnetou ein Kind.

„Es geht noch nicht", sagte da der Apatsche.

„Wie viel fehlt noch?", fragte Old Shatterhand.

„Drei Hände breit."

„Schadet nichts. Deine Finger sind wie von Eisen. Wenn

sie die Kante erst einmal gepackt haben, wirst du dich festhalten können. Dann helfe ich mit meinem Bärentöter nach. Ich zähle bis drei und werfe dich in die Höhe. Pass auf und greif schnell zu! Eins – zwei – drei!“

Bei drei gab er dem Apatschen einen kräftigen Schwung nach oben. Winnetou erreichte die Kante mit den Händen und hielt sich dort wie mit eisernen Klammern fest. Schnell nahm Old Shatterhand seinen Bärentöter zur Hand und hielt ihn empor, um damit den einen Fuß Winnetous zu stützen. Nun schwang sich der Apatsche, während Old Shatterhand mit dem Gewehr kräftig nachschob, auf die Plattform, wo er zunächst ganz still und unbeweglich liegen blieb, um zu lauschen. So verharrte er eine Weile geduckt und sprungbereit, um sich sofort wie ein Panther auf einen auftauchenden Gegner zu schnellen und ihn mit einem Griff nach der Gurgel unfähig zu machen, einen Warnungsruf auszustoßen.

Seine scharfen Augen überblickten die ganze Plattform. Es war außer ihm kein Mensch da. Unweit vor sich sah er das offene, viereckige Eingangsloch, das hinab in das Erdgeschoss führte, und hart neben ihm lag die Leiter, die heraufgezogen worden war.

Winnetou kroch mit leisen, schlangengleichen Bewegungen nach dem Loch und horchte hinab. Es war dunkel unten. Nichts regte sich. Es schien niemand unten zu sein. Nun kroch er zur Leiter zurück und ließ sie zu Old Shatterhand hinab, sodass der Freund mühelos heraufsteigen konnte. Als er Winnetou erreichte, legte er sich neben ihn nieder und fragte: „Ist jemand unter uns?“

„Ich habe nichts gehört“, antwortete Winnetou.

„Ziehen wir die Leiter wieder herauf?“

„Nein.“

„Richtig! Es könnte der Fall sein, dass wir fliehen müssen, und dann brauchen wir sie. Nun aber auf die nächste Plattform.“

Zu ihr führte eine Leiter hinauf, weil nur die unterste

weggenommen war. Aber diese Leiter durften sie nicht benutzen, denn sie lehnte an der Mitte der Plattform, wo das unterste Feuer brannte und die drei Wächter saßen, die das von den Gefangenen durch die Mauer gebrochene Loch beobachteten. Von ihnen wären sie sofort bemerkt worden, wenn sie auf dieser Leiter emporgestiegen wären.

Die Plattform über ihnen war vielleicht vier Schritte tief und achtzig Schritte breit. Das Feuer in der Mitte war nach indianischer Weise nur klein und konnte seinen Schein nicht bis an die Endpunkte der Plattform werfen. Dort war es somit dunkel und dort mussten die beiden Befreier hinauf, entweder nach der rechten oder nach der linken Seite des platten Dachs. Sie entschlossen sich für die linke, und zwar infolge eines Umstands, der zwar sehr geringfügig, ihnen aber von großem Vorteil war.

Die drei indianischen Wächter saßen nämlich so an dem Feuer, dass zwei von ihnen ihre Gesichter dem Loch, das sie zu bewachen hatten, zukehrten. Der dritte kauerte links davon, sodass er den Lichtschein auf sich nahm und einen langen Schatten nach dieser Seite der Plattform warf. Dieser Schatten ermöglichte es, sich ihnen zu nähern, ohne sofort bemerkt zu werden.

Die beiden Freunde zogen also die Leiter, die von der ersten Plattform hinunter in das Innere des Erdgeschosses führte, herauf und trugen sie nach dem linksseitigen Ende der Plattform. Das musste mit außerordentlicher Vorsicht geschehen. Dort legten sie die Leiter an die Mauer des nächsten Stockwerks und stiegen hinauf. Oben blieben sie wieder eine Zeit lang liegen, um die Plattform zu überblicken.

„Die Wächter sind allein“, flüsterte der Apatsche.

„Ja, und das ist gut“, meinte sein weißer Freund. „Dennoch ist die Sache äußerst schwer. Es gibt hier keine Deckung, hinter der man sich verbergen könnte.“

„Aber Schatten!“

„*Well!* Doch das ist nicht hinreichend. Wir können höchstens bis auf zwanzig Schritte an sie heran, und wenn der Bursche, der den Schatten wirft, sich bewegt, so fällt das Licht auf uns und sie müssen uns noch viel eher bemerken."

„Wir werden ihre Aufmerksamkeit nach der anderen Seite ablenken."

„Womit? Mit kleinen Steinchen?"

„Ja!"

„Schön! Wenn sie dumm genug sind, werden sie sich dadurch irremachen lassen. Dann aber heißt es, die zwanzig Schritt in zwei Augenblicken zurückzulegen. Ich schlage den, der uns den Rücken zukehrt, sofort nieder. Du nimmst den nächsten und ich wieder den dritten."

„Aber nur ohne das geringste Geräusch!", warnte Winnetou. „Denke an die drei Wächter auf der nächsten Plattform. Es braucht nur einem dieser Roten einzufallen, von da oben herabzuschauen, so sieht er uns und wir sind verraten. In diesem Fall müssen wir die drei hier niederschlagen und dann rasch hinauf zu den anderen drei. Sind diese unschädlich gemacht, so besitzen wir den Eingang zu denen, die wir befreien wollen."

„Aber sollte es laut hergehen, so käme das ganze Pueblo in Aufruhr."

„Winnetou und Old Shatterhand würden sich trotzdem nicht fürchten. Wir löschten die Feuer aus und würden nicht gesehen. Da könnte man nicht auf uns schießen."

„Gut! Also jetzt Steinchen her!"

Es war von großem Vorteil, dass sie an alle Möglichkeiten dachten, denn es trat später wirklich der Umstand ein, dass sie gesehen wurden, und da konnten sie sofort im Einvernehmen handeln, ohne vorher kostbare Zeit durch Fragen zu verlieren. Sie tasteten auf der Plattform nach Steinchen und fanden schnell, was sie brauchten. Dann legten sie sich lang auf den Boden und krochen auf die drei Wächter zu. Old Shatterhand hatte sehr genau geschätzt: Als sie noch ungefähr zwanzig Schritte entfernt waren, mussten sie anhalten. Winnetou erhob sich ein wenig und warf ein Steinchen über die Roten hinweg, sodass es jenseits von ihnen niederfiel. Das dadurch entstandene Geräusch wurde, so gering es war, bemerkt, und sie wendeten ihre Gesichter nach rechts, um zu lauschen.

Winnetou warf noch einige Steinchen, was zur Folge hatte, dass die Wächter ein lebendes Wesen, vielleicht gar ein feindliches, rechts von sich vermuteten und noch schärfer dorthin lauschten.

„Jetzt!“, sagte Old Shatterhand leise.

Sie erhoben sich. Fünf, sechs weite, fast unhörbare Sprünge und sie standen bei den Wächtern. Die Faust des starken weißen Jägers fuhr dem ersten so gegen den Kopf, dass er lautlos niedersank. Im nächsten Augenblick hatten Winnetou und Old Shatterhand den zweiten und dritten bei der Kehle. Ein fester Druck, einige Hiebe an die Schläfen und auch diese Gegner waren besinnungslos. Sie wurden schnell gefesselt und bekamen Knebel zwischen die Zähne.

„Das ist geglückt!“, flüsterte Old Shatterhand. „Nun die Leiter an das Loch. Ich will mit den Gefangenen reden. Währenddessen mag mein Bruder Winnetou das nächste Stockwerk nicht aus den Augen lassen. Es könnte dort einer der Wächter an der Kante des Dachs erscheinen.“

Er zog die Leiter des unteren Stockwerks vorsichtig empor, lehnte sie neben dem Loch an die Mauer und stieg hinauf. Den Kopf in das Loch steckend, rief er hinein, aber so gedämpft, dass nur die Eingeschlossenen es hören konnten: „Sam Hawkens, Dick Stone und Will Parker! Ist einer von euch da?“

Er lauschte und hörte drin eine Stimme: „Horcht! Da draußen sprach jemand! Es ist ein Mensch am Loch!“

„Wahrscheinlich einer der roten Halunken!“, meinte ein anderer. „Gebt ihm eine Kugel!“

„Unsinn!“, fiel schnell ein Dritter ein. „Ein Indianer wagt es nicht, seinen Schädel so schön herzuhalten, dass wir ihm das Lebenslicht ausblasen können, wenn ich mich nicht irre. Es muss ein anderer sein, einer, der uns retten will, vielleicht gar Old Shatterhand oder Winnetou. Macht mir Platz!"

Aus der Redensart „wenn ich mich nicht irre" erkannte Old Shatterhand den Sprecher. Deshalb fragte er: „Sam Hawkens, seid Ihr es?"

„Will's meinen", antwortete es von innen. „Wer seid denn Ihr?"

„Old Shatterhand."

„*Heigh-day!* Ist's wahr?"

„*Yes*. Wollen Euch rausholen."

„Wollen? Die Mehrzahl? Also seid Ihr nicht allein?"

„Nein. Winnetou ist auch bei mir."

„*Thank you!* Haben mit Schmerzen auf Euch gewartet. Aber, Sir, seid Ihr denn auch wirklich Old Shatterhand? Oder heißt Ihr vielleicht Mr. Grinley, der Ölprinz?"

„Müsst mich doch an der Stimme erkennen, alter Sam!"

„Stimme hin und Stimme her! In diesem Loch klingt, zumal Ihr leise redet, eine Stimme wie die andere. Gebt mir einen Beweis!"

„Welchen?"

„Habt Ihr Euren Henrystutzen bei Euch?"

„Ja."

„So langt ihn einmal herein, damit ich ihn befühlen kann."

„Hier ist er. Aber gebt ihn schnell wieder heraus, denn ich kann ihn vielleicht jeden Augenblick gebrauchen."

Er schob das Gewehr ins Loch. Es dauerte nur wenige Sekunden, so wurde es ihm zurückgegeben und Sam sagte: „Es hat seine Richtigkeit. Ihr seid es, Sir. Gott sei Dank, dass Ihr kommt. Wir können nicht hinaus. Wie wollt Ihr uns herausbringen?"

„Habt Ihr keine Leiter?"

„Die Schufte haben sie hinaufgezogen. Außerdem ist das Loch in der Decke zu."

„Und Waffen?“
„Die haben wir!“
„Wer ist alles bei Euch?“
„Gute Bekannte von Euch: Stone, Parker, Droll, der Hobble-Frank und so weiter.“
„Auch Frauen und Kinder?“
„Leider!“
„*Well!* So passt genau auf, was ich Euch sage! Erst schiebt Ihr uns die Kinder heraus, aber sie dürfen keinen Laut von sich geben. Dann folgen die Frauen, die hoffentlich auch still sind. Hierauf kommen diejenigen, die den Westen nicht kennen und wenig Erfahrung besitzen. Es ist geraten, sie alle zuerst ins Freie zu bringen, damit sie schon heraus sind, wenn wir vielleicht entdeckt werden. Hier saßen drei Wächter, die wir überwältigt haben. Über Euch sind auch drei, die uns leicht überraschen können. Wenn das geschehen sollte, so steige ich hinauf und schlage sie nieder. Gelingt mir das, so öffne ich Euch das Loch und gebe Euch eine Leiter hinab, an der diejenigen, die sich noch drinnen befinden, schnell zu mir heraufsteigen, um mich zu unterstützen. Habt Ihr alles verstanden?“
„Alles.“
„So macht los! Ich warte hier, um die Kinder in Empfang zu nehmen.“
Nach kurzer Zeit erschien ein Knabe in der Öffnung. Old Shatterhand zog ihn heraus und reichte ihn Winnetou zu, der ihn ergriff und dicht an die Mauer stellte. So wurde es mit allen Kindern und dann auch mit den Frauen gemacht. Das war eine schwere Arbeit, bei der Old Shatterhand, auf der Leiter stehend, alle seine Kräfte anstrengen musste. Als es bis hierher geglückt war und Sam Hawkens ihm meldete, dass nun die Männer, zunächst die deutschen Auswanderer, folgen würden, antwortete er: „Die brauchen meine Hilfe nicht. Ich werde mich also entfernen, um die drei Wächter über Euch ins Auge zu nehmen.“

Er stieg zu Winnetou nieder, warf diesem einige leise, erklärende Worte zu und huschte dicht an der Mauer nach der linken Seite hin, wo die Leiter lag, auf der sie auf diese Plattform gestiegen waren. Er zog sie herauf und lehnte sie an das nächste Stockwerk, um hinaufzusteigen.

Oben musterte er die von dem Feuer erleuchtete Plattform und sah die großen Steine, die auf den Deckel gelegt worden waren und ihn festhielten, sodass die Gefangenen nicht entfliehen konnten. Daneben lag die Leiter, die von den Indianern, ehe sie den Deckel zuwarfen, emporgezogen worden war. Eine zweite Leiter führte zur nächsten Plattform empor. Die Wächter saßen so, dass zwei von ihnen ihm den Rücken zukehrten.

Old Shatterhand war auf dieses Dach gestiegen, um im Fall einer Entdeckung sofort bei der Hand zu sein. Wenn es aber den Gefangenen bis auf den letzten Mann gelang, ins Freie zu kommen, wollte er sich von den Roten gar nicht erst sehen lassen. So lag er still und wartete. Er rechnete nach, welche Zeit ein Mensch braucht, um durch das Loch zu kriechen, wie viele also schon heraus sein konnten. Eben sagte er sich, dass nun wohl schon der sechste an der Reihe sein werde, da tönte eine schrille Frauenstimme laut durch die Nacht: „Herjeses, Herr Kantor, schtürzen Se doch nich off mich!“

Sofort sprangen die drei Wächter auf, traten an den Rand der Plattform und blickten hinab. Sie sahen auch den Apatschen, der hoch aufgerichtet am Feuer stand. Sie erkannten ihn, und einer von ihnen rief, sodass es über das ganze Pueblo schallte: „Akhane, akhane. Arku Winnetou, nonton schis inteh!“

Diese Worte heißen zu deutsch: „Herbei, herbei! Winnetou, der Häuptling der Apatschen, ist da!“

Kaum war dieser Ruf erschollen, so ertönte es hinter ihnen ebenso laut: „Und hier steht Old Shatterhand, um die Gefangenen zu befreien. Winnetou, nimm die beiden Burschen in Empfang!“

Der weiße Jäger war zu gleicher Zeit mit den Wächtern aufgeschnellt und auf sie zugesprungen. Während er die angegebenen Worte rief, schlug er einen von ihnen nieder und stieß die beiden anderen über die Kante der Plattform, an der sie standen, hinab, wo sie von den Untenstehenden gepackt wurden. Dann warf er zunächst die Leiter um, die zum nächsthöheren Stockwerk führte, damit kein Roter von oben heruntersteigen könne. Hierauf wälzte er die zentnerschweren Steine von dem Deckel und nahm ihn weg. Dann ließ er die Leiter in das Loch hinunter und rief hinab: „Schnell herauf! Es könnte zum Kampf kommen."

Dabei sprang er auch schon mit beiden Füßen in das Feuer, um es auszutreten. Es wurde dunkel, denn Winnetou hatte auch das untere Feuer ausgelöscht. Old Shatterhand hatte mit einer solchen Schnelligkeit gehandelt, dass seit dem Augenblick, da die unvorsichtige Frauenstimme erscholl, bis jetzt kaum eine Minute vergangen war. Und schon kamen die letzten Gefangenen aus der Luke heraufgestiegen.

Auf den über ihnen liegenden Plattformen wurde es lebendig. Laute, fragende Stimmen erschallten. Lichter erschienen und man sah dunkle Gestalten an den Leitern herabsteigen. Da ertönte Old Shatterhands mächtige Stimme: „Die roten Männer mögen oben bleiben, wenn sie nicht sterben wollen! Hier stehen Old Shatterhand und Winnetou mit ihren Leuten. Wer sich zu uns herunterwagt, wird erschossen!"

Er wollte zwar keinen der Indianer töten, musste ihnen aber beweisen, dass er wirklich hier war. Diesen Beweis konnte er ihnen am besten mit seinem vielschüssigen Stutzen geben, den sie alle kannten und fürchteten. Er legte ihn an und zielte auf die Hand eines Indianers, der mit einer Leuchte eilig herabgeklettert kam.

„Hahi, Latah-schi – au, meine Hand!", schrie der Getroffene, indem er das Licht oder die Fackel fallen ließ.

Drei weitere Schüsse, schnell hintereinander, und ebenso viele Lichter verschwanden. Eine Stimme rief: „Das ist Old Shatterhands Zauberflinte. Hinauf, schnell wieder hinauf!"

Es wurde oben dunkel und plötzlich ganz still, als ob überhaupt kein Mensch mehr vorhanden wäre.

„Seid ihr alle hier?", fragte Old Shatterhand die jetzt bei ihm Stehenden. „Ist niemand mehr unten?"

„Keiner", antwortete Sam Hawkens.

„So legt die beiden Leitern an und steigt hinab zu den anderen! Ich denke, dass uns die Roten zunächst in Ruhe lassen werden."

Sie kamen seiner Aufforderung nach. Er folgte als Letzter. Als er die nächstuntere Plattform erreichte, sah er, dass der umsichtige Apatsche schon für das Weitere gesorgt hatte. Die Befreiten befanden sich auch dort bereits im Niedersteigen. Es fiel Winnetou nicht etwa ein, sie zur Eile aufzufordern. Im Gegenteil ermahnte er sie, wegen der Frauen und Kinder hübsch langsam und vorsichtig zu verfahren, denn er wusste, dass wenigstens für einige Zeit die Indianer jetzt nicht zu fürchten waren. Sie wurden durch die beiden Namen Old Shatterhand und Winnetou in Bann gehalten.

Der Abstieg ging also ziemlich gemächlich vonstatten, wobei alle Leitern von oben mit hinuntergenommen wurden, um den Roten die Verfolgung möglichst zu erschweren.

Als dann alle am Fuße des Pueblo im Freien beisammenstanden, sagte Old Shatterhand: „Es ist gelungen, und zwar viel leichter, als ich dachte. Nun gibt..."

Er wurde von mehreren unterbrochen, die ihrer Dankbarkeit Ausdruck geben wollten, fiel ihnen aber schnell in die Rede: „Still! Nichts davon jetzt! Es muss zunächst das Notwendigste geschehen. Später, wenn wir von hier fort sind, könnt ihr reden, so viel ihr wollt. Wo sind eure Pferde?"

„Dort im Korral, rechts hinter dem Mauerwerk!", antwortete Sam Hawkens.

„Habt ihr alle eure Waffen?“
„Ja!“
„Und euer Eigentum?“
„Was wir eingesteckt hatten, konnte uns nicht genommen werden. Was sich aber in den Satteltaschen befand, das werden die roten Spitzbuben wohl an sich genommen haben.“
„Hattet ihr auch Packpferde bei euch?“
„*Yes*. Die mussten die Sachen der Auswanderer tragen.“
„Sind diese Gepäckstücke vorhanden?“
„Weiß nicht, glaube es aber nicht. Das Wetter brach so rasch über uns herein, dass wir gar nicht Zeit hatten, abzuladen und die Tiere abzusatteln.“
„Hm! Wäre alles da, was euch gehörte, so könnten wir gleich fort. So aber müssen wir die Roten notfalls zwingen, das Geraubte herauszugeben. Sam Hawkens mag mich nach dem Korral begleiten. Die anderen bleiben hier und passen auf die untersten Plattformen des Pueblo auf. Sobald ein Roter sich dort hören oder gar sehen lässt, wird nach ihm geschossen, doch ohne ihn zu treffen! Verstanden! Es genügt vollständig, wenn der Feind die Kugel neben sich einschlagen hört. Die Roten sollen nur wissen, dass wir sie nicht herunterlassen. Mein Bruder Winnetou wird indessen gehen, um unsere beiden Rappen herbeizuholen.“
Der Apatsche entfernte sich still, wie es so seine Weise war, und Old Shatterhand begab sich mit Sam Hawkens zur Umfriedigung, wohin die Pferde gebracht worden waren.
Als diese drei sich entfernt hatten, sagte der Kantor, natürlich in deutscher Sprache: „Also das sind die beiden großen Helden, deren Anblick ich so begierig herbeigesehnt habe. Man kann sie nicht erkennen, weil es so dunkel ist, aber schon ihr Auftreten gefällt mir ungeheuer. Sie werden sehr hervorragende Stellen in meiner Oper erhalten.“

„Na, sehen Sie sich die beeden nur erscht eemal bei Tage an!“, antwortete der Hobble-Frank. „Is es nich genau so, wie ich prophezeit habe? Diese beeden berühmten Leute brauchen nur zu erscheinen, so sind wir schon frei!“

„Sehr wahr!“, stimmte Droll bei. „Es is een wahres Heldenstück von ihne, uns herausgeholt zu habe, ohne dass uns nur een Haar gekrümmt worde is. Es wär’ sogar viel besser gegange, wenn Frau Eberschbach den Mund gehalten hätte.“

„Ich?“, fiel schnell Frau Rosalie ein. „Meenen Sie vielleicht, ich bin schuld, dass mir der Schrei entfahren is?“

„Natürlich! Wer denn sonst?“

„Der Kantor, aber doch nich ich!“

„Bitte ergebenst!“, verteidigte sich der Beschuldigte. „Sie wissen wohl, dass ich Emeritus bin! Wenn Sie das doch nicht immer auslassen wollten! Sie haben kein Recht zu behaupten, ich hätte die tiefe Stille, die geboten war, gebrochen. Über meine Lippen ist kein Laut gekommen, kein einziger, und wenn er noch so pianissimo gewesen wäre. Sie sind es gewesen, Frau Ebersbach, die geschrien hat.“

„Das leugne ich gar nich. Aber weshalb habe ich geschrien? Hätten Se sich doch fester angehalten, Sie Emeritus! Wenn Se wieder mal Lust haben, von der Leiter herabzupurzeln, so tun Se es doch wenigstens nich grade dann, wenn eene Dame drunterschteht! Wenn Se Ihre Tonleitern ooch nich fester in die Hände nehmen, so kann mich Ihre schöne Heldenoper dauern. Verschtehn Se mich!“

„Ich verstehe Sie, Verehrteste. Aber Sie verstehen etwas nicht, nämlich mit einem Sohn der Musen höflich umzugehen. Ich habe Ihnen versprochen, seinerzeit an Sie zu denken, und hegte die Absicht, Ihnen eine Sopranarie in den Mund zu legen. Da Sie aber in dieser Weise von meiner Kunst sprechen, sehe ich davon ab. Sie werden nicht die Ehre haben, in meiner Oper zu erscheinen!“

„Nich? I, was Se nich sagen! Meenen Se etwa, es liegt

mir sehr viel daran, off den Brettern zu erscheinen, die die Erde bedeuten? Das fällt mir gar nich ein. Und Sopran habe ich singen sollen? Hören Se, damit lassen Se mich in Ruh'! Wenn ich singen will, da lass' ich mir gar nischt vorschreiben, da singe ich, was ich will, Fagott, Klarinette oder Rumpelbass, ganz was mir beliebt. Und nu sind wir miteinander für dieses Leben fertig. Leben Se wohl off Ewigkeet!"

Sie wandte sich höchst aufgebracht von ihm ab. Er wollte noch eine Bemerkung machen, doch der Hobble-Frank forderte ihn schnell auf: „Pst! Schweigen Sie schtille! Es ist mir ganz so, als ob ich een lebendiges Wesen da oben off der erschten Plattform hätte huschen sehen. Wahrhaftig, da schleicht es wieder! Jetzt bleibt es schtehen und neigt den Kopp herab. Das is een Indianer, der sehen möchte, wo wir schtecken. Er soll es gleich erfahren!"

Er hob sein Gewehr, zielte kurz und drückte ab.

„Uff!", rief eine erschrockene Stimme gleich nach dem Knall des Schusses.

Soeben kehrte Old Shatterhand mit Sam Hawkens zurück.

„Was gibt es? Wer hat geschossen?", fragte er.

„Ich", antwortete Frank.

„Warum?"

„Das is eene Frage an das Schicksal, die ich gern beantworten will. Es schtand een roter Signor da oben off dem Dach Nummer eens. Der wollte wahrscheinlich wissen, welche Zeit es is, und da habe ich ihm gezeigt, wie viel die Uhr geschlagen hat, wenn er sich nich off die Socken macht. Er hat sich ooch gleich zurückgezogen."

„Ist er getroffen worden?"

„Nee. Ich habe weiter rechts gezielt, vielleicht zwee Ellen weit. Wenn er vier Fuß lange Ohren haben sollte, so is ihm die Kugel höchst wahrscheinlich durch das rechte Läppchen gefahren, was ihm hoffentlich zur Warnung dienen wird."

„Also haben sie sich doch schon bis herunter auf die erste Plattform getraut! Da müssen wir aufpassen. Wir halten uns natürlich in solcher Entfernung, dass sie uns nicht sehen können, denn sonst würden sie auf uns schießen. Aber sie müssen wissen, dass wir da sind und sie nicht herunterlassen. Darum mögen Frank und Droll hinschleichen und sich eng an der Mauer niederlegen. Wenn sie dann aufwärts gegen den Himmel blicken, können sie jeden Kopf sehen, der oben über der Kante erscheint. Dann rasch eine Kugel hinauf!"

„Aber wohl ohne zu treffen?", fragte der Hobble-Frank.

„Ja. Ich möchte kein Leben vernichten."

„Da werde ich mich hüten, meine schönen Kugeln in die Luft zu schießen! Ich schtecke lieber keene in den Lauf."

Jetzt näherte Schi-So sich Old Shatterhand und bat in deutscher Sprache: „Herr, erlauben Sie mir, an dieser Bewachung des Pueblo teilzunehmen! Sechs Augen sind besser als vier."

„Das ist richtig", antwortete der Jäger, indem er den Jüngling, dessen Gesicht er nicht erkennen konnte, forschend anblickte. „Sie scheinen aber noch sehr jung zu sein. Haben Sie denn Erfahrung?"

„Ich bin der Schüler meines Vaters", erwiderte Schi-So bescheiden.

„Wer ist Ihr Vater?"

„Nitsas-Ini, der Häuptling der Navajos."

„Wie? Mein Freund, der ‚Große Donner'? Dann wären Sie ja Schi-So, der längere Zeit in Deutschland war?"

„Ich bin es."

„Dann hier meine Hand, junger Freund! Ich freue mich, Sie hier zu treffen. Sobald wir Zeit haben, sprechen wir weiter miteinander. Wäre es heller, so hätte ich Sie wohl erkannt. Da Sie Schi-So sind, weiß ich, dass ich Ihren Wunsch getrost erfüllen darf. Gehen Sie also mit Frank und Droll und stellen Sie sich mit ihnen so auf, dass Sie die ganze Breite des Pueblo beobachten können!"

Der Häuptlingssohn entfernte sich, stolz darauf, seine Bitte erfüllt zu sehen. Eben, als er ging, kehrte Winnetou mit den Pferden zurück, die in genügender Entfernung vom Pueblo angepflockt wurden. Als dies geschehen war, fragte er Old Shatterhand: „Ich hörte einen Schuss. Aus wessen Gewehr ist er gefallen?“

Sein Freund sagte es ihm und fuhr dann fort: „Die ledigen Pferde derer, die wir befreit haben, stehen dort im Korral. Aber alles Gepäck und das ganze Sattel- und Zaumzeug ist verschwunden.“

„Muss sich im Pueblo befinden!“

„Ja. Wir können also nicht fort, sondern müssen hier bleiben, um die Herausgabe zu erzwingen.“

„Das ist nicht schwer, denn der Häuptling befindet sich in unserer Hand.“

„Wohl. Wir müssen ihn holen. Will mein roter Bruder den Befehl hier übernehmen? Dann reite ich mit Sam Hawkens, Will Parker und Dick Stone fort, um Ka Maku herzuschaffen.“

„Mein Bruder mag gehen. Er wird bei seiner Rückkehr hier alles in Ordnung finden.“

Das ‚Kleeblatt‘ war gern bereit, mit Old Shatterhand zu reiten. Sie gingen nach dem Korral, um die Tiere zu holen. Diese waren freilich ohne Zaum und Sattel, was aber den Reitern vollständig gleichgültig war. Sie schwangen sich auf und ritten in nördlicher Richtung davon. Unterwegs erkundigte sich Old Shatterhand, wie sie mit den Auswanderern zusammengetroffen und dann in Gefangenschaft geraten waren. Sie hatten Zeit, es ihm ausführlich zu erzählen und von jedem der Beteiligten eine Charakterschilderung zu geben. Als der Jäger alles gehört hatte, sagte er, leise den Kopf schüttelnd: „Sonderbare Menschen und höchst unvorsichtig dazu! Also ihr drei habt euch ihrer angenommen und wollt sie begleiten?“

„Ja“, antwortete Sam. „Sie brauchten uns und uns ist es ja ganz gleich, ob wir hierhin oder dorthin reiten.“

„Hm! Ich wollte mit Winnetou über die Grenze, halte es aber für meine Pflicht, mich dieser Leute ebenfalls anzunehmen, zumal sie durch Gegenden wollen, wo sie ohne Hilfe erfahrener Leute zu Grunde gehen müssen. Mit den Auswanderern wird man, wie mir scheint, nachsichtig und auch vorsichtig sein müssen. Dieser emeritierte Kantor zum Beispiel kann sogar gefährlich werden."

„Ist er schon geworden. Am liebsten hätte ich ihn fortgejagt, aber das geht ja nicht. Und dann die Geschichte mit dem Ölprinzen. Was sagt ihr dazu?"

„Schwindel!"

„*Well*, ist auch meine Meinung. Der Buchhalter ist ein Deutscher. Darf man ihn ins Verderben laufen lassen?"

„Auf keinen Fall. Wir folgen diesem Grinley, der wahrscheinlich auch noch andere Namen führt, und ich denke, dass wir ihn noch zur rechten Zeit einholen werden. Bin neugierig, auf welche Weise er das Öl aus der Erde gezaubert hat oder noch hervorzaubern will!"

Sie waren sehr schnell geritten und befanden sich jetzt nicht mehr allzu weit von der Stelle, wo der gefesselte Häuptling mit seinen Leuten zurückgelassen worden war. Old Shatterhand erzählte ihnen, wie Ka Maku in seine und Winnetous Hände gefallen war, und fügte hinzu: „Er hat alles geleugnet und verdient eine Strafe. Ich bin aber ein Freund der Roten und möchte sehen, ob er mir nicht doch ein Geständnis macht. Wenn er euch sieht, merkt er sofort, wie die Sache steht. Deshalb will ich voranreiten. Folgt mir langsam! Wenn ihr euch genau nördlich haltet, kommt ihr gerade nach dem Felsen, hinter dem wir die Gefangenen zurückgelassen haben."

Es war sehr dunkel. Trotzdem fand sich Old Shatterhand bewunderswert rasch in der ebenen Gegend zurecht. Er war überzeugt, die vier Roten so anzutreffen, wie er sie verlassen hatte, dennoch aber musste er vorsichtig sein. Sie konnten auch auf irgendeine Weise die Möglichkeit gefunden haben, sich frei zu machen und nun auf ihn und

Winnetou warten, um sich zu rächen. Darum stieg er in angemessener Entfernung vom Pferd, pflockte es an und schlich zu Fuß nach dem Felsen. Als er ihm so nahe gekommen war, dass er ihn sehen konnte, legte er sich nieder und kroch auf Händen und Füßen weiter. Bald hatte er den hohen, breiten Stein links vor sich, machte einen kurzen Bogen und sah dann die Gefangenen liegen. Sie konnten allerdings frei sein und ihre Stellung aus Hinterlist beibehalten haben. Darum ließ er sich noch nicht hören, sondern kroch so leise bis hinter den Häuptling. Dann betastete Old Shatterhand das in die Erde wie ein Pfahl gegrabene Gewehr, an das Ka Maku festgebunden worden war. Die Riemen befanden sich noch in derselben Lage wie vorher. Sie waren nicht gelöst worden. Da richtete er sich auf und stellte sich wie aus der Erde gewachsen vor den Gefangenen hin.

„Die Zeit wird Ka Maku lang geworden sein", begann Old Shatterhand. „Er hat, da er einen Knebel im Mund trägt, nicht einmal mit seinen Gefährten sprechen können. Ich werde ihm die Stimme wiedergeben."

Er zog ihm den Knebel aus dem Mund und fuhr fort: „Der Häuptling hat Zeit gehabt, sich zu besinnen. Wenn er bereit ist, mir zu gestehen, dass sich Gefangene in seinem Pueblo befinden, werde ich ihn freigeben, ohne dass ihm etwas geschieht."

Ka Maku schloss aus diesen Worten, dass Old Shatterhand noch nichts Genaues wisse, und war infolgedessen entschlossen, nichts zu gestehen. Da er Old Shatterhands Art und Weise kannte, war er überzeugt, dass sein Leben nicht in Gefahr sei. Also nichts gestehen und lieber hier noch angebunden liegen, bis seine Leute kommen würden, ihn zu befreien. Er nahm an, dass sie dies bald nach Tagesanbruch tun würden. Er sah nur Old Shatterhand. Wo war Winnetou? Um das zu erfahren, fragte er: „Warum kommt nicht der Häuptling der Apatschen, um mit mir zu reden?"

Man hörte es seiner Stimme an, dass der Knebel ihm das Atmen erschwert hatte.

„Er musste in der Nähe des Pueblo bleiben, um zu beobachten."

Auf Grund dieser Antwort vermutete Ka Maku, dass die Bemühungen Winnetous und Old Shatterhands vergeblich gewesen seien und der Jäger nur gekommen sei, durch weiteres Ausfragen etwas zu erfahren. Darum sagte er höhnisch: „Winnetou wird nichts anderes hören und sehen, als was ich gesagt habe: Es befindet sich kein Gefangener bei uns. Warum schleichen die beiden tapferen Männer heimlich beim Pueblo hin und her? Warum fordern sie nicht Einlass, um sich zu überzeugen, dass ich die Wahrheit gesprochen habe und es ehrlich meine?"

„Weil wir euch nicht trauen und überzeugt sind, dass wir auch festgenommen würden."

„Uff! Wo ist die Klugheit Old Shatterhands hin? Der große Geist hat ihm das Gehirn genommen. Ich war sein Freund. Nun, da er mich als Feind behandelt, wird das Messer zwischen ihm und mir entscheiden!"

„Habe nichts dagegen. Also Ihr haltet wirklich keine weißen Männer, Frauen und Kinder im Pueblo gefangen?"

„Nein."

„Bedenke, dass es mir und Winnetou nicht schwer sein würde, sie zu befreien! Dann trifft dich die Strafe. Gestehst du es aber ein, so werden wir daran denken, dass du unser Freund und Bruder gewesen bist, und werden dich mit Milde behandeln."

„Old Shatterhand mag tun und denken, was er will. Ich habe die Wahrheit gesagt und werde mich rächen!"

„Ganz wie du willst! Aber horch! Wer mag da kommen?"

Man hörte nahendes Pferdegetrappel, Ka Maku richtete sich, so weit seine Fesseln es zuließen, empor und stieß einen Ruf der Freude aus. Die nahenden Reiter konnten doch nur seine Leute sein, die ihn suchten. Sie bogen um den Felsen und blieben da stehen. Er konnte ihre Gestalten nicht deutlich erkennen, war aber in seiner Ansicht so sicher, dass er ihnen zurief: „Ich bin Ka Maku, den ihr sucht. Steigt ab und bindet mich los!"

Da antwortete Sam Hawkens lachend: „Dass du Ka Maku bist, das glaube ich gern. Aber dass ich dich losbinde, das glaube ich nicht. Old Shatterhand wird bestimmen, was geschehen soll. Erkennst du mich vielleicht an der Stimme, alter Schurke?"

„Sam Hawkens!", schrie der Häuptling vor Schreck förmlich auf.

„Ja. Sam Hawkens und Dick Stone nebst Will Parker", bestätigte Old Shatterhand. „Meinst du nun immer noch, der große Geist habe mir das Hirn genommen? Oder war es richtig, als ich sagte, dass es uns nicht schwer werden würde, die Gefangenen zu befreien? Wir haben den Spieß umgedreht und ihn gegen Euch gerichtet: Eure Gefangenen sind frei und ihr seid gefangen. Keiner von deinen Kriegern ist im Stande, das Pueblo zu verlassen, denn wir umlagern es und werden jedem, der zu entkommen sucht, eine Kugel geben. Wir werden euch jetzt auf eure Pferde binden und ich rate euch, euch ja nicht etwa dagegen zu wehren, wenn ihr nicht unsere Messerklingen kosten wollt!"

Sam Hawkens, Dick Stone und Will Parker stiegen von ihren Pferden und machten sich über die vier Indianer her, die so bestürzt waren, dass es ihnen gar nicht einfiel, Widerstand zu leisten, der ihnen übrigens doch nichts gefruchtet hätte. Sie wurden auf ihre Tiere gebunden, die bis jetzt angepflockt gewesen waren, und dann trat man schweigend den Rückweg an. Als man am Pueblo anlangte, mussten die vier Roten absteigen und wurden unter scharfe Bewachung genommen. Sie konnten trotz der Dunkelheit bald bemerken, dass ihre sämtlichen Gefangenen sich in Freiheit befanden. Ihr Grimm darüber lässt sich leicht denken.

Die Weißen, besonders die lebhafteren unter ihnen, hätten am liebsten die ganze Nacht durchgeplaudert. Aber Old Shatterhand gab das nicht zu. Er machte sie darauf aufmerksam, dass ihnen morgen ein scharfer und langer Ritt bevorstehe, und brachte sie so weit, dass sie, die stündlich wechselnden Wachen natürlich abgerechnet, sich zur Ruhe legten.

Die Nacht verging, ohne dass die Roten wagten, das Pueblo zu verlassen und einen Angriff zu versuchen. Als der Tag graute, sah man, dass sie sich auf die oberen Plattformen zurückgezogen hatten. Die Mehrzahl von ihnen schlief, wurde aber, sobald es nur einigermaßen hell geworden war, von den Wächtern, die auch sie ausgestellt hatten, geweckt. Sie versammelten sich oben und riefen den Weißen, die sich ebenso vom Schlaf erhoben hatten, drohende Worte herab. Dass sich ihr Häuptling als Gefangener bei ihnen befand, konnten die Roten nicht erkennen.

Winnetou und Old Shatterhand waren entschlossen, sich auf keine langen Verhandlungen einzulassen. Man durfte keine Zeit verlieren, wenn es gelingen sollte, den Ölprinzen noch rechtzeitig einzuholen. Darum begaben sich beide zu Ka Maku, um mit ihm zu reden. Die anderen bildeten einen Kreis um sie, um zuzuhören oder, falls man das Gespräch nicht verstehen konnte, wenigstens zuzusehen. Da Winnetou nur sprach, wenn es unbedingt nötig war, ergriff Old Shatterhand das Wort: „Ka Maku sieht wohl, dass alle seine Gefangenen sich in Freiheit befinden?“

Der Häuptling antwortete nicht. Darum ermahnte ihn der Westmann drohend: „Ich pflege nicht gern in den Wind zu reden. Du sollst so mild wie möglich behandelt werden. Antwortest du nicht, so hast du es nur dir selbst zuzuschreiben, wenn wir nur die Rache gelten lassen. Beantworte also meine Frage!“

„Ich sehe, dass sie frei sind“, knurrte Ka Maku ingrimmig.

„Und dass deine Krieger nun unsere Gefangenen sind?“

„Das sehe ich nicht.“

„Nicht? Kann einer von ihnen das Pueblo verlassen,

wenn wir es nicht wollen? Wir brauchen nicht einmal zu dulden, dass sie auf den Dächern stehen. Unsere Gewehre tragen bis zur obersten Plattform und wir können sie alle zwingen, in das Innere der Stockwerke zu flüchten. Wo nehmen sie zu essen und zu trinken her? Sie dürfen nicht dorthin, wo der Brunnen ist und die Vorräte liegen. Außerdem haben wir dich und deine drei Gefährten fest. Was meinst du wohl, was wir mit euch machen werden?"

„Nichts! Es ist keinem von euch ein Leid geschehen."

„Das haben meine Freunde nur Winnetou und mir zu verdanken. Ihr hattet es anders mit ihnen vor. Ich will es kurz mit dir machen. Es fehlen ihnen noch viele Sachen, die sich im Pueblo befinden. Wenn ihnen alles, was ihnen verloren gegangen ist, ersetzt wird, geben wir euch frei und reiten fort. Weigerst du dich aber, so wirst du erschossen und wir verbrennen deine Skalplocke, dass du in den ewigen Jagdgründen ohne sie erscheinen musst. Ebenso wird es deinen drei Mitgefangenen ergehen. Entscheide dich! Sieh, eben jetzt geht die Sonne auf. Wenn sie eine Handbreit über dem Horizont steht, will ich deine Antwort haben. Länger warte ich nicht. Ich habe gesprochen!"

Er stand auf und ging mit Winnetou fort, zum Zeichen, dass er kein weiteres Wort verlieren wolle. Ka Maku starrte finster vor sich hin. Er kannte die Menschenfreundlichkeit seiner Sieger und glaubte nicht, dass sie ihre Drohung wahr machen würden. Die ganze Beute hergeben, das schien ihm zu viel verlangt. Als die Sonne so weit, wie angegeben, vorgerückt war, kamen die beiden zurück und Old Shatterhand fragte: „Was hat Ka Maku beschlossen? Sollen die abhanden gekommenen Sachen ersetzt werden?"

„Nein!", stieß er hervor.

„*Well!* Ich habe dir gesagt, dass ich gesprochen habe. Wir sind fertig. Schafft die Kerls fort, nach jenem Felsen hinüber, schneidet ihnen die Skalplocken ab und gebt nachher jedem eine Kugel in den Kopf! Ich habe keine Lust, meine Worte zu verschwenden."

Sam, Dick und Will, Frank und Droll griffen zu und schleppten die vier Roten nach dem bezeichneten Felsen. Ein Indianer, der ohne Skalplocke stirbt und begraben wird, geht der Freuden der ewigen Jagdgründe verloren. Darum schrie der Häuptling, als Hawkens mit der Linken ihn am Haar ergriff und mit der Rechten das Messer schwang: „Halt, halt! Ihr sollt alles haben!"

„Gut!", nickte Old Shatterhand. „Es war die höchste Zeit. Widerrufe aber ja nicht, denn dann gibt es keine Gnade! Ich verlange, dass alles bis auf den geringsten Gegenstand ausgeliefert wird. Eure Squaws mögen uns die Sachen bringen. Sollten Männer es wagen, zu erscheinen, schießen wir sie nieder. Bist du einverstanden?"

„Ja", knirschte Ka Maku.

„So mag dieser Mann hier es den Deinen melden. Aber wenn die Auslieferung nicht binnen fünf Minuten beginnt, bist du verloren!"

Er deutete auf einen der Gefangenen. Ihm wurden die Fesseln abgenommen und dann erhielt er eine Leiter, um auf das Pueblo zu steigen. Erst durch ihn erfuhren die Indianer, dass ihr Häuptling gefangen war. Sie erhoben ein großes Geheul und rannten unter drohenden Gebärden oben hin und her, doch schien der Bote ihnen ernstlich zuzusprechen und innerhalb der festgesetzten fünf Minuten kamen schon die ersten Squaws mit Lasten herabgestiegen, die sie unten abgaben. Jeder Beraubte nahm das in Empfang, was ihm gehörte, und gab an, was ihm noch fehlte. Es wurde scharf darauf gedrungen, dass selbst der kleinste Gegenstand zurückerstattet wurde. Das machte freilich viel Mühe, endlich aber war doch alles vorhanden und verteilt. Darum rief der Häuptling: „Es ist geschehen, was ihr wolltet. Nun bindet mich los und packt euch fort!"

„Du irrst", antwortete Old Shatterhand ruhig, „ihr habt noch nicht alles ersetzt."

„Was verlangst du noch?"

„Die Zeit, die uns verloren gegangen ist."

„Kann ich euch Zeit geben, Stunden schenken?“, erwiderte Ka Maku.

„Ja. Wir haben alle deinetwegen kostbare Zeit verloren, die wir unbedingt wieder einbringen müssen. Das ist mit den schlechten Pferden, die einige von uns besitzen, nicht möglich. Ich habe gesehen, dass ihr in eurem Korral sehr schöne Tiere habt. Wir werden unsere schlechten gegen eure guten umtauschen.“

„Wag das!“, rief Ka Maku, indem seine Augen zornig blitzten.

„Pshaw! Was ist dabei zu wagen? Du glaubst doch nicht etwa, dass ich mich vor dir fürchte! Wer kann es uns verwehren, den Tausch vorzunehmen? Du bist in unserer Gewalt und deine Krieger dürfen sich nicht herunterwagen, um uns zu hindern. Unsere Gewehre tragen weiter als die ihrigen. Wir würden sie treffen, nicht aber sie uns. Das wissen sie recht gut und werden sich also hüten, uns nahe zu kommen.“

„Das wäre Raub.“

„Nur Vergeltung! Ihr seid Diebe. Wir aber strafen euch. Sollt ihr alle diese Leute umsonst gefangen genommen und beraubt haben? Man muss euch zeigen, dass der Unehrliche stets dem Ehrlichen unterliegt. Dein Widerstreben hilft dir nichts. Winnetou, Sam Hawkens und Droll mögen kommen, um mit mir die Pferde auszulesen!“

Er ging mit den drei Genannten nach dem Korral. Der Häuptling geriet in große Wut. Er bäumte sich unter seinen Fesseln und gebärdete sich, als ob er den Verstand verloren hätte. Da trat Frau Rosalie zu ihm und fuhr ihn zornig an: „Willste gleich schtille sein, du ewiger Schreihals, du! Was biste denn eegentlich? Een Häuptling willste sein? Wennste denkst, dass ich das gloobe, da kommste schöne an! Een Lump biste, een langfingriger Galgenschtrick! Verschtehste mich? Klappse sollste kriegen, Haue, tüchtige Keile! Eingeschperrt haste uns, uns arme Würmer! Und nu, da das gerechte Schtrafgericht über dich kommt wie der Pfeffer off de Suppe, da tuste grad, als obste de reene Unschuld wärscht. Nimm dich in Acht und komm mir nich etwa mal in meine Hände. Ich reiß dir de Haare alle eenzeln raus! So, jetzt weeßte, woran du bist und mit wem du zu tun hast. Bessere dich! Jetzt is es vielleicht noch Zeit. Sonst kriegst du's noch mit der Polizei zu tun!"

Sie warf ihm einen vernichtenden Blick zu und wendete sich von ihm ab. Ihre Worte blieben nicht ohne Wirkung, obgleich er keins davon verstanden hatte. Desto verständlicher war ihm der Ton gewesen. Er sah ihr erstaunt nach und schwieg, schwieg selbst dann, als kurze Zeit darauf die Pferde aus dem Korral gelassen und gesattelt wurden. Es fanden sich seine besten Tiere dabei. Aber wenn er auch nichts sagte, seine Blicke sprachen umso deutlicher.

Als die Roten auf den oberen Stockwerken sahen, dass die Weißen aufbrechen wollten, kamen sie herabgestiegen. Sie glaubten, das wagen zu können, weil die Bleichgesichter keine drohende Haltung mehr zeigten. Hätte man sie gewähren lassen, so wäre kein ruhiger Abzug möglich gewesen. Darum richtete Old Shatterhand seinen Stutzen auf sie und rief drohend: „Bleibt oben, sonst schießen wir!"

Da sie dieser Aufforderung nicht Folge leisteten, gab er zwei Warnungsschüsse ab. Da erhoben sie ein großes Geheul und wichen nach oben zurück. Sie waren übrigens, den Verhältnissen angemessen, sehr gut weggekommen, denn außer den Fackelträgern, die von Old Shatterhand in die Hände getroffen waren, hatte keiner von ihnen eine Verletzung davongetragen. Tote gab es gar nicht. Dennoch sagte der Häuptling zu Old Shatterhand, als dieser das Gewehr absetzte: „Warum schießt du auf meine Leute? Siehst du nicht, dass sie keine feindlichen Absichten mehr haben?"

„Und hast du nicht gesehen, dass auch meine Absicht friedlich war?", antwortete der Jäger. „Oder glaubst du, ich hätte Fehlschüsse getan? Wenn ich will, trifft meine Kugel stets. Ich wollte deine Leute mit meinen Schüssen nur warnen."

„Aber siehst du nicht, dass dort oben einige mit verbundenen Händen stehen? Sie erheben diese, um mir zu zeigen, dass sie verwundet worden sind.“

„Sie mögen es meiner Güte danken, dass ich nur auf die Hände, nicht aber auf ihre Köpfe gezielt habe.“

„Nennst du das auch Güte, dass du uns die Pferde weggenommen hast?“

„Allerdings. Es ist eine Strafe, mit der ihr zufrieden sein könnt. Eigentlich habt ihr eine viel strengere verdient.“

„Das sagst du. Weißt du aber, was ich in Zukunft sagen werde?“

Old Shatterhand machte eine gering schätzige Handbewegung, wandte sich ab und stieg auf sein Pferd. Die anderen waren schon aufgesessen. Da rief Ka Maku, über diese Verachtung entrüstet, ihm zornig nach: „Ich werde jedem, der zu mir kommt, sagen: Winnetou und Old Shatterhand, die stolz auf ihre Namen sind, sind unter die Pferdediebe gegangen, und Pferdediebe müssen gehenkt werden!“

Der Jäger tat, als hätte er diese Beleidigung gar nicht gehört. Aber der kleine Hobble-Frank war so ergrimmt darüber, dass er zu dem Häuptling ritt und ihn zornig anfuhr: „Schweig, Halunke! So een Spitzbube, wie du bist, muss froh sein, dass er nich selber an eenem scheenen Schtrick offgehängt worden is. Dir wäre noch besser, du würdest mit eenem Mühlschteen am Hals ersäuft im Indischen Ozean, da, wo er am tiefsten is. Da haste meene Meenung, nu leb wohl!“

Hobble-Frank ritt davon, ohne sich bewusst zu werden, dass Ka Maku diese deutsche Strafrede ja gar nicht verstanden haben konnte.

9. Kundschafter

Wenn das Kriegsbeil zwischen zwei Indianerstämmen ausgegraben ist, so bedeutet das, dass nunmehr auf Tod und Leben zwischen ihnen gekämpft werden soll. Dann werden zunächst von beiden Seiten Kundschafter ausgeschickt, die zu erfahren suchen, wo der feindliche Stamm sich gegenwärtig befindet und wie viele erwachsene Krieger er zu stellen vermag. Den jetzigen Aufenthalt zu erkunden, ist schon deshalb notwendig, weil die so genannten ‚wilden' Stämme gar nicht sesshaft sind, sondern stets umherstreifend ihre Lagerplätze, allerdings innerhalb gewisser Grenzen, je nach ihren Bedürfnissen und Absichten immer während ändern.

Damit ist die Aufgabe der Kundschafter aber noch nicht erfüllt. Sie müssen, und das ist das Schwierigere, auch zu erforschen suchen, in welcher Weise der Feind den Krieg zu führen beabsichtigt, ob er gut mit Vorräten versorgt ist, wann er aufbricht, welchen Weg er einzuschlagen und wo er auf den Gegner zu treffen gedenkt. Dazu gehören erfahrene Männer, die neben der unbedingt notwendigen Tapferkeit auch die nötige Umsicht, Vorsicht und List besitzen.

In Fällen von geringerer Bedeutung, die weniger Gefahr bieten, bedient man sich als Kundschafter jüngerer Krieger, damit diese Gelegenheit finden, ihren Mut und ihre Geschicklichkeit zu zeigen und sich einen Namen zu machen. Handelt es sich aber um mehr, so werden ältere, bewährte Männer auserwählt. Ja, es kann sogar vorkommen, dass der Häuptling selbst auf Kundschaft geht, wenn er die Angelegenheit für entsprechend wichtig hält.

Da nun von beiden Seiten Späher ausgesandt werden, so kommt es vor, dass diese aufeinander treffen. Dann heißt es, alles aufzubieten, um die feindlichen Kundschafter unschädlich zu machen. Wenn das gelingt, bleibt der Gegner ohne Nachricht, wird also durch den Angriff überrascht und leichter besiegt.

Es lässt sich denken, dass bei einem solchen Zusammentreffen der beiderseitigen Späher oft weit mehr List, Gewandtheit und Verwegenheit aufgeboten wird als bei dem eigentlichen Kampf. Es geschehen dabei Taten, deren Erzählung noch nach langen Jahren von Mund zu Mund geht.

Wie schon mehrfach erwähnt, waren gerade in gegenwärtiger Zeit zwischen einigen Stämmen sehr ernste Feindseligkeiten ausgebrochen, nämlich zwischen den Nijoras und den damals nördlich von ihnen hausenden Navajoindianern. Der Chelly-Arm des Rio Colorado bildete die Grenze zwischen diesen beiden Stämmen. Die Gegend, die er durchfließt, war also das gefährliche Gebiet, wo die Gegner voraussichtlich aufeinander treffen würden, und das also vorher von den Kundschaftern durchspäht werden musste.

Gefährlich war diese Gegend nicht etwa nur für die Indianer, sondern auch für die Weißen, denn die Erfahrung lehrt, dass, sobald Rote gegeneinander kämpfen, die Bleichgesichter von beiden Seiten als Feinde betrachtet werden. Sie befinden sich dann, um ein Bild zu gebrauchen, wie zwischen den Klingen einer Schere, die jeden Augenblick zusammenstoßen können.

Das Gloomy-water, wohin der Ölprinz wollte, lag in der Nähe des Chellyflusses. Grinley kannte die Gefahr, die jeden Weißen gerade jetzt dort erwartete, glaubte aber, den Ritt doch wagen zu können, weil er bisher von beiden Stämmen nie feindlich behandelt worden war. Auch konnte er seinen Plan nicht aufschieben. Wenn er seinen Zweck erreichen wollte, musste er sich beeilen. Er durfte den Bankier weder zur Besinnung kommen noch irgendwelchen Umstand eintreten lassen, wodurch der Bankier etwa gewarnt werden konnte.

Was Duncan und seinen Buchhalter betrifft, so hatten diese zwar gehört, dass ein Bruch zwischen Nijoras und Navajos stattgefunden hatte, besaßen aber nicht die nötigen Erfahrungen und Kenntnisse, um zu wissen, was auch ihnen dadurch drohte. Und der Ölprinz hütete sich gar wohl, sie darüber aufzuklären.

Die fünf Männer befanden sich vielleicht noch einen Tagesritt vom Chelly entfernt, als sie sich, über eine offene grasige Prärie reitend, die zuweilen durch Buschwerk unterbrochen wurde, plötzlich einem Reiter gegenüber sahen, den sie nicht eher hatten bemerken können, weil sich ein solches Gesträuch zwischen ihm und ihnen befunden hatte. Er war ein Weißer, hatte ein Felleisen hinter sich geschnallt und ritt ein kräftiges indianisches Pony, dem man es freilich ansah, dass es tüchtig angestrengt worden war. Beide Teile blieben überrascht voreinander stehen.

„Hallo!", rief der Fremde. „Das hätten Rote sein sollen!"

„Dann wäre es um Euren Skalp geschehen gewesen", antwortete der Ölprinz, wobei er ein gezwungenes Lachen hören ließ, um seine eigene Verlegenheit zu verbergen, denn auch er war über das unerwartete Zusammentreffen erschrocken.

„Oder um die eurigen", entgegnete der andere. „Bin nicht der Mann, der sich seine Kopfhaut so leicht über die Ohren ziehen lässt."

„Auch nicht, wenn fünf gegen einen stehen?"

„Auch dann nicht, wenn es Rote sind. Habe noch mehr gegen mich gehabt und meinen Skalp dennoch behalten."

„So möchte man Achtung vor Euch haben, Sir. Darf man vielleicht wissen, wer Ihr seid?"

„Warum nicht? Brauche mich nicht zu schämen, es zu sagen." Und auf das Felleisen hinter sich deutend, erklärte er: „Wundere mich eigentlich über Eure Frage. Ihr scheint keine rechten Westleute zu sein. Müsstet es doch diesem Ding da ansehen, dass ich Kurier bin."

Er war also einer jener kühnen Männer, die, ihr Felleisen mit Briefen und ähnlichen Dingen gefüllt, auf ihren schnellen Pferden furchtlos über die Prärien und Felsengebirge ritten. Jetzt freilich trifft man keinen solchen Kurier mehr an.

„Ob wir Westmänner sind oder nicht, geht Euch nichts an“, gab der Ölprinz zurück. „Euer Felleisen habe ich freilich gesehen, aber ich weiß, dass durch diese Gegend hier noch niemals ein Kurier gekommen ist. Diese Leute pflegen sich doch stets auf der Straße Albuquerque-San Francisco zu halten. Warum seid Ihr von ihr abgewichen?“

Der Mann richtete seine klugen Augen halb verächtlich auf den Fragesteller und antwortete: „Bin eigentlich nicht verpflichtet, Euch Auskunft zu geben. Da ich Euch ahnungslos in Euer Verderben rennen sehe, sollt Ihr erfahren, dass ich wegen der Navajos und Nijoras von meiner Richtung abgewichen bin. Sie hätte mich gerade durch die Gegend geführt, die ein kluger Mann am besten den Roten überlässt, nämlich durch das Gebiet am Chellyfluss. Wisst Ihr denn nicht, dass die Roten sich gerade jetzt dort in den Haaren liegen?“

„Meint Ihr vielleicht der einzige Kluge zu sein, den es hier im Wilden Westen gibt?“

Der Ölprinz hätte besser getan, höflich zu sein, aber die Worte des Kuriers hatten ihn zornig gemacht, und diesem einzelnen Mann gegenüber hielt er es nicht für nötig, das ihm eigene rücksichtslose Wesen zu verleugnen. Der Kurier blickte prüfend von einem zum anderen, ohne die Grobheit in gleicher Weise zu erwidern, nickte dann leise vor sich hin und sagte, indem er auf den Bankier und den Buchhalter deutete: „Ich möchte behaupten, dass wenigstens diese beiden Männer noch nicht viel Blut haben fließen sehen. Wenn Ihr so klug seid, dass Ihr keines Rates bedürft, so will ich wenigstens sie auffordern, vorsichtig zu sein. Vielleicht wissen sie gar nicht, was sie wagen. Es steckt doch kein vernünftiger Mensch den Kopf in die Presse, die soeben zugeschraubt werden soll!“

Diese ernsten Worte hatten den Erfolg, dass der Bankier sich erkundigte: „Was wollt Ihr damit sagen, Sir? Welche Presse meint Ihr?“

„Die da hinter mir am Chelly. Ihr scheint schnurstracks

in sie hineinreiten zu wollen. Kehrt um, Mesch'schurs, sonst geratet ihr zwischen die Skalpmesser der beiden Stämme, die einander abschlachten wollen, und was da von euch übrig bleiben wird, das können die Geier und Präriewölfe fressen! Hört auf mich. Ich meine es gut mit euch!"

Ein Blick in sein offenes Gesicht, in seine ehrlichen Augen genügte, zu erkennen, dass er die Wahrheit sprach. Darum fragte Duncan: „Meint Ihr wirklich, dass die Gefahr so groß ist?"

„Ja, das meine ich. Habe heute früh Spuren gesehen, die mir zeigten, dass sich die Kundschafter schon gegenseitig beschleichen. Das lässt sich jeder kluge Mann zur Warnung dienen. Müsst ihr denn unbedingt und gerade jetzt nach dieser Gegend? Könnt ihr diesen unvorsichtigen Ritt nicht aufschieben bis auf bessere, friedlichere Zeiten?"

„Hm, das könnten wir tun. Wenn Ihr behauptet, dass die Gefahr so groß ist, so halte ich es allerdings für besser..."

„Nichts da!", fiel ihm der Ölprinz ins Wort. „Kennt Ihr diesen Mann hier? Wollt Ihr ihm mehr glauben und vertrauen als uns? Wenn er sich vor einer Spur im Gras fürchtet, so ist das allein seine Sache, aber nicht die unsrige."

„Aber Kuriere pflegen erfahrene Leute zu sein. Er scheint die Wahrheit zu sprechen, und wenn es sich ums Leben, also um alles handelt, so ist es nicht geraten, tollkühn zu sein. Ob unser Geschäft heute oder einige Tage später zu Stande kommt, das macht wohl keinen Unterschied."

„Es macht doch einen! Ich habe keine Lust, mich ewig hier herumzudrücken, Sir."

„Ah, es handelt sich um ein Geschäft!", lächelte der Kurier. „*Well*, da gehöre ich nicht dazu. Habe meine Pflicht getan und euch gewarnt. Mehr kann man nicht von mir verlangen."

Bei diesen Worten ergriff er die Zügel, um sein Pony wieder in Bewegung zu setzen.

„Tun wir auch gar nicht", fuhr ihn der Ölprinz an. „Wir

haben überhaupt gar nichts von Euch verlangt. Ihr konntet also Eure Meinung getrost für Euch behalten. Macht Euch fort von uns!“

Der Kurier ließ sich auch durch dieses Verhalten nicht aus der Fassung bringen, sondern antwortete im Ton eines Lehrers, der seinem Schüler eine Ermahnung gibt: „So ein Grobian wie Ihr ist mir noch nicht vorgekommen. Es reiten doch zuweilen recht sonderbare Menschen im Wilden Westen hin und her!“

Und sich an den Bankier wendend, fuhr er fort: „Ehe ich dem Befehl dieses großmächtigen Gentleman Gehorsam leiste und mich ‚fort von euch mache‘, muss ich Euch noch eins sagen: Wenn es sich in dieser Gegend um ein Geschäft handelt, so ist solch Handel allemal gefährlich, auch in ganz gewöhnlichen, friedlichen Zeiten. Wenn ein Geschäft aber selbst unter den gegenwärtigen Verhältnissen keinen Aufschub erleiden darf, so ist das nicht bloß gefährlich, sondern geradezu verdächtig. Nehmt Euch also in Acht, Sir, dass es Euch dabei nicht an Kopf und Kragen geht!“

Er wollte fort. Da zog der Ölprinz sein Messer und schrie ihn an: „Das war eine Beleidigung, Mensch! Soll ich dir dafür diesen spitzen Stahl zwischen die Rippen geben? Sag noch ein einziges Wort, so tue ich es!“

Da blitzten aber schon die Läufe zweier Revolver in den Händen des Kuriers und noch mehr blitzten seine Augen, als er verächtlich lachend antwortete: „Versuch's doch einmal, *my boy!* Augenblicklich fort mit dem Messer, sonst schieße ich! Hier sind zwölf Kugeln, Mesch'schurs. Wer von euch nur die bloße Hand gegen mich bewegt, dem schieße ich ein Loch durch seine arme Seele. Also nochmals, fort mit dem Messer, Mensch! Ich zähl' bis drei! Eins – zwei…“

Es war ihm anzusehen, dass es ihm mit seiner Drohung ernst war. Darum ließ es Grinley wohlweislich nicht bis zu drei kommen, sondern steckte sein Messer wieder ein.

„So ist's richtig!", lachte der Kurier. „Ich wollte euch auch nicht geraten haben, es darauf ankommen zu lassen. Für heute ist's genug. Aber sollten wir uns vielleicht noch einmal begegnen, so werdet ihr noch viel mehr von mir lernen!"

Dann ritt er fort und hielt es nicht der Mühe wert, sich auch nur einmal umzusehen. Grinley griff nach seinem Gewehr, um es auf ihn zu richten. Da legte der Buchhalter ihm die Hand auf den Arm und sagte in beinahe strengem Ton: „Macht keine weiteren Dummheiten, Sir! Wollt Ihr den Mann erschießen?"

„Keine weiteren Dummheiten!", wiederholte der Ölprinz. „Habe ich denn schon welche gemacht?"

„Allerdings! Eure Grobheit, Euer ganzes Verhalten war eine. Der Mann meinte es offenbar gut mit uns und ich sah wirklich keinen Grund, der Euch veranlassen konnte, ihn in solcher Weise zu behandeln!"

Grinley wollte ihm eine zornige Antwort geben, besann sich aber eines anderen und erwiderte: „Bin ich grob gegen ihn gewesen, so seid Ihr es jetzt gegen mich. Lassen wir das sich gegenseitig aufheben. Der Kerl war ein Hasenfuß."

„Aber als Ihr mit dem Messer an ihn wolltet, benahm er sich gar nicht wie ein solcher, sondern Ihr wart es, der klein beigeben musste."

„Das ist gar keine Schande. Der Teufel mag ruhig zusehen, wenn ihm zwei sechsfach geladene Läufe auf die Brust gerichtet werden! Doch genug hiervon. Reiten wir weiter!"

Buttler und Poller hatten sich während des ganzen Auftritts ruhig verhalten, doch war ihnen anzusehen, dass sie sich über das Erscheinen des Kuriers und besonders über seine Warnungen ärgerten. Sie warfen im Weiterreiten ebenso wie der Ölprinz besorgt forschende Blicke auf Duncan und Baumgarten, um an ihren Mienen abzulesen, welchen Eindruck diese Warnungen gemacht hatten.

Die Stimmung war plötzlich umgeschlagen. Es wurde nicht gesprochen und jeder schien mit seinen Gedanken zu tun zu haben. Nach einiger Zeit verschwand die Sonne. Ein zum Nachtlager passender Ort war bald gefunden. Für ein Abendessen brauchten sie nicht zu sorgen, weil der Ölprinz auf dem Pueblo hinreichend mit Lebensmitteln versehen worden war. Sie verzehrten ihr Essen schweigend, und erst als es dunkel geworden war, fiel das erste Wort, und zwar aus Baumgartens Munde: „Brennen wir ein Feuer an?"

„Nein", antwortete Grinley.

„Also seid Ihr doch auch besorgt wegen der Indianer?"

„Besorgt? Nein! Ich kenne diese Gegend und die Roten, die es hier gibt, viel besser als der Kurier, der wohl zum ersten Mal hierher gekommen ist. Von Sorge oder gar Angst kann keine Rede sein. Trotzdem braucht die Vorsicht nicht vernachlässigt zu werden. Wenn der Mann Spuren gesehen hat, so ist es nicht gesagt, dass sie gerade von indianischen Kundschaftern herrühren. Dennoch wollen wir kein Feuer brennen. Ihr sollt mir später nicht den Vorwurf machen, etwas unterlassen zu haben, was zu unserer Sicherheit erforderlich war."

„Hm!", brummte der Bankier nachdenklich. „Ihr seid also überzeugt, dass es die Gefahr nicht gibt, von der der Kurier sprach?"

„Für uns nicht. Darauf könnt Ihr Euch verlassen. Um Euch vollständig zu überzeugen und ganz zu beruhigen, will ich, obgleich es ganz und gar nicht nötig ist, ein Übriges tun und morgen Poller und Buttler voranschicken."

Die beiden Genannten hatten dies erwartet. Sie sagten nichts dazu.

„Warum? Was sollen sie?", fragte der Bankier.

„Unsere Späher machen, also dafür sorgen, dass Ihr nicht in Gefahr kommt."

„Wir brechen also morgen früh nicht alle auf?"

„Nein. Ich bleibe mit Euch und Mr. Baumgarten hier.

Nur Buttler und Poller reiten fort. Sie werden scharf aufpassen und, falls sie eine Gefahr für uns entdecken, sofort zurückkehren, um uns zu warnen."

„Das beruhigt mich, Mr. Grinley. Dieser Kurier hatte mir doch einigermaßen Angst gemacht."

Er ahnte nicht, dass die Vorsorge, die ihn beruhigte, ganz den gegenteiligen Zweck hatte, den Betrug vorzubereiten, dem er zum Opfer fallen sollte.

Da die beiden Genannten frühzeitig aufbrechen sollten, wurde das Gespräch nicht fortgesetzt, sondern man legte sich schlafen. Je einer musste wachen. Die Reihenfolge ergab, dass Baumgarten die erste und der Bankier die zweite Wache hatte. Als Duncan dann den Ölprinzen, der ihn ablöste, geweckt und sich niedergelegt hatte, blieb dieser wohl eine halbe Stunde lang unbeweglich sitzen. Hierauf beugte er sich zu dem Bankier und Buchhalter nieder, um festzustellen, ob sie schliefen. Als er dies festgestellt hatte, weckte er Poller und Buttler leise. Die drei entfernten sich so weit vom Lagerplatz, dass sie von dort weder gesehen, noch belauscht werden konnten. Sie hatten heimlich miteinander zu reden.

„Dachte es, dass du uns wecken würdest", sagte Buttler. „Hol der Teufel den Kurier, der uns leicht das ganze Spiel verderben konnte. Hättest dich übrigens anders verhalten sollen!"

„Willst auch du mir Vorwürfe machen?", brummte sein Bruder.

„Wunderst du dich darüber? Der Kerl hatte Haare auf den Zähnen und hat dich, wie man so sagt, auf der ganzen Linie geschlagen."

„Oho!"

„Pshaw! Gib es doch zu. Es ist doch wahr! Je erregter du wurdest, desto ruhiger blieb er; schon da war er dir überlegen. Diesen Eindruck haben Duncan und Baumgarten unbedingt auch gehabt. Und dann gar die Messergeschichte! Es war ein riesiger Reinfall, als wir uns nicht rühren durften! Einer gegen fünf! Was müssen Duncan und Baumgarten von uns denken!“

„Lass sie denken, was sie wollen! Sie haben das erschütterte Vertrauen wieder gefunden. Reden wir von Besserem! Ich habe euch die Lage des Petroleumsees genau beschrieben. Getraut ihr euch, ihn zu finden?“

„Unbedingt.“

„Wenn ihr zeitig aufbrecht und durch nichts aufgehalten werdet, seid ihr schon nachmittags dort. Die Höhle werdet ihr ebenso leicht finden wie das Gloomy-water. In der Höhle findet ihr alles, was nötig ist: die vierzig Fässer Öl, die Werkzeuge und alles andere. Nun merkt wohl auf! Ihr müsst mit der Arbeit sofort, wenn ihr angekommen seid, beginnen, weil es dann längerer Zeit bedarf, die Spuren dieser Arbeit zu verwischen. Ihr rollt die Fässer einzeln bis hart an das Wasser und schafft sie, wenn das Petroleum in den See gelaufen ist, wieder in die Höhle. Den Eingang zu dieser verschließt ihr wieder so, wie ihr ihn findet. Er darf selbst für das schärfste Auge nicht zu entdecken sein. Dann löscht ihr alle Spuren aus, die durch das Rollen der Fässer entstanden sind. Hoffentlich werdet ihr mit alledem bis zum Abend fertig.“

„Und wenn die Arbeit am See beendigt ist, was dann?“, fragte Buttler.

„Dann schlaft ihr aus und reitet uns am nächsten Morgen entgegen, um uns zu sagen, dass ihr den See gefunden habt und dass der Weg dorthin ganz ungefährlich ist. Dabei ist die Hauptsache, dass ihr euch recht begeistert über den Petroleumfund zeigt.“

„Daran soll es nicht fehlen. Wollen schon dafür sorgen, dass die beiden von unserer Begeisterung angesteckt werden. Du tust hoffentlich dann auch deine Pflicht!“

„Selbstverständlich. Ihr bekommt miteinander fünfzigtausend Dollar, in die ihr euch teilt.“

Bei diesen Worten gab Grinley seinem Bruder einen verstohlenen Wink, zum Zeichen, dass dieses Versprechen nur eine Lockspeise für Poller sein solle. Für diesen war ja nicht das Geld, sondern das Messer oder eine Kugel bestimmt. Poller ahnte das nicht. Er traute den beiden Betrügern und rief freudig, aber in leisem Ton aus: „Fünfzigtausend, die wir teilen! So bekomme ich also fünfundzwanzigtausend?"

„Ja", nickte Grinley.

„Das ist herrlich! Ich gehöre euch mit Leib und Seele! Wenn man es nur sofort bar machen könnte!"

„Leider ist das unmöglich. Der Bankier zahlt ja in Anweisungen auf Frisco."

„Wir reiten also dann alle drei nach San Francisco?"

„Alle drei."

„Na, diesen Weg will ich gern machen. Für fünfundzwanzigtausend Dollar reitet man gern noch viel weiter."

„*Well!* Nun noch eine Ermahnung. Ich bin wegen der Indianer keineswegs so ruhig wie ich mich gestellt habe. Nehmt euch in Acht. Lasst euch nicht sehen, damit ihr unbehelligt zum Gloomy-water kommt und die Vorbereitungen treffen könnt! Es wäre nicht ausdenkbar, wenn ich mit den beiden dort anlangte und es wäre kein Petroleum im See."

„Das kann gar nicht sein", meinte Buttler, „denn wenn uns etwas zustieße, könnten wir euch nicht entgegenkommen und daraus müsstest du doch ersehen, dass die Sache nicht in Ordnung ist."

„Das ist richtig. In diesem Fall würde ich mich hüten, die beiden nach dem See zu führen."

„Was würdet ihr dann tun?"

„Natürlich nach euch forschen, um euch beizustehen."

„Das muss auch so sein. Wir müssen uns gegenseitig helfen. Keiner darf den anderen sitzen lassen. Nun aber wollen wir wieder zum Lager zurück. Die beiden könnten Verdacht schöpfen, wenn einer von ihnen aufwacht und uns vermisst."

Als sie zu Duncan und Baumgarten zurückkamen, fanden sie diese noch fest schlafend und lagerten sich wieder bei ihnen. Die Nacht verging ohne Störung, und als der Morgen anbrach, traten Buttler und Poller ihren Marsch an.

Duncan und Baumgarten hatten geglaubt, die zwei würden nur eine gewisse Strecke voranreiten und sie sollten ihnen folgen. Doch der Ölprinz belehrte sie eines anderen: „Das wäre unklug und unzulänglich. Sie gehen als Späher und müssen langsam reiten. Wir würden sie also bald einholen und wären gezwungen, wieder und wieder zurückzubleiben. Da ist es doch entschieden besser, dass wir ihnen Zeit lassen, den ganzen Weg in einem ununterbrochenen Ritt auszukundschaften."

„Und wann folgen wir?"

„Morgen früh."

„So spät?"

„Das ist nicht zu spät. Ihr habt ja selbst verlangt, dass keine Vorsicht versäumt werden möge. Treffen die beiden unterwegs auf Feinde, so kehren sie zurück, um es uns zu melden. Kommen sie bis heute Abend nicht wieder, so ist das ein sicheres Zeichen, dass wir nichts zu befürchten haben. Dann können wir morgen, nachdem unsere Pferde sich heute gut ausgeruht haben, die Strecke bis zum Ziel mit doppelter Schnelligkeit zurücklegen."

Der Tag verging und es wurde Abend, ohne dass Buttler und Poller zurückkehrten, was die drei Zurückgebliebenen in eine heitere, zuversichtliche Stimmung versetzte. Der Bankier konnte während der ganzen Nacht nicht einen Augenblick lang schlafen. Er befand sich in fieberhafter Aufregung. Also morgen war der große Tag, an dem er das größte und bedeutendste Geschäft seines Lebens abschließen wollte, ein so glänzendes Geschäft, wie es ihm in keinem Traum vorgekommen war! Ölprinz sollte er werden, Besitzer einer reichen Petroleumquelle! Sein Name sollte neben denen der größten Millionäre genannt werden. Ja, er würde wohl in kurzer Zeit zu den berühmten ‚Vierhundert' von New York gehören! Das ließ ihm keine Ruhe. Er hatte, als der Tag graute, noch kaum die Augen zugemacht und weckte Grinley und Baumgarten, um sie zum Aufbruch zu mahnen.

Sie waren gern bereit dazu, und als die Sonne auftauchte, hatten sie mit ihren ausgeruhten Pferden schon einige Meilen zurückgelegt.

Die Gegend, durch die sie kamen, war bergig. Die Höhen trugen dichte Wälder und die Täler hatten sich mit frischem Gras geschmückt. In dem Gras fanden sie von Zeit zu Zeit die Spur ihrer vorangerittenen Gefährten. Es wurde Mittag. Den Pferden musste eine Ruhestunde gegönnt werden.

„Wir werden bald einen passenden Ort finden", sagte der Ölprinz, „einen tiefen Talkessel, dessen Sohle die Sonne auf der südlichen Seite nicht treffen kann. Dort ist es kühl. In einer Viertelstunde sind wir dort."

Sie befanden sich jetzt auf einer ziemlich steil ansteigenden Lehne. Als sie diese Lehne hinter sich hatten, senkte sich der mit Nadelbäumen bestandene Boden so jäh abwärts, dass sie absteigen und ihre Pferde führen mussten.

„Nun noch zweihundert Schritte", sagte Grinley, „dann seht ihr das Tal gerade vor euch liegen. Es ist nicht groß, und mitten darin liegt ein riesiger Felsblock, neben dem eine mehrhundertjährige Blutbuche steht."

Als sie diese Entfernung zurückgelegt hatten, hielten seine Begleiter, überrascht von dem Anblick, der sich ihnen bot. Gerade vor ihren Füßen senkte sich das Gestein beinahe lotrecht abwärts. Sie standen am Westrand des Talkessels, der von hohen Felswänden eingeschlossen wurde und nur zwei schmale Ausgänge hatte, einen im Norden und einen im Süden. Sie befanden sich auf einer einem Altan gleichenden Stelle der Westwand. Der Felsenteil, der den Altan trug, sprang weit in das Tal hinein, sodass der Steinblock, von dem der Ölprinz vorhin gesprochen hatte, gar nicht weit von ihnen lag. Die Blutbuche daneben war ein Baum von so schönem Bau, dass sein Anblick einen Maler in Entzücken versetzt hätte.

„Welch herrlicher Baum!“, rief Baumgarten aus. „So einen...“

„Pst!“, warnte ihn Grinley, indem er den anderen rasch am Arm fasste. „Still! Wir sind hier nicht allein. Seht ihr die beiden Indianer dort an der Nordseite des Felsblocks? Jenseits scheinen ihre Pferde zu grasen.“

Es war so. Zwei Indianer saßen am Felsen, da, wo er Schatten warf. Dort waren sie vor den heißen Strahlen der Sonne geschützt. Sie waren mit den Kriegsfarben bemalt, sodass man die Züge nicht zu erkennen vermochte. Der eine von ihnen trug zwei weiße Adlerfedern im Schopf. Und nun erst fiel den drei Beobachtern ein dunkler Strich im Gras auf, der beim südlichen Eingang begann und schnurgerade nach dem Felsblock führte.

„Dieser Strich ist die Fährte der beiden Roten“, erklärte Grinley seinen Begleitern. „Sie sind von Süden in das Tal gekommen und werden, wenn sie sich ausgeruht haben, nach Norden hinausreiten.“

„Da können wir aber doch nicht weiter, nicht hinab!“, bemerkte der Bankier besorgt. „Seit unserer Gefangenschaft im Pueblo traue ich keinem Indsman mehr. Wer mögen diese beiden sein?“

„Ich kenne sie und weiß sogar den Namen des einen. Es ist Mokaschi, der Häuptling der Nijoras.“

„Was bedeutet dieser Name?“, erkundigte sich der Buchhalter.

„Mokaschi heißt Büffel. Der Häuptling war, als die Bisons noch in großen Herden durch die Savannen und über die Pässe zogen, ein berühmter Büffeljäger. Daher sein Name. Ich bin früher einige Mal bei seinem Stamm gewesen.

„Wie ist er Euch gesinnt?“

„Freundlich, wenigstens früher, und diese Gesinnung wird sich in Friedenszeiten auch nicht ändern. Jetzt aber ist das Beil des Krieges ausgegraben und da darf man keinem trauen.“

„Hm, was ist da zu tun?“

„Weiß wirklich nicht. Reiten wir vollends hinab, so empfängt er uns vielleicht freundlich, vielleicht auch nicht. Auf alle Fälle aber erfährt er unsere Anwesenheit, die ihm besser verborgen bleiben sollte."

„Können wir ihm denn nicht auf einem Umweg ausweichen?"

„Allerdings. Aber dieser Umweg würde so bedeutend sein, dass wir heute nicht an unseren Petroleumsee gelangten. Noch viel weniger würden wir auf Buttler und Poller treffen, die uns wahrscheinlich entgegengeritten kommen. Es ist wirklich höchst unangenehm, dass diese beiden Nijoras gerade hier – halt", unterbrach er sich, „was ist denn das?"

Er sah etwas, was die drei Beobachter in die höchste Spannung versetzen musste. Es erschienen nämlich am südlichen Eingang, woher die Spur der Nijoras kam, noch zwei Indianer, und zwar zu Fuß. Auch ihre Gesichter waren mit Kriegsfarben bemalt. Der eine trug eine Adlerfeder im Haar, war also nicht unbedingt ein Häuptling, musste sich aber durch irgendwelche kriegerischen Eigenschaften schon ausgezeichnet haben. Bewaffnet waren sie mit Gewehren.

„Sind das auch Nijoras?", fragte Duncan.

„Nein, sondern Navajos", antwortete der Ölprinz so leise, als könnten die Roten ihn hören.

„Kennt Ihr sie vielleicht?"

„Nein, der mit der Feder ist noch jung. Er hat diese Auszeichnung jedenfalls erst nach der Zeit, da ich zum letzten Mal bei den Navajos war, erhalten."

„Da! Schaut hin! Sie legen sich ins Gras. Warum tun sie das?"

„Erratet Ihr das nicht? Sie sind ja Feinde der Nijoras. Hier treffen Kundschafter beider Stämme zusammen. Das gibt Blut. Die Navajos sind auf die Spur der Nijoras gestoßen und ihnen heimlich gefolgt bis hier ins Tal herein. Passt auf, was geschieht!"

Er zitterte vor Aufregung und seinen beiden Begleitern ging es ebenso. Der Platz, wo sie standen, lag so, dass sie den Vorgang beobachten konnten, ohne selbst gesehen zu werden.

Die zwei Navajos krochen langsam auf den Spitzen der Hände und Füße auf der Fährte der Nijoras nach dem Felsenblock hin.

„Alle Teufel!“, meinte der Ölprinz. „Mokaschi und sein Begleiter sind verloren, wenn sie nur noch eine Minute sitzen bleiben!“

„Herrgott!“, fragte der aufgeregte Buchhalter. „Können wir die Bluttat nicht verhüten?“

„Nein, nein – und – aber ja“, antwortete Grinley mit fliegendem Atem, „diese günstige Gelegenheit müssen wir ausnützen!“

Die beiden Navajos befanden sich noch zehn Schritte vom Felsblock entfernt. Erreichten sie ihn, so war es um die Nijoras geschehen.

„Gelegenheit ausnützen? Wieso?“, erkundigte sich der Bankier, der kaum zu atmen wagte.

„Sollt es sofort sehen.“ Er nahm sein Doppelgewehr mit einer schnellen Bewegung vom Sattel und legte es an.

„Um Gottes willen, Ihr wollt doch nicht etwa schießen!“, wollte ihm Baumgarten sein Vorhaben vereiteln. Aber da krachte auch schon der erste Schuss und eine Sekunde später der zweite. Der eine Navajo, der die Feder trug, wurde vom ersten Schuss in den Kopf getroffen und war sofort tot. Den anderen erreichte die zweite Kugel. Er tat einen Satz in die Luft, noch einen und brach dann zusammen.

„Herr, mein Gott! Ihr habt sie erschossen!“, schrie Duncan vor Entsetzen laut auf.

„Zu meinem und Eurem Nutzen“, erklärte der Ölprinz, indem er das Gewehr absetzte und auf dem Felsen so weit vortrat, dass er von unten gesehen werden konnte.

Die Wirkung der beiden Schüsse auf die Nijoras war

erheblich. Sie sprangen im ersten Schrecken aus ihrer sitzenden Stellung auf, warfen sich aber sofort wieder nieder, platt ins Gras, um ein möglichst geringes Ziel zu bieten. Sie glaubten, die Schüsse seien auf sie gerichtet gewesen, denn sie konnten, weil der Felsblock dazwischen lag, die beiden toten Navajos nicht liegen sehen. Da rief der Ölprinz vom Altan herab: „Mokaschi, der Häuptling der Nijoras, darf sich unbedenklich aufrichten. Er braucht sich nicht zu verstecken, seine Feinde sind tot."

Mokaschi richtete den Blick zu ihm empor, stieß, als er ihn sah, einen Ruf der Überraschung aus und fragte: „Uff! Wer hat geschossen?"

„Ich."

„Auf wen?"

„Auf die zwei Navajos hinter Eurem Felsen. Geht hin! Sie sind tot."

Aber der vorsichtige Rote folgte dieser Aufforderung keineswegs sofort, sondern kroch nur bis zur nächsten Felsenecke und lugte vorsichtig dahinter hervor. Dann hob er den Kopf immer höher, zog sein Messer, um auf alles vorbereitet zu sein, und sprang mit zwei, drei schnellen Sätzen zu den Navajos hin. Als er sah, dass kein Leben mehr in ihnen war, richtete er sich auf und rief dem Ölprinzen zu: „Du hast Recht. Sie sind tot. Kommt herab!"

„Ich bin nicht allein. Es sind noch zwei Männer bei mir."

„Bleichgesichter?"

„Ja."

„Bring sie mit!"

„Wollen wir ihm den Willen tun?", fragte Duncan den Ölprinzen.

„Natürlich", antwortete dieser.

„Hat das keine Gefahr?"

„Nun nicht die geringste. Ich habe den beiden Nijoras das Leben gerettet. Sie sind uns also zu Dank verpflichtet."

„Aber, Sir, es war ein kaltblütiger Mord, ein Doppelmord!“

„Pshaw! Lasst Euch das nicht anfechten. Zwei Indianer mussten auf alle Fälle sterben. Sagte oder tat ich nichts, so traf es die Nijoras. Rief ich ihnen eine Warnung zu, so gab es einen Kampf zwischen den vieren auf Leben und Tod. Die vier hätten einander zerfleischt. Da habe ich das schwarze Los den beiden Navajos zugeworfen und mir dadurch die Dankbarkeit und Freundschaft Mokaschis erworben. Jetzt brauchen wir keine Sorge mehr zu haben. Unser Petroleumunternehmen muss gelingen, denn die Nijoras werden uns beschützen. Also kommt und folgt mir getrost!“

Duncan und Baumgarten taten dies, konnten sich aber eines Grauens vor diesem Mann nicht erwehren, der um eines Vorteils willen zwei Menschen, die ihm nichts getan hatten, ohne Bedenken das Leben genommen hatte. Ihr Weg führte sie außerhalb des Tales bis zu dem südlichen Eingang. Sie erreichten die Talsohle, nicht ahnend, dass hinter einem nahen Gebüsch die funkelnden Augen eines Indianers auf sie gerichtet waren. „Uff!“, knirschte der Rote. „Der Hagere war der Mörder! Ich konnte meinen Brüdern nicht helfen, aber ich werde sie rächen.“

Sich wieder niederduckend, verschwand er im Gesträuch. Er war ein Navajo. Jedenfalls hatte er als Sicherheitsposten hier bleiben müssen, während seine unglücklichen Gefährten in das Tal eingedrungen waren.

Der Ölprinz ritt mit Duncan und Baumgarten getrost auf den Häuptling zu, der sie an dem Felsblock erwartete. Mokaschi hatte vorher Grinleys Gesicht der Entfernung wegen nicht deutlich erkennen können. Jetzt, als er es in der Nähe sah, zog sich seine Stirn unter den Querstrichen der Kriegsfarben finster zusammen.

„Wo kommen die drei Bleichgesichter her?“, fragte er. Der Ölprinz hatte einen weit freundlicheren Empfang erwartet. Enttäuscht antwortete er, indem er und seine Begleiter vom Pferd stiegen: „Unser Pfad hat am Rio Gila begonnen."

„Wo wird er denn enden?"

„Am Wasser des Chelly."

„Seid ihr allein?"

„Ja."

„Kommen noch mehr der Bleichgesichter nach?"

„Nein. Und wenn welche kommen sollten, so sind sie nicht Freunde von uns."

„Wisst ihr, dass wir die Pfeife des Friedens zerbrochen haben?"

„Ja."

„Und dennoch wagt ihr euch hierher?"

„Eure Feindschaft ist doch nur gegen die Navajos, nicht aber gegen die Weißen gerichtet!"

„Die Bleichgesichter sind schlimmer als die Hunde der Navajos. Als es noch keine Weißen gab, herrschte Frieden unter allen roten Männern. Nur den Bleichgesichtern haben wir es zu verdanken, dass der Tomahawk unser Leben frisst. Sie werden nicht geschont."

„Willst du damit sagen, dass ihr unsere Feinde seid?"

„Ja, eure Todfeinde."

„Und doch habt ihr beide meinen zwei Kugeln euer Leben zu verdanken! Wollt ihr uns dafür am Marterpfahl braten?"

Über das Gesicht des Häuptlings zuckte ein verächtliches Lächeln, als er antwortete: „Du sprichst vom Marterpfahl, als befändest du dich bereits in unserer Gewalt, und doch sind wir nur zwei gegen euch drei. Du scheinst den Mut eines Frosches zu haben, der der Schlange in den Rachen springt, wenn sie den Blick auf ihn richtet."

Dieses beleidigende Verhalten war jedenfalls nicht bloß eine Folge der jetzt herrschenden feindseligen Verhältnisse. Wahrscheinlich war Grinleys Ansehen bei den Nijoras schon früher nicht so glänzend gewesen, wie er seinen Begleitern gesagt hatte. Er fühlte, dass sie unbedingt auf diesen Gedanken kommen mussten, und wollte dem entgegenwirken, indem er fragte: „Mokaschi, der tapfere Häuptling, kennt mich wohl nicht mehr?“

„Mein Auge hat noch nie ein Gesicht vergessen, wenn es dieses auch nur ein einziges Mal zu sehen bekam.“

„Ich habe den Kriegern der Nijoras nie ein Leid getan.“

„Uff? Warum sprichst du so? Hättest du einen meiner Krieger nur mit einer Bewegung der Fingerspitze gekränkt, so lebtest du nicht mehr.“

„Warum trittst du denn so feindlich gegen mich auf? Ist dein Leben so wenig wert, dass du deinen Retter nicht einmal willkommen heißest?“

„Sag mir erst, warum du die Navajos getötet und wie lange du sie verfolgt hast!“

„Ich sah sie erst zwei Minuten, bevor ich sie erschoss, um dich zu retten.“

„Was hatten sie dir getan?“

„Nichts.“

„Du hattest keine Rache gegen sie?“

„Nein.“

„Und doch hast du sie getötet!“

„Nur um dich zu retten!“

„Hund!“, donnerte Mokaschi, indem seine Augen funkelten, den Weißen an. „Viele Jäger und Krieger haben mir ihr Leben zu verdanken und ich habe es nicht ein einziges Mal erwähnt, obgleich Jahre darüber vergangen sind. Du aber stehst erst wenige Augenblicke vor mir und hast dich bereits viermal meinen Retter genannt. Wenn du dich in dieser Weise selbst bezahlst, darfst du keinen Lohn von mir erwarten. Habe ich verlangt, von dir gerettet zu werden?“

Grinley fühlte sich eingeschüchtert, wagte aber dennoch den Einwurf: „Nein. Aber ohne mich wärst du jetzt tot.“

„Wer sagt dir das? Du siehst hier neben dem Felsen unsere Pferde stehen, die uns die Annäherung jedes fremden Menschen verraten. Eben hörten wir sie schnauben und griffen schon nach unseren Messern, als deine Schüsse fielen. Die Navajos hatten dir nichts getan. Du hast nicht mit ihnen gekämpft, sondern sie aus dem Hinterhalt erschossen. Du bist kein Krieger, sondern ein Mörder. Dort liegen ihre Leichen. Darf ich mir ihre Skalpe nehmen? Nein, denn sie sind von deinen heimtückischen Kugeln gefallen. Wärst du nicht gekommen, so hätte ich sie, durch das Schnauben unserer Pferde aufmerksam gemacht, mit dem Messer empfangen und dürfte mich mit ihren Skalplocken schmücken. Kennst du den, in dessen Haar die Feder steckt? Sein Name lautet Khasti-tine[1], obgleich die Zeit seines Lebens erst zwanzig Sommer und Winter beträgt. Diesen Ehrennamen erhielt er infolge seiner Klugheit und Tapferkeit. Und solch einen Krieger hast du gemordet! Und mich hast du um den Ruhm gebracht, ihn besiegt zu haben! Und da verlangst du noch Lohn von mir."

Dem Ölprinzen wurde himmelangst und seinen Begleitern war es nicht weniger bange. Der Häuptling fuhr fort: „So wie du sind die Bleichgesichter alle. Wie viele aufrechte Männer gibt es unter ihnen? Auf einen Old Shatterhand kommen hundertmal hundert andere, die uns nichts als Verderben bringen. Bleibt hier stehen, bis ich wiederkomme. Wenn ihr es wagt, euch zu entfernen, seid ihr verloren!"

Er gab dem anderen Nijora einen Wink und schritt mit ihm, die Fährte sorgfältig untersuchend, neben ihr hin dem Taleingang zu, wo die beiden Indianer verschwanden.

„O wehe! Das klang anders, als wir erwarteten!", klagte der Bankier. „Ihr habt uns da eine Suppe eingebrockt, die so dick geraten ist, dass wir, wenn wir sie essen müssen, an ihr ersticken können!"

„Ein Mörder!", stimmte der Buchhalter bei. „Der Häuptling hat Recht. Warum habt Ihr doch nur geschossen! Dieser Khasti-tine, ein so junges Blut und doch so berühmt! Schaudert Euch nicht selber ob dieser gemeinen Tat?"

[1] ‚Alter Mann'

„Schweigt!“, herrschte ihn der Ölprinz an. „Es ist doch so, wie ich sagte: Ich habe den Häuptling gerettet. Das Schnauben der Pferde ist Ausrede, ist Lüge!“

„Möchte es bezweifeln. Der Mann sieht mir ganz so aus, als wüsste er, was er sagt. Standen wir nicht wie Schulbuben vor ihm? Es wird am besten sein, uns aus dem Staub zu machen, ehe er wiederkommt!“

„Wagt das nicht, Mr. Baumgarten! Er scheint noch mehr Krieger in der Nähe zu haben. Wenn wir uns entfernten, würde er sich mit ihnen an unsere Fersen heften und dann wären wir verloren, während es so noch möglich ist, dass er uns laufen lässt. Warten wir also!“

Es verging über eine Viertelstunde, bis die Nijoras wiederkamen. Als sie herangekommen waren, sagte Mokaschi: „Die Rache steht bereits hinter dir und das Verderben wird dich ereilen, ohne dass ich die Hand an dich lege. Es sind nicht zwei, sondern drei Navajos hier gewesen. Der dritte hat am Eingang Wache gehalten und vermutlich alles gesehen, ohne die Mordtat verhindern zu können. Er wird seine Mokassins auf deine Fährte setzen und dir folgen, bis sein Messer dir im Herzen sitzt. Dein Skalp sitzt nicht fester auf deinem Haupt als ein Regentropfen, den der Wind vom Zweig schüttelt. Ich habe keinen Teil an dir, weder im Guten noch im Bösen. Warum wollt ihr nach dem Chellyfluss? Was sucht ihr dort?“

„Ein Stück Land“, erklang es kleinlaut aus dem Mund des Ölprinzen.

„Gehört es dir?“

„Ja.“

„Wer hat es dir geschenkt?“

„Niemand.“

„Und dennoch behauptest du, dass es dir gehöre!“

„Ja. Es ist ein Tomahawk-Improvement.“

„Das ist ein Räuber- und Diebeswort! Ein Stück Land am Chellyfluss! Es ist dein. Und hier steht Mokaschi, der Häuptling der Nijoras, die die rechtmäßigen Herren und

Besitzer der ganzen Chellygegend sind! Ihr räudigen Hunde! Was würden die Bleichgesichter jenseits des großen Meeres sagen, wenn wir hinüberkämen und behaupteten, ihr Land sei unser? Wir aber sollen es uns gefallen lassen, dass sie über uns herfallen und uns alles nehmen! Ein Stück Land am Chellyfluss, das dir gehört, obgleich du es von uns weder gekauft noch geschenkt erhalten hast! Meine Faust sollte dich niederschlagen. Doch sie ist zu stolz, dich zu berühren. Macht euch fort von hier, fort nach dem Landfetzen, nach dem eure Seelen schreien! Setzt euch darauf und ihr braucht nicht lange zu warten, so wird er euch die blutige Ernte bringen!“

Er streckte die Hand gebieterisch nach dem nördlichen Ausgang aus.

Die Weißen stiegen schnell auf ihre Pferde und trabten eilig fort, im tiefsten Herzen froh, den Ort, der ihnen so gefährlich werden konnte, mit heiler Haut verlassen zu dürfen.

Um die Worte und das Verhalten des Häuptlings zu verstehen, muss man wissen, auf welche Weise sich die Weißen im Wilden Westen in den Besitz von Ländereien zu setzen pflegten. Nach dem so genannten Heimstättengesetz konnte jedes Familienoberhaupt und der mindestens einundzwanzigjährige Mann, der entweder Bürger war oder Bürger werden zu wollen erklärte, eine noch unbesetzte Parzelle von 160 Acres ohne alle Bezahlung erwerben; nur musste er sie fünf Jahre lang bewohnen und bebauen. Außerdem wurden Millionen Acres namentlich an die Eisenbahnen verschleudert.

Und was die Tomahawk-Improvements betrifft, so brauchte danach jemand, um als Eigentümer einer ihm zusagenden Strecke Landes zu gelten, das Gebiet nur dadurch als das seinige zu bezeichnen, dass er mit der Axt einige Bäume anhieb, eine Hütte baute und etwas Getreide säte. Was die Indianer, die Herren dieser Ländereien, dazu sagten, danach wurde nicht gefragt!

Die drei Weißen ritten, als sie das Tal verlassen hatten, eine ganze Weile schweigend nebeneinander durch den lichten Wald. Der Ölprinz war wütend über die Behandlung, die er vom Häuptling der Nijoras erfahren hatte, und sann nun darüber nach, wie es ihm gelingen könne, sich bei dem Bankier und dem Buchhalter das wohl mehr als wankend gewordene Ansehen wieder zu verschaffen. Dann sagte er, die lange Stille endlich unterbrechend: „So sind die roten Halunken! Undankbar im höchsten Grad! Man kann noch so lange im Frieden mit ihnen gelebt haben und ihnen noch so viele Wohltaten erwiesen haben, eines schönen Tages brechen sie einem doch die Treue und haben einfach vergessen, welchen Dank sie einem schuldig sind."

„*Yes*", nickte Duncan. „Das war eine böse Lage, in der wir uns befanden. Wir können froh sein, dass wir mit einem blauen Auge davongekommen sind. Ich dachte bereits, es würde uns an das Leben gehen."

„Freilich wäre es uns an das Leben gegangen, wenn der Häuptling mir nicht im Stillen Recht gegeben hätte, weil er doch unbedingt einsehen musste, dass ich sein Retter war. Es wird mir aber niemals wieder einfallen, einem Indianer Gutes zu erweisen."

„Richtig! Diese roten Kerls sind es nicht wert, dass man sich ihrer annimmt."

Aus diesen Worten des Bankiers war zu ersehen, dass er weniger geneigt war, den Ölprinzen wegen seines Verhaltens zu verurteilen. Er gehörte zu jenen Menschen, denen ein Menschenleben wenig gilt. Die Gefahr, in der er sich befunden hatte, war vorüber und ebenso auch der Eindruck, den die Ermordung der beiden Navajos für den Augenblick auf ihn gemacht hatte. Anders aber bei Baumgarten. Er hielt das Verhalten Grinleys für ein Verbrechen und fragte daher den Ölprinzen jetzt ernst und vorwurfsvoll: „Habt Ihr denn jemals einem Indianer Gutes erwiesen, Sir?"

„Ich? Welch eine Frage! Gerade diese Nijoras haben mir unendlich viele Gefälligkeiten zu verdanken!“

„Der Häuptling tat aber gar nicht so, als ob dies der Fall wäre!“

„Weil er ein undankbarer Schuft ist. Es scheint mir übrigens, als ob auch Ihr mir jetzt Vorwürfe machen wollt, anstatt dankbar daran zu denken, dass ich es bin, der Euch aus der Gefangenschaft im Pueblo errettet hat!“

„Hm! Ich will Euch aufrichtig sagen, dass mir, je mehr ich über diese Angelegenheit nachdenke, desto mehr Fragen aufstoßen, die ich mir nicht zu beantworten mag.“

Grinley warf ihm von der Seite her einen scharf forschenden Blick zu. Er wollte zornig auffahren, besann sich aber eines anderen und fragte ruhig: „Welche Fragen könnten das wohl sein? Darf ich sie erfahren?“

„Ich halte es nicht für nötig.“

„Nicht? Es ist wahrscheinlich, dass ich sie Euch beantworten könnte.“

„Das ist nicht nur wahrscheinlich, sondern sogar gewiss. Ihr könntet. Aber ob Ihr auch würdet, das bezweifle ich.“

„Wenn ich kann, so will ich auch, Sir. Darauf könnt Ihr Euch verlassen.“

„Mag sein. Dennoch wollen wir nicht weiter davon sprechen! Nur weil Ihr so stark betont, dass wir Euch so viel zu verdanken haben, will ich Euch sagen, dass wohl noch nicht aller Tage Abend ist.“

„Wie meint Ihr das?“

„Es ist möglich, dass wir mit Euch wett werden, sodass Ihr dann keinen Dank mehr von uns zu fordern habt.“

„Möchte wissen, wie das zugehen sollte!“

„Sehr einfach: In Bezug auf das Geschäft, das abgeschlossen werden soll, habt Ihr keinen Dank zu fordern, denn Ihr werdet bezahlt. Und dass Ihr uns aus dem Pueblo errettet habt, ist Euch von uns zwar gutgeschrieben worden, doch werden wir diesen Posten vielleicht bald streichen müssen, da Ihr die beiden Navajos erschossen habt.“

„Was geht das dieses Konto an?“

„Fragt doch nicht so! Wenn wir den Navajos begegnen, werden sie an uns den Tod der beiden Kundschafter rächen.“

„Pshaw! Wie wollen sie wissen, was geschehen ist?“

„Wie? Habt Ihr denn nicht gehört, was Mokaschi sagte? Es waren drei Navajos, nicht nur zwei. Der dritte wird uns folgen.“

Das Gesicht des Ölprinzen wollte ernst und nachdenklich werden, aber er zwang ein höhnisches Lachen hervor und antwortete: „Da sieht man, was für ein kluger Kerl Ihr seid! Glaubt Ihr denn, dass Mokaschi da wirklich seine Meinung gesagt hat?“

„Ja.“

„Wirklich? So muss ich Euch sagen, dass aus Euch niemals ein richtiger Westmann werden könnte. Mokaschi ist auf Kundschaft gegen die Navajos ausgerückt. Dass er das selbst getan und nicht gewöhnliche Krieger geschickt hat, ist ein Zeichen, dass er der Sache die größte Wichtigkeit beilegt. Er ist auf drei Feinde gestoßen, die auch Kundschafter sind, und muss alles tun, diese unschädlich zu machen. Zwei habe ich erschossen, der dritte lebt noch und hat die Nijoras gesehen. Er wird nicht uns verfolgen, sondern seinen Stamm auf das Schleunigste aufsuchen, um zu melden, dass Mokaschi sich hier befindet. Der muss das auf alle Fälle zu verhindern suchen. Er wird sich also auf die Fährte des Navajos setzen, um ihn einzuholen und zu töten. Seht Ihr das ein oder nicht?“

„Hm!“, brummte Baumgarten. „Vielleicht ist es so, wie Ihr sagt, vielleicht aber auch nicht.“

„Es ist so und nicht anders. Das versichere ich Euch und...“

Grinley sprach nicht weiter, sondern hielt sein Pferd an und blickte aufmerksam in die Ferne. Während sich die drei auf einer kleinen offenen Prärie befanden, war dort der Rand eines Waldes zu sehen. Von diesem dunklen Hintergrund stachen zwei Reiter ab, die anhielten, weil sie die drei auch bemerkt hatten.

„Zwei Männer", meinte Grinley. „Es sind, wie es scheint, Weiße. Da ist hundert gegen eins zu wetten, dass wir Buttler und Poller vor uns haben. Vorwärts!"

Sie ritten weiter, auf die anderen zu. Als jene das sahen, trieben sie ihre Pferde wieder vorwärts. Bald erkannte man sich gegenseitig. Ja, es waren die beiden Genannten. Als sie auf Hörweite herangekommen waren, rief der Ölprinz ihnen zu: „Ihr seid es? Das ist ein gutes Zeichen. Habt ihr den Weg frei gefunden?"

„Ja", antwortete Buttler, „so frei wie im tiefsten Frieden. Wir sind nicht auf die Spur auch nur eines einzigen Indianers gestoßen."

„Und habt das Gloomy-water gefunden?"

„*Yes*, mit Leichtigkeit."

„Nun? Und das Öl?"

„Großartig, geradezu großartig!", antwortete der Gefragte, indem sein Gesicht vor Wonne zu strahlen schien. Er wandte sich an den Bankier und fuhr fort: „Habt die Güte, uns einmal anzuriechen! Wie findet Ihr unseren Duft? Ist das etwa Rosenöl, Sir?

Die beiden dufteten infolge der Arbeit, die sie bewältigt hatten, in der Tat stark nach Petroleum. Duncans Züge nahmen sofort den Ausdruck hellsten Entzückens an. Er antwortete: „Rosenöl nun freilich nicht, mir aber grad so lieb! Wie lange dauert es, Mesch'schurs, bis man ein Pfund Rosenöl zusammen hat! Das Erdöl aber läuft so bereitwillig aus der Erde, dass man täglich Hunderte von Fässern füllen kann. Meint Ihr das nicht auch, Mr. Baumgarten?"

„Ja", nickte der Buchhalter, der nun auch heiter und zuversichtlich dreinblickte.

„*Well!* Ihr wolltet bis jetzt noch immer nicht recht an die Sache glauben. Ich habe Euch das oft angesehen. Gebt Ihr es zu?"

„Will es nicht leugnen, Sir."

„Aber nun? Jetzt wird sich Euer Misstrauen wohl in das Gegenteil verkehren?"

Da fiel der Ölprinz ein: „Auch ich habe natürlich bemerkt, dass mir Mr. Baumgarten wenig Vertrauen schenkte. War aber zu stolz, mich dadurch beleidigt zu fühlen. Jetzt wird er einsehen, dass er einen Ehrenmann vor sich hat, der das Vertrauen wohl verdient, das er beansprucht hat. Aber bleiben wir nicht hier auf der offenen Prärie stehen! Es gibt Indianer da, die uns leicht bemerken könnten."

„Indianer?", fragte Buttler, indem sie vorwärts ritten, dem Wald entgegen, aus dem er mit Poller gekommen war. „Seid ihr etwa auf Rote getroffen?"

„Leider!"

„Alle Wetter! Wann, wo und wie?"

Grinley erzählte den Vorgang und Buttler und Poller erklärten sich bezeichnenderweise mit seinem Verhalten einverstanden. Mittlerweile erreichten sie den Wald. Hier fand ihre Unterhaltung ein Ende, denn die Bäume standen so dicht, dass man einzeln hintereinander reiten musste. Dem Bankier war das gar nicht lieb, da er darauf brannte, Näheres über den Petroleumsee zu erfahren.

Nach einiger Zeit ging das Gehölz zu Ende und es öffnete sich von neuem eine große Savanne. Nun konnten sich die Reiter beieinander halten und Duncan fragte nach dem Gloomy-water und allen Einzelheiten. Buttler und Poller erfüllten seine Neugierde in einer Weise, die seine Erwartung noch mehr steigerte und ihn in die größte Aufregung versetzte. Als er behauptete, den Augenblick der Ankunft kaum erwarten zu können, beruhigte ihn Buttler durch die Mitteilung: „Was das betrifft, so wird Eure Geduld nicht mehr lange auf die Probe gestellt werden, denn wir haben höchstens noch anderthalb Stunden zu reiten."

„Anderthalb? Und vor einer halben Stunde haben wir euch getroffen, das macht zwei ganze. So habt ihr den Petroleumsee erst seit zwei Stunden verlassen?"

„So ungefähr."
„Warum nicht eher? Eine Botschaft wie die Eurige kann man nicht früh genug erfahren."
Diese Frage kam recht ungelegen. Der Bankier durfte ja nicht ahnen, welch langwierige Arbeit sie am Gloomywater zu verrichten gehabt hatten. Doch Buttler zog sich aus der Verlegenheit, indem er erklärte: „Es war unsere Aufgabe, für Eure Sicherheit zu sorgen. Dazu gehörte vor allen Dingen auch, dass wir die ganze Umgegend des Sees absuchten. Das war nicht leicht, denn das Gelände ist stellenweise schwer gangbar und wir konnten nur langsam verfahren, weil wir vorsichtig sein mussten. Darum sind wir erst vor einigen Stunden fertig geworden."
„Und ihr habt nichts gefunden, was auf eine Gefahr für uns schließen lässt?"
„Nichts, gar nichts. Ihr braucht nicht die mindeste Sorge zu haben, Sir."
Duncan fühlte sich nicht nur beruhigt, sondern so froh und zuversichtlich gestimmt wie noch selten in seinem Leben. An dem Ort, den er in anderthalb Stunden erreichen würde, lag für ihn ein Schatz im Wert von vielen Millionen! Er hätte seine Begleiter alle umarmen mögen, begnügte sich aber damit, seinem Buchhalter die Hand zu drücken und zu sagen: „Endlich, endlich am Ziel! Und endlich, endlich nun aus den Ungewissheiten heraus! Seid Ihr nicht auch darüber froh?"
„Natürlich, Sir", lautete die einfache Antwort.
„Natürlich, Sir", wiederholte Duncan kopfschüttelnd. „Das klingt so teilnahmslos, als ob die Sache Euch gar nichts anginge!"
„Denkt das nicht! Ihr wisst ja, dass ich in allen Euren Angelegenheiten stets so sorge, als ob es die meinigen wären. Ich freue mich auch, pflege aber so etwas nicht laut zu äußern."
„*Well*, ich kenne Euch ja, Mr. Baumgarten. Hier aber könnt Ihr schon etwas lauter sein. Habe Euch noch nichts

gesagt, doch konntet Ihr wohl denken, dass ich, da ich Euch mitgenommen habe, mit Euch gewisse Absichten verfolge. Ihr sollt an diesem neuen Unternehmen mehr beteiligt sein, als Ihr bis jetzt gedacht habt. Meint Ihr, dass ich die Absicht habe, mit meiner Familie Arkansas zu verlassen und mich dauernd hier im Wilden Westen anzusiedeln? Kann mir nicht einfallen. Werde zunächst freilich alles tun, was hier nötig ist. Mein fester und eigentlicher Wohnsitz aber wird doch unser Brownsville bleiben. Werde Ingenieure anstellen und über ihnen einen geschäftlichen Direktor, auf den ich mich verlassen kann. Wer meint Ihr wohl, wer dieser Mann sein wird?"

Er blickte dabei den Buchhalter mit bezeichnendem Blick von der Seite an und fuhr, als dieser nicht gleich antwortete, fort: „Oder habt Ihr auch die Absicht, zeit Eures Lebens in Brownsville zu bleiben?"

„Über diese Frage nachzudenken habe ich bisher noch keine Veranlassung gehabt, Mr. Duncan."

„Well, so habt die Güte, jetzt darüber nachzudenken! Wie nun, wenn der Direktor, von dem ich sprach, Mr. Baumgarten heißen soll?"

Da richtete sich der Deutsche rasch im Sattel auf und fragte: „Ist das Euer Ernst, Sir?"

„*Yes*, Ihr wisst, dass ich in so wichtigen Angelegenheiten keinen Scherz zu treiben pflege. Die Stelle ist verantwortlich und schwierig. Darum würde ich Euch neben dem Gehalt mit am Gewinn beteiligen. Wollt Ihr die Stelle annehmen?"

„Von ganzem Herzen gern!"

„So schlagt ein! Hier ist meine Hand."

Baumgarten gab ihm die seinige und sagte: „Ich will keine vielen Worte machen, Mr. Duncan. Ihr kennt mich und wisst, dass ich nicht undankbar bin. Mein größter Wunsch ist, der Stellung, die ich bekleiden soll, auch gewachsen zu sein."

„Das seid Ihr, ich weiß es."

„Und ich möchte das nicht so zuversichtlich behaupten. Es ist schon wahr, was Mr. Grinley so oft ausgesprochen hat: Ich kenne den Westen nicht und es gehören Leute hierher, die Haare auf den Zähnen haben."

„Werde schon dafür sorgen, dass Ihr solche Kerls ins Werk bekommt."

„Es wird Kämpfe geben. Oder meint Ihr, die Indianer werden es sich ruhig gefallen lassen, dass wir uns hier so, wie ein großartiges Ölunternehmen es mit sich bringt, einnisten?"

„Werden wenig dagegen tun können."

„Hm! Sie werden behaupten, der Platz gehöre ihnen und..."

„Macht Euch keine unnützen Gedanken!", fiel ihm da der Ölprinz in die Rede. „Ihr habt doch gehört, was Mokaschi sagte? Nämlich, dass ich getrost zu meinem ‚Landfetzen' gehen soll, um ihn in Besitz zu nehmen."

„Das war wohl kaum sein Ernst."

„O doch."

„Schön! Aber gehört die Stelle wirklich den Nijoras? Ist es nicht möglich, dass auch andere Rote, zum Beispiel die Navajos, Anspruch darauf erheben?"

„Was diese Kerls sagen und behaupten, kann uns gleichgültig sein. Ich habe mein Tomahawk-Improvement, das ich Euch abtrete. Das Dokument darüber steckt hier in meiner Tasche. Ihr habt es in Brownsville prüfen lassen. Es ist für gut und echt befunden worden und wird Euch gehören, sobald Ihr mir die Anweisung auf San Francisco aushändigt. Ist das geschehen, so ist nach den Gesetzen der Vereinigten Staaten der rechtmäßige Besitzer des Gloomy-water Mr. Duncan, und kein Roter kann ihn von dort vertreiben."

„Und wenn sich die Roten nicht nach dem Gesetz richten?"

„So werden sie dazu gezwungen. Ihr stellt natürlich nur Leute an, die mit der Büchse und dem Messer umzugehen verstehen. Das wird die Indsmen duldsam machen. Übrigens könnt Ihr versichert sein, dass Euer Unternehmen bald eine weiße Bevölkerung anziehen wird, die zahlreich genug ist, nicht nur jeden Angriff siegreich zurückzuschlagen, sondern die Roten ganz aus der Gegend zu verdrängen. Stellt nun erst Eure Maschinen auf! Ihr wisst, die Maschine ist die siegreichste Feindin der Indianer."

Damit hatte er Recht. Wo sich der Weiße mit seinen Maschinen sehen lässt, muss der Rote weichen. Die Maschine ist eine unüberwindliche Gegnerin. Aber sie ist nicht so grausam wie das Gewehr, das Feuerwasser oder die Blattern und andere Krankheiten, denen zahllose Indianer zum Opfer gefallen sind und noch fallen.

10. Am Petroleumsee

Noch vor Ablauf der angegebenen Frist von anderthalb Stunden befanden sich die fünf Reiter zwischen Höhen, die von dunklen Nadelbäumen dicht bestanden waren. Nur hier und da ließ sich Laubholz sehen, dessen helles Grün den düsteren Eindruck der Landschaft etwas minderte. Als Duncan eine Bemerkung darüber machte, meinte der Ölprinz: „Kommt nur erst zum Gloomy-water! Dort wird es noch finsterer."

„Ist's noch weit bis dorthin?"

„Nein. Die nächste Schlucht führt uns ans Ziel."

Bald war die Schlucht erreicht und man bog in diese ein. Zu beiden Seiten stiegen dunkle Felsen empor, die an ihren Lehnen und auf ihren Gipfeln dunkle Nadelhölzer trugen. Auf dem Grund rieselte ein dünnes, schmales Wässerchen, auf dem Fettaugen schwammen. Grinley warf, als er das bemerkte, Buttler und Poller einen befriedigten Blick zu. Er hatte bisher nicht heimlich mit ihnen reden können und sich darum im Stillen besorgt gefragt, ob sie ihre Aufgabe auch wohl so, wie er es erwartete, gelöst haben würden. Jetzt begann er sich beruhigt zu fühlen, deutete auf das Wasser und sagte zu dem Bankier: „Seht einmal her, Mr. Duncan! Das ist der Abfluss des Gloomy-water. Was meint Ihr wohl, was darauf schwimmt?"

„Petroleum?", antwortete der Gefragte, indem er niederblickte.

„Ja, Petroleum."

„Wirklich, wirklich! Schade darum, ewig schade, dass es so fortfließt!"

„Lasst es laufen. Es ist wenig genug. Das Beste an meinem Fund ist ja eben der Umstand, dass der See nur diesen einen, kaum nennenswerten Abfluss hat. Später könnt Ihr ja dafür sorgen, dass Euch selbst diese kleine Menge nicht entgeht."

„Freilich, freilich! Aber Mr. Grinley, merkt Ihr nicht auch

den Geruch? Er wird dauernd stärker, je näher wir dem See kommen."

„Natürlich! Wartet nur, bis wir am See selbst sind! Ihr werdet Euch wundern!"

Der Erdölgeruch wurde wirklich mit jedem Schritt stärker. Da traten die Wände der Schlucht plötzlich auseinander und vor den erstaunten Augen des Bankiers und seines Buchhalters öffnete sich eine länglich runde Talmulde, deren Grund der ‚Petroleumsee' so weit ausfüllte, dass zwischen dem Seeufer und den steilen Felsen ringsum nur ein schmaler Bodenstreifen blieb, auf dem aus dichten Sträuchern riesige Schwarztannen emporragten. Solche Bäume stiegen an den Felsen ringsum bis zum Hochwald hinauf, der da oben als Wächter zu stehen schien, um keinen einzigen Sonnenstrahl herabzulassen.

Hier unten herrschte trotz des hellen Tages Dämmerung. Kein Lüftchen bewegte die Zweige. Kein Vogel war zu sehen. Kein Schmetterling gaukelte über Blumen. Alles Leben schien erstorben zu sein. Schien? O nein, es schien nicht nur, sondern es war wirklich erstorben, denn auf dem See schwammen zahllose tote Fische, deren mattglänzende Leiber ganz eigenartig von der dunklen, ölig schimmernden Oberfläche abstachen. Dazu der starke Geruch des Öls. Dieser unbewegte und sonnenlose See, der wie ein im Tod erstarrtes Auge vor den Beschauern lag, führte seinen Namen Gloomy-water, Finsteres Wasser, mit vollem Recht. Der Eindruck, den sein Anblick hervorbrachte, war derartig, dass Duncan und Baumgarten eine ganze Weile am Ufer hielten, ohne ein Wort zu sagen.

„Nun, das ist das Gloomy-water", unterbrach der Ölprinz die Stille. „Was meint Ihr dazu, Mr. Duncan? Wie gefällt es Euch?"

Aus seinem Staunen wie aus einem Traum erwachend holte der Bankier tief Atem und antwortete: „Wie es mir gefällt? Welche Frage! Ich glaube, die alten Griechen hatten ein Wasser, über das die Verstorbenen nach der Unterwelt fuhren. So, wie der See hier, muss dieses Wasser ausgesehen haben."

„Weiß nichts von diesem griechischen Gewässer, möchte aber doch behaupten, dass es mit unserem Gloomy-water nicht zu vergleichen ist, denn ich glaube nicht, dass es dort Petroleum gegeben hat. Steigt ab, Sir, und untersucht das Öl. Wir wollen einen Rundgang um den See machen!"

Die Reiter verließen ihre Sättel. Sie mussten die Pferde anbinden, denn diese schnaubten und stampften und wollten fort. Der durchdringende Petroleumgeruch war ihnen zuwider. Grinley trat hart an das Wasser heran, schöpfte davon mit der Hand, beroch und betrachtete es und sagte dann triumphierend zu dem Bankier: „Hier habt Ihr die Dollars zu Millionen schwimmen, Sir. Überzeugt Euch selbst!"

Duncan schöpfte ebenso, ging weiter und schöpfte wieder. Er untersuchte das Wasser an verschiedenen Stellen. Er sagte kein Wort. Er schüttelte nur immer wieder den Kopf. Er schien sprachlos geworden zu sein. Aber seine Augen leuchteten und in seinen Zügen arbeitete die Erregung, die sich seiner bemächtigt hatte. Seine Bewegungen waren hastig und unsicher, fast taumelnd. Seine Hände zitterten und er schien alle Kraft zusammennehmen zu müssen, um endlich mit beinahe überschnappender Stimme ausrufen zu können: „Wer hätte das gedacht! Wer hätte das nur denken können! Mr. Grinley, ich finde alles, was Ihr gesagt habt, übertroffen!"

„Wirklich? Freut mich, Sir, freut mich ungeheuer!", lachte der Ölprinz. „Seid Ihr nun endlich überzeugt, dass ich ein ehrlicher Mann bin, der es aufrichtig mit Euch gemeint hat?"

Duncan streckte ihm beide Hände entgegen und antwortete: „Gebt Eure Hände her. Ich muss sie Euch schütteln und drücken. Ihr seid ein Ehrenmann. Verzeiht, dass wir in unserem Vertrauen einige Mal wankend geworden sind! Wir waren nicht schuld daran!"

„Weiß es, weiß es, Sir", nickte Grinley in biederer Weise. „Die Fremden machten Euch irre an mir. Hättet nicht auf sie hören sollen. Jetzt ist aber alles gut, alles! Untersucht das Öl, Sir!"

„Habe schon, habe es untersucht."

„Nun, und..."

„Es ist das schönste, das reinste Erdöl, das zu haben ist. Woher kommt es? Hat der See einen Zufluss?"

„Nein, nur diesen kleinen Abfluss. Es müssen zwei unterirdische Quellen da sein: eine für das Wasser und eine für das Erdöl. Ihr seht, man braucht das Öl nur so abzuschöpfen und in die Fässer zu füllen."

Duncan wusste vor Entzücken weder aus noch ein. Baumgarten war nüchterner und bemerkte auf die letzten Worte: „Ja, man braucht nur abzuschöpfen. Aber was dann, wenn abgeschöpft worden ist? Wie stark läuft es nachher wieder zu?"

„Natürlich schnell, so schnell, dass gar keine Unterbrechung der Arbeit eintreten wird."

„Das möchte ich nicht ohne Nachprüfung hinnehmen. Es kann doch nur so viel zulaufen, wie abläuft. Nun seht den spärlichen Abfluss hier, der unser Wegweiser war! Ich glaube, das Wässerchen führt in der Stunde keinen Liter Öl mit sich fort. Das ist also die ganze Ausbeute, die wir zu erwarten haben."

„Meint Ihr? Nicht mehr? Nicht mehr als einen Liter in der Stunde?", fragte der Bankier im Ton bitterster Enttäuschung.

Der Mund blieb ihm vor Schreck offen stehen. Sein Gesicht war leichenblass geworden.

„Ja, Mr. Duncan, so ist es", antwortete der Buchhalter. „Ihr müsst doch zugeben, dass der Zufluss nicht größer sein kann als der Abfluss? Und wenn er größer wäre, zehnmal größer, hundertmal! Was sind hundert Liter Öl in der Stunde? Nichts, gar nichts. Rechnet die Höhe des Anlage- und Betriebskapitals, die Abgelegenheit dieser Gegend, die hier vorhandenen Gefahren, die Schwierigkeiten des Absatzes! Und nur hundert Liter Öl in der Stunde!"

„Kann es denn nicht doch mehr sein? Ist es nicht möglich, dass Ihr Euch irrt?"

„Nein. Wie alt ist dieser See? Seit seiner Entstehung sind gewiss Jahrhunderte oder Jahrtausende vergangen. Und während dieser ganzen Zeit fließt so wenig zu und ab. Wenn mehr Öl zuflösse, wie hoch müsste es dann auf dem Wasser stehen! Nein, es ist nichts, gar nichts hier zu holen!"

„Nichts, gar nichts!", wiederholte der Bankier, indem er sich mit beiden Händen nach dem Kopf griff. „Also alle Hoffnung, alle Freude vergeblich! Den weiten, weiten Weg umsonst gemacht! Wer soll das aushalten. Wer kann das ertragen!"

Auch der Ölprinz war über die Worte des Buchhalters erschrocken. Mit welchen Mühen und unter welchen Gefahren hatte er das Petroleum fassweise nach und nach hierher geschafft und versteckt! Was hatte es ihn gekostet! Und nun, da er so nahe am Erfolg stand, sollte das alles umsonst gewesen sein! Es flimmerte ihm vor den Augen. Er fühlte sich ratlos, konnte kein Wort hervorbringen und richtete seine Blicke Hilfe suchend auf seinen Stiefbruder.

Dieser hatte seine Pfiffigkeit schon wiederholt bewiesen und auch jetzt zeigte sich, dass sich der frühere Anführer der ‚Finders' nicht so leicht aus der Fassung bringen ließ. Er ließ ein kurzes, überlegenes Lachen hören und sagte zu dem Bankier: „Was jammert Ihr denn, Mr. Duncan? Ich kann Euch nicht begreifen! Wenn es mit dem, was Ihr jetzt denkt und sagt, seine Richtigkeit hätte, so wäre es Grinley doch niemals eingefallen, so große Hoffnungen auf das Gloomy-water zu setzen."

„Meint Ihr?", fragte Duncan schnell, indem er neuen Mut schöpfte.

„Ja, das meine ich und noch etwas anderes dazu. Wenn das Öl hier nur so in Fässer zu schöpfen wäre, so würde er

Euch den Platz wohl nicht angeboten, sondern selbst behalten haben. Es ist eben die Sache, dass die Gewinnung des Öls einige kostspielige Vorbereitungen erfordert, zu denen er nicht die Mittel besitzt."

„Vorbereitungen? Wieso?"

„Hm! Will versuchen, es Euch deutlich zu machen. Ich setze den Fall, Euer Pferd liegt da im Gras und Ihr steigt in den Sattel. Wird es mit Euch aufstehen können?"

„Ja."

„*Well.* Setze aber den anderen Fall, dass anstatt des Pferdes ein Schoßhündchen hier läge. Würde das Euch in die Höhe bringen?"

„Nein."

„Warum nicht?"

„Weil ich ihm zu schwer wäre."

„Nun wohl, wendet das doch einmal auf das Petroleum an! Ihr wisst wohl, was schwerer ist, Petroleum oder Wasser?"

„Das Wasser", antwortete der Buchhalter.

„*Very well!* Nun denkt Euch einmal, wie schwer die Wassermenge ist, die sich hier im See befindet!"

„Tausende von Zentnern."

„Und auf dem Grund des Sees gibt es eine Petroleumquelle, das heißt ein kleines Loch, aus dem das Öl herausquellen will. Aber auf diesem Loch liegen viele tausend Zentner von Wasser. Kann da das Öl heraus?"

„Nein."

Baumgarten ging in die Falle. Er war Kaufmann. Von den physikalischen Gesetzen verstand er wenig. Er wusste nicht, dass das Öl, gerade weil es leichter als das Wasser ist, emporsteigt. Grinley begann aufzuatmen. Auch Buttlers Gesicht ließ ein siegesgewisses Lächeln sehen. Er sprach weiter: „Also das Öl, das aus der Erde strömen möchte, kann nicht in die Höhe. Wir sehen hier nur die geringe Menge, die oben durch irgendeine kleine Ritze aus der Erde sickert. Nun schafft aber einmal eine Pumpe her und pumpt das Wasser aus dem See, oder sorgt auf irgendeine andere Weise für seinen Abfluss! Dann werdet Ihr sehen, dass ein Ölstrahl hoch in die Luft steigt und an einem Tage mehrere hundert Fässer füllt. Hätte Grinley das Geld zu einem solchen Pumpwerk, so wäre es ihm jedenfalls nicht eingefallen, sich an Euch zu wenden."

Das wirkte. Der Bankier jubelte von neuem und Baumgarten ließ seine Bedenken fallen. Öl war vorhanden, das sah man ja. Man brauchte ihm nur einen Ausweg zu bahnen. Es wurde hin und her gesprochen, natürlich in einer Weise, die den beiden Käufern die Köpfe verdrehte. Duncan entschloss sich, auf den Handel einzugehen, wollte aber vorher noch den ganzen Umfang des Sees in Augenschein nehmen.

„Tut das, Mr. Duncan", sagte Grinley. „Poller mag Euch führen!"

Der ungetreue Scout der Auswanderer entfernte sich mit Duncan und Baumgarten. Als sie fort waren, atmete der Ölprinz erleichtert auf: „Tausend Donner, war das eine fatale Lage! Fast wären die Kerls noch zu guter Letzt zurückgetreten! Dein Einfall war ausgezeichnet."

„Ja", lachte Buttler. „Wäre ich nicht gewesen, so hättest du deinen Petroleumsee für dich behalten können. Nun aber bin ich überzeugt, dass sie auf den Leim gehen werden."

„Man sollte es kaum für möglich halten, dass eine solche physikalische Erklärung so harmlos hingenommen wird!"

„Pshaw! Duncan ist zu dumm und Baumgarten zu ehrlich."

„Sie werden an der Höhle vorüberkommen. Es ist doch nichts zu sehen?"

„Nein. Die Arbeit hat uns freilich mehr als Schweiß gekostet. Dafür magst du aber auch Sorge tragen, dass der Handel noch heute zu Stande kommt. Wir dürfen keine Stunde versäumen, denn es ist den Roten nicht zu trauen.

Wir werden nicht länger als höchstens bis morgen früh hier bleiben. Wie fertigen wir denn die beiden Dummköpfe ab, mit dem Messer oder mit der Kugel?"

„Hm, ich möchte beides vermeiden."

„Sie also leben lassen? Was fällt dir ein?"

„Versteh mich nicht falsch! Ich will sie bloß nicht vor meinen Augen sterben sehen. Die Erinnerung daran ist unbehaglich. Was sagst du dazu, dass wir sie in die Höhle stecken?"

„Kein übler Gedanke. Wir binden sie und sperren sie hinein. Da gehen sie zu Grunde, ohne dass wir es anzusehen brauchen. Ich bin einverstanden. Aber wann?"

„Sobald wir das Geld haben, bekommt jeder einen Kolbenhieb auf den Kopf."

„Auch Poller?"

„Der noch nicht. Wir haben ihn wahrscheinlich noch nötig. Bis wir diese gefährliche Gegend hinter uns haben, ist es besser, zu dreien als nur zu zweien zu sein. Dann können wir uns seiner jederzeit entledigen."

Ja, diese Gegend war allerdings gefährlich für sie. Sie ahnten nicht, dass sie beobachtet wurden. Gar nicht weit von ihnen, an der Stelle, wo die Schlucht auf den See mündete, lag ein Indianer hinter dem Gesträuch und beobachtete die beiden. Es war der Navajo, der den Mord an seinen beiden Gefährten nicht hatte verhindern können.

Grinley und Buttler streckten sich beide in das Gras nieder. Als der Indianer dies bemerkte, sagte er zu sich selbst: „Sie bleiben hier. Sie werden diese Gegend jetzt noch nicht verlassen. Ich habe Zeit, zu unseren Kriegern zu gehen und sie herbeizuholen."

Er kroch hinter dem Busch hervor und verschwand in der Schlucht, ohne eine Spur im Boden zurückzulassen.

Einige Zeit später hatten die drei Weißen den See umgangen und kehrten zu Buttler und Grinley zurück.

„Nun, Mesch'schurs", fragte der Ölprinz, „Ihr habt alles gesehen; was gedenkt Ihr zu tun?"

„Kaufen", antwortete der Bankier. „Wenn das Geschäft, das ich machen will, auch nicht so groß ist, wie Ihr Euch vorstellt."

„Lasst diese Redensart, Sir! Ich gehe keinen Dollar von meiner Forderung herunter. Habe überhaupt keine Lust, hier noch weitere Zeit zu verlieren. Ich halte es doch für möglich, dass die Roten hinter uns her sind, und möchte ihnen nicht gern meinen Skalp überlassen."

„So wollen wir schleunigst fort", sagte Duncan ängstlich.

„Ja, aber nicht eher, als bis der Kaufvertrag abgeschlossen ist. Es war ausgemacht, ihn hier am See abzuschließen. Sobald wir unterschrieben und die Papiere ausgetauscht haben, brechen wir auf."

„Soll mir recht sein. Mr. Baumgarten, habt Ihr vielleicht noch ein Bedenken?"

Ehe der Gefragte antworten konnte, fiel Grinley in scharfem Ton ein: „Wenn Ihr auch jetzt noch von Bedenken redet, Mr. Duncan, so muss ich das nun wirklich als eine Beleidigung ansehen. Sagt kurz, ob Ihr wollt oder nicht!"

Dadurch eingeschüchtert, erklärte der Bankier: „Ich will. Das versteht sich."

„Nun wohl, so können wir zum Abschluss schreiten. Die Schriftstücke sind bereits aufgesetzt und nur noch zu unterschreiben. Sucht Eure Tinte und die Feder hervor!"

Duncan holte das Erforderliche aus seiner Satteltasche, erhielt nach geschehener Unterschrift den Besitztitel von Grinley und unterzeichnete dann die bereitgehaltene Anweisung auf die Bank in San Francisco. Als Grinley diese in die Hand bekam, betrachtete er sie mit gierigem Blick und sagte, indem er ein ganz eigentümliches, nach innen gehendes Lachen hören ließ: „So, Mr. Duncan, jetzt seid Ihr Herr und Besitzer dieses großartigen Petroleumgebiets. Ich wünsche Euch viel Glück! Und da Euch nun alles hier gehört und ich keinen Gebrauch mehr davon machen kann, will ich Euch ein Geheimnis entdecken, dessen Kenntnis Euch von großem Nutzen sein wird."

„Was für ein Geheimnis?“

„Eine verborgene Höhle. Sie kann Euch oder Euren Leuten in der ersten Zeit als Vorratskammer dienen und im Notfall auch als Versteck bei Indianerangriffen. Es ist sogar möglich, dass sie mit dem unterirdischen Petroleumlager, das hier unbedingt vorhanden ist, in Verbindung steht.“

„Mit dem Petroleumlager? So sagt schnell, wo die Höhle ist! Ich muss sie sehen. Ich werde sie später erforschen lassen.“

„Kommt! Ich werde sie Euch zeigen.“

Sie gingen eine kurze Strecke am Ufer entlang, bis dahin, wo der Felsen näher an das Wasser trat. Am Fuß dieses Felsens lag ein ziemlich hoher Geröllhaufen, dessen Spitze Buttler und Poller abzuräumen begannen. Bald wurde ein Loch sichtbar, das in den Felsen führte.

„Das ist die Höhle, das ist sie!“, rief der Bankier aus. „Machen wir den Zugang weiter. Schnell! Helft mir dabei, Mr. Baumgarten!“

Die beiden bückten sich nieder, um sich an der Arbeit zu beteiligen. Buttler stand auf und blickte Grinley fragend an. Der nickte. Sie ergriffen ihre Gewehre. Jeder von ihnen tat einen Kolbenschlag – der Bankier und Baumgarten stürzten, an die Köpfe getroffen, vornüber. Sie wurden an Händen und Füßen gefesselt und, als der Eingang weit genug geworden war, in die Höhle geschafft und tief hinten niedergelegt. Wären sie nicht betäubt gewesen, so hätten sie die vielen Fässer gesehen, mit denen die Höhle fast ganz ausgefüllt war.

Hierauf wurde das Geröll wieder aufgeschichtet, bis das Loch nicht mehr zu sehen war. Es braucht wohl kaum erwähnt zu werden, dass die drei Mörder ihren Opfern alles, was ihnen verwendbar erschien, abgenommen hatten. Dann begaben sie sich zu ihren Pferden zurück.

„Endlich!“, sagte der Ölprinz. „Noch kein Geschäft hat mir so viel Mühe und Sorge gemacht wie dieses. Und doch ist es noch nicht vollständig gelungen. Es gilt nun erst, die

Anweisung nach San Francisco zu schaffen. Hoffentlich kommen wir glücklich dort an! Wir brechen doch gleich auf?"

„Ja", antwortete Poller. „Vorher aber müssen wir teilen."

„Was?"

„Die Gegenstände, die wir den beiden abgenommen haben."

Grinley hätte ihn am liebsten sogleich niedergeschlagen, aber er sagte sich, dass man Poller das, was er jetzt bekam, später doch wieder abnehmen werde. Darum entschied er scheinbar gutwillig: „Meinetwegen! Die zwei Pferde bleiben zunächst gemeinsames Eigentum, und über die anderen Gegenstände werden wir uns nicht zanken. Wir sind Freunde und Brüder, die sich wegen Kleinigkeiten nicht veruneinigen werden."

Sie setzten sich nieder und breiteten die geraubten Waffen, Uhren, Ringe, Börsen und anderen Gegenstände vor sich aus, um ihren Wert abzuschätzen und sie danach unter sich zu verteilen.

Während dies geschah, kamen durch die Schlucht, die nach dem See führte, acht Indianer geschlichen. Es waren Navajos. An ihrer Spitze huschte der Kundschafter. Am Taleingang blieben sie stehen und lauschten hinter den Büschen hervor. Sie sahen die drei Weißen sitzen.

„Uff!", flüsterte der Älteste von ihnen, indem er sich an den Kundschafter wandte. „Es ist wirklich so, wie mein Bruder berichtet hat: Der See ist voll Erdöl. Wo ist es hergekommen?"

„Die Bleichgesichter werden es wissen", antwortete der andere.

„Hat mein Bruder nicht fünf Weiße gezählt? Ich sehe nur drei."

„Vorhin waren es fünf. Es fehlen zwei."

„Welcher hat unseren Bruder Khasti-tine ermordet?"

„Der Mann, der jetzt zwei Flinten in den Händen hat."

Er meinte damit den Ölprinzen.

„Er wird eines bösen Todes sterben. Aber auch die beiden anderen kommen an den Marterpfahl. Uff! Sie teilen die Sachen, die vor ihnen liegen. Bald erhält der eine etwas und bald der andere. Der vierte und der fünfte sind verschwunden. Die Sachen haben ihnen gehört. Sollten sie getötet worden sein?"

„Wir werden es erfahren. Meine Brüder mögen mir rasch folgen."

Er schnellte auf die drei Weißen zu, die sieben anderen hinter ihm her. Dieser Überfall kam so plötzlich und wurde so rasch ausgeführt, dass die drei gebunden waren, ehe sie ein Glied zu ihrer Verteidigung gerührt hatten.

Die Roten sprachen zunächst kein Wort. Fünf von ihnen setzten sich bei den Gefangenen nieder. Die anderen drei entfernten sich, um das Tal abzusuchen. Als sie zurückkehrten, meldete einer von ihnen: „Die zwei Bleichgesichter bleiben verschwunden. Wir haben keinen von ihnen gesehen."

„Sind sie nicht am Felsen emporgestiegen?", fragte der Älteste.

„Nein. Dann hätten wir ihre Spuren gesehen."

„Wir werden sogleich erfahren, wo sie zu suchen sind."

Der Rote zog sein Messer, setzte es dem Ölprinzen auf die Brust und drohte: „Du bist der Schurke, der Khastitine, unseren jungen Bruder, ermordet hat. Sagst du mir nicht augenblicklich, wo die zwei Bleichgesichter hingekommen sind, die vorhin noch bei euch waren, so stoße ich dir dieses Eisen ins Herz!"

Diese Worte versetzten Grinley in heillosen Schrecken. Gehorchte er, so holten die Indianer den Bankier und seinen Buchhalter aus der Höhle. Das aber durfte nicht geschehen. Gehorchte er nicht, so stand zu erwarten, dass der Rote seine Drohung ausführte und ihn erstach. Was tun? Da half ihm wieder der listigere Buttler aus der Not. Er rief dem Indsman zu: „Du irrst dich. Der Mann, den du erstechen willst, ist nicht der Mörder von Khasti-tine. Wir sind ganz unschuldig an dessen Tod."

Der Indianer ließ von dem Ölprinzen ab und wendete sich an Buttler: „Schweig! Wir wissen gar wohl, wer der Mörder ist."

„Nein, Ihr wisst es nicht!"

„Unser Bruder hier hat es gesehen!"

Er deutete auf den Kundschafter.

„Er irrt sich", behauptete Buttler weiter. „Er hat uns bei dem Häuptling der Nijoras gesehen. Aber als die beiden Schüsse fielen, standen wir so, dass sein Blick uns gar nicht treffen konnte."

„So willst du wohl leugnen, bei der Ermordung unserer beiden Brüder zugegen gewesen zu sein?"

„Nein. Ich habe noch nie eine Lüge gesagt und auch jetzt fällt es mir gar nicht ein, gegen die Wahrheit zu sprechen. Die beiden weißen Männer, nach denen du gefragt hast, sind die Mörder."

„Uff!", rief der Rote. „Wir sehen sie nicht. Sie sind also fort. Du suchst euch zu retten, indem du die Schuld auf sie wirfst!"

„Sie sind fort, sagst du? Wohin sollen sie sein? Ihr seid Kundschafter, also Krieger, die scharfe Augen besitzen. Habt Ihr denn Ihre Spuren gesehen, die gewiss zu finden wären, wenn sie sich wirklich entfernt hätten?"

„Nein. Du willst also sagen, dass sie noch hier sind?"

„Ja."

„Wo?"

„Hier!" Buttler deutete auf das Wasser.

„Uff! Sie befinden sich in diesem See?"

„Ja."

„Sie sind also ertrunken?"

„Ja."

„Lüg nicht! Es gibt keinen Menschen, der in dieses ölige Wasser ginge."

„Freiwillig nicht. Das ist richtig. Sie wollten nicht hinein, aber sie mussten doch."

„Wer hat sie gezwungen?"

„Wir. Wir haben sie ersäuft."
„Ihr – habt – sie – ersäuft?", fragte der Indianer. Er war ein Wilder und war doch so betroffen, dass er die Worte nur in Absätzen herausbrachte. „Ersäuft? Warum?"
„Zur Strafe. Sie waren unsere Todfeinde."
„Und doch befanden sie sich bei euch! Niemand pflegt in Gesellschaft seiner Todfeinde zu reiten."
„Wir haben von ihrer Feindschaft nichts gewusst. Wir merkten es erst, als wir hier ankamen. Sie wollten diesen Ölsee allein besitzen und uns darum ermorden. Als wir das erkannten, haben wir sie unschädlich gemacht, indem wir sie ins Wasser warfen."
„Wehrten sie sich nicht?"
„Nein. Wir schlugen sie ganz plötzlich mit dem Kolben nieder."
„Warum sieht man sie nicht?"
„Weil wir ihnen Steine an die Füße gebunden haben. Da sind sie auf den Grund gegangen."
Der Rote schwieg eine Weile. Dann sagte er: „Ich will glauben, dass du die Wahrheit redest. Aber mir graut vor euch. Ihr habt Söhne eurer eigenen Rasse ersäuft, wie man räudige Hunde ins Wasser wirft. Ihr habt sie heimlich getötet, ohne mit ihnen zu kämpfen. Ihr seid schlechte Menschen!"
„Konnten wir anders handeln? Sollten wir etwa warten, bis sie ihren Plan ausführten und uns hinterrücks niederschossen? Das wollten sie nämlich tun. Wir haben sie belauscht."
„Wie ihr über diese Sachen denkt, das geht mich nichts an. Kein roter Mann tötet einen anderen hinterrücks ohne Kampf, und wenn es sein größter Feind wäre. Seid ihr schon einmal an diesem Wasser gewesen?"
„Ja, ich", antwortete der Ölprinz jetzt.
„Wann?"
„Vor mehreren Monden."
„War schon damals dieses Öl vorhanden?"

„Ja. Darum ging ich fort, um noch einige Weiße herbeizuholen und es ihnen zu zeigen. Ich wollte mit ihnen eine Gesellschaft zur Gewinnung des Öls gründen. Diese beiden aber beabsichtigten, uns zu ermorden, um die alleinigen Besitzer zu sein."

„Uff! Vorher hat es hier niemals Öl gegeben. Es muss erst kürzlich aus der Erde hervorgebrochen sein. Aber wie konntet ihr euch als Besitzer des Sees dünken! Er gehört den roten Männern. Die Bleichgesichter sind Räuber, die zu uns kommen, um uns alles zu nehmen, was uns gehört. Der Tomahawk ist ausgegraben. Wärt ihr daheim geblieben! Indem ihr hierher gekommen seid, seid ihr in den Tod geritten."

„In den Tod? Seid ihr ehrliche Krieger oder seid ihr Mörder? Wir haben euch doch nichts getan!"

„Schweig! Ist nicht Khasti-tine mit seinem Gefährten ermordet worden?"

„Leider. Aber nicht wir waren es, die sie getötet haben."

„Ihr wart dabei! Ihr hättet die Tat verhüten sollen."

„Das war unmöglich. Die beiden Kerle schossen so schnell, dass wir keine Zeit fanden, auch nur ein einziges Wort dagegen zu sagen."

„Das rettet euch nicht. Ihr habt euch in der Gesellschaft der Mörder befunden. Ihr werdet sterben. Wir werden euch zu unserem Häuptling bringen. Dann werden die Alten über euch zur Beratung sitzen, welchen Tod ihr erleiden sollt."

„Aber wir haben doch die beiden Mörder bestraft. Dafür solltet ihr uns dankbar sein."

„Dankbar?", hohnlachte der Rote. „Meinst du, dass du uns damit einen Dienst erwiesen hast? Es wäre uns lieber, sie lebten noch. Da könnten wir uns die Skalpe holen und sie am Marterpfahl sterben lassen. Um diese Freude habt ihr uns gebracht. Willst du dich dessen rühmen? Euer Schicksal ist bestimmt. Der Tod erwartet euch. Ich habe gesprochen!"

Er wendete sich ab, zum Zeichen, dass er kein Wort mehr sagen werde. Nun wurden den Weißen die Taschen geleert. Die Indianer nahmen alles an sich, was sich darin befand. Nur als der Anführer die Geldanweisung sah, fasste er sie vorsichtig mit den Fingerspitzen an, schob sie wieder in die Tasche Grinleys zurück und sagte: „Das ist Zauberei, ein redendes Papier. Kein roter Krieger nimmt ein solches in die Hände, denn es würde später alle seine Gedanken, Worte und Taten verraten."

Mittlerweile war der Tag so weit vorgeschritten, dass es am See schon dunkel zu werden begann. Die Indianer wären hier die Nacht über geblieben, doch trieb sie der starke Ölgeruch davon. Die Gefangenen wurden auf ihre Pferde gebunden. Dann ritt man fort, durch die Schlucht zurück und ein Stück in den Wald hinein, wo es Wasser gab. Hier saßen die Indianer ab, banden die Gefangenen an drei Bäume und trafen ihre Vorbereitungen zum Lagern. Sie schienen sich an dieser Stelle vollständig sicher zu fühlen. Aber das war ein Irrtum. Hätten sie gewusst, was hinter ihnen geschah, so wären sie gewiss so weit wie möglich fortgeritten.

Mokaschi nämlich, der Häuptling der Nijoras, war, als die Weißen ihn verlassen hatten, so vorsichtig gewesen, die Spuren der Navajokundschafter noch einmal genauer zu untersuchen. Er hatte vorher schon gesehen, dass außer den zwei Ermordeten noch ein dritter da gewesen war; nun wollte er wissen, wo der dritte geblieben war.

Nach längerem Suchen fand er die Fährte. Sie führte auf einem Umweg auf die Spur der Bleichgesichter und dann hinter ihnen her.

„Dieser Navajo will sich an den Mördern rächen. Er folgt ihnen. Daraus ist zu schließen, dass der Kriegertrupp, zu dem er gehört, sich in derselben Richtung befindet. Ich werde ihm nachreiten und diese Navajos fangen."

So sagte der Häuptling und ritt zunächst in die entgegengesetzte Richtung, bis er eine versteckte Lichtung tief im Wald erreichte, wo ungefähr dreißig Nijorakrieger lagerten. Das waren die Kundschafter, die dem eigentlichen großen Kriegertrupp voranritten. Mit diesen Leuten kehrte er zu der Fährte der Weißen und des Navajo zurück und folgte ihr vorsichtig. Unterwegs bemerkte Mokaschi, dass zu den drei Weißen noch zwei andere, nämlich Buttler und Poller, gestoßen waren.

Der Häuptling und die Kundschafter kamen bis in die Nähe der Schlucht, die auf den Ölsee mündete. Dort versteckten sie sich. Nach kurzer Zeit sahen sie den Navajokundschafter aus der Schlucht kommen und eiligst fortspringen. Einer der Nijoras griff nach seinem Gewehr, um auf ihn zu schießen. Der Häuptling machte eine abwehrende Handbewegung und flüsterte ihm zu: „Lass ihn laufen! Er wird bald wiederkommen und andere Navajos mitbringen. Die fangen wir dann."

Schon nach verhältnismäßig kurzer Zeit zeigte es sich, dass er ganz richtig vermutet hatte. Der Kundschafter kehrte mit sieben anderen zurück, mit denen er in die Schlucht hineinritt. Sie wollten am Ende der Schlucht von den Pferden steigen und die Weißen überfallen.

Die Nijoras warteten. Mokaschi wunderte sich nicht wenig, als er die Navajos dann nur mit drei weißen Gefangenen aus der Schlucht kommen sah. Er hatte sie sofort bei ihrem Erscheinen überfallen wollen, gab aber nun seinen Leuten einen Wink, noch versteckt zu bleiben. Er wollte erst sehen, warum zwei Weiße fehlten. Darum ließ er die Feinde fort und ging dann mit einigen seiner Leute durch die Schlucht nach dem Finsteren Wasser. Sie suchten so schnell, aber auch so vorsichtig wie möglich den ganzen Rand des Sees ab, ohne jedoch eine Spur der fehlenden Bleichgesichter zu entdecken.

„Fort können sie nicht sein", sagte Mokaschi. „Sie leben nicht mehr, und da wir ihre Leichen nicht sehen, sind sie wahrscheinlich ins Wasser geworfen worden."

Er verließ mit seinen Begleitern den See und kehrte zu

dem Versteck der anderen zurück. Dort blieben die Pferde unter der Aufsicht von zwei Wächtern zurück. Mit den übrigen achtundzwanzig Männern verfolgte Mokaschi zu Fuß die Navajos. Diese waren jedenfalls nicht weit entfernt, da der Abend hereinzubrechen begann, also anzunehmen war, dass sie bald lagern würden.

Es war gerade noch so hell, dass man ihre Spuren erkennen konnte. Sie führten in den Wald hinein, wo sie dann nicht mehr zu sehen waren. Mokaschi ließ sich dadurch nicht stören. Um die Gesuchten zu finden, brauchte er nur die bisherige Richtung einzuhalten.

Es dauerte auch gar nicht lange, so bemerkte er erst einen Brandgeruch und gleich darauf den Schein eines kleinen indianischen Lagerfeuers. Er flüsterte seinen Leuten zu: „Diese Navajos sind keine Krieger, sondern junge Knaben, die keinen Verstand besitzen. Welcher Kundschafter brennt des Nachts ein Feuer an! Meine Brüder mögen sie umzingeln und, sobald ich den Kriegsruf hören lasse, sich auf sie werfen. Wir müssen sie lebendig haben, um sie an den Marterpfahl binden zu können."

Die Nijoras huschten unhörbar unter den Bäumen hin. Mokaschi schlich sich möglichst nahe zum Feuer heran und nahm sich einen Navajo vor, den er fassen wollte. Als er sich nach einigen Minuten sagen konnte, dass seine Leute bereit seien, stieß er den bekannten, schrill durch den Wald gellenden Ruf aus und sprang mitten unter die Navajos hinein, um den Betreffenden zu packen. Sofort wiederholten seine Krieger das Kriegsgeschrei und warfen sich von allen Seiten auf die Feinde, die eine solche Überrumpelung für unmöglich gehalten hatten und so überrascht waren, dass sie gar nicht an Widerstand dachten. Sie wurden überwältigt, ohne dass auch nur einer von ihnen Zeit fand, nach dem Messer, Gewehr oder Tomahawk zu greifen.

„Gott sei Dank!", raunte der Ölprinz seinen beiden Gefährten zu. „Nun sind wir gerettet!"

„Oder auch nicht!“, antwortete Poller.
„O gewiss, Mokaschi hat uns ja schon einmal fortreiten lassen. Weshalb sollte er uns jetzt festhalten?“
„Diese roten Halunken fragen nicht nach Gründen.“
„Wartet es ab! Ihr werdet sehen, dass ich Recht habe.“
Niemand hatte auf dieses kurze, leise Gespräch geachtet. Die Navajos lagen gebunden auf der Erde. Die Nijoras teilten unter sich die erbeuteten Waffen. Mokaschi stand hoch aufgerichtet am Feuer und gebot: „Die Söhne der Navajos mögen mir sagen, welcher von ihnen ihr Anführer ist!“
„Ich bin es“, antwortete der Älteste.
„Wie ist dein Name?“
„Ich werde das ‚Schnelle Ross‘ genannt.“
„Dieser Name mag zutreffend sein. Auf der Flucht vor dem Feind wirst du wohl noch schneller sein als der Mustang der Prärie.“
„Mokaschi, der Häuptling der Nijoras, irrt. Noch niemals hat ein Feind meinen Rücken zu sehen bekommen!“
„Du kennst meinen Namen. Also kennst du mich?“
„Ja, ich habe dich gesehen. Du bist ein kluger und tapferer Krieger. Ich wollte, dass ich mit dir kämpfen dürfte. Dein Skalp würde dann an meinem Gürtel hängen.“
„Meinen Skalp wird nie ein Feind besitzen, am allerwenigsten einer, wie du bist. Hat euch denn der große Geist ohne Gehirn erschaffen? Wisst ihr nicht, dass die Späher der Nijoras ebenso gegen euch unterwegs sind wie ihr gegen sie? Welcher Kundschafter geht durch den Wald und über das Gras, ohne sich nach den Spuren der Feinde umzusehen? Ein kluger Späher trachtet vor allen Dingen danach, verborgen zu bleiben; ihr aber brennt ein Feuer an, als wolltet ihr uns herbeilocken! Ihr werdet freilich nie wieder Gelegenheit haben, solche Fehler zu begehen, denn ihr werdet am Pfahl sterben und vorher so gemartert werden, dass eure Stimmen vor Schmerzen über alle Berge schallen.“

Da antwortete Schnelles Ross: „Martert uns! Wir werden als Krieger sterben, keinen Laut hören lassen und mit keiner Wimper zucken. Die Krieger der Navajos haben gelernt, selbst die größten Schmerzen zu verachten. Was werdet ihr mit diesen Weißen tun?"

Als der Ölprinz diese Frage hörte, meinte er: „Mokaschi, der edle und berühmte Häuptling, wird uns freilassen."

Aber dieser edle und berühmte Häuptling fuhr ihn an: „Hund! Wer wurde gefragt, ich oder du? Wie kannst du es wagen, zu reden, bevor ich den Mund geöffnet habe!"

„Weil ich weiß, dass du das tun wirst, was ich gesagt habe."

„Was ich tun werde, wirst du bald erfahren. Einmal habe ich euch ziehen lassen, um euch zu zeigen, dass ich euch verachte. Zweimal aber kann dies nicht geschehen. Ihr wart fünf Bleichgesichter. Wo sind die zwei, die fehlen?"

„Tot", erwiderte Grinley bedeutend kleinlauter als vorher.

„Tot? Wer hat sie getötet?"

„Wir."

„Warum?"

„Weil wir bemerkten, dass sie uns nach dem Leben trachteten. Sie wollten uns heimlich ermorden."

Mokaschi zog die Brauen erstaunt empor und rief aus: „Uff! Euch heimlich ermorden? Ich habe die Augen, die Gesichter dieser zwei Männer genau betrachtet; sie waren gute und ehrliche Menschen. Ihr aber seid Mörder und Diebe, die man ausrotten muss wie wilde und giftige Tiere. Wo befinden sich ihre Leichen? Ich habe sie nicht gesehen."

„Im Wasser."

„Auch sah ich keine Spur von Blut. Also habt ihr sie nicht getötet, bevor sie in das Wasser geworfen wurden?"

„Nein."

„So sind sie ersäuft worden?"

„Ja."

Es kostete den Ölprinzen große Anstrengung, dieses Ja auszusprechen. Die Wirkung zeigte sich sofort: Der Häuptling versetzte ihm einen Fußtritt, spie ihm ins Gesicht und rief: „Du bist kein Mensch, sondern ein Raubtier, und sollst eines Todes sterben, der deiner würdig ist. Du bist hinterrücks über deine Gefährten hergefallen, wie du auch Khasti-tine heimtückisch ermordet hast!"

Als Schnelles Ross dies hörte, richtete er sich auf, so weit seine Fesseln es erlaubten, und sagte: „Welche Worte hat Mokaschi da gesprochen? Wer hat Khasti-tine ermordet?"

„Dieses Bleichgesicht hier."

„Uff! Der Elende sagte, die beiden Ersäuften seien die Mörder."

„Lüge! Er selbst hat sich ja mir gegenüber gerühmt, die beiden Späher der Navajos getötet zu haben. Der feige Schurke bebt nun vor Angst und schiebt die Schuld den zwei ehrlichen Männern zu, die er ermordet hat. Die zwei erschossenen Späher und die beiden ermordeten Bleichgesichter sollen fürchterlich gerächt werden, obgleich keiner von ihnen zu meinem Stamm gehört hat. Seht diese drei weißen Männer vor euch liegen, ihr roten Krieger, sie werden Qualen erleiden müssen, ohne sterben zu können, und dann am Ende ersäuft werden, wie sie ihre Opfer auch ersäuft haben! Howgh! Ich habe gesprochen!"

Mokaschi spie dem Ölprinzen nochmals in das Gesicht, gab Buttler und Poller je einen kräftigen Fußtritt und wendete sich dann von ihnen ab.

Nunmehr wurde ein Krieger fortgeschickt, der die Pferde holen musste. Als sie kamen, wurde getrocknetes Fleisch aus den Satteltaschen genommen und das Mahl eingenommen. Die gefangenen Navajos bekamen auch zu essen, die drei Weißen aber erhielten keinen Bissen.

„Verteufelte Geschichte!", flüsterte Buttler seinem Stiefbruder zu. „Dieses vorgebliche Ersäufen bricht uns den Hals. Es wäre doch vielleicht besser gewesen, die Wahrheit zu sagen."

„Nein", antwortete der Ölprinz. „Die Roten hätten den Bankier und den Deutschen befreit, ohne dass sich unsere Lage dadurch verbessert hätte. Vor allen Dingen wären wir um die Anweisung gekommen."

„*Pshaw!* Was nützt sie uns, wenn wir am Marterpfahl braten!"

„Noch ist es nicht so weit!"

„So hast du noch Hoffnung?"

„Natürlich! Befinde mich nicht zum ersten Mal in einer solchen Klemme, bin immer mit einem blauen Auge davongekommen. Und selbst wenn ich an den Marterpfahl gebunden werde, halte ich noch immer die Hoffnung aufrecht, bis sie mir den Todesstoß versetzen. Es hat, wie du weißt, schon mancher am Pfahl gehangen und ist doch gerettet worden."

„Der hatte Freunde, die ihn befreiten. Wen aber haben wir?"

„Hm!"

„Keinen Menschen, der um unseretwillen wagen würde, mit den Roten anzubinden. Wenn die Befreiung nicht uns selbst gelingt, so sind wir verloren."

Er hatte nur zu Recht. Wenn sie es wert gewesen wären, Freunde zu besitzen, so hätten sie jetzt die Hilfe aus der Not viel, viel näher gehabt, als sie glaubten oder auch nur ahnen konnten. Es waren Helfer da, nämlich Old Shatterhand und Winnetou. –

Diese beiden Männer waren, nachdem sie den Ölprinzen mit seinen Begleitern belauscht hatten, sogleich entschlossen gewesen, diesen fünf Männern nach dem Gloomywater zu folgen. Dadurch aber, dass sie vorher nach dem Pueblo mussten, um die Gefangenen Ka Makus zu befreien, hatte Grinley einen Vorsprung von zwei Tagesreisen bekommen. Eine dieser Tagesreisen war ihm freilich dadurch verloren gegangen, dass er Buttler und Poller nach dem See vorausgeschickt hatte und einen ganzen Tag lang liegen blieb. Und die zweite Tagesreise wurde beinahe dadurch wieder eingebracht, dass Winnetou und Old Shatterhand die besten Pferde der Puebloindianer mitgenommen hatten. Der Ritt ging also schneller als vorher vonstatten. Überdies folgte man keineswegs den Spuren des Ölprinzen. Der Apatsche wusste einen Weg, der durch Umgehung verschiedener Bodenschwierigkeiten rascher ans Ziel führte, und so kam es, dass der Reitertrupp kurz vor Abend höchstens noch zwei Stunden zu reiten hatte, um den See zu erreichen. Das war eine Leistung, die umso mehr anerkannt zu werden verdiente, als sich Frauen und Kinder dabei befanden.

Vom Pueblo bis hierher war man auf keine einzige Fährte getroffen. Jetzt aber vereinigte sich die Wegrichtung, die Winnetou nahm, mit der des Ölprinzen. Das geschah auf einer Lichtung, die mehr eine Waldwiese als eine Prärie zu nennen war. Man sah die Spur der Verfolgten als ziemlich breite und gerade Linie darüber hingehen. Der Zug hielt an. Winnetou und Old Shatterhand stiegen von ihren Pferden, um die Fährte zu untersuchen. Die anderen blieben im Sattel sitzen; sie waren gewohnt, den beiden berühmten Männern den Vortritt zu lassen. Selbst Sam Hawkens, so erfahren und listig er auch war, pflegte sich erst dann der Sache anzunehmen, wenn er von den beiden dazu aufgefordert wurde.

Die Spur schien schwer lesbar zu sein, denn Old Shatterhand folgte ihr vorwärts, während Winnetou sie rückwärts abschritt, bis beide wieder umkehrten. Sie stießen gerade da, wo die Reiter hielten, wieder zusammen, sodass die anderen hörten, was sie mitzuteilen hatten.

„Was sagt mein roter Bruder zu dieser Spur?“, fragte Old Shatterhand seinen Freund. „Ich habe noch selten eine Fährte gefunden, die so schwer zu deuten ist.“

Winnetou blickte gerade vor sich hin, in die Luft hinein, als ob die Erklärung dort zu lesen sei, und antwortete mit der ihm eigenen Bestimmtheit: „Wir werden morgen drei Gruppen von Menschen sehen: Bleichgesichter und Krieger von zwei roten Nationen."

„Ja, das meine ich auch. Die Roten werden Navajos und Nijoras sein. Diese drei Gruppen befinden sich augenblicklich am Gloomy-water, um einander zu beschleichen."

„Mein weißer Bruder hat die Spur richtig gelesen. Erst sind hier fünf Pferde geritten; das waren die Bleichgesichter, denen wir folgen. Dann kam ein einzelner Reiter, ein Indianer, und später folgte ein Trupp, der wohl aus drei mal zehn roten Männern bestehen kann."

Nach diesen Worten blickte er nach Westen, um sich über den Stand der Sonne zu unterrichten, und fuhr fort: „Es wäre vorteilhaft, noch heute das Gloomy-water zu erreichen. Aber die Zeit ist zu kurz und die Gefahr dabei zu groß. Was sagt Old Shatterhand dazu?"

„Ich gebe dir Recht. Ehe wir am Wasser ankämen, wäre es Nacht, also zu spät, um noch etwas vornehmen zu können. Wir würden nichts sehen, dafür aber im Gegenteil von den Feinden bemerkt werden. Und schließlich ist zu bedenken, dass unser Trupp nicht aus lauter Kriegern zusammengesetzt ist."

„Sehr richtig! Wir können erst morgen früh, wenn es hell geworden ist, an das Wasser und werden lieber bald Lager machen."

„Wo?"

„Winnetou kennt einen geeigneten Ort, der eine Stunde vom Gloomy-water entfernt ist. Dort kann man sogar ein Feuer anbrennen, das weder gesehen noch gerochen werden kann. Meine Brüder mögen mir dorthin folgen."

Damit war für ihn die Sache entschieden und geordnet. Er ritt weiter, ohne sich umzusehen, ob die anderen ihm auch folgten. Old Shatterhand aber blieb, denn er sah mit leisem Lächeln, dass die Westmänner jetzt von den Pferden stiegen, um nun ihrerseits die Fährte zu untersuchen.

Sie suchten hin und her, teilten sich leise ihre Meinungen mit und schienen nicht einig werden zu können. Da mahnte Old Shatterhand endlich: „Macht, dass ihr fertig werdet, Mesch'schurs! Winnetou ist schon weit fort. Dort verschwindet er schon im Wald."

Die Westmänner saßen wieder auf und ritten im Trab weiter, bis sie den Apatschen erreichten. Noch ehe die Sonne ganz verschwunden war, lenkte dieser links von der Fährte ab, in den Wald hinein, wo sie bald an eine Bodenvertiefung kamen, die aussah, als sei hier ein Schacht oder ein Stollen zusammengestürzt. Vielleicht handelte es sich um eine frühere Höhle, deren Decke vor geraumer Zeit eingebrochen war. Der Apatsche zeigte hinab und sagte: „Da unten werden wir lagern. Stellen wir hier oben eine Wache her, so dürfen wir unten ein Feuer anzünden, ohne dass ein Feind uns zu entdecken vermag."

Es ging nicht sehr steil zur Tiefe, sodass die Pferde ohne Schwierigkeiten hinabgeführt werden konnten. Sie fanden an den Zweigen der dort stehenden Büsche genug Futter für die Nacht. Oben blieb ein Wächter stehen und unten wurde ein Feuer angezündet, an dem das Abendessen bereitet wurde.

Das Gespräch drehte sich natürlich um den morgigen Tag. Doch wurde die Unterhaltung nicht lange fortgeführt, weil nach dem langen Ritt alle so ermüdet waren, dass sie sich bald niederlegten. Bevor Old Shatterhand und Winnetou dies taten, hielten sie noch eine kurze Besprechung. Der weiße Jäger sagte: „Es ist möglich, dass es morgen zu einem Kampf kommt, wobei wir die Frauen und Kinder nicht gefährden dürfen. Ich möchte die Auswanderer überhaupt nicht dabei haben. Sie sind unerfahren und würden uns nur hinderlich sein. Wollen wir sie nicht lieber hier zurücklassen? Der Ort ist sicher und eignet sich sehr gut zum Versteck."

„Für den Fall eines Kampfes hat mein Bruder Recht. Aber wie nun, wenn wir das Gloomy-water schnell verlassen müssen? Vielleicht bleibt uns keine Zeit, hierher zurückzukehren und diese Leute zu holen."

„Hm, ja! Es steht allerdings zu erwarten, dass wir uns beeilen müssen. Ich fürchte, dass die Indsmen die fünf Weißen gefangen nehmen.“

„Winnetou denkt, dass dies schon geschehen ist.“

„Dann müssten wir schnell hinterher sein, um sie zu befreien. Wären wir gezwungen, vorher hierher zurückzukehren, so würden wir kostbare Zeit versäumen. Andererseits ist es freilich auch gefährlich, mit den Frauen und Kindern so stracks nach dem See zu gehen.“

„Es gibt ein Mittel, diese Gefahr zu vermeiden und doch nicht die Zeit zu versäumen.“

„Ich weiß es. Es muss einer von uns beiden zeitig voranreiten, um die Gegend auszuspähen.“

„So ist es“, nickte zustimmend der Apatsche. „Und zwar wird Winnetou das tun. Mein Bruder Scharlih muss hier bleiben, weil er mit diesen Leuten besser verkehren kann als ich. Winnetou wird die weißen Squaws und ihre Kinder beschützen, weil er es versprochen hat, aber ihnen mit Worten die Zeit zu vertreiben, dazu fehlt ihm das Geschick. Winnetou wird fortreiten, noch ehe es ganz Tag geworden ist. Mein Bruder mag mir dann mit den anderen langsam nachkommen. Er braucht nur meiner Spur zu folgen, so wird er, falls Gefahr vorhanden ist, meine Warnungszeichen finden oder ich komme auch selbst zurück.“

Dabei blieb es. Als Old Shatterhand am nächsten Morgen erwachte, war der Apatsche schon fort. Nach vielleicht einer Stunde wurde aufgebrochen. Die Westmänner hüteten sich natürlich, den Auswanderern zu sagen, dass der heutige Ritt vielleicht gefährlich werden könne. Sie wurden vielmehr nur ermahnt, die tiefste Stille zu bewahren.

Winnetou hatte dafür gesorgt, dass seine Fährte leicht zu erkennen war. Man folgte ihr langsam, um ihm die zum Spähen erforderliche Zeit zu lassen, und hatte darum die Gegend des Sees erst nach fast zwei Stunden erreicht. Da sah man ihn geritten kommen.

„Alle Wetter, das ist kein gutes Zeichen!“, sagte Dick Stone.

„Und ich denke grad das Gegenteel“, erklärte der Hobble-Frank. „Er wird uns sagen, wie die Sache schteht. Da wissen wir nachher, woran wir sind mit dem neuen Klavier. Käme er nich, da würden unsere Köppe in ihren unklaren Mutmaßungen schteckenbleiben.“

„Nein. Stände es gut, so würde er am See auf uns warten.“

„Schtreite nur nich so, alter Waschbär! Wir werden gleich erfahren, was richtig ist!“

Jetzt war der Apatsche angekommen. Der Zug hielt an und Winnetou erklärte: „Ich kehre nicht zurück, weil eine Gefahr vorhanden ist; sie ist vorüber. Ich komme nur, weil es für mich jetzt nichts mehr zu tun gab. Meine Brüder mögen mir folgen!“

Als einige sich an ihn machten, um ihn auszufragen, sagte er: „Winnetou wird an Ort und Stelle reden, aber nicht vorher.“

Man ritt weiter. Die Fährte derer, die gestern hier geritten waren, war stellenweise noch ziemlich deutlich zu sehen. Nur da, wo es steinigen Boden gab, gehörte ein Auge wie das des Apatschen dazu, sie noch zu erkennen. So wurde der Eingang der Schlucht erreicht, die zum See führte. Da hielt Winnetou an und berichtete: „Durch diese kurze Schlucht muss man reiten, um nach dem Gloomy-water zu gelangen. Winnetou hat erforscht, was gestern hier geschehen ist.“

Er deutete nach der Höhe des Berges und fuhr fort: „Da oben haben sieben Kundschafter der Navajos gelagert. Der achte, der zu ihnen gehörte, ist der einzelne Reiter, dessen Spur wir gestern gesehen haben. Er ist hinter den Weißen her und hat, als sie sich am See befanden, seine sieben Krieger herbeigeholt, um sie gefangen zu nehmen.“

„Und ist das auch wirklich geschehen?“, fragte Sam Hawkens.

„Ja. Die Weißen sind überwältigt worden. Aber inzwischen sind die dreißig Nijoras gekommen und haben sich hinter den Bäumen versteckt. Meine Brüder können ihre Spuren noch deutlich sehen. Sie haben gewartet, bis die Navajos mit den weißen Gefangenen vom See zurückkehrten, und sind ihnen dann gefolgt, um sie zu überfallen."

„Warum taten sie das nicht gleich hier? Diese Stelle ist doch wie geschaffen zu einem Überfall."

„Winnetou hat darüber nachgedacht, ohne aber die richtige Erklärung dafür zu finden. Vielleicht entdecken wir später den Grund, weshalb die Nijoras noch gewartet haben. Die Navajos sind mit ihren Gefangenen da links in den Wald hinein bis zu einer Stelle, wo es Wasser gibt. Dort lagerten sie und dort wurden sie auch von den Nijoras angegriffen."

„Also hat es Kampf und Blut gegeben?"

„Von Blut hat mein Auge keinen Tropfen entdecken können, und ein wirklicher Kampf hat auch nicht stattgefunden. Die Navajos sind so überrascht worden, dass sie wohl gebunden worden sind, ehe sie an Widerstand gedacht haben. Die Nijoras sind während der Nacht mit ihren roten und weißen Gefangenen an Ort und Stelle geblieben und am Morgen mit ihren Gefangenen fortgeritten."

„Wohin?", fragte Sam Hawkens.

„Das weiß ich nicht. Ich konnte ihrer Spur nicht folgen, weil ich ja auf euch warten musste."

„Wir müssen ihnen nach! Es handelt sich nicht um den Ölprinzen und die beiden Kerle, die bei ihm sind. Die mögen meinetwegen skalpiert werden. Aber der Bankier und sein Buchhalter müssen befreit werden. Mir ist nur eins unerklärlich: Am See gibt es doch Wasser und Futter genug für Pferde. Warum sind die Roten nicht dort geblieben? Warum haben sie da im Wald gelagert, wenn ich mich nicht irre?"

Old Shatterhand hatte bis jetzt noch nichts gesagt, sondern seine Aufmerksamkeit neben den Erklärungen des Apatschen auch dem seichten Abflusswässerchen zugewendet, das aus der Schlucht gerieselt kam. Jetzt, bei Sams letzten Worten, deutete er auf dieses Wasser und antwortete: „Mir scheint, dass hier die Erklärung fließt."

„Wieso?"

„Riecht ihr denn nichts? Betrachtet doch das Wasser! Es schwimmen ölige Augen darauf."

Jetzt blickten alle zu dem Bächlein nieder, sogen die Luft ein und fanden, dass es nach Petroleum roch.

„Hat mein Bruder etwa Öl im See gesehen?", fragte Old Shatterhand den Apatschen.

„Ja", nickte Winnetou.

„So hat der Ölprinz seinen Plan durchzuführen gewusst. Reiten wir weiter! Ich muss sehen, wie es steht."

„Aber dabei verlieren wir Zeit", warf Sam Hawkens ein. „Wir wollen doch den Nijoras nach!"

„Die entgehen uns nicht. Die werden durch die Gefangenen aufgehalten."

Old Shatterhand lenkte sein Pferd nach der Schlucht und dic anderen folgten ihm. Der Petroleumgeruch wurde von Schritt zu Schritt stärker, bis sie den See vor sich sahen. Sein Anblick wirkte so, dass alle ihre Augen sich wortlos auf die dunkle unheimliche Fläche richteten. Nur bei einer Person war die Wirkung entgegengesetzt, nämlich bei Frau Rosalie Ebersbach. Als sie den See erblickte, stieß sie einen Ruf des Erstaunens aus, rutschte von ihrem Pferd herab, eilte an das Ufer, hielt einen Finger in das Wasser, besah und beroch ihn und rief aus: „Dunner Sachsen, is das eene großartige Entdeckung! Herr Hobble-Frank, riechen Sie doch gleich mal da an meinem Finger! Schpüren Sie, was das is?"

Sie hielt ihm den Finger unter die Nase. Er zog den Kopf zurück und antwortete: „Lassen Sie mich mit Ihrem Zeigefinger in Ruhe! Den brauch' ich nich, um zu erfahren, woran ich bin. Wenn ich was riechen will, schtecke ich die Nase in den See. Da habe ich die Petroleumwonne aus der erschten Hand."

„Also Sie geben ooch zu, dass es Petroleum is?"

„Natürlich! Oder denken Sie etwa, dass ich es für Himbeersaft halte? Da kennen Sie meine Nase schlecht, die is oft feiner, als ich selber bin."

„Aber so eene Menge, so eene Menge!", rief sie, noch immer ganz fassungslos. „Ich hab' freilich schon gehört, dass das Petroleum in Amerika aus der Erde geloofen kommt, hab's aber nich gegloobt. Nu aber liegt's vor meinen eegenen und leibhaftigen Oogen. Ich bleibe hier. Mich bringt keen Mensch von dieser Schtelle weg! Keene zehn Ochsen ziehen mich von hier fort, auch nicht, wenn Sie dazu helfen, Herr Hobble-Frank!"

„So? Was wollen Sie denn hier?"

„Ich fange eenen Petroleumhandel an. Da is ja een Geschäft zu machen, wie es gar nicht größer sein kann. Hier kostet das Öl nich eenen Pfennig und drüben in Sachsen muss man fürs Liter beinahe zwee Groschen bezahlen. Es bleibt dabei: Ich lass' mich hier nieder und handle mit Petroleum!"

Sie schlug die Hände begeistert zusammen, ein Zeichen, dass dieser Entschluss unerschütterlich sei. Frank aber antwortete lachend: „Schön! Setzen Sie sich immer in den Besitz dieser schönen Gegend! Aber gleich schon am ersten Tage kommen die Indianer und roofen Ihnen die Haare alle eenzeln aus. Denken Sie denn, Sie können sich hier so gemütlich niederlassen wie derheeme off dem Großvaterschtuhl oder off die Ofenbank? Handeln wollen Sie? Wer kooft Ihnen hier was ab? Wovon leben Sie? Und wonach riechen Sie? Wenn Sie nur drei Tage lang hier sitzen bleiben, hat ihre gütige Persönlichkeit eenen Duft angenommen, den Sie mit dem ganzen transatlantischen Ozean nich nunterwaschen können."

Diese Warnung hatte den Erfolg, dass Frau Rosalie ein bedenkliches Gesicht machte und sich ihrem Mann zuwandte, um dessen Meinung zu hören. Die anderen hatten sich indessen von ihrem Staunen erholt. Sie knieten am Ufer, untersuchten das Öl und teilten sich in lauten

Ausrufen ihre Meinungen mit. Winnetou und Old Shatterhand hatten sich von den anderen entfernt, um einen Gang um den See zu machen und seine Ufer genauer abzusuchen, als es vorher der Apatsche allein hatte tun können.

Den größten Eindruck machte der Petroleumsee auf den Kantor. Die anderen waren schon längst von ihrem Staunen losgekommen, da stand er noch immer da und starrte mit weit geöffneten Augen und offenem Mund auf das Wasser. Als der Hobble-Frank das bemerkte, trat er zu ihm, gab ihm einen Klaps auf den Rücken und sagte: „Ihnen is wohl der ganze menschliche Verstand schtehengeblieben? Wahrhaftig, Sie scheinen Ihre Mutterschprache verloren zu haben! Wenn Sie nich reden können, so versuchen Sie doch wenigstens, einige Töne zu singen, Herr Kantor!"

Da kehrte dem musikalischen Herrn die Sprache zurück. Er holte tief Atem und antwortete: „Kantor emeritus, wenn ich bitten darf, Herr Frank! Ich fühle mich ganz wundersam berührt. Es ist ein unbeschreiblicher Anblick. Mich überkommt ein Gedanke, ein Gedanke, ebenso wundersam und unbeschreiblich wie dieser See, sag' ich Ihnen."

„Welcher Gedanke, Herr Kantor emeritus? Darf ich ihn erfahren?"

„Ja, Ihnen will ich ihn mitteilen, vorausgesetzt, dass Sie es nicht ausplaudern."

„Oh, was das betrifft, so dürfen Sie meiner Verschwiegenheit versichert sein. Is dieser Gedanke denn so een großes Geheimnis?"

„Allerdings! Wenn ein anderer Komponist ihn erführe, er würde ihn sofort für sich verarbeiten. Sie wissen doch von meiner Heldenoper? Was?"

„Ja – zwölf Akte."

„So ist es. Und wissen Sie, was ich in dieser Oper bringen werde?"

„Natürlich weeß ich das."

„Nun, was?"

„Musik werden Sie bringen."

„Natürlich! Das ist ja selbstverständlich. Ich meine in Beziehung auf den Inhalt dieser Musik und auf die Szenerie, die Ausstattung."

„Da muss ich sagen, dass ich mich zwar bereits mit allen Wissenschaften beschäftigt habe, aber die musikalische Ausschtattung soll erscht noch drankommen. Also weiter! Was wollen Sie bringen?"

Der Kantor näherte seinen Mund dem Ohr Franks, hielt seine hohlen Hände wie ein Sprachrohr daran und flüsterte: „Einen solchen Petroleumsee werde ich bringen."

Frank fuhr zurück und fragte: „Etwa off die Bühne?"

„Jawohl! Nicht wahr, Sie staunen?", fragte der Emeritus triumphierend. „Da wird sogar Ben Akiba zu Schanden. Er hat behauptet, es sei alles schon da gewesen. Aber einen Petroleumsee auf der Bühne hat es noch nie gegeben."

„Das mit der Bühne mag richtig sein. Das mit Ben Akiba aber is unbedingt falsch. Wissen Sie, wer das gewesen is, der gesagt hat, es sei schon alles mal da gewesen?"

„Eben dieser Ben Akiba."

„Nee. Wenn Sie das sagen, da halten Sie die ungerade Fünfe vor eene gerade Neune. Das Wort, dass alles schon da gewesen sei, hat Benjamin Franklin gesagt, als er den Blitzableiter erfand und nachher an eene Scheune kam, auf der schon seit langer Zeit eener droff gewesen war. Ben Akiba war een ganz anderer Mann, een persischer Feldherr, und hat den griechischen Kaiser Granikus in der Seeschlacht bei Gideon und Ajalon besiegt."

„Aber, lieber Herr Frank, Gideon und Ajalon, das kommt ja in der Bibel vor, im Buch der Richter, wo Josua..."

„Schweigen Sie ergebenst!", unterbrach ihn Frank beleidigt. „Wo das vorkommt, das is meine Sache, aber nich die Ihrige. Reden Sie mir nich in meine Wissenschaft, wie ich Ihnen nich in die Ihrige rede! Ich lasse Ihnen doch ooch Ihren Willen. Ob Sie in Ihrer Oper eenen Petroleumsee bringen oder Ihre Oper hier im Petroleumsee, das is mir ganz egal!"

Er wendete sich entrüstet ab und schloss sich Droll, Sam Hawkens, Dick Stone und Will Parker an, die jetzt ebenfalls gleich Winnetou und Old Shatterhand zu suchen begannen. Der berühmte Jäger bemerkte dies, kam eiligst herbei und bat: „Nehmt euch in Acht, Mesch'schurs, dass ihr mir die Spuren nicht verderbt! Was wollt ihr denn entdecken?"

„Wir wollen die Stelle suchen, wo die fünf Weißen überrumpelt worden sind", antwortete Hawkens.

„Die könnt ihr nicht mehr entdecken. Die Spuren davon sind durch unsere Pferde ausgetreten worden. Sie liegt da vorn in der Nähe des Eingangs. Wir aber wollen etwas anderes, etwas weit Wichtigeres finden."

„Was, Sir?"

„Die Höhle, in der die Petroleumfässer versteckt gewesen sind. Die Kerle haben die Spuren außerordentlich gut verwischt."

„Sonderbar! Eine Höhle, wo so viele Fässer aufbewahrt sind, muss groß sein und einen weiten Eingang haben. Die Fässer sind herausgeschafft, an das Wasser gerollt und nachher, als sie leer waren, wieder zurückgeschafft worden. Das muss doch Spuren geben! Lasst uns mit suchen, Sir! Dann wird sich die Höhle schon finden."

„Gut. Aber verderbt mir nichts."

Die sonst so scharfsinnigen Westmänner durchforschten das ganze Seetal. Es verging eine Stunde, ohne dass sie ihren Zweck erreichten. Winnetou, der unübertroffene Meister im Spüren, gab endlich alle Hoffnung auf und sagte zu Old Shatterhand: „Mein weißer Bruder mag sich nicht mehr bemühen. Die Höhle kann nur durch einen Zufall entdeckt werden."

Aber Shatterhand war hartnäckig. Er ärgerte sich. Sollte es heißen, dass er nicht im Stande gewesen sei, einen Ort zu finden, dessen Vorhandensein klar erwiesen war? Er betrachtete es nachgerade als Ehrensache, seinen Zweck doch noch zu erreichen, und antwortete: „Was heißt hier Zufall. Wozu haben wir gelernt zu denken?"

Er schloss die Augen, um sich durch nichts irremachen zu lassen, und stand eine Weile still und unbeweglich. Winnetou beobachtete ihn, sah, dass eine eigentümliche Bewegung über sein Gesicht ging, und fragte: „Mein Bruder hat den Weg gefunden?“

„Ja“, meinte Old Shatterhand, indem er die Augen wieder öffnete, „wenigstens hoffe ich es. Die vollen Fässer waren schwer, und viele waren es. Wo schwere Fässer hin und her gerollt werden, wird das Gras so fest niedergedrückt, dass es mit den Händen unmöglich aufgerichtet werden kann. Es wird mehrere Tage liegenbleiben. Die Arbeit ist aber erst gestern, höchstens vorgestern verrichtet worden. Das Gras müsste also noch darniederliegen. Gibt das mein roter Bruder zu?“

„Old Shatterhand hat Recht“, stimmte der Apatsche bei.

„Man muss also die Fässer dort ans Wasser gerollt haben, wo es kein Gras gibt, kein Gras nämlich auf dem ganzen Weg vom Ufer nach dem Felsen, in dem sich die Höhle befindet.“

„Uff, uff!“, rief Winnetou aus, indem sein bronzenes Gesicht erglühte, vielleicht vor Freude, vielleicht aber auch vor Scham, nicht auf diesen Gedanken gekommen zu sein.

„Ferner“, fuhr Old Shatterhand fort, „ist beim Auslaufenlassen der Fässer unbedingt Öl verschüttet worden. Auch muss der Rand des Ufers beschädigt worden sein. Beides müsste man sehen, wenn dieser Rand aus Rasen bestände. Besteht er aber aus Erde oder Gestein, so kann leicht nachgeholfen werden. Nun suche mein roter Bruder das ganze Ufer ab. Er wird überall Gras und Rasen finden, zwei Stellen ausgenommen, die wir sofort prüfen werden.“

Die eine dieser Stellen war nicht allzu weit vom Eingang des Tals entfernt. Dorthin gingen die beiden, gefolgt von den Westmännern, die begierig waren, zu erfahren, ob der Scharfsinn Old Shatterhands auch diesmal das Richtige getroffen hatte.

Ein vielleicht drei Meter breiter, mit Schlamm, Sand und Steingeröll bedeckter grasloser Streifen zog sich da von dem Felsen nach dem Wasser hin. Der Jäger kniete in der Nähe des Ufers nieder und beroch den Boden.

„Gefunden!“, rief er aus. „Hier riecht es nach Öl. Es ist welches verschüttet worden.“

Er scharrte mit den Händen den Boden auf, die untere Schicht war voller Öl. Man hatte, um das zu verbergen, Erde und Steine darauf geworfen.

„Also hier sind die Fässer geleert worden“, sagte er. „Wurde dabei das Ufer beschädigt, so war es leicht und schnell ausgebessert, da es aus Geröll besteht. Dort, wo dieser Streifen an den Felsen stößt, wird die Höhle zu suchen sein! Lasst sehen!“

Old Shatterhand folgte dem Streifen, der am Felsen in einen hohen Geröllhaufen auslief. Die anderen kamen hüben und drüben nachgegangen. Er blieb vor der Steinmasse stehen, betrachtete sie nur einen Augenblick und erklärte dann: „Ja, wir sind am Ziel. Hinter diesem Steinhaufen befindet sich die Höhle.“

Der Hobble-Frank wollte sich gern auch als berühmter Westmann zeigen. Er fragte darum: „Das sehen Sie mit diesem einen Blick, Herr Shatterhand?“

„Ja“, antwortete der Jäger.

„Das müsste ich doch ooch erkennen können. Darf ich mal hinsehen?“

„Tun Sie es!“

Frank betrachtete den Haufen von allen Seiten, schien aber nichts zu finden.

„Nun?“, fragte Old Shatterhand. „Was sehen Sie, lieber Frank?“

„Eenen Haufen, der so wie alle Haufen is. Das heeßt een Schteenhaufen, der aus eenem Haufen von Schteenen beschteht.“

„Sehen Sie denn nur die Steine? Bedenken Sie, dass hier der kleinste Gegenstand von der größten Bedeutung sein kann!“

„So, also nach eenem kleenen Gegenschtand soll ich suchen. Ich finde aber nischt."

Auch die anderen forschten ebenso vergeblich wie er. Nur der Apatsche ließ ein leises befriedigtes „Uff" vernehmen. Sein Auge war auf einen toten Laufkäfer gefallen, der halb unter einem Stein lag.

„Sonderbar!", lächelte Old Shatterhand. „Nur Winnetou merkt, was ich meine. Frank, sehen Sie denn den schwarzen Käfer nicht, dessen halber Leib da unter dem Stein hervorblickt?"

„Ja, den Käfer, den habe ich freilich schon längst entdeckt. Was soll es damit? Es ist eben een Käfer, weiter nischt."

„Weiter nichts? Sogar sehr viel, denn er sagt mir, dass wir bei der Höhle sind."

„Wie? Der? Was kann der sagen? Selbst wenn er bei Lebzeiten eene verschtändliche Sprache besessen hätte, jetzt is er tot."

„Ja, er ist tot. Woran mag er wohl gestorben sein?"

„Weeß ich's? Vielleicht an Leberschrumpfung oder Trommelfellentzündung."

„Nehmen Sie ihn weg und betrachten Sie ihn!"

Frank musste den Stein aufheben, um den Käfer wegnehmen zu können.

„Er is von dem Schteen zerquetscht worden", erklärte er.

„Richtig! Wie aber hat dies geschehen können? Hat sich das Tierchen etwa selbst unter den Stein gedrängt, sodass es von diesem zermalmt wurde?"

„Nee, dazu hätte das Käferchen die Kraft nicht besessen. Der Schteen is off ihn droff geworfen worden und..."

Frank hielt inne, besann sich einige Augenblicke, schlug sich dann mit der Hand an die Stirn und rief aus: „Jetzt habe ich endlich den Ochsen bei den Hörnern erwischt! Jetzt begreife ich's! Sollte man's denken, dass so een gescheiter Kerl, wie ich bin, so riesenhaft dumm sein kann! Diese Schteene sind unter- und übereenander geworfen worden, wobei der Käfer sein irdisches Dasein verloren hat. Dieser aus eenem Haufen von Schteenen beschtehende Schteenhaufen is erscht weggeschafft und nachher wieder offgerichtet worden. Warum und wozu? Weil er den verschlossenen Eingang zu der Höhle bildet und...“

Hobble-Frank hielt wieder inne und horchte.

„Was gibt's?“, fragte Old Shatterhand.

„Ich habe was gehört“, antwortete Frank.

„Wo? In der Höhle?“

„Ja. Een Geräusch wie von eener unterirdischen Schtimme. Es klang so dumpf. Herr meine Güte, es wird doch nich etwa een Bär drin sein!“

„Schwerlich.“

„Es klang aber beinahe so! Horchen Sie einmal! Ich hör's schon wieder.“

Old Shatterhand kniete nieder und horchte. Kaum hatte er das getan, so sprang er wieder auf und rief aus: „Herrgott, es sind Menschen drin! Sie schreien um Hilfe. Schafft die Steine weg, schnell, schnell!“

Sofort waren zehn und mehr Arme bereit, diesen Befehl auszuführen. Schon nach einigen Augenblicken kam das Loch zum Vorschein.

„Ist jemand da drin?“, fragte Old Shatterhand in englischer Sprache.

„*Yes*“, antworteten zwei Stimmen zu gleicher Zeit.

„Wer seid ihr?“

„Ich heiße Duncan.“

„Und ich Baumgarten.“

„Duncan und Baumgarten!“, erklang es aus aller Mund. Das war eine große Überraschung. Man hatte ja geglaubt, die beiden seien mit von den Nijoras ergriffen worden, nachdem sie vorher von den Navajos gefangen worden waren. Die Gefundenen waren ganz glücklich, wieder Menschen zu hören und das Tageslicht zu erblicken, das durch das immer größer werdende Loch zu ihnen drang. Doch war auch der Gedanke nicht abwegig, dass der

Ölprinz mit Buttler und Poller draußen standen. Deshalb fragte der Bankier, wer vor der Höhle sei. Da antwortete der Hobble-Frank, das stets hilfsbereite Kerlchen: „Wir sind es, die Helfer in der Not: Old Shatterhand, Winnetou, Droll, Sam, Dick und Will. Und wer ich bin, das sollt ihr gleich sehen. Ich komme hinein!"

Er zwängte sich durch das Loch, aus dem ein Freudenruf erschallte. Nun dauerte es nicht lange mehr, bis der ganze Steinhaufen entfernt war. Der Eingang besaß die Höhe eines Mannes von mittlerer Größe und war so breit, dass ein Petroleumfass bequem hinein- oder herausgerollt werden konnte. Als die Retter eintreten wollten, rief Frank ihnen zu: „Bleibt draußen! Wir kommen hinaus. Ich muss den armen Teufeln nur erst die Fesseln zerschneiden."

Dann kamen sie hervor, leichenblass und angegriffen von der ausgestandenen Angst, von der Fesselung und dem Petroleumgeruch, der in der Höhle herrschte. Sie reichten denen, die sie von Forners Rancho her kannten, die Hände und blickten dann mit achtungsvollen Blicken auf Winnetou und Old Shatterhand.

„Das ging um euer Leben, Mesch'schurs", sagte der große Jäger. „Wir haben diese Höhle lange vergeblich gesucht und fassten schon den Entschluss, den See zu verlassen. Hätten wir dies getan, so wäre der Tod des langsamen Verschmachtens euer Los gewesen. Ihr habt natürlich Durst und Hunger?"

„Keins von beiden", antwortete Baumgarten. „Danke Euch, Sir! Wir haben nicht an Essen und Trinken gedacht, sondern nur an den Tod."

„Habt ihr denn nicht gehofft, dass eure Bekannten hier euch folgen würden?"

„Wie konnten wir das? Wir glaubten sie ja noch im Pueblo gefangen. Ich darf Euch wohl versichern, dass der Dank, den wir Euch..."

„Still davon!", unterbrach ihn Old Shatterhand. „Hebt euren Dank für später auf! Jetzt möchte ich vor allen Dingen einiges Wichtige wissen! Hoffentlich seid ihr nicht so sehr angegriffen, dass ihr nicht antworten könnt?“

„O nein, nun, da wir uns wieder in frischer Luft befinden, ist alles gut.“

„Schön! Übrigens seid ihr mir nicht ganz unbekannt. Winnetou und ich haben euch schon gesehen.“

„Ah! Wann und wo?“, erkundigte sich der Bankier.

„Einen Tagesritt hinter dem Pueblo, wo ihr des Abends am Bach saßt. Wir krochen unter den Bäumen so nahe zu euch hin, dass wir euer Gespräch hören konnten.“

„*Good luck!* So erfuhrt Ihr wohl, dass es sich um einen Petroleumsee handelte?“

„Ja.“

„Und dass wir nach dem Gloomy-water wollten?“

„Wo es kein Petroleum gibt, ja, das hörten wir.“

„Ihr meintet, dass es hier keines geben könnte? Warum ließt ihr euch da nicht sehen! Warum warntet ihr uns nicht?“

„Warum? Weil es sich fragt, ob ihr uns geglaubt hättet. Ihr seid ja auch schon vorher von anderer Seite gewarnt worden, ohne dass es gefruchtet hat. Übrigens hatten wir keine Zeit, uns sogleich mit eurem edlen Ölprinzen abzugeben. Wir mussten erst nach dem Pueblo, um die Gefangenen zu befreien.“

„Das ist euch gelungen, Sir, euch beiden allein?“

„Wie ihr seht, ja.“

„Das ist aber doch gar nicht möglich!“, rief Duncan, indem er verwundert die Augen aufriss. „Zwei Männer! Niemand weiter dabei! Wie habt ihr das nur angefangen, Sir?“

„Das lasst Euch später einmal erzählen, Mr. Duncan. Jetzt möchten wir von euch erfahren, wie ihr vom Pueblo entkommen seid und was dann bis jetzt geschehen ist. Setzt euch nieder und erzählt!“

Die ganze Gesellschaft nahm im Gras Platz und der Bankier berichtete über die Erlebnisse der letzten Tage. Man kann sich denken, in welcher Weise er sich schließlich über Grinley, Buttler und Poller aussprach. Da aber fiel ihm Old Shatterhand in die Rede: „Ärgert Euch nicht bloß über sie, sondern auch über Euch, Sir! Ein solches Vertrauen, wie Ihr diesen Kerls entgegengebracht habt, ist mir unbegreiflich. Und die – ich will sagen Harmlosigkeit, mit der Ihr in die Euch gestellte Falle gelaufen seid, ist mir vollends unverständlich!"

„Ich hielt Grinley für einen ehrlichen Menschen", verteidigte sich Duncan kleinlaut.

„Pshaw! Dem spricht der Schurke doch gleich aus den Augen! Und wenn es sich um eine so hohe Summe, um ein solches Unternehmen handelt, trifft man doch ganz andere Vorbereitungen!"

„Das wollte er nicht. Es sollte alles heimlich betrieben werden."

„Aha! Ist denn Mr. Baumgarten hier Sachverständiger für Petroleum?"

„Nein."

„Was seid ihr doch für Menschen! Ihr hättet doch wenigstens einen Fachmann mitnehmen müssen!"

„Grinley meinte, das sei vorerst nicht nötig. Da das Petroleum offen auf dem Wasser schwimme, so bedürfe es nur eines Blicks, um mir zu beweisen, dass das Geschäft für mich wahrhaft glänzend sei."

„Und als ihr dann kamt und das schöne Öl so schwimmen saht, da wart ihr wohl ganz entzückt?"

„Natürlich! Ihr gebt doch zu, Sir, dass hier ein ganz außerordentliches Placer für Öl ist?"

Old Shatterhand warf einen fast betroffenen Blick auf den Sprecher, ehe er antwortete: „Es scheint, Ihr wisst selbst jetzt noch nicht, woran Ihr eigentlich seid. Ihr haltet diesen See für ein natürliches Ölbecken?"

„Allerdings. Darin hat Grinley die Wahrheit gesagt. Aber nachdem er meine Anweisung in den Händen hatte, sind wir niedergeschlagen und eingesperrt worden, um zu Grunde zu gehen. Wahrscheinlich will er nun den See an einen zweiten verkaufen."

„Habt ihr euch denn nicht in der Höhle umgeblickt?"

„Wie konnten wir das? Als wir aus unserer Betäubung erwachten, war es finster um uns her. Aber es roch so gewaltig nach Petroleum, dass in der Höhle wahrscheinlich der eigentliche Quell des Petroleums zu suchen ist."

„Das ist richtig. Nur handelt es sich nicht um einen Quell, sondern um viele Quellen, die aus hölzernen Dauben gefertigt sind."

„Dauben? Ich verstehe Euch nicht."

„Na, so geht einmal hinein und schaut, was Ihr drinnen finden werdet! Ich bin zwar selbst noch nicht in der Höhle gewesen, glaube aber, ihren Inhalt gut zu kennen. Vorher möchte ich Euch nur fragen, ob Ihr denn, als Ihr hier ankamt, das Petroleum genau betrachtet habt?"

„Natürlich habe ich das getan."

„Und wie habt Ihr es gefunden?"

„Ausgezeichnet geradezu!"

„Ja, ich auch", lachte Old Shatterhand. „Es hat gar nicht die Eigenschaften des Rohpetroleums, das erst in Lampenöl, Schmieröl und Naphtha gespalten werden muss; es ist schon raffiniert. Ist Euch das nicht aufgefallen?"

„Nein. Wollt Ihr etwa sagen, dass es kein Rohpetroleum ist? Was sollte es denn sonst sein?"

„Diese Frage werdet Ihr Euch, wenn Ihr nochmals in der Höhle gewesen seid, wohl selbst beantworten. Wie lange mag sich nach Eurer Ansicht denn das Öl hier im See befinden?"

„Wer kann das wissen. Wohl seit Jahrhunderten schon oder gar noch länger."

„Wer das wissen kann? Ich will es Euch sagen: seit vorgestern!"

„Vor – ge – stern?", wiederholte der Bankier dieses Wort. „Ich verstehe Euch schon wieder nicht, Sir."

„Nicht? Na, da muss ich deutlicher werden. Ihr habt

doch Augen und seht die große Menge toter Fische schwimmen? Was mag wohl schuld an ihrem Tod sein?"

„Das Öl. Kein Fisch kann im Petroleum leben."

„Schön! Und wie lange sind diese Tiere wohl schon tot?"

„Vielleicht zwei Tage, länger nicht, sonst wären sie mehr von der Verwesung ergriffen."

„Und wo haben sie sich bei Lebzeiten befunden? Sind sie etwa hier unter den Bäumen herumspaziert? Die Fische sind seit zwei Tagen tot, haben also bis vorgestern hier im See gelebt. Im Petroleum konnten sie nicht leben. Seit wann also wird sich das Öl hier auf dem Wasser befinden?"

Erst jetzt ging dem Bankier das Licht auf, das ihm angezündet werden sollte. Er sprang von seinem Sitz empor, starrte auf Old Shatterhand nieder, ließ seinen Blick auch über die anderen schweifen, bewegte die Lippen, als ob er reden wolle, brachte aber kein einziges Wort hervor.

„Nun, Sir, wollt Ihr mir keine Antwort geben? Wenn es seit vorgestern hier eine Sorte von Petroleum gibt, das in einer Raffinieranstalt künstlich gereinigt worden ist, so möchte man doch wohl fragen, wie dieser unbegreifliche Fall zu erklären ist. Die Antwort werdet Ihr da in der Höhle finden. Geht hinein, Mr. Duncan!"

„Das werde ich, das werde ich!", rief der Bankier aus. „Es kommt mir ein Gedanke, den ich gar nicht auszudenken vermag. Kommt mit, Mr. Baumgarten!"

Er zog den Buchhalter von seinem Sitz empor und verschwand mit ihm in der Höhle. Die Zurückbleibenden horchten. Es waren einige Rufe zu hören. Dann vernahm man das Zusammenstoßen und Rollen von Fässern. Hierauf stürzte der Bankier heraus und rief in großer Aufregung: „Welch ein Schwindel! Welch ein dreister Betrug! Das Öl ist in diese Gegend geschleppt worden, um mir mein Geld abzulocken!"

„So ist es, Sir", bestätigte ihm Old Shatterhand.

„Gleich als ich die Kerle von dem Öl, das hier gefunden

worden sein sollte, sprechen hörte, war ich überzeugt, dass das Schwindel sei. Buttler und Poller sind nicht vorausgeschickt worden, um die Sicherheit des Weges zu erforschen, sondern um die Fässer auslaufen zu lassen und sie dann wieder in der Höhle zu verbergen. Der Betrug ist mit viel Mühe von langer Hand vorbereitet worden, denn es will etwas heißen, so gegen vierzig schwere Ölfässer nach und nach hierher zu schaffen."

„Sind aber auch gut bezahlt worden, hihihihi", lachte Sam Hawkens. „Wollt Ihr das Öl ausschöpfen und wieder einfüllen oder nur die leeren Fässer mitnehmen, Mr. Duncan?"

„Lacht mich nicht auch noch aus!", rief dieser. „Mein Geld, mein schönes Geld! Ich muss es unbedingt wiederhaben. Ihr müsst mir dazu verhelfen, Mr. Shatterhand!"

„Einstweilen handelt es sich nicht um das Geld, sondern um die Anweisung", antwortete der Jäger. „Meint Ihr, dass sie in San Francisco ohne weiteres bezahlt wird?"

„Gewiss, wenn es den Kerlen gelingt, den Indianern zu entkommen und Frisco zu erreichen. Ihr machtet doch vorhin, während meiner Erzählung, die Bemerkung, sie seien von den Nijoras gefangen worden?"

„So ist es. Erst wurden sie von den Navajos überfallen und dann mit diesen von den Nijoras ergriffen."

„Wahrscheinlich haben die Roten die Weißen beraubt. Meint Ihr nicht, Sir?"

„Jedenfalls."

„Also dem Ölprinzen auch die Anweisung abgenommen? In diesem Fall würde sie wahrscheinlich nicht in Frisco vorgezeigt."

„Das glaube ich auch, möchte aber behaupten, dass sie ihm den Zettel gar nicht nehmen. Es gibt ja Indianerstämme, die in der Zivilisation so weit vorgeschritten sind, dass sie lesen und sogar schreiben können. Zu diesen gehören aber die hiesigen Stämme nicht. Im Allgemeinen hält der Indianer jede Schrift für einen Zauber, mit dem er sich nicht befassen mag. Darum ist es wahrscheinlich, dass die Nijoras dem Ölprinzen die Anweisung lassen. Gelingt es ihm also, ihnen zu entkommen, so wird er doch noch nach Frisco gehen und das Geld abheben."

„So wäre es am besten, ihm zuvorzukommen. Was meint Ihr dazu, Sir, dass ich mich mit Mr. Baumgarten sofort nach San Francisco aufmache, um die dortige Bank zu verständigen? Wenn der Halunke dann erscheint, wird er festgenommen."

„Dazu möchte ich nicht raten. Ihr würdet nicht weit kommen. Es wäre übrigens auf keinen Fall nötig, die weite Reise nach San Francisco zu machen, sondern es genügte jedenfalls, nur nach Prescott zu gehen, die dortige Behörde zu verständigen und von da aus die betreffende Bank durch die Post unterrichten zu lassen."

„Richtig, sehr richtig! Gehen wir also nach Prescott!"

„Nicht so eilig, Mr. Duncan. Von hier nach Prescott hättet Ihr wenigstens zehn Tage zu reiten, da die Entfernung in der Luftlinie ungefähr fünfzig geografische Meilen beträgt. Und was die Hauptsache ist: Kennt Ihr den Weg?"

„Nein. Vielleicht hätte einer von euch, der ihn kennt, Lust, uns gegen eine gute Bezahlung zu führen."

„Es ist wohl keiner unter uns, der den Lohnführer machen würde. Es ist auch zu bedenken, dass der Weg nach Prescott durch Gegenden geht, die bei den jetzigen Verhältnissen nicht nur unsicher, sondern sogar gefährlich genannt werden müssen. Drei Personen, ihr beide und ein Führer? Selbst wenn er ein tüchtiger Mann wäre, stände zu erwarten, dass ihr nicht lebendig an das Ziel gelangen würdet."

„So soll ich denn gar nichts tun, sondern mein Geld verlieren?"

Da trat Schi-So, der Navajojüngling, zu Old Shatterhand heran und sagte: „Sir, werdet Ihr mir erlauben, die Frage zu beantworten, die Mr. Duncan soeben ausgesprochen hat?"

„Tu es!“, nickte der Jäger. Schi-So wendete sich an den Bankier und sagte in zuversichtlichem Ton: „Ihr braucht keine Sorge zu haben, Sir. Ihr werdet die Anweisung zurückerhalten, und zwar durch mich. Ich bin ein Navajo. Die Nijoras sind jetzt unsere Feinde. Sie haben acht Navajokrieger gefangen genommen, deren Bruder ich bin. Ich habe die Pflicht, alles zu versuchen, diese Gefangenen zu befreien. Dabei gerät auch der Ölprinz in meine Hand. Ich nehme ihm die Anweisung ab und gebe sie Euch.“

Der Bankier sah den jungen Indianer, der mit einer solchen Bestimmtheit und Sicherheit sprach, erstaunt an und fragte ihn: „Die Navajos wollt Ihr befreien, mein kleiner Sir? Wisst Ihr denn die Zahl der Nijoras?“

„Es sind nur dreißig.“

„Nur? Und Ihr, Ihr allein wollt es mit ihnen aufnehmen?“

„Ich fürchte mich nicht vor ihnen. Übrigens werde ich gar nicht allein sein. Ich suche die Krieger meines Stammes auf. Sie müssen hier in der Nähe sein. Das sagt mir die Anwesenheit der acht Navajospäher.“

„Aber ehe Ihr sie findet, vergeht viel Zeit, und die Nijoras werden indessen entkommen!“

„Die entkommen nicht“, fiel hier Old Shatterhand ein. „Wir sind ja auch noch da. Was sagt mein Bruder Winnetou zu meinem Entschluss?“

Er hatte diesen Entschluss noch mit keinem Wort näher bezeichnet. Dennoch erriet ihn der Apatsche, denn er erklärte sofort: „Er ist gut. Wir werden den Nijoras folgen, die Navajos befreien und dem Ölprinzen den Zettel abnehmen.“

„Danke Euch, danke!“, rief Duncan jubelnd aus. „Wenn Ihr das sagt, so ist es gewiss, dass ich die Anweisung zurückerhalte und mein Geld rette. Aber wann brechen wir auf? Natürlich sofort, meine Herren?“

„So bald wie möglich“, antwortete Old Shatterhand. „Erst wollen wir uns diese Höhle auch einmal ansehen und dann wird Winnetou mich nach der Stelle im Wald führen, wo die Nijoras mit ihren Gefangenen gelagert haben."

Nun erst wurde das Innere der Höhle untersucht. Sie war nicht künstlich hergestellt, sondern durch die vom Hochwald durch den Felsen sickernde Feuchtigkeit ausgewaschen worden und das Wasser hatte von hier aus seinen Abfluss in den See gefunden. Daher der Sand und Steingrus, der in einem schmalen Streifen von der Höhle aus nach dem ‚Finsteren Wasser' führte. Man fand vierzig leere Petroleumfässer, einige Hacken und ein Beil, weiter nichts. Zwei der Fässer wurden zerschlagen. Ihre Trümmer sollten mitgenommen werden, weil sie einen vorzüglichen Brennstoff lieferten, falls man in eine Gegend kam, in der es kein Holz gab.

Dann gingen Winnetou und Old Shatterhand fort, um den Lagerplatz der Nijoras zu erkunden. Die anderen lagerten sich im Gras, um auf die Rückkehr dieser beiden zu warten. Sie bildeten da verschiedene kleine Gruppen, so wie die Einzelnen sich gerade zusammenfanden. Bei allen war der Gegenstand des Gesprächs ein und derselbe: die Erlebnisse der letzten Tage und dass man die Rettung aller nur Old Shatterhand und Winnetou zu verdanken hätte. Das Lob dieser beiden Männer floss von allen Lippen.

Besonders wusste der Hobble-Frank von ihnen zu erzählen. Er saß bei den deutschen Auswanderern und berichtete in seiner drastischen Weise einige Ereignisse aus seinem Zusammenleben mit Old Shatterhand und Winnetou. Der Kantor hörte aufmerksam zu und benützte eine Pause, die Frank machte, zu der Bemerkung: „Das ist es, was ich brauche! Solche Taten will ich auf die Bühne bringen. Die geben die Wirkung, die ich beabsichtige! Aber es ist eine Schwierigkeit dabei, die zu überwinden Sie mir vielleicht helfen können, Herr Hobble-Frank."

„Was für eene is das denn? Ich liebe nämlich grade die Schwierigkeiten. Für so was Leichtes kann ich mich nich gut erwärmen. Was aber schwer is, was Müh macht und Anschtrengung kostet, das is zu jeder Zeit mein Lieblingsfach gewesen. Also wenden Sie sich getrost an mich, Herr Kantor emeriticus! Was meenen Sie für eene Schwierigkeet?“

„Hm! Haben Sie vielleicht einmal Old Shatterhand oder Winnetou singen hören?“

„Singen? Nee!“

„Aber diese beiden Männer können doch singen? Oder meinen Sie nicht?“

„Ob sie singen können! Was das für eene Frage is! Schämen Sie sich denn nich, so was zu denken oder gar auszusprechen? Ich sage Ihnen, diese zwee beeden Männer können alles, mag es heißen, wie es will, also ooch singen.“

„Werden Sie nur nicht so grob, Herr Hobble-Frank! Ich habe es ja nicht böse gemeint. Was denken Sie, würde Old Shatterhand vielleicht einmal singen, wenn ich ihn darum bäte?“

„Hm!“, brummte Hobble-Frank, indem er ein zweifelndes Gesicht machte.

„Und Winnetou?“

„Der off alle Fälle nich. Er ist in allen Sachen groß und so bin ich überzeugt, dass er ooch ein ganz bedeutender Sänger is. Aber wenn ich offen sprechen soll, so kann ich ihn mir gar nich singend vorschtellen.“

„Wirklich nicht?“

„Nee. Denken Sie sich doch mal diesen berühmten Häuptling mit geschpreizten Beenen und weit offgeschnapptem Mund im Konzertsaal stehend mit dem herrlichen Gesang: ‚Guter Mond, du gehst so schtille hinter Nachbars Birnboom hin!‘ Können Sie ihn sich off diese Weise ausmalen?“

„Was Sie da sagen, ist nicht ganz ohne. Aber die Indianer singen doch jedenfalls auch!“

„Natürlich. Ich habe schon verschiedene singen hören.“

„Wie klang es denn? Was sangen sie? War es einstimmig

oder mehrstimmig? Es ist mir sehr wichtig, das von Ihnen zu erfahren."

„Hören Sie, das is nu wieder so eene seltsame Frage! Wenn eener singt, so is es doch allemal eenschtimmig. Oder denken Sie etwa, dass een eenzelner Mann achtschtimmig singen kann? Und wenn zwölfe singen, so is es zwölfschtimmig; das muss doch jeder Schangdarm einsehen. Und wie es geklungen hat, wollen Sie wissen? Na, nich ganz so wie bei den großen Komponisten Mozart, Galvani und Correggio. Es is nich leicht, es zu beschreiben. Denken Sie sich eenen großen Schmiedeblasebalg, worin een Eisbär, een Truthahn und drei junge Schweine schtecken! Fangen Sie an, den Balg zu ziehen und zu drücken, dann werden Sie wahrscheinlich etwas zu hören bekommen, was grade so klingt wie eene echte indianische Operette! Haben Sie mich verschtanden?"

„Jawohl. Ihr Beispiel ist ja deutlich genug."

„Na, was wollen Sie denn mit Old Shatterhand und Winnetou? Warum sollen diese singen?"

„Weil ich wissen möchte, was für Stimmen sie haben."

„Gute Schtimmen natürlich, sehr schöne Schtimmen sogar. Denn das Gegenteil davon zu denken, das wäre eene Beleidigung für sie."

„Ob gut oder nicht, das meine ich nicht. Ich wollte wissen, ob sie Tenor, Bariton oder Bass singen."

„Müssen Sie das denn so notwendig wissen?"

„Ja. Sie müssen doch die Haupthelden meiner Oper sein. Also muss ich auch ihre Stimmlage wissen."

„Unsinn! Ihre Schtimmlage! Die Schtimmlage liegt allemal in der Kehle. Wo soll sie denn sonst liegen? Ich habe noch keenen Menschen gesehen, der mit dem Magen oder mit dem Ellbogen gesungen hat. Das sollten Sie doch wissen, wenn Sie eene zwölfaktige Oper komponieren wollen. Und ooch das muss ich an Ihnen rügen, dass Sie das mit dem Tenor und dem Bass vorher wissen wollen. Das is doch gar nich notwendig. Old Shatterhand und Winnetou sollen offtreten und singen. Gut! Warten Sie das eenfach ab, so werden Sie gleich hören, ob sie Tenor, Bass oder Bariton singen! Es ist doch gar nich notwendig, sich schon vorher darum zu kümmern."

„Sie irren sich. Ich muss doch das, was gesungen werden soll, vorher komponieren! Also muss ich wissen, ob ich den Gesang in den Bass oder den Tenor legen soll."

„Legen Sie ihn in die Partitur. Da gehört er hin! Der Kapellmeister wird ihn nachher finden, wenn er sich off Musik verschteht, was ich doch hoffen will."

„Aber", erklärte der Kantor eifrig, „eben bevor ich an der Partitur arbeite, muss ich doch wissen, in welcher Stimmlage..."

„So lassen Sie mich doch mit Ihrer Schtimmlage in Ruhe!", unterbrach ihn Frank, zornig werdend. „Ich habe doch schon gesagt, dass die in der Gurgel liegt! Sie besitzen doch ooch so eene Art von Menschenverschtand; also is es doch eegentlich gar nich notwendig, dass Sie sich das zweemal sagen lassen! Merken Sie sich das, dass die wahre Weisheit nie wiederholt zu werden braucht!"

Der Kantor öffnete den Mund zu einer Gegenrede. Darum fuhr Hobble-Frank rasch fort: „Schweigen Sie! Lassen Sie mich ausschprechen! Der Rat, den ich Ihnen gebe, is ausgezeichnet und wird Ihnen sehr viel Zeit, Sorge und Arbeit erschparen. Komprimieren Sie immer Ihre Heldenoper. Um Bass und Tenor brauchen Sie sich dabei gar nich zu kümmern, denn wenn der Vorhang offgezogen wird und die Darschteller zu singen anfangen, wird es sich ganz von selber zeigen, ob sie für den Tenor geeignet oder zum Kontrabass geboren worden sind! Es muss doch jedenfalls nur den Sängern ihre Sache sein, ob sie hoch oder niedrig singen wollen. Ich wenigstens ließe mir keenen Tenor vorschreiben, wenn ich eenen Violonbass in der Gurgel hätte. Das können Sie mir glooben. Ich bin der richtige Mann, der das beurteilen kann, denn als ich damals in Moritzburg als Forschtgehilfe wirkte, bin ich Mitglied des dortigen Gesangvereins gewesen und habe sogar den Vertrauensposten innegehabt, allemal nach der Übungsschtunde die Notenbücher und den Taktschtock einzuschließen, was doch was zu bedeuten hat!“

Hobble-Frank wäre in seiner Rede gern fortgefahren. Aber da kehrten Winnetou und Old Shatterhand zurück und der weiße Jäger gebot den Lagernden, sich zum Aufbruch zu rüsten. Er teilte den Westmännern mit: „Wir sind den Spuren der Nijoras eine Strecke weit gefolgt. Sie scheinen nach dem Chellyfluss zu wollen, was uns nur lieb sein kann, da er auch in unserer Richtung liegt.“

11. In der Gewalt der Nijoras

Der Trupp setzte sich in Bewegung. Den Eingang der Höhle wieder zuzuschütten hätte keinen Sinn gehabt. Man ließ sie offen.

Nachdem man die Schlucht hinter sich hatte, lenkte Winnetou, der an der Spitze ritt, nach dem Wald, wo die Nijoras die Nacht zugebracht hatten. Man kam auf ihre Fährte; sie führte zur Höhe empor und dann jenseits in ein langes Tal hinab, das auf eine ebene, endlos weite Savanne mündete. Die Spur der Indianer führte in schnurgerader Richtung in diese Ebene hinein.

Hier brauchte man nicht besorgt zu sein, unerwartet auf Feinde zu treffen, denn jede Annäherung wäre schon von weitem zu bemerken gewesen. Darum duldeten es die beiden Führer, dass sich ihre Gefährten ganz nach Belieben bewegten und sich laut unterhielten.

Der Kantor war durch die Auskunft, um die er den Hobble-Frank gebeten hatte, nicht befriedigt worden. Darum machte er sich jetzt an Franks Seite und fragte: „Herr Hobble-Frank, würden Sie mir einen Gefallen erweisen?“

„Warum denn nich? Fragt sich nur, was für eenen?“

„Ich habe bemerkt, dass Sie bei Old Shatterhand gut stehen. Ihnen erfüllt er vielleicht den Wunsch, mit dem er mich abweisen würde. Ersuchen Sie ihn doch einmal, ein Lied zu singen, und wenn es auch nur eine einzige Strophe wäre! Wollen Sie das?“

„Nee, lieber Freund, ich will nich! Das kann ich ihm wirklich nich zumuten. Da würde er mich schön heimleuchten, hörnse mal! Versuchen Sie es nur hübsch selber! Ich will mir da die Finger nich verbrennen. Übrigens, Sie reden nur immer von der Musik Ihrer Oper, aber nich von dem Text dazu. Haben Sie den schon?“

„Nein.“

„Na, da is aber keene Zeit zu verlieren. Wenden Sie sich

schleunigst an eenen Dichter, der das nötige Talent besitzt!"

„Ich gedenke, den Text selber zu schreiben. Übrigens würde ich hier vergeblich nach einem Dichter suchen."

„So? I der Tausend! Sie denken also wohl, es is keener da?"

„Ja."

„Hören Sie, da geben Sie sich einer optischen Täuschung hin, die ich Ihnen kurieren muss. Es is nämlich een Dichter unter uns."

„Wirklich? Wen meinen Sie denn?"

Da wies Hobble-Frank mit dem Zeigefinger auf sich selbst und ließ mit bedeutender Wucht das eine kleine Wörtchen hören: „Mich."

„Ah, Sie selbst? Sie können dichten?"

„Na, und wie!"

„Unglaublich!"

„Ach was, unglooblich! Ich kann alles! Das müssen Sie doch nu endlich bald bemerken! Sagen Sie mir een Wort, so mache ich sofort zwanzig Reime droff! In höchstens zwee oder drei Schtunden dichte ich Ihnen eenen Operntext zusammen, der sich gewaschen hat. Wenn Sie daran zweifeln, gebe ich Ihnen die Erloobnis, mich zu prüfen."

„Sie zu prüfen? Das würden Sie mir übel nehmen."

„Fällt mir gar nicht ein! Wie kann der Löwe oder der Adler dem Schperling etwas übel nehmen! Also schtellen Sie mir eene Offgabe! Sagen Sie mir getrost, was ich dichten soll!"

„Nun wohl, machen wir einen Versuch! Denken Sie sich den ersten Akt meiner Oper! Der Vorhang rollt auf. Man erblickt einen großen Urwald. In dessen Mitte liegt Winnetou am Boden und bewegt sich leise fort, um einen Feind zu beschleichen. Was würden Sie ihn dabei singen lassen?"

„Singen? Gar nischt, natürlich!"

„Nichts? Warum? Er muss doch etwas singen. Wenn der Vorhang aufgeht, will das Publikum doch etwas hören!"

„Da wäre dieses Publikum schön dumm! Winnetou – eenen Feind beschleichen – und dazu singen! Sehen Sie denn nich ein, dass der Feind das hören und also ausreißen würde?“

„Ja, hier im Wilden Westen. Aber wir reden doch von der Bühne. Er muss singen, unbedingt singen!“

„Na, wenn er wirklich muss, wenn es so unbedingt notwendig is, dass er seine Schtimme erschallen lässt, so mag er meinetwegen singen.“

„Aber welche Worte? Das Publikum kennt ihn doch nicht. Sein Gesang muss also sagen, wer er ist.“

„Schön! Bin schon fertig. Er kriecht also an der Erde hin und singt dazu:

Ich bin der große Winnetou,
in Amerika geboren,
habe Oogen, und dazu
rechts und links zwee scharfe Ohren,
krieche auf dem Bauch im Grase,
rieche alles mit der Nase.“

Als er diese Reime vorgetragen hatte, richtete Frank auf den Kantor einen triumphierenden Blick, als erwarte er nun die höchste Anerkennung. Da der Emeritus aber schwieg, fragte er: „Na, was sagen Sie dazu? Sind Sie begeistert oder nich?“

„Nicht begeistert“, gestand der Gefragte.

„Nich? Ich hoffe doch, dass Sie das, was Sie gehört haben, hochachtungsvoll zu schätzen wissen? Geben Sie Ihr Urteil ab!“

„Ich würde Sie kränken!“

„Nee. Es gibt keen Geschöpf unter mir, das mich kränken könnte. Ich schwebe geistreich oben drüber!“

„Gut, so sollen Sie erfahren, dass Sie Knüttelverse gemacht haben. Dass Winnetou in Amerika geboren ist, dass er Augen hat, dass er alles mit der Nase, nicht aber mit den Ohren riecht, dass diese Letzteren sich links und rechts an seinem Kopf befinden, dass er nicht auf dem Rücken, sondern auf dem Bauch kriecht – das ist ja so selbstverständlich, dass man es gar nicht zu sagen und noch viel weniger zu singen braucht. Also bitte, machen Sie einen anderen Reim!"

Als der Hobble-Frank dieses Urteil hörte, wurden seine Augen groß und immer größer, seine Brauen stiegen empor. Er räusperte sich, als glaube er, nicht richtig gehört zu haben, öffnete dann den Mund und brach los: „Was sagen Sie da? Was haben Sie geschprochen? Was für Zeug hätte ich gemacht? Knüttelversche, meenen Sie?"

„Ja. So pflegt man solche Verse zu nennen, Herr Hobble-Frank", antwortete der Kantor unbefangen.

„Knüttelversche, Knüttelversche! Hat man schon jemals so was gehört! Ich, der berühmte Präriejäger, Westmann und Hobble-Frank, habe Knüttelversche gemacht! Da hört denn doch alles und Verschiedenes off! Das hat mir noch keen Mensch gesagt, keen eenziger Mensch! Erscht fordern Sie mich off, zu sagen, wer Winnetou is und was er will, und als ich es dann sage, sagen Sie, es wäre überflüssig gewesen, das zu sagen! Ich aber sage Ihnen, dass Sie selber überflüssig sind! Warum sind Sie nich mehr im Amt? Weil Sie selber überflüssig sind, een abgeschiedener und vorübergeschwundener Emeritikus. Ich aber befinde mich noch mitten in meinem Beruf als Präriejäger und wohne für Sie von jetzt an im Lande der seligen Geister und olympischen Schpielkameraden, an die Sie nie nich herankommen können!"

Damit gab Frank seinem Pferd die Sporen und galoppierte davon, in die Savanne hinein.

„Halt, Frank, wo willste hin?", rief die Tante Droll ihm nach.

„Über euren geistigen Horizont hinaus!", schrie Frank zurück.

„Da halte dich nur fest und fall drüben nich über den Horizont hinab!"

Der kleine, zornige Kerl wäre wohl noch weiter fortgeritten, wenn ihm nicht Old Shatterhand zugerufen hätte, sofort umzukehren. Er gehorchte und machte sich an Drolls Seite.

„Was war denn los?", fragte Droll. „Du machst ja ein ganz wütendes Gesicht. Hast du dich wieder mal geärgert?"

„Schweig! Empöre dich nich gegen meine Nachsicht und renitente Duldsamkeet! Ich bin off eene Weise verkannt worden, dass mir alle meine Haare ins Gebirge schteigen."

„Von wem?"

„Vom früheren Kantorei- und Orgelspieler."

„Er hat dich beleidigt?"

„Im höchsten Grad nach Celsius!"

„Womit?"

„Das brauchst du nicht zu wissen, du alte, dicke, neugierige Tante!"

Droll lachte leise vor sich hin und schwieg. Er wusste, dass es am besten sei, den Hobble-Frank seinem Zorn, der immer bald zu verrauchen pflegte, ruhig zu überlassen.

Die Savanne, auf der sie ritten, hatte man schon bald hinter sich. Dann verschwand das Gras und mit ihm jeder andere Pflanzenwuchs. Der Boden bestand meist aus hartem Fels, auf dem kein Gewächs zu leben vermochte. Man befand sich auf dem Hochland des Rio Colorado, das zum Colorado selbst und zu seinen Nebenflüssen in steilen Schluchten und Cañons abfällt. Hier musste man sehr scharfe Augen besitzen, wenn man die Spur der Nijoras nicht verlieren wollte.

Um die Mitte des Tages wurde der Frauen und Kinder wegen Halt gemacht. Man gönnte ihnen eine Ruhe von zwei Stunden. Dann ging es wieder vorwärts, bis gegen Abend der Apatsche anhielt und wieder vom Pferd stieg. Old Shatterhand tat dasselbe.

„Warum hier halten?", fragte Sam Hawkens. „Wollen wir an dieser öden Stelle, die sich gar nicht dazu eignet, die Nacht verbringen?"

„Nein", entgegnete der Apatsche. „Die Vorsicht gebietet uns, hier zu warten, bis es dunkel ist. Wir haben nur noch eine halbe Stunde bis zum Chelly zu reiten. Dort gibt es Wald und darin lagern wahrscheinlich die Nijoras. Da die Gegend eben ist, würden sie uns kommen sehen und sich verstecken. Darum müssen wir warten, bis es Nacht geworden ist und sie uns nicht bemerken können."

„Aber dann können auch wir sie nicht sehen!"

„Wir werden sie finden, wenn nicht heute, so morgen ganz gewiss."

Die anderen stiegen nun auch ab und lagerten sich. Am nördlichen Himmelsrand schwebten einige Geier. Sie zogen sehr enge Kreise. Old Shatterhand machte auf die Vögel aufmerksam und sagte: „Wo Geier sind, gibt es entweder Aas oder sonstiges Futter. Sie fliegen nicht fort, sondern bleiben an derselben Stelle. Es gibt also Beute für sie. Ich vermute, dass die Nijoras dort ihr Lager haben."

„Mein weißer Bruder hat es erraten", stimmte Winnetou bei. „Diese Vögel zeigen uns den Weg. Wir werden das Lager noch heute beschleichen."

„Müssen dabei aber sehr vorsichtig sein. Diese dreißig Nijoras haben den Weg von dem Gloomy-water bis zum Chelly ohne Aufenthalt zurückgelegt. Wenn Kundschafter das tun, weiß man, was es zu bedeuten hat: Sie sind dahin zurückgekehrt, von wo sie ausgegangen sind. Ich vermute also, dass dort am Chelly alle Krieger der Nijoras versammelt sind, um den Zug gegen die Navajos zu beginnen."

„Dann wären ihnen die Gefangenen abgeliefert worden", meinte Hawkens, „und es wäre nun doppelt schwer und gefährlich, sie zu befreien."

„Sie werden frei", entschied Winnetou in seiner bestimmten Weise. „Nur darf auf unserer Seite keine Unvorsichtigkeit vorkommen."

Als es so weit war, dass man nach einer Viertelstunde die Dämmerung erwarten konnte, wurde weitergeritten.

Noch ehe es zu dunkeln begann, sah man, dass der Horizont sich im Norden wie ein schwarzer Strich abzeichnete.

„Das ist der Wald des Chellyflusses“, erklärte Old Shatterhand. „Bleibt hier! Ich werde allein weiterreiten, bis ich ihn durch mein Fernrohr absuchen kann. Ein einzelner Reiter kann von dort aus nicht so leicht bemerkt werden wie ein ganzer Trupp.“

Er trabte fort und hielt dann an. Man sah, dass er sein Rohr nach dem Wald richtete. Hierauf kehrte er zurück und sagte: „Ihr müsst wissen, dass der Chellyfluss jetzt Wasser hat. Er fließt da, wohin wir wollen, in einem tiefen Tal, dessen steile Wände Wald tragen. Da aber die verdunstende Feuchtigkeit nur in dem Tal zu wirken vermag, reicht dieser Wald nur bis zum Rande des Tals herauf, nicht aber in die Ebene hinein. Er bildet oben einen schmalen Saum, den ich mit meinem Fernrohr abgesucht habe. Wenn die Nijoras da oben lagerten, hätte ich sie sehen müssen. Sie werden sich sonach unten in der Tiefe, am Fluss, befinden. Reiten wir also vorwärts!“

Die Dämmerung ist in jenen Gegenden sehr kurz. Es wurde schnell dunkel und nun konnte man sicher sein, vom Rande des Flusstals aus nicht gesehen zu werden. Nur eine kleine Viertelstunde später hörte man an den Huftritten der Pferde, dass der Boden grasig geworden war, und gleich darauf erreichte man den Saum des Waldes. Hier wurde angehalten und abgestiegen.

Ein Feuer durfte man nicht anbrennen. Man musste der Nähe der Indianer wegen im Dunkeln und zugleich so fern von ihnen bleiben, dass, falls vielleicht ein Pferd wieherte, sie dies nicht hören konnten. Dazu war natürlich notwendig, zu wissen, wo sie lagerten.

Old Shatterhand und Winnetou waren überzeugt, gar nicht fern von der Gegend zu sein, über der die Geier geschwebt hatten. Die Indianer mussten also ziemlich nahe sein. Die beiden Genannten gingen fort, um auszuspähen. Sie drangen in den Wald und es verging weit über eine halbe Stunde, bis einer von ihnen, nämlich Old Shatterhand, zurückkehrte.

„Wir befinden uns gerade an der richtigen Stelle. Es ist wirklich zu loben, mit welchem Scharfsinn der Apatsche uns geleitet hat. Der Rand des Waldes ist hier kaum dreißig Schritt breit. Dann steigt er in das Tal hinab. Wir sind ziemlich weit hinuntergeklettert, was bei dieser Dunkelheit keine leichte Sache war, und sahen dann Feuer. Wir zählten drei, doch ist es durchaus möglich, dass noch mehrere brennen, die wir nicht sehen konnten. Aus der Zahl der Feuer ist zu schließen, dass sich nicht nur die dreißig Kundschafter, sondern alle Krieger der Nijoras dort unten befinden. Wir werden, wenn wir die Gefangenen befreien wollen, einen schweren Stand haben."

„Und wo ist Winnetou?", fragte Dick Stone.

„Ich kehrte zurück, um euch Bericht zu erstatten. Wenn wir beide länger fortblieben, könntet ihr euch leicht beunruhigen. Der Apatsche ist vollends hinunter, um sich genau umzusehen. Ich denke, dass wir ihn vor Verlauf einer Stunde nicht zurückerwarten können. Der Boden ist sehr schwierig, und ein Lager zu umschleichen, wo so viele Feuer brennen, das erfordert große Behutsamkeit und lange Zeit."

Es zeigte sich, dass er noch zu wenig gesagt hatte, denn es vergingen fast zwei volle Stunden, bis der Apatsche sich wieder sehen ließ. Er setzte sich zu Old Shatterhand nieder und sagte: „Winnetou hat außer den drei Feuern noch zwei weitere gesehen. Es sind also insgesamt fünf, an denen wohl über dreihundert Nijoras lagern."

„Also ganz, wie wir dachten. Wer ist der Anführer? Hast du ihn entdeckt?"

„Ja. Es ist Mokaschi, den auch du kennst."

„Der ‚Büffel', ein Krieger, den ich achte. Wenn wir im Frieden kämen, würde er uns gewiss nicht feindlich empfangen."

„Da wir die Gefangenen befreien wollen, sind wir seine

Feinde und müssen uns vor ihm und seinen Leuten verbergen. Mein Auge hat die Gefangenen erblickt."

„Alle?"

„Ja, acht Navajos und die drei Bleichgesichter. Sie liegen an einem Feuer und sind von einem doppelten Kreis von Kriegern umgeben."

„O weh! Da ist es schwer, sie herauszuholen!"

„Es ist nicht nur schwer, sondern geradezu unmöglich. Wir können heute nichts tun, sondern müssen warten bis morgen."

„Ich stimme meinem roten Bruder bei. Es wäre Tollheit, unser Leben zu wagen, wenn der Erfolg so außerordentlich unsicher ist."

„Erlaubt mir, zu bemerken, dass ich diesen Entschluss nicht begreife", warf Hawkens ein. „Meint Ihr, dass wir morgen mehr erreichen werden? Die Aussichten werden da auch nicht besser sein als heute."

„O doch! Ihr habt doch gleich uns die Ansicht, dass die Nijoras gegen die Navajos ziehen wollen?"

„Natürlich!"

„Glaubt Ihr, dass sie sich da mit elf Gefangenen herumschleppen werden? Bestimmt nicht! Die lassen sie unter Bewachung zurück. Wir warten das ab und haben dann viel leichteres Spiel."

„Das leuchtet mir freilich ein. Daran habe ich noch gar nicht gedacht, wenn ich mich nicht irre. Wenn man nur wüsste, wann sie fortreiten!"

„Ich vermute, morgen."

„Das wäre gut. Wenn sie aber noch dableiben, kommen wir in die Gefahr, von ihnen entdeckt zu werden."

„Darauf müssen wir es allerdings ankommen lassen."

„Freilich. Nur ist das viel leichter gesagt als getan. Es gibt hier oben kein Wasser. Die Pferde haben darunter weniger zu leiden, da sie Gras finden. Aber wir! Am Gloomywater konnten wir des Öls wegen kein Wasser trinken. Heute hat es während des ganzen Rittes auch keinen Tropfen gegeben. Wenn wir auch morgen nicht trinken können, wird es mir um die Frauen und die Kinder bange. Von uns selbst will ich da gar nicht sprechen."

„Oh, von uns muss grad ooch geschprochen werden", fiel da der Hobble-Frank ein. „Wir sind einstweilen noch keene unschterblichen Seelen, sondern Menschen, deren Schterblichkeet een erwiesenes Faktotum is. Jedes schterbliche Wesen aber muss Wasser haben und ich geschtehe der Wahrheet gemäß ein, ich habe eenen solchen Durscht, dass ich für een paar Schlucke Wasser oder een Glas Lagerbier gern drei Mark bezahlen würde."

Da konnte sich der Kantor nicht enthalten, ihm bedauernd zu versichern: „Das tut mir außerordentlich Leid, Herr Hobble-Frank. Wenn ich Wasser hätte, würde ich es gern mit Ihnen teilen."

Er war ein sehr gutmütiger Mensch und bereute es schon seit langem, den Hobble-Frank heute geärgert zu haben. Diesem aber, der nicht weniger gutmütig war, erging es ebenso. Er sagte sich im Stillen, dass er eigentlich doch wohl zu grob gegen den Kantor gewesen sei. Er war also versöhnlich gestimmt, hielt es aber nicht für seiner Würde gemäß, dies merken zu lassen, und antwortete deshalb auf die Versicherung des Emeritus: „Wissen Sie denn, ob ich es von Ihnen annehmen würde?"

„Ich hoffe es!"

„Hoffen Sie das nich! So groß mein Durscht is, mein Charakter is noch viel größer. Wenn Sie mir das ganze Weltmeer hierher brächten, ich rühre doch keenen Tropfen an. Wissen Sie, mit den Knüttelverschen haben Sie sich Ihren besten Freund vor den Kopp geschtossen. Das is een sehr schwerer Verlust für Sie. Es ist traurig für Sie, aber wahr, und ich kann Ihnen beim besten Willen nich helfen."

Das ging dem Kantor so nahe, dass er den Gedanken daran nicht wieder loswurde. Er konnte, als gegessen worden war und man sich zur Ruhe gelegt hatte, nicht einschlafen. Er fragte sich, wie es möglich sei, Frank zu versöhnen, und da kam ihm ein Gedanke, den er für ganz vorzüglich hielt, obgleich der im Wilden Westen völlig unerfahrene Mann auf einen unklügeren gar nicht hätte kommen können. Frank hatte über Durst geklagt und drei Mark für ein paar Schlucke Wasser zahlen wollen. Wie nun, wenn er ihm den Durst stillte? Das musste den grollenden Frank doch sicher rühren, zumal das Herbeischaffen des Wassers nicht nur schwierig, sondern auch wohl nicht ganz gefahrlos war. Unten im Tal war der Fluss, und er, der Kantor, hatte einen ledernen Trinkbecher. Aber es war jedenfalls verboten, da hinabzusteigen. Wenn er es tun wollte, musste es heimlich geschehen. Er richtete sich halb auf und lauschte. Sie schliefen alle, außer Dick Stone, der jetzt die Wache hatte. Doch Dick befand sich in diesem Augenblick bei den Pferden.

Der Emeritus hatte den Sattel als Kissen unter seinem Kopf liegen. In der Satteltasche steckte der Becher. Er nahm ihn heraus und kroch leise fort, zwischen den Bäumen hindurch.

So schlängelte er sich weiter und weiter, bis er dachte, dass Dick Stone ihn nun weder mehr hören noch sehen könne. Da erhob er sich und tastete sich fort. Bald ging der ebene Boden zu Ende. Der Wald senkte sich in das Tal hinab. Nun begannen erst die Schwierigkeiten. Er drehte sich um und begann hinabzuklettern, verkehrt, auf allen Vieren, mit den vorsichtig tastenden Füßen voran. Das ging langsam, außerordentlich langsam. Er konnte erst dann einen Fuß weitersetzen, wenn er vorher mit dem anderen den Boden untersucht hatte. Es gab scharfe Steine und dornige Ranken, an denen er sich die Hände verletzte. Er achtete nicht darauf. Je weiter er kam, desto mehr wuchs seine Begierde, das Unternehmen zu Ende zu bringen. Zuweilen verlor er den Halt unter den Füßen und rutschte streckenweit hinab. Das geschah nicht ohne Geräusch. Der Kantor aber hörte vor lauter Eifer das Rollen der losgetretenen Steine und das Knicken und Knacken der brechenden Zweige gar nicht.

Jetzt sah der Emeritus die Lagerfeuer leuchten. Er glaubte, das Spiel bereits gewonnen zu haben, und hastete weiter und weiter. Er sah nicht, dass man dort aufmerksam wurde, dass fünf oder sechs Indianer, die das Geräusch gehört hatten, aufsprangen und ihm entgegenhuschten. Sie blieben dann stehen und warteten. Er atmete so laut, dass sie es ganz deutlich hören konnten.

„Uff!", flüsterte einer von ihnen. „Das ist kein Tier, sondern ein Mensch!"

„Ob mehrere?", fragte ein anderer.

„Nein, nur einer. Ergreifen wir ihn lebend!"

Jetzt war der Kantor schon ganz nahe bei ihnen. Sie bückten sich, um ihn gegen die Feuer vor ihre Augen zu bekommen. Sie sahen ihn; sie überzeugten sich, dass er allein war, und streckten nun die Hände nach ihm aus. Als er sich so plötzlich ergriffen fühlte, erschrak er so furchtbar, dass er keinen Laut hervorbrachte. Man rief ihm einige Worte zu, die er aber nicht verstand. Desto besser verstand er aber die Sprache der Messer, deren Spitzen ihm, wie er fühlte, auf die Brust gesetzt wurden. Es fiel ihm gar nicht ein, sich zu wehren. Er folgte, als er fortgezogen wurde, ohne Widerstand. Man kann sich denken, welches Aufsehen sein Erscheinen im Lager erregte. Aber dieses Aufsehen erregte keinen Lärm. Ein Weißer hatte sich herbeigeschlichen und war ergriffen worden. Er konnte nicht allein hier in der Gegend sein. Er musste Gefährten bei sich haben, die sich in der Nähe befanden. Man musste also jeden Lärm vermeiden.

Sofort hatte sich ein Kreis von Roten um den Kantor gebildet. Keiner von den Roten sprach ein Wort. Bei dem Emeritus stand Mokaschi, der Häuptling. Mokaschi tat vor allen Dingen das, was ein jeder umsichtiger Führer tun musste: Er schickte einige Späher aus, die die Umgebung des Lagers absuchen mussten. Dann fragte er den Gefangenen nach seinem Namen und seinen Absichten.

Der Kantor verstand kein Wort und sagte, was er sagen zu müssen glaubte, in deutscher Sprache. Da meinte der Häuptling: „Er kennt unsere Sprache nicht und wir verstehen die seinige nicht. Wir wollen ihn den drei gefangenen Bleichgesichtern zeigen, vielleicht ist er ihnen bekannt."

Der Kreis öffnete sich und der Emeritus wurde nach dem Feuer geführt, wo die Gefangenen lagerten. Als diese ihn erblickten, rief Poller überrascht aus: „Der deutsche Kantor! Der verrückte Kerl! Dieser hirnverbrannte Mensch muss aus dem Pueblo, wo er gefangen war, entkommen sein!"

Er hatte das in einem Gemisch von Englisch und Indianisch gesagt, das der Kantor nicht verstand. Doch bemerkte dieser, dass die Worte ihm galten. Er erkannte den einstigen Führer der Auswandererkarawane und sagte in deutscher Sprache, deren Poller mächtig war: „Hallo! Da ist ja unser Wegweiser! Und gar gefesselt! Herr Poller, wie sind Sie denn in diese scheußliche Lage gekommen? Ich freue mich, Sie wieder zu sehen."

„Diese Schufte haben uns gefangen genommen", antwortete der Gefragte.

Da aber fiel der Häuptling schnell und drohend ein: „Ihr sollt nicht reden, was ich nicht verstehe! Wollt ihr etwa unsere Messer in die Leiber haben? Kennst du diesen Mann?"

„Ja. Es ist ein Mann aus Deutschland."

„Deutschland? Ist dies das Land, wo Old Shatterhand geboren wurde?"

„Ja."

„So ist er wohl auch ein berühmter Jäger?"

„Nein. Er versteht die Waffen nicht zu führen. Er will Musik machen und singen. Er ist verrückt."

Sofort betrachtete der Häuptling den Kantor mit viel weniger feindseligen Augen. Es gibt viele wilde Völkerschaften, die die Wahnsinnigen nicht nur nicht verachten, sondern ihnen sogar scheue Verehrung zollen. Sie sind der Ansicht, dass ein Geist, ein überirdisches Wesen, von dem Irren Besitz ergriffen habe. Auch die Indianer huldigen dieser Anschauung und wagen es nicht, sich an einem Wahnsinnigen zu vergreifen, selbst wenn er einem feindlichen Volk angehört. Darum erkundigte sich der Häuptling weiter: „Weißt du es genau, dass dieser Mann nicht mehr bei seinen Sinnen ist?"

„Sehr genau", antwortete Poller, dem der Gedanke kam, dass er daraus vielleicht Vorteil ziehen könne. „Ich bin ja lange Zeit mit ihm und seinen Begleitern geritten."

„Wer waren diese?"

„Auch Deutsche, die herübergekommen sind, sich Land zu kaufen, das den roten Männern gehört."

„Das hat ihnen der böse Geist eingegeben; denn wenn sie Land kaufen, so wird es uns gestohlen und nicht wir, sondern die Länderdiebe bekommen das Geld. Jeder, der in diese Gegend kommt, um Land zu kaufen, ist unser Feind. Will dieser Mann Land haben?"

„Nein. Er will die roten Männer und Helden kennen lernen und dann in sein Vaterland zurückkehren, um Lieder über sie zu singen."

„So ist er uns ja nicht gefährlich. Ich werde ihm erlauben, zu singen, so viel er will. Wo aber sind seine Begleiter?"

„Ich weiß es nicht."

„So frage ihn!"

„Das kann ich nicht. Du hast uns verboten, zu sprechen, was du nicht verstehst. Er redet nur die Sprache seines Landes. In dieser also müsste ich mit ihm reden und dann bekäme ich, wie du gesagt hast, eure Messer in den Leib."

„Wenn es so ist, so musst du freilich in seiner Sprache mit ihm reden. Ich erlaube es dir."

„Daran tust du wohl. Denn ich vermute, dass du dann sehr wichtige Dinge durch mich erfahren wirst."

„Wichtige Dinge? Wieso?“
„Die Auswanderer, zu denen er gehört, sind nicht allein. Es sind berühmte Jäger bei ihnen, die sich vielleicht hier in der Nähe befinden. Sie müssen da sein, denn ich könnte nicht begreifen, wie er, der nichts versteht und wahnsinnig ist, ganz allein hierher kommen könnte.“
„Uff! Berühmte Jäger! Meinst du etwa Bleichgesichter?“
„Ja! Sam Hawkens, Dick Stone, Will Parker, Tante Droll, Hobble-Frank und vielleicht auch noch andere.“
„Uff, uff, uff! Das sind lauter berühmte Namen. Diese Männer sind zwar nie unsere Feinde gewesen, aber jetzt, da der Tomahawk des Krieges ausgegraben ist, muss man zehnfach vorsichtig sein. Ich will wissen, wo sie sich befinden. Aber hüte dich, mir eine Lüge zu sagen! Sobald eine Unwahrheit aus deinem Mund kommt, seid ihr verloren.“
„Sorge nicht! Du hast uns feindlich behandelt. Aber ich werde dir trotzdem beweisen, dass wir eure Freunde sind. Ich kann dir diesen Beweis sogar schon jetzt gleich liefern, indem ich dir sage, dass wir uns bemüht haben, diese weißen Krieger für euch unschädlich zu machen.“
„Wie könnt ihr das angefangen haben?“
„Wir haben sie in das Pueblo des Häuptlings Ka Maku gelockt.“
„Uff! Ka Maku ist unser Bruder. Waren sie bei ihm?“
„Ja. Er hat sie alle gefangen genommen, die weißen Jäger, die Auswanderer und ihre Frauen und Kinder.“
„Auch diesen wahnsinnigen Mann hier?“
„Ja.“
„Und jetzt befindet er sich bei uns! Er kann den weiten Weg unmöglich allein gemacht haben. Ich muss wissen, welche Leute bei ihm sind und wo sie sich in diesem Augenblick befinden.“
„Soll ich ihn fragen?“
„Ja. Doch hüte dich, mich betrügen zu wollen! Was du mir auch sagen magst, ich werde dir kein Wort eher glauben, als bis ich mich von dessen Wahrheit überzeugt habe.“

Nun wendete sich Poller an den Kantor und forderte ihn auf, zu erzählen.

Nach einigem Widerstreben berichtete der Emeritus frei und offen, ohne sich darum zu kümmern, dass er den verräterischen Poller als Feind zu betrachten habe. Der frühere Führer der Auswanderer hörte mit Staunen von Old Shatterhand und Winnetou. Die Erzählung des Emeritus wurde einmal von dem misstrauischen Häuptling unterbrochen, der das lange Zwiegespräch, von dem er kein Wort verstand, nicht dulden wollte. Poller aber beruhigte ihn mit der Versicherung: „Ich erfahre da Dinge, die für dich sehr wichtig sind. Ich muss diesen Verrückten ausfragen, was lange Zeit erfordert, weil sein Verstand nicht mehr ganz bei ihm ist. Lass mich also nur sprechen. Du wirst dann später sehen, dass ich jetzt als euer Freund handle."

Endlich war der Kantor mit seiner Erzählung fertig. Poller wusste alles und wendete sich an den Häuptling: „Das Wichtigste sollst du gleich zuerst erfahren: Da draußen auf der Hochebene lagern Winnetou und Old Shatterhand!"

„Uff, uff! Du redest die Wahrheit?"

„Es ist so, wie ich sage. Sie sind gekommen, euch zu überfallen."

„So werden sie sterben müssen. Woher kommen sie? Wo stecken sie und wie viele Leute sind bei ihnen?"

Poller gab ihm genaue Auskunft, denn es fiel ihm gar nicht ein, den Häuptling zu belügen und irrezuführen. Er rechnete auf die Dankbarkeit der Roten. Die hervorragendsten Krieger standen in der Nähe und hörten Pollers Worte. Als er mit seinen Mitteilungen zu Ende war, blickte der Häuptling eine Zeit lang sinnend vor sich nieder und sagte dann, zu den Indianern gewendet: „Meine Brüder haben gehört, was dieses Bleichgesicht gesprochen hat. Aber die Zungen der Weißen haben zwei Spitzen, von denen die eine mit Trug und die andere mit Falschheit endet. Wir müssen uns überzeugen, ob unsere Ohren die Wahrheit oder die Lüge vernommen haben. Es mögen also Kundschafter, die ich jetzt auswählen werde, zur Höhe steigen."

Er ging von Feuer zu Feuer, um die Krieger zu bezeichnen, die er für befähigt hielt, Männer wie Winnetou und Old Shatterhand zu beschleichen. Dann sah man diese Krieger, nur mit ihren Messern bewaffnet, sich vorsichtig entfernen. Hierauf kam der Häuptling zu Poller zurück und sagte, auf den Kantor zeigend: „Da dieses Bleichgesicht von einem Geist, der nichts verlangt, als singen zu dürfen, besessen ist, so soll ihm von uns nichts Böses geschehen. Er wird ungefesselt hin und her gehen können, wie es ihm beliebt. Aber sobald es ihm einfallen sollte, zu entfliehen, bekommt er eine Kugel. Sag ihm das!"

Poller gehorchte. Als der Emeritus diese Mitteilung hörte, sagte er frohlockend: „Sehen Sie, dass ich Recht hatte? Für einen Jünger der Kunst gibt es keine Gefahr. Die Musen beschützen mich. Merken Sie sich, dass wir Komponisten keine gewöhnlichen Menschen sind!"

Poller ärgerte sich über dieses große Selbstbewusstsein und antwortete also: „Von Ihren Musen kann hier keine Rede sein. Ja, Sie stehen unter einem besonderen Schutz, aber unter einem ganz anderen."

„So? Unter welchem denn?"

„Unter dem der Verrücktheit."

„Ver – rückt – heit?", dehnte der große Musiker. „Darf ich fragen, wie Sie das meinen?"

„Warum nicht? Kein Indianer tut einem Wahnsinnigen etwas zu Leide. Darum können Sie hier fast ganz frei spazieren gehen."

„Wahnsinnig? Sie wollen doch nicht etwa sagen, dass..." Er sah dabei Poller starr in das Gesicht.

„Ja, gerade das will ich sagen", nickte dieser. „Die Roten halten Sie für verrückt!"

„Aber warum denn? Aus welchem Grunde denn?"

„Weil sie nicht begreifen können, dass ein vernünftiger Mensch über das Meer und nach dem Wilden Westen gehen kann, nur um über die Leute, die er da trifft, Musik zu machen."

„Musik zu machen? Bitte sehr, Herr Poller, Sie bedienen sich da eines vollständig falschen Ausdrucks. Musik macht ein Bierfiedler oder Leierkastenmann, ich aber bin Komponist. Ich werde eine Heldenoper von zwölf Akten komponieren und Sie werden die Ehre haben, darin ebenfalls vorzukommen."

„Danke sehr. Ich bitte, mich dabei auszulassen! Übrigens haben die Indsmen gar nicht so sehr Unrecht; denn wenn ich aufrichtig sein will, so muss ich Ihnen sagen, dass Sie allerdings einen Klaps zu haben scheinen, und zwar einen nicht sehr kleinen."

„Wie? Meinen Sie das wirklich auch? Dann will ich doch lieber wie Sie gefesselt an der Erde liegen, aber für einen vernünftigen Menschen gehalten werden. Sagen Sie das dem Häuptling!"

„Fällt mir nicht ein. Der Umstand, dass Sie sich frei bewegen dürfen, kann uns von außerordentlichem Nutzen sein. Missbrauchen Sie ihn aber nicht und kommen Sie ja nicht auf den Gedanken, sich zu entfernen! Man würde Sie auf der Stelle töten."

„Pah! Das fällt keinem Menschen ein. Ich stehe unter dem Schutz der Kunst."

„Lassen Sie doch, zum Kuckuck, Ihre Kunst aus dem Spiel! Denken Sie von sich meinetwegen, wie Sie wollen; aber denken Sie dabei auch an diejenigen, denen Sie nützlich sein können! Sehen Sie, wie der Häuptling nach uns sieht, wie er uns beobachtet? Wir dürfen nicht zu viel miteinander reden, sonst schöpft er Verdacht. Passen Sie später ein wenig auf mich auf! Wenn ich Ihnen winke, so habe ich Ihnen etwas mitzuteilen. Da nähern Sie sich mir so unbefangen wie möglich, sehen mich gar nicht an und bleiben in meiner Nähe stehen, bis Sie gehört haben, was ich Ihnen mitteilen will. Es wird das bestimmt von großem Nutzen für Ihre Freunde sein. Wollen Sie das?"

„Gern, Herr Poller. Wir Jünger der Kunst leben zwar in einer höheren Welt. Aber ich bin keineswegs stolz darauf, und wenn ich im gewöhnlichen Leben einem Menschen nützlich sein kann, so weigere ich mich nicht, von meiner Höhe herabzusteigen."

Poller wäre am liebsten grob geworden, hielt es aber für geraten, sich zu beherrschen, und sagte: „Man hat Sie entwaffnet. Sehen Sie doch zu, heimlich zu einem Messer zu kommen! Ich hoffe doch, dass Sie pfiffig genug sind, das fertig zu bringen?"

„Pfiffig? Na und ob! Ein Komponist ohne Pfiffigkeit ist undenkbar. Wozu aber wollen Sie denn das Messer haben?"

Diese Frage war nun freilich kein Beweis von Pfiffigkeit, das hätte Poller ihm gar zu gern gesagt. Aber er befürchtete, ihn damit zu beleidigen, und gab ihm also die Auskunft: „Um mich und Ihre Gefährten zu befreien."

„Die sind doch gar nicht gefangen!"

„Das stimmt. Aber man weiß doch nicht, was geschehen kann. Ich habe dem Häuptling ganz falsch berichtet. Dennoch kann der kleinste Zufall seine Späher auf die richtige Spur bringen. Dann ist es sehr leicht möglich, dass Ihre Freunde ergriffen werden, wenn nicht etwas noch Schlimmeres geschieht. In diesem Fall würden sie nur dadurch zu retten sein, dass Sie mir heimlich ein Messer verschaffen. Ihnen zu erklären, wozu ich es haben will, dazu fehlt jetzt die Zeit. Wir dürfen nicht länger miteinander sprechen. Der Häuptling beobachtet uns dauernd. Also wollen Sie?"

„Ja. Wenn ich meinen Freunden damit nutzen kann, soll es mir nicht darauf ankommen, einmal den Spitzbuben zu machen, indem ich den Roten ein Messer stehle."

Poller hatte Recht gehabt, denn der Häuptling stand jetzt auf, kam herbei und trieb die beiden auseinander. Doch wurde seine Aufmerksamkeit abgelenkt, weil soeben die Kundschafter zurückkehrten.

Sie meldeten ihm, dass sich alles genauso verhalte, wie Poller sagte.

„Das ist sein Glück!“, meinte er. „Hätte er mich belogen, wäre er noch in dieser Nacht getötet worden. Er hat die Bleichgesichter verraten und wird meinen, dass ich ihm dafür gnädig sein werde. Da aber irrt er sich, denn ein Verräter ist schlimmer als der schlimmste Feind.“

Er ließ sich das, was die Späher erkundet hatten, genau beschreiben und entschied dann: „Wir werden sie im Schlaf überraschen und deshalb wohl nicht mit ihnen zu kämpfen brauchen. Zwei Krieger von uns auf einen von ihnen, auf Winnetou aber und auf Old Shatterhand je vier. Drei auch für den Posten, der Wache hält, damit er schnell und sicher überwältigt wird. Wir nehmen nur die Messer und Tomahawks mit und Riemen dazu, die Gefangenen zu binden. So große und berühmte Krieger tötet man nicht, denn es ist ein großer Ruhm für uns, sie gefangen zu den Unsrigen zu bringen, und eine noch viel größere Schande für sie, in unsere Hände gefallen zu sein, ohne gekämpft und eine Wunde erhalten zu haben.“

Er suchte sich die zuverlässigsten und stärksten seiner Leute aus und brach mit ihnen auf. Der Mond stand über dem Tal. Sein bleicher matter Schein drang aber nicht durch die Wipfel der Bäume, zwischen denen die Schar der auserwählten Roten jetzt verschwand, um lautlos und vorsichtig den Bergeshang hinaufzuklettern.

Oben herrschte die tiefste Ruhe. Schi-So hatte bis vor kurzem Wache gestanden und war von Droll abgelöst worden. Droll ging, um nach dem anstrengenden Ritt wach zu bleiben, leise und langsam hin und her. Alle anderen schliefen fest, außer dem Hobble-Frank. Dieser hatte einen aufregenden Traum, worin er sich mit dem Kantor zankte, und zwar in einer solchen Weise, dass er sich auf ihn stürzte, um ihn zu packen. Darüber wachte er auf. Er öffnete die Augen, sah den bleichen Mond über sich und war froh, dass der Streit nur ein Traum und keine Wirklichkeit gewesen war. Er drehte sich auf die andere Seite, um nach dem Emeritus zu sehen, der sich nicht weit von ihm niedergelassen hatte – der Kantor war nicht mehr da. Sollte er sein Lager nach einer anderen Stelle verlegt haben? Das war unwahrscheinlich. Frank setzte sich auf und blickte umher. Er sah ihn nicht. Er zählte die Schläfer. Richtig, es fehlte einer, und zwar der Kantor. Da weckte der Hobble seinen Nachbarn Sam Hawkens und flüsterte ihm zu: „Nimm's nicht übel, Sam, dass ich dich aus dem Schlaf reiß'! Aber ich sehe den Kantor nich. Wo mag er sein? Soll ich die anderen wecken?"

Sam gähnte ein wenig und antwortete dann ebenso leise: „Wecken? Nein, der Schlaf ist allen nötig. Wollen die Sache allein abmachen. Der unvorsichtige Mann wird wieder mal eine Strecke fortgelaufen sein, um sich im Stillen an seiner berühmten Oper zu zermartern. Komm, wollen ihn suchen!"

„In welcher Richtung?"

„Hier in den Wald und den Abhang hinunter, wo die Roten lagern, hat er sich jedenfalls nicht gewagt."

„Nee, er is sicherlich da links in die Ebene hinausgetanzt, um den Mondschein anzusingen. Nach dieser Seite wollen wir gehen. Nehmen wir die Gewehre mit? Brauchen werden wir sie schwerlich."

„Brauchen oder nicht brauchen, ein Westmann lässt sein Gewehr nie liegen. Ich nehme meine Liddy auf jeden Fall."

Bevor sie sich entfernten, erkundigten sie sich bei Droll, der nun auch bemerkte, dass der Emeritus fehlte und versicherte: „Er muss schon fortgelaufen sein, ehe ich meinen Posten angetreten habe. Macht, dass ihr ihn findet, sonst kann's leicht eine Dummheit geben!"

„Werden ihn schon bringen, wenn ich mich nicht irre", nickte Sam. „Wenn wir einen Halbkreis abgehen, müssen wir unbedingt auf seine Spur kommen. Der Mond scheint zwar nicht hell, aber ich denke, dass wir sie dennoch bemerken werden. Soll dem Emeritus diesmal schlecht ergehen, wenn wir ihn erst haben!"

Hawkens und Frank gingen eine Strecke westwärts am Waldsaum hin, um dann ostwärts einen Halbkreis zurückzuschlagen, dessen Mittelpunkt das Lager war. Sie waren gezwungen, tief gebückt zu gehen, um die Spur erkennen zu können. Da sie den Gesuchten nicht sehen konnten, nahmen sie an, dass er sich ziemlich weit entfernt hatte.

Droll folgte ihnen mit seinen Blicken, bis er sie nicht mehr sah. Er war besorgt wegen des unvorsichtigen Kantors und lenkte unwillkürlich seine ganze Aufmerksamkeit auf die Ebene. Dabei stand er so, dass er ihr das Gesicht zukehrte. Daher sah er nicht, dass jetzt drei Indianer am Waldessaum auftauchten und sich mit unhörbaren Schritten auf ihn zu bewegten. Plötzlich fühlte er zwei Hände am Hals. Er wollte rufen, brachte aber nur ein kurzes Röcheln hervor, dann streckte ihn ein Hieb mit dem flachen Tomahawk besinnungslos zu Boden.

Sam Hawkens und der Hobble-Frank hatten wohl zwei Drittel ihres Weges zurückgelegt, ohne eine Spur des Gesuchten zu finden, da vernahmen sie plötzlich den lauten Kriegsschrei Winnetous, und nur einen Augenblick später erklang die dröhnende Stimme Old Shatterhands: „Wacht auf, der Feind ist…"

Die Worte endeten in einem Gurgeln, das bis zu ihnen drang.

„Herrgott, nun sind wir überfallen worden! Schnell hin!", rief Frank und machte ein Drehung, um sich nach dem Lager zurückzuwenden. Da wurde er von Sam ergriffen und zurückgehalten.

„Bist du toll!", raunte ihm Sam mit unterdrückter Stimme zu. „Horch! Es ist schon vorbei. Wir können nichts mehr tun."

Es ertönte jetzt ein vielstimmiges indianisches Siegesgeheul.

„Hörst du es?", flüsterte Sam. „Unsere Freunde sind überrumpelt worden. Wenn wir es klug anfangen, können wir sie wahrscheinlich retten."

„Retten? Das lässt sich hören! Ich gebe mein Leben hin, sie wieder zu befreien!“

„Das ist hoffentlich gar nicht notwendig. Jetzt freut es mich, dass du mich geweckt hast, um den Kantor zu suchen. Wäre dies nicht geschehen, so lägen wir auch mit bei den Gefährten, an Händen und Füßen gebunden. So aber sind wir frei und wie ich den alten Sam Hawkens kenne, wird er nicht eher ruhen, als bis sie wieder losgekommen sind, wenn ich mich nicht irre, hihihihi!“

Der Hobble-Frank befand sich in großer Aufregung und stand, nach dem Lager hin horchend, mit vorgebeugtem Oberkörper da, wie bereit, augenblicklich fortzurennen. Darum hielt Sam Hawkens ihn noch immer fest und zog ihn leise mit sich fort. Am Wald angekommen, schlichen sie in dessen Dunkel längs des Randes hin. Aber sie waren noch nicht weit gekommen, so blieben sie stehen, denn es erscholl ein lauter Ruf: „Ustah arku etente – kommt herauf, ihr Männer!“

„Halt, wir müssen stehen bleiben“, flüsterte Hawkens. „Die Leute, die der Häuptling ruft, werden da am Abhang heraufkommen und wir stoßen mit ihnen zusammen, wenn wir weitergehen. Horch!“

Die Stimme des Anführers war bis in das Tal gedrungen. Bald hörte man das Rollen von Steinen, das Brechen und Knacken von Zweigen und das Geräusch von vielen Fußtritten. Die Überfallenen sollten nebst ihren Sachen und Pferden in das Tal geschafft werden, wozu mehr Indianer erforderlich waren, als sich oben befanden.

Nun gab es ein Gewirr von befehlenden, fragenden und antwortenden Stimmen. Dann hörten die beiden Lauscher Huftritte und Menschentritte näherkommen. Sie sahen einen langen Zug von Menschen und Pferden vorübergehen. Da er vom Mond beleuchtet wurde, konnten sie die einzelnen Gestalten deutlich unterscheiden. Ihre Freunde waren alle an den Händen und Füßen gefesselt, an den Füßen so, dass sie nur kurze Schritte machen konnten.

Und keiner fehlte, bis auf den Kantor. Winnetou ging ebenso wie Old Shatterhand zwischen vier stämmigen Indianern.

Als der Zug vorüber war, drohte der Hobble-Frank mit der Faust hinter ihm her und knirschte: „Wenn ich nur könnte, wie ich wollte, da riss ich diese roten Halunken in Schtücke, dass sie wie Sägeschpäne durch alle Lüfte flögen! Aber ich werde ihnen schon noch een Licht darüber offschtecken, was der Hobble-Frank zu bedeuten hat, wenn sein Grimm zornig und sein Zorn grimmig geworden is! Da sind sie hin und wir schtehn hier wie zwee zerbrochene Regenschirme oder als ob uns die Filzschuhe an die Beene gewachsen wären! Wollen wir ihnen denn nich nach?“

„Nein.“

„Warum denn nich?“

„Weil das ein Umweg gewesen wäre. Sie mussten sich zum Fortschleppen der Gefangenen den bequemsten Weg auswählen, sind darum längs der Höhe hin und werden dann an einer geeigneten Stelle hinuntergehen. Wir aber schleichen uns auf dem Abhang hier hinab, da, wo sie heraufgekommen sind.“

„Und nachher?“

„Nachher werden wir ja sehen, was wir tun können.“

„Schön, also vorwärts, Sam! Es juckt mich in allen Fingern, den roten Halunken eins auszuwischen!“

Sie stiegen langsam und vorsichtig geradewegs in das Tal hinab. Als sie unten angekommen waren, wurde ihnen das Anschleichen durch die brennenden Feuer erleichtert, nach denen sie sich richten konnten. Sie bewegten sich ein wenig oberhalb des Indianerlagers hin, bis sie an eine Stelle gelangten, wo zwei hohe, flache und dünne Felsenstücke so gegeneinander lagen, dass sie eine Art Zeltdach bildeten, unter dem für zwei Personen leidlich Platz war. Vorn standen einige kleine Fichten, deren niedrige Zweige den Eingang fast verdeckten. Sie krochen hinein und legten sich so, dass sie sich mit den Köpfen unter den Bäumchen befanden und zwischen den Stämmen hervorblicken konnten.

Als sie es sich so bequem wie möglich gemacht hatten, stieß Hobble-Frank seinen Gefährten an und flüsterte ihm zu: „Siehst du, dass sich meine große Sehergabe nich geirrt hat! Dort sitzt der Pflaumentoffel am Feuer. Er is es also wirklich gewesen, der uns verraten hat, dieser zwölfaktige Emeritikus!"

„Ja, du hast Recht gehabt. Er ist es wirklich gewesen."

„Aber er scheint nicht gefangen zu sein. Warum haben sie ihn nicht gefesselt?"

„Das ist mir auch unbegreiflich."

„Und da! Wer liegt denn dort?"

„Ah, der Ölprinz! Und die zwei anderen werden Buttler und Poller sein."

Außerdem konnten die beiden etwa hundertfünfzig Indianer zählen. Also waren ebenso viele nach oben gestiegen, um die Weißen festzunehmen und dann herabzuschaffen. Am Fluss schliefen oder grasten die Pferde. Sie waren abgezäumt und man hatte die Sättel in mehrere Haufen zusammengelegt. Jetzt waren die lagernden Roten aufgesprungen und blickten erwartungsvoll talaufwärts. Von dorther erscholl ein Jubelgeheul und sie beantworteten es. Der oben erwähnte Zug näherte sich dem Lager.

Erst erschien ein kleiner Trupp von Roten. Dann kamen Old Shatterhand und Winnetou mit ihren acht Wärtern. Diesen beiden Männern sah man es nicht an, dass sie sich gedemütigt fühlten. Ihre Haltung war stolz und aufrecht und mit freien, offenen Blicken musterten sie den Platz und die Menschen, die an den Feuern standen oder lagen. Auch den anderen Westmännern sah man keine Niedergeschlagenheit an. Die deutschen Auswanderer jedoch blickten ängstlich um sich und noch niedergedrückter sahen ihre Frauen aus, die alle Mühe hatten, das Weinen der Kinder zu unterdrücken. Eine Ausnahme machte

Frau Rosalie Ebersbach, die zwar auch gebunden war, aber mit geradezu herausfordernder Miene um sich blickte.

Dem Kantor mochte jetzt doch endlich ein Licht über den Fehler aufgehen, den er begangen hatte. Sobald er die Lage einigermaßen übersah, trat er auf Old Shatterhand zu und sagte: „Herr Hobble-Frank klagte über Durst, darum kletterte ich hier herunter, um ihm heimlich eine Freude..."

„Schweigen Sie!", herrschte ihn der Jäger an und wendete sich von ihm ab.

Einige Indianer nahmen den Emeritus zwischen sich, denn er sollte nicht mit seinen Reisegefährten sprechen. Die Nijoras bildeten einen Kreis um die Gefangenen. Ihr Häuptling stand mit den bedeutendsten Kriegern in der Mitte und ergriff nun das Wort, indem er sich an Winnetou wendete: „Winnetou, der Häuptling der Apatschen, ist gekommen, uns zu töten. Er wird dafür am Marterpfahl sterben müssen."

„Pshaw!"

Nur dieses eine Wort erwiderte der Apatsche. Dann setzte er sich nieder. Er war zu stolz, sich zu verteidigen. Der Häuptling zog die Brauen zornig zusammen und richtete sein Wort nun an Old Shatterhand: „Die weißen Männer werden alle mit dem Apatschen sterben müssen. Das Kriegsbeil ist ausgegraben und sie haben uns töten wollen."

„Wer hat das gesagt?", fragte Old Shatterhand.

„Dieser Mann."

Dabei zeigte Mokaschi auf den Kantor.

„Er spricht eine Sprache, die du nicht verstehst. Wie konntest du da mit ihm reden?"

Der Häuptling deutete auf Poller und antwortete: „Durch diesen! Er hat den Dolmetscher gemacht."

„Dieser Lügner? Du weißt, wer ich bin. Darf jemand Old Shatterhand einen Feind der roten Männer nennen?"

„Nein. Aber jetzt ist der Kampf ausgebrochen und jedes Bleichgesicht ist unser Feind."

„Auch ohne euch beleidigt zu haben?“

„Ja.“

„Gut, so wissen wir, woran wir sind! Schau diese drei Bleichgesichter, die du vor uns gefangen hast. Sie sind Lügner, Betrüger, Diebe und Mörder. Nur um sie zu ergreifen, sind wir in diese Gegend gekommen, nicht um euch zu belästigen oder gar zu bekämpfen. Gib sie heraus, so ziehen wir weiter, ohne uns in eure Angelegenheiten zu mischen!“

„Uff! Ist Old Shatterhand plötzlich ein Kind geworden, dass es ihm in den Sinn kommt, ein solches Verlangen an uns zu stellen? Diese Bleichgesichter sollen wir ihm ausliefern? Sie gehören uns, sollen unseren Siegeszug schmücken und dann am Marterpfahl sterben. Dasselbe wird auch mit Old Shatterhand geschehen und mit allen, die jetzt mit ihm ergriffen wurden. Welcher Häuptling der roten Männer gibt solche Gefangene heraus! Und wenn ich es tun wollte, würde Old Shatterhand noch viel mehr von uns verlangen.“

„Was?“

„Wir haben eure Pferde erbeutet und alles, was ihr bei euch hattet. Das gehört nun uns. Das Köstlichste aber, was wir erhalten haben, ist Winnetous Silberbüchse, dein berühmter Bärentöter und das Zaubergewehr, womit du, ohne laden zu brauchen, so viele Male schießen kannst, wie du willst. Würdest du nicht das alles von uns fordern, wenn wir euch ziehen lassen?“

„Allerdings.“

„So siehst du, dass ich Recht hatte. Wir geben die Beute nicht heraus und werden auch euch festhalten, denn euer Tod am Marterpfahl wird unseren Stamm berühmter machen, als jemals ein Stamm der roten Männer gewesen ist, und wir werden nach unserem Tod in den ewigen Jagdgründen zu den obersten der Seligen gehören, weil eure abgeschiedenen Seelen uns dort bedienen müssen.“

Old Shatterhand machte trotz seiner gefesselten Hände

eine geradezu unnachahmlich stolze Armbewegung und fragte: „*Pshaw!* Ist das dein fester Entschluss?“

„Ja.“

„So hast du gesprochen und ich werde auch mein letztes Wort sagen: Ihr könnt uns nicht festhalten und werdet auch die Beute herausgeben. Unsere Seelen werden die eurigen nicht bedienen, denn wenn es uns beliebt, senden wir euch jetzt, in diesem Augenblick, in die ewigen Jagdgründe, wo ihr dann uns bedienen müsst, anstatt wir euch. Ich habe gesprochen.“

Er wollte sich abwenden. Da trat der Häuptling ihm um einige Schritte näher und herrschte ihn an: „Wagst du, so mit mir, dem obersten Häuptling der Nijoras, zu reden! Seid ihr unsere Gefangenen oder sind wir die eurigen? Zähle deine Leute! Sie sind gefesselt und nur wenige Männer. Wir aber sind frei, sind bewaffnet und zählen über dreimal zehnmal zehn tapfere Krieger!“

„*Pshaw!* Old Shatterhand und Winnetou sind nicht gewöhnt, ihre Feinde zu zählen, und ob wir gefesselt sind oder nicht, das ist uns gleich. Wir sind nicht eure Feinde, sondern wollten friedlich von euch ziehen. Du aber hast uns die Feindschaft aufgezwungen. Wohlan, wir nehmen sie an. Das Kriegsbeil mag ausgegraben sein zwischen mir und dir, zwischen uns und euch. Nicht die Zahl der Köpfe oder die gefesselten Hände werden entscheiden, sondern die Vortrefflichkeit der Waffen und die Macht des Geistes!“

Er warf einen kurzen Blick auf Winnetou und dieser neigte zustimmend, doch für die anderen kaum bemerkbar das Haupt. Die beiden verstanden sich ohne Worte. Der Häuptling der Nijoras beachtete das in seinem Zorn nicht, er rief mit wutbebender Stimme: „Wo sind eure Waffen und wo ist der Geist, von dem du sprichst? Eure drei berühmten Gewehre hängen hier an meiner Schulter...“

„Der Geist, von dem ich sprach, wird sie dir nehmen!“, fiel Old Shatterhand ihm in die Rede.

Im gleichen Augenblick stand er bei Mokaschi, hob die gefesselten Hände und schmetterte ihn mit einem Hieb der beiden Fäuste zu Boden. Schon stand auch Winnetou bei ihm, riss mit den gefesselten Händen dem Besinnungslosen das Messer aus dem Gürtel und schnitt damit die Armriemen Old Shatterhands durch, worauf ihm der weiße Jäger die seinigen zerschnitt. Nun hatten sie die Hände frei. Noch zwei Schnitte und auch ihre Fußriemen fielen. Das war so schnell geschehen, dass die Roten gar keine Zeit gefunden hatten, es zu verhindern. Sie waren starr vor Staunen darüber, dass zwei Männer es wagten, mitten zwischen dreihundert Feinden in dieser Weise aufzutreten. Es galt, den Augenblick zu nutzen. Darum riss Old Shatterhand den Häuptling mit der linken Hand von der Erde zu sich empor, zückte mit der Rechten das Messer und rief: „Zurück! Wenn ein einziger Nijora es wagt, nur einen Fuß gegen uns zu bewegen, so wird mein Messer augenblicklich in das Herz eures Häuptlings fahren! Und seht Winnetou, den Häuptling der Apatschen an! Soll er euch die Kugeln meines Zaubergewehrs in die Köpfe geben?"

Winnetou hatte nämlich den Henrystutzen ergriffen und hielt ihn schussbereit. Die Macht solcher Persönlichkeiten ist außerordentlich, zumal auf wilde, abergläubische Menschen. Dennoch war es ein sehr gefährlicher Augenblick. Wenn nur ein einziger Nijora den Mut besaß, zum Angriff zu schreiten, so musste Winnetou ihn erschießen und dann war die Rache sicherlich entfesselt und es musste ein Niedermetzeln der Gefangenen folgen. Noch waren alle Mienen starr vor Betroffenheit und noch wagte keiner eine Bewegung. Aber schon in der nächsten Sekunde konnte dieser Zauber seine Macht verlieren. Da erschien eine Hilfe, die der kühne Jäger wohl kaum für möglich gehalten hätte. Unter den Bäumen des Waldes erscholl eine laute Stimme: „Zurück, ihr Nijoras! Hier stehen auch noch Bleichgesichter. Weicht ihr nicht sofort, so fressen euch unsere Kugeln. Um euch zu warnen, holen wir die Feder des Unterhäuptlings! Dann aber treffen wir die Köpfe. Also Feuer!"

Der Unteranführer, der gemeint war, stand in der Nähe von Old Shatterhand. Er trug als Zeichen seiner Würde in seinem Schopf eine Adlerfeder. Die finsteren, kampfeslustigen Blicke, die er auf die kühnen Männer warf, sagten mehr als deutlich, dass er nicht willens war, sich einschüchtern zu lassen. Aber da krachte im Dunkel des Waldes, da, wo die beiden platten Steine das erwähnte Zeltdach bildeten, ein Schuss und die Kugel riss dem Roten die Feder vom Kopf. Das wirkte augenblicklich. Die Drohung, die er gehört hatte, konnte in der nächsten Sekunde in Erfüllung gehen. Jetzt war es nur auf seine Feder abgesehen. Dann aber galt es sein Leben. Er ahnte nicht, dass es nur zwei Personen waren, die dort im Dunkel steckten. Es mussten nach seiner Ansicht vielmehr, da sie so keck auftraten, ihrer viele sein. Darum stieß er einen Schrei des Schreckens aus und sprang vom Feuer weg. Die anderen Nijoras folgten seinem Beispiel, indem sie sich ebenso rasch entfernten.

„Gott sei Dank!", raunte Old Shatterhand dem Apatschen zu. „Wir haben gewonnen. Das war Sam Hawkens, den wir hörten. Der Hobble-Frank wird bei ihm sein. Ziele du auf den Häuptling, während ich mit dem Messer die anderen von den Fesseln befreie."

Er ließ den Häuptling, auf den Winnetou die Mündung des Gewehrs richtete, zur Erde fallen und wendete sich zu seinen Gefährten, um ihnen die Riemen zu durchschneiden. Das geschah sehr schnell, sodass die Indianer gar keine Zeit fanden, ihn daran zu hindern. Sie hatten alles, was den Gefangenen abgenommen worden war, mit heruntergebracht, also auch die Waffen, und hier beim Feuer auf einen Haufen geworfen. Die Weißen brauchten sich also nur zu bücken, um in den Besitz ihrer Messer und Gewehre zu kommen. Sie standen nun frei und bewaffnet da, noch ehe zwei Minuten seit dem Beginn des gefährlichen Auftritts vergangen waren.

„Jetzt die Pferde und dann mir nach in den Wald!“, gebot Old Shatterhand.

Er selbst nahm sein und Winnetous Tier am Zügel, während der Apatsche den Häuptling der Nijoras aufhob, um mit ihm im Dunkel zu verschwinden, dahin, von wo sie Sam Hawkens’ Stimme vernommen hatten. Der Platz am Feuer war leer. Die Roten starrten auf ihn, kaum im Stande, zu begreifen, dass sie sich so hatten überraschen lassen.

Die beiden Helden dieser Tat hatten nicht Zeit gefunden, auf ein Vorkommnis zu achten, dessen Folgen ihnen später sehr ärgerlich werden sollten. Dem Kantor emeritus war nämlich plötzlich eingefallen, dass er in der oberen Westentasche, die ihm nicht geleert worden war, sein Federmesser stecken hatte. Er wollte den Fehler, den er begangen hatte, wieder gutmachen und ging, während alle anderen für Old Shatterhand und Winnetou Augen hatten, zu Poller hin, setzte sich neben ihm nieder und sagte: „Eben denke ich daran, dass ich ein Federmesser habe. Sie wollen meinen Kameraden mit helfen. Hier ist es.“

„Schön, schön!“, antwortete Poller entzückt. „Legen Sie sich lang neben mich und schneiden Sie mir die Riemen an den Händen entzwei, doch so, dass niemand es sieht. Wenn Sie mir dann das Messer geben, besorge ich das Weitere selbst.“

„Aber Sie müssen dann auch meine Gefährten von ihren Fesseln befreien!“

„Natürlich, natürlich! Also machen Sie nur schnell, schnell!“

Der Kantor kam dieser Aufforderung nach und gab Poller das Messer in dem Augenblick, als Old Shatterhand das Durchschneiden der Riemen, mit denen die Weißen gefesselt waren, selbst besorgte. Da meinte der Emeritus: „Sehen Sie dorthin! Nun ist Ihre Hilfe nicht nötig. Old Shatterhand wird auch Sie freimachen. Sie können mir mein Messer wiedergeben.“

„Fällt mir nicht ein!", entgegnete Poller. „Machen Sie sich schnell zu Ihren Leuten. Rasch! Wir kommen dann gleich nach!"

Der Kantor stand also auf und sprang, als er sah, was die anderen auf Old Shatterhands Befehl machten, zu seinem Pferd, um es ebenfalls schnell fortzuziehen.

Jetzt war die Lage so, dass nur Buttler, Poller und der Ölprinz am Feuer lagen. Die Indianer hatten sich, um ihren Feinden kein sicheres Ziel zu bieten, gegen den Fluss hin ins Dunkel zurückgezogen, während die Weißen am Fuß der Talwand unter den Bäumen steckten. Aus diesem Versteck heraus rief Old Shatterhand den Roten zu: „Die Krieger der Nijoras mögen sich ganz ruhig verhalten! Beim geringsten Zeichen einer Feindseligkeit oder wenn auch nur einer von ihnen es wagen wollte, uns zu beschleichen, werden wir euren Häuptling töten. Wenn es Tag geworden ist, soll über ihn verhandelt werden. Wir sind Freunde aller roten Männer und werden uns nur dann an Mokaschi vergreifen, wenn wir gezwungen sind, uns zu verteidigen."

Die Indianer nahmen diese Drohung ernst. In Wirklichkeit wäre es Old Shatterhand nie eingefallen, einen Mord zu begehen. Und für einen Mord hielt der weiße Jäger es, einem wehrlosen Gefangenen das Leben zu nehmen, und wehrlos war jetzt der an Händen und Füßen gefesselte Häuptling. Niemals tötete Old Shatterhand ohne wirklich zwingende Not den Feind, behandelte ihn nie grausam oder ungerecht, sondern großmütig und schonend führte er den unvermeidlichen Kampf selbst gegen seine schärfsten Gegner.

Sam Hawkens und der Hobble-Frank waren unter den Steinen hervorgekrochen. Sam sagte in seiner eigentümlichen Weise: „Das haben die roten Gentlemen sich wohl nicht gedacht! Dreihundert solche Kerle lassen sich von zwei Männern ins Bockshorn jagen. So etwas ist noch gar nicht da gewesen! Aber selbst dann, wenn es nicht gelungen wäre, hätte es dasselbe Ende genommen, nur ein wenig später. Denn wir lagen hier, um euch zu befreien, hihihihi!"

„Ja", stimmte der Hobble-Frank bei, „wir hätten euch herausgeholt, das schtand bei uns bombenfest. Ob es zehn oder dreihundert Indianer waren, das hielten wir ganz ebenso Wurscht wie für Schnuppe."

„Ja, ihr seid zwei große Helden", meinte Old Shatterhand, halb zornig und halb belustigt. „Wo habt ihr denn gesteckt? Mir scheint, ihr seid spazieren gegangen, während ihr schlafen solltet?"

„Schpazieren gerade nich. Ich hatte eenen Traum, der meine Seele in innere Offregung versetzte. Ich wachte darum off und bemerkte zu meinem Erschtaunen, dass der Herr Kantor fort war. Da weckte ich meinen Busenfreund Sam und wir gingen, den abwesenden Herrn in die Anwesenheit zurückzuführen. Inzwischen geschah der Überfall, den wir nich verhindern konnten. Wir verschteckten uns und sahen, dass ihr an uns vorübergeschafft wurdet. Da schtiegen wir ins Tal herunter und verschteckten uns, um euch im geeigneten Oogenblick aus der Gefangenschaft zu befreien. Es war een Glück für uns, dass der Herr Emeritus sich entfernt hatte, denn wäre dies nicht der Fall gewesen, so hätten wir ihn nicht gesucht und wären doch mit gefangen genommen worden."

„Das wird wohl ein Irrtum sein", entgegnete Old Shatterhand. „Ich bin überzeugt, dass der Überfall gar nicht hätte stattfinden können, wenn dieser Unglücksmann ruhig liegen geblieben wäre. Wo steckt er denn jetzt?"

„Hier bin ich", antwortete der Kantor hinter einem Baum hervor.

„Schön! Sagen Sie mir doch um aller Welt willen, wie es Ihnen einfallen konnte, sich von unserem Lagerplatz zu entfernen!"

„Ich wollte Wasser holen, Herr Shatterhand."

„Wasser! Hier unten vom Fluss?"

„Ja."
„Sollte man so etwas für möglich halten! War denn Ihr Durst so groß, dass Sie ihn nicht bis morgen früh bezwingen konnten?"
„Ich wollte doch das Wasser nicht für mich, sondern für meinen guten Freund Herrn Hobble-Frank. Er klagte über Durst und ich hatte mich mit ihm im Streit überworfen. Das wollte ich wieder gutmachen, indem ich ihm behilflich war, seinen Durst zu löschen."
„Welch ein Unsinn! Eines albernen Zankes wegen haben Sie unser aller Leben in Gefahr gebracht! Wahrlich, wenn wir hier nicht mitten in der Wildnis wären, würde ich Sie auf der Stelle fortjagen. Das kann ich aber leider nicht, weil Sie da unbedingt zu Grunde gehen würden."
„Ich? Glauben Sie das ja nicht! Wer eine so hohe künstlerische Sendung zu erfüllen hat, wie die meinige ist, der kann nicht zu Grunde gehen."
„Lassen Sie sich doch nicht auslachen! Ich werde Sie in Zukunft des Abends anbinden müssen, damit Sie künftig keine Dummheiten mehr machen können. Und an dem ersten zivilisierten Ort, den wir erreichen, lasse ich Sie sitzen. Dann dürfen Sie meinetwegen Stoff für Ihre berühmte Oper suchen, bei wem und so viel Sie wollen. Ist es Ihnen gelungen, den Fluss hier unten zu erreichen?"
Der Emeritus verneinte und berichtete seine Festnahme, wie es ihm ergangen, einschließlich dem Umstand, dass er Poller sein Messer geliehen habe.
„Blow it! – Hol's der Kuckuck!", rief Old Shatterhand. „Ist dieser Mann ein Unglücksrabe. Da müssen wir schnell dafür sorgen, dass sie uns nicht entkommen. Ich werde es wagen, an das Feuer zu gehen, um sie wieder zu binden. Will dabei nur hoffen, dass es den Nijoras nicht einfällt, mich..."
Er wurde durch ein lautes Geschrei der Nijoras unterbrochen. Als er nach dem Feuer blickte, sah er dessen Ursache. Nämlich Poller, Buttler und der Ölprinz hatten sich

plötzlich von ihren Plätzen erhoben und rannten fort, dorthin, wo die Pferde der Indianer standen.

„Sie reißen aus! Sie reißen aus!“, schrie der Hobble-Frank. „Rasch off die Pferde und ihnen nach, sonst…“

Er vollendete den Satz nicht, um seinen Worten sofort die Tat folgen zu lassen. Doch Old Shatterhand hielt ihn fest und gebot: „Hierbleiben! Und still! Horcht!“

Man sah und hörte, dass die Indianer nach ihren Pferden rannten. Aber die drei Flüchtlinge waren rascher als sie. Man vernahm trotz des Wutgeheuls ganz deutlich den Hufschlag der Pferde, deren sie sich bemächtigt hatten und auf denen sie davongaloppierten.

„Da sind sie fort, futsch, für uns verloren in alle Ewigkeit!“, jammerte Hobble-Frank. „Ich wollte ihnen nach. Warum sollte ich denn nich?“

„Weil es nichts genützt hätte und auch sehr gefährlich war“, antwortete Old Shatterhand.

„Gefährlich? Meenen Sie etwa, dass ich mich vor diese drei Halunken fürchte? Da kennen Sie mich, wie es scheint, noch immer nich!“

„Ich denke an die Roten. Wir haben noch nicht mit ihnen verhandelt und müssen also sehr vorsichtig sein. Wollten wir die Fliehenden jetzt verfolgen, so fielen wir wahrscheinlich den Nijoras in die Hände. Wir müssen hier verborgen bleiben, bis wir uns mit den Nijoras auseinander gesetzt haben.“

„Und die drei Schurken sollen entkommen?“

„Würde es uns gelingen, sie jetzt in der Nacht zu ergreifen? Wenn eine Möglichkeit dazu vorhanden ist, so können wir das den Roten überlassen. Hört! Sie reiten den Flüchtlingen nach. Wir brauchen uns also nicht zu bemühen.“

„Ach was! Selber is der Mann! Diese Indianer werden sich keine große Mühe geben.“

„Damit würden sie nur beweisen, dass sie klug sind. Wenn wir warten, bis es Tag geworden ist, können wir die Spuren sehen und ihnen folgen.“

„Aber der Vorschprung, den die Kerls dann haben!"

„Den holen wir ein. Es ist dann ganz leicht, sie festzunehmen, weil sie sich nicht verteidigen können; sie haben nur das Federmesser, das unser pfiffiger Herr Kantor ihnen geborgt hat, und das ist doch wohl keine gefährliche Waffe."

Alle sahen ein, dass Old Shatterhand Recht hatte, und auch Hobble-Frank gestand es zu. Nach einiger Zeit vernahm man wieder den Hufschlag von Pferden, dann war es still. Die Indianer kamen also ohne Ergebnis von der Verfolgung zurück, denn wenn sie die Flüchtlinge ergriffen hätten, wären sie jedenfalls laut gewesen.

Da es voraussichtlich morgen einen anstrengenden Tag gab, musste sich die Gesellschaft wieder schlafen legen. Winnetou und Old Shatterhand aber blieben wach, um die Nijoras zu beobachten, weil ein Versuch ihrerseits, ihren gefangenen Häuptling zu befreien, doch immerhin möglich war. Aber sie blieben während der ganzen Nacht ruhig, und als es Morgen wurde und die Schläfer erwachten, sah man sie drüben am Ufer des Flusses sitzen; sie alle hatten die ganze Nacht gewacht.

Bis jetzt hatte niemand ein Wort mit Mokaschi gesprochen und auch er hatte den Mund nicht geöffnet. Ja, er hatte so still und unbeweglich gelegen, als hätte ihn Old Shatterhands Hieb getötet. Aber er lebte und blickte scharf um sich her. Es war Zeit, ihm zu sagen, was man von ihm verlangte. Darum wollte Old Shatterhand das Wort nehmen. Winnetou erriet dies, bat ihn durch einen Wink, zu schweigen, und wendete sich, ganz gegen seine sonstige Gewohnheit, selbst an Mokaschi: „Der Häuptling der Nijoras ist ein starker Mann, ein großer Jäger und ein tapferer Krieger. Er hat die stärksten Büffel mit einem einzigen Pfeil getötet. Deshalb wird er Mokaschi genannt. Ich möchte gern als sein Freund und Bruder zu ihm sprechen und bitte ihn, mir zu sagen, wer ich bin!"

Das war scheinbar eine seltsame Aufforderung, doch

hatte sie ihren guten Grund und Zweck. Das mochte sich Mokaschi denken und darum antwortete er bereitwillig: „Du bist Winnetou, der Häuptling der Apatschen."

„Du hast richtig gesprochen. Warum hast du nicht einen besonderen Stamm der Apatschen genannt, zu dem ich gehöre?"

„Weil alle Stämme dieses großen Volkes dich als Häuptling anerkennen."

„So ist es. Weißt du, zu welchem Volk der Stamm der Navajos gehört?"

„Sie sind Apatschen."

„Und was sind die Nijoras, die dich ihren Häuptling nennen?"

„Auch Apatschen."

„Dein Mund sagt die Wahrheit. Wenn aber die Nijoras ebenso wie die Navajos zu dem großen Volk der Apatschen gehören, so sind sie Brüder. Hat ein Vater mehrere Kinder, so sollen sie sich lieben und einander beistehen in jeder Sorge, Not und Gefahr, aber sich nicht zanken oder gar bekämpfen. Da unten im Südosten wohnen die Komantschen, die Todfeinde der Apatschen. Ihre Krieger ziehen alljährlich aus, die Apatschen zu bekämpfen. Darum sollten unsere Stämme fest zusammenhalten gegen diese Diebe und Mörder. Doch sie tun es nicht. Vielmehr entzweien sie sich untereinander, reiben sich gegenseitig auf und sind dann zu schwach, wenn es gilt, den gemeinsamen Feind zurückzuweisen. Wenn meine Seele daran denkt, wird mir mein Herz schwer von Sorgen wie ein Fels, der nicht von der Stelle zu wälzen ist. Die Nijoras und die Navajos nennen mich den Häuptling aller Apatschen. Beide sind auch Apatschen. Deshalb sollten ihre Ohren auf die Worte meines Mundes hören. Du hast mich und meine weißen Brüder gefangen genommen, obgleich wir euch nichts getan haben und obwohl ich eines Stammes und Volkes mit dir bin. Kannst du mir für dein jetziges Tun einen Grund angeben, den ich anerkennen muss?"

„Ja, Winnetous Herz hängt mehr an den Navajos als an meinem Stamm."

„Mokaschi irrt. Winnetou ist euer aller Bruder!"

„Aber seine Seele gehört den Bleichgesichtern, die unsere Feinde sind."

„Auch das ist ein Irrtum. Winnetou liebt alle Menschen, gleichviel ob sie eine rote oder eine bleiche Farbe haben, wenn sie Gutes tun. Und er ist der Feind aller bösen Menschen, ohne zu fragen, ob sie Indianer oder Weiße sind. Das Beil des Krieges ist ausgegraben und nun zieht der Bruder gegen den Bruder, um sein Blut zu vergießen. Das ist nicht gut, sondern bös, und darum ist Winnetou heute nicht euer Freund. Doch dürft ihr auch nicht meinen, er sei euer Feind. Er hilft weder euch noch den Navajos, sondern möchte euch mahnen, den Tomahawk des Krieges wieder zu vergraben und Frieden walten zu lassen."

„Das ist nicht möglich. Das Beil, das die Hand des Kriegers einmal ergriffen hat, darf nicht eher zur Ruhe kommen, als bis es Blut gekostet hat. Wir hören auf keinen Mund, der vom Frieden redet."

„Auch auf den meinen nicht?"

„Nein."

„So sehe und höre ich, dass jedes meiner Worte vergeblich sein würde. Winnetou aber pflegt nicht unnütz zu reden. Er wird also schweigen. Fechtet euren Streit mit den Navajos aus. Aber hütet euch, Winnetou und seine weißen Brüder mit hineinzuziehen! Du hast uns als Feinde behandelt. Das wollen wir vergessen. Nun befindest du dich in unseren Händen. Dein Leben ist in unsere Gewalt gegeben. Soll man in den Zelten eurer Feinde erzählen: Old Shatterhand und Winnetou, nur diese beiden Männer, haben Mokaschi gefangen genommen, obgleich er dreihundert Krieger bei sich hatte?"

Winnetou sprach diese Frage mit gutem Grund aus. Es war für Mokaschi unbedingt eine Schande, unter solchen Umständen und trotz seiner großen Kriegerschar festgenommen zu sein. Er sollte seine vorherigen Gefangenen ungehindert ziehen lassen und dafür selbst freigegeben werden. Ging er nicht darauf ein, so musste ihn dann das Versprechen, dass seine Schande verschwiegen bleiben solle, doch noch willfährig machen. Er sah jetzt finster vor sich hin und antwortete nicht. Darum fuhr Winnetou fort: „Deine Krieger haben vernommen, dass du sofort getötet wirst, wenn sie uns angreifen. Hast du es auch gehört, als mein Bruder Old Shatterhand es ihnen hinüberrief?"

„Ich bin ein Krieger und fürchte den Tod nicht. Meine Leute werden mich rächen!"

„Du irrst. Wir befinden uns hier unter dem Schutz der Felsen und Bäume. Auch haben wir nie die Zahl unserer Feinde gefürchtet."

„So mögen meine Leute mit mir sterben! Sie tragen ja ebenso wie ich die Schande, von der du vorhin gesprochen hast."

„Wenn du klug bist und sie dir gehorchen, wird diese Schande nicht auf euch liegen bleiben. Wir versprechen dir, nicht davon zu reden."

Da leuchteten die Augen Mokaschis freudig auf und er rief: „Das versprichst du mir?"

„Ja. Und hat Winnetou jemals sein Wort gebrochen?"

„Nein. Aber sage mir, wie ihr euch dann gegen uns verhalten werdet, wenn wir euch ziehen lassen!"

„So, wie ihr euch gegen uns verhaltet. Folgt ihr uns, um uns von neuem zu bekämpfen, so werden wir uns wehren."

„Wohin werdet ihr euch wenden? Etwa zu den Navajos?"

„Wir müssen den drei entflohenen Gefangenen folgen. Wo sie hingeritten sind, dahin reiten wir auch. Sind sie zu den Navajos, so suchen wir auch diese auf."

„Und steht ihnen gegen uns bei?"

„Wir werden sie zum Frieden ermahnen, so wie ich euch dazu angehalten habe. Ich sagte dir ja schon, dass wir nicht eure Feinde sind, aber auch nicht die ihrigen. Entscheide dich schnell! Wir müssen bald aufbrechen, sonst bekommen die drei Bleichgesichter einen zu großen Vorsprung."

Mokaschi schloss die Augen, um alle Für und Wider zu überlegen. Dann schlug er sie wieder auf und erklärte: „Ihr sollt alles zurückbekommen, was euch gehört, und dann fortreiten können."

„Ohne dass ihr uns verfolgt?"

„Wir werden nicht mehr an euch denken. Dafür aber werdet ihr nicht davon reden, wie ich hier in eure Hände geraten bin!"

„Einverstanden! Ist mein Bruder Mokaschi bereit, mit uns hierüber die Pfeife des Friedens zu rauchen?"

„Ja. Bindet mich los!"

Sein Wunsch wurde sogleich erfüllt. Man löste ihm die Fesseln und dann setzten sich alle ins Freie, wo gestern die Feuer gebrannt hatten. Dort stopfte Winnetou seine Friedenspfeife, zündete sie an und ließ Mokaschi die ersten Züge daraus tun. Dann ging sie von Hand zu Hand weiter. Sogar die Frauen und Kinder mussten sie wenigstens in den Mund nehmen, sonst hätte sich nach indianischen Begriffen der Vergleich nicht mit auf sie erstreckt und sie hätten überfallen oder gar getötet werden können, ohne dass man das Recht gehabt hätte, den Roten den Vorwurf der Treulosigkeit zu machen.

Als die feierliche Handlung vorüber war, reichte Mokaschi allen, selbst auch den Kindern, die Hand und ging dann zu seinen Leuten hinüber, um ihnen das Übereinkommen mitzuteilen.

„Ich hätte gern auch die acht Navajos freigehabt", sagte Old Shatterhand. „Nun müssen wir sie in den Händen der Nijoras lassen!"

„Mein Bruder mag sich nicht um sie sorgen. Es wird ihnen nichts geschehen", versicherte Winnetou. „Die Nijoras werden gezwungen sein, auch diese Gefangenen freizugeben."

„Wer soll sie zwingen? Die Navajos?"

„Ja."
„So denkst du, dass wir uns nun geradewegs zu den Navajos wenden werden?"
„Wir werden das tun müssen, weil der Ölprinz zu ihnen geflohen ist."
„Hm! Es gibt allerdings Gründe, dies anzunehmen. Die drei Kerle haben keine Waffen. Sie können daher kein Wild erlegen. Feuerzeug fehlt ihnen auch. Sie werden hungern müssen und deshalb gezwungen sein, Menschen aufzusuchen. Andere Menschen als die Navajos gibt es aber da, wohin sie kommen, nicht. Freilich fragt es sich, wie sie von den Navajos aufgenommen werden."
„Gut."
„Das ist zu bezweifeln und doch andererseits auch möglich. Wenn sie sagen, dass sie Feinde der Nijoras sind, bei diesen gefangen waren, ihnen aber entflohen sind, so wird der Empfang leidlich sein."
„Es kommt darauf an, was sie erzählen werden. Nitsas-Ini aber, der große Häuptling der Navajos, ist ein kluger Mann. Er wird jedes Wort, das er von ihnen hört, prüfen, ehe er es glaubt. Doch, schau hinüber zu den Nijoras! Sie besteigen ihre Pferde."
Es war so, wie Winnetou sagte. Mokaschi hatte seinen Leuten gesagt, dass Frieden geschlossen sei. Sie waren zwar nicht einverstanden damit, mussten sich aber fügen, weil das Kalumet darüber geraucht worden war. Aus Ärger über diesen für sie gar nicht glänzenden Abschluss des Abenteuers wollten sie am liebsten jetzt gar nichts mehr sehen. Sie stiegen also auf ihre Pferde und ritten davon. Einige aber waren zurückgeblieben und brachten alle Gegenstände, die die Weißen noch zu verlangen hatten. Es fehlten zwar einige Kleinigkeiten, doch hatten diese einen so geringen Wert, dass gar kein Wort darüber verloren wurde. Warum solche Nichtigkeiten erwähnen, wo es sich vorher um ganz andere Dinge, sogar um Tod und Leben gehandelt hatte!

12. Der Häuptling der Navajos

Es war zwei Tage später. Da, wo sich der Chelly-Arm in den Rio San Juan ergießt, gab es auf der Landzunge zwischen diesen beiden Flüssen ein bedeutendes Indianerlager. Es mochten da wohl an die sechshundert Navajos versammelt sein, und zwar nicht zur Jagd, sondern zu einem Kriegszug, denn alle Gesichter waren mit Kriegsfarben bemalt.

Die Stelle war gut zum Lager geeignet. Sie bildete ein Dreieck, das an zwei Seiten von den beiden Flüssen geschützt wurde und nur von der dritten Seite angegriffen werden konnte. Gras gab es mehr als genug, Bäume und Sträucher auch, und an Wasser war vollends gar kein Mangel.

An langen Riemen, die von Baum zu Baum gezogen waren, hingen lange, dünn geschnittene Fleischstücke zum Trocknen, der notwendige Mundvorrat für den beabsichtigten Kriegszug. Die Roten lagen entweder unbeschäftigt im Gras oder sie badeten in einem der Flüsse. Andere dressierten ihre Pferde und noch andere übten sich im Gebrauch ihrer Waffen.

In der Mitte des Lagers stand eine Hütte, aus Strauchwerk errichtet. Eine lange Lanze, die neben der Tür in der Erde steckte, war mit drei Adlerfedern geschmückt. Die Hütte war also die Wohnung von Nitsas-Ini, dem obersten Häuptling der Navajos. Er befand sich nicht im Innern, sondern saß vor dem Eingang der Hütte.

Der Häuptling war wohl noch nicht ganz fünfzig Jahre alt, von kräftiger, ebenmäßiger Gestalt und hatte, was hier auffallen musste, sein Gesicht nicht mit Farbe bestrichen. Daher waren seine Züge deutlich zu erkennen. Man konnte das Ergebnis einer Betrachtung dieser Züge in das eine Wort zusammenfassen: edel. In seinem Blick lag eine ungewöhnliche Beschaulichkeit, eine Ruhe und Klarheit, die man an Indianern sonst nicht zu beobachten pflegt. Er machte keineswegs den Eindruck eines wilden oder auch nur eines halbwilden Menschen. Und wenn man nach der Ursache davon suchte, so brauchte man nur auf die Person zu blicken, die an seiner Seite saß und sich mit ihm unterhielt – eine Squaw.

Das war unerhört! Eine Squaw im Kriegslager und noch dazu an der Seite des Häuptlings! Man weiß ja, dass selbst die geliebteste Indianerfrau es nicht wagen darf, öffentlich an der Seite ihres Mannes zu sitzen, falls er nur eine einigermaßen hervorragende Stellung einnimmt. Und hier handelte es sich um den obersten Häuptling eines Stammes, der noch heutigen Tages[1] im Stande ist, fünftausend Krieger zusammenzubringen. Aber diese Frau war keine indianische Squaw, sondern eine Weiße. Sie war, kurz gesagt, Schi-Sos Mutter, die den Häuptling der Navajos zum Mann genommen und die einen glücklichen, bildenden Einfluss über ihn gewonnen hatte, wie schon früher einmal erwähnt wurde.

Vor den beiden stand, an den Sattel seines Pferdes gelehnt, ein langer, hagerer, aber sehr kräftig aussehender Mann, dessen Vollbart eine glänzend eisgraue Farbe angenommen hatte. Man musste es ihm auf den ersten Blick ansehen, dass er nie gewohnt gewesen war, die Hände in den Schoss zu legen, und wohl mehr erfahren und erlebt hatte als mancher andere. Diese drei unterhielten sich miteinander in deutscher Sprache und auch der Häuptling bediente sich ihrer, was sich nur dadurch erklären ließ, dass seine Frau eine Deutsche war.

„Ich beginne nun auch, Sorge zu hegen“, sagte soeben der Eisgraue. „Unsere Kundschafter sind so lange fort, dass wir nun endlich eine Nachricht von ihnen haben müssten.“

„Es muss ihnen ein Unglück zugestoßen sein“, nickte die Frau.

„Das befürchte ich nicht“, meinte der Häuptling. „Khasti-

[1] Karl May schrieb diese Erzählung im Jahre 1895.

tine ist der beste Kundschafter des ganzen Stammes und hat neun erfahrene Späher mitbekommen. Da kann mir nicht bange um sie sein. Wahrscheinlich sind sie nicht auf Nijoras gestoßen und müssen nun lange suchen, um Spuren von ihnen zu finden. Dabei haben sie sich zu teilen, um verschiedene Richtungen abzustreifen, und dann ist es nicht leicht, sich wieder zusammenzufinden, wenigstens vergeht eine längere Zeit dabei."

„Wollen hoffen, dass es so ist! Also ich reite jetzt und darf mir einige Krieger mitnehmen?"

„So viel, wie du willst. Wer die Antilope jagen will, darf nicht allein reiten, sondern muss genug Leute haben, um sie müde zu treiben."

„So lebe wohl, Nitsas-Ini!"

„Lebe wohl, Maitso!"

Der Eisgraue bestieg sein Pferd und forderte im langsamen Fortreiten einige Indianer auf, mit ihm zu kommen. Sie waren gern bereit dazu, denn die Antilopenjagd ist ein Vergnügen, das die Indianer jener Gegenden mit Leidenschaft betreiben. Der Eisgraue war von dem Häuptling Maitso genannt worden. Dieses Wort bedeutet in der Navajosprache so viel wie Wolf. Daraus ließ sich schließen, dass Wolf der ursprüngliche deutsche Name dieses Mannes war. Denkt man nun daran, dass der junge Freund und Kamerad Schi-Sos Adolf Wolf hieß, so wird man leicht zu dem Schluss kommen, dass dieser Maitso der Onkel war, den Adolf aufsuchen wollte.

Der Graue ritt mit seinen indianischen Begleitern weit in die Ebene hinein und es gelang ihnen, einige Antilopen zu erlegen. Auf dem Heimweg bemerkten sie, noch lange bevor sie das Lager erreicht hatten, drei Reiter, die langsam aus östlicher Richtung kamen. Die Pferde der drei Reiter mussten einen langen und anstrengenden Weg zurückgelegt haben, denn man sah ihnen schon von weitem an, dass sie stark ermüdet waren.

Die drei Reiter hielten, als sie den Trupp erblickten, ihre

Tiere an, um zu beraten. Dann aber kamen sie vollends herbei: Es waren Poller, Buttler und der Ölprinz.

„Guten Abend, Sir!“, grüßte der Ölprinz, da die Sonne schon im Sinken war. „Ihr seid ein Weißer und darum schätze ich, dass Ihr uns eine wahrheitsgetreue Auskunft geben werdet. Zu welchem Stamm gehören die Roten, die bei Euch sind?“

„Zu den Navajos“, antwortete Wolf, indem er die Unbekannten mit nicht eben gerade freundlicher Miene musterte.

„Wer führt sie an?“

„Nitsas-Ini, der oberste Häuptling.“

„Und Ihr? Wer seid Ihr? Ihr könnt doch unmöglich zu den Navajos gehören?“

„*Pshaw!* Es kann auch weiße Navajos geben. Ich wohne schon lange Jahre in ihrer Nähe und rechne mich auch zu ihnen.“

„Wo sind sie jetzt?“

„Hm? Warum fragt Ihr so?“

„Wir wollen Nitsas-Ini aufsuchen, um ihm eine wichtige Nachricht zu bringen.“

„Von wem?“

„Von seinen Kundschaftern.“

Wenn er geglaubt hatte, den Alten damit sofort zu ködern, so hatte er sich geirrt. Dieser sah ihn vielmehr noch misstrauischer als vorher an und sagte: „Kundschafter? Wüsste nicht, wo wir Kundschafter hätten!“

„Verstellt Euch nicht! Ihr dürft Vertrauen zu uns haben. Wir bringen wirklich eine wichtige Botschaft von ihnen.“

„Nun, ich setze den Fall, wir hätten wirklich einige Späher zu irgendeinem Zweck ausgesandt und diese hätten uns etwas zu berichten, meint Ihr, dass sie da auf den abwegigen Gedanken kommen würden, uns das durch drei fremde Bleichgesichter sagen zu lassen? Die würden uns wohl einen von sich schicken.“

„Ja, wenn sie könnten!“

„Warum sollten sie nicht können?“
„Weil sie gefangen sind.“
„Gefangen! *By Jove!* Von wem?“
„Von den Nijoras.“
„Wo?“
„Zwei Tagesritte von hier, aufwärts im Chellytal.“
„Wie viele sind's?“
„Acht Mann.“
„Stimmt leider nicht, stimmt wirklich nicht!“
„Alle Teufel, seid doch nicht so ungläubig! Ich weiß wohl, dass es zunächst zehn gewesen sind. Aber es fehlten zwei, die von den Nijoras ausgelöscht worden sind.“
„Ausgelöscht? Hört, Master, seht Euch vor! Keiner von euch dreien hat ein Gesicht, das mir gefallen könnte. Wenn Ihr uns etwas sagt, so sorgt ja dafür, dass es wahr ist, sonst kann es Euch schlimm ergehen!“
„Zuckt immerhin mit den Achseln! Ihr werdet es uns doch noch zu danken wissen, dass wir zu Euch gestoßen sind. Ist Euch vielleicht das Gloomy-water jenseits des Chelly bekannt?“
„Ja.“
„Nun, gar nicht weit davon ist Euer Khasti-tine mit noch einem Kundschafter von Mokaschi erschossen worden und die übrigen acht wurden am Gloomy-water gefangen genommen und nach dem Chelly geschleppt. Dort gelang es uns dreien, die wir auch in die Hände der Nijoras geraten waren, zu entkommen.“
Jetzt, da Wolf den Namen Khasti-tine hörte, konnte er nicht länger zweifeln. Erschrocken rief er aus: „Khasti-tine erschossen? Ist das wahr? Und die anderen gefangen? Alle Wetter, da steht es schlimm um sie!“
„Oh, es gibt noch andere, um die es ebenso schlimm steht!“
„Noch andere? Wen denn?“
„Winnetou, Old Shatterhand, Sam Hawkens und noch andere Westmänner; dazu eine ganze Gesellschaft deutscher Auswanderer.“

„Seid Ihr toll?“, stieß Wolf hervor. „Old Shatterhand und Winnetou auch gefangen?“

Hier mischte sich auch Poller in das Gespräch, indem er sagte: „Noch mehr, viel mehr. Schi-So ist auch dabei. Er kommt aus Deutschland mit einem anderen jungen Mann, der Adolf Wolf heißt.“

„*Good Heavens!* – Gütiger Himmel! Da muss ich Euch sagen, dass ich der Oheim dieses Adolf Wolf bin. Er will zu mir. Und er ist gefangen? Und Schi-So auch! Schnell, schnell, kommt mit zum Häuptling! Ihr müsst uns alles erzählen, und dann brechen wir sofort auf, um Hilfe zu bringen.“

Er gab seinem Pferd die Sporen und galoppierte davon, dem Lager zu. Die drei Weißen folgten ihm, indem sie verstohlen befriedigte Blicke miteinander wechselten. Den Schluss bildeten die Indianer. Es lag Poller, Buttler und dem Ölprinzen nur daran, sich hier bei den Navajos Waffen und Munition zu holen. Dann wollten sie schleunigst weiterreiten. Sie sagten sich natürlich, dass sie verfolgt würden, und hatten keineswegs die Absicht, sich ergreifen zu lassen. Vor allen Dingen galt es, eine passende Gelegenheit zur Flucht zu schaffen. Von den Navajos konnten sie aber nur dann ungehindert entkommen, wenn das Zusammentreffen der Navajos mit Old Shatterhand und seinen Leuten verhindert wurde.

Wie das anzufangen war, darüber dachte der Ölprinz jetzt während des Ritts zum Lager nach. Erst wollte ihm nichts einfallen, schließlich aber kam ihm doch ein passender Gedanke: Old Shatterhand und Winnetou befanden sich mit ihren Begleitern auf der linken Seite des Chellyflusses. Wenn man die Navajos veranlasste, auf dem rechten Ufer zu bleiben, so würde das Zusammentreffen jedenfalls um mehrere Tage hinausgeschoben und es stand zu erwarten, dass sich während dieser Zeit eine Gelegenheit zum Fortreiten fand. Darum ermahnte der Ölprinz seine beiden Freunde mit gedämpfter Stimme, sodass der voranreitende Wolf es nicht hören konnte: „Lasst mich reden, wenn wir gefragt werden, und merkt euch vor allen Dingen das eine: Wir haben uns nicht am linken, sondern am rechten Ufer des Flusses befunden und auf derselben Seite befindet sich auch Old Shatterhand mit seinen Leuten."

„Warum das?", erkundigte sich Buttler.

„Werde es dir später erklären. Jetzt ist keine Zeit."

Er hatte Recht, denn die Reiter näherten sich bereits dem Lager. Die hier versammelten Indianer blickten verwundert auf die drei fremden Weißen. Sie hatten in dieser abgelegenen Gegend, zumal jetzt, da das Kriegsbeil ausgegraben war, keine Bleichgesichter vermutet. Wolf ritt mit den drei Weißen bis an das Zelt des Häuptlings, der wie vorher vor dem Eingang saß, stieg da von seinem Pferd und meldete: „Ich habe diese Männer getroffen und zu dir gebracht, weil sie eine wichtige Botschaft für dich haben."

Nitsas-Ini zog seine Stirn in Falten und meinte: „Ein geübtes Auge sieht es schon dem Baum an seiner Rinde an, wenn er innerlich faul ist. Du hast deine Augen nicht offen gehabt."

Die drei Weißen hatten also auch keinen guten Eindruck auf ihn gemacht. Sie hätten taub sein müssen, um das aus seinen Worten nicht zu entnehmen. Der Ölprinz trat daher nahe zu ihm heran und sagte halb höflich, halb vorwurfsvoll: „Es gibt Bäume, die innerlich gesund sind, obgleich ihre Rinde krank zu sein scheint. Der ‚Große Donner' mag erst dann über uns urteilen, wenn er uns kennen gelernt hat!"

Die Falten in der Stirn des Häuptlings vertieften sich und seine Stimme klang streng abweisend, als er antwortete: „Es sind mehrere hundert Sommer vergangen, seit die Bleichgesichter in unser Land gekommen sind. Wir haben also Zeit genug gehabt, sie kennen zu lernen. Es gab nur wenige unter ihnen, die Freunde der roten Männer genannt werden konnten."

Bei diesen Worten wurde es den drei Männern bange. Der Ölprinz ließ sich das aber nicht merken, sondern fuhr in zuversichtlichem Ton fort: „Ich habe gehört, dass der ‚Große Donner‘ ein gerechter und weiser Anführer ist. Er wird Krieger, die zu ihm gekommen sind, um ihn und seine Leute zu retten, nicht feindlich behandeln.“

„Ihr uns retten?“, fragte der Häuptling, indem er sein Auge abermals geringschätzig über ihre Gestalten gleiten ließ. „Was für eine Gefahr ist es denn, vor der ihr uns bewahren wollt?“

„Die Gefahr vor den Nijoras.“

„Pshaw!“, rief der Häuptling unter einer wegwerfenden Handbewegung aus. „Die Nijoras sind Zwerge, die wir zertreten werden! Und ihr wollt uns helfen, ihr, die ihr keine Waffen habt? Nur ein Feigling lässt sich sein Gewehr nehmen.“

Das war eine Beleidigung. Hätte der Ölprinz sich diese gefallen lassen, so wäre er allerdings feige gewesen. Das sah er gar wohl ein und darum stellte er sich zornig: „Wir sind gekommen, euch Gutes zu erweisen; und du vergiltst uns diese Absicht mit beleidigenden Worten? Wir werden euch augenblicklich verlassen.“

Er trat zu seinem Pferd und gab sich den Anschein, als wolle er wieder in den Sattel steigen. Da aber sprang der Häuptling auf, streckte die Hand gebieterisch aus: „Herbei, ihr Navajokrieger! Lasst diese Bleichgesichter nicht von der Stelle!“

Diesem Ruf wurde augenblicklich Folge geleistet. Als die drei Weißen von den Roten ringsum eingeschlossen waren, fuhr Nitsas-Ini fort: „Meint ihr, dass man zu uns kommen und von uns gehen darf wie ein Präriehase von und zu seinem Bau? Ihr seid in unserer Gewalt und verlasst diesen Ort nicht eher, als bis ich es euch erlaube! Beim ersten Schritt, den ihr gegen meinen Willen tut, treffen euch die Kugeln meiner Leute!“

Das klang drohend und sah nicht weniger bedrohlich

aus, denn eine Menge Gewehre war auf die drei gerichtet. Doch auch jetzt ließ der Ölprinz seine Besorgnis nicht erkennen. Er nahm den Fuß wieder aus dem Bügel und die Hand vom Sattel weg und meinte ruhig: „Ganz wie du willst! Wir sehen ein, dass wir in eure Hände gegeben sind, und müssen uns fügen. Aber alle eure Gewehre sollen uns nicht zwingen, euch die Botschaft mitzuteilen, die wir euch bringen wollten."

„Pshaw! Ihr wolltet mir sagen, dass die Hunde von Nijoras das Kriegsbeil ausgegraben haben und aus ihren Hütten gegen uns aufgebrochen sind. Aber dazu brauche ich euch nicht, denn ich habe Kundschafter ausgesandt, die mich zur rechten Zeit benachrichtigen werden."

„Da irrst du dich. Deine Kundschafter können dir keine Nachricht bringen, denn sie sind von den Nijoras gefangen!"

„Das ist eine Lüge! Ich habe die erfahrensten, die klügsten Männer ausgewählt, denen es nicht einfallen wird, sich ergreifen zu lassen!"

„Und ich sage dir, dass der Führer deiner Kundschafter, Khasti-tine, sogar bereits tot ist!"

„Uff, uff, uff!"

„Er wurde mit noch einem anderen deiner Krieger von Mokaschi, dem Häuptling der Nijoras, eigenhändig erschossen. Die anderen acht wurden gefangen, geradeso wie wir."

„Geradeso wie ihr? Ihr seid in den Händen der Nijoras gewesen?"

„Ja. Es gelang uns, zu entfliehen, doch ohne Waffen, die man uns abgenommen hatte. Darum sind wir unbewaffnet hier angekommen. Du hältst uns aus diesem Grunde für Feiglinge. Wie nennst du deine Kundschafter, die ihre Waffen auch hergeben mussten und nicht die Klugheit und Tatkraft besaßen, sich einen Weg zur Flucht zu öffnen?"

„Uff, uff, uff!", rief der Häuptling. „Meine Späher gefangen und Khasti-tine erschossen! Das erfordert Rache!

Wir müssen sofort aufbrechen, um diese Hunde von Nijoras zu überfallen. Wir...“

Er war sehr aufgeregt, ganz gegen seine sonstige Art, und wollte in sein Zelt, um seine Waffen zu holen. Da ergriff ihn Wolf, der bisher geschwiegen hatte, am Arm und sagte: „Halt, warte noch! Du musst doch erfahren, wo die Nijoras sich befinden, wenn du sie überfallen willst. Das werden dir diese Männer sagen. Sie wissen auch noch andere Dinge, die sogar noch viel wichtiger sind.“

„Noch wichtiger?“, fragte der Häuptling, indem er sich wieder umwendete. „Was kann wichtiger sein, als dass Khasti-tinc tot ist und unsere Kundschafter gefangen sind?“

„Schi-So ist auch gefangen!“

„Schi – Schi – Schi...“ Er brachte vor Schreck den Namen seines Sohnes nicht vollständig über die Lippen. Dann stand er steif, als sei er zu Stein geworden, und nur seine rollenden Augen zeigten, dass Leben in ihm war. Seine Krieger drängten sich näher herbei, doch ließ keiner einen Laut hören. Der Ölprinz sah ein, dass er den jetzigen Augenblick für sich nützen müsse. Er sagte daher mit weithin hörbarer Stimme: „Ja, so ist es. Schi-So ist auch gefangen. Er soll am Marterpfahl sterben!“

„Und mein Neffe Adolf, der mit ihm aus Deutschland gekommen ist, befindet sich ebenfalls in der Gewalt der Nijoras“, fügte Wolf hinzu.

Da kehrte dem Häuptling die Fassung zurück. Er besann sich, dass es doch unter seiner Würde sei, merken zu lassen, wie sehr die Nachricht ihn getroffen hatte. Darum zwang er sich zu äußerster Ruhe und fragte: „Schi-So gefangen? Wisst Ihr das genau?“

„Sehr genau“, versicherte der Ölprinz. „Wir lagen nicht nur gefesselt in seiner Nähe, sondern haben sogar mit ihm und allen seinen Begleitern gesprochen.“

„Wer befand sich bei ihm?“

„Ein junger Freund von ihm, der Wolf heißt, mehrere deutsche Familien, die von drüben ausgewandert sind, und sodann eine ganze Schar berühmter Westmänner, von denen Ihr gewiss nicht denken werdet, dass sie sich so leicht fangen lassen."

„Wer sind diese Männer?"

„Old Shatterhand..."

„Uff, uff!"

„Ferner Winnetou."

„Der größte Häuptling der Apatschen? Uff, uff, uff!"

„Sam Hawkens, Dick Stone, Will Parker, Tante Droll, der Hobble-Frank, gewiss lauter Leute, die du nicht zu den Feiglingen zählen wirst."

Es erklangen rundum laute Rufe des Erstaunens, ja des Schreckens. Dadurch fand der Häuptling Zeit, sich zu fassen, denn die Selbstbeherrschung hatte ihn abermals verlassen wollen. Er schob die im Wege Stehenden auseinander und eilte in sein Zelt. Man hörte drinnen seine Stimme und die seiner weißen Frau. Dann kamen beide heraus und die Frau wandte sich an die drei Bleichgesichter: „Ist es möglich? Ist es wahr? Mein Sohn Schi-So befindet sich in den Händen der feindlichen Nijoras?"

„Ja", antwortete der Ölprinz.

„So muss er gerettet werden! Erzählt, was Ihr davon wisst, und sagt, wo sich die Feinde befinden! Wir müssen eilen. Also macht, redet, sprecht!"

Sie als Frau konnte ihre Aufregung natürlich offener zeigen als der Häuptling. Sie hatte Grinleys Arm ergriffen und schüttelte ihn, als könnte sie die gewünschte Auskunft dadurch beschleunigen. Der Ölprinz aber entgegnete in ruhigem Ton: „Ja, wir sind allerdings gekommen, um euch von dem, was geschehen ist, zu benachrichtigen. Aber der Häuptling hat uns wie Feinde empfangen und so wollen wir das, was wir wissen, doch lieber für uns behalten."

„Hund!", fuhr ihn da der ‚Große Donner' an. „Du willst nicht sprechen? Es gibt Mittel, dir den Mund zu öffnen!"

Da legte die Frau die Hände auf Schulter und Arm ihres roten Mannes und bat ihn: „Sei freundlich mit ihnen! Sie haben uns benachrichtigen wollen und haben es nicht verdient, dass du sie als Feinde behandelst."

„Ihre Gesichter sind nicht die Gesicher guter Männer. Ich traue ihnen nicht", brummte er finster.

Die Frau aber fuhr fort zu bitten und Wolf vereinigte seine Vorstellungen mit den ihrigen, weil ihm um seinen Neffen bange war. Auch ihm gefielen diese drei Weißen desto weniger, je öfter er sie anschaute. Aber sie hatten ihm nichts Böses getan und er konnte auf Grund ihrer Aussage vermutlich seinen Neffen retten. Das war für ihn Grund genug, auch Fürbitte einzulegen. Der Häuptling, der allerdings viel lieber Strenge angewendet hätte, konnte diesem doppelten Drängen nicht widerstehen und erklärte schließlich: „Es soll so sein, wie ihr wünscht: Die Bleichgesichter mögen in Frieden sagen, was sie uns mitzuteilen haben. Also redet!"

Diese Aufforderung war an den Ölprinzen gerichtet. Wenn der Häuptling glaubte, dass dieser ihr sofort nachkommen werde, so irrte er sich, denn Grinley antwortete: „Bevor ich deinen Wunsch erfülle, muss ich erst wissen, ob ihr unsere Wünsche erfüllen werdet."

„Welche Wünsche habt ihr?"

„Wir brauchen Waffen. Werdet ihr uns welche geben, wenn wir euch den Dienst leisten, den ihr von uns verlangt?"

„Ja."

„Jedem ein Gewehr, ein Messer, Pulver und Blei, sowie einen Vorrat von Fleisch, da wir nicht wissen, ob wir bald auf Wild treffen werden?"

„Auch das, obgleich es nicht notwendig ist, denn so lange ihr unsere Gäste seid, werdet ihr nicht Not leiden."

„Davon sind wir fest überzeugt. Aber wir können leider nicht lange bleiben."

„Wann wollt ihr fort?"

„Nachher, sobald wir euch erzählt haben, was geschehen ist."

„Das ist unmöglich. Ihr müsst bei uns bleiben, bis wir uns überzeugt haben, dass alles, was ihr uns erzählt habt, Wahrheit ist."

„Das ist ein Misstrauen, das uns beleidigen muss. Es gibt zwei Möglichkeiten: Entweder sind wir eure Freunde oder eure Feinde. Im ersten Fall kann es uns nicht einfallen, euch zu belügen, und im zweiten würden wir es wohl nicht gewagt haben, euer Lager aufzusuchen."

Der Häuptling wollte noch immer Widerspruch erheben, seine weiße Squaw aber bat ihn dringend: „Glaube ihnen, glaube ihnen doch, sonst vergeht die kostbare Zeit und wir kommen zur Rettung unseres Sohnes zu spät!"

Da Wolf sich dieser Bitte anschloss, erklärte der ‚Große Donner': „Der Wind will nach seiner Richtung gehen, aber wenn er durch hohe Berge aufgehalten wird, muss er sich in eine andere Richtung wenden. Der Wind ist mein Wille und ihr seid die Berge. Es soll so sein, wie ihr wollt."

„Also wir dürfen fort, wann es uns beliebt?", fragte der Ölprinz.

„Ja."

„So ist unser Übereinkommen getroffen und wir wollen die Pfeife des Friedens darüber rauchen."

Da verfinsterte sich das Gesicht des Häuptlings plötzlich wieder und er rief aus: „Glaubt ihr mir nicht? Haltet ihr mich für einen Lügner?"

„Nein. Aber in Kriegszeiten kann man keinem Versprechen trauen, das ohne den Rauch des Kalumets gegeben wurde. Ihr könnt die Friedenspfeife getrost anbrennen, denn wir meinen es ehrlich. Wir reden die Wahrheit und können es euch beweisen, wenn ihr es verlangt."

„Beweisen? Womit?"

„Sobald ihr unseren Bericht vernommen habt, werdet ihr überzeugt sein müssen, dass jedes Wort die Wahrheit enthält. Außerdem kann ich euch auch ein Papier zeigen, dessen Inhalt alles bestätigen wird."

„Ein Papier? Ich mag nichts vom Papier wissen, denn es

kann mehr Lügen enthalten, als ein Mund auszusprechen vermag. Auch habe ich nicht gelernt, mit den Zeichen zu sprechen, die auf euren Papieren stehen."

„So kann Mr. Wolf jedenfalls lesen. Er wird dir sagen, dass wir ehrlich und offen sind. Willst du nun die Pfeife des Friedens mit uns rauchen?"

„Ja", antwortete der Häuptling, als er den bittenden Blick seiner Frau bemerkte.

„Für dich und alle die Deinen?"

„Ja, für mich und für sie."

„Dann nimm dein Kalumet. Wir haben keine Zeit zu verlieren."

Nitsas-Ini hatte die Friedenspfeife an seinem Hals hängen, nahm sie herab, füllte den schön geschnittenen Kopf mit Tabak und brannte ihn an. Nachdem er die vorgeschriebenen sechs Züge getan hatte, reichte er sie dem Ölprinzen, von dem sie an Buttler und dann an Poller überging. Als das geschehen war, glaubte der Ölprinz sicher zu sein. Er dachte nicht daran, dass Wolf das Kalumet nicht erhalten hatte und somit nicht an den Vertrag gebunden war.

13. Das verhängnisvolle Schriftstück

Alle setzten sich auf den Boden nieder und Grinley begann zu erzählen. Er berichtete von dem Petroleumfund, aber ohne den Ort zu nennen, von dem Verkauf an den Bankier und von seiner Reise in die Berge. Natürlich verschwieg er die Wahrheit. Er sagte, er sei schon auf Forners Rancho mit Buttler, Poller und den Auswanderern zusammengetroffen, auch mit Winnetou, Old Shatterhand und den anderen Jägern. Dann seien sie alle den Nijoras in die Hände gefallen und bei diesen hätten sie die gefangenen Navajokundschafter vorgefunden und von ihnen gehört, dass Khasti-tine von Mokaschi erschossen worden sei.

Die Navajos hatten bis jetzt schweigend zugehört, doch lässt es sich denken, dass sowohl der Häuptling als auch seine Squaw innerlich nicht so ruhig waren, wie sie sich äußerlich zeigten. Sie wussten ja ihren Sohn in Gefahr. Auch Wolf hing mit gespannter Aufmerksamkeit an den Lippen des Erzählers. Jetzt machte der dreist lügende Ölprinz eine Pause und der Häuptling benutzte diese Gelegenheit zu der Frage: „Wie ist es euch denn gelungen, zu entfliehen?“

„Mit Hilfe eines kleinen Federmessers, das die Nijoras nicht bemerkt hatten. Unsere Hände waren zwar gebunden, trotzdem aber konnte einer meiner beiden Gefährten mir in die Tasche greifen und das Messerchen herausnehmen und öffnen, und als er mir meine Fesseln zerschnitten hatte, konnte ich das dann auch mit den ihrigen tun.“

Der ‚Große Donner‘ blickte eine Weile vor sich nieder. Dann hob er rasch den Kopf und fragte: „Und dann?“

„Dann sind wir schnell aufgesprungen und zu den Pferden gerannt. Wir bestiegen die drei ersten besten und jagten davon.“

„Wurdet ihr verfolgt?“

„Ja, aber nicht eingeholt.“

„Warum machtet ihr nur euch frei und nicht auch die anderen?“

Das war eine verfängliche Frage, bei der der Häuptling sein Auge scharf auf den Ölprinzen richtete. Dieser sah ein, dass er sich jetzt zusammennehmen müsse, und entgegnete: „Weil wir keine Zeit dazu fanden. Einer der Wächter sah, dass wir uns bewegten. Er kam herbei. Da konnten wir natürlich nichts anderes tun als schnell fliehen."

Er glaubte, eine genügende Erklärung gegeben zu haben, und ahnte darum keine Falle, als sich der Häuptling weiter erkundigte: „Du hast das kleine Messer noch?"

„Ja."

„Ihr habt neben den anderen Gefangenen gelegen?"

„Ja."

Der Ölprinz hätte jetzt lieber „nein" gesagt. Das war aber nun nicht mehr möglich, da er vorher das Gegenteil behauptet hatte. Er begann, die Falle zu erkennen, die ihm der ‚Große Donner' gestellt hatte, und wirklich fuhr dieser ihn jetzt mit grimmig blitzenden Augen an: „Hätte ich nicht die Pfeife des Friedens mit euch geraucht, so würde ich euch jetzt in Fesseln legen lassen!"

„Warum?", fragte Grinley erschrocken.

„Weil ihr entweder Lügner oder feige Schurken seid."

„Wir sind keins von beiden!"

„Schweig! Entweder belügt ihr uns jetzt oder ihr habt euch gegen eure Mitgefangenen wie Schufte benommen!"

„Wir konnten sie nicht retten!"

„O doch! Und wenn nichts anderes möglich war, so konntest du dem nächsten, der bei euch lag, das kleine Messer geben."

„Dazu war die Zeit zu kurz."

„Lüge nicht! Und wenn du Recht hättest, so musstet ihr die Nijoras überlisten. Während sie euch verfolgten, musstet ihr heimlich zurückkehren und die Gefangenen befreien."

„Das war uns unmöglich. Wenn uns nun auch zwanzig oder dreißig folgten, die übrigen zweihundertsiebzig waren doch zurückgeblieben."

Kaum hatte er dieses Wort gesagt, so bereute er es. Es zeigte sich auch gleich, dass er einen unverzeihlichen Fehler begangen hatte, denn der Häuptling fragte: „Also waren es dreihundert?“

„Ja.“

„Du siehst, dass wir viel mehr sind, und doch sagtest du vorhin, die Nijoras seien uns weit überlegen. Du hast zwei Zungen, hüte dich!“

„Ich hatte euch nicht genau gezählt“, entschuldigte sich Grinley.

„So öffne deine Augen besser! Wenn du bei Nacht siehst, wie groß die Zahl der Nijoras ist, musst du am Tage doch viel besser wissen, wie viele Krieger hier beisammen sind. An welchem Ufer lagerten die Nijoras?“

„Am rechten.“

„Wann wollten sie aufbrechen?“

„Erst nach einigen Tagen“, log der Ölprinz, „weil sie noch weitere Krieger erwarteten.“

„Beschreibe uns die Stelle genau!“

Er tat es, so gut er konnte, und fügte dann hinzu: „Jetzt habe ich alles gesagt, was ich sagen konnte, und hoffe, dass du dein Wort halten wirst. Gebt uns Waffen und lasst uns weiterziehen!“

Der ‚Große Donner‘ wiegte seinen Kopf bedenklich hin und her und erklärte nach einer Weile: „Ich bin Nitsas-Ini, der oberste Häuptling der Navajos, und habe noch nie mein Wort gebrochen. Aber habt ihr denn auch bewiesen, dass eure Worte die Wahrheit enthalten?“

„So will ich euch den unumstößlichen Beweis liefern, der euer Misstrauen vollständig zerstreuen wird.“

Der Ölprinz bemerkte oder beachtete nicht die warnenden Blicke, die Buttler und Poller ihm zuwarfen. Er griff in die Tasche und zog die Anweisung auf San Francisco hervor, die er von dem Bankier erhalten hatte. Indem er sie Wolf hingab, sagte er: „Hier, werft einmal einen Blick auf dieses Wertpapier! Ein solche Summe wird, zumal unter solchen Umständen, doch nur einem ehrlichen Menschen angewiesen. Meint Ihr nicht?“

Wolf überflog die Urkunde mit prüfendem Blick und las den Inhalt dann dem Häuptling vor. Nitsas-Ini schaute, wie vorher schon mehrmals, sinnend zu Boden und sagte dann: „So ist also dein Name Grinley?“

„Ja.“

„Wie heißen deine beiden Gefährten?“

„Dieser hier Buttler und dieser andere Poller.“

Wolf wollte jetzt dem Ölprinzen die Anweisung zurückgeben, da aber nahm der Häuptling sie ihm schnell aus der Hand, legte sie zusammen, schob sie in den Gürtel und fuhr in einem Ton, als hätte er da gar nichts Besonderes getan, fort: „Wo liegt die Ölquelle, die du verkauft hast?“

„Am Gloomy-water.“

„Das ist nicht wahr. Dort gibt es keinen Tropfen Öl.“

„O doch!“

„Sprich nicht dagegen! Es gibt dort keine Stelle, so groß wie meine Hand, die ich nicht betreten hätte. Es gibt kein Öl in dieser Gegend. Du bist ein Betrüger!“

„Donner und Wetter!“, fuhr da der Ölprinz auf. „Soll ich mir...“

„Schweig!“, fiel ihm der Häuptling in die Rede. „Ich habe es euch gleich angesehen, dass ihr keine ehrlichen Männer seid, und habe das Kalumet nur geraucht, weil ich dazu gedrängt wurde.“

„So willst du wohl eine Ausrede suchen, um dein Wort brechen zu können?“

Der ‚Große Donner‘ machte eine abweisende, stolze Handbewegung und erwiderte mit einem geringschätzigen Lächeln: „Solcher Menschen wegen, wie ihr seid, soll mir kein Mann nachsagen, ich hätte mein Wort nicht gehalten.“

„So liefert uns Waffen, Munition und Fleisch und lasst uns ziehen! Und gebt mir mein Papier zurück! Warum hast du es eingesteckt?“

„Ich werde es nicht dir zurückgeben, sondern dem, dem es zusteht. Du hast das Bleichgesicht, das die Ölquelle kaufte, in der kein Öl vorhanden ist, um dieses Geld betrogen. Maitso wird wissen, was er zu tun hat."

Er zog das Papier aus dem Gürtel und gab es Wolf mit einem bezeichnenden Wink. Dieser schob es schnell in seine Tasche.

„Halt!", rief Grinley, indem seine Augen zornig blitzten. „Das Papier gehört mir!"

„Gewiss", nickte Wolf, behaglich lächelnd.

„Also her damit!"

„Nein", erklärte Wolf mit demselben behaglichen Lächeln.

„Warum nicht? Wollt Ihr an mir zum Dieb werden?"

„Nein. Aber mäßigt Euch mit Euren Ausdrücken!"

„Dann heraus mit der Urkunde!"

„Nein."

„Warum behaltet Ihr denn diese Anweisung, die mir gehört?"

„Weil uns manches in Eurer Erzählung nicht einleuchten will und weil Ihr gar so rasch von hier fort wollt. Leute, die mit genauer Not der Gefangenschaft und dem Tod entronnen sind, bedürfen der Ruhe und der Pflege. Beides könnt ihr hier haben. Ihr wollt aber fort. Sodann würde jeder andere an eurer Stelle sich uns auf unserem Zug gegen die Nijoras anschließen, um sich zu rächen. Auch das wollt ihr nicht. Ihr wollt nur fort, nur fort, und zwar sehr schnell. Das sieht natürlich ganz so aus, als ob ihr vor jemand, der hinter euch herkommt, eine gewaltige Angst hättet."

„Was wir denken und was wir wollen, das geht Euch nichts an", knurrte der Ölprinz trotzig. „Ich habe mit dem Häuptling und durch ihn mit allen den Seinen die Pfeife des Friedens geraucht. Er muss seine Versprechen erfüllen und es darf mir nichts genommen werden."

„Ganz richtig, Sir! Der ‚Große Donner' wird sein Wort ganz gewiss halten."

„So gebt das Papier heraus!"
„Ich? Fällt mir nicht ein! Ich will es keineswegs stehlen, sondern nur aufheben."
„Hölle und Teufel! Für wen?"
„Für diejenigen, die nach euch kommen." Und als der Ölprinz zornig aufbrausen wollte, schnitt ihm Wolf das Wort mit dem gebieterischen Zuruf ab: „Haltet den Mund! Glaubt ja nicht, dass Ihr der Mann seid, von dem ich mich einschüchtern lasse! Wenn ihr ehrliche Leute seid, so könnt ihr ruhig bei uns bleiben. Ob ihr euch das Geld drei oder vier Tage früher oder später auszahlen lasst, das kann euch nicht an den Bettelstab bringen. Ich will euch sagen, was ich denke. Im ersten Augenblick habe ich euch trotz eurer verdächtigen Gesichter Vertrauen geschenkt. Damit ist es aber vorbei, seit ich eure merkwürdige Erzählung gehört habe."
„Sie ist wahr!"
„Unsinn! Ihr sagt, Old Shatterhand, Winnetou, Sam Hawkens und andere seien mit euch gefangen gewesen? Und ihr allein seid entkommen! Mr. Grinley, das ist mehr als auffällig. Ihr habt da Männer genannt, die weit eher entwischen würden als ihr. Vielleicht habt ihr sie sogar in die Hände der Nijoras gespielt. Das mag nun sein, wie es will. Jedenfalls sind Winnetou und Old Shatterhand Leute, die für sich selber sorgen werden. Für mich ist die Hauptsache jetzt diese Anweisung. Wir werden die Gefangenen befreien und mit ihnen zusammenkommen. Oder sie befreien sich selber und kommen hinter euch her. Auch in diesem Fall begegnen wir ihnen. Da werden wir natürlich diesem Bankier Duncan die Anweisung zeigen. Ist eure Sache ehrlich, so könnt ihr getrost bei uns bleiben. Seid ihr aber Betrüger, so habt ihr euch diesmal umsonst bemüht."
Da sprang der Ölprinz vom Boden auf und schrie: „Das wollt Ihr tun! Das sagt Ihr mir? So wollt Ihr an mir handeln? Was geht es Euch an, dass ich schnell weiter muss!

Habe ich nötig, Euch meine Gründe zu sagen? Ich bleibe dabei: Die Friedenspfeife ist geraucht worden und niemand darf mich hier festhalten!"

„Das wird auch kein Mensch tun", antwortete Wolf ruhig.

„Und ich muss bekommen, was man mir versprochen hat!"

„Waffen, Pulver, Blei und Fleisch? Ja, das werdet Ihr erhalten."

„Und mein Papier zurück! Es ist mein Eigentum!"

„Wenn das erwiesen ist, erhaltet Ihr es allerdings zurück."

„Nein, jetzt, sofort! Es darf uns nichts genommen werden, denn der Häuptling hat mit uns für sich und all die Seinen das Kalumet geraucht."

„Das stimmt. Aber, Mr. Grinley, haltet Ihr mich etwa auch für einen Indianer, für einen Navajo? Oder habe ich mit Euch das Kalumet geraucht?"

Grinley starrte ihm ins Gesicht und fand keine Antwort.

„Ja, so ist es", nickte Wolf mit einem überlegenen Lächeln. „Ihr mögt sonst ein schlauer Fuchs sein, heute aber seid Ihr das Gegenteil gewesen. Für mich steht fest, dass Euch das Papier nicht gehört. Nun wisst Ihr, was ich Euch zu sagen hatte: Wir sind fertig."

Wolf stand auf und wollte sich entfernen. Da packte ihn der Ölprinz am Arme und schrie ihn an: „Das Papier heraus oder ich erwürge Euch!"

Wolf schleuderte ihn mit einem kräftigen Ruck von sich ab, zog seinen Revolver, hielt ihm die Waffe entgegen und sagte drohend: „Wagt Euch noch einen einzigen Schritt an mich heran und meine Kugel fährt Euch in den Schädel! Bleibt bei uns oder macht Euch fort, mir ist es ganz gleich. Dieses Papier aber gebe ich nicht eher wieder her, als bis ich meinen Neffen befreit und mit dem Bankier Duncan gesprochen habe. Jetzt ist's genug!"

Er ging nun wirklich fort. Der Ölprinz musste es zähneknirschend zulassen, ohne ihn halten zu können. Er wendete sich wutschnaubend an den Häuptling. Der hörte ihn lächelnd an und antwortete dann in größter Seelenruhe. „Maitso ist ein freier Mann. Er kann tun, was ihm beliebt. Wenn du bei uns bleibst, so bekommst du dein Papier wieder."

„Ich muss aber fort!"

„So mag es dir der Bankier nachsenden. Du hast uns eine Botschaft gebracht und ich gebe dir Waffen, Munition und Fleisch dafür, obgleich dein Bericht wohl nicht wahr ist. Verlange nicht mehr von mir! Willst du bei uns bleiben?"

„Nein."

„So sollst du jetzt gleich erhalten, was ausbedungen ist. Dann könnt ihr weiterreiten."

Er ging, um die nötigen Befehle zu erteilen, und auch seine Navajos zogen sich von den drei Weißen zurück wie Tauben, die auf dem Feld vor den Krähen weichen. Die Betrüger standen allein. Niemand hörte auf sie. Darum konnten sie gegenseitig ihren Gefühlen Luft machen.

„Verfluchter Kerl, dieser Wolf!", knirschte Grinley. „Er gibt die Anweisung wirklich nicht heraus!"

„So etwas habe ich mir gleich gedacht, als ich sah, dass du sie vorzeigen wolltest", meinte Buttler. „Bist ein Dummkopf gewesen, wie es keinen zweiten gibt!"

„Schweig, Esel! Ich konnte nicht anders. Sie wollten mir nicht glauben und da musste ich mich ausweisen!"

„Ausweisen? Mir einer erschwindelten Urkunde? Nun siehst du, wie schön dir dieser Ausweis gelungen ist!"

„Das konnte ich nicht vorher wissen!"

„Aber ich hab's gewusst! Wo ist nun der Lohn für alle Mühe, die wir uns gegeben, für alle Gefahren, die wir durchgemacht haben? Ein einziger Augenblick hat uns um alles gebracht!"

So ging es eine ganze Weile weiter. Als Poller auch anfing, Vorwürfe zu machen, brachte Grinley ihn durch einige Grobheiten zum Schweigen und fuhr dann fort: „Ich mag unvorsichtig gewesen sein, doch ist noch lange nicht alles verloren. Wir werden die Anweisung wiederbekommen."

„Von diesem Wolf?", fragte Buttler mit einem Lachen des Zweifels.

„Ja."

„Willst du etwa hier bleiben und warten, bis die Nijoras kommen oder gar Old Shatterhand und Winnetou?"

„Fällt mir nicht ein! Wir reiten fort."

„Aber dann geben wir doch das Papier auf!"

„Nein. Ich sage, wir reiten fort, aber nicht eher, als bis wir Wolf gezwungen haben, es herauszugeben. Denke daran, dass wir Waffen erhalten."

„So willst du mit ihm kämpfen?"

„Ja, wenn er uns dazu zwingt."

„Und die Roten? Wie werden sich die dazu verhalten?"

„Sie werden sich nicht einmischen. Wir haben die Friedenspfeife mit ihnen geraucht und daher dürfen sie nicht Partei gegen uns und für ihn nehmen. Er hat ja erklärt, dass er nicht zu ihnen gehört. Etwas anderes wäre es, wenn wir das Lager verließen und dann als Feinde zurückkehrten; dann hätte das Kalumet seine Kraft verloren. Seht, da bringt man uns das Fleisch! Die Gewehre und Messer werden bald folgen und dann suche ich diesen Wolf auf. Ihr haltet doch zu mir?"

„Natürlich! Für eine solche Summe kann man schon etwas wagen. Wir können ja versuchen, wie es geht. Wenn es gefährlich für uns werden will, ist es doch noch Zeit, vom Kampf abzusehen. Dort steigen mehrere Rote zu Pferde. Wohin mögen sie wollen?"

„Kann uns gleichgültig sein. Uns geht es wohl nichts an."

Mit dieser Vermutung irrte sich Grinley. Der Häuptling näherte sich mit einem Roten, der lange, dünne Stücke getrockneten Fleisches trug.

„Wann wollen die Bleichgesichter uns verlassen?“, fragte er.

„Sobald wir bekommen haben, was uns versprochen worden ist.“

„Und wohin werdet ihr die Schritte eurer Pferde lenken?“

„Hier hinab zum Bett des Rio San Juan. Wir wollen den Colorado hinunter.“

„So könnt ihr sofort aufbrechen. Hier ist Fleisch.“

„Und das andere?“

„Werdet ihr auch erhalten. Seht ihr die Reiter dort drüben?“

„Ja.“

„Sie haben drei Gewehre, drei Messer, Pulver und Blei für euch. Sie werden eine Stunde lang mit euch reiten. Dann werden sie euch diese Sachen geben und wieder zu uns zurückkehren.“

Die drei sahen sich enttäuscht an. Der Häuptling bemerkte dies sehr wohl, tat aber so, als ob es ihm entgangen sei.

„Warum bekommen wir die Waffen und Munition denn nicht jetzt?“, fragte Buttler.

Da ging ein eigentümliches Lächeln über das Gesicht des ‚Großen Donners‘. Er antwortete: „Ich habe vernommen, dass die Bleichgesichter die Gewohnheit haben, ihren Gästen das Ehrengeleit zu geben. Das soll hier mit euch auch geschehen.“

„Wir nehmen es dankbar an. Aber die Waffen können wir doch selber tragen.“

„Warum sollt ihr euch diese Mühe machen? Ihr braucht sie doch jetzt nicht. Seht, meine Leute brechen auf! Sie pflegen schnell zu reiten. Macht, dass ihr ihnen nachkommt, sonst erreichen sie vor euch die Stelle, wo sie euch die Waffen übergeben sollen, und wenn ihr dann nicht da seid, bekommt ihr sie nicht.“

Nitsas-Ini machte mit der Hand eine Geste des Abschieds

und wendete sich ab, indem sein Gesicht vor Schadenfreude förmlich glänzte. Er hatte sein Versprechen erfüllt und zugleich das Vorhaben der Weißen vereitelt.

„Schlauer Fuchs, diese Rothaut!", stieß Grinley hervor. „Er scheint geahnt zu haben, was wir uns vorgenommen hatten."

„Ja", stimmte Buttler bei. „Nun ist für uns nichts mehr zu hoffen."

„Pshaw! Ich gebe die Hoffnung noch lange nicht auf."

„Wirklich? Denkst du, dass es möglich ist, noch etwas zu erreichen?"

„Ja. Wir warten, bis die sechs Kerls fort sind, und kehren dann um."

„Um mit Wolf anzubinden?"

„Ja."

„Das ist wieder dumm, denn die Roten werden ihm helfen. Du hast ja selbst gesagt, dass, wenn wir das Lager verlassen haben, das Kalumet keine Kraft mehr besitzt."

„Stimmt, das ist freilich eine Dummheit, wenn wir ihn offen anpacken wollten."

„Also heimlich?"

„Ja. Ihr könnt euch denken, dass sie baldigst aufbrechen werden, um die vermeintlichen Gefangenen zu befreien, und wir wissen, dass sie am rechten Ufer aufwärts ziehen werden. Wir reiten ihnen nach, bis wir den Platz erreichen, wo sie für die Nacht lagern. Da belauschen wir sie und es sollte mich wundern, wenn wir keine Gelegenheit finden, uns an diesen Wolf zu machen."

„Das mag richtig sein. Das ist ein Gedanke, der mir wieder Mut gibt!"

Sie stiegen auf ihre Pferde und ritten ohne Abschied davon. Es schien sich kein Mensch um sie zu bekümmern; aber es schien auch nur so, denn in Wirklichkeit waren aller Augen heimlich auf sie gerichtet.

Als der Ölprinz und seine beiden Genossen hinter der Böschung des Ufers verschwunden waren, kam Wolf wieder zum Vorschein. Er hatte sich hinter eine Baumgruppe zurückgezogen gehabt und schritt jetzt auf das Häuptlingszelt zu, vor dem der ‚Große Donner' die hervorragendsten seiner Krieger zur Beratung zusammenkommen ließ. Die weiße Squaw befand sich in großer Sorge um ihren Sohn und trieb ihren Mann zum schleunigen Aufbruch, um die Nijoras zu überfallen. Er tröstete sie damit, dass Schi-So sich in Gesellschaft so berühmter, tapferer und erfahrener Krieger befände.

„Und", fügte Wolf zur Beruhigung hinzu, „die Gefangenen werden erst nach beendetem Krieg, nach der Heimkehr in die Dörfer, getötet. Der Krieg hat aber noch gar nicht begonnen und so braucht es Euch um Euren Sohn nicht angst zu sein, wie auch ich für meinen Neffen ebenfalls nicht Besorgnis hege. Vor allen Dingen müssen wir an das Nächste denken. Es muss ein Lauscher hinunter an den Fluss geschickt werden."

„Wozu?", fragte der Häuptling.

„Wenn mich meine Vermutung nicht trügt, so kehren die drei Weißen, sobald sie die Waffen bekommen haben, wieder um und folgen uns nach. Eine so hohe Summe gibt man nicht auf, ohne geradezu alles zu versuchen, sie wieder zu erhalten."

„Du meinst, dass sie dich zwingen wollen, das Papier herauszugeben?", fragte der Häuptling.

„Ja."

„Sie mögen kommen! Sie haben unser Lager verlassen und der Rauch des Kalumets kann sie nach ihrer Rückkehr nicht mehr schützen. Sie werden unsere Kugeln schmecken."

„Wenn wir sie sehen, ja. Sie werden sich aber hüten, sich sehen zu lassen, sondern uns im Verborgenen nachschleichen, um mich zu überfallen, wenn sich eine passende Gelegenheit dazu ergibt. Ich muss aus diesem Grunde zu meiner Sicherheit wissen, ob sie bestimmt umkehren. Darum bitte ich dich, einen berittenen Späher hinunter an den Fluss zu stellen."

„Warum beritten?“
„Weil wir doch bald von hier aufbrechen und er uns ohne Pferd nicht leicht einholen kann.“
Der Häuptling folgte diesem Rat und dann konnte die Besprechung über den durch die Not so beschleunigten Zug gegen die Nijoras beginnen.
Eigentlich gab es gar nicht viel zu verhandeln. Es war zwar anzunehmen, dass Grinley, Buttler und Poller über ihre Erlebnisse und weiteren Absichten nicht die Wahrheit gesagt hatten. Aber dass sie gefangen gewesen waren, musste geglaubt werden, weil sie keine Waffen gehabt hatten. Auch dass die Kundschafter der Navajos mit Old Shatterhand und Winnetou nebst ihren Begleitern in die Hände der Nijoras geraten waren, durfte als wahr angenommen werden. Jedenfalls hatten die Nijoras auch Kundschafter ausgeschickt und diese hatten das Lager der Navajos sicher erspäht, da sie von den Gegenkundschaftern nicht daran gehindert worden waren. Auf alle Fälle hatten die Nijoras beschlossen, zum Angriff überzugehen, und diese Absicht war wohl noch bestärkt worden durch die Flucht der drei Bleichgesichter, von denen die Nijoras sich sagen konnten, dass sie jedenfalls die Navajos aufgesucht hatten, um bei ihnen Schutz zu suchen. Damit war der Anmarsch der Nijoras verraten und das konnte nur durch einen schnellen Überfall wettgemacht werden. Deshalb waren die Nijoras sicherlich sofort gegen die Navajos aufgebrochen. Die Navajos hinwiederum glaubten den Angriff nicht abwarten zu dürfen, sondern wollten ihm zuvorkommen. Darum rüsteten sie sich zum Aufbruch, der gerade in dem Augenblick erfolgte, als die sechs Reiter zurückkehrten, die Grinley, Buttler und Poller die Waffen und die Munition übergeben hatten. Als sie befragt wurden, wie jene sich verhalten hätten, erklärten sie, dass die drei Weißen nach Empfang der Waffen und der Munition ruhig weitergeritten wären, ohne durch irgendetwas zu verraten, dass sie die Absicht hegten, umzukehren. Den-

noch blieb der Späher unten am Fluss stehen und erhielt die Weisung, falls die Bleichgesichter zurückkehrten, sie erst vorüberzulassen, sie eine Weile zu beobachten und sie dann in einem weiten Bogen zu umreiten, um seinen Kameraden zu folgen.

Der Zug ging am rechten Flussufer aufwärts, denn man hatte der Aussage des Ölprinzen, dass die Nijoras sich an diesem befänden, Glauben geschenkt. In Wirklichkeit kamen diese aber am linken Ufer herunter. Als der Tag sich neigte, kam der Späher nach und meldete, dass die drei Weißen in der Tat umgekehrt seien und der Fährte der Navajos folgten. Da man das nun wusste und sich vorsehen konnte, waren der Ölprinz und seine Genossen nicht zu fürchten.

Es wurde den ganzen Abend weitergeritten und erst gegen Mitternacht angehalten, da man nun, wie man fälschlicherweise annahm, jeden Augenblick auf die Nijoras treffen konnte. Man lagerte sich, brannte aber vorsichtshalber kein Feuer an.

Der Mond stand über den Uferbäumen und belächelte sein Bild, das ihm aus dem hier schmalen, aber ziemlich tiefen Wasser des Flusses entgegenglänzte. Tiefe Stille herrschte ringsumher. Nur zuweilen schnaubte eines der Pferde oder schlug mit dem Schwanz nach den Stechmücken, die es hier am Flusse in Menge gab. Weiter war nichts zu hören. Da klang es plötzlich im Sechsachteltakt vom anderen Ufer herüber: „Fitifitifiti, fititi, fititi, fititi, fititi, fitifitifiti, fititi, fititi, ti!"

Die Indianer fuhren aus dem Schlaf empor und lauschten erstaunt. War das eine menschliche Stimme gewesen? Der Häuptling trat leise zu seiner Frau und fragte: „Hast du es gehört? So etwas habe ich noch nie vernommen. Was mag es gewesen sein?"

„Es hat jemand die Violine nachgeahmt und einen Walzer geträllert", antwortete sie.

„Violine? Walzer? Was ist das? Ich weiß es nicht."

Sie wollte Auskunft geben, kam aber nicht dazu, denn es tönte von drüben herüber: „Clilililililili, lilili, lilili, Clilililililili, lilili, lilili, lilili, lilili, li!“

„Das ist ja wieder anders!“, flüsterte der Häuptling.

„Das war die Klarinette, die nachgeahmt wurde.“

„Klarinette? Kenne ich nicht. Ich denke, dass da drüben...“

„Trärärä tä – tä – tä – trärärä tä – tä – tä!“, wurde er von drüben unterbrochen.

„Das war die Trompete“, erklärte die Squaw, die auch nicht wusste, was sie denken sollte. Und ehe noch der Häuptling antworten konnte, erklang es weiter: „Tschingtschingtsching, tschingbumbum, tschingbumbum, tschingtschingtsching, tschingbumbum, tschingbumbum bum!“

„Das war die große Pauke mit dem Messingbecken“, sagte die Squaw, deren Erstaunen von Minute zu Minute wuchs.

„Trompete? Pauke? Becken?“, fragte der ‚Große Donner‘. „Das sind lauter Worte, die ich nicht verstehe. Ist vielleicht ein böser Geist da drüben?“

„Nein, es ist kein Geist, sondern ein Mensch. Er ahmt den Klang verschiedener Musikinstrumente mit der Stimme nach.“

„Aber das ist doch nicht die Musik der roten Männer!“

„Nein, sondern die der Bleichgesichter.“

„Sollte ein Bleichgesicht da drüben sein?“

„Möglich.“

„Aber die sind noch gefangen! Ich werde einige Späher hinübersenden, die dieses sonderbare Wesen beschleichen.“

Eine Minute später schwammen weiter unten, wo sie von dem seltsamen Musiker nicht bemerkt werden konnten, vier Navajos über den Strom, stiegen drüben an das Ufer und schlichen sich dann flussaufwärts. Nach kurzer Zeit ertönte ein unterdrückter Schrei und hierauf kamen die vier, einen menschlichen Körper halb über Wasser haltend, wieder herübergeschwommen. Als sie den Körper auf die Beine gestellt hatten, meldete einer von ihnen dem Häuptling: „Dieses Bleichgesicht ist es gewesen. Es lehnte an einem Baum und trommelte mit den Fingern auf den Bauch."

Der ‚Große Donner' trat an die fremde Gestalt heran, betrachtete sie und fragte: „Was treibst du hier mitten in der Nacht? Wer bist du und wer sind die, zu denen du gehörst?"

Er hatte halb englisch und halb in der Navajomundart gesprochen. Der Gefragte verstand ihn nicht, ahnte aber, was man wissen wollte, und antwortete in deutscher Sprache: „Guten Abend, meine Herren! Ich bin der Herr Kantor emeritus Matthäus Aurelius Hampel aus Klotzsche bei Dresden. Warum haben Sie mich denn in meinem Studium gestört? Ich bin wahrhaftig ganz pudelnass geworden!"

Die Roten außer Nitsas-Ini verstanden kein Wort. Aber man kann sich das freudige Erstaunen der weißen Squaw denken, als sie bekannte Laute ihrer Muttersprache hörte. Sie trat eiligst auf den Emeritus zu und rief: „Sie sprechen Deutsch? Sie sind ein Deutscher, ein Kantor aus der Dresdener Gegend? Wie in aller Welt kommen Sie denn hierher an den Chellyfluss?"

Nun war das Erstaunen auf der Seite des Herrn Kantors. Er trat einige Schritte zurück und schlug die Hände zusammen. „Eine Indianerin, eine echte Indianerin, die Deutsch redet!"

„Sie irren sich. Ich bin zwar jetzt die Frau eines Indianers, nämlich des Häuptlings der Navajos, aber von Geburt eine Deutsche."

„Und Sie haben einen Indianer zum Mann genommen? Wie heißt denn Ihr Herr Gemahl?"

„Nitsas-Ini, der ‚Große Donner'."

„‚Großer Donner'? Zu dem wollen wir ja!"

„Wirklich? Sie sagen wir. Also sind Sie nicht allein?"

„Bewahre! Wir sind eine ganze Gesellschaft tüchtiger Westmänner und Helden: Winnetou, Old Shatterhand, Sam..."

„Kann ich erfahren, wo sich Ihre Gefährten jetzt befinden?"
„Sie sind den Nijoras nach."
„Die wollen uns doch überfallen."
„Ja, wenn ich mich nicht täusche, glaube ich, dies gehört zu haben."
„Sie sagen mir da etwas außerordentlich Wichtiges. Wir sind nämlich den Nijoras entgegengezogen, um ihrem Überfall zuvorzukommen."
„Wie? Ihnen entgegen? Ich glaube, dass Sie sich da auf dem falschen Weg befinden, verehrteste Frau Häuptling."
„Wieso?"
„Wieso? Weil die da drüben am linken Ufer zu finden sind."
„Nicht hier am rechten? Wissen Sie das auch gewiss? Es kommt für uns nämlich sehr viel darauf an."
„Ein Irrtum ist nicht möglich. Wenn wir Jünger der Kunst einmal etwas wissen, so wissen wir es auch ordentlich und richtig. Wir sind ja eben von den Nijoras überfallen worden."
„Das weiß ich. Drei von Ihnen haben sich gerettet."
„Drei? Da denken Sie höchstwahrscheinlich an Buttler, Poller und den Ölprinzen. Die sind uns leider durchgebrannt."
„Durchgebrannt? Also entflohen?"
„Ja. Haben Sie diese drei Personen etwa gesehen?"
„Sogar gesprochen habe ich mit ihnen."
„Da will ich hoffen, dass Sie sich in Acht genommen haben!"
„Warum?"
„Weil das Menschen zu sein scheinen, denen man nicht weiter trauen darf, als man sie sieht. Die haben den Schalk im Nacken, ja, ja, den Schalk im Nacken. Es ist ihnen sogar gelungen, mich zu täuschen, mich, der ich ein Sohn der Musen bin. Das will doch gewiss viel heißen, sehr viel! Ich werde Ihnen das schon noch erzählen, Frau Häuptling."
„Ja, später. Für jetzt möchte ich zunächst wissen, wo Old Shatterhand und Winnetou sich befinden."

„Das weiß ich nicht."

„Nicht? Aus Ihren früheren Worten schien aber doch hervorzugehen, dass Sie es wissen müssen!"

„Das mag sein. Aber einesteils bekümmere ich mich nicht eingehend um solche Sachen, weil meine Heldenoper alle meine Gedanken in Anspruch nimmt, und anderenteils verhalten sich meine Gefährten nicht so mitteilsam gegen mich, wie Sie anzunehmen scheinen. Das ist eine zarte Rücksichtnahme von ihnen, für die ich ihnen wirklich dankbar sein muss. Sie wollen mich nicht mit diesen Alltagssachen belästigen, da ich Höheres zu schaffen habe."

„Wann sind sie denn von Ihnen fort?"

„Noch vor heute Mittag. Sie haben nur Schi-So mitgenommen."

„Schi-So? Was? Meinen Sohn?"

„Ihren Sohn? Wie? Er ist Ihr Sohn?"

„Ja. Wussten Sie das nicht?"

„Nein. Ich wusste nur, dass er der Sohn von Nitsas-Ini sei, ob aber auch der Ihrige, das war mir bis zum gegenwärtigen Augenblick unbekannt."

„Aber ich habe Ihnen doch gesagt, dass ich die Frau des Häuptlings bin!"

„Das stimmt. Aber wissen Sie, es ist für einen Jünger der Kunst nicht so leicht, sich in die Verhältnisse einer Familie hineinzudenken, bei der die Mutter weiß, der Vater aber von kupferner Farbe ist. Ich werde es mir aber sehr genau überlegen und dann ist es sehr wahrscheinlich, dass Sie in meiner Oper einen Platz bekommen, etwa als rote Heldenmutter, denn eine weiße habe ich schon in der Person von Frau Rosalie Ebersbach."

Der Kantor kam der Frau doch etwas sonderbar vor. Sie schüttelte leise den Kopf und erkundigte sich dann: „Was taten Sie denn eigentlich vorhin da drüben?"

„Ich komponierte den Heldeneinzugsmarsch für meine Oper."

„Aber so laut! Das konnte Sie leicht das Leben kosten! Wenn nun Feinde in der Nähe gewesen wären?“

„Sam Hawkens sagte, es seien keine da. Darum passte er auch nicht sehr auf mich auf und so gelang es mir, mich zu entfernen. Ich ging so weit fort, dass sie mich nicht hören konnten, und probte da die einzelnen Stimmen des Orchesters durch. Da wurde ich leider plötzlich unterbrochen. Man packte mich von hinten, schnürte mir die Kehle zu, sodass es mit dem Komponieren rein alle war, und schleppte mich hierher. Ich hoffe, dass man mich wieder hinüberschafft!“

„Das wird geschehen. Ist es weit bis zu Ihrem Lager?“

„Nun, eine tüchtige Viertelstunde wird man zu gehen haben, da ich mich so weit entfernen musste, um nicht gehört zu werden.“

„So ist es einstweilen gut. Ich werde jetzt mit meinem Mann sprechen.“

Unterstützt von Maitso verdolmetschte die Frau des Häuptlings den Indianern, was sie von dem Kantor erfahren hatte. Darauf wurde beschlossen, dass Wolf mit noch zwei Roten über den Fluss schwimmen sollte, um das Lager der Weißen aufzusuchen.

Die drei waren gute Schwimmer. Sie kamen leicht und schnell hinüber und wendeten sich dann nach links, um, leise am Wasser hinschleichend, sich dem Lager zu nähern. Sie waren noch nicht weit gekommen, so hörten sie nahende Schritte. Schnell versteckten sie sich hinter einige Büsche. Die zwei Personen, die da auftauchten, sprachen halblaut miteinander.

„Das ist doch wirklich een schrecklicher Mensch“, sagte der eine. „Der hat wahrhaftig gar keen bisschen Sitzefleesch. Wenn wir ihn gefunden haben, so hängen wir ihn an die Leine. Meenste nich ooch, alter Droll?“

„Ja“, stimmte der andere bei. „Die Oper, die er mache will, is verrückt und er selber is noch viel verrückter. Der kann uns noch in großen Schaden bringe, wir müsse ihn wirklich anhänge!“

Wolf hörte, dass er es mit Deutschen zu tun hatte, und grüßte hinter seinem Busch hervor: „Guten Abend, meine Herren, es freut mich sehr, Landsleute hier zu treffen."

Aber er sah die beiden schon nicht mehr, er hörte nur das Knacken ihrer Gewehrhähne. Sie waren gleich beim ersten Wort, das er gesprochen hatte, wie in den Erdboden hinein verschwunden. „Wo sind Sie hin?", fuhr er fort. „Aus Ihrem Verhalten und Ihrer Schnelligkeit ersehe ich, dass Sie gute Westmänner sind. Aber Ihre Vorsicht ist hier unnötig. Sie hörten ja, dass ich auch Deutsch spreche."

„Das zieht bei uns nich", lautete die Antwort hinter einem Gesträuch heraus. „Es gibt merschtenteels Schurken, die ooch zuweilen Deutsch reden können."

„Ich bin aber ein wirklicher Deutscher, und zwar der Onkel von Adolf Wolf, den Sie wohl kennen dürften."

„Alle Wetter, da is es gut, dass wir eenander nich erschossen haben! Krauchen Sie doch mal nich länger dort im Busch herum, sondern kommen Sie raus, Sie alter deutscher Napolium!"

„Gern. Vorher aber noch ein Wort. Es sind zwei Navajokrieger bei mir. Wie werden Sie sich zu ihnen verhalten?"

„So freundlich, als ob sie meine zwee eenzigen Patenkinder wären. Die Navajos sind doch unsere Freunde!"

„Gut, so kommen wir!" Wolf trat mit den beiden Roten aus seinem Versteck hervor und die beiden anderen tauchten auch wieder auf. Es wurden nur wenige Worte gewechselt, dann brach man rasch nach dem Lagerplatz auf.

Als sie diesen erreichten, befanden sich nur die Auswanderer mit ihren Frauen und Kindern dort. Die anderen waren fortgegangen, um nach dem Kantor zu suchen. „Wie benachrichtigen wir sie nur?", fragte Frank. „Wir können sie doch nich holen, weil wir nich wissen, wo sie schtecken."

„Schießen Sie ein Gewehr ab", riet Wolf. „Da werden sie gleich kommen. Sie dürfen unbesorgt schießen, denn nun, da ich Ihr und unser Lager kenne, weiß ich sehr genau, dass wir nichts zu befürchten haben."

Auf diesen Rat hin schoss Frank sein Gewehr ab und wirklich kehrten die Abwesenden in kurzer Zeit einer nach dem anderen zurück. Es lässt sich denken, wie entzückt Adolf Wolf war, als sein Oheim sich ihm zu erkennen gab. Es waren Augenblicke der Freude und der Rührung, an der auch die anderen alle herzlich Anteil nahmen.

Zu einer längeren Aussprache zwischen Onkel und Neffe reichte die Zeit vorläufig nicht. Deshalb wendete sich Wolf, dem die Namen sämtlicher Anwesenden genannt worden waren, bald darauf an den Bankier: „Ihr wurdet mir als Mr. Duncan aus Arkansas bezeichnet. Habt Ihr nicht eine Ölquelle gekauft?"

„Leider, ja. Sie ist aber keine Ölquelle."

„Dachte es mir. Seid beschwindelt worden."

„Und wie! Die drei Kerle sind uns entkommen. Ich hoffe aber, dass wir sie noch einholen werden."

„Hm. Wollt Ihr einmal sehen, was dies ist?"

Er zog einen Gegenstand aus der Tasche und reichte ihn Duncan hin.

Als dieser einen Blick darauf geworfen hatte, rief er in froher Überraschung aus: „Sir, was sehe ich da! Das ist ja meine Unterschrift, die Anweisung, die ich in Grinleys Händen glaubte!"

Wolf erzählte kurz, wie er in den Besitz dieser Urkunde gekommen war. Als er dann berichtete, dass Grinley, Buttler und Poller wieder umgekehrt seien, fragte Sam Hawkens: „Wollen die Kerle etwa hinter Euch her, Mr. Wolf?"

„Ja. Sie wollen eine Gelegenheit abwarten und mich überfallen, um mir das Papier wieder abzunehmen."

„So ist es. So denke ich es mir auch. Soll ihnen aber nicht gelingen. Werden sich dadurch in unsere Hände liefern. Wo habt ihr euch gelagert?"

„Eine Viertelstunde abwärts von hier am anderen Ufer."

„Denkt Ihr, dass sie Euch nahe sind?"

„Nein. Sie haben unserer Fährte nur so lange, als es Tag

war, folgen können. Dann mussten sie warten. Wir haben also einen guten Vorsprung vor ihnen."

„Schön, so fangen wir sie morgen. Doch, da fällt mir ein: Wir haben noch nicht von Khasti-tine gesprochen. Wisst ihr, wo euer Kundschafter eigentlich steckt?"

„Ja. Es wurden zehn Kundschafter ausgesandt. Acht sind gefangen. Die beiden übrigen aber wurden von den Nijoras ermordet."

„Das vermutet ihr?"

„Wir vermuten es nicht bloß, sondern wir wissen es von dem Ölprinzen."

„Ah! Der also, der hat es euch gesagt? Und ihr habt es geglaubt?"

Wolf sah Sam forschend in das Gesicht und meinte dann: „Weshalb fragt Ihr so eigentümlich?"

„Will es Euch sagen: Die Nijoras haben eure Späher nicht getötet, sondern – der Ölprinz."

„Der – Ölprinz?", wiederholte Wolf ungläubig. „Wer hat Euch das weisgemacht?"

„Hört, Mr. Wolf, Sam Hawkens lässt sich nicht so leicht etwas weismachen! Spreche von Tatsachen!"

„Alle Donner! So redet doch! Was sind das für Tatsachen?"

„Khasti-tine beschlich den Häuptling der Nijoras so vortrefflich, dass dieser unbedingt in seine Hände fallen musste. Da aber kam ein anderer, ein ganz Unbeteiligter, dazu und schoss ihn und seinen Gefährten hinterrücks nieder."

„Und dieser Mörder soll – soll – Euer Ölprinz gewesen sein? Beweist es mir, beweist es!"

„Nichts ist leichter als das. Waren Zeugen dabei, zwei Männer, die es verhindern wollten, aber nicht verhindern konnten, weil es zu schnell geschah. Und diese Zeugen sitzen hier bei uns. Mr. Duncan und Mr. Baumgarten sind's. Fragt sie nur. Lasst es Euch von ihnen erzählen!"

Wolf wollte es doch noch nicht glauben. Aber als ihm

der Bankier den Vorgang genau berichtet hatte, konnte er nicht länger zweifeln und rief nun grimmig aus: „Also dieser Schurke ist es wirklich gewesen! Und den haben wir bei uns gehabt und wir haben nichts geahnt, nichts, gar nichts!“

„Ja, sogar bewaffnet habt ihr die Leute, hihihi!“, lachte Sam in seiner sonderbaren Weise. „Habt das sehr gut gemacht, wirklich außerordentlich gut!“

„Schweigt, Mr. Hawkens! Konnte man an so etwas denken? Ist solch eine Frechheit überhaupt möglich? Unsere Kundschafter zu ermorden, sich dann zu uns zu wagen und Unterstützung von uns zu verlangen! Aber wir jagen ihm nach und ruhen nicht eher, als bis wir ihn erwischen! Also der Ölprinz ist der Mörder von Khastitine! Das muss der Häuptling erfahren, und zwar sofort!“

Er wechselte hastig einige Worte mit seinen beiden roten Begleitern und alsbald huschten die zwei vom Lagerfeuer fort.

Die Unterhaltung war bis jetzt in englischer Sprache geführt worden, und da die deutschen Auswanderer derer nicht mächtig waren, bat Frau Rosalie den Hobble-Frank, ihr das Nötigste mitzuteilen. Er tat es in deutscher Sprache. Als Wolf das hörte, ging er auch vom Englischen zum Deutschen über und machte hie und da einige Bemerkungen zu Franks Erklärungen. Frank schloss seine Ausführungen mit den Worten: „Und nun wollen wir diesen Nijoras zeigen, dass sie nichts weiter sind als bloße Senfindianer.“

„Senfindianer?“, fragte Wolf erstaunt. „Wieso?“

„Das wissen Sie nich?“

„Nein, Herr Frank, von einem Senfindianer habe ich wirklich noch nichts gehört.“

„Nich? Da hört sich doch alles off! Es gibt nich nur eenen, sondern sogar zwee Senfindianer. Und da kennen Sie wirklich keenen davon?“

„Nein.“

„Weder den alten noch den jungen?“
„Nein. Wo leben denn diese Senfindianer?“
„Das tut gar nichts zur Sache. Es genügt für Sie, zu wissen, dass sie in Washington beim ‚großen weißen Vater‘ gewesen sind. – Sie wissen vielleicht, wer mit diesen Worten gemeent sein soll?“
„Ja. Die Indianer pflegen den Präsidenten der Vereinigten Staaten so zu nennen.“
„Richtig! Wie ich höre, sind Sie doch nich ohne alle Anlage zur Wissenschaft. Also diese beeden Indianer waren von ihrem Schtamm nach Washington gesandt worden, um dem großen, weißen Vater eenige Wünsche des Schtammes vorzutragen. Als Gesandtschaft mussten sie nobel und rücksichtsvoll behandelt werden, und darum wurden sie zum Abendessen beim Präsidenten eingeladen. Sie saßen da nebeneenander ganz unten an der Tafel, die fast zusammenbrach vor Flaschen, Schüsseln und Tellern, die darauf schtanden. Es gab Speisen, die sie im Leben noch nich gesehen, noch viel weniger aber gegessen hatten. Dabei lagen die Messer, Gabeln und Löffel und sie mussten Acht geben, wie sie sich dabei zu benehmen hatten. Da raunte der Alte dem Jungen listig zu: ‚Mein junger Bruder mag mit mir offpassen, wovon die weißen Gäste am wenigsten nehmen. Das ist die teuerste und köstlichste Schpeise. Da langen wir tüchtig zu.‘ – Sie gaben also Acht und bemerkten, dass am allerwenigsten genommen wurde von einer braunen Schpeise, die auf silbernen Untersetzern in kleenen, feinen Gläsern schteckte. In jedem Gläschen gab es eenen kleenen Löffel aus Schildkrötenschale. Da meente der Alte wieder zu dem Jungen: ‚In diesen Gläsern befindet sich das teuerste und köstlichste Gericht. Mein junger Bruder kann een solches Glas mit seiner Hand erreichen. Er mag sich zuerst von der Schpeise nehmen.‘ – Der junge Indianer zog sich das Glas heran, nahm eenen gehäuften Löffel voll und rasch darauf noch eenen zweeten. Dabei blickte er sich um, ob man wohl bemerkt habe, dass

er gleich zwee Löffel voll genommen hatte. Keen Mensch guckte her. Erscht nun begann er, die köstliche Schpeise mit der Zunge zu zerdrücken, und der Alte sah ihm dabei voller Spannung in das Gesicht. Dieses Gesicht wurde nach und nach gelb, rot und blau, sogar grün, aber es blieb schtarr und unbewegt, denn een Indianer darf selbst bei den ärgsten Schmerzen nich mit der Wimper zucken. Die Oogen wurden schtarr und immer schtarrer und fingen an zu tränen, bis das Wasser schtromweise über die Backen runterlief. Da machte der junge Indsman eenen fürchterlichen, todesmutigen Schluck und – hinunter war der Senf und es wurde ihm wieder besser, nur dass das Wasser noch immer in Schtrömen aus den Oogen lief. Darum fragte der alte Indsman neugierig: ‚Warum weint mein junger roter Bruder?' – Dieser hätte um alles in der Welt nicht eingestanden, dass ihm die köstliche Schpeise so off die Nerven und an das Leben gegangen sei, und darum antwortete er: ‚Ich dachte eben daran, dass mein Vater vor fünf Jahren im Mississippi ertrunken is. Darum weine ich.' – Bei diesen Worten schob er dem Alten das Glas hin. – Dieser hatte gesehen, wie schlau sein junger Bruder gewesen war, und machte es ebenso: Er schob schnell hintereenander zwee volle Löffel in den Mund und klappte ihn dann rasch zu. Aber dann gingen mit eenem Male die Lippen wieder auseenander und klappten auf und zu wie bei eenem Karpfen, der keene Luft bekommen kann, oder wie wenn man eenen brennend heeßen Bissen in den Mund gesteckt hat und doch nicht wieder herausnehmen kann. Dann zog es dem Alten die Schtirnhaut in die Höhe und in der Gurgel quirlte es höchst verdächtig. Die Farbe seines Gesichtes veränderte sich wie bei einem Chamäleon. Der Schweiß sickerte aus allen Poren. Die Oogen wurden rot und füllten sich mit eenem See von Tränen, der bald überlief und seine Fluten über die Backen herniedergoss. Das sah der Junge und fragte ihn mitleidig: ‚Warum weint mein alter roter Bruder?' – Da schluckte dieser mit Aufbietung seiner ganzen Willenskraft den Senf hinunter, holte tief und stöhnend Atem und antwortete: ‚Ich weine darüber, dass du damals vor fünf Jahren nich ooch gleich mit ersoffen bist!' So, Herr Wolf, das is die berühmte Geschichte von den zwee Senfindianern, die Sie noch nich kennen."

Ein allgemeines Gelächter war die Folge dieses Berichts, ein Gelächter, in das Frank selbst sehr kräftig einstimmte und das bei der nächtlichen Stille rundum wohl eine Viertelstunde weit zu hören war. Da erschallte vom Wasser her eine Stimme: „Weshalb lachen die Bleichgesichter so laut? Jeder Baum kann einen Feind verbergen, wenn man nicht daheim in seinem Zelt ist."

Es war Nitsas-Ini mit dem Kantor und einigen seiner besten Krieger. Auch seine weiße Squaw brachte er mit, weil die Boten wohl berichtet hatten, dass hier auch Frauen seien. Die Lagernden erhoben sich, ihn zu begrüßen. Er ließ seinen scharf musternden Blick in die Runde gehen. Als er Sam Hawkens sah, nahm sein ernstes Gesicht einen freundlichen Ausdruck an und er sagte, ihm die Hand reichend: „Mein weißer Bruder Sam ist dabei? Dann weiß ich, dass diese laute Lustigkeit uns keinen Schaden bringen wird, denn Sam Hawkens lässt seine Stimme nicht hören, wenn ein Feind in der Nähe ist."

Auch Stone, Parker, Droll und Frank wurden von dem Häuptling begrüßt und dann wurden ihm die Namen der übrigen genannt. Die Frauen beachtete er nicht. Dem jungen Wolf legte er die Hand auf den Kopf und sagte: „Du bist der Freund meines Sohnes und der Neffe meines weißen Bruders. Sei willkommen unter den Zelten der Navajos! Du wirst wie ein Kind unseres Stammes sein."

Nun setzte man sich wieder und nach einer kleinen Pause, wie sie die indianische Höflichkeit in solchen Fällen erfordert, wandte sich Nitsas-Ini an Sam Hawkens: „Mein weißer Bruder mag mir erzählen, was geschehen ist!"

Hawkens kam dieser Aufforderung nach. Er unterrichtete den Häuptling von allem, ohne dabei viele Worte zu machen. Als er geendet hatte, blickte Nitsas-Ini wieder eine Weile still vor sich hin und sagte dann: „Morgen wird die Strafe kommen. Sind meine weißen Brüder bereit, uns zu helfen?“

„Ja“, entgegnete Sam, „eure Feinde sind unsere Feinde und unsere Freunde mögen auch die eurigen sein!“

„Sie sind es. Wir wollen das Kalumet darauf rauchen.“

Nitsas-Ini nahm die Friedenspfeife von der Schnur, öffnete den Tabaksbeutel und stopfte sie. Als er sie in Brand gesetzt hatte, erhob er sich, blies den Rauch nach dem Himmel und nach der Erde, dann nach den vier Himmelsrichtungen und sagte: „Alle Bleichgesichter, die hier versammelt sind, sollen unsere Brüder und Schwestern sein. Ich spreche im Namen des ganzen Stammes der Navajos. Howgh!“

Nun gab er die Pfeife an Sam Hawkens und setzte sich wieder. Sam stand auf, tat ebenfalls sechs Züge und versicherte: „Ich rauche und spreche im Namen meiner weißen Brüder und Schwestern, die sich hier befinden. Wir wollen wie Söhne und Töchter der Navajos sein und im Kampf und Frieden zu euch stehen. Ich habe gesprochen. Howgh!“

Er reichte dem Häuptling die Pfeife, der sie nun zu Ende rauchte. Als sie ausgegangen war, hängte er sie wieder an die Schnur und sagte: „Morgen wird das Blut des Mörders und seiner beiden Begleiter fließen.“

„Denkst du, dass sie hierher kommen?“, fragte Sam.

„Ja.“

„Werden aber nicht offen geritten, sondern heimlich geschlichen kommen. Man wird gut aufpassen müssen.“

„Ich werde ihnen zwei Männer entgegensenden, die die Augen des Adlers haben. Die werden mir die Ankunft melden.“

„Hm. Die drei werden natürlich eurer Fährte folgen und dabei an den Ort kommen, wo ihr jetzt lagert. Braucht ihn nur zu verlassen und euch in der Nähe zu verstecken, so müssen sie in eure Hände fallen."

„Mein Bruder hat richtig gesprochen. Aber ich werde ihnen die beiden Späher trotzdem entgegenschicken, damit sie mir ganz sicher sind und ich sie auf alle Fälle ergreife."

„Aber wenn du nun nicht Zeit dazu hast?"

„Wer könnte mich hindern?"

„Die Nijoras."

„Die werden mich nicht hindern, sondern mir im Gegenteil förderlich sein, die Mörder zu ergreifen. Sie sind nach unserem Lager. Sie finden es verlassen und werden uns folgen. Sie haben also die Mörder vor sich, die wir hinter uns haben. Sie bringen sie uns zugetrieben."

„Old Shatterhand schien anderer Ansicht zu sein."

„Und doch ist er fort, um uns zu warnen?"

„Hat das vielleicht nur vorgeschützt, um nicht das Richtige sagen zu müssen."

Der Häuptling dachte einige Augenblicke nach und fragte dann, aber mit unterdrückter Stimme, da ihn sein Scharfsinn das Richtige ahnen ließ: „Glaubt er vielleicht, dass die Nijoras nicht geradewegs nach unserem Lager sind?"

„Schien fast so", erwiderte Sam ebenso leise.

„Dann könnten sie es nur auf andere abgesehen haben. Also wohl auf euch?"

„Vermute es. Gesagt hat Old Shatterhand nichts davon. Wollte vielleicht die Auswanderer nicht ängstigen."

In diesem Augenblick vernahm man den Anruf eines Wachtpostens und kurz darauf tauchten zwei Männer im Halbdunkel auf. Der eine war Old Shatterhand, der rasch herbeikam und, ohne sich über die Anwesenheit der Navajos zu verwundern, deren Häuptling nebst Wolf und der weißen Squaw herzlich begrüßte. Die Frau war aufgesprungen und mit dem lauten, jubelnden Ausruf: „Schi-So, mein Sohn!" eilte sie auf den zweiten Ankömmling zu, um ihn mit sanfter Gewalt in die Dämmerung des Waldes zu ziehen. Sie wollte den Sohn nicht vor so vielen Augen begrüßen.

Die Anwesenden warteten still, ohne ein Wort zu sprechen. Der Häuptling saß mit unbeweglichem Gesicht da. Nach vielleicht zehn Minuten hörte man leichte Schritte aus dem Dunkel kommen: Die Squaw kam mit ihrem Sohn Hand in Hand. Als sie mit ihm in den Kreis der anderen getreten war, ließ sie seine Hand los und setzte sich ruhig wieder an ihren Platz. Dem Herzen war Genüge geschehen, still, ohne laute Worte und Ausrufe, doch mit nicht weniger Zärtlichkeit. Nun musste dem indianischen Stolze Rechnung getragen werden.

Schi-So ging zu seinem Vater und bot ihm die Hand. Der Häuptling sah seinen Sohn kommen, er erblickte die jugendkräftige Gestalt, das frische Gesicht, die klugen Züge, die gewandten Bewegungen. Einen Augenblick lang, aber auch nur einen einzigen Augenblick, leuchteten seine Augen in stolzer Freude auf. Dann war sein Gesicht wieder so unbeweglich wie vorher. Er ergriff nicht die dargereichte Hand des Sohnes, sondern tat, als ob er den Sohn gar nicht sähe. Schi-So wendete sich ab und setzte sich dann neben Adolf Wolf nieder. Es fiel ihm nicht ein, sich gekränkt zu fühlen. Er wusste, wie sehr sein Vater ihn liebte. Er kannte die indianischen Anstandsregeln und bereute es, seinem Vater die Hand geboten zu haben. Er hatte das getan, weil er aus Europa kam. Nach der Sitte seiner Heimat aber war es nicht erlaubt. Er war ein Knabe und durfte in Gegenwart von Männern nichts tun, was in der gegenwärtigen Lage nicht unbedingt nötig war.

Old Shatterhand hatte diesen Auftritt mit einem Lächeln der Befriedigung betrachtet. Er wusste, dass in dieser roten Familie mehr Liebe und Glück wohnten als in mancher vornehmen weißen, deren Angehörige in Gegenwart anderer sich Aufmerksamkeiten und Zärtlichkeiten erweisen, aber dann, wenn sie sich unbeobachtet wissen, einander wie Hund und Katze behandeln. Jetzt wurde er von dem Häuptling gefragt: „Mein Bruder Old Shatterhand war in unserem früheren Lager?“

„Nein, so weit bin ich nicht gekommen. Aber der Ölprinz war mit Buttler und Poller bei euch?“

„Ja.“

„Ihr habt ihnen Waffen und Munition gegeben?“

„Ja.“

„Sie haben gesagt, sie seien mit uns geritten, mit uns von Nijoras ergriffen worden, aber so glücklich gewesen, zu entkommen?“

„So ist es. Woher weiß mein Bruder das alles?“

„Was ich soeben sagte, vermutete ich“, lächelte Old Shatterhand. „Diese Mörder brauchten Waffen. Sie mussten also zu euch, denn weiter war niemand da, von dem sie welche erhalten konnten. Um euch gutwillig zu machen, mussten sie euch belügen und euch sagen, dass sie Begleiter und Beschützer von Schi-So gewesen seien. Selbst wenn ich Zeit gehabt hätte, so wäre es mir übrigens nicht eingefallen, nach eurem früheren Lagerplatz zu reiten, denn ich erfuhr gegen Abend, dass ihr ihn verlassen hattet.“

„Von wem?“

„Von meinen Augen. Ich saß diesseits des Flusses auf einem hohen Baum, um nach den Nijoras auszuschauen, und sah euch am jenseitigen Ufer aufwärts gezogen kommen.“

„So haben die Nijoras uns vielleicht auch bemerkt?“

„Nein. Ich weiß das genau, denn ich habe sie belauscht. Schi-So war mit uns. Er hielt die Pferde, während Winnetou und ich uns an die Feinde schlichen. Ich bin dann mit Schi-So zurückgekehrt, um meinen weißen Brüdern Nachricht zu geben und meine roten Brüder aufzusuchen. Winnetou aber blieb zurück, um die Feinde noch weiter zu beobachten.“

„Sie werden morgen in unsere Hände fallen.“

„Das ist auch meine Ansicht, obgleich ich weiß, dass die

Hoffnung meines Bruders auf einer falschen Voraussetzung beruht."
„Old Shatterhand irrt. Ich denke ganz dasselbe wie er. Die Nijoras werden unseren Lagerplatz verlassen finden und unseren Spuren folgen."
„Die Nijoras werden zunächst nicht nach eurem Lagerplatz reiten, sondern uns Weiße überfallen. Sie ahnen nicht, dass die Krieger der Navajos ihr Lager verlassen haben."
„Uff!"
„Sie denken, dass wir ihnen folgen, um die Navajos aufzusuchen, und haben sich am Winterwasser festgesetzt, um uns dort ganz unerwartet einzuschließen."
„Am Winterwasser? Dieser Plan ist sehr klug von ihnen ausgesonnen, denn es gibt keinen Platz, der sich so gut zu einem Überfall eignet, wie dieser. Meine Brüder werden ihn vermeiden?"
„Wir werden im Gegenteil hingehen."
„Und kämpfen?"
„Vielleicht ist ein Kampf gar nicht notwendig. Es ist möglich, dass sich die Nijoras ohne allen Kampf ergeben müssen. Werden uns die Krieger der Navajos dabei helfen?"
„Wir werden es tun. Aber wie sollen wir nun den Ölprinzen und seine beiden Mordgesellen erwischen?"
„Ihr wollt sie fangen?", fragte Old Shatterhand, auf dessen Gesicht jetzt ein leichter Ausdruck des Erstaunens war. „Du willst ihnen nach, um den Tod der Kundschafter zu rächen?"
„Rächen will und muss ich ihn, aber ich brauche sie nicht zu verfolgen, denn sie kommen uns nach."
„Euch nach? Sonderbar! Sie sollten doch froh sein, euch und uns entkommen zu sein!"
Da fiel Wolf schnell ein, indem er ein höchst befriedigtes und selbstbewusstes Gesicht zeigte: „Ja, wenn sie die Unterschrift, die Anweisung noch hätten!"
„Besitzen sie die nicht mehr?"

„Nein. Ich habe sie ihnen abgenommen und behalten."
„Ah! Wie ist das zugegangen?"
Wolf erzählte es und fügte dann hinzu: „Wir haben sie dann beobachten lassen und erfahren, dass sie uns folgen. Wir wollten sie, um ganz sicher zu gehen, morgen erwarten und ihnen zwei Späher entgegenschicken."
„Hm! Das ist nicht ungefährlich, lässt sich aber wohl nicht vermeiden, denn wir müssen morgen früh schon nach dem Winterwasser aufbrechen. Bevor wir aber Pläne besprechen, will ich zunächst berichten, was wir auf unserem Erkundungsritt erfahren haben!" –

14. Belauscht

Die Weißen hatten sich aus der Gewalt der Nijoras befreit und die Roten waren abgezogen. Die Weißen folgten ihnen. Dabei war es Winnetou und Old Shatterhand nicht entgangen, dass die Nijoras, deren Fährte man folgte, nach und nach ihren Ritt verlangsamten. Welchen Grund hatten sie dazu?

Es war nicht die Gepflogenheit der beiden berühmten Männer, zu etwas, was sie selbst erforschen konnten, den Rat oder die Meinung anderer einzuholen. Darum hatten sie keinem ihrer Gefährten, auch Sam Hawkens nicht, etwas von ihrer Beobachtung gesagt. Sie passten nun nur schärfer auf und erkannten auch bald den richtigen Grund.

„Was sagt mein Bruder Scharlih dazu?", fragte Winnetou.

„Dass sie keine Eile zu haben scheinen, an die Navajos zu kommen", antwortete Old Shatterhand.

„Mein Bruder denkt genauso wie ich. Sie scheinen ihren Angriff auf die Navajos verschieben zu wollen. Da ist nur ein Gedanke möglich: Sie haben es auf uns abgesehen."

„Das vermute auch ich!"

„Warum aber wollen sie uns angreifen? Sie können doch nichts Klügeres tun, als schleunigst über die Navajos herzufallen, die nicht genau unterrichtet sind, weil ihre Kundschafter teils gefangen, teils ermordet wurden."

„Mein Bruder Winnetou mag bedenken, dass wir ihnen hart im Rücken sind und einige sehr gute Pferde haben. Wir können, wenigstens einige von uns, durch einen Gewaltritt um sie herum- und ihnen vorauskommen und die Navajos warnen."

„Uff!", nickte der Apatsche. „Das wird es sein."

„Ja, das ist es wahrscheinlich. Sie wollen das verhüten und sich überhaupt den Rücken freimachen. Ein solcher Gedanke ist Mokaschi, ihrem Häuptling, recht wohl zuzutrauen. Darum reiten sie jetzt langsamer, um uns näher bei sich zu haben, um, wenn sich eine geeignete Gegend dazu findet, nicht lange auf uns warten zu müssen. Wenn diese Vermutung richtig ist, brauchen wir nur darüber nachzudenken, welcher Ort von hier aus ihnen am bequemsten gelegen ist."

„Uff!", meinte Winnetou nach einer kleinen Weile, „es gibt einen, den sie noch heute vor Abend erreichen werden: das Winterwasser."

„Ja, es ist sehr gut möglich, dass sie uns dort erwarten. Wollen wir ihnen in die Gewehre und in die Messer laufen?"

„Nein. Wir müssen sie beobachten. Aber wer von uns zweien?"

„Hm. Das Winterwasser ist ein Ort, der einem einzelnen Kundschafter viel Schwierigkeit bietet."

„So reiten wir beide!"

„Ja. Eigentlich aber müssten wir sogar noch jemand mitnehmen."

„Warum?"

„Falls sie uns überfallen wollen, genügen wir beide. Aber wenn sie dies nicht beabsichtigen, sondern doch wider Erwarten sofort gegen die Navajos ziehen, müssen wir diese benachrichtigen. Dazu aber kann keiner von uns beiden abkommen. Wir müssen also einen Dritten mitnehmen."

„Winnetou schlägt Schi-So vor. Er ist ein guter Reiter und kennt die Gegend besser als jeder andere. Fragt sich nur noch, ob die Übrigen erfahren sollen, weshalb wir diesen Ritt unternehmen?"

„Denkt mein Bruder Winnetou, dass es besser ist, es ihnen zu verschweigen?"

„Ja. Wir haben Männer dabei, die keine Helden sind, und Squaws und Kinder, zu denen man nicht von Gefahren reden soll, bevor es unbedingt nötig ist."

So schnell dieser Beschluss gefasst wurde, so schnell wurde er auch ausgeführt. Schon nach kurzer Zeit ritten die drei im Galopp voran, während die anderen im bisherigen langsamen Schritt folgten.

Die Gegend war eben. Links lag die flache, öde Steppe und rechter Hand der Fluss, dessen Ufer, weil es da Feuchtigkeit gab, erst von einem Wald- und Buschrand und dann von einem Grasstreifen besäumt waren. Bei der reinen Luft, die dort immer herrscht, konnte man, außer wenn der Fluss eine nach links gerichtete Krümmung beschrieb, sehr weit sehen. Es war also nicht zu befürchten, dass man plötzlich und unerwartet auf die Nijoras stoßen werde.

So ging es weiter bis zum späten Nachmittag, wobei die Fährte von Zeit zu Zeit genau gelesen wurde. Es ergab sich, dass man den Indianern immer näher kam. Sie waren nun nicht mehr als eine ganze Stunde im Voraus.

Da zog sich links, von Süden her, ein dunkler Streifen schnurgerade und genau rechtwinklig auf den Fluss zu. In der Ferne, ganz im Süden, bestand er aus einzelnen dürren Mezquitepflanzen, die sich nachher zu Gruppen vereinigten. Später traten die Büsche näher zusammen. Sie wurden saftiger und grüner, während sie im Süden eine graue, hungrige Färbung besaßen. Je näher dem Fluss, desto dichter und üppiger zeigte sich das Gehölz, aus dem schließlich sogar Bäume hervorragten, die sich mit dem Waldstreifen des Flusses vereinigten.

Dieser Streifen von Pflanzenwuchs bezeichnete den Lauf des Winterwassers, wenn da überhaupt von einem Lauf des Wassers die Rede sein konnte.

In der feuchten Jahreszeit, das heißt zur Zeit der wenigen Regentage, sammelte sich das Wasser in dieser flussbettartigen Vertiefung, aber ein fließendes Wasser entstand auch da noch nicht. Die geringen Wassermengen gaben den Pflanzen für einige Wochen ein frisches Aussehen, während sie sonst dürr, arm und traurig dastanden. Je näher der Wasserrinne aber die Pflanzen standen, desto länger währte ihre Lebensfreudigkeit.

Die drei Reiter konnten von dieser Einsenkung aus nun

fast bemerkt werden. Sie waren also gezwungen, sich im Schutz des Buschsaumes weiterzubewegen. Sie stiegen ab und suchten ein gutes Versteck für ihre Pferde, bei denen Schi-So zurückbleiben sollte. Er bekam auch die Gewehre in Verwahrung, weil sie einen durch das Gebüsch schleichenden oder gar am Boden kriechenden Späher nur belästigen mussten. Dann gingen Winnetou und Old Shatterhand unter den Bäumen am Flussrand langsam weiter, die Augen scharf vorwärts gerichtet, um jeden etwa auftauchenden Nijora rechtzeitig zu entdecken.

Als sie die Hälfte des Weges zurückgelegt hatten, machten sie Halt und Old Shatterhand sagte: „Wollen wir uns nicht zunächst überzeugen, ob die Nijoras am Winterwasser geblieben oder weitergeritten sind?"

„Ja. Diese Bäume sind hoch genug."

„Und auch dicht belaubt, sodass wir, wenn wir in die Spitzen steigen, von weitem nicht gesehen werden können."

Sie suchten zwei Bäume aus, die die nötige Höhe besaßen und zugleich so nahe beisammenstanden, dass zwei Menschen, die oben im Geäst saßen, einander ohne allzu lautes Reden verstehen konnten. Beide kletterten ausgezeichnet und waren im Nu oben. Der Rundblick, der sich ihnen hier bot, war mehr als genügend: Sie konnten bequem über die am Winterwasser stehenden Bäume hinweg auf die jenseits sich ausbreitende Ebene sehen. Diese Ebene war gänzlich leer. „Sie stecken am Winterwasser", sagte Old Shatterhand zu Winnetou.

„Ja, sie sind nicht weitergeritten, sonst müssten wir sie da draußen auf der Steppe sehen", erwiderte der Apatsche. „Mein Bruder mag sein Rohr zur Hand nehmen."

Old Shatterhand hatte sein Fernglas vorhin, als er sein Pferd bei Schi-So zurückließ, aus der Satteltasche mitgenommen. Jetzt richtete er es auf das Strauchwerk des Winterwassers und blieb eine Zeit lang in unbeweglicher Haltung auf dem Ast sitzen. Dann nahm er das Rohr vom

Auge und rief dem Apatschen leise zu: „Sie lagern jenseits des Gebüsches hart am Ufer des Winterwassers. Soeben bringen viele ihre Pferde aus der Tränke unten am Chellyfluss.“

„So warten wir bis zur Dunkelheit und schleichen uns dann hin, um sie zu belauschen.“

„Ja, aber nicht hier oben, sondern unten warten wir. Da ist's bequemer.“ Schon wollte Old Shatterhand vom Baume steigen, als er ein verwundertes „Uff!“ des Apatschen hörte. „Hat mein Bruder etwas gesehen?“, erkundigte er sich.

„Ja, am anderen Ufer. Es war eine lange Schlange von Reitern, die sich nahe an den Bäumen hinzog. Mein Bruder mag warten, bis sie wieder erscheinen. Sie werden bald über die schmale Lichtung kommen müssen, die uns gegenüberliegt.“

Die beiden sahen mit Spannung über den Fluss hinüber. Da kamen zunächst zwei einzelne Reiter, es waren Indianer. Sie ritten im Galopp über die Lichtung und begannen, jenseits die Büsche zu durchsuchen. Dann kam einer zurück und winkte. Sie hatten nichts Verdächtiges gefunden.

„Mein Bruder mag sein Rohr nehmen, da wird er vielleicht die Gesichter erkennen“, meinte Winnetou.

Old Shatterhand folgte dieser Aufforderung und richtete das Fernrohr nach der Blöße. Auf den Wink des Spähers kamen seine Leute hinter dem Gebüsch hervor, eine lange Reihe von Reitern, die mit den Kriegsfarben bemalt waren; darum konnte Old Shatterhand ihre Gesichter nicht erkennen. Am Schluss des Zuges kamen jedoch zwei, von denen er sofort wusste, wer sie waren, nämlich Nitsas-Ini und seine weiße Squaw. Als sie alle hinter dem Gesträuch auf der anderen Seite der Lichtung verschwunden waren, sagte der Apatsche: „Das müssen die Krieger der Navajos gewesen sein. Hast du jemand erkannt?“

„Ja. Nitsas-Ini und seine Squaw ritten hinterdrein.“

„Sie hatten jedenfalls unten an der Mündung des Flusses gelagert. Warum haben sie diesen Ort verlassen?“

„Und warum halten sie sich da drüben am rechten Ufer?“
„Ja, das ist sonderbar. Sie müssen doch wissen, dass sie die Nijoras auf dieser Seite des Flusses zu suchen haben, da deren Gebiet hier liegt.“
„Ich kann mir nur einen einzigen Grund denken: Sie sind von dem Ölprinzen irregeleitet worden.“
„Uff! Der ist jedenfalls zu ihnen gestoßen, um sich und seine beiden Begleiter ausrüsten zu lassen, weil sie ja zuletzt unbewaffnet waren. Um Zeit zu gewinnen, haben sie die Navajos nach der falschen Seite gesandt.“
Sie stiegen jetzt von den Bäumen. Bald trat die Dämmerung ein und nun machten sich die beiden Männer auf den gefahrvollen Weg. Man konnte anfangs noch ungefähr sechs bis acht Schritte weit sehen, doch wurde es, als sie in der Nähe des Winterwassers ankamen, so finster, dass sie sich nicht mehr allein auf ihre Augen verlassen konnten, sondern auch den Tastsinn zu Hilfe nehmen mussten.
Der Chelly floss hier fast genau von Ost nach West und es ist bereits gesagt worden, dass das Winterwasser rechtwinklig auf ihn stieß, also nord-südlich verlief. Die Ufer beider Flüsse waren hier mit Wald und Büschen bestanden und sehr hoch. Von der Höhe bis hinab zum Wasser des Chelly konnte man recht gut zwanzig Meter rechnen. Im Winterwasser befanden sich in der gegenwärtigen Jahreszeit nur einige Pfützen, die dem Übergang nicht im mindesten hinderlich waren. Der Boden aber war an der Mündung des Winterwassers sehr felsig und die Ufer fielen so steil ab, dass man da zu Pferd nicht hinunter konnte. Wer hinüber wollte, musste vielmehr eine Strecke am Winterwasser hinauf bis zu einer Stelle, wo beide Ufer sich einander flacher zuneigten. Diese Stelle war aber auch die einzige, die sich zum Übergang eignete. Ebenso geeignet war sie natürlich auch zu einem Überfall: Da man sonst nirgends hinüberkonnte und also unbedingt gezwungen war, diesen Ort aufzusuchen, brauchte der Feind nur hier

zu warten, um im richtigen Augenblick die Falle zu schließen.

Die Nijoras lagerten nicht an dieser Furt. Sie waren hinübergeritten, waren dem jenseitigen linken Ufer abwärts bis zur Mündung gefolgt und hatten dort ihr Lager aufgeschlagen. Wer von ihnen sein Pferd tränken wollte, der musste nun allerdings nach der soeben beschriebenen Furt zurück und hinunter auf den Grund des jetzt trockenen Winterwasserbettes steigen und, diesem abwärts folgend, bis zur Mündung gehen, wo der Chelly vorüberfloss. Das war beschwerlich genug. Die Nijoras hätten es viel bequemer gehabt, wenn sie sich unten an der Mündung gelagert hätten. Aber das war unmöglich, ohne dass Spuren entstanden, die nicht vollständig auszulöschen waren, und das sollte vermieden werden.

Da die Nijoras drüben lagerten, mussten Winnetou und Old Shatterhand auch hinüber. Als sie das hohe Ufer des Winterwassers erreicht hatten, sahen sie von drüben die Lagerfeuer zwischen großen Felsstücken herüberleuchten.

„Wie unvorsichtig!", sagte Winnetou.

„Ja", stimmte Old Shatterhand bei. „Sie scheinen sich für ganz sicher zu halten."

Sie gingen diesseits am Winterwasser hinauf, bis sie die Furt erreichten, und stiegen da hinab und drüben wieder hinauf. Dann schlichen sie sich am linken Ufer des Winterwassers wieder abwärts, wobei sie umso vorsichtiger verfuhren, je näher sie dem Lager kamen. Von Baum zu Baum, von Strauch zu Strauch huschend, vermieden sie jede Stelle, auf die ein Strahl der Lagerfeuer fiel.

Als sie so weit am Feind waren, dass sie die einzelnen Gestalten unterscheiden konnten, flüsterte Winnetou: „Mein Bruder mag hier stehen bleiben. Ich will aus diesem Holz heraus und das Lager auf der freien Seite umschleichen, um zu sehen, wo die Pferde sind und ob man Posten ausgestellt hat."

Er huschte fort und es dauerte wohl eine halbe Stunde,

bis er wiederkam und meldete: „Die Pferde befinden sich jenseits des Lagers. Sie werden uns also nicht durch ihr Schnauben verraten können. Nach der freien Ebene zu sind Posten ausgestellt.“

„Mein roter Bruder hat das Lager von draußen her überblicken können. Hat er vielleicht den Häuptling Mokaschi gesehen?“

„Ja. Er sitzt mit drei alten Kriegern an einem breiten Felsenstück.“

„Wenn wir das erreichen könnten!“

„Wir können es, wenn wir recht vorsichtig sind. Es liegt unmittelbar am Uferrand. Es sind also keine Nijoras dahinter. Ich will voran und mein Bruder mag mir folgen!“

Das konnte nicht wie bisher in aufrechter Stellung geschehen, denn das wäre nun sehr gefährlich gewesen. Sie legten sich also nieder und krochen auf dem Bauch weiter, wobei sie jeden Baum und Strauch und jede andere Pflanze, jeden Stein, der sich ihnen bot, mit ebenso großer Klugheit wie Geschicklichkeit als Deckung benutzten.

Ihr Ziel war das Felsstück, von dem Winnetou gesprochen hatte. Es hatte beinahe doppelte Mannshöhe. Da es oben mit Moos bewachsen war, hatte lange Jahre hindurch das fallende Laub festen Halt gehabt und sich, ohne vom Wind fortgeweht zu werden, in Humuserde verwandeln können. Diese Erde lag nun als ziemlich dicke Schicht auf dem Stein und in seinen Rissen und Ritzen. So hatten sich auf diesem Felsenstück einige Sträucher entwickeln können, die ihre Zweige über dessen Rand herabneigten.

Zwischen diesem Stein und dem steil abfallenden Ufer gab es nur einen schmalen Raum, doch genügte er für den Zweck, den die beiden Lauscher verfolgten. Es gelang ihnen, den Stein unbemerkt zu erreichen und hinter ihn zu kommen. Der erwähnte Raum, auf dem sie nun lagen, hatte nur Mannesbreite, sodass sie sich nun hart an der Kante des Ufers befanden. Wenn diese Stelle aus lockerer Erde bestand und sich unter dem Gewicht der beiden

Männer loslöste, so mussten sie in die Tiefe stürzen. Sie untersuchten daher vor allen Dingen den Boden und stellten zu ihrer Beruhigung fest, dass es harter, fester Fels war. Nun richteten sie sich auf, um den Stein zu besteigen. Wenn sie dann oben lagen, hatten sie den Häuptling auf der anderen Seite gerade unter sich sitzen.

Es gab eine Stelle, wo man mit den Händen Halt fand. Old Shatterhand griff da fest zu, stieg auf den Rücken des Apatschen und schwang sich hinauf auf den Felsen. Das war ein gefährliches Wagestück, da er bei dem geringsten falschen Griff oder Fehltritt in die Tiefe stürzen musste. Auch durfte der Aufschwung nur sehr vorsichtig und ja nicht zu hoch geschehen, weil Old Shatterhand sonst von den Nijoras jenseits des Steines gesehen worden wäre. Oben angelangt, legte er sich platt nieder und hielt dem Apatschen den Lasso herunter, um ihn daran hinaufzuziehen. Auch das gelang.

Nun lagen sie oben. Aber wehe ihnen, wenn sie bemerkt wurden! Hinter sich den Abgrund und vor sich das von dreihundert Kriegern besetzte Lager. Da wäre ihnen nichts anderes übrig geblieben, als auf alle Gegenwehr zu verzichten und sich zu ergeben.

Dicht auf dem Felsblock liegend, schoben sie sich vorsichtig bis zu dem erwähnten Gesträuch vor und konnten nun das ganze Lager überschauen. Es brannten nicht weniger als acht Feuer, an denen sich die Nijoras soeben ihr Abendessen bereiteten. Unter den beiden Lauschern an den Felsen gelehnt, saß Mokaschi, mit den drei älteren Indianern abgesondert von den einfachen Kriegern. Sie sprachen miteinander, doch nicht eifrig, sondern in abgebrochenen Sätzen, zwischen denen es längere oder kürzere Pausen gab. Wie die beiden Späher bald hörten, waren diese vier Roten nicht ganz einig untereinander. Einer von ihnen, ein alter, aber noch sehr rüstiger Mann mit grauen Haaren sagte: „Mokaschi wird es bereuen, nach seiner heutigen Ansicht gehandelt zu haben. Wir hätten uns beeilen und die Hunde von Navajos schnell überfallen sollen, um sie zu töten."

„Mein alter Bruder lässt außer Betracht, dass der Zeitverlust nur einen Tag beträgt. Wenn wir morgen die Bleichgesichter ergriffen haben, werden wir sofort gegen die Navajos aufbrechen."

„Der Zeitverlust beträgt mehr als einen Tag, denn wir sind, um diese Bleichgesichter näher an uns heranzulassen, langsamer geritten."

„Das schadet nichts. Die Schakale der Navajos werden nicht eher aus ihren Höhlen gehen, als bis wir kommen. Sie können ihr Lager nicht eher verlassen, als bis die Kundschafter, die sie ausgesandt haben, zurückgekehrt sind. Das muss mein alter Bruder gar wohl bedenken!"

„Ich bedenke es. Aber das Jahr besitzt einen Sommer und einen Winter und alle Dinge auf Erden haben zwei Seiten. So ist's auch hier. Mokaschi meint, dass die Navajos warten werden, weil sie Kundschafter ausgesandt haben, und ich denke, sie werden neue Späher aussenden, weil die anderen allzu lange ausbleiben. Diese neuen Kundschafter aber werden uns entdecken und das ihrem Häuptling melden. Anstatt dass wir die Navajos überraschen, werden sie uns angreifen!"

Er sprach in einem etwas scharfen Ton, wie es einem Häuptling gegenüber sonst nicht gebräuchlich ist.

Darum antwortete Mokaschi nun: „Mein Bruder trägt den Schnee des Alters auf seinem Haupt. Er hat mehr Winter gesehen als ich und viel erlebt. Darum darf er es ohne Scheu sagen, wenn er einmal anders denkt als ich. Aber nicht er ist der Anführer, sondern ich bin es. Wenn ich auch die Meinungen der erfahrenen Männer anhöre, so habe ich doch allein darüber zu entscheiden und alle müssen sich fügen!"

Der Alte senkte seinen Kopf und sagte: „Du hast Recht. Dein Wille mag geschehen!"

„Ja, er geschieht und du wirst einsehen, das es so richtig

war. Oder hast du etwa geglaubt, es werde uns glücken, die Navajos zu überraschen?"

„Allerdings."

„Das ist ein Irrtum. Sie stellen jedenfalls ebenso Vorposten aus wie wir. Wir müssen den Ort, wo sie stecken, erst durch unsere Späher ermitteln. Wie leicht können diese Kundschafter gesehen, ergriffen oder gar getötet werden, gerade so wie wir die Kundschafter der Navajos gefangen haben. Und das ist noch nicht das Wichtigste. Es gibt etwas, an das mein alter Bruder überhaupt noch nicht gedacht zu haben scheint. Nämlich die Navajos wissen bereits, dass wir kommen."

„Uff!", rief der Alte. „Wer soll es ihnen gesagt haben?"

„Die drei Bleichgesichter, die uns entflohen sind."

„Uff, uff! Das ist wahr! Falls sie wirklich zu den Navajos geritten sind!"

„Sie sind ganz gewiss zu ihnen. Vielleicht haben sie sie schon heute gefunden und sie über uns unterrichtet. Da werden die Navajos sofort aufbrechen, um uns entgegenzuziehen und plötzlich anzugreifen. Das aber ist es, worauf ich warte."

„Uff, uff! Mein Bruder Mokaschi kennt doch die alte Kriegerregel, dass derjenige leichter siegt, der eher kommt!"

„Ich kenne sie; sie ist gut, aber sie passt nicht auf alle Fälle. Die Navajos sollen kommen und uns angreifen, aber an einem Ort, der ihnen verderblich werden muss. Wir werden sie hier am Winterwasser erwarten!"

„Das lag aber doch nicht in dem ursprünglichen Plan!"

„Nein. Ich wollte die Navajos überraschen; das ist nun aber nicht mehr möglich, weil sie von den drei entflohenen Bleichgesichtern benachrichtigt worden sind. Es war also nötig, meinen Plan zu ändern. Wir werden uns hier am Winterwasser verstecken. Wenn die Navajos kommen, lassen wir sie von dem hohen Ufer in das tiefe Flussbett hinabsteigen und fallen über sie her. Sie stecken dann da unten und können sich nicht verteidigen, weil sie, zwischen den Felsen zusammengedrängt, keinen Raum dazu haben."

„Uff, uff!", rief der Alte, indem sein Gesicht sich erheiterte. „Mokaschis neuer Plan ist gut. Ich denke, dass er gelingen wird, wenn nichts Störendes dazwischenkommt."

„Es gibt nur eine einzige Störung: die Bleichgesichter hinter uns! Sie folgen uns. Sie wollen die Navajos aufsuchen. Wenn wir sie vorüberziehen ließen, würden sie den Feinden verraten, dass wir hier auf sie warten. Das darf nicht geschehen. Wir werden also Winnetou und Old Shatterhand mit allen ihren Leuten festnehmen."

„Sollen sie getötet werden?"

„Ja, wenn sie sich wehren."

„Und wenn sie sich nicht wehren?"

„So nehmen wir sie nur gefangen und führen sie mit uns. Wir werden sie nicht an den Marterpfahl binden, weil wir das Kalumet mit ihnen rauchten, aber wir werden sie mit unseren Kriegern auf Leben und Tod kämpfen lassen."

„Uff, uff!" Die Augen des Alten leuchteten förmlich vor Wonne und auch die beiden anderen brachen in begeisterte „Uffs" aus.

Mokaschi, froh, eine solche Zustimmung zu erhalten, fuhr in seiner Darlegung fort: „Das Winterwasser ist wie kein zweiter Ort dazu geeignet, den Feinden aufzulauern und sie ohne Mühe oder gar Gefahr zu ergreifen oder zu vernichten. Meine Brüder werden morgen sehen, wie leicht wir die Bleichgesichter in unsere Hände bekommen, obgleich sie von den berühmtesten Männern des Westens angeführt werden."

Da machte der Alte doch wieder ein bedenkliches Gesicht und sagte: „Aber gerade weil diese Männer dabei sind, kann das Vorhaben leicht fehlschlagen."

„Nein. Ich weiß, dass sie sehr kluge Leute sind und in die Gedanken anderer Menschen zu schauen vermögen. Unseren Plan aber werden sie nicht erraten. Sie meinen, dass wir gegen die Navajos ziehen und uns also um sie gar nicht kümmern."

„Ich wünsche sehr, das möge richtig sein. Aber ich denke daran, was wir in der letzten Zeit erfahren haben. Kein Adler hat so scharfe Augen, kein Mustang so feine Ohren und kein Fuchs ist so listig wie Old Shatterhand und Winnetou. Hatten wir sie nicht bereits in unserer Gewalt? Waren sie nicht sogar gefesselt? Und doch haben sie sich befreit!"

„Wir werden diesmal klüger sein. Haben wir doch schon heute alles getan, was uns die Klugheit gebietet. Wir haben unser Lager sogar hier oben aufgeschlagen, anstatt unten am Wasser, wo wir Spuren hätten zurücklassen müssen. Wenn die Bleichgesichter morgen kommen, werden sie keine einzige Spur da unten sehen und ahnungslos von da drüben hinunter in die Tiefe reiten, während wir hier versteckt liegen und auf sie warten. Sie werden an das Wasser des Chelly gehen, um ihre Pferde zu tränken, und da fallen wir über sie her."

„Du meinst, dass sie nicht stracks über die Furt reiten, sondern eine Weile dableiben?"

„Ja. Hier ist auf eine lange Strecke die einzige Stelle, wo man von dem hohen Ufer leicht zum Wasser hinabkommt. Darum werden sie die Gelegenheit nicht unbenutzt lassen, ihren Durst zu stillen und die Pferde zu tränken. Denn es sind ja Squaws und Kinder bei ihnen, auf die sie Rücksicht nehmen müssen. Sobald sie unten am Wasser sind, eilen wir sämtlich hinab..."

„Sämtlich? Wir müssen einige Krieger hier oben bei den Pferden und bei den Gefangenen lassen!"

„Nein. Wir binden die Gefangenen an Bäume und die Tiere pflocken wir an. Es darf von uns kein Mann fehlen. Wenn die Weißen unsere Übermacht erkennen, werden sie auf alle Gegenwehr verzichten. Mein alter Bruder mag sich überlegen, in welcher Lage sie sich dann befinden! Sie haben rechts und links die senkrechten Felsen des Flussbettes, die nicht zu ersteigen sind, vor sich das Wasser des Chelly und hinter sich plötzlich dreihundert feindliche Krieger. Sie würden wahnsinnig sein, wenn sie da auf den Gedanken kämen, sich zu verteidigen."

„Aber wenn sie die Flucht wagen?"

„Die ist unmöglich! Wohin sollten sie sich wenden?"

„Nach dem Chelly."

„Ins Wasser? Das fällt ihnen nicht ein. Sie wissen gerade so gut wie wir, wie leicht ein Schwimmer abzuschießen ist. Und welche Schande wäre es für sie, wenn von ihnen erzählt werden könnte, dass sie Weiber und Kinder verlassen hätten, deren Sicherheit ihnen anvertraut war!"

„Mokaschi hat Recht. Seine Rede hat alle meine Bedenken zerstreut. Wir können die Bleichgesichter mit Zuversicht erwarten, denn sie werden gezwungen sein, sich uns ohne Kampf zu ergeben. Und dann machen wir es mit den Hunden der Navajos ebenso!"

„Ja, wir locken sie hinunter in das tiefe Bett des Winterwassers und lassen sie nicht wieder herauf."

„Uff! Das wird eine Wonne sein, denn wir werden hinter den Felsen, Bäumen und Sträuchern stecken und sie von hier oben aus erschießen können, einen nach dem anderen, ohne dass uns eine ihrer Kugeln treffen kann. Uff, uff, uff!"

Die vier Indianer kamen immer mehr in Begeisterung. Wenn sie geahnt hätten, wer, fast mit den Händen zu greifen, über ihnen lag und alle ihre Worte hörte! Winnetou schob sich ein wenig zurück und zupfte dann Old Shatterhand am Arm.

„Wollen wir fort?", fragte ihn der Jäger leise.

„Ja. Wir haben genug gehört und mehr brauchen wir nicht zu wissen. Mein Bruder mag kommen."

Sie krochen nach der hinteren Seite des Felsens, wo Old Shatterhand den Apatschen am Lasso wieder hinunterließ. Das Nachfolgen war für ihn wieder lebensgefährlich, gelang aber mit Winnetous Hilfe gut.

Nun galt es, den Ort ebenso unbemerkt zu verlassen, wie sie ihn erreicht hatten. Tief am Boden hinkriechend, schlugen sie genau denselben Weg ein, auf dem sie herbeigekommen waren, und gelangten auch glücklich so weit vom Lager, dass sie nicht mehr zu kriechen brauchten. Sie setzten ihren Rückzug nun aufrecht fort, gingen dann nach der Furt und befanden sich, als sie diese hinter sich hatten, wieder drüben am jenseitigen Ufer in vollständiger Sicherheit.

Dort blieben sie stehen und Winnetou meinte: „Sie haben vor, uns eine Falle zu stellen, und glauben wirklich, uns zu fangen."

„Ja, die Falle ist gut! Und wir gehen hinein!"

„Mein Bruder denkt so wie ich. Wir holen die Navajos herbei. Sie werden die offene Falle hinter uns schließen, sodass die Nijoras unvermutet selbst darin stecken. Aber nun lass uns zu Schi-So zurückkehren! Es ist nicht mehr nötig, dass wir diesen jungen, wackeren Krieger zu seinen Navajos senden, denn wir werden sie selbst aufsuchen."

Er wollte fort. Da legte ihm Old Shatterhand die Hand auf den Arm und sagte: „Mein Bruder mag noch einen Augenblick warten! Wenn wir morgen in die uns gestellte Falle gehen wollen, ohne dass es uns schadet, so müssen wir uns vorher nochmals genau vergewissern, ob der Plan unserer Feinde auch wirklich wie vorgesehen durchgeführt wird."

„Mein Bruder meint, dass die Nijoras sich doch vielleicht noch eines anderen besinnen könnten?"

„Ja. Dann würden wir vielleicht in die Schlinge gehen, ohne sie öffnen zu können."

„Richtig. So werde ich zurückbleiben, um die Nijoras zu beobachten. Mein Bruder Old Shatterhand versteht es besser als ich, mit den weißen Männern und Frauen umzugehen. Darum mag er fortreiten und sie benachrichtigen."

„Gut! Aber es ist nicht nötig, dass du während der ganzen Nacht hier am Winterwasser bleibst, sondern es genügt, wenn du morgen früh wieder hergehst."

„Ja. Ich muss doch auch zu meinem Pferd, bei dem ich während der Nacht lagern werde."

„So komm!"

Sie schlugen die Richtung ein, aus der sie gekommen waren. Jetzt brauchten sie sich nicht mehr zu verstecken, denn es war bereits dunkel. Sie hielten sich also auf der offenen Steppe und kamen auf diese Weise schnell vorwärts. Dabei berieten sie sich über die Art, wie ihr Plan morgen ausgeführt werden sollte.

Trotz der Dunkelheit fanden sich die beiden Freunde mühelos zurecht. Bald näherten sie sich dem Saum des Ufers und riefen Schi-Sos Namen. Er antwortete und kam mit den Pferden aus den Büschen heraus, zwischen denen er gesteckt hatte.

„Gute Nacht!", sagte Winnetou, indem er Iltschi beim Zügel nahm und in das Buschwerk zurückführte.

„Gute Nacht!", erwiderte Old Shatterhand, indem er Hatatitla bestieg, um fortzureiten.

Beide hatten natürlich mit den Pferden auch ihre Gewehre von Schi-So zurückgenommen. Der junge Navajo mochte über die kurze Art und Weise dieser Verabschiedung erstaunt sein. Er wagte es aber nicht, ein Wort darüber zu bemerken oder eine Frage auszusprechen. So stieg auch er auf sein Pferd und folgte Old Shatterhand.

Der weiße Jäger hatte zunächst einen kurzen Trab eingeschlagen und verhielt sich eine Zeit lang still. Dann fragte er den Jüngling in seiner wohlwollenden Art: „Schi-So wird gar nicht wissen, woran er mit uns ist?"

„Ich werde es erfahren", antwortete der Angeredete höflich.

„Ja, du wirst es erfahren. Wenn ich dir jetzt alles sagen wollte, müsste ich es zweimal erzählen, und das möchte ich vermeiden. Aber eins will ich doch bemerken, worüber du dich sicher freuen wirst: Ich habe deine Eltern gesehen."

„Wirklich? Wo?", fragte Schi-So, freudig überrascht.

„Am jenseitigen Ufer. Sie ritten mit einer großen Kriegerschar aufwärts, um nach den Nijoras zu suchen.“

„Da werden sie des Nachts lagern! Wenn ich sie aufsuchen dürfte!“

„Du darfst. Ich muss nämlich zu ihnen und da sollst du mich begleiten. Ich denke, dass du noch in dieser Nacht deinen Vater und deine Mutter begrüßen kannst. Wir haben Eile. Lass uns Galopp reiten!“

Ein kurzes Wort von ihm genügte, Hatatitla zum schnelleren Lauf anzutreiben, und Schi-So folgte ihm, in stiller Freude an das Wiedersehen mit seinen Eltern denkend.

Diesmal gehörte kein großer Scharfsinn dazu, den Ort, nach dem sie wollten, zu finden, denn der Lagerplatz der weißen Gefährten war vorher mit Sam Hawkens genau vereinbart worden. Nach einem kurzen, scharfen Ritt kamen sie dort an, wo sie zu ihrem Erstaunen und zu ihrer Freude den Häuptling der Navajos mit seiner Frau vorfanden. Es folgte das Wiedersehen, das bereits beschrieben wurde.

15. Am Winterwasser

Die notwendigen Besprechungen mit Nitsas-Ini waren bald erledigt. Er erklärte sich mit dem Plan vollständig einverstanden. Darauf riet Old Shatterhand den Anwesenden, sich zur Ruhe zu legen, weil morgen ein anstrengender Tag zu erwarten sei.

Der Häuptling der Navajos kehrte mit seiner weißen Frau nicht nach seinem Lager zurück, sondern bemerkte, dass er hier bleiben wolle. Dafür schickte er seine Roten zurück, die seine Befehle nach dem Lager bringen sollten. Es wurden Wachen aufgestellt. Man ließ das Feuer erlöschen und dann wurde es ruhig.

Es war spät geworden und die Zeit bis zum Morgen war nur kurz. Kaum graute der Tag, als Old Shatterhand die Schläfer auch schon weckte. Als sie an den Fluss traten, um sich zu waschen, sahen sie die Krieger der Navajos in einer langen Reihe am jenseitigen Ufer aufwärtsgeritten kommen. Als die Roten ihren Verbündeten gerade gegenüber anlangten, trieben sie ihre Pferde in das Wasser, um das diesseitige Ufer zu erreichen. Die Weißen machten sich nun auch schnell zum Aufbruch fertig. Dann setzte sich der Zug flussabwärts in Bewegung. Old Shatterhand und Nitsas-Ini ritten an der Spitze. Nitsas-Ini hatte den Boten, die er am vergangenen Abend in sein Lager geschickt hatte, die Namen zweier Indianer genannt, die als Späher dem Ölprinzen entgegenreiten und ihn und seine Begleiter heimlich beobachten sollten. Falls sie bemerken würden, dass die drei entwischen wollten, hatten sie den Befehl, sie lieber zu töten als sie entkommen zu lassen.

Die beiden Rothäute, die zu dieser Aufgabe bestimmt waren und die zu den verschlagensten und gewandtesten des Stammes gehörten, ritten zunächst eine Strecke lang auf der Fährte der Navajos zurück, um sich an einer Stelle zu verbergen, wo sie die drei Weißen schon von weitem kommen sehen konnten.

Nach vielleicht einer halben Stunde schon bemerkten sie, dass das Buschwerk des Ufers in einer langen, schmalen Spitze in die offene Steppe hinaustrat. Zu dieser Spitze ritten sie nun, führten ihre Pferde in das Gebüsch, banden sie dort an und versteckten sich auch selbst in der Nähe. Die Ebene lag weit offen vor ihnen da und so mussten sie den Ölprinzen und seine Begleiter schon auf weite Entfernung entdecken. Darum glaubten sie, eine sehr gute Wahl getroffen zu haben und ihrer Sache ganz sicher sein zu dürfen.

Das war aber leider nicht so!

Grinley, Poller und Buttler hatten, wie schon früher bemerkt, den Navajos nicht bis zu deren Lager folgen können, weil die Nacht inzwischen angebrochen war und sie in der Dunkelheit die Fährte nicht mehr erkennen konnten. Sie waren da, wo sie sich gerade befanden, von den Pferden gestiegen, um zu schlafen. Kaum dämmerte jedoch der nächste Morgen, so saßen sie schon wieder auf und ritten weiter. Bei offener Gegend hielten sie sich auf der Spur der Navajos. Gab es aber Büsche, so machten sie einen Umweg um das Gesträuch herum. Bald sahen sie die erwähnte Buschspitze vor sich liegen.

Buttler hielt sein Pferd an und musterte die Waldzunge mit nachdenklich zusammengekniffenen Augen. Dann meinte er: „Auf dieser Seite liegt eine weite Fläche und, wenn ich recht vermute, auf der anderen auch. Keine Örtlichkeit eignet sich also so vortrefflich dazu, uns schon von weitem kommen zu sehen, und wenn man uns etwa einen Hinterhalt gelegt hat, so stecken die Kerle dort und nirgends anderswo. Wir werden uns also hüten, uns diesem Gebüsch von außen zu nähern oder um dasselbe herumzureiten. Nein, wir schleichen uns heimlich hin, und wehe den Hunden, die sich dort von uns finden lassen! Kommt!"

Er stieg ab und führte sein Pferd zum Fluss. Die anderen folgten ihm. Unter den Bäumen des Flusses gingen sie aufwärts, dem Wasser entgegen, immer durch die Sträucher gedeckt, sodass man sie von der Gebüschzunge aus nicht bemerken konnte. Das ging natürlich sehr langsam und es dauerte lange Zeit, bis sie die Stelle des Flussufers erreichten, von wo aus sich die Buschspitze in die freie Ebene hinauszog. Da banden sie ihre Pferde an und bogen vom Wasser in einem rechten Winkel ab, um die Waldzunge nach verborgenen Indianern zu durchsuchen. Das war wenige Minuten, bevor die beiden Navajos von der anderen Seite herkamen.

Die drei Weißen verfuhren mit aller Vorsicht, ohne ein menschliches Wesen oder eine Spur zu entdecken. Fast hatten sie schon die äußerste Spitze der Waldzunge erreicht und gerade wollte der Ölprinz den Vorschlag machen, zu den Pferden zurückzukehren und weiterzureiten, da zeigte Buttler hinaus in die Ebene und sagte: „Hallo, dort kommen zwei Rote! Wahrscheinlich sind es die, die wir suchen. Wollen wir sie unbehelligt vorüberlassen?"

„Vorüber?", antwortete Poller. „Sie wollen wohl nicht vorüber. Wie mir scheint, halten sie gerade auf uns zu."

„Allerdings. Kommt zurück! Wir müssen beobachten."

Sie kauerten sich vorsichtig nieder. Die beiden Navajos kamen heran, zogen ihre Pferde in das Gesträuch herein und versteckten sich dann ebenfalls darin. Die beiden Parteien waren nicht mehr als etwa zehn Schritte voneinander entfernt. Die Indianer waren überzeugt, allein zu sein, und hielten es infolgedessen nicht für nötig, leise miteinander zu sprechen. Ihre Worte wurden von den Weißen daher deutlich gehört.

„Ob die Bleichgesichter kommen werden?", meinte der eine.

„Sie kommen", sagte der andere. „Sie wollen sich ja das Papier holen."

„So gehen sie in den Tod. Folgen sie unseren Kriegern, so werden sie gefangen und gemartert, und folgen sie ihnen nicht, weil sie Verdacht fassen, so erschießen wir sie."

„Hört ihr es?", flüsterte der Ölprinz Buttler und Poller zu. „Wir brauchen nichts weiter zu hören."

„Richtig! Wir wissen genug", stimmte Buttler bei.

„Wie steht's?"

„In die Hölle mit ihnen!"

„*Well!* Bin dabei. Nimm dein Gewehr und ziele auf den Linken! Poller mag sein Schießzeug für den Notfall bereithalten!"

Er selbst legte sein Gewehr auf den Rechten an und zählte: „Eins – zwei – drei!"

Die Schüsse krachten. Die Büsche, in denen die Roten steckten, raschelten. Es folgte ein kurzes Röcheln und Stöhnen, dann war es still. Die Weißen verließen ihr Versteck und gingen hinüber. Die Roten lagen, beide durch die Köpfe geschossen, tot in dem Gesträuch.

„So!", lachte der Ölprinz. „Die folgen uns nun nicht mehr nach und schießen uns auch nicht nieder. Sie mögen hier für die Geier und Wölfe liegen bleiben. Was wir von ihren Sachen brauchen, wollen wir mitnehmen."

Die drei Banditen plünderten die Toten aus, deren Munition und Mundvorrat ihnen besonders willkommen war. Natürlich nahmen sie die Indianerpferde auch mit, die ihnen bei der Flucht unter Umständen große Erleichterung bieten konnten.

Nun setzten die drei Mörder, jetzt mit fünf Pferden, ihren Weg fort. Sie brauchten nicht mehr so vorsichtig zu sein, denn es war kein Hinterhalt mehr zu erwarten, und so ließen sie die Tiere tüchtig ausgreifen, bis sie den Ort am Ufer erreichten, wo die Navajos während der Nacht gelagert hatten. Sie stiegen ab, um ihn zu untersuchen, fanden aber nichts Besonderes außer den Spuren, die erkennen ließen, dass die Roten heute früh am diesseitigen Ufer weiter aufwärts geritten waren.

Sie folgten dieser Fährte und erreichten nach einer Viertelstunde die Stelle, wo die Navajos über den Fluss gesetzt waren. Sie taten das Gleiche und fanden drüben die deutlichen Spuren des Lagers der Weißen. Da stiegen sie wieder von den Pferden, um diesem Platz ihre Aufmerksamkeit zu widmen.

„Hier hat es auch ein Lager gegeben", sagte der Ölprinz. „Wisst ihr, wer da gewesen ist?"

„Natürlich Old Shatterhand mit seinen Leuten", antwortete Buttler. „Es kann niemand anderes gewesen sein. Schaut da zu den Büschen hinaus! Ihre Fährte geht am hohen Ufer hin nach Westen."

„Ja! Die Navajos sind über den Fluss herübergekommen und zu ihnen gestoßen. Sie haben sich mit ihnen vereinigt und sind nun alle hinter den Nijoras her. Das gibt..." Er hielt in seiner Rede inne. Man sah es ihm an, dass er erschrocken war.

„Was ist's?", fragte Buttler.

„Alle tausend Teufel! Da kommt mir ein Gedanke, ein armseliger, scheußlicher Gedanke!"

„Welcher?"

„Wenn es so ist, wie ich denke, so können wir uns nur gleich aufmachen und fortreiten wie Hunde, die Prügel erhalten und nichts zu fressen bekommen haben! Mit dem Geld ist es nämlich aus, glatt aus. Wir werden nicht einen Dollar, nicht einen Cent erhalten!"

„By Jove! Warum nicht?"

„Weil die Anweisung zum Teufel ist! Die Navajos werden doch Old Shatterhand und Winnetou, sobald sie mit ihnen hier zusammentrafen, alles erzählt haben!"

„Ja. Wahrscheinlich haben sie gesagt, dass wir bei ihnen gewesen sind und sie so schön nasführten."

„Darauf bilde dir ja nichts ein, denn jetzt sind wir die Genasführten. Wolf, der die Anweisung hatte, ist doch dabei. Er hat natürlich den Bankier gesehen und mit ihm gesprochen. Was versteht sich nun da von selbst?"

„Dass er...! Satan! Jetzt weiß ich, was du meinst! Es ist alles erzählt worden und da – da hat dieser Wolf dem Bankier die Anweisung ausgehändigt!"

„Selbstverständlich!", zischte der Ölprinz.

„So ist es für uns freilich mit jeder Hoffnung aus. Es ist alles, alles vergeblich gewesen und du musst nun endlich zugeben, was für ein Knabenstreich es von dir war, diesem Wolf die Anweisung zu zeigen!"

Der Ölprinz wollte diesen Fehler beschönigen und so entstand ein Wortwechsel, der so hitzig wurde, dass die beiden nahe daran waren, sich aneinander zu vergreifen. Da schob Poller sie auseinander und sagte: „Ihr werdet euch doch nicht die Hälse brechen wollen! Damit macht ihr die Sache nicht anders. Ich sehe nicht ein, warum wir gleich das Allerschlimmste annehmen und jede Hoffnung aufgeben sollen. Es ist ja noch gar nichts verloren."

„Nicht?", rief der Ölprinz wütend aus. „Die Anweisung ist weg!"

„Nein, sie ist nicht weg. Erst hatte sie Wolf und nun hat sie Duncan. Was ist das für ein Unterschied? Es ist ganz gleich, wer sie hat, wenn sie nur noch da ist."

„Das weiß ich auch. Das braucht mir niemand zu sagen. Aber sie ist eben nicht mehr da. Es ist doch klar, dass Duncan sie sofort vernichtet hat!"

„Vernichtet? Das nehme ich erst dann an, wenn es bewiesen ist. Vernichtet, das heißt doch wohl zerrissen. Was man zerreißt, steckt man nicht ein, um es sorgfältig aufzuheben, sondern man wirft es weg. Wo aber ist hier auch nur das kleinste Stückchen Papier zu sehen? Es ist seit gestern Abend bis jetzt vollständig windstill gewesen. Es hat keinen Lufthauch gegeben, der die Papierfetzen hätte mit fortnehmen können. Sie müssten also noch daliegen. Wollen einmal ganz sorgfältig suchen, nicht bloß hier, sondern auch in der Umgebung des Lagers."

Sie taten es eifrig, fanden aber nichts. Da sagte der Ölprinz, indem er tief Atem holte und sein Gesicht sich wieder aufklärte: „Nun bekomme ich wirklich wieder neuen Mut. Was Poller vorbringt, ist ganz richtig. Ein zerrissenes Papier steckt man nicht ein, sondern wirft es weg. Der Bankier hat die Anweisung also nicht zerrissen, sondern aufgehoben."

„So ist es", nickte Poller. „Vielleicht hat er sie nur deshalb nicht vernichtet, um in ihr ein Andenken an seine Erlebnisse im Wilden Westen zu haben."

„Ja, das ist auch möglich. Jedenfalls habe ich wieder Hoffnung. Es ist mir sogar lieber, dass er sie jetzt hat, als wenn Wolf sie noch hätte. Aus Wolfs Tasche wäre sie nur mit Lebensgefahr und durch einen Mord zu bekommen gewesen, während der Bankier ein unerfahrener Mensch ist, der nicht einmal den Mut besitzt, sich ernstlich zu verteidigen."

„Allerdings", stimmte Buttler ein. „Mit diesem Duncan wird kein Federlesen gemacht. Mit ihm werden wir eher fertig als mit jedem anderen. Also, einen Entschluss gefasst! Was tun wir jetzt?"

„Wir reiten weiter, den vereinigten Weißen und Roten nach."

„Aber mit doppelter Vorsicht!"

„Das wird gar nicht so nötig sein. Sie haben uns Späher entgegengeschickt und ahnen nicht, dass wir die beiden Kerle erschossen haben. Sie glauben uns unter Aufsicht und werden denken, dass sie von den Kundschaftern Nachricht erhalten, bevor wir kommen."

Die drei stiegen wieder auf, nahmen die beiden erbeuteten Pferde an den Leitzügeln und ritten weiter, den Spuren der Navajos und der Weißen nach.

Es kam so, wie sie es sich gedacht hatten: Ihr Ritt ging glatt vonstatten und niemand stellte sich ihnen in den Weg. Es ging immer auf dem hohen Ufer des Flusses in der Nähe des Baum- und Strauchsaumes hin und die Fährte, der sie folgten, blieb sich immer gleich, bis sie an eine Stelle kamen, wo sie bedeutend breiter und ausgetretener war als bisher. Das musste einen Grund haben. Die drei hielten an und stiegen ab, um die Spuren zu untersuchen. Sie befanden sich an dem Ort, wo Schi-So im Gebüsch gestern Abend mit den Pferden auf Old Shatterhand und Winnetou gewartet und wo der Apatsche heute früh die vereinigten Weißen und Roten empfangen hatte.

„Hier haben die Kerle längere Zeit gehalten", sagte Buttler. „Das sieht man ganz genau. Die Pferde haben den Boden mit den Hufen aufgescharrt. Welche Ursache mag da vorgelegen haben?"

„Wer weiß das!", meinte der Ölprinz. „Wahrscheinlich erfahren wir es später."

„Ich möchte es aber schon jetzt wissen. Seht, da führen Spuren von hier gerade ins Gebüsch! Wollen einmal untersuchen, was es da gegeben hat!"

Sie ließen ihre Pferde zurück und gingen auf das Gesträuch zu. Da hörten sie eine Stimme in deutscher Sprache rufen: „Zu Hilfe, zu Hilfe! Kommt her, kommt hier herein!"

Sie blieben stehen und horchten.

„Das war nicht Englisch", sagte Buttler. „Es schien Deutsch zu sein. Ich verstehe es aber nicht."

„Ich verstehe es", erklärte Poller, der einstige Scout der Auswanderer. „Es ruft jemand um Hilfe und bittet uns, zu ihm zu kommen."

„Das können wir tun, denn wenn jemand unsere Hilfe braucht, haben wir nichts zu befürchten."

„Aber wenn es nur eine Finte ist! Wenn wir in eine Falle gelockt werden sollen!"

„Das glaube ich nicht. Kommt nur immer mit!"

Sie folgten den Fuß- und Hufstapfen, die in das Gebüsch führten, und sahen bald zwei gesattelte Pferde, die im Gesträuch angebunden waren. Die drei schienen dem Hilferufenden so nahe gekommen zu sein, dass er sie sehen konnte, denn er rief jetzt: „Hierher, hierher, Herr Poller! Haben Sie die Güte und schneiden Sie mich los!"

„Ist das die Möglichkeit!", rief Poller. „Das ist ja die Stimme des verrückten Kantors, der eine Oper von zwölf Akten komponieren will und dabei allerlei Dummheiten macht! Kommt! Da brauchen wir uns freilich nicht zu fürchten."

„Aber", meinte der Ölprinz vorsichtig, „er gehört jetzt

zu Old Shatterhand und Winnetou, und wer weiß, ob das nicht eine Schlinge ist, in die wir die Köpfe stecken sollen."

„Schwerlich! Ich bin vielmehr überzeugt, dass dieser verrückte Kantor wegen eines dummen Streiches hier zurückgeblieben ist. Kommt nur getrost mit mir weiter!"

Er drang tiefer in das Gebüsch ein und die beiden anderen folgten ihm. Da bewahrheitete sich die Vermutung Pollers. Sie sahen den Kantor, dem die Hände auf den Rücken und dann am Stamm eines Baumes festgebunden waren. Man hatte es allerdings in einer Weise getan, dass er sich dabei in einer ganz bequemen Lage befand. Er saß in dem weichen Gras und lehnte mit dem Rücken an dem Baum.

„Sie, Herr Kantor?", fragte Poller. „Das ist doch sonderbar!"

„Kantor emeritus, wenn ich Sie bitten darf! Es ist sowohl der Vollständigkeit als auch der Unterscheidung wegen, denn ein Emeritus ist eben nicht mehr aktiv, Herr Poller."

„Ihre Lage scheint allerdings mehr passiv als aktiv zu sein. Wie sind Sie denn in diese Passivität geraten?"

„Man hat mich hier angebunden."

„Das sehe ich. Aber wer?"

„Stone und Parker. Herr Old Shatterhand hat es ihnen befohlen."

„Warum?"

„Das – das weiß – das weiß ich eigentlich gar nicht", stammelte der Kantor, der sich schämte, den wahren Grund mitzuteilen. „Fragen Sie mich also nicht danach, sondern schneiden Sie mich lieber los!"

„Das kann nicht so schnell geschehen, wie Sie sich das denken. Old Shatterhand hat Sie jedenfalls hier anbinden lassen, um Sie an der Ausführung irgendeiner Dummheit zu hindern. Dennoch aber finde ich es unrecht von ihm, Sie hier festzuknüpfen und in der Wildnis so allein und ohne Schutz zu lassen."

„Allein? Ich bin nicht allein. Es ist noch jemand da, um mich zu bewachen."

„Wer?"

„Herr Duncan, der Bankier."

„Der?", fragte Poller, indem ein befriedigter Ausdruck über sein Gesicht ging. „Nur dieser oder noch jemand?"

„Duncan allein. Er hat sich selbst dazu angeboten. Ich habe ihn ohne Unterlass himmelhoch gebeten, mich loszumachen. Aber er hat mir meinen Wunsch nicht erfüllt. Er ist ein gefühlloser, grausamer Mensch."

Diese Ansicht des Kantors war Poller höchst willkommen. Darum sagte er, ihn darin noch bestärkend: „Ja, das war allerdings grausam von ihm und verdient eine sehr nachdrückliche Strafe. Man sollte eigentlich Sie losmachen und ihn dafür anbinden!"

„Ja, das wäre mir recht! Ich würde mich sehr darüber freuen und ihn auch nicht losbinden, und wenn er mich noch so sehr darum bäte. Ich ließe ihn hängen und ginge den anderen nach, hinunter nach dem Winterwasser."

„Ah, die anderen sind am Winterwasser? Was wollen sie dort?"

„Die Nijoras angreifen und gefangen nehmen. Ich durfte nicht mit, weil sie glaubten, dass ich – dass ich – hm; darum banden sie mich fest und der Bankier erbot sich, bei mir zu bleiben, da sich sonst niemand dazu meldete. Er wollte lieber hier sein, als sich in die Gefahr begeben, während des Kampfes von den Wilden verletzt oder gar getötet zu werden."

„Das war sehr klug von ihm. Aber ich sehe ihn doch nicht. Wo ist er denn?"

„Fort. Er saß drüben am Rande des Gebüschs und sah Sie kommen. Da bekam er Angst und versteckte sich."

„Erkannte er uns denn?"

„Nein. Sie waren zu weit entfernt. Aber da Sie von dieser Seite kamen und also nicht zu unseren Freunden gehören konnten, hielt er Sie für Feinde, denen man nicht trauen darf. Er wollte sich lieber gar nicht blicken lassen."

„So ist er also fort und Ihnen ist sein Versteck unbekannt?“

„Oh, ich kenne es!“

„So sagen Sie es uns, damit wir ihn holen und ihm beweisen können, dass wir es gut mit ihm und Ihnen meinen!“

„Gut meinen?“, antwortete der Kantor, indem er sich bemühte, seinem Gesicht einen pfiffigen, besserwissenden Ausdruck zu geben. „Da denken Sie wohl gar, dass ich Ihren Worten glaube, verehrter Herr Poller? Fällt mir gar nicht ein. Uns Jüngern der Wissenschaft macht man nicht so leicht etwas weis.“

„Das ist gar nicht meine Absicht. Was ich sage, ist wahr: Ich meine es gut mit ihm und mit Ihnen.“

„Vielleicht mit mir, aber nicht mit ihm! Das mit der Petroleumquelle ist nicht wahr gewesen. Sie wollten ihn um das viele Geld bringen.“

„Unsinn! Wenn er den See genau untersucht, wird er finden, dass die Quelle wirklich vorhanden ist. Er versteht aber nichts davon und hat sich von anderen Leuten gegen uns einnehmen lassen. Einen kleinen Denkzettel soll er ja bekommen: Wir wollen ihn auch mal ein wenig hier anbinden und Sie als Wächter hierhersetzen. Bedenken Sie, welche spannende Szene das für Ihre Oper gibt! Der Mann, den Sie vergeblich angefleht haben, muss dann Sie bitten, ihn loszumachen! Das ist die ausgleichende Gerechtigkeit, auf die es bei jedem Theaterstück doch am meisten ankommt.“

„Ja, da haben Sie Recht!“, rief der Kantor begeistert. „Eine Szene für meine Oper, eine prächtige, eine herrliche Szene! Erst flehe ich ihn an. Das erfolgt in einer Gnadenarie für Bariton. Er verweigert mir die Erfüllung meiner Bitte im zweiten Bass. Dann wird der Bariton frei und der zweite Bass wird angebunden. Das gibt wieder eine Gnadenarie, auf die dann ein großes Duett für zweiten Bass und Bariton folgt. Das macht Wirkung, ungeheure

Wirkung! Ich bin Ihnen außerordentlich dankbar, dass Sie mich hierauf aufmerksam gemacht haben."

„Na gut. Wo ist Duncan also?"

„Er sagte, es gebe hier hinter uns im Felsen einen schmalen Riss, der mit Gesträuch überwachsen sei. Dahinein wollte er sich verstecken."

Poller übersetzte seinen Gefährten flüchtig den Inhalt des Gesprächs. Sie lachten über den Streich, der sich ihnen bot, und fanden rasch die Felsenspalte, in der Duncan mit eng zusammengeschmiegtem Körper steckte. Sie hatten ihre Messer in den Händen und der Ölprinz sagte höhnisch: „Hallo, Mr. Duncan, was tut Ihr in dieser Felsenöffnung? Sucht Ihr vielleicht eine Petroleumquelle da?"

Der Bankier erschrak furchtbar, als er Grinley erkannte. Er war kein Held und hier standen drei gefährliche Strolche vor ihm.

„Seid doch so gut und kommt heraus!", forderte ihn der Ölprinz auf. „Ihr versäumt ja ganz und gar die Pflicht, zu der Ihr bestellt seid!"

„Pflicht?", antwortete er, indem er ängstlich und verlegen aus der Spalte hervorkam.

„Ja, Sir. Ihr sollt doch Euren guten Freund, den Kantor, bewachen. Warum seid Ihr davongelaufen?"

„Ich sah drei Reiter kommen, wusste aber nicht, dass ihr es wart."

„So! Ihr wärt also, wenn Ihr uns erkannt hättet, nicht geflohen?"

„Nein."

„Freut mich, dass Ihr so großes Vertrauen zu uns hegt! Habt die Güte, mit uns zu dem Kantor zurückzukehren!"

Sie nahmen ihn in ihre Mitte und brachten ihn zu dem Baum. Dort nahm ihm der Ölprinz die beiden Revolver und die Munition ab und sagte: „Ihr steht unter einem mächtigen Schutz und braucht keine Waffen, während wir verteufelt schlecht bewaffnet sind. Ihr werdet uns also gewiss gern aushelfen. Und nun muss ich Euch etwas Lustiges sagen. Ihr habt dem Kantor auf all sein Bitten nicht den Gefallen getan, ihn loszubinden...“

„Das ist mir streng verboten worden!“, fiel Duncan rasch ein.

„Geht uns nichts an! Er ist natürlich sehr aufgebracht darüber und wünscht, Euch einmal fühlen zu lassen, wie es ist, wenn man an einem Baum hängt. Wir sind gutmütiger als Ihr und werden ihm diesen bescheidenen Wunsch erfüllen.“

„Was meint Ihr?“, stotterte der Bankier ängstlich hervor. „Was soll das heißen? Wollt Ihr etwa...?“

„Euch anbinden? Ja.“

„Hört, das dulde ich nicht, Mesch'schurs!“

Er richtete sich möglichst stramm auf und gab sich Mühe, mannhaft auszusehen. Da klopfte ihm der Ölprinz auf die Achsel und sagte lachend: „Blast Euch nicht unnötig auf, Sir! Wir kennen Euch doch genau! Wir wollen dem Kantor die Freude machen, Euch anzubinden, weiter nichts. Wenn wir dann fort sind, kann er Euch wieder losmachen. Also, was sagt Ihr zu der Sache?“

Dabei nahm Grinley eine drohende Haltung an und spielte mit seinem Messer. Buttler und Poller folgten seinem Beispiel. Dem Bankier wurde es himmelangst. Er zwang seinen Grimm hinunter und sagte in einem Ton, als falle es ihm gar nicht schwer, auf den Scherz einzugehen: „Was ich dazu sage? Nichts. Wenn es Euch Spaß macht, diesem verrückten Menschen seinen noch verrückteren Wunsch zu erfüllen, so tut es. Mir fällt es nicht ein, mich deshalb mit Euch herumzubalgen.“

„Das ist sehr verständig, höchst verständig von Euch“, grinste ihn der Ölprinz an. „Mag also jetzt der Spaß beginnen!“

Er band den Kantor los. Duncan trat an den Baum, hielt seine Hände hin und sagte: „Da, macht Euch das billige Vergnügen, Mesch'schurs!“

Er hatte geglaubt, dass man ihn ebenso leicht binden

werde, wie der Kantor gebunden gewesen war. Aber er sollte sofort einsehen, dass das ein Irrtum war. Poller ergriff ihn beim rechten und Buttler beim linken Arm. Sie rissen ihn mit einem so rücksichtslosen Ruck mit dem Rücken an den Baum, dass er laut aufschrie, und legten seine Arme rückwärts an den Stamm. Während sie sie da festhielten, band ihm der Ölprinz die Hände zusammen und sagte: „Ja, Mr. Duncan, das billige Vergnügen beginnt. Euch aber kann es leicht teuer zu stehen kommen. Wenn ich mich recht erinnere, tragt Ihr im Rock eine allerliebste Brieftasche, aus der ich mir gern ein kleines Andenken mitnehmen möchte." Dabei musterte er die Züge des Bankiers mit höhnischem Lächeln.

Duncan erbleichte.

Der Ölprinz griff ihm roh in den Rock, riss die Brieftasche heraus und fand darin mit leichter Mühe die gesuchte Anweisung, die er mit einem triumphierenden Aufatmen einsteckte. Dann warf er die Tasche dem Bankier vor die Füße.

Duncan stöhnte in ohnmächtiger Wut. Er wollte sich von dem Baum losreißen. Dabei schnitt ihm aber der Riemen so in das Fleisch, dass er einen gellenden Schmerzensschrei ausstieß.

„Seid still. Beruhigt Euch!", hohnlachte der Ölprinz. „Ich nehme mir nur zurück, was man mir unrechtmäßigerweise vorenthalten hat."

Der Kantor, der die englische Sprache nicht verstand und sich auch stets zu viel mit seiner Oper beschäftigt hatte, um den Zusammenhang zu begreifen, stand harmlos dabei und schien sogar eine gewisse Genugtuung über den Ärger des Bankiers nicht ganz unterdrücken zu können. Poller rief ihm zu, er wünsche ihm gute Erfolge mit den geplanten Gnadenarien, was er mit einer Verbeugung beantwortete. Dann schritten die drei Räuber zu ihren Pferden, stiegen auf und ritten davon.

Der Komponist setzte sich nun dem Bankier gegenüber

und musterte ihn mit sehr zufriedenen Blicken. Duncan konnte ein solches Verhalten nicht begreifen. Es erfüllte ihn mit Wut und darum schrie er zornig auf ihn ein, indem er ihn in den drohendsten Ausdrücken aufforderte, ihn augenblicklich loszumachen. Das tat er in englischer Sprache, die der Kantor leider nicht verstand. Vorher, als er noch am Baum hing, hatte der Emeritus die gleiche Bitte mit dem gleichen Misserfolg wohl hundertmal ausgesprochen, aber in deutscher Sprache, die dem Bankier unverständlich war.

Während Duncan alle möglichen englischen Schimpfwörter herwetterte, saß der Komponist ihm gegenüber, um ihn zu studieren, und pfiff dabei eine Melodie durch die Zähne, aus der sich eine Gnadenarie entwickeln sollte. Der Bankier kochte vor Wut. Dann, als sein Grimm den höchsten Grad erreicht hatte, trat eine plötzliche große Abspannung ein. Die Folge war, dass er ruhiger zu überlegen begann. Er hatte von seinem Buchhalter Baumgarten einige deutsche Brocken gelernt und der Kantor hatte sich, wie er wusste, auch einige englische Ausdrücke gemerkt. Sollte es denn nicht möglich sein, auf Grund dieser freilich geringen Kenntnisse zu einer Verständigung zu kommen? Er versuchte es und begann: „Mr. Kantor, unbind[1], unbind!"

„Kantor emeritus, bitte!", war die Antwort.

„Unbind, unbind!"

„Anbinden?", fragte der Kantor. „Sie sind doch angebunden! Was wollen Sie denn?"

So ging es wohl eine Viertelstunde lang zwischen ihnen hin und her. Erstens verstand der Kantor den Bankier nicht und zweitens sah er nicht ein, warum der, der ihn am Baum hatte hängen lassen, nicht auch ein wenig daran hängen solle. Dann aber siegte seine Gutmütigkeit. Er ging, als Duncan seine schmerzhaften Bestrebungen, sich loszureißen, erneuerte, zu ihm hin und löste mit größter Mühe

[1] Losbinden (englisch)

die absichtlich festgeschlungenen Knoten auf. Er glaubte, nun ein freundliches Wort des Dankes zu hören, hatte sich da aber sehr geirrt. Duncan streckte seine Glieder und versetzte dann dem Emeritus einen Faustschlag gegen den Kopf, dass der Getroffene taumelte und in ein Gebüsch stürzte. Dann band Duncan sein Pferd los, saß auf und ritt davon nach Westen, wo er die Gefährten wusste.

Der Kantor raffte sich langsam auf, befühlte die getroffene Stelle seines Kopfes und sagte: „Dankbarkeit ist eine seltene Tugend." Und da er Angst hatte, hier allein zurückzubleiben, holte auch er sein Pferd aus dem Gebüsch, kletterte hinauf und ritt davon, gen Westen, wohin die Fährte der Weißen und der Navajos führte. –

Wie war es denn nun eigentlich gekommen, dass der gute Kantor zurückgelassen und sogar angebunden worden war?

Heute früh hatte sich dieser Unglückswurm kurz nach dem Aufbruch an den Hobble-Frank gemacht und ihn gefragt: „Herr Frank, wenn ich recht unterrichtet bin, geht es jetzt gegen die Nijoras, nicht wahr? Wie es den Anschein hat, sollen sie von uns überfallen werden?"

„Ja", bestätigte Hobble-Frank.

„Das freut mich sehr, das freut mich ungemein!"

„Warum?"

„Danach brauchen Sie doch gar nicht erst zu fragen. Sie wissen doch wohl, dass ich eine zwölfaktige Heldenoper komponieren will!"

„Ja, es is mir ganz so, als ob Sie schon eenmal von so etwas geschprochen hätten."

„Bestimmt habe ich es Ihnen schon gesagt. Ich habe hier nun die Helden gefunden, die ich dazu brauche, aber in ihrer Tätigkeit habe ich sie eigentlich noch nicht gesehen."

„Nich? Na, ich dächte doch, dass bisher schon genug geleistet worden ist, was andere Leute nicht gleich fertig bringen würden. Wir sind ja gradezu immer aus dem eenen Abenteuer in das andere geflogen!"

„Das gebe ich ja ganz gern zu. Aber das, wobei das Heldentum sich in seiner vollsten Pracht zeigen kann, hat es noch nicht gegeben. Ich brauche nämlich für meine Oper eine Schlacht, wo Mann gegen Mann zu stehen hat und der Held einen Feind nach dem anderen niederschlägt. Ich möchte einen wirklichen blutigen Kampf erleben."

„Warum denn das? So etwas is gefährlich und man soll es sich also gar nich wünschen. Wenn Sie das ooch off die Bühne bringen, so brauchen Sie sich doch nicht derohalben eenen wirklichen Kampf, een wirkliches Blutvergießen zu wünschen."

„O doch! Wenn man so etwas wirklich gesehen und miterlebt hat, kann man es viel besser komponieren. Das Getöse des Kampfes, das Schreien und Heulen, das Knattern und Krachen der Schüsse, das alles lässt sich nur dann richtig durch Töne wiedergeben, wenn man es selbst gehört hat."

„Aber es kann Ihnen Ihr Leben kosten und dann is ooch Ihre ganze schöne Oper futsch!"

„Glauben Sie das ja nicht! Wir Komponisten stehen unter dem besonderen Schutz der Musen. Uns kann nichts passieren. Oder haben Sie einmal gehört, dass ein berühmter Komponist von den Indianern erstochen oder erschossen worden sei?"

„Nee, das nich."

„Also! Ich befinde mich nicht in der geringsten Gefahr. Denken Sie, dass es heute zu einem Kampf kommen wird?"

„Hm! Wenn alles klappt, wie Old Shatterhand und Winnetou beschprochen haben, so loofen uns die Feinde in die Hände, ohne dass een Schuss dabei zu fallen braucht. Wenn es aber andersch wird, da freilich kann es Kampf geben."

„Wieso anders?"

„Ja, da können verschiedene Fälle eintreten. Man weeß ja im Voraus nie, was alles geschehen kann. So zum Beispiel brauchen die Nijoras nur zu merken, dass die Navajos im Hinterhalt liegen, so geht der Krawall los."

„Wie sollten sie das merken?“

„Off irgendeene Weise. Een Dummer fragt doch immer mehr, als een Gescheiter beantworten kann! Ich sage ja, dass man vorher nicht wissen kann, was geschieht. So darf zum Beischpiel Ihr Pferd, wenn wir an die Furt kommen, es sich nur in den Kopf setzen, nach links anstatt nach rechts zu loofen, und schon ist alles verraten.“ Der Hobble-Frank hatte es halb ernst und halb scherzhaft gemeint. Über das Gesicht des Kantors aber ging ein Zug der Befriedigung und er fragte: „Also nach links anstatt nach rechts? Habe ich das richtig verstanden? Ja?“

Er nickte vergnügt vor sich hin und dem schlauen Hobble-Frank fiel das natürlich auf. Er nahm sich vor, rechtzeitig Old Shatterhand zu verständigen und die Kampfbegier des Kantors unschädlich zu machen. Da der gute Komponist jedoch in seiner Begeisterung ohnehin auch zu Frau Rosalie Ebersbach von seinem Vorhaben schwatzte, sorgte er selbst schon genügend dafür, dass sein Vorhaben vereitelt wurde.

Bald darauf hielt die Schar an, denn Winnetou war aus dem Gebüsch getreten. Er kam auf Old Shatterhand und auf den Häuptling der Navajos zu und meldete: „Die Nijoras sind bei ihrem Plan geblieben und haben ihre Stellung nicht verändert. Meine Brüder können also das ausführen, was ich gestern mit Old Shatterhand besprochen habe. Ich halte nur eine kleine Änderung für nötig.“

„Und die wäre?“, fragte Old Shatterhand.

„Wir haben uns entschlossen, in die ausgetrocknete Furt hinabzureiten und uns in dem trockenen Winterwasserbett nach rechts zu wenden, bis wir den Fluss erreichen. Dann kommen die Nijoras, um uns zu überfallen, und da sollen sie von den Navajos im Rücken angegriffen werden. Es ist aber wichtig, dass die Feinde von ihren Schusswaffen überhaupt keinen Gebrauch machen und nicht etwa einige von uns verwunden oder gar töten. Das erreichen wir dadurch, dass wir ihnen bereits im ersten Augenblick zeigen, dass sie verloren wären, wenn sie es zum Kampf kommen lassen."

„Winnetou hat Recht. Wir müssen vorn bei uns auch schon Navajos haben, um den Nijoras gleich sichtbar zu beweisen, dass sie in ihre eigene Falle gegangen sind."

„Das ist es, was ich meine", nickte der Häuptling der Apatschen.

„Aber diese Navajos dürfen nicht mit uns kommen, sondern sie müssen schon vorher am Platz sein, ohne aber von den Nijoras gesehen zu werden."

„Mein weißer Bruder hat ganz meine Gedanken."

„Es ist sehr leicht zu erraten, was mein roter Bruder meint. Die Nijoras zählen dreihundert Krieger, während wir sechshundert haben. Es genügt, wenn wir ihnen fünfhundert in den Rücken schicken. Die übrigen hundert müssen hier vom hohen Ufer hinab zum Fluss steigen und sich da unten bis in die Nähe der Mündung des Winterwassers schleichen. Dort verbergen sie sich im Gesträuch und warten, bis wir kommen. Sobald wir anlangen und die Nijoras sich auf uns werfen wollen, treten diese hundert Krieger aus ihrem Versteck hervor und gesellen sich uns zu. Das wird die beabsichtigte Wirkung haben, die Feinde werden stutzen und dadurch bekommen unsere fünfhundert Mann Zeit, im Rücken des Feindes aufzumaschieren."

„So ist es. Ich stimme den Worten Old Shatterhands zu. Nitsas-Ini, der tapfere Häuptling der Navajos, mag die hundert aus seinen Kriegern auswählen, damit sie sich jetzt entfernen, um die Mündung des Winterwassers heimlich zu erreichen. Dann reiten die fünfhundert auch fort, und sobald wir annehmen können, dass sie sich in ihrem Hinterhalt befinden, brechen wir von hier auf."

So geschah es. Es wurden hundert Navajos abgezählt, die in das Ufergebüsch eindrangen, um zum Fluss hinabzusteigen. Dabei konnten sie natürlich ihre Pferde nicht mitnehmen. Die Tiere mussten vielmehr von den anderen mitgeführt werden. Gleich darauf machten sich auch die fünfhundert auf den Weg.

Als auf diese Weise die Navajos alle fort waren, erklärte Old Shatterhand den deutschen Auswanderern den Plan noch einmal in ihrer Muttersprache, weil vorher Englisch gesprochen worden war. Er bat sie, keine Sorge zu haben, da alles gut gehen werde, und ermahnte sie dringend, ja recht vorsichtig zu sein und nichts zu tun, was das Gelingen des Plans in Frage stellen könne. Da sagte Frau Rosalie zu ihm: „Wir anderen werden ganz gewiss keenen Fehler machen. Aber ich weess eenen, der sich fest vorgenommen hat, eene große Dummheet zu begehen."

„Wer ist das?"

„Wer das is? Da fragen Sie ooch noch? Wenn von Dummheeten die Rede is, so können Sie es sich doch gleich denken, wen ich meene, den Kantor natürlich. Er hat mich zu derselben Dummheet überreden wollen; er will nämlich unten am Winterwasser links abschwenken."

„Das ist doch unglaublich. Das könnte uns einen Strich durch die Rechnung machen! Ist das wahr, was Frau Ebersbach jetzt von Ihnen behauptet hat?"

Diese Frage war an den Kantor gerichtet. „Ja", gestand er kleinlaut.

„Sie wollen also, ohne mich zu fragen, eine andere Richtung einschlagen? Was ist der Grund für diese Ihre Absicht?"

„Meine Oper", stieß der Gefragte hervor.

„Ihre Oper? Wir sollen also abermals nur Ihres verrückten Hirngespinstes wegen in Gefahr gebracht werden? Inwiefern ist denn diese berühmte Oper der Grund zu dem, was Sie tun wollen?"

Der Kantor wollte nicht mit der Sprache heraus. Da legte sich der Hobble-Frank ins Mittel, indem er sagte: „Ich weeß es, was für eene vorhandene Absicht im Grund- und Hypothekenbuch seines Vorhabens verzeichnet is. Er hat mir vorhin mitgeteilt, dass er für seine Oper eene Kampfesszene braucht. Er will nach links, damit die Nijoras unseren Hinterhalt sehen sollen und een Kampf entsteht."

Alle waren empört über dieses unbegreifliche Vorhaben.

„Das ist ja ein schrecklicher Mensch!", zürnte Old Shatterhand. „Aber wir werden dafür sorgen, dass er uns nicht schaden kann. Er darf nicht mit, er bleibt hier an dieser Stelle zurück."

Das empörte den Zukunftskomponisten außerordentlich. Er bekam die Sprache wieder und antwortete: „Das lass' ich mir nicht gefallen, Herr Shatterhand. Ich bin kein Soldat oder Rekrut, der sich andonnern lassen und gehorchen muss!"

„Sie werden gehorchen. Sie bleiben hier und ich lasse jemand bei Ihnen, der Sie beaufsichtigen muss."

„Dem gehe ich durch!"

„Schön! So werden wir Sie anbinden."

Das geschah denn auch trotz allen Widerstrebens. Nun handelte es sich darum, wer bei ihm bleiben sollte. Der Bankier bot sich an, denn der Gedanke, von den Nijoras überfallen zu werden, schreckte ihn. Old Shatterhand war damit einverstanden, schärfte ihm aber ein, den Kantor nicht etwa, falls er gute Worte geben sollte, loszubinden. Es solle später ein Bote geschickt werden, um die beiden nachzuholen.

Bis jetzt hatte man die fünfhundert Navajos, die nach Süden aufgebrochen waren, noch reiten sehen. Nun aber verschwanden sie am Horizont und es war anzunehmen, dass sie nach kurzer Zeit ihr Ziel erreichen würden. Darum gab Old Shatterhand den Befehl, den unterbrochenen Ritt fortzusetzen.

Es war wirklich ein großes Vertrauen, das ihm und Winnetou von den Deutschen geschenkt wurde. Aber in der Nähe des Apatschen und seines weißen Bruders konnte eben keine Furcht aufkommen. Old Shatterhand ermahnte alle, sich ein möglichst unbefangenes Aussehen zu geben und ja nicht etwa forschende oder gar ängstliche Blicke nach der Gegend zu werfen, wo sich die Feinde versteckt hielten.

Indem man gleichlaufend mit dem Fluss ritt, stieß man im rechten Winkel auf das Winterwasser. Sam Hawkens machte allerlei Späße. Er lachte laut und hielt die anderen an, in sein Lachen einzustimmen, um die Nijoras in Sicherheit zu wiegen. An der Stelle, wo unten die Furt lag, ritt man langsam vom Ufer in das ausgetrocknete Bett hinab. Winnetou und Old Shatterhand waren voran. Ihren scharfen Augen konnte nichts entgehen, obgleich sie sich den Anschein gaben, als ob sie auf gar nichts achteten.

Links von ihnen lagen einige Felsblöcke, die zu Regenzeiten vom Hochwasser überflutet wurden. Hinter einem von diesen Blöcken lugte vorsichtig der Kopf von Nitsas-Ini hervor. „Altso-ti – wir sind hier“, raunte er den Freunden in seiner Sprache zu. Dann verschwand er wieder.

Die Gesellschaft bog rechts ab und ritt im Bett des Winterwassers abwärts, dorthin, wo es auf den Chellyfluss stieß. Rechts und links erhoben sich hohe, steile Felsen und vorn an der Mündung gab es am Ufer des Chelly einen dicht mit Bäumen und Büschen besetzten Streifen. Dort wurde angehalten.

Old Shatterhand untersuchte das Buschwerk mit scharfem Blick. Da raschelte es darin und der Arm eines Roten streckte sich für einen Augenblick hervor. Das war das Zeichen, dass die hundert Navajos auch schon zur Stelle waren. Es war also gelungen, dem Feind zwei Hinterhalte zu legen.

Der Uferfelsen trat auf der linken Seite etwas hervor und bildete eine Ecke. Dorthin deutend, sagte Old Shatterhand: „Die Frauen und Kinder mögen sich hinter diese Ecke zurückziehen, dann sind sie sicher vor jeder Gefahr.“

Die Betreffenden gehorchten dieser Aufforderung. Nur eine machte eine Ausnahme, nämlich Frau Rosalie. „Was? Ich soll mich verschtecken?“, rief sie aus. „Was sollen da diese Indianersch von mir denken?“ Dabei nahm sie ihrem Mann das Gewehr aus der Hand, fasste es beim Lauf und schwang den Kolben drohend über ihrem Kopf.

„Pst! Nicht so. Fort mit dem Gewehr!“, warnte Old Shatterhand. „Die Nijoras beobachten uns und könnten aus dieser Bewegung schließen, was geschehen soll. Sie werden heulend und schreiend gerannt kommen. Dann legt jeder sein Gewehr auf sie an, doch ohne zu schießen. Nur wenn sie sich dadurch nicht zurückhalten lassen, müssen wir uns wehren. In diesem Fall werde ich Feuer befehlen, bitte aber, ihr Leben zu schonen und sie nur in die Beine zu schießen. Jetzt setzt euch nieder und tut ganz so, als ob ihr von ihrer Nähe keine Ahnung hättet!“

Auch dieser Aufforderung wurde Folge geleistet. Die Leute setzten sich alle so, dass sie dem Wasser des Chelly den Rücken, dem trockenen Bett des Winterwassers aber das Gesicht zukehrten. So mussten sie die Nijoras kommen sehen.

Old Shatterhand und Winnetou standen beieinander und unterhielten sich scheinbar völlig unbefangen. Das Winterwasser hatte, wenn es stark angeschwollen war, viele Felsstücke mit sich fortgeführt und an der Mündung oder in deren Nähe abgesetzt. Hinter diesen Steinen konnte man Deckung finden und es stand zu erwarten, dass der Vortrab der Nijoras im Schutz dieser Blöcke heimlich herangekrochen kam.

Das war auch wirklich so, denn Winnetou bemerkte hinter einem dieser Steine eine Bewegung, blickte für einen kurzen Augenblick schärfer hin und sagte dann zu Old Shatterhand: „Hinter dem großen dreieckigen Block steht ein Feind. Hat mein Bruder ihn gesehen?“

„Ja. Ich sah ihn von dem dahinterliegenden Felsen gekrochen kommen. Es ist Mokaschi, der Häuptling selbst.“

„So ist der Augenblick da. Hält mein Bruder es nicht für besser, dass wir gar nicht warten, bis sie auf uns eindringen?“

„Ja, sie werden umso bestürzter sein. Willst du mit ihm reden?“

„Nein. Mein Bruder mag es tun. Du hast den Stutzen, den sie für ein Zaubergewehr halten. Deine Stimme wird also besser wirken als die meinige."

„Gut, so mag es beginnen!"

Er rief einige halblaute Worte nach dem Gebüsch hin, wo die hundert Navajos steckten, und sagte zu den Weißen: „Die Nijoras sind da. Steht auf und legt die Gewehre an!"

Hierauf trat er einige Schritte vor, den Stutzen schussbereit in der Hand, und rief dann nach dem erwähnten Felsenstück hin: „Warum versteckt sich Mokaschi, der Häuptling der Nijoras, wenn er uns besuchen will? Er mag offen zu uns kommen. Wir wissen, dass er sich mit seinen dreihundert Kriegern hier befindet."

„Uff, uff!", erscholl es da hinter dem Stein hervor und Mokaschi richtete sich auf. „Die weißen Hunde wissen es, dass wir hier sind? Und dennoch sind sie gekommen? Hat der große Geist ihr Gehirn verbrannt, dass sie, die wenigen, es wagen wollen, hier mit uns zu kämpfen?"

„Wir wagen nichts, denn der Häuptling der Nijoras ist in einem großen Irrtum befangen. Sieht er nicht meine Leute dastehen, um den Feind mit ihren Büchsen zu empfangen? Und sieht er nicht das Zaubergewehr in meiner Hand?"

„Wir werden so schnell über Old Shatterhand kommen, dass er nur zwei- oder dreimal schießen kann. Dann wird er von der Menge meiner Krieger niedergerissen. Die Bleichgesichter haben nur die Wahl, sich zu ergeben oder in das Wasser getrieben und getötet zu werden. Sie mögen sehen, dass sie eingeschlossen sind."

Er hob die Hand empor und auf dieses Zeichen tauchten hinter allen Steinen Nijoras auf. Andere, die da nicht Platz gefunden hatten und deshalb zurückgeblieben waren, kamen herbeigesprungen und erhoben ein markerschütterndes Kriegsgeheul. Sie griffen aber nicht an, sondern blieben hinter ihrem Häuptling stehen, weil dieser auch nicht vorwärts ging. Er erhob den Arm wieder, das Geheul verstummte augenblicklich und er rief Old Shatterhand zu: „Die Bleichgesichter sehen, dass sie verloren sind, wenn sie kämpfen. Wenn sie klug sein wollen, so ergeben sie sich uns."

„Wir wenigen Bleichgesichter fürchten uns nicht vor dreihundert Nijoras. Aber wir sind nicht allein gekommen. Als Mokaschi die Hand erhob, ließen sich seine Krieger sehen. Nun will ich einmal meine Hand erheben."

Er reckte den Arm empor. Sofort sprangen die hundert Navajos aus den Büschen, bildeten blitzschnell eine Doppelreihe und richteten ihre Gewehre auf die Nijoras. Diese stießen ein Geheul der Überraschung aus. Keiner von ihnen hatte gewagt, sein Gewehr auf einen der Weißen zu richten, denn diese hatten ihre Gewehre zuerst erhoben und befanden sich also im Vorteil. Wer dem Feind darin zuvorkommt, schießt ihn nieder, sobald er eine drohende Bewegung macht. Old Shatterhand gab ein Zeichen, dass er weitersprechen wolle, und das Geheul verstummte. „Warum starrt der Häuptling der Nijoras nur vorwärts, zu uns herüber? Er mag doch einmal hinter sich blicken!"

Mokaschi drehte sich um, und seine Krieger taten dasselbe. Sie hatten ihre ganze Aufmerksamkeit nach vorn gerichtet und nicht auf das geachtet, was hinter ihnen vorgegangen war. Da sahen sie, kaum zwanzig Schritte von sich entfernt, die fünfhundert Navajos halten, die die ganze Breite des trockenen Winterwasserbettes ausfüllten und dabei in acht bis zehn Gliedern hintereinander standen. Vor ihrer Front stand Nitsas-Ini und rief Mokaschi zu: „Hier stehen fünfhundert Krieger der Navajos und vor euch auch hundert neben den Bleichgesichtern. Wünscht der Häuptling der Nijoras, dass wir den Kampf beginnen?"

Die Nijoras heulten vor Schreck wie wilde Tiere. Die ihnen doppelt überlegenen Navajos überschrien sie noch. Aber bei ihnen war es ein Freudengeheul. Da gab Old Shatterhand das Zeichen zur Ruhe und es wurde augenblicklich still. Er sprach mit erhobener Stimme: „Ich frage Mokaschi ganz so, wie Nitsas-Ini ihn gefragt hat, nämlich ob wir den Kampf beginnen sollen. Über sechshundert Kugeln werden in den zusammengedrängten Haufen der Nijoras fahren. Wie viele von ihnen werden da übrig bleiben? Kein einziger."

Mokaschi antwortete nicht sofort. Er blickte finster vor sich nieder. Dann sagte er zähneknirschend: „Wir werden sterben. Aber jeder von uns wird wenigstens noch einen Navajo töten."

„Das sagst du, aber du glaubst es selber nicht, denn sobald nur einer von euch sein Gewehr erhebt, schießen wir alle. Seid ihr blind und taub geworden, dass ihr weder gehört noch gesehen habt, dass Winnetou mit mir gestern in eurem Lager war, um euch zu belauschen? Du saßt mit den alten Kriegern an einem Felsen, der nahe am hohen Rand des Ufers liegt, und wir lagen oben auf diesem Felsen. Da haben wir gehört, was ihr gesprochen habt. Wisst ihr nicht, wie vorsichtig man sein muss, wenn man das Kriegsbeil ausgegraben hat?"

„Uff! Uff!", rief Mokaschi betroffen aus. „Old Shatterhand und Winnetou haben auf dem Stein gelegen, an dem wir saßen?"

„Ja. Wir hörten zu, als ihr berietet, wie ihr uns hier überfallen wolltet. Warum macht ihr euch Männer zu Feinden, von denen ihr wisst, dass sie sich vor den Kriegern eures Stammes nicht fürchten?"

Da legte Mokaschi sein Gewehr auf die Erde nieder und sagte: „Der große Manitou ist gegen uns gewesen. Er hat nicht gewollt, dass wir siegen sollen. Old Shatterhand oder Winnetou mag zu mir kommen, um mit mir zu kämpfen. Wer von uns beiden den anderen tötet, dessen Stamm soll als Sieger gelten."

„Glaubst du, Winnetou oder mich besiegen zu können? Hast du jemals vernommen, dass einer von uns beiden einmal einem Feind unterlegen sei? Dein Vorschlag kann an eurem Schicksal nichts ändern. Aber wir sind keine Freunde von Blutvergießen und möchten den Kampf vermeiden."

„Wie soll er vermieden werden? Etwa dadurch, dass wir uns auf Gnade oder Ungnade ergeben?"

„Nein, denn so ergeben sich tapfere Männer nicht und die Nijoras sind ja tapfere Krieger. Kennst du Old Shatterhand und Winnetou so wenig, dass du uns ein solches Verlangen zutraust, dessen Erfüllung euch und euren Nachkommen immer währende Schande bereiten müsste?"

Da holte Mokaschi tief und erleichtert Atem und fragte: „Wie soll es denn sonst möglich sein, den Kampf zu vermeiden, ohne dass unsere Weiber und Kinder mit Fingern auf uns zeigen und uns verhöhnen?"

„Das wollen wir beraten. Mokaschi und Nitsas-Ini mögen zu mir und Winnetou kommen. Mokaschi mag seine Waffen mitbringen, denn er hat sich noch nicht ergeben und muss als freier Mann gelten."

„Ich werde kommen."

Der Nijora nahm sein Gewehr wieder von der Erde auf und schritt auf Old Shatterhand zu. Bei ihm angekommen, setzte er sich mit der würdevollen Haltung eines Häuptlings nieder. Der weiße Jäger nahm neben ihm Platz, Winnetou ebenso. Nitsas-Ini kam auch. Er musste durch die Nijoras hindurch. Sie machten ihm Platz. Dabei wurde manch finsterer Blick auf ihn geworfen. Aber keiner wagte es, ihn feindlich zu berühren oder auch nur ein unfreundliches Wort zu sagen.

Nun hätte die Beratung beginnen können, denn diejenigen, auf die es ankam, waren beisammen. Aber sie saßen nach Indianerart wohl eine Viertelstunde da, ohne dass ein Wort gesprochen wurde. Jeder war mit seinen Gedanken beschäftigt. Old Shatterhand und Winnetou richteten ihre Augen forschend auf die zwei anderen, als ob sie ihre geheimsten Gedanken erraten wollten. Dann tauschten sie einen kurzen Blick miteinander. Hierauf war

Winnetou der Erste, der sprach, doch nur, indem er die kurze Frage aufwarf: „Hier sitzen vier Krieger zur Beratung. Welcher von ihnen soll reden?"

Wieder eine Zeit lang tiefes Schweigen. Dann antwortete Nitsas-Ini: „Unser Bruder Old Shatterhand hat kein Blut gewollt. Er mag sprechen!"

„Howgh!", sagten die anderen, um ihre Zustimmung auszudrücken.

Old Shatterhand wartete, damit seine Worte dann größeres Gewicht haben möchten, auch eine kleine Weile. Dann begann er: „Meine Brüder wissen, dass ich alle Menschen und Völker ehre und achte, ob rot oder schwarz, ob gelb oder weiß. Sie wissen, dass ich ein Freund der roten Männer bin. Dem Indsman gehörte einst das ganze Land von einem Meer zum anderen. Da kam der Weiße und nahm ihm alles und gab ihm dafür seine Krankheiten. Der Indianer ist ein armer, kranker Mann geworden, der bald sterben wird. Der Weiße hat ihn am meisten dadurch besiegt, dass er Unfrieden unter den roten Stämmen stiftete und einen gegen den anderen aufhetzte. Die roten Männer waren so unklug, das geschehen zu lassen, und sind bis auf den heutigen Tag nicht klüger geworden. Sie reiben sich untereinander auf und könnten doch heute noch Großes erreichen, wenn sie den gegenseitigen Hass fallen ließen und unter sich das wären, was sie sein sollen und wozu sie geboren sind, nämlich Brüder. Habe ich Recht?"

„Howgh!", ertönte es rundum.

„Ja, ich habe Recht. Das beweisen gerade jetzt auch wieder die zwei Stämme des großen Volkes der Apatschen, die sich hier feindlich gegenüberstehen. Mein Bruder Nitsas-Ini mag mir sagen, weshalb er gegen die Nijoras ausgezogen ist!"

„Weil sie das Kriegsbeil gegen uns ausgegraben haben."

„Gut. So mag mir nun auch Mokaschi sagen, weshalb er seine Krieger gegen die Navajos geführt hat!"

„Weil sie das Kriegsbeil gegen uns ausgegraben haben."

„Merkt ihr nicht, was ich beweisen will? Ich wollte die Gründe eures Streites hören, ihr habt keinen triftigen Grund nennen können, sondern nur die Tatsache angegeben, dass die Kriegsbeile gegenseitig ausgegraben wurden. Ist das nicht genauso wie bei kleinen Kindern, die einander bei den Haaren raufen, ohne dass sie die geringste Veranlassung dazu haben?"

Old Shatterhand ließ eine Pause eintreten, um seine Worte wirken zu lassen, und fuhr dann fort: „Mein roter Bruder Nitsas-Ini ist nicht nur ein berühmter, tapferer Krieger, sondern auch ein umsichtiger und kluger Beherrscher seines Stammes. Er ist überzeugt, dass der rote Mann sterben muss, wenn er so bleibt, wie er jetzt ist. Darum hat er weise Entschlüsse gefasst und sie auch ausgeführt. Er hat eine weiße Squaw genommen, die er liebt und der er vieles verdankt. Er hat seinen Sohn über das Meer gesandt, damit dieser dort lernen möge, wie man aus einer Wüste ein fruchtbares Land macht. Er weiß, dass der Krieg nur Unheil, Not und Elend bringt und das Glück nur im Frieden zu erlangen ist. Will er das Wohl seines Stammes aufs Spiel setzen und mit Blut bezahlen, was ihm der Friede umsonst und doppelt gibt? Sollte er sich plötzlich geändert haben? Sollte er heute das Blut seiner roten Mitbrüder wünschen?"

„Uff, uff! Ich will es nicht!", rief der Navajo aus.

„Das habe ich gewusst und gedacht. Wenn es anders wäre, so möchte ich nicht länger dein Freund und Bruder sein. Wie aber steht es mit Mokaschi, dem Häuptling der Nijoras? Er ist ausgezogen zum Kampf, ebenfalls ohne einen rechten Grund dazu zu haben, und hat keinen einzigen Vorteil über seine Feinde errungen. Er muss sogar zugeben, dass er sich in diesem Augenblick in einer sehr gefährlichen Lage befindet. Wird er mir das eingestehen?"

„Howgh!", nickte Mokaschi, der einzusehen begann, welche außerordentlich friedlichen Absichten Old Shatterhand verfolgte.

„Und wird ein kluger Mann, wenn er mitten in solchen Gefahren steckt, noch immer den Tod seiner Gegner wünschen, die doch sein Leben in ihren Händen haben?"
„Nein."
„Wohlan, so sind wir ja ganz gleicher Meinung. Weder Nitsas-Ini noch Mokaschi wünschen die Fortsetzung der Feindseligkeiten. Es handelt sich also nur noch darum, festzustellen, inwieweit bisher Blut geflossen ist und wie dafür Rache genommen werden soll. Hat Mokaschi einen Mann von seinen Kriegern verloren und dafür Rache zu nehmen?"
„Nein."
„So frage ich nun dasselbe auch meinen Bruder Nitsas-Ini."
„Khasti-tine und sein Begleiter sind getötet worden", meinte dieser ernst.
„Von den Nijoras?"
„Nein, sondern von dem Bleichgesicht, das sich Ölprinz nennt."
„Hast du den Tod dieser beiden Krieger also an den Nijoras zu rächen?"
„Nein."
„Also auch hierin steht ihr euch beide gleich. Die Ungleichheit besteht nur darin, dass die Nijoras jetzt so eingeschlossen sind, dass ihr Blut fließen würde, falls es zum Kampf käme. Nitsas-Ini hat aber erklärt, dass er kein Blut vergießen will. Eine weitere Ungleichheit besteht darin, dass Mokaschi acht Krieger der Navajos gefangen hat. Soll das nicht gegenseitig ausgeglichen werden? Die Nijoras geben die Gefangenen heraus und die Navajos lösen die Umschlingung, in der sich die Nijoras befinden. Dann werden die Schlachtbeile eingegraben. Ich hoffe, dass meine Brüder auf diesen Vorschlag eingehen und zu einem friedlichen Vergleich bereit sind."
Nach diesen versöhnlichen Worten nahm Old Shatterhand den Tabaksbeutel vom Gürtel und die Friedenspfei-

fe von der Schnur, an der sie an seinem Hals hing, stopfte sie und legte sie vor sich hin. Dann fragte er Mokaschi: „Ist der Häuptling der Nijoras mit meinem Vorschlag einverstanden?“

„Ja“, antwortete dieser, innerlich sehr froh, auf so billige Weise vom beinahe sicheren Untergang errettet zu werden.

„Und was sagt der Häuptling der Navajos dazu?“

Nitsas-Ini stimmte nicht sofort zu, sondern meinte: „Mein Bruder Old Shatterhand hat mehr für die Nijoras als für die Navajos gesprochen. Die Nijoras befinden sich in unserer Gewalt und es ist kein Vorteil für sie, dass sie acht Gefangene gemacht haben, denn diese Gefangenen sind schon jetzt so gut wie frei. Ich brauche nur einige meiner Krieger hinauf in das Lager der Nijoras zu senden, um diese Gefangenen loszubinden. Sag also, ob du gerecht gegen uns gesprochen hast!“

„Ja, denn ich frage dich, wem du die gute Lage, in der ihr euch befindet, zu verdanken hast?“

„Dir und Winnetou“, antwortete Nitsas-Ini aufrichtig und der Wahrheit gemäß.

„Ja, uns verdankst du sie. Ich sage das nicht, um mich zu rühmen, sondern um dich zu bewegen, menschlich und edel gegen deine roten Brüder zu sein. Was sagt Winnetou zu meinem Friedensvorschlag?“

„Es ist so, als ob ich selbst deine Worte gesprochen hätte“, antwortete der Apatsche.

„So hat nur Nitsas-Ini noch seine Erklärung abzugeben.“

Der Genannte überflog die Aufstellung seiner Leute und die der Feinde mit einem langen prüfenden Blick. Es tat ihm Leid, auf den großen Vorteil so ohne weiteres verzichten zu müssen. Aber der Einfluss, den seine weiße Squaw nach und nach auf ihn gewonnen hatte, machte sich auch jetzt geltend. Er war aus einem wilden Indianer ein friedliebender und einsichtsvoller Häuptling seines Stammes geworden. Er zögerte zwar noch einige Augenblicke, erklärte dann aber doch: „Mein Bruder Old Shatterhand mag recht behalten. Die Nijoras sollen nicht länger umzingelt sein."

„Und du bist bereit, das Kalumet mit Mokaschi zu rauchen?"

„Ja."

Da stand Old Shatterhand auf, wendete sich gegen die Indianer und rief mit lauter Stimme: „Die Krieger der Navajos und Nijoras mögen ihre Augen hierher richten, um zu sehen, was ihre Häuptlinge beschlossen haben!"

Er setzte den Tabak in Brand und gab Nitsas-Ini die Pfeife. Dieser erhob sich, tat sechs Züge aus der Pfeife, blies den Rauch gegen den Himmel, die Erde und in die vier Windrichtungen und verkündete mit lauter Stimme, dass alle Anwesenden es hören mussten: „Die Kriegsbeile werden eingegraben, wir rauchen die Pfeife des Friedens. Die Nijoras geben die Gefangenen heraus und sind dann unsere Brüder. Das gelobe ich für alle meine Krieger. Es ist so gut, als ob sie selbst es gesagt und das Kalumet darauf geraucht hätten. Ich habe gesprochen, howgh!"

Die Navajos waren höchstwahrscheinlich nicht sehr erbaut über diesen Ausgang der Verhandlung. Sie befanden sich so im Vorteil, dass es ihnen wohl schwer wurde, ihn so leichthin aufzugeben. Aber der Gehorsam hinderte sie, widerspenstig zu sein, zumal ihnen der Brauch des Kalumetrauchens so heilig war, dass sie es nicht gewagt hätten, an dem Beschluss ihres Häuptlings zu rütteln.

Nitsas-Ini gab die Friedenspfeife an Mokaschi, der sich auch erhob, die gleichen sechs Züge tat und dann ebenso laut wie Nitsas-Ini verkündete: „Hört, ihr Krieger der Navajos und Nijoras, der Tomahawk des Krieges ist wieder in die Erde versenkt. Die Männer der Navajos öffnen den Kreis, mit dem sie uns umschlossen haben, und sind dann unsere Brüder. Ich habe das mit dem Kalumet bestätigt und es ist ganz so, als ob meine Krieger es gesagt und die Pfeife dazu geraucht hätten. Ich habe gesprochen, howgh!"

Niemand war froher als die Nijoras, die einen so glücklichen Ausgang der für sie gefährlichen Angelegenheit kaum für möglich gehalten hatten. Old Shatterhand und Winnetou mussten als Zeugen des Vertrags auch die sechs Züge aus der Pfeife tun, doch ohne weitere Worte.

Jetzt war die Sitzung beendet, und das vorher so kriegerische Bild verwandelte sich in ein friedliches. Die Navajos ließen die Nijoras aus ihrer Umzingelung frei, und da es hier am Flusse an Raum mangelte, begaben sich Freund und Feind hinauf zum Lager der Nijoras, um dort das Friedensfest zu feiern und vor allen Dingen die Gefangenen zu befreien. Winnetou, Old Shatterhand und Wolf gingen auch nach oben, wo ihre Anwesenheit zunächst notwendig war. Die anderen Weißen aber blieben noch unten, froh, dass die Feindseligkeiten ein solches Ende genommen hatten.

16. Die Strafe

Bald waren alle in lebhafter Unterhaltung über das eben Erlebte. Besonders Frank und Frau Rosalie kamen in ein eifriges Zwiegespräch, an dem auch Adolf Wolf kurze Zeit teilnahm. Doch bald trennte er sich wieder von den beiden, um seinen Onkel aufzusuchen, der sich oben auf dem hohen Ufer im Lager befand. Als er an die Furt kam, begegnete er den Navajos, die ihre Pferde aus den Verstecken geholt hatten und sie hinaufschaffen wollten. Ihr Häuptling leitete diese Arbeit und Winnetou und Old Shatterhand standen bei ihm. Da erschien ein Reiter oben am Rande der Furt, er sah die Genannten stehen und rief herab: „Mr. Shatterhand, gut, dass ich Euch sehe! Darf ich hinab?"

„Mr. Duncan!", fragte der Jäger verwundert. „Ihr hier? Ihr solltet doch bei dem Kantor bleiben, bis ich einen Boten sende. Warum habt Ihr Euch davongemacht?"

„Werde es Euch gleich sagen." Er kam langsam herabgeritten, sprang dann von seinem Pferd und erzählte in erregtem Ton: „Wäre ich doch nicht dort geblieben, sondern mit Euch geritten! Wenn Ihr wüsstet, was ich erlebt habe!"

„Was habt Ihr denn erlebt? Was ist geschehen?"

„Schreckliches! Der Ölprinz hat mir meine Anweisung wieder abgenommen!"

„Der Ölprinz? Alle Wetter! Erzählt es doch, schnell!"

Der Bankier berichtete, was sich ereignet hatte.

„Mann", rief Old Shatterhand am Ende des Berichtes aus, „das habt Ihr schlau, sehr schlau angefangen! Warum habt Ihr denn den Wisch nicht vernichtet?"

„Jawohl, Ihr habt Recht. Wollte ihn zum Andenken aufbewahren. Jetzt bereue ich es bitter. Verschafft mir den Zettel wieder, Sir! Ich bitte Euch inständigst darum!"

„Ja, erst macht Ihr die Fehler und dann soll ich sie ausbessern! Habt Ihr denn gesehen, wohin die Diebe ritten?"

„Stromaufwärts, dahin, woher sie gekommen waren, und woher auch wir gekommen sind."

„Also sind sie wirklich den Spuren der Navajos gefolgt, um Wolf zu überfallen und ihm die Schrift abzunehmen. Durch ein besonderes Zusammentreffen verschiedener Ereignisse sind sie aber viel leichter dazu gekommen. Wie lange ist das her?"

„Sehr lange. Dieser blödsinnige Kantor band mich nicht eher los."

„So müssen wir uns schleunigst auf den Weg machen."

„Stromaufwärts?", fragte der Häuptling.

„Ja! Jedenfalls zunächst. Später sind sie wohl stromabwärts geritten."

„So hätten sie ja hier vorüber gemusst!"

„Nein. Sie sind hinüber nach dem anderen Ufer."

„Uff! Hat mein Bruder Grund, das zu vermuten?"

„Ja. Sie haben das Papier und wollen nach San Francisco. Da müssen sie nach dem Colorado hinunter, ganz denselben Weg, den sie ritten, als sie in eurem Lager waren. Hier konnten sie nicht vorbei, weil sie von dem Kantor erfahren haben, dass wir hier sind. Sie sind also aufwärts zurück bis dahin, wo wir gestern lagerten, und dann über den Fluss hinüber. Mein roter Bruder mag mit einer Schar seiner Leute schnell abwärts reiten, bis er eine Stelle findet, wo er über den Fluss kann. Ist er drüben, so wird er nach ihrer Fährte suchen und dabei sehen, ob sie aus dieser Gegend schon fort sind."

„Sie werden unbedingt fort sein!"

„Nein. Es steht zu vermuten, dass sie irgendwo da drüben stecken, um zu sehen, wie der Überfall hier abläuft. Mein Bruder muss ihnen so breit wie möglich den Weg verlegen, dass sie ja nicht vorüberkönnen."

„Und was wird Old Shatterhand tun?"

„Ich werde mit Winnetou aufwärts reiten, um ihrer Spur zu folgen. Da diese mit der unsrigen zusammenfällt, ist sie wahrscheinlich schwer zu lesen und deshalb möchten wir diesen Weg selber machen. Natürlich aber reiten wir nicht allein, sondern wir nehmen auch Begleiter mit."

„Ich habe diesen Hunden doch Späher entgegengesandt!", warf Nitsas-Ini ein. „Die drei müssen von meinen Kriegern nicht bemerkt worden sein."

„Es ist auch noch anderes möglich. Entweder haben sie die Späher getäuscht oder sie gar getötet. Mein roter Bruder mag sofort aufbrechen und ja nichts versäumen."

Da erschien wieder ein Reiter oben an der Furt. Es war der Kantor, der im Vollgefühl seiner Unschuld herabritt. „Da bin ich wieder", sagte er harmlos.

„Freut uns sehr, Sie zu sehen", erwiderte Old Shatterhand ärgerlich. „Und damit Ihnen und uns nichts zustößt, werden wir Sie gleich wieder anbinden."

„Das dulde ich nicht. Sie haben keine Gewalt über mich!"

„Sogar sehr. Ich werde es Ihnen gleich beweisen." Old Shatterhand sagte zu einigen Navajos ein paar Worte, die der Kantor nicht verstand. Da nahmen sie ihn und sein Pferd zwischen sich und schafften ihn hinauf ins Lager, wo er trotz allen Sträubens wirklich angebunden wurde und alsbald die nötigen Aufklärungen über seine Sünden erhielt.

Nach kurzer Zeit jagte Nitsas-Ini mit zwanzig Reitern stromabwärts. Mokaschi, sein nunmehriger Freund, hatte sich ihm mit noch zwanzig Nijoras angeschlossen. Winnetou, Old Shatterhand und Sam Hawkens dagegen ritten mit zehn Navajos stromaufwärts. Die anderen Westmänner hatten auch mitreiten wollen, waren aber von Old Shatterhand angehalten worden, zurückzubleiben, um darauf zu achten, dass im Lager Ordnung bleibe.

Die Auswanderer saßen noch unten am Wasser beisammen. Die Häuptlingsfrau war bei ihnen. Sie sprachen von ihrer Zukunft und von ihren Plänen. Da kam Wolf von oben herab, um nach ihnen zu sehen. Die Squaw, die ihn, wenn sie deutsch mit ihm sprach, ‚Sie' nannte, aber ‚du' zu ihm sagte, wenn sie indianisch mit ihm redete, winkte ihn herbei und sagte: „Wir sprechen von dem Vorhaben unserer Landsleute. Sie sind herübergekommen, um sich hier eine Heimat zu gründen. Mittel besitzen sie nicht. Nur Ebersbachs haben Geld und wollen die anderen damit unterstützen. Was sagen Sie dazu? Ich werde mit meinem Mann darüber sprechen, sobald er Zeit hat."

„Das ist nicht nötig", lächelte Wolf.

„Warum?"

„Weil ich es schon getan habe."

„Und was hat er gesagt?"

„Er will Ihnen eine Freude bereiten, indem er diese Deutschen in seinem Gebiet behält."

„Das freut mich herzlich! Ich weiß, dass er mir meinen Wunsch jedenfalls erfüllt hätte. Aber dass er meine Bitte nicht erst abgewartet hat, das ist mir doppelt lieb. Wie haben Sie sich denn nun eigentlich die Sache gedacht?"

„Sehr einfach. Diese Leute bekommen Land geschenkt, so viel sie brauchen. Es ist ja mehr als genug davon da, Waldland, Ackerland, Weideland. Dann veranstalten wir einen Ritt nach Guayolate oder La Tinaja hinüber, wo wir Ackergeräte und alle nötigen Werkzeuge einkaufen. Für Pferde, Kühe und andere Weidetiere werden wir auch sorgen, und beim Bau ihrer Wohnungen werden den Siedlern alle unsere Männer und Squaws gern helfen, sodass sie sehr bald eingerichtet sein können. Nur hat die Sache freilich einen Haken."

„Einen Haken? Wirklich?", fragte sie, ein wenig beunruhigt.

„Ja, einen bösen, schlimmen Haken", lächelte er wieder. „Was nützt es, wenn die Siedler von uns alles bekommen sollen, aber nichts haben wollen! Wie steht es denn in dieser Beziehung?"

Diese Frage war an die Deutschen gerichtet. Alle antworteten natürlich mit einem freudigen Ja. Frau Rosalie, die gern für die anderen sprach, drückte die weiße Squaw an sich, reichte Wolf die Hand und rief aus: „Jetzt soll mir noch eenmal jemand sagen, dass die Wilden schlechte Menschen sind. Keen Mensch bei uns drüben is so liebevoll, eenem armen Teufel een solches Geschenk zu machen, und noch dazu een so großes. Ich halte es von jetzt ab mit den Indianern und nich mehr mit den Weißen. Hoffentlich wird der Kantor nich ooch mit dableiben wollen! Da könnte uns das ganze Glück noch in den Brunnen fallen."

„Nein, den schaffen wir fort", versicherte Wolf. „Dieser Pechvogel würde uns nur Unglück bringen. Es wird Ihnen bei uns gefallen. Wir haben große Kulturpläne und da kommen Sie uns eben Recht. Nun wird Ihnen unsere Freigebigkeit erklärlich sein. Schi-So und mein Neffe sollen das Werk, das wir beginnen, später zu Ende führen. Wir werden beweisen, dass der rote Mann dem Weißen gleichgestellt werden darf. Doch halt! Was war das da drüben jenseits des Flusses? Das klang wie der Todesschrei eines Menschen. Sollte der Ölprinz mit seinen Spießgesellen da drüben stecken und schon mit unseren Leuten in Kampf geraten sein? Das ist aber doch nicht möglich!" –

Der Ölprinz war mit seinen beiden Begleitern ganz so, wie Old Shatterhand es vermutet hatte, am Fluss aufwärts bis zum letzten Lagerplatz der Navajos geritten und dort an das andere Ufer gegangen. Ihre Absicht war, da drüben abwärts zu reiten, um nach dem Colorado zu kommen. Dann aber fiel es ihnen ein, dass es doch vielleicht geraten sei, zu wissen, welcher von den beiden Stämmen über den anderen den Sieg erringen werde. Sie blieben also in der Nähe des Ufers und suchten sich, als sie der Mündung des Winterwassers gegenüber angekommen waren, einen Platz, von wo aus sie die Vorgänge da drüben heimlich beobachten konnten.

Aber sie hatten einen weiten Umweg machen müssen und hierbei war so viel Zeit vergangen, dass sie schon zu spät kamen. Die Entscheidung, das heißt die Versöhnung der beiden Stämme, war schon vorüber. Die Roten hatten sich nach dem Lager oben zurückgezogen, wo sie von drüben aus nicht gesehen werden konnten, und so bemerkten die drei Banditen nur die weißen Frauen und Männer, die plaudernd am Wasser saßen. Sie wurden dadurch der Meinung, dass die Entscheidung noch nicht gefallen sei, und blieben länger liegen, als mit ihrer Sicherheit zu vereinbaren war. Sie ahnten nicht, dass Old Shatterhand schon hinter ihnen war und Nitsas-Ini ihnen mit seinen vierzig Roten den Weg verlegt hatte.

Wie schon erwähnt, hatten der Ölprinz und Buttler sich Pollers nur zu ihren Zwecken bedient und wollten sich dann später seiner durch einen Mord entledigen. Nur über den Zeitpunkt waren sie sich nicht recht klar und sie suchten jetzt eine Gelegenheit, sich darüber zu besprechen. Aber Poller war kein schlechter Beobachter und hatte das Gefühl, dass für ihn eine Gefahr in der Luft liege. Deshalb fiel ihm auf, dass sich jetzt beide zugleich von ihm entfernten. Er kroch ihnen unter den Büschen nach und sah sie nahe beisammenstehen und leise miteinander sprechen. Es gelang ihm, bis auf zwei Schritte an sie heranzukommen. Aber er konnte ihre Worte nicht verstehen, bis der Ölprinz etwas lauter sagte: „Jetzt ist die beste Gelegenheit. Er bekommt ganz unerwartet das Messer und bleibt hier liegen. Finden ihn die Weißen, so denken sie, er sei von den feindlichen Roten erstochen worden."

Poller war so entrüstet über die Hinterlist, dass er vergaß, vorsichtig zu sein, und sich plötzlich vor ihnen aufrichtete. „Was, ihr wollt mich erstechen, ihr Schufte?", herrschte er sie an. „Ist das der Dank für das, was..."

Er konnte nicht weitersprechen. Sie verständigten sich durch einen einzigen Blick. Dann hatte ihn Grinley mit einem schnellen Griff gepackt und Buttler stieß ihm das Messer in die Brust. Die Klinge traf so gut, dass Poller nur den erwähnten Todesschrei ausstoßen konnte und dann leblos zusammenbrach. Die beiden raubten ihn aus und ließen die Leiche liegen, um dann wohl noch eine Stunde lang die Mündung des Winterwassers zu beobachten.

Als da drüben noch immer nichts geschah, wurde ihnen das Warten bedenklich. Sie stiegen auf, nahmen die drei ledigen Pferde am Zügel, wendeten sich der freien Ebene zu und ritten davon.

Nur fünf Minuten später kam Old Shatterhand mit Winnetou und den anderen. Diese hatten alle Schwierigkeiten überwunden und die Fährte, obgleich sie mit der alten Spur zusammenfiel, bis hierher verfolgt. Nun fanden sie die Leiche. „Mein Gott, das ist Poller!“, rief Old Shatterhand entsetzt, indem er den Toten sogleich untersuchte. „Sie haben ihn ermordet, um ihn loszuwerden. Er hat nun seinen Lohn erhalten! Hier haben sie gelegen, um uns drüben zu beobachten...“

„Mein Bruder mag nicht länger verweilen“, unterbrach ihn Winnetou. „Sie sind vor kaum fünf Minuten fort. Hier geht ihre Spur hinaus ins Freie. Schnell ihnen nach!“

Sie zogen die Pferde hinter sich her und saßen dann, als sie das Gebüsch hinter sich hatten, auf, um den beiden Mördern im Galopp zu folgen. Nach zehn Minuten sahen sie die zwei vor sich auf der freien Ebene. Im gleichen Augenblick blickte sich Buttler um und bemerkte die Verfolger.

„By Jove! Old Shatterhand und Winnetou mit Weißen und Roten!“, rief er aus. „Fort, im Galopp!“

Sie spornten ihre Pferde an, aber die Verfolger kamen schnell näher.

„So ist es nichts, sie holen uns ein“, schrie der Ölprinz. „Hier im Freien entkommen wir nicht. Wir müssen ins Gebüsch!“

Sie lenkten nach links einer Buschspitze zu, die sich als grüne Zunge in die Ebene zog. Es war dasselbe Gesträuch, in dem sie die Navajospäher ermordet hatten.

Inzwischen hatte Nitsas-Ini die ganze Ebene mit seinen Roten besetzt. Da die Verfolgten auch in der Nähe des

Flusses unter den Bäumen herabkommen konnten, drang er mit einigen Kriegern dort ein und ging mit ihnen langsam aufwärts. Die Pferde hatten sie als hinderlich zurückgelassen. Sie kamen auch nach der Buschspitze und fanden hier die noch erkennbaren Spuren. Ihnen nachgehend, trafen sie auf die Leichen ihrer beiden Späher.

Ein fürchterlicher Grimm erfasste den Häuptling. Da vernahm er Hufschlag. An der Spitze seiner Leute eilte er an den Rand des Gebüschs und sah die Flüchtlinge, gehetzt von den Verfolgern, herangesprengt kommen. Der Häuptling hatte ihnen den Marterpfahl angedroht, aber die Wut, die ihn ergriffen hatte, ließ ihn nicht daran denken – zum Glück für sie, denn ein plötzlicher Tod war für sie besser.

„Sie kommen, die Hunde!", rief er aus. „Gebt ihnen eure Kugeln!"

Er sprang aus dem Gebüsch heraus, seine Leute folgten ihm. Sie legten ihre Gewehre an. Der Ölprinz und Buttler sahen die roten Gestalten vor sich auftauchen.

„Alle Teufel!", knirschte der Erstere. „Vor uns Feinde und hinter uns Feinde! Ist das nicht der Busch, in dem wir die zwei Navajos kaltmachten?"

„Ja", antwortete Buttler. „Was tun? Rechts seitwärts ausbrechen?"

Sie hielten ihre Pferde für einen kurzen Augenblick an – das war genug, sie gaben ein festes Ziel. Die Schüsse der Navajos krachten, die Pferde der beiden Mörder bäumten sich und schossen dann mit ihren zu Tode getroffenen Reitern vorwärts, den Büschen zu und zwischen diese hinein, bis sie mit den losen Zügeln hängen blieben; da fielen die Erschossenen herab, gerade neben ihre Opfer hin.

Nur einige Augenblicke später kam Old Shatterhands Trupp. Sie stiegen vor dem Gebüsch ab und drangen darin ein. Da sahen sie den Häuptling mit seinen Leuten bei den vier Leichen stehen. Sie begriffen sofort, was jetzt und vorher hier geschehen war.

„Welch ein Gericht!“, sagte Old Shatterhand, den es schauderte. „Gerade hier, an derselben Stelle, wo sie mordeten, hat sie die Strafe ereilt. Gott ist gerecht.“

„Und ich war zu schnell“, fügte der Häuptling hinzu. „Sie sollten zu Tode gemartert werden. Diese schnell tötenden Kugeln sind keine Strafe für sie.Nehmt unsere ermordeten Brüder und bindet sie auf die Pferde. Sie sollen oben, wo wir lagern, als tapfere Söhne der Navajos begraben werden. Diese weißen Hunde aber mögen hier liegen bleiben, um von den Aasgeiern zerrissen zu werden!“

Da flüsterte Sam Hawkens Old Shatterhand zu: „Gehen später heimlich her und begraben sie, wenn ich mich nicht irre. Sie waren Verbrecher, aber doch auch Menschen.“

Ein stilles, zustimmendes Nicken zeigte, dass der Jäger damit einverstanden war.

Die anderen Roten wurden alle herbeigeholt. Dann setzte sich der Trupp mit den beiden Leichen in Bewegung, ging an einer passenden Stelle über den Fluss und zog dann dem Lager zu. Dort verwandelte der Anblick der Toten das Freuden- und Versöhnungsfest in eine Trauerfeier. Dumpfe Klagetöne erschollen, bis sich am Abend zwei hohe Steinhügel über den Ermordeten erhoben.

Die Stämme der Navajos und Nijoras blieben noch zwei Tage beisammen, dann trennten sie sich. Die Weißen zogen mit den Navajos fort, ostwärts nach dem Rio Chaco, wo der Stamm seine Hütten und Zelte hatte. –

Und was dann weiter geschah? Darüber könnte man noch Bücher schreiben. Nitsas-Ini hielt Wort. Die vier Familien erhielten alles, was Wolf ihnen an der Mündung des Winterwassers versprochen hatte. Nie wurde ihr gutes Einvernehmen mit den Navajos getrübt.

Die Westmänner blieben längere Zeit da, um den vier Haushaltungen mit Rat und Tat beizustehen, und nahmen dann, allerdings nicht für immer, Abschied von den weißen und roten Freunden. Sie gingen hinüber nach Kalifornien und erlebten während dieses Ritts gar mancherlei Abenteuer. In San Francisco trennten sich die anderen von der Tante Droll und dem Hobble-Frank, denn diese beiden glaubten, den unerfahrenen und faseligen Kantor nach Hause begleiten zu müssen. Beim Abschied fragte Sam Hawkens: „Wann wird man euch denn einmal wieder sehen, ihr beiden größten Helden des Wilden Westens, hihihihi?"

„Wenn du dich gebessert hast, alter Schäker, du", antwortete der Hobble-Frank. „Schreib mir mal eenen Brief nach meiner Villa ‚Bärenfett'[1]. Es würde mich sehr protegieren, zu hören, dass es dir hier im Westen pyramidalkannibalisch gut geht!"

Und die zwölfaktige Heldenoper? Wenn die ersten drei Takte davon fertig sind, werde ich es sofort melden.

[1] Nach dieser witzigen Bezeichnung Hobble-Franks für seine Villa in der Nähe von Dresden wurde das von Klara May auf Anregung des Verlagsdirektors Dr. E. A. Schmid errichtete Wildwest-Blockhaus im Park der Villa ‚Shatterhand', in Radebeul ‚Villa Bärenfett' genannt. Dort wurde das bekannte Karl-May-Museum eingerichtet, das der fahrtenreiche Artist Patty Frank bis zu seinem Tode 1959 betreute. Später wurde das Museum leider umbenannt; seit 1985 heißt es aber endlich wieder Karl-May-Museum .

Lyman Frank Baum

Der Zauberer von Oz

Die kleine Dorothy wird im Traum von einem Wirbelsturm in das Land des Zauberers entführt. Dank ihres Mutes, ihrer Tatkraft und Hilfsbereitschaft und mit Hilfe ihrer Freunde - eine Vogelscheuche, ein Blechholzfäller und ein Löwe - überwindet sie alle Hindernisse und kehrt nach Hause zurück.

Arena

256 Seiten • Gebunden
Mit einem Vorwort
von Cornelia Funke
ISBN 978-3-401-06374-4
www.arena-verlag.de

Daniel Defoe

Robinson Crusoe

Achtundzwanzig Jahre voller Abenteuer und Gefahren verbringt Robinson auf einer unbewohnten Insel, auf die er als einziger Überlebender eines Schiffbruchs verschlagen wird. Mit einfachsten Mitteln muss sich der junge Seefahrer ein neues Leben fernab von aller Zivilisation aufbauen.

Arena

216 Seiten • Gebunden
Mit einem Vorwort
von Willi Fährmann
ISBN 978-3-401-06579-3
www.arena-verlag.de

Herman Melville

Moby Dick

Ein unheimliches Schiff kreuzt über den Ozean. Es wird befehligt von Kapitän Ahab, einem einbeinigen, unbarmherzigen Seemann. Gnadenlos herrscht er über seine Mannschaft, einen Haufen rauer Walfänger. Dabei treibt ihn nur ein Ziel voran: Ahab ist auf der Jagd nach dem weißen Wal, den die Seeleute Moby Dick nennen.

ARENA KINDERBUCH-KLASSIKER

Charles Dickens

Oliver Twist

Der Waisenjunge Oliver Twist lebt in London unter Gaunern und Bettlern. Immer wieder versucht der alte Fagin Oliver zum Stehlen zu zwingen. Als der gütige Mr Brownlow den Jungen aufnimmt, erfährt Oliver zum ersten Mal Liebe und Geborgenheit. Doch über Olivers Geburt schwebt ein Geheimnis, das ihn immer wieder in Gefahr bringt.

Arena

240 Seiten • Gebunden
Mit einem Vorwort
von Garth Nix
ISBN 978-3-401-06800-8
www.arena-verlag.de

ARENA KINDERBUCH-KLASSIKER

Jules Verne

Reise um die Erde in 80 Tagen

Im Londoner Reform-Club schließt ein reicher spleeniger Engländer eine Wette ab: Er will in 80 Tagen um die Erde reisen. Sein Name ist Phileas Fogg. Damit beginnt die verrückteste Reise, die man sich vorstellen kann. Mr Fogg setzt sein ganzes Vermögen ein und besteigt noch am selben Abend den Zug nach Dover.

Arena

296 Seiten • Gebunden
Mit einem Vorwort
von Christoph Biemann
ISBN 978-3-401-06868-8
www.arena-verlag.de